中國古代文學批評要籍叢書

七十二家集題辭箋注

[明]張燮 著
王京州 箋注

上海古籍出版社

本書獲國家古籍整理出版專項經費資助

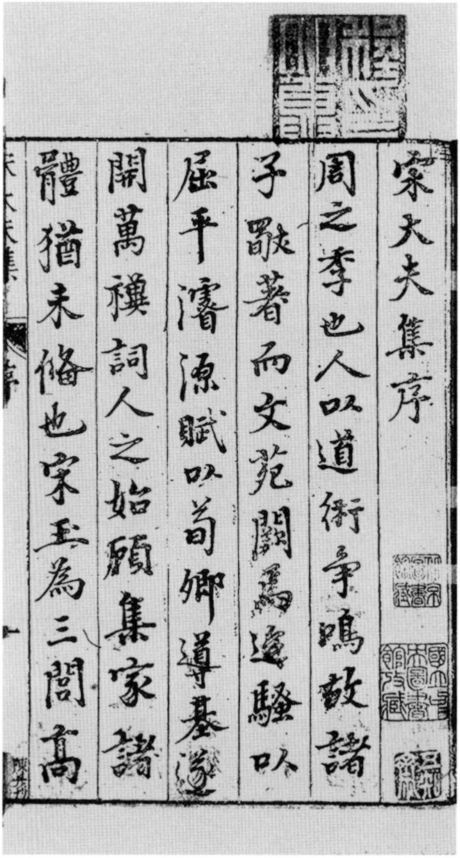
宋大夫集序
周之季也人以道術爭鳴鼓諸
子趹著而文苑闃焉遂騷以
屈平濬源賦以荀卿導基遂
開萬禩詞人之始顧集家諸
體猶未備也宋玉為三閭高

中國國家圖書館藏

明末刻本《七十二家集·宋大夫集》卷首題辭

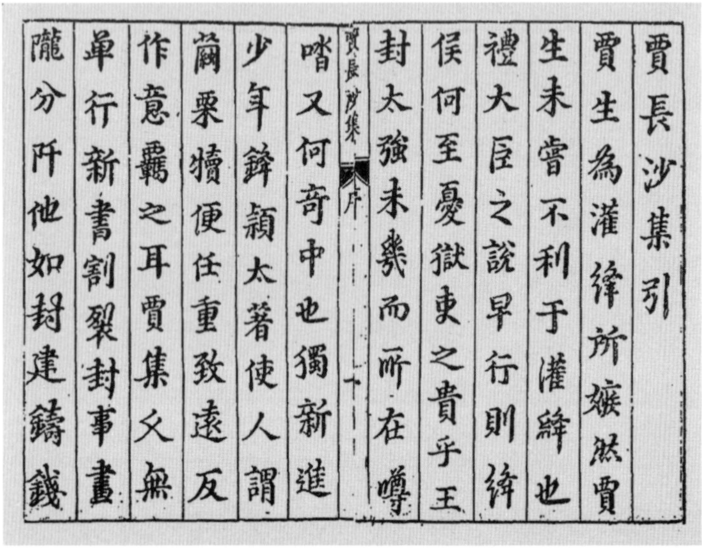

賈長沙集引

賈生爲灌絳所嫉然賈生未嘗不利于灌絳也禮大臣之説早行則絳侯何至憂獄吏之貴乎王封太強未幾而所在噂嗒又何奇中也獨新進少年鋒穎太著使人謂爾栗犢便任重致遠反作意羈之耳賈集久無單行新書割裂封事畫隴分阡他如封建鑄錢

賈長沙集　序　一

《續修四庫全書》影印《七十二家集·賈長沙集》卷首題辭

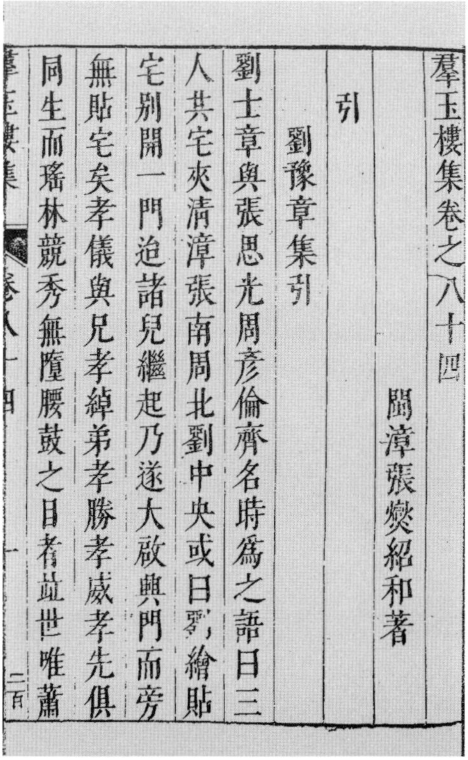

羣玉樓集卷之八十四

閩漳張燮紹和著

引

劉豫章集引

劉士章與張思光周彥倫齊名時爲之語曰三人共宅夾清漳張南周北劉中央或曰劉繪貼宅別開一門迨諸兒繼起乃遂大啟與門而旁無貼宅矣孝儀與兄孝綽弟孝勝孝威孝先俱同生而瑤林競秀無墮腰鼓之目者並世唯蕭

羣玉樓集　卷八十四　一　二百

台北“國家圖書館”藏明末刻本《群玉樓集》

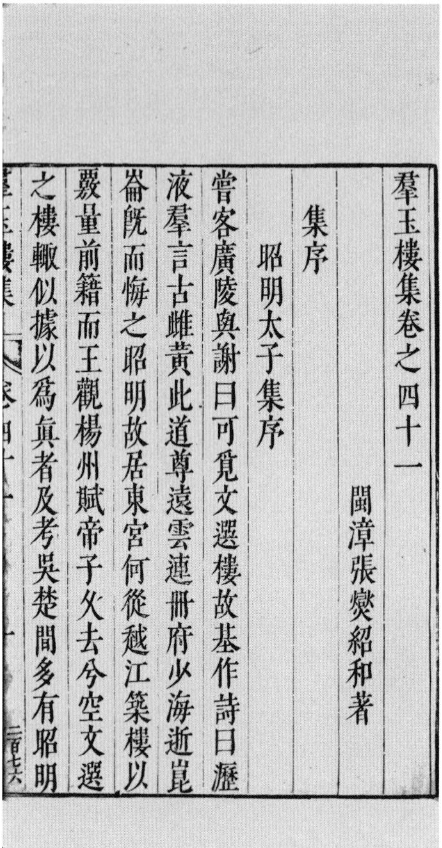

羣玉樓集卷之四十一

閩漳張燮紹和著

集序

昭明太子集序

嘗客廣陵與謝曰可覓文選樓故基作詩曰瀝液羣言古雌黃此道尊遠雲連冊府少海逝崑崘既而悔之昭明故居東宮何從越江築樓以叢量前籍而王觀楊州賦帝子父去兮空文選之樓輒似據以爲眞者及考吳楚間多有昭明

河南省圖書館藏殘本《群玉樓集》

前言

張燮(一五七四—一六四〇)字紹和,號汰沃,龍溪錦江(今福建龍海)人。弱冠之年中舉,有感于時事動盪,遂絶意仕途。早歲定居錦江,晚年棲隱漳州,雖閉影自好,然而遊歷山川,結交名流,并未廢絶。遍遊吴越、三楚等地,與黄道周、曹學佺、何喬遠、周起元等交往密切。黄道周《三罪四耻七不如疏》稱「雅尚高致,博學多通,足備顧問,則臣不如華亭布衣陳繼儒、龍溪舉人張燮」(《黄石齋先生文集》卷一),洵非虚譽。張燮一生著述宏富,現存世者有《東西洋考》、《霏雲居集》、《霏雲居續集》、《群玉樓集》等。《七十二家集》是張燮晚歲精力所萃之作,藴有極高的學術價值,然而後世傳本稀少,學界往往不予重視。其各集卷首自撰各家題辭,作爲單篇偶有學者論及,然而作爲整體,則幾乎逸出了學界的視野之外。

一

在文學復古運動的影響下，從明代中期開始，漢魏六朝文學受到越來越多的關注，《文選》、《玉臺新詠》、《蔡中郎集》、《陶淵明集》等作品大爲暢銷。在此基礎上，學者們不滿足于已有的總集和别集，又開始致力于從《文選》、《藝文類聚》等總集、類書中對漢魏六朝集部文獻進行輯佚重編，在總集、别集的編纂上各自取得了不菲的成績。總集如舊題薛應旂《六朝詩集》、馮惟訥《古詩紀》，别集如黄省曾《嵇中散集》、陸元大《晉二俊文集》等，無不蜚聲士林。至于明末，此風仍熾，張燮後來居上，將漢魏六朝文集彙爲一巨編，集其大成，也應視爲這一風氣影響下的産物。仔細考察起來，張燮《七十二家集》的編纂，很可能受到梅鼎祚、焦竑以及《漢魏諸名家集》的直接影響。

梅鼎祚畢生以恢復古學自任，其詩文深得王世貞、汪道昆之贊賞，壯年辭不赴仕，歸隱田園，輯有《古樂苑》、《唐樂苑》、《八代詩乘》、《歷代文紀》等，在總集編纂領域具有卓著貢獻。除總集外，梅鼎祚還致力于編刻漢魏六朝别集，其《謝宣城集序》稱：「《謝宣城集》五卷，郡司理史公以不佞糾其遺謬，授副墨之子。」(《鹿裘石室集》卷二六)梅氏不僅致力于編校，而且躬自刊刻，《江光禄集》十卷、《集遺》一卷即出自梅鼎祚玄白堂所刻，在江淹集的流傳史上據有一席之地。張燮在致梅鼎祚的信中由衷地表達了敬慕之情：

顧足下肴核百氏，爐冶千秋，胸舒全豹之窺，字政三豕之誤，汪而俱發，如飛百脉之泉，乃僕往往貧而審蓄，鈍而易忘，譬之大嚼屠門，終不能得肉者耳。何敢附足下芳塵，作鄭康成車後哉！（《霏雲居集》卷四八《寄梅禹金》）

張燮盛贊梅鼎祚「肴核百氏，爐冶千秋」，當即指梅氏畢生致力的輯佚事業而言，從後文張燮謙稱「何敢附足下芳塵，作鄭康成車後」分析，很可能梅氏在來書中，欲提攜和引導張燮追隨自己的脚步，共同致力于舊集董理之事，更可見梅鼎祚投身整理漢魏六朝集部文獻的熱忱。

焦竑博覽群籍，治學嚴謹，不僅精于經史之學，而且在文獻考據上成就突出，編有《中原文獻》、《國朝獻徵録》、《國史經籍志》等文獻整理名著。與梅鼎祚同趣，焦竑也熱衷于編刻和傳播漢魏六朝名家别集，據現有資料考察，焦竑至少編校了《陶淵明集》、

《謝康樂集》、《陶隱居集》三種，其《題謝康樂集後》稱：「《謝康樂集》世久不傳，其見《文選》者詩四十首止耳，後李獻吉增樂府若干首，黄勉之增若干首，吾師沈道初先生冥搜博訪，復得賦若干首、詩若干首、雜文若干首，譬之裒虬龍之片甲，集旃檀之寸枝，總爲奇香異采，不可棄也。輯成合刻之，而以校事委余。」（《焦氏澹園集》卷二二）顯示《謝靈運集》之編輯成于衆手，焦氏躬身校勘之役。此集後被收入署名爲汪士賢編刻的《漢魏諸名家集》，它搜采全面，體例嚴整，而其中焦竑當無愧是《謝靈運集》之功臣。張燮《七十二家集》的編纂，還充分參考了焦竑編校的《陶彭澤集》、《陶隱居集》。《七十二家集·陶隱居集》卷末「糾謬」稱「焦弱侯所定《陶隱居集》，較世本稍爲完備，然附録悉依《茅山志》抄謄，不及詳核」，既肯定了焦竑編訂《陶隱居集》的價值，同時也指出了其附録的不足之處。而《重纂陶彭澤集序》則徑稱「焦弱侯太史嘗出所手訂宋本示余，與世本多別，余以方葫蘆中《漢書》，今爲點定，更寫以傳」，更顯示了焦竑編訂《陶彭澤集》對張燮《七十二家集》的直接影響。

作爲父執輩的梅鼎祚、焦竑身體力行，躬自編校和刊刻漢魏六朝名家别集，又甚且循循善誘，出手相助，這些都對張燮之致力于整理先唐集部文獻産生了深刻的影響。

然而僅以梅鼎祚之編校總集以及與焦竑各自校刻别集，似乎還都不足以最終促使張燮《七十二家集》的産生。張燮企慕先賢，可能在總集編纂上另開爐灶，又或者在别集編纂上繼續搜輯放佚，但要編一部大型的彙輯衆家别集的叢編型總集，總好像還缺乏産生的充分條件。署名爲汪士賢編刻的《漢魏諸名家集》〔一〕，在形式上爲《七十二家集》的編刻奠定了堅實的基礎。《四庫提要》集部總集類存目三《漢魏名家》：

> 是編所録，自漢董仲舒迄周庾信，凡二十二集，刊于萬曆中，在張溥《百三家集》之前，與張燮《七十二家》互相出入，中又有題吕兆禧、焦竑、程榮校者，則非士賢一人所手訂也。中如《謝惠連集》以《南史》本傳爲李燾撰，亦多舛謬。

館臣稱《漢魏諸名家集》與《七十二家集》互有出入，實際上無論是二十一家，抑或二十二家，都在《七十二家集》的籠罩之内。其中《謝康樂集》題「焦竑校」，《東方先生集》、《潘黄門集》、《任彦昇集》題「吕兆禧校」，《阮嗣宗集》、《嵇中散集》、《鮑參軍集》題「程榮校」，誠如館臣所説的成于衆手，非汪士賢一人所編。即使是署爲「汪士賢校」的十餘家，實際上也都是前人編集在前，如梅鼎祚編訂《謝宣城集》、黄注編校《陶貞白集》等。

汪士賢名義上雖任校勘之役，實際上主要是襲取現成。由于成書草率，所以各集體例舛互；又由于成于衆手，所以水平參差不齊，很多詩文逸出了編纂者的視野之外，如《蔡中郎集》賦類漏輯《檢逸賦》、《協初賦》、《青衣賦》、《瞽師賦》、《團扇賦》、《蟬賦》，《曹子建集》詩類漏輯《遊仙詩》、《雙鶴詩》、《髑髏詩》、《詠牛詩》，《顔延年集》止録顔詩，賦僅《赭白馬賦》一篇，不能不讓後人詬病。張燮《七十二家集·凡例》稱：

近所刻漢魏文集，各具一臠，然掛漏特甚。即耳目數習慣者，尚多見遺，因爲采取而補之。又念代興作者，豈惟數公，不宜録此棄彼，乃推廣他氏，自宋玉而下訖薛道衡，大地精華、先輩典刑，盡于此矣。

張燮在《凡例》中提到的「漢魏文集」，很可能即指汪士賢所刻而言，「多見遺」、「惟數公」均符合《漢魏諸名家集》的特點。張燮于各集卷首題辭明確標出「重纂」的計有十五家，分别是司馬相如、董仲舒、東方朔、揚雄、蔡邕、曹植、嵇康、阮籍、陶淵明、謝靈運、謝惠連、沈約、陶弘景、任昉、庾信〔二〕，這十五家正好都在《漢魏諸名家集》所收録的範圍之内。從中不難推知，張燮雖然繼承了汪士賢「叢編型總集」的形式，而實際上不僅在數量上遠度越其上，體例趨于完善，即就這二十二家而論，張燮所輯亦自是後出轉精，青出于藍，不可同日而語。其訂補、辨僞的苦心略見于《七十二家集》各集後所附「糾謬」一節，見本書附録，此不贅引。

綜上所述，張燮《七十二家集》之編纂，既有文學復古的時代風氣因素，又直接受到前輩學者及同類型著作的沾溉和影響。梅鼎祚、焦竑在文獻整理大業上昂首闊步，又對漢魏六朝名家别集情有獨鍾，對張燮不惟有潛移默化的影響，甚或也有直接的引導提攜之功。汪士賢編刻《漢魏諸名家集》雖僅録二十二家集，且難免疏漏，然而其叢編型總集的新形式，對張燮《七十二家集》的編纂具有示範之作用。

二

《七十二家集》告竣後，在周起元、南居益等友人的大力資助下，從天啟四年到崇禎元年，張燮躬自校勘刻寫，投身于這一大型叢編總集的刊刻事宜。從《群玉樓集》致友人的大量書信中，可以推測《七十二家集》艱辛的刻印過程。張燮從時代上對「七十二家」進行綜括，將其分爲十二個時代，即周（一人）、漢（十二人）、魏（七人）、晉（十一人）、宋(五人)、齊(二人)、梁(十八人)、陳(五人)、北魏(二人)、北齊(二人)、北周(二人)、隋(五人)。然而在《七十二家集》的刊刻過程中,張燮并未遵循從先而後的順序,而是見機行事,在條件成熟的情況下隨時刻印。最先刻成的是北朝、陳、隋諸集,刊刻地是金陵;接下來刻成的是周、漢、魏諸集,刊刻地是建陽。北朝、陳、隋諸集的刊刻主要由友人周起元任其事,自漢魏諸集開始,作者親自料理刻書事宜。張燮留駐建陽,歷三數月而未竟,思家心切,加上刻資告罄,于是至嵇康、阮籍集便停滯下來。在《寄張夢澤》中張燮言之甚悉:「《七十二家集》,在吴刻北朝及陳、隋,在閩刻周、漢、魏,今餘子尚閟篋中,明公倘有意乎?」又明白地表達了籲請資助的想法。然而與前此諸集由友人資助刊刻不同的是,餘下的三十六家文集,資助刻印者未見其人,很可能是張燮以一人之資力印成的。在《寄南司空》中,張燮不無慷慨地說:「其未刻一半,歸當鬻墝埆數頃,以供鐫資,了此公案。或謂漳中當路,肯共襄盛舉者,便不費大處分,然燮既不以豬肝累,竟以蠹簡累,又非本懷耳。」接下來在故鄉龍溪,張燮繼續攻刻梨棗,只爲了却一樁心願。先刻成的是梁集,他在《寄何稚孝》中説「梁集十八種呈覽」,顯示此時梁集已刻印完畢。又在《寄南思受》中説「七十二家梓完者已六十四」,知此時不僅梁集刊刻完畢,晉、宋諸集的刊刻又有進展，僅餘八部尚未刊印。遍閲《群玉樓集》所載張燮與友朋書札，未見《七十二家集》刊竟的消息。《寄南思受》一文作于崇禎元年，《群玉樓集》關于《七十二家集》刊印過程的隱秘叙述，至此便戛然而止。晉、宋、齊所餘八集的刊刻，又在此年之後了。今所見中國國家圖書館、故宫博物院圖書館所藏明末刻本《七十二家集》，七十二家俱在，知張燮矢志不移，終竟此業，遺憾的是其心路歷程未能在《群玉樓集》中充分地展示。

《七十二家集》有半數以上作家别集具備開創性價值，張燮躬自從群籍中輯録，没有可因襲的對象，而現存文集往往也以此爲最早。即使非始創于張燮的作家本集，《七十二家集》本也無不具有重要的校勘價值。張燮在全面蒐采、細緻辨僞、字詞校勘與審定等方面花費了大量精力，取得多方面成績。然雖富有價值，却流傳未廣，《七十二家集》成書後不久，即爲一部更爲大型的叢書型總集——《漢魏六朝百三名家集》（以下簡稱《百三家集》）取代和超越。在《百三家集·原叙》中，張溥儘管提到張燮，也不無致敬之意，却標明輯録《百三家集》的動機遠在閲讀張燮《七十二家集》之前，且先此已付諸行動，積卷盈案，甚至有一百四十五家之多：

余少嗜秦、漢文字，苦不能解，既略上口，遍求義類，斷自唐前，目成掌録，編次爲集，可得百四十五種。近見閩刻七十二家，更服其搜揚苦心，有功作者。

這看似合情合理的先後次序，目的却是要與張燮《七十二家集》劃清界限。實際上，在張溥所彙集的一百〇三家文集之中，有七十一家逕自襲取張燮《七十二家集》，四庫館臣曾予指出：

自馮惟訥輯《詩紀》，而漢魏六朝之詩匯于一編；自梅鼎祚輯《文紀》，而漢魏六朝之文匯于一編；自張燮輯《七十二家集》，而漢魏六朝之遺集匯于一編。溥以張氏書爲根柢，而取馮氏、梅氏書中其人著作稍多者，排比而附益之，而成是集。（《四庫提要》集部總集類四《漢魏六朝百三家集》）

張燮《七十二家集》是張溥《百三家集》成功的基石，甚至可以説，如果没有張燮的《七十二家集》，可能便不會有張溥的《百三家集》，即便有之，也絶非現有的形態和規模〔三〕。近世中國并不重視學術規範，對張溥的《百三家集》，學界多肯定其繼往之功，而絶少討伐其蹈襲之弊。在張溥《百三家集》之價值備受肯定的同時，張燮《七十二家集》的學術成就，則無形之中被淡忘了。

事實却是，張溥在漢魏六朝集部文獻上的鑽研之功，遠不及張燮，《百三家集》也未能後出轉精，完全淩駕于《七十二家集》之上。後者體例謹嚴，法度嚴整，經過張溥的删補，學術價值反而有所下降。傅增湘即認爲：

> 張天如又因此書增益爲《百三家》，然則繼往開來，紹和之功，豈不偉哉！暇時余取二書并觀之，天如所輯雖頗爲宏富，而精審乃遠不如紹和。此編各家卷數有依舊本者，有就所葺重行叙次者；天如則少者一卷，多者二三卷，盡改舊觀，一也。又此編附録後有遺事、集評、糾謬三門，詳其人之身世、出處、文字源流，可供後人考訂之資；天如則悉予刊落，使閱者茫無依據，二也。（《雙鑑樓藏書續記》卷下）

張溥書宏富有餘，然而精審不足，刊落張燮原有之附録，尤爲傅氏所指摘。問題正在于，張溥既襲取張燮，又諱所從出，勢不能保留張燮之附録，不然《百三家集》即使多出三十多家，仍難以自立于《七十二家集》之上。傅氏還對張燮《七十二家集》沉湮後世的原因進行了探析：

> 然自天如之本盛行，而紹和所輯乃無人稱道之，收藏家至有不能舉其名者。意其僻處海濱，聲聞闃寂，縉版雖行，傳播未廣，不若天如之領袖文壇、廣通聲氣，其著述可不脛而走也。（同上）

張溥《百三家集》的盛行，固然與其復社領袖的身份和地位緊密相關，然而尤爲關鍵的是，其編集取資的對象《七十二家集》已達到了極高的水準。可以説，張燮在漢魏六朝集部文獻整理上取得的成就，正是張溥《百三家集》盛行于世的助推劑。而《七十二家集》却似乎無可避免地被湮没了，清人著述絶少提及張燮《七十二家集》，更遑論對其價值的認定。僅王鳴盛《蛾術篇》肯定「張君好古，殊見搜羅苦心」，不無遺憾地感歎其「藏版稍僻，播在中土者甚少」，認爲張燮《七十二家集》與張溥《百三家集》有「并存」、「不廢」的價值。

時至今日，學界大多仍漠視張燮的輯佚成就，而張溥《百三家集》則廣爲流傳。張燮《七十二家集》，就目見所及，《中國古籍善本書目》集部總集類「叢編」于顯要處標列，

《續修四庫全書》據中國國家圖書館藏明刻善本影印出版，均可謂遠見卓識。張燮、張溥的學術成就與功過是非，自有後來者評説。

三

集序起源甚早，它幾乎是與别集同步而生的，曹植《前録自序》便可以看成是最早的集序。齊梁時期，集序的形式已經很流行了，如虞炎《鮑照集序》、任昉《王文憲集序》、蕭統《陶淵明集序》等，可爲代表。唐宋以降，由于集部文獻浩繁，集序的形式也日趨繁盛，稱名多變，有引，有叙，有後序，有跋，有題辭。其中「題辭」的稱法除趙岐《孟子題辭》外，幾乎不見于明代以前的著述。至于明代才開始被廣泛使用，舉其要者，如有楊慎《古文韻語題辭》、李贄《李白詩題辭》、李維楨《緑天小品題辭》、湯顯祖《牡丹亭記題辭》、陳繼儒《花史題辭》、黄道周《李氏譜題辭》等，然而基本都是單篇散論，未見成規模者。明人黄佐《六藝流别》最先注意到這一形式：

題辭者何？題諸前後，提綴其有關大體者以表章之也。前曰引，後曰跋。須明簡嚴，不可冗贅。後世文集有「讀某書」及「讀某文」，「題其前」或「題其後」之名，皆本趙岐《孟子題辭》也。

黄佐將題辭體追溯到趙岐的《孟子題辭》，大概是爲了恢宏該體，可不具論，而其不僅將之與引、跋同流，而且敏鋭地意識到題辭與「讀書後」的聯繫，可謂慧眼獨具。

在現存《七十二家集》各集卷首，有五十七家各有一段手寫上版的叙録文字，從「甲子元日紹和張燮識于霏雲居」（《宋大夫集序》）、「紹和張燮撰并書」（《賈長沙集引》）、「甲子人日霏雲主人張燮識于麟角堂」（《重纂司馬文園集引》）等落款來看，所有叙録文字均出自張燮一人之手。有的題爲序，如《班蘭臺集序》、《孔少府集序》；有的題爲引，如《王諫議集引》、《馮曲陽集引》；有的題爲題詞或題辭，如《揚侍郎集題詞》、《重纂蔡中郎集題辭》。這些冠于篇首的集序大多集中撰寫于天啟四年和天啟五年，而這兩年，正是周、漢、魏、北朝、陳、隋等集大舉付諸刊刻的時間。

統計這些序録文字，不難發現「序」的篇幅最長，其次是「題辭」，而「引」的篇幅最爲簡短。其中以序名篇諸作，篇幅最長者爲《重纂陶隱居集序》，計五〇一字，最短者爲《宋大夫集序》，計一八七字；以題詞或題辭名篇諸作，篇幅最長者爲《庾度支集題詞》，計一七四字，篇幅最短者爲《揚侍郎集題詞》〔四〕，計一二四字；以引名篇諸作，篇幅最長者爲《張散騎集引》，計二一九字，篇幅最短者爲《重纂東方大中集引》，計一四八字。篇幅最長的題辭字數，尚不及篇幅最短的序，正如篇幅最長的引，字數尚不及篇幅最短的題辭。從中似可探知張燮對三種文體的使用，并非夾雜淆亂，而是有其匠心所在。序和題辭篇幅較長，命意往往較爲深刻，而引大多不足二百字，閃轉騰挪的空間不大，命意也相對淺顯。觀其《群玉樓集自序》稱「若乃集序之外，有題詞，有書後，有引，有跋，雜曳後塵」，可明瞭張燮的用意所在。由于題辭的稱法習用已久，而且其評騭人物、論列作品、彰顯文采等特徵鮮明，確能代表明人撰寫集序的新變與匠心，故本書徑以「題辭」統領張燮《七十二家集》「序」、「引」等多種形式的集序。

其實早在纂修《七十二家集》之前，張燮就表現出對漢魏六朝人物的情有獨鍾，《霏雲居集》所收詩文截止于萬曆三十九年，其中就多有與漢魏六朝人物相關的篇什，如《竹林七賢贊》、《書郭璞傳後》、《書謝靈運傳後》、《書陶弘景傳後》、《書沈約傳後》等。其五律組詩《懷古四首》實爲懷人，所緬懷的四位古人也都是這一時期的人物：賈誼、司馬相如、東方朔、揚雄。張燮服膺漢魏六朝人物之風采，在系統編集各家詩文的同時，結合作者生平及處身時代，潛思凝慮，形成己見，發而爲一篇篇題辭。這六十家題辭，在張溥《漢魏六朝百三家集題辭》之前，已率先形成了一定文學史的規模，殷孟倫「分之則爲作家各論，合之則爲文學簡史」（《漢魏六朝百三家集題辭注・後記》）的評價，《七十二家集》同樣擔承得起。

張溥《百三家集》多襲取《七十二家集》，前文已詳。然而平心以論，張溥雖不無抄襲之嫌，然而能集其大成，别加訂補，張燮《七十二家集》的沉淪和湮没，應予指出，却并不讓人感到十分可惜。畢竟，在總集的編纂史上，首創者慘遭淘汰、後出者「流芳」後世是常有的事。然而，文學批評史出現類似的現象時，則顯得更爲複雜。其實，張溥《漢魏六朝百三家集題辭》也受到了張燮《七十二家集題辭》的啟發和影響，二張的題辭體例相似，内容却迥然有别，在文學批評史上，張溥之題辭是無論如何也無法取代張燮之題辭的。

張溥既以張燮《七十二家集》爲參考對象，又采用同樣的批評方式，即撰寫題辭，當然不能不對張燮題辭有所留意和參考。細心考察，不難發現，張溥在《陳思王集題詞》中提到的「論者」、《謝宣城集題詞》中提到的「憐之者」以及《梁昭明集題詞》中提到的「論昭明者」，實際上都并非是泛泛而談，没有明確的指向，而是均指向張燮。張溥在行文設論時，有化用或徵引張燮題辭之處，因爲是在暗中用筆，讀之者往往易于忽略。而細讀二張題辭更能發現，張溥徵引張燮的觀點，非僅是出于行文設辭的需要，而往往更是震鑠于張燮學術觀點的鋭利表達：說曹植「自穢」、「善讓」及忠于漢室，說謝靈運「邁性驚挺」、「鴻鵠摩天」，説《南史》歪曲附會蕭統事迹等，張溥既讀之印象深刻，不自覺在撰寫題辭時引用其觀點，回應其成説，又或商榷是非，針鋒相對〔五〕。即便未見對張燮題辭承襲痕迹的大多數題辭，張溥也無不將張燮當作暗中角力的對手，張燮的題辭寫得越好，就越能激發張溥更進一步、超越前賢的渴望。

應該說，張燮就是矗立在張溥面前的一位「編者」，更是一位「論者」！不僅《七十二家集》是《百三家集》之「根柢」，張燮題辭也是張溥題辭之「根柢」。張溥是幸運的，有張燮題辭參照與較量，他的題辭數量更爲可觀，内容也可謂後出轉精。而張燮則是不幸的，他的《七十二家集》取湮後世，六十家題辭也幾乎被後人遺忘。拭去張溥蒙在「論者」張燮身上的灰塵，還原文學批評史的有機鏈條，既無損于張溥百篇題辭青勝于藍的歷史評價，也不再遮蔽張燮六十篇題辭催生張溥題辭、又彪炳于其外的熠熠光輝。

四

張燮在題辭中特别善于使用比較的方式，將同一時代或不同時代的兩個甚至多個人物進行連類比較，在比較中顯示人物的獨特性，如嵇康與阮籍的比較（《重纂嵇中散集序》）、潘尼與潘岳的比較（《潘太常集引》）、劉孝綽與謝靈運的比較（《劉秘書集序》）等。不同時代的人物在比較的視野中，往往更能彰顯其風骨和神采，如《謝康樂集叙》稱：

> 余謂漢季之有北海，魏季之有中散，晉季之有康樂，其才情風格是不一轍，然邁往驚挺之氣，正復自符。北海、中散，垂革命之際，裂眼呵之，而不肯降心者也。康樂當易社以後，低頭就之，而猶爲强項者也。

漢末之孔融、魏末之嵇康與晉宋之際的謝靈運，三人的才情與風格并不一致，然而他們的「邁往驚挺之氣」，在作者看來却具有驚人的相似性。同一時代的不同作者，其詩文風格的個性特徵，若非通過比較也難以顯現，如《昭明太子集序》云：

昭明所自爲撰著，情韻諧秀，體骨高邁。較之諸弟：昭明類松院儁流，隱囊斜映；簡文類蘭閨艷姬，粉帛顧影；孝元類槐市少年，鞍韉高步。并擅門風，就中微覺小異者如此。

蕭統、蕭綱、蕭繹三人之文采風流，并駕齊驅，細繹之下，一爲「松院儁流」，一爲「蘭閨艷姬」，一爲「槐市少年」，比喻不可謂不巧妙。張燮對歷史人物的連類比較，有時甚至不限于六朝的範圍，五代甚至明代人物，都可能成爲其信手拈來進行比較的對象，如將傅咸與周起元進行比較（《傅中丞集序》）、陳後主與南唐後主李煜（《陳後主集題辭》）進行比較等，此不具論。

在題辭中，張燮往往能夠站在漢魏六朝文學史甚至是中國文學史的高度，對作家具有開創意義的詩文予以特別表彰，如「《僮約》一篇，突開百代俳諧之祖，再變而爲《奴券》」（《王諫議集引》），「《七經詩》中《毛詩》一章，後人集句，源本于此，徑自作祖」（《傅中丞集序》），「寄英特于俳諧，則子羽頭責之變聲，而廣微《餅賦》之後勁」（《吴朝請集引》）等。又不限于標舉某一篇詩文，而能對作品在詩歌史上的開創價值予以指認，如「樂府詩歌，譬之大樹吐花，雖少遠馥，然騰蒨自在。爲文章務取意盡，夷然坦途，趙宋人實薪火傳于此也」(《傅鶉觚集引》),「見賾詩爲律祖,泛瀾持比初唐,較爲諧暢,每覺匠心,徐爲湊手」(《張散騎集引》),分别指出傅玄樂府詩對宋人、張正見新體詩對唐人的影響,對其蘊含的文學史價值予以標榜。

當然,文學價值并不限于「導源」一端,「暢流」也是文學史發展的應有之義。如在《沈侍中集引》中,張燮就特别關注沈炯「勸進三表」、《通天臺上章漢武帝》、《歸魂賦》及《請歸養表》,認爲它們可以與劉琨的《勸進表》、陸雲的《盛德頌》、庾信的《哀江南賦》以及李密的《陳情表》等文學史名篇前後輝映:

沈初明勸進三表,足使越石却步,孝穆齊鑣,何其壯也!梁祚既傾,播遷北指,文靡留草,慮才見羈。《通天臺上章漢武帝》,可謂精誠之感,視陸士龍《上漢高頌表》,蓋情殊而文匹焉。《還魂》之賦,悲喜駢集,幸而不作「哀江南」也。古人以陳情請歸養者,世但知李令伯之事祖母劉,而不知有初明之事母劉及叔母江,辭旨懇到,差足連類。

相類似的比較和標榜,還見于《盧武陽集引》:「叙述興亡,固《過秦》之留蹤;牽率勞生，乃《樂志》之對境。」通過連類名篇的方式，對盧思道《勞生論》、《北周興亡論》三篇論體名作進行了價值的確認。

張燮題辭之學術方法，較爲突出的還有「知人論世法」。他的絶大多數題辭，都是評騭人物的篇幅超過了評價作品，甚至還不乏一些題辭通篇都是知人論世之辭，而對其文學成就則置之無論。如據《重纂陳思王集序》末稱「一片丹誠，翻同不韻，因增定陳王集而昭揭之如此。若夫八斗才華，鬱是巨麗，則壇苑間久龜麟宗之，無所俟余言矣」，可知此題辭通篇以知人論世爲方法論，以商榷古今爲目的和訴求，至于曹植的文學成就和地位，則基本不爲張燮所關心。又如《謝康樂集叙》末云：「康樂詩與文爲江左名流第一，無俟更爲標持。予慨世儒不識赤心，每繩其躍冶大鑪，翻自取戾，故因增定《康樂集》剖出之，以釋世之揶揄康樂者。」與前引《重纂陳思王集序》在結撰方法上，可謂異曲同工。即使是兼論作品的題辭，其評騭人物的篇幅比重也大多都在評論作品之上，顯示了張燮對「知人論世法」的一貫遵用和重視。

張燮對漢魏六朝作者多持同情之理解，不因人廢言。他審視六朝文苑，不是用政治家的眼光，更不是以道德家的眼光來評判，故其所持評價標準較爲温和寬容。如對江總的評價，從「與波上下」、「麗冶之才」、「諾諾因人」、「經濟既非所長，道誼雅無足采」等措辭中可見其態度，《江令君集序》又稱：「文心妍秀，蔚彼墨莊，未宜以輕艷二字槩相抹殺，輕艷不猶愈于陳腐哉」，可稱公平持中之論。對于一些傳統評論體系中的浮華之士、忤時之臣、失節之徒乃至亡國之君，張燮在題辭中并不人云亦云，口誅筆伐，因此没有令人生厭的陳腐氣，而是有其準確的歷史定位。

有些題辭，張燮突破了行事之是非、歷史之功過的評價範圍，進而深入到歷史人物的精神層面，對其在特定時代的心路歷程進行了某種程度的還原，如《重纂陳思王集序》：

古今骨肉爲帝而戀戀故主、哀不自勝者，惟陳王及司馬孚兩人。吁！赤心揭于日月矣。余謂子建果嗣，必堅守服事之節，而卯金尚延。即子建不嗣，而嗣魏者未遽代漢，子建以貴公子守一官，以彼其才，何地不足自展？勝于豆泣釜中，救過不贍，遠遊之冠空邑邑而齎志于盛年也。

又如《增訂阮步兵集序》：

《詠懷》八十二章，拉首陽，拍湘纍，悲繁華，憐夭折，深心轆轤，而故作求僊語雜之。蓋身不能維世，故逃爲驚世。廣武之歎，蘇門之嘯，窮途之慟，綜憂樂而横歌哭，夫亦大不得已者乎！

對曹植的評價重拾王通「陳思善讓」的驚人之論，而揭櫫若干史料，使其説更爲圓通；對阮籍的評價則并不以新奇取勝。二題辭的共同之處在于持同情之理解，還原獨特的歷史情境，動態地把握人物的心靈史。細緻而深入的追蹤和體認，使《七十二家集題辭》更具備學術的色彩，與泛泛而談的人物或作品評論、止步于描述編集過程的序跋劃出了界線。

五

張燮《七十二家集》的刊刻歷時既久，其間往往又以單本或數本贈送友朋，如「偶簡得徐庾集二部，奉塵清覽」（《寄孫功甫》）、「隋集一部，寄呈覽笑」（《寄蔡敬夫》）、「《記室集》并領，言謝不盡」（《丁啟睿報札》）等。今日存世之《七十二家集》，既有足本，又有殘本，零本亦復不少。中國國家圖書館皮藏足本一部、殘本兩部（《北京圖書館古籍善本書目》),故宮博物院圖書館藏足本一部(《中國古籍善本書目》),日本内閣文庫藏同一刊本兩部(嚴紹璗《日藏漢籍善本書録》),清華大學圖書館藏善本書目》)、河南唐河縣圖書館(《中國古籍善本書目》)、福建廈門同安區文化館(《中國古籍善本書目》)各藏殘本一部。零本存世者較多,如中國國家圖書館有《牛奇章集》(王重民《中國善本書提要》),日本京都大學文學部有《董膠西集》(《日藏漢籍善本書録》),浙江省圖書館有《陳思王集》(《浙江圖書館古籍善本書目》),山西省圖書館有《陳記室集》(《山西省圖書館古籍善本書目》),清華大學圖書館有《梁武帝御製集》(《清華大學圖書館藏善本書目》)等,不一一列舉〔六〕。

然而無論足本、殘本,亦或零本存世者,其實都是明末刊本,即張燮親力親爲的天啟、崇禎間刻本。經過比對和分析,知它們之間并無區別。以《重纂嵇中散集序》而論,《續修四庫全書》據中國國家圖書館藏明末刻本影印,序末至「所謂龍章鳳姿天質自」戛然而止,尋繹其語氣,雖迫近尾聲,然而語意未完,且無落款,疑其漏印單獨佔據一頁的一行或兩行文字,然而查檢其多種存世版本,此處闕行均同,無從考補。後于臺北「國家圖書館」訪得《群玉樓集》,于該集卷四〇檢得《重纂嵇中散集序》一文,發現末有「然者其人其言依稀見之」十字，方才補足，而限于《群玉樓集》體例，其落款則無從考補〔七〕。

明刊《七十二家集》有十五家未見題辭，現存五十七家題辭大多是手寫上版，固然灑脱美觀，然而却有一部分題辭爲草寫，難以辨認，雖經極力認讀，仍有十數字無從辨識，後獲睹《群玉樓集》，所有疑難草書豁然貫通。《群玉樓集》所載各題辭不僅溢出三篇（《傅中丞集序》、《潘太常集引》、《張散騎集引》），且文辭偶有不同，具有較高的校勘價值。該集目録標列第四〇卷有《魏武帝集序》一文，正文却不見，令人憾恨。臺北「國家圖書館」藏《群玉樓集》所闕之四十一卷，可據河南省圖書館所藏補足，然二本皆無《魏武帝集序》一文，正文顯示有缺頁。此文係原本未收，抑或在流傳過程中被抽毁，究難確知。將近四百年過去了，不知《魏武帝集序》尚存天壤間否？

今以中國國家圖書館藏明末刻本《七十二家集》爲底本，參校臺北「國家圖書館」藏《群玉樓集》所收各家題辭（不足部分以河南省圖書館所藏補足），不細分文體，按作家時代依次編排。在比勘的基礎上，并詳加箋注，供研治漢魏六朝文學及文學批評史者參考。由于能力有限，疏漏難免，懇請讀者批評指正！

【注釋】

〔一〕汪士賢彙編漢魏六朝諸家文集，成此叢編型總集，其各種版本題名不一，僅以《中國古籍善本書目》著録數種而論，即有「漢魏六朝二十一名家集一百二十三卷」、「漢魏諸名家集一百二十四卷附一種八卷」、「漢魏六朝諸家文集一百二十九卷」等三種稱法。其第二種《漢魏諸名家集》與第一種《漢魏六朝二十一名家集》主體内容彷彿，亦收録二十一家，其多出一卷乃《陶靖節集》所附《總論》一卷，附一種則爲宋葛長庚《海瓊玉蟾先生文集》六卷及《續集》二卷。其第三種《漢魏六朝諸家文集》則收録二十二家，較前二種多出《梁昭明太子文集》五卷。本文所據版本實爲《四庫全書存目叢書補編》所據中國社會科學院文學研究所藏明萬曆十一年刻本《漢魏六朝二十一名家集》，然因《漢魏諸名家集》更爲通行，故以此名統稱之。

〔二〕此稱十五家題辭標名「重纂」，乃據《群玉樓集》所載各家題辭而言。《七十二家集》所載各家題辭標名「重纂」者計十二家，標名「增訂」者一家。原載題辭名未標而至《群玉樓集》多「重纂」字樣者爲《揚侍郎集題詞》、《謝康樂集敘》，《增訂阮步兵集序》則改稱爲《重纂阮步兵集題辭》。

〔三〕李芳細緻比較勘查了張燮《七十二家集》和張溥《漢魏六朝百三家集》之間的異同，得出的結論是「二書重合的七十一家別集中，有四十五家的篇目完全相同，占總數的百分之六十以上」，此外的二十六家別集，張溥則在張燮的基礎上稍有增益或删落，但改動往往不大。李芳《明代漢魏六朝文學文獻整理研究——以汪士賢、張燮、張溥三書爲中心》，南京大學博士學位論文，二〇〇七年。

〔四〕此統計以《七十二家集》各集卷首所載各家字數而論，其落款未包括在内。《群玉樓集》所載各家題辭與《七十二家集》所載相比，其稱名更趨整飭，如「題詞」、「題辭」統稱「題辭」，「序」、「敘」統稱「序」，「小引」、「引」統稱「引」。《七十二家集》原載稱「序」至《群玉樓集》改稱「題辭」者計有兩家，即《阮步兵集》、《陶彭澤集》；原載稱「引」至《群玉樓集》改稱「題辭」者計有一家，即《邢特進集》。《增訂阮步兵集序》計二六四字，《重纂陶彭澤集序》計二六五字，《邢特進集引》計二二二字，其改稱題辭，正顯示張燮在文體分類命名上的匠心。

〔五〕詳參拙撰《張溥〈漢魏六朝百三家集題辭〉「論者」考釋》，《中國典籍與文化》二〇一五年第二期。

〔六〕《中國古籍善本書目》于張燮《七十二家集》，僅著録中國國家圖書館、故宫博物院圖書館所藏足本及唐河縣圖書館、廈門同安區文化館所藏殘本共計四部，故知所遺尚多。

〔七〕《群玉樓集》爲張燮別集之一種，主要收録其萬曆四十七年至崇禎元年之間的詩文作品，《七十二家集》的編纂、刊刻的時間與此集疊合而稍晚，其題辭盡數收入此集，故可用于校勘。臺北「國家圖書館」所藏《群玉樓集》殘缺第二十六至三十卷及第四十一卷共計六卷，河南省圖書館所藏與此同一版本，殘缺前十卷，二本可互爲補足。

凡例

一、張燮《七十二家集》，一作《漢魏七十二家集》，「漢魏」二字并不能統括六朝，且《七十二家集》之名通行已久，學界咸知其所涵括時代，今仍之，不再標舉時代。

二、張燮于各集所冠叙論，多稱「序」稱「引」，稱「題辭」或「題詞」者僅揚雄集、蔡邕集、孫綽集、王筠集、庾肩吾集、陳後主集、高允集、王褒集、隋煬帝集、李德林集、薛道衡集等十一家。然名異實同，故統稱之爲題辭。

三、各題辭往往散在篇首，未有將其裒合爲一書者。今仿殷孟倫《漢魏六朝百三家集題辭注》，采摘題辭，録爲一編，并加箋注，供治中國文學及文學批評史者參考。

四、《七十二家集》刊刻不久，《漢魏六朝百三家集》横空出世，張燮聲名不及張溥，其所編總集遂被掩蓋，清代以來竟無重刊《七十二家集》者。海内外現存《七十二家集》各種足本、殘本及零種版刻實同，今以中國國家圖書館藏明末刻本《七十二家集》各集卷首所載爲底本録入，以臺北「國家圖書館」藏張燮《群玉樓集》（以下簡稱別集本）所載題辭補其未備，校其異同。臺北藏本所闕第四十一卷，復據河南省圖書館所藏《群玉樓集》進行校勘。

五、題辭非各家皆備，其無題辭者分别爲《曹丕集》、《潘岳集》、《陸機集》、《陸雲集》、《郭璞集》、《謝脁集》、《王融集》、《蕭衍集》、《蕭綱集》、《蕭繹集》、《江淹集》等十一家。其所以未有題辭者，蓋未暇也。

六、有題辭者計六十一家，現存六十家，其中五十七家俱載于《七十二家集》，而《傅咸集》、《潘尼集》、《張正見集》三家題辭，《七十二家集》各集卷首未載，僅見于《群玉樓集》卷四十、八十三、八十四。臺北「國家圖書館」、河南省圖書館各自庋藏《群玉樓集》一部，其第四十卷皆存，然二本均有闕頁，據臺北「國家圖書館」所藏《群玉樓集·目録》，知闕頁所載應爲《魏武帝集序》，以目前所存資料來看，該文已無法檢得。

七、題辭文字須加訓釋始明者，則援據舊詁，隨文註釋；有關涉故實掌録者，則援引正史及雜著，詳加闡析。張燮題辭有關作家文學史地位及其作品之價值，亦于箋注中加以闡述。

八、張溥題辭承張燮之後而集其成，二張題辭旨趣同異，歷來較少爲學者關注。故于箋注之後，更設總説，對二張題辭加以比較，以期呈現二張題辭之各自面貌，并歷述有關各集于歷代書目著録及今存版本情況。

九、附録《漳州府志·張燮傳》、《龍溪縣志·張燮傳》，張燮《七十二家集》「凡例」、「總目」、「詩文」、「糾謬」等資料，分門部居，供讀者參考。各篇總説既將張燮、張溥題辭加以比較，故將張溥題辭附于各篇篇末，以便參照。書末另附《漢魏六朝百三家集題辭》全文，前已出各篇則僅于相應位置存目，以避重複。

目録

前言……一
凡例……一
宋大夫集序……一
賈長沙集引……八
重纂司馬文園集引……一四
重纂董膠西集小引……二一
重纂東方大中集引……二七
王諫議集引……三四
揚侍郎集題詞……三九
馮曲陽集引……四六

班蘭臺集序……五三
張河間集引……六〇
重纂蔡中郎集題辭……六八
孔少府集序……七七
諸葛丞相集序……八六
重纂陳思王集序……九六
王侍中集引……一〇六
陳記室集小引……一一三
增訂阮步兵集序……一二〇
重纂嵇中散集序……一二八
傅鶉觚集引……一三七
孫馮翊集引……一四一
夏侯常侍集引……一四七
傅中丞集序……一五三

潘太常集引……一六〇
孫廷尉集題詞……一六五
重纂陶彭澤集序……一七一
謝康樂集叙……一七九
顔光禄集引……一八八
鮑參軍集序……一九四
重纂謝法曹集序……二〇二
謝光禄集序……二〇九
昭明太子集序……二一七
重纂沈隱侯集序……二二四
重纂陶隱居集序……二三三
重纂任中丞集引……二四一
王左丞集引……二四七
陸太常集引……二五一

劉户曹集小引……二五六
王詹事集題詞……二六二
劉秘書集序……二六九
劉豫章集引……二七七
劉庶子集引……二八一
庾度支集題詞……二八四
何記室集序……二九〇
吴朝請集引……二九七
陳後主集題辭……三〇二
徐僕射集序……三〇九
沈侍中集引……三一六
江令君集序……三二四
張散騎集引……三三〇
高令公集題辭……三三六

温侍讀集引……三四三
邢特進集引……三四九
魏特進集引……三五五
重纂庾開府集序……三六一
王司空集題辭……三六九
隋煬帝集題辭……三七五
盧武陽集引……三八二
李懷州集題辭……三八八
牛奇章集引……三九六
薛司隸集題詞……四〇二
附録一
張燮傳記資料彙編……四〇八

附録二
《七十二家集》卷首與卷末……四一一
附録三
張溥《漢魏六朝百三家集題辭》……四三九
徵引書目……四七八
後記……四九一
修訂附記……四九五

宋大夫集序〔一〕

周之季也，人以道術争鳴，故諸子獨著而文苑闕焉〔二〕。迨騷以屈平濬源〔三〕，賦以荀卿導基〔四〕，遂開萬禩詞人之始。顧集家諸體，猶未備也〔五〕。宋玉爲三閭高弟〔六〕，所爲騷能衍其師緒而弘播徽音〔七〕，賦則鎃鋧益充〔八〕，欲苞荀之槩而殷賑其上〔九〕。虬川翡林〔一〇〕，於焉具體。然則先民有集，蓋首于宋大夫〔一一〕。彼并世濡翰如景差輩，竟不能片簡殘篇與公競傳布也〔一二〕。《隋書·藝文志》載《宋玉集》三卷〔一三〕，今考所屬綴，亦復散見人間，顧未有裒合以行者〔一四〕。余乃編次，爰成斯集。三十六甲，黽爲之長〔一五〕；百羽所宗，其在若簫若干乎〔一六〕？獨怪公之《招魂》、《九辯》，悲悼填膺，如遠刺心血，灑作紅雨噴人〔一七〕；迨《高唐》、《好色》等篇，又若破涕成歡，排愁成媚〔一八〕。忽而蒿目〔一九〕，忽而解頤〔二〇〕，似乎彼此兩截地界，豈悼其師之芳草化蕭〔二一〕，必哺糟啜醨，别爲玩世耶〔二二〕？慷慨熱腸，風流冷眼，一身饒兼之，上世奇人，豈得傲以先鳴之道術哉〔二三〕！甲子元日紹和張夔識于霏雲居〔二四〕。

【校記】

【甲子元日紹和張夔識于霏雲居】別集本率無落款，不一一出校。

【箋注】

〔一〕宋大夫：宋玉，又名子淵，鄢（今湖北鍾翔）人。仕楚頃襄王爲大夫，與唐勒、景差齊名。有集三卷。其事迹略見《史記·屈原賈生列傳》、王逸《楚辭章句·九辯序》、習鑿齒《襄陽耆舊傳》等。

〔二〕周之三句：春秋戰國時期，諸子紛起，競以道術争鳴，于是子書顯揚而文苑沉寂。道術，泛指各家思想學説。《莊子·天下》：「後世之學者，不幸不見天地之純，古人之大體，道術將爲天下裂。」《文選》卷四三劉歆《移書讓太常博士》：「陵夷至于暴秦，焚經書，殺儒士，設挾書之法，行是古之罪，道術由此遂滅。」季，時代之末。《國語·晉語》：「雖當三季之王。」韋昭注：「季，末也。三季王，桀、紂、幽王也。」

〔三〕屈平：字原，楚國人。仕楚懷王爲左徒、三閭大夫，後遭讒毁，懷王怒而疏之，頃襄王更將其放逐于江南，遂自沉汨羅而死。楚辭開源于屈原。《離騷》是屈原代表作，由此形成之騷體成爲楚漢文學重要樣式。《文心雕龍·辨騷》：「不有屈原，豈見《離騷》？」

〔四〕荀卿：荀子，名況，趙國人。早年遊學于齊，三次擔任「稷下學宫」之長。曾應秦昭王聘，西游入秦，旋又返趙。後受楚春申君之用，爲蘭陵令。辭賦奠基于荀卿。《漢書·藝文志》詩賦略序稱：「大儒孫卿及楚臣屈原，罹讒憂國，皆作賦以風，咸有惻隱古詩之義。」既列《荀卿新書》三十三篇于諸子略，又于詩賦略單獨著録其《賦篇》、《成相篇》等作品爲「荀卿賦十篇」，可見《漢志》并標屈原與荀子。然而屈原所作，初不以賦名篇，故最早以賦命篇者當爲荀子。《文心雕龍·詮賦》：「荀況《禮》、《知》，宋玉《風》、《釣》，爰錫名號，與詩畫境，六藝附庸，蔚成大國。」

〔五〕顧集二句：然而文集之名實，尚不具備。《漢書·藝文志》詩賦略所著録的「屈原賦二十五篇」、「宋玉賦十六篇」、「荀卿賦十篇」雖然也是叢集一個作家的作品，而且經劉向等人加工業已成書，然而尚未以集爲名，而且著録作品體類單一，因此一般不被視爲真正意義上的文集。胡應麟《詩藪·雜編》稱「西漢前無集名，文人或爲史，或爲子，或爲經，或詩賦，各專所業終身」，蓋即有見于此。

〔六〕三閭：指屈原，屈原曾仕楚爲三閭大夫。關于宋玉是否師從于屈原，學界尚有争論。最早將宋玉視爲屈原弟子者爲王逸，其《楚辭章句》稱：「宋玉者，屈原弟子也。閔惜其師，忠而放逐，故作《九辯》以述其志。」而更早的《史記·屈原賈生列傳》僅稱：「屈原既死之後，楚有宋玉、唐勒、景差之徒者，皆好辭而以賦見稱；然皆祖屈原之從容辭令，終莫敢直諫。」

〔七〕徽音：令聞美譽。《詩·大雅·思齊》：「大姒嗣徽音，則百斯男。」鄭玄箋：「徽，美也。」

〔八〕賦則句：宋玉賦如《高唐賦》、《神女賦》之類，不僅近紹屈騷餘緒，且徑題爲賦，與荀賦風格、氣脉純然不同，故《漢書·藝文志》分賦爲四類，以屈、宋所代表的辭賦居首，與荀卿賦之屬異軌。《文心雕龍·

詮賦》：「賦自詩出，分歧異派。」宋玉賦成爲漢大賦最重要之取徑對象。參劉剛《論宋玉賦的創作特點與其對漢散體賦的影響》(《古籍整理研究學刊》，二〇〇九年第一期)。

〔九〕殷賑：豐饒，富足。《文選》卷二張衡《西京賦》：「郊甸之内，鄉邑殷賑。」薛綜注：「殷賑，謂富饒也。」又卷四六顏延之《三月三日曲水詩序》：「故以殷賑外區，焕衍都内者矣。」

〔一〇〕虬川翡林：龍、鳥棲息之山林，比喻賦之豐富體式。以龍、虬喻文采，早見于《文心雕龍·封禪》：「鴻律蟠采，如龍如虬。」

〔一一〕然則句：謂別集始于宋玉。按此説可商。《隋書·經籍志》雖著録《宋玉集》三卷，然其爲後人所編輯及追述，當時并無其集。以《隋志》來説，《宋玉集》三卷之前，尚有「楚蘭陵令《荀况集》一卷」，何不稱先民有集，始于荀卿？學界一般認爲文集始于東漢，《隋志》所説頗具代表性，其稱：「別集之名，蓋漢東京之所創也。自靈均已降，屬文之士衆矣，然其志尚不同，風流殊別。後之君子，欲觀其體勢，而見其心靈，故別聚焉，名之爲集。」

〔一二〕彼并世二句：當時援筆創作如景差等人，幾無作品傳世，根本無法與宋玉相提并論。濡翰：蘸墨書寫。《文選》卷二三劉禎《贈五官中郎將》其三：「終夜不遑寐，敘意于濡翰。」景差，戰國時賦家，與宋玉同時，其作品僅存《大招》一篇，亦在疑似之間。王逸《楚辭章句》稱：「《大招》者，屈原之所作也，或曰景差，疑不能明也。」洪興祖補注：「屈原賦二十五篇，《漁父》以上是也。《大招》恐非屈原作。」此外《漢書·藝文志》著録「唐勒賦四篇」，而今唐勒賦作無存，僅有銀雀山漢墓出土唐勒賦殘簡及《水經・汝水注》所載《奏土論》殘句而已。

〔一三〕《隋書》句：《隋書・經籍志》集部別集類載：「楚大夫《宋玉集》三卷。」

〔一四〕今考三句：據考《宋玉集》三卷亡于唐中後期，然而宋玉作品大多得以留存，見于《文選》者七篇，分別是《九辯》、《招魂》、《風賦》、《高唐賦》、《神女賦》、《登徒子好色賦》及《對楚王問》，見于《古文苑》者六篇，分別爲《笛賦》、《大言賦》、《小言賦》、《諷賦》、《釣賦》及《舞賦》。

〔一五〕三十六甲龜爲之長：在所有帶有甲殼的水族動物中，龜是最富有靈性的首領。三十六，蓋爲三百六十之省稱。《大戴禮記・易本命》：「有甲之蟲三百六十，而神龜爲之長。」

〔一六〕百羽二句：鳳凰爲百鳥之王。《荀子》卷一五：「鳳凰秋秋，其翼若干，其聲若簫。」以上四句言宋玉在文壇地位崇高，正像龜爲甲類之長，鳳凰爲百羽所宗一樣。

〔一七〕獨怪四句：《招魂》、《九辯》兩篇，乃宋玉哀吊屈原而作，述屈原之志，以復其精神，故哀傷悼惜，悲憤填胸，與屈原《離騷》、《九章》風格相仿。王逸《楚辭章句》稱「閔惜其師，忠而放逐，故作《九辯》以述其志」，又「宋玉憐哀屈原，忠而斥棄，愁懣山澤，魂魄放佚，厥命將落，故作《招魂》，欲以復其精神，延其年壽」。《招魂》一篇，今學者考證爲屈原所作。參見陳子展《楚辭直解》、馬茂元《楚辭注釋》等。

〔一八〕迨《高唐》三句：《高唐賦》寫楚懷王游高唐時，疲倦入睡，夢見巫山神女主動與己親昵，歡合後變作朝雲暮雨；懷王醒後，眷戀夢境，因而漫遊其地。《登徒子好色賦》通過宋玉對登徒子之反駁、章華大夫對宋玉之補正，圍繞「好色」問題，展開一場巧辯。二賦構思巧妙，情致綿邈，與《九辯》悲憤深沉之風格截然不同。

〔一九〕蒿目：極目遠望，以寄憂世之懷。《莊子·駢拇》：「今世之仁人，蒿目而憂世之患。」

〔二〇〕解頤：頤指面頰，解頤指開顏歡笑。《漢書·匡衡傳》：「匡説《詩》，解人頤。」顔師古注引如淳曰：「使人笑不能止也。」

〔二一〕蕭：指艾蒿等雜草。《楚辭·離騷》：「何昔日之芳草兮，今直爲此蕭艾也。」芳草化蕭，此指屈原理想爲小人所沮。《隋書·經籍志》集部楚辭類序：「弟子宋玉，痛惜其師，傷而和之。」

〔二二〕哺糟啜醨：飲薄酒之餘瀝，喻指隨波逐流。《史記·屈原賈生列傳》：「衆人皆醉，何不餔其糟而啜其醨？」

〔二三〕豈得句：指顧盼自雄于戰國時代者，不僅是道術争鳴一端。

〔二四〕甲子：明天啟四年（一六二四）。元日：農曆正月初一。霏雲居：張燮居所之名，又以之命名其集。《霏雲居集》卷二八《霏雲居記上》：「室旁有地數畝，稱貸鬻之，買山之後，家如懸磬，不能侍畚挶者二年餘，丙午暮春，余欲示世無復出理，乃趣治工，不暇計其貧儉也。迨乎寒孟，家大夫竟驅之使行，時已就緒，然尚未告竣。丁未返自燕，續營之，而畢工于送秋云，題曰『霏雲居』。蓋取平子賦中『雲霏霏兮繞予輪』也。」

【總説】

張燮除從《文選》、《古文苑》中勾稽宋玉十三篇作品外，又從習鑿齒《襄陽耆舊傳·宋玉傳》中輯得宋玉《與友人書》殘句一則，按賦、騷、書、對問等文體先後排列，輯成《宋大夫集》三卷。然而，張燮所輯尚有遺漏，清嚴可均《全上古三代文》又從《太平御覽》中輯得《高唐對》及《文選注》所引《宋玉集序》殘句，可據補。現存《宋玉集》當以張燮《七十二家集·宋大夫集》爲最古，南京圖書館藏清趙氏培蔭堂藏精抄本，或即抄自《七十二家集》本，即非張燮本，其所據底本亦未必早于張燮。今有吴廣平校注《宋玉集》，系統考釋了宋玉的十三篇作品及疑作四篇，嶽麓書社二〇〇一年版。

張燮輯采七十二家作品，其中七十一家皆爲張溥百三家集所襲，而《宋大夫集》獨闕。張燮認爲「先民有集，蓋首于宋大夫」，故始列《宋大夫集》，而張溥則以《賈長沙集》冠首，蓋二人對别集之起源有不同認識與理解。在《宋大夫集序》中，張燮指出「騷以屈平濬源，賦以荀卿導基」，而宋玉則將無論騷還是賦均推向一個新境界，「虬川翡林，於焉具體」。另外，張燮注意到宋玉作品體現出兩種截然不同之風格：一方面，《九辯》、《招魂》「悲悼填膺，如遠刺心血，灑作紅雨噴人」；一方面，《高唐賦》、《好色賦》則「破涕成笑，排愁成媚，忽而蒿目，忽而解頤」。張燮認爲這令讀者感到驚詫，同時他還分析了兩種風格集于宋玉一身之成因。

賈長沙集引〔一〕

賈生爲灌、絳所嫉〔二〕，然賈生未嘗不利于灌、絳也〔三〕。禮大臣之説早行〔四〕，則絳侯何至憂獄吏之貴乎〔五〕？王封太强〔六〕，未幾而所在噂喈〔七〕，又何奇中也〔八〕！獨新進少年〔九〕，鋒穎太著〔一〇〕，使人謂藺栗犢便任重致遠〔一一〕，反作意羈之耳。賈集久無單行，《新書》割裂封事，畫隴分阡〔一二〕，他如《封建》、《鑄錢》諸疏〔一三〕，薄有增益〔一四〕，别標名目，自屬子部，今俱不采。采其騷、賦及疏、牘散見傳、志或他書者，爲《長沙集》。孔門用賦，故知升堂〔一五〕，撫時英鋭〔一六〕，亦具露一斑矣。紹和張燮撰并書。

【校記】

【禮大臣之説早行】「早」，别集本作「果」。

【爲長沙集】「長沙」，别集本作「賈長沙」。

【箋注】

〔一〕賈長沙：賈誼，世稱賈生，洛陽人。漢文帝召爲博士，數上書陳政事，言時弊，後遷太中大夫。爲大臣所忌，出爲長沙王太傅，轉梁懷王太傅。撰有《新書》，集四卷。《史記》卷八四、《漢書》卷四八有傳。

〔二〕灌：潁陰侯灌嬰；絳：絳侯周勃。《史記·屈原賈生列傳》：「天子議以爲賈生任公卿之位。絳、灌、東陽侯、馮敬之屬盡害之，乃短賈生曰：『洛陽之人，年少初學，專欲擅權，紛亂諸事。』于是天子後亦疏之，不用其議，乃以賈生爲長沙王太傅。」張守節正義：「絳、灌，周勃、灌嬰也。」

〔三〕然賈生句：賈生對周勃等人不僅并無惡意，而且有所助益。如《漢書·賈誼傳》載：「是時丞相絳侯周勃免就國，人有告勃謀反，逮擊長安獄治，卒亡事，復爵邑，故賈誼以此譏上。上深納其言，養臣下有節。是後大臣有罪，皆自殺，不受刑。」

〔四〕禮大臣之説：指賈誼《上疏陳政事》所倡尊禮大臣之議。《漢書·賈誼傳》：「廉耻節禮以治君子，故有賜死而亡戮辱。是以黥劓之辠不及大夫，以其離主上不遠也。禮不敢齒君之路馬，蹴其芻者有罰；見君之几杖則起，遭君之乘車則下，入正門則趨；君之寵臣雖或有過，刑戮之辠不加其身者，尊君之故也。此所以爲主上豫遠不敬也，所以體貌大臣而厲其節也。」

〔五〕憂獄吏之貴：指絳侯周勃受獄吏侵辱後出獄之歎。《史記·絳侯周勃世家》：「絳侯既出，曰：『吾嘗將百萬軍，然安知獄吏之貴乎！』」

〔六〕王封太强：言諸侯强大。賈誼《上疏陳政事》言「可爲痛哭者一」，即謂此。對此賈誼提出「衆建」之策：「欲天下之治安，莫若衆建諸侯而少其力。力少則易使以義，國小則亡邪心。令海内之勢如身之使臂，臂之使指，莫不制從，諸侯之君不敢有異心，輻湊并進而歸命天子。」然而漢文帝不能用。

〔七〕噂喈：議論紛紛貌。《詩·小雅·十月之交》：「噂沓背憎。」鄭玄箋：「噂噂沓沓，相對談語，背則相憎逐。」此指漢景帝時吴、楚等七國反叛之事。

〔八〕奇中：出其不意地猜中。《史記·封禪書》：「少君資好方，善爲巧發奇中。」此指賈誼早已預料到諸侯强大則必造反的事實。《漢書·賈誼傳》載其《上疏陳政事》中云：「臣竊迹前事，大抵强者先反。淮陰王楚最强，則最先反；韓信倚胡，則又反；貫高因趙資，則又反；陳豨兵精，則又反；彭越用梁，則又反；黥布用淮南，則又反；盧綰最弱，最後反。長沙乃在二萬五千户耳，功少而最完，勢疏而最忠，非獨性異人也，亦形勢然也。」

〔九〕新進少年：謂賈誼年少，初入仕途，即遇文帝不次之擢。《漢書·趙廣漢傳》：「所居好用世吏子孫新進年少者，專厲彊壯蠭氣，見事風生，無所回避。」顔師古注：「言舊吏家子孫而其人後出求進，又年少也。」

〔一〇〕鋒穎太著：猶言鋒芒畢露。《世説新語·排調》劉孝標注引《張敏集》載《頭責子羽文》：「砥礪鋒穎，以幹王事。」

〔一一〕繭栗犢：初生牛犢。《後漢書·趙熹傳》：「更始乃徵熹。熹年未二十，既引見，更始笑曰：『繭栗犢，豈能負重致遠乎？』即除爲郎中，行偏將軍事，使詣舞陰，而李氏遂降。」李賢注：「犢角如繭栗，言小也。」

〔一二〕《新書》二句：《上疏陳政事》本爲一篇，而《新書》將其分置于《藩强》、《等齊》、《權重》、《制不定》、《匈奴》、《銅布》等不同篇目之下。王應麟嘗言之，其《通鑑答問》卷三稱：「《新書》言『庶人上僭』，班史取爲太息之一；《秦俗》、《經制》二篇，不以爲太息，而班史取爲太息之二；言教太子，是爲太息之三；言體貌大臣，是爲太息之四。《等齊》篇論名分不正，《銅布》篇論收銅鑄錢，此二者皆太息之説。」

〔一三〕《封建》：指《請封建子弟疏》，載《漢書·賈誼傳》。《鑄錢》：指《諫鑄錢疏》，載《漢書·食貨志》。

〔一四〕薄有增益：謂史傳所載與《新書》互有不同，不采《新書》所載，而采諸散見于史傳等書者，故張燮將《封建》、《鑄錢》等疏輯入《賈長沙集》。

〔一五〕孔門句：語出揚雄《法言》，言賈誼辭賦彪炳，雖不如司馬相如，然亦爲一代賦手。《法言·吾子》：「詩人之賦麗以則，辭人之賦麗以淫。如孔氏之門用賦也，則賈誼登堂，相如入室矣。如其不用何！」

〔一六〕英鋭：才華卓犖。《晉書·陸機傳》：「後葛洪著書，稱『機文猶玄圃之積玉，無非夜光焉，五河之吐流，泉源如一焉。其弘麗妍贍，英鋭漂逸，亦一代之絶乎！』」

【總説】

《漢書·藝文志》諸子略儒家類著録「《賈誼》五十八篇」，又詩賦略著録「賈誼賦七篇」，尚未成集。《隋書·經籍志》集部別集類《淮南王集》下小字注「梁又有《賈誼集》四卷，録一卷，亡。」兩《唐志》著録《賈誼集》二卷，此二卷本又復不見于《郡齋讀書志》、《直齋書録解題》，蓋亡于唐末五代之亂。明喬溍輯《賈長沙集》十卷，成化十九年刊。因其將《新書》載入，故卷數反溢于《隋志》所載。王重民《中國善本書提要》稱：「觀其大題『賈長沙集』四字，皆是剜改補刻，疑原與他書合刻，或原在某叢刻中，其後板片散亡，僅存是書，遂改原來總題爲《賈長沙集》，因印爲此本耳。」今并行者有王洲明、徐超《賈誼集校注》，人民文學出版社一九九六年版；方向東《賈誼集匯校集解》，河海大學出版社二〇〇〇年版；吴雲、李春臺《賈誼集校注》（增訂版），天津古籍出版社二〇一〇年版。

張燮《賈長沙集》共録賦、騷、疏、論十二篇，分爲三卷。卷一賦、騷，收《弔屈原賦》、《旱雲賦》、《虡賦》、《鵩鳥賦》、《惜誓》；卷二疏，收《論時政疏》；卷三疏、論，收《論積貯疏》、《上都輸疏》、《諫鑄錢疏》、《請封建子弟疏》、《諫立淮南諸子疏》、《過秦論》。嚴可均《全漢文》所録多同，惟不録《上都輸疏》及《弔屈原文》篇題爲異。考《通典》卷一〇、《文獻通考》卷二五均載賈誼此疏，不止見于《新書》，張燮所録，非剥取子書以入集部，當從之。又張燮據《史記》、《漢書》賈誼本傳等采録，故題爲《弔屈原賦》，嚴可均則據《文選》、《藝文類聚》，故題爲《弔屈原文》。

張燮從賈誼受周勃、灌嬰等人的讒害談起，分析了其在政治上沉淪不起的原因，并標明輯録賈誼作品的原則，最後給予賈誼文學以高度的評價。張溥《賈長沙集題辭》受張燮此作影響，而思致轉深。張燮稱「賈生未嘗不利于灌、絳也」，張溥亦稱「于天子甚忠敬，于功臣宿將無不利也」；張燮言「孔門用賦，故知升堂」，張溥則言「西漢文字，莫大乎是」。惟張溥從賈誼與屈原身世遭際的異同著筆，致慨于司馬遷將屈、賈同傳而又闕録賈誼作品的深刻動機，令讀者頓生唏嘘之感。

【附録】

張溥《賈長沙集題詞》：屈原爲楚懷王左徒，入議國事，出對諸侯，深見親任；賈生年二十餘，吴廷尉言于漢文帝，一歲中，超遷至大中大夫：此兩人者，始何嘗不遇哉！讒積忌行，欲生無所，比古之懷才老死、終身不得見人主者，悲傷更甚。即漢大臣若絳、灌、東陽數短賈生，亦武夫天性，不便文學，未必讒人罔極，如上官子蘭也。太史公傳而同之，悼彼短命，無異沉江。漢廷公卿莫能材賈生而用也，蔽于不知，猶楚譖人耳。賈生治安策，其大者無過減封爵、重本業、教太子、禮大臣數者，于天子甚忠敬，于功臣宿將無不利也。怒之深而遠之疾，何爲乎？《史記》不載疏策，班固始條列之，世謂于賈生有功。然身既疏退，哭泣而死，焉用文爲？太史公闕而不録，其哀生者深也。時政諸疏，雜見《新書》，顧倫理博通，不如本疏，揣摩家庭，登獻華屋，草創潤色，意者亦有殊途乎！騷賦辭清而理哀，其宋玉、景差之徒歟！西漢文字，莫大乎是，非賈生其誰哉！婁東張溥題。

重纂司馬文園集引〔一〕

長卿賦手〔二〕，横絶古今，天子至惓不得同時之歎〔三〕。顧獨不爲卓王孫所重，非當壚滌器辱之，彼不念人才足依也〔四〕。世上一種富人，多是不鯽溜鈍漢〔五〕。獨怪臨邛令日朝相如者〔六〕，方夫驌驦貰盡〔七〕，令君却從何處戴星〔八〕，絶無一介相聞〔九〕，莫知其解也。長卿它文俱以賦家之心發之〔一〇〕，故成巨麗〔一一〕，凡拙速輩無此格力〔一二〕。惜史所稱《平陵侯書》及《五公子相難》等篇〔一三〕，不得付所忠傳之耳〔一四〕。平昔慕藺〔一五〕，迨乘使者車入蜀，作《喻檄》及《難父老》，略定西夷〔一六〕。其豪情爽氣，真跨持璧章臺及澠池擊缶時也〔一七〕。甲子人日霏雲主人張燮識于麟角堂〔一八〕。

【箋注】

〔一〕司馬文園：司馬相如，字長卿，蜀郡成都（今屬四川）人。少時好讀書，喜擊劍。以貲爲郎，事景帝爲武騎常侍。病免，客遊梁，後梁孝王卒，歸蜀，依臨邛縣令王吉。武帝復召爲郎，拜孝文園令。有集二卷。《史記》卷一一七、《漢書》卷五七有傳。

〔二〕賦手：善于作賦的高才。《北齊書·魏收傳》：「會須作賦，始成大才士。」宋劉辰翁《水調歌頭》：「少日河東賦手。」汪夢斗《朝中措》：「便有二京賦手。」

〔三〕天子句：漢武帝讀《子虛賦》自歎不與作者同時。《史記·司馬相如傳》：「蜀人楊得意爲狗監，侍上。上讀《子虛賦》而善之，曰：『朕獨不得與此人同時哉！』得意曰：『臣邑人司馬相如自言爲此賦。』上驚，乃召問相如。」

〔四〕顧獨三句：相如琴挑卓文君，二人私奔成都，卓王孫大怒，不分一錢。後二人謀于臨邛賣酒，文君當壚，相如滌器，卓王孫不得已，又念相如人材足依，方厚給之。《史記·司馬相如傳》：「相如與俱之臨邛，盡賣其車騎，買一酒舍酤酒，而令文君當鑪。相如身自著犢鼻褌，與保庸雜作，滌器于市中。卓王孫聞而耻之，爲杜門不出。昆弟諸公更謂王孫曰：『有一男兩女，所不足者非財也。今文君已失身于司馬長卿，長卿故倦遊，雖貧，其人材足依也，且又令客，獨奈何相辱如此！』卓王孫不得已，分予文君僮百人，錢百萬，及其嫁時衣被財物。文君乃與相如歸成都，買田宅，爲富人。」

〔五〕不鯽溜鈍漢：不明智的人，蠢漢。唐盧仝《揚州送伯齡過江》詩：「不唧溜鈍漢，何由通姓名。」宋祁《宋景文公筆記·釋俗》：「孫炎作反切語，本出于俚俗常言，尚數百種。故謂『就』爲鯽溜。凡人不慧者，即曰不鯽溜。」

〔六〕臨邛令：指王吉，與司馬相如友善。《史記·司馬相如傳》：「會梁孝王卒，相如歸，而家貧，無以自業。素與臨邛令王吉相善，吉曰：『長卿久宦遊不遂，而來過我。』于是相如往，舍都亭。臨邛令繆爲恭敬，日往朝相如。相如初尚見之，後稱病，使從者謝吉，吉愈益謹肅。」

〔七〕驌驦：當作「鷫鷞」，相如所著鷫鷞裘。《西京雜記》卷二：「司馬相如初與卓文君還成都，居貧愁懣，以所著鷫鷞裘就市人陽昌貰酒，與文君爲歡。既而文君抱頸而泣曰：『我平生富足，今乃以衣裘貰酒！』」貰：賒欠。《史記·高祖本紀》：「常從王媪、武負貰酒。」裴駰集解引韋昭曰：「貰，賒也。」

〔八〕戴星：猶言披星戴月，喻早出晚歸。此謂臨邛令王吉不知何處奔忙，之前常謁，待需援手時却不見影蹤。

〔九〕一介：一個使者。《後漢書·鄭衆傳贊》：「衆馳一介，争禮氈幄。」李賢注：「一介，單使也。」

〔一〇〕長卿句：相如文章俱含賦心。賦家之心，指賦的審美創作構思。《西京雜記》卷二：「司馬相如爲《上林》、《子虚賦》，意思蕭散，不復與外事相關，控引天地，錯綜古今，忽然如睡，焕然而興，幾百日而後成。其友人盛覽，字長通，牂牁名士，嘗問以作賦。相如曰：『合綦組以成文，列錦繡而爲質，一經一緯，一宫一商，此賦之迹也。賦家之心，苞括宇宙，總覽人物，斯乃得之于内，不可得而傳。』覽乃作《合組歌》、《列錦賦》而退，終身不復敢言作賦之心矣。」

〔一一〕巨麗：猶言「極美」。《文選》卷八司馬相如《上林賦》：「君未睹夫巨麗也，獨不聞天子之上林乎？」

〔一二〕拙速：原指用兵拙于機智而貴在神速。《孫子·作戰》：「兵聞拙速，未睹巧之久也。」此指爲文敏疾而草率成篇。《西京雜記》卷三：「枚皋文章敏疾，長卿制作淹遲，皆盡一時之譽。而長卿首尾温麗，枚皋時有累句，故知疾行無善迹矣。揚子雲曰：『軍旅之際，戎馬之間，飛書馳檄，用枚皋；廊廟之下，朝廷之中，高文典册，用相如。』」格力：文章的格調、氣勢。貫休《上孫使君》：「野人有章句，格力亦慷慨。」

〔一三〕惜史句：本傳僅列存目各文未傳于今，令人惋惜。《史記·司馬相如傳》：「相如他所著，若《遺平陵侯書》、《與五公子相難》、《草木書》篇不采，采其尤著公卿者云。」

〔一四〕所忠：人名，相如死後往取奏上相如遺書者。《史記·司馬相如傳》：「相如既病免，家居茂陵。天子曰：『司馬相如病甚，可往從悉取其書；若不然，後失之矣。』使所忠往，而相如已死，家無書。問其妻，對曰：『長卿固未嘗有書也。時時著書，人又取去，即空居。長卿未死時，爲一卷書，曰有使者來求書，奏之。無他書。』其遺札書言封禪事，奏所忠。忠奏其書，天子異之。」

〔一五〕平昔慕藺：平時仰慕藺相如之爲人。《史記·司馬相如傳》：「其親名之曰犬子，相如既學，慕藺相如之爲人也，更名相如。」

〔一六〕追乘三句：相如曾奉命持節往使西南，曉諭百姓，恩威并施，略定西南夷。其間撰寫了兩篇著名的文章：《喻巴蜀檄》、《難蜀父老文》。據《史記·司馬相如傳》：「相如爲郎數歲，會唐蒙使略通夜郎西僰中，發巴蜀吏卒千人，郡又多爲發轉漕萬餘人，用興法誅其渠帥，巴蜀民大驚恐。上聞之，乃使相如責唐蒙，因喻告巴蜀民以非上意。」又：「乃拜相如爲中郎將，建節往使」，「司馬長卿便略定西夷，邛、筰、冉、駹、斯榆之君皆請爲内臣」，「相如使時，蜀長老多言通西南夷不爲用，唯大臣亦以爲然。相如欲諫，業已建之，不敢，乃著書，籍以蜀父老爲辭，而已詰難之，以風天子，且因宣其使指，令百姓知天子之意。」二文并見于《史記》本傳，又載《文選》卷四四。

〔一七〕其豪情二句：司馬相如之豪情爽氣，似又遠邁先賢藺相如。持璧章臺，指藺相如奉璧入秦，章臺上與秦王鬥智鬥勇，完璧歸趙事；澠池擊缶，指趙王與秦王澠池之會，藺相如脅秦王使一擊缶事。俱載《史記·藺相如傳》。

〔一八〕甲子：謂天啟四年（一六二四）。人日：指農曆正月初七。霏雲主人：張燮居所名霏雲居，故以霏雲主人自號。麟角堂：張燮居所之名。《群玉樓集》卷四九《家居四銘》載其居所有麟角堂、群玉樓、藏真館、招隱齋。

【總説】

題稱「重纂」，則在《七十二家集》之前，已有司馬相如集之輯録，非張燮始編明矣，標明「重纂」體現了編者循名責實之科學態度。所謂「重纂」，很可能是在汪士賢編刻《漢魏諸名家集·司馬長卿集》之基礎上重新纂輯，詳參前言。與汪士賢編校《司馬長卿集》相較，張燮重纂《司馬文園集》多文二篇，一爲《報卓文君書》，一爲《自叙傳》。《報卓文君書》下又附《卓文君與相如書》，張燮按稱：「此二書絶不載于往編，且其叙致，亦不類漢人語，必出僞手無疑，但近代所刻《文致》諸集，多復選此，或别有據，聊姑存之。」體現了作者既致力于辨僞又博采闕疑的輯録原則。

《自叙傳》爲采録《漢書·司馬相如傳》，以爲其前半部分實爲相如自作，其下按語稱：「劉子玄《史通》云：『馬卿爲自傳，具在其集中，子長録爲列傳，班氏仍舊，曾無改。尋固于馬、揚傳末，皆云遷、雄自叙，至相如篇下，獨無此言，蓋止憑太史之書，未見文園之集耳。』余謂此傳果馬卿自作，安得有相如已死，天子遣所忠索書，又安知歿後數歲，上始祭后土及禮中岳事乎？然則《自叙傳》應至『相如既病免，家居茂陵』爲止，此後別有結束，惜今不傳。而『天子曰』以下，還是太史公補足之。」又稱：「近世學士謂相如集中傳，乃校集者取子長所作附之，非其自筆，然《史通·序傳》一章詳言作者自叙，意直以後人序傳，皆作祖于相如，斷非影響。而俗儒多以亡奔、滌器等事胡不少諱，以此爲非馬卿筆，不知馬卿正自述慢世一段光景，委曲周至，他人不能代之寫照阿堵中也。又按《南史》云『古之名人，相如、孟堅、子長，皆自叙風流，傳芳末世』。則言此文之出相如手，非一人矣。」

按張燮所稱引《史通》一節，出自《雜説上》。《南史》云云，實出自《北史·劉炫傳》，蓋張燮誤記。原文作：「通人司馬相如、揚子雲、馬季長、鄭康成等皆自叙徽美，傳芳來葉。」《史通·序傳》又稱：「降及司馬相如，始以自叙爲傳。然其所叙者，但記自少及長立身行事而已。逮于祖先所出，則蔑爾無聞。至馬遷，又徵三閭之故事，放文園之近作，模楷二家，勒成一卷。于是揚雄遵其舊轍，班固酌其餘波，自叙之篇，實煩于代。雖屬辭有異，而兹體無易。」張燮所考論，至爲詳審，張溥《漢魏六朝百三家集·司馬相如集》徑自録之，并張燮考論文字亦未删去。嚴可均《全漢文》則付之闕如。張燮《七十二家集》之前，有汪士賢《漢魏諸名家集・司馬長卿集》。今司馬相如集整理本有金國永《司馬相如集校注》，上海古籍出版社一九九三年版；朱一清、孫以昭《司馬相如集校注》，人民文學出版社一九九六年版；李孝中《司馬相如集校注》，巴蜀書社二〇〇〇年版。

張燮此引重述司馬相如傳奇的人生經歷，對其「橫絶古今」之才華歎賞連連，「賦手」、「賦家之心」、「巨麗」、「豪情爽氣」等關鍵詞足以概括司馬相如的文學風格與特徵。張溥題辭則將相如賦與揚雄、宋玉以及「他人之賦」進行比較，較張燮題辭之總結更爲深刻。

【附録】

張溥《司馬文園集題辭》：梁昭明太子《文選》，登采極嚴，獨于司馬長卿取其三賦四文，其生平壯篇略具，殆心篤好之，沉湎終日而不能舍也。太史公曰：「長卿賦多虚辭濫説，要歸節儉，與詩諷諫何異？」余讀之良然。《子虛》、《上林》非徒極博，寔發于天材，揚子雲鋭精揣鍊，僅能合轍，猶《漢書》于《史記》也。《美人賦》風詩之尤，上掩宋玉，蓋長卿風流放誕，深于論色，即其所自叙傳。琴心善感，好女夜亡，史遷形狀，安能及此？他人之賦，賦才也；長卿，賦心也。得之于內，不可以傳，彼曾與盛長通言之，歌合組，賦列錦，均未喻耳。獵獸獻書，長楊志直；馳檄發難，巴蜀諫聽。慕藺生之澠池，跨唐蒙于絶域，赤車駟馬，足名丈夫。抑其文，皆賦流也。生賦長門，没留封禪，英主怨后，思眷不忘，豈偶然乎？婁東張溥題。

重纂董膠西集小引〔一〕

漢踞秦餘，聖學堙曖〔二〕，董生正誼、明道二語〔三〕，首揭日月而行〔四〕，宋人詆訶先代不遺餘力，顧獨推挹廣川不虛也〔五〕。彤庭三策〔六〕，纚纚洋洋〔七〕，叠相驕王，雅多匡濟〔八〕。晚歲歸老，國有疑義，遣廷臣詣宅質疑〔九〕，直倚生爲司南車者〔一〇〕。原夫博綜天人〔一一〕，胸無滯旨，事靡留判，應自不窺園時〔一二〕，植德芸邪〔一三〕，深於薈蔚耳〔一四〕。儒林藻苑，判不雙收，乃生饒兼之〔一五〕，文質而核〔一六〕，贍而有體〔一七〕，似在西漢諸人，較有別部淹卲，蛟龍入懷，豈直爲《繁露》之應哉〔一八〕！甲子仲春哉生明日張燮識於覓蠹軒〔一九〕。

【箋注】

〔一〕董膠西：董仲舒，廣川（今河北棗强）人。治《公羊傳》，景帝時爲博士。武帝時舉賢良對策，拜江都相，遷膠西相，後去官家居。撰有《春秋繁露》，集二卷。《史記》卷一二一、《漢書》卷五六有傳。

〔二〕漢踞二句：漢踞暴秦之後，聖學隱微不顯。《漢書·董仲舒傳》載《舉賢良對策》稱：「自古以來，未嘗有以亂濟亂，大敗天下之民如秦者也。其遺毒餘烈，至今未滅，使習俗薄惡，人民嚚頑，抵冒殊扞，孰爛如此之甚者也。孔子曰：『腐朽之木不可雕也，糞土之牆不可圬也。』今漢繼秦之後，如朽木糞牆矣，雖欲善治之，亡可奈何。法出而奸生，令下而詐起，如以湯止沸，抱薪救火，愈甚亡益也。」堙曖，埋没不顯。《後漢書·申屠蟠傳贊》：「韜伏明姿，甘是堙曖。」李賢注：「堙，沉也。曖，猶翳也。」

〔三〕正誼明道：誼通義，爲勸江都王劉非語，是董仲舒新提出之儒家義利觀。《漢書·董仲舒傳》載其原文作：「夫仁人者，正其誼不謀其利，明其道不計其功。」

〔四〕首揭句：喻指董仲舒「正誼、明道」在思想史上之重要地位。《莊子·達生》：「今汝飾知以驚愚，修身以明汙，昭昭乎若揭日月而行也。」揭日月而行，語出《莊子》，然而與《莊子》之意并不相合。《朱子語類》卷九三稱：「天不生仲尼，萬古長如夜。」張燮此語，蓋仿朱熹語而成。

〔五〕宋人二句：以程頤、朱熹、陸九淵等爲代表之宋儒因有所樹立，故對漢儒横加詆訶，唯獨對董仲舒多所推戴。如朱熹不止一次談到董仲舒：「仲舒本領純正」，「董仲舒自是好人」，「只有董仲舒資質純良」(《朱子語類》卷一三七)，「漢儒董仲舒較穩」(《朱子語類》卷一三五)；又如王應麟《通鑑答問》卷三稱：「尚論者當有區别，賢良之對，正大讜直，在漢一董仲舒，在唐一劉蕡而止耳，其它則科舉之空言、場屋之小藝，不足觀已。」

〔六〕三策：謂元光元年舉賢良對策，漢武帝策問三次，董仲舒對策三次，故稱「三策」。《漢書·董仲舒傳》：「武帝即位，舉賢良文學之士前後百數，而仲舒以賢良對策焉。」

〔七〕纚纚：連綿不盡貌。洋洋：盛大衆多貌。纚纚洋洋：形容文章豐富明快，連續不斷。《韓非子·難言》：「所以難言者，言順比滑澤，洋洋纚纚然，則見以爲華而不實。」

〔八〕疊相驕王：言董仲舒先後兩任國相，而且所事之主皆爲驕奢之王，一爲江都易王劉非，一爲膠西王劉端。《漢書·董仲舒傳》：「凡相兩國，輒事驕王，正身以率下，數上書諫争，教令國中，所居而治。」

〔九〕晚歲三句：董仲舒致仕歸鄉之後，仍爲當朝倚重，時相咨問。《漢書·董仲舒傳》：「及去位歸居，終不問家産業，以修學著書爲事。仲舒在家，朝廷如有大議，使使者及廷尉張湯就其家而問之，其對皆有明法。」

〔一〇〕司南車：即指南車，喻指董仲舒仍能爲國家之發展指明方向。

〔一一〕博綜天人：董仲舒《舉賢良對策》首篇從天人感應論起，故其對策又被稱爲「天人三策」。

〔一二〕不窺園：史載董仲舒學問專精，三年不窺園林。《漢書·董仲舒傳》：「少治《春秋》，孝景時爲博士。下帷講誦，弟子傳以久次相授業，或莫見其面。蓋三年不窺園，其精如此。」

〔一三〕植德芸邪：樹立德行，防止邪惡。《晉書·王羲之傳》：「雖植德無殊邈，猶欲教養子孫以敦厚退讓。」《易·乾》：「閑邪存其誠。」

〔一四〕薈蔚：草木茂盛貌。李格非《洛陽名園記·水北胡氏園》：「林木薈蔚，烟雲掩映。」

〔一五〕儒林三句：謂同時彪炳思想史、文學史的人寥若晨星，而董仲舒可算作一個。藻苑：猶言文壇。

張燮喜用此語，如《張河間集引》「藻苑之華暉」、《劉秘書集序》「其爲藻苑所欽」、《王司空集題辭》「藻苑間出」等。

〔一六〕文質而核：言董仲舒文字質樸、内容精當。《晉書·華嶠傳》：「時中書監荀勖、令和嶠、太常張華、侍中王濟咸以嶠文質事核，有遷、固之規，實録之風，藏之秘府。」

〔一七〕贍而有體：言董仲舒文章詳贍而得體。《後漢書·班固傳論》：「若固之序事，不激詭，不抑抗，贍而不穢，詳而有體，使讀之者亹亹而不猒，信哉其能成名也。」

〔一八〕蛟龍二句：謂蛟龍入懷之夢，不獨是《春秋繁露》之徵應。《西京雜記》卷二：「董仲舒夢蛟龍入懷，乃作《春秋繁露》詞。」《春秋繁露》之外，董仲舒還有《玉杯》、《清明》等著作，惜已不傳。《直齋書録解題》集部别集類《董仲舒集》：「仲舒平生著書，如《玉杯》、《繁露》、《清明》、《竹林》之類，其泯没不存者多矣。所傳《繁露》，亦非本真也。」

〔一九〕仲春：指二月。　哉生明：指農曆初三日。《書·武成》：「厥四月哉生明，王來自商，至于豐。」孔傳：「哉，始也。始生明，月三日。」　覓薹軒：蓋亦爲張燮齋名。張燮《霏雲居雜詠·覓薹軒》：「小酉山疑在，當門片石横。詞翻幼婦古，技按壯夫輕。手自存三篋，身寧假百城。傳聞穆天子，不淺羽陵情。」

【總説】

此篇亦題爲「重纂」，蓋《董膠西集》原非始創，亦爲因襲前人，或即由汪士賢《漢魏諸名家集·

董仲舒集》重纂而成。今有袁長江主編《董仲舒集》，學苑出版社二〇〇三年版。《群玉樓集》收録此篇題《重纂董膠西集引》，不復取「小引」之稱法。

署名爲汪士賢編校的《漢魏諸名家集·董仲舒集》，卷首冠以李東陽撰《董子書院記》及《漢書·董仲舒傳》，正文收録《賢良三策并制》、《士不遇賦》、《山川頌》、《詣丞相公孫弘記室書》、《高廟園災對》、《雨雹對》、《郊祀對》、《乞種麥限田章》、《粤有三仁對》，張燮《七十二家集·董膠西集》惟不録《粤有三仁對》，附録糾謬稱：「對問始自宋玉，是借問答以發本懷，董生《郊祀》等對，亦牽綴義旨，組而成篇。乃董集舊本并載《三仁對》，則明是口語，不宜入集矣，今駁歸本傳。」又《四庫提要·别集類存目一》著録《董子文集》，稱：「明正德乙亥，巡按御史盧雍行部至景州，爲仲舒故里。因修復廣川書院，祀仲舒，并裒其逸文，以成是集。」姚振宗《隋書經籍志考證》則稱「明汪士賢所刻《二十一名家集》輯本一卷，即據此本，凡九篇，李東陽爲之序」，則汪士賢《漢魏諸名家集》本實即從盧雍輯本而來，所謂「李東陽序」蓋即卷首所録《董子書院記》。

董仲舒以經術顯于時，二張題辭對其賢良對策無不交口稱贊，尤其是對董仲舒提出「正誼明道」之儒家義利觀予以高度評價。張溥題辭從《史記》、《漢書》對董仲舒立傳之不同處置方式談起，似更巧妙，然而通篇未及董仲舒之文學創作，不如張燮「儒林藻苑，判不雙收，乃生饒兼之，文質而核，贍而有體」之論述爲更全面。

【附録】

張溥《董膠西集題詞》：《史記·儒林傳》載廣川董氏與胡毋生《春秋》同列，無大褒異，至《漢書》始特爲立傳，贊述劉子政與劉歆、劉龔言論，抑揚其辭，以寄鄭重。凡人輕今貴古，賢者不免，太史公與董生并遊武帝朝，或心易之。孟堅後生，本先儒之説，推崇前輩，則有叩頭户下耳。正誼明道，西漢絶學，遂爲儒宗。三策三對，君臣喜起，文章大醇，《禮記》儔也。公孫用事，同學懷妬，出相膠西，謝病自免。悲哉董生，向賦不遇，今其然邪？然尊孔氏，斥百家，立學校，舉茂孝，王者制度皆發自董生，身雖廢，言何嘗不顯哉！高廟燔災，閒居擬對，私家書也。主父挾奏，吕生妄譏，下吏當死，漢法失刑，與誅腹誹何殊？宋儒因武帝好殺，窮迹淮南，曲罪董生一對，上啟殘賊，將生罪反居張湯上乎？非論之平也。婁東張溥題。

重纂東方大中集引〔一〕

東方譎諫〔二〕，人主喜其易狎，彼亦遂狎人主〔三〕。然諫起上林〔四〕，排突董偃〔五〕，即汲長孺之直〔六〕，豈遠過哉！淺視者混列之以爲滑稽〔七〕，高語者傅會之以爲仙人〔八〕，彼蓋托俳諧以傲世焉〔九〕，而匪藉歲星乃顯也〔一〇〕。若夫吐辭英偉〔一一〕，稱是天逸〔一二〕。今其存者〔一三〕，大都盡播傳頌。余於《拾遺記》得其《寶甕》一銘，政如覓碎金於沙際耳〔一四〕。《借車孫弘書》，史載其目〔一五〕，今所餘斷簡，獨隻語寥寥，惜不得全篇讀之〔一六〕，知當狎平津爲海鷗鳥也〔一七〕。甲子上巳汰沃子張燮識於瑞桃塢〔一八〕。

【箋注】

〔一〕東方大中：東方朔，字曼倩，平原厭次（今山東德州）人。言辭詼諧，滑稽多智。漢武帝時待詔金馬門，爲常侍郎，拜大中大夫。有集二卷。《史記》卷一二六、《漢書》卷六五有傳。

〔二〕譎諫：委婉地勸諫。《毛詩序》：「上以風化下，下以風刺上，主文而譎諫，言之者無罪，聞之者足以戒，故曰風。」鄭玄箋：「譎諫，詠歌依違不直諫。」

〔三〕人主：指帝王，此指漢武帝。據《漢書·東方朔傳》載：「伏日，詔賜從官肉。大官丞日晏不來，朔獨拔劍割肉，謂其同官曰：『伏日當蚤歸，請受賜。』即懷肉去。大官奏之。朔入，上曰：『昨賜肉，不待詔，以劍割肉而去之，何也？』朔免冠謝。上曰：『先生起自責也。』朔再拜曰：『朔來！朔來！受賜不待詔，何無禮也！拔劍割肉，壹何壯也！割之不多，又何廉也！歸遺細君，又何仁也！』上笑曰：『使先生自責，乃反自譽！』復賜酒一石，肉百斤，歸遺細君。」東方朔與漢武帝相狎事，多「拔劍割肉」之類。

〔四〕諫起上林：指漢武帝建元年間數出微行，爲百姓所患，又以道遠勞苦，欲起上林苑，東方朔進諫，陳説所以不可者三，言辭激烈，拂逆人主，中云：「夫殷作九市之宫而諸侯畔，靈王起章華之臺而楚民散，秦興阿房之殿而天下亂。」漢武帝不聽。事載《漢書·東方朔傳》。

〔五〕排突董偃：指董偃不僅私通于竇太主，且甚得漢武帝寵幸，當漢武召董偃入宣室時，東方朔辟戟而諫，臚列董偃之罪，「偃以人臣私侍公主，其罪一也。敗男女之化，而亂婚姻之禮，傷王制，其罪二也。陛下富於春秋，方積思於六經，留神於王事，馳騖於唐虞，折節於三代，偃不遵經勸學，反以靡麗爲右，奢侈爲務，盡狗馬之樂，極耳目之欲，行邪枉之道，徑淫辟之路，是乃國家之大賊，人主之大蜮。偃爲淫首，其罪三也。」武帝稱善，詔止，更置酒北宫。事見《漢書·東方朔傳》。

〔六〕汲長孺：長孺爲汲黯字。汲黯爲人耿直，好直諫廷諍，武帝嘗嘆曰：「古有社稷之臣，至如黯，近之矣。」事見《漢書・汲黯傳》。

〔七〕淺視句：指褚少孫附列東方朔于《滑稽列傳》。　滑稽，謂能言善辯，言辭流利。《史記・滑稽列傳》原爲淳于髡、優孟、優旃三人同傳，褚少孫「復作故事滑稽之語六章」，「以附益上方太史公之三章」。司馬貞索隱：「滑，亂也；稽，同也。言辨捷之人言非若是，説是若非，言能亂異同也。」索隱又引姚察云：「滑稽猶俳諧也。滑讀如字，稽音計也。言諧語滑利，其知計疾出，故云滑稽。」則所謂滑稽云者，并無貶義，無論是司馬遷還是褚少孫，于所舉滑稽故事均不無贊賞之意，張燮以爲「淺視者」，似顯苛責。

〔八〕高語句：指劉向將東方朔編次于《列仙傳》。《世説新語・規箴》「漢武帝乳母」條劉孝標注引《列仙傳》：「朔是楚人。武帝時上書説便宜，拜郎中。宣帝初，棄官而去，共謂歲星也。」

〔九〕俳諧：詼諧戲謔。　傲世：睥睨世人。《文選》卷一八成公綏《嘯賦》：「逸群公子，體奇好異，傲世忘榮，絶棄人事。」

〔一〇〕歲星：木星之古稱，此指東方朔傳言爲歲星所化。《太平廣記》卷六引《朔别傳》：「朔未死時，謂同舍郎曰：『天下人無能知朔，知朔者唯太王公耳。』朔卒後，武帝得此語，即召太王公問之曰：『爾知東方朔乎？』公對曰：『不知。』『公何所能？』曰：『頗善星曆。』帝問：『諸星皆具在否？』曰：『諸星具，獨不見歲星十八年，今復見耳。』帝仰天歎曰：『東方朔生在朕旁十八年，而不知是歲星哉。』慘然不樂。」

〔一一〕吐辭：指文學創作。　英偉：指卓犖不凡。

〔一二〕天逸：天性放逸。《後漢書·孔融傳贊》：「北海天逸，音情頓挫。」李賢注：「逸，縱也。」

〔一三〕今其存者：指《七諫》、《非有先生論》、《答客難》、《諫起上林苑疏》等篇。

〔一四〕余於二句：傳説黄帝時瑪瑙甕至堯時猶存，舜遷之于零陵之上，舜崩，甕淪地下。秦始皇時掘地得之，至漢東方朔始識之，于是作《寶甕銘》。銘僅四句：「寶雲生于露壇，祥風起于月館。望三壺如盈尺，視八鴻如縈帶。」載《拾遺記》卷一。張燮輯入《東方大中集》，列于卷末。　政，正通。

〔一五〕借車二句：指《與公孫弘借車書》，史傳中存其目。《漢書·東方朔傳》：「朔之文辭，此二篇最善。其餘有《封泰山》、《責和氏璧》及《皇太子生禖》、《屏風》、《殿上柏柱》、《平樂觀賦獵》，八言、七言上下，《從公孫弘借車》，凡劉向所録朔書具是矣。」

〔一六〕今所三句：指《從公孫弘借車書》僅存于類書之片言隻辭。《藝文類聚》卷八九引東方朔《與丞相公孫弘借車馬書》：「木槿夕死朝榮，士亦不長貧也。」此外，《初學記》卷一八、《太平御覽》卷四〇八所載，稱爲《與公孫弘書》，蓋亦爲「借車書」之文。嚴可均輯《全漢文》列于一名之下，是也。

〔一七〕平津：指公孫弘，漢武帝封公孫弘爲平津侯。　知當句意謂與公孫弘之微妙相處，東方朔既從容周旋，又能覺察到對方之警惕與機心。《世説新語·言語》：「佛圖澄與諸石遊，林公曰：『澄以石虎爲海鷗鳥。』」劉孝標注引《莊子》：「海上之人好鷗者，每旦之海上，從鷗游，鷗之至者數百而不止。其父曰：『吾聞鷗鳥從汝游，取來玩之。』明日之海上，鷗舞而不下。」徐震堮校箋：「劉辰翁曰：『謂玩虎于掌中耳。』案此語未允。蓋謂澄以無心應物，故物我相忘也。」張永言否定劉、徐二説，肯定美國學者芮沃壽之解釋：「這個故事的要點是海鷗鳥被設想爲能覺察威脅而相應改變行爲，所以支道林的意思是佛圖澄在他與石氏的關係中把他們認作具有野性和警惕性的鳥類——不是很聰明，但善能覺察他（佛圖澄）這一方的任何不忠，如同《莊子》故事中的鷗鳥那樣。」（參見張永言《「海鷗鳥」解》，《古漢語研究》一九九四年第三期）公孫弘爲人意忌，外寬内深。《漢書》本傳載：「諸常與弘有隙，無近遠，雖陽與善，後來竟報其過。殺主父偃，徙董仲舒膠西，皆弘力也。」在此，張燮認爲東方朔能與公孫弘安然相處，必能從《與公孫弘借車書》中讀出其背後之智慧，然斷簡殘篇，不足徵也。

〔一八〕上巳：指三月初三。汰沃子：張燮别號。瑞桃塢：不詳何處。

【總説】

張燮《七十二家集·重纂東方大中集》（二卷）之前，有明吕兆禧輯校《東方先生集》一卷，收入汪士賢編刻《漢魏諸名家集》。此篇題爲「重纂」，恐即以吕輯《東方先生集》爲基礎，增訂而成，文稱「余于《拾遺記》得其《寶甕》一銘」，有所補遺，非盡襲前人審矣。《寶甕銘》之外，張燮《東方大中集》較吕兆禧輯校《東方先生集》尚多《十洲記序》及《嗟伯夷》兩篇。今有傅春明《東方朔作品輯注》，齊魯書社一九八七年版。

張燮《東方大中集》附録「糾謬」稱：「近刻《東方集》，歷載諫止董偃、入宣室劾董偃罪狀、臨終諫天子及侏儒對、化民有道對、劇武帝對、劇群臣對、伯夷叔齊對、善哉瞿所對、上天子壽、上壽謝過、割肉自責，皆出當時口語，原非筆録，今具删，歸本傳及遺事。」呂兆禧《東方先生集》載以上諸「對」，爲張燮所糾駁，此「近刻《東方集》」當即《東方先生集》，張燮在汪士賢編刻《漢魏諸名家集》基礎上重纂、增訂而成，又添一證。

張溥《東方大中集題辭》可割截爲兩段文字：前文標舉東方朔《答客難》的文體開創之功，雖爲老生常談，究爲張溥自創之詞，與張燮無關；後文分析東方朔看似詼諧不羈實則正直嚴苛的立身方式，則是從張燮題辭繼承而來。張燮言「諫起上林，排突董偃，即汲長孺之直，豈遠過哉」，張溥則言「又諫起上林，面責董偃，正言嶽嶽，汲長孺猶病不如，何況公孫丞相以下」；張燮稱「淺視者混列之以爲滑稽，高語者傅會之以爲仙人」，張溥則稱「漢武歎其歲星，劉向次于列仙」；張燮知其「當狎平津爲海鷗鳥」，張溥則嘆「事雄主其誠難哉」。遣詞造句容或不同，内容思理則無有二致。

【附録】

張溥《東方大中集題辭》：東方曼倩求大官不得，始設《客難》；揚子雲草《太玄》，乃作《解嘲》。學者争慕效之，假客主，遣抑鬱者，篇章疊見，無當玉卮，世亦頗厭觀之，其體不尊，同于遊戲。然二文初立，詞鋒競起，以蘇張爲輸攻，以荀鄒爲墨守，作者之心，寔命奇偉。隨者自貧，彼不任咎，未可薄連珠而笑士衡，鄙七體而譏枚叔也。曼倩別傳多神怪，不足盡信，即史書所記拔劍割肉，醉遺殿上，射覆隱語，榜楚舍人，侏儒俳優，其迹相近。及諫起上林，面責董偃，正言嶽嶽，汲長孺猶病不如，何況公孫丞相以下？《誡子》一詩，義包道德兩篇，其藏身之智具焉，而世皆不知。漢武歎其歲星，劉向次于列仙，事或有之，非此浮沉，莫行直諫，事雄主其誠難哉！婁東張溥題。

王諫議集引〔一〕

漢宣好文，張子僑輩以材高入侍，然遺編皆不顯，今獨王子淵傳耳〔二〕。九江被公，能爲楚詞，不堪與《九懷》争道也〔三〕。東宫卧疴，忽忽善忘，詔褒娱侍，朝夕以奇文代醫方，疾遂良已〔四〕。後世但知陳檄愈風〔五〕，不知子淵之效此久也〔六〕。《甘泉》、《洞簫》，後宫咸誦〔七〕，視長門買賦〔八〕，遇尤倍奇。《僮約》一篇，突開百代俳諧之祖〔九〕，再變而爲《奴券》，豈易追蹤者哉〔一〇〕？《賢臣頌》是牽絲第一義〔一一〕，殆抵突求仙者〔一二〕，乃竟以祀事銜命，齎志王程，詎香案婆娑心目傀變耶〔一三〕？安得向《金馬碧雞》間而問之〔一四〕？天啟甲子莫春朔日紹和張燮識於汰沃浮蹤〔一五〕。

【箋注】

〔一〕王諫議：王褒，字子淵，蜀郡資中（今四川資陽）人。漢宣帝時待詔，擢爲諫大夫。有集五卷。《漢書》卷六四有傳。

〔二〕漢宣四句：漢宣帝好辭賦，在宫廷招羅侍從之臣，如張子僑、劉向等，然而其作品均已湮没無聞，唯獨王褒之辭賦尚多有傳者。《漢書·王褒傳》：「宣帝時修武帝故事，講論六藝群書，博盡奇異之好，徵能爲《楚辭》九江被公，召見誦讀，益召高材劉向、張子僑、華龍、柳褒等待詔金馬門。」《漢書·藝文志》載：「光禄大夫張子僑賦三篇」，「劉向賦三十三篇」，又「漢中都尉臣華龍賦二篇」。張子僑、華龍賦無存者。劉向賦存《古文苑》所載《請雨華山賦》及《楚辭》所載《九歎》，前者多脱誤，無從校正；此外，僅《雅琴賦》、《圍棋賦》斷句。王褒賦，據《漢書·藝文志》有「十六篇」，今存《洞簫賦》、《九懷》，又《四子講德論》及《聖主得賢臣頌》、《甘泉宫頌》、《碧雞頌》等篇，亦直可視爲賦體。

〔三〕九江被公：見上揭《漢書·王褒傳》文。顔師古注：「被，姓也，音皮義反。」

〔四〕東宫五句：指太子卧病，王褒應詔誦讀奇文以療疾事。《漢書·王褒傳》：「其後太子體不安，苦忽忽善忘，不樂。詔使褒等皆之太子宫虞侍太子，朝夕誦讀奇文及所自造作。疾平復，乃歸。」

〔五〕陳檄愈風：指曹操讀陳琳檄文頭風忽愈事。《三國志·魏書·陳琳傳》裴松之注引《典略》：「琳作諸書及檄，草成呈太祖。太祖先苦頭風，是日疾發，卧讀陳琳作，翕然而起曰：『此愈我病。』數加厚賜。」

〔六〕不知句：《文選》卷三四所收枚乘《七發》，雖不以賦名，實即賦體，并對漢大賦之風格及模式有開啟之功。該賦假設楚太子有疾，吴客前往探望，認爲病因在于貪享過度，非藥石針灸等可治，只能以「要言妙道説而去」，于是分别從音樂、飲食、乘車、遊宴、田獵、觀濤等六事之樂趣，逐步誘導太子改變生活方式，最後要向太子引薦「方術之士」，「論天下之精微，理萬物之是非」，太子乃霍然而病愈。枚乘所遊説雖爲假託，而未爲實事，然其已奠立「以奇文代良方，終使顯貴病愈」這一模式。故其源頭既非「陳檄愈風」，亦非王褒娱侍太子，而應追溯到枚乘《七發》。《七十二家集》不收《枚乘集》，未暇及此，情有可原。

〔七〕《甘泉》二句：指王褒賦頌傳于衆口，影響深遠。《漢書・王褒傳》：「太子喜褒所爲《甘泉》及《洞簫頌》，令後宫貴人左右皆誦讀之。」

〔八〕長門買賦：指陳皇后以重金力請司馬相如作賦事。《文選》卷一六司馬相如《長門賦序》：「孝武皇帝陳皇后，時得幸，頗妒。别在長門宫，愁悶悲思。聞蜀郡成都司馬相如天下工爲文，奉黄金百斤爲相如文君取酒，因于解悲愁之辭。而相如爲文以悟主上，陳皇后復得親幸。」

〔九〕《僮約》：《漢書・王褒傳》及《文選》均未載，此文之留存賴《古文苑》及《藝文類聚》等。較早評價《僮約》者有劉勰及蕭子顯。《文心雕龍・書記》稱：「王褒《髯奴》，則券之楷也。」黄侃《文心雕龍札記》認爲「王褒《髯奴》，即《僮約》」。《南齊書・文學傳論》：「王褒《僮約》、束皙《發蒙》，滑稽之流，亦可奇瑋。」

〔一〇〕《奴券》：石崇所作，文載《太平御覽》卷五九八。

〔一一〕《賢臣頌》：指王褒《聖主得賢臣頌》，文載《漢書・王褒傳》，又見《文選》卷四七。牽絲：配綬，謂任官。《文選》卷二六謝靈運《初去郡》：「牽絲及元興。」李善注：「牽絲，初仕。」

〔一二〕抵突：唐突、觸犯。求仙者：蓋指漢宣帝。《聖主賢臣頌》言明君若得賢臣而用之，則可建成鴻業，而求仙乃虚妄之事。文末稱：「是以聖主不偏窺望而視已明，不殫傾耳而聽已聰。恩從祥風翱，德與和氣游，太平之責塞，優遊之望得。遵游自然之勢，恬淡無爲之場。休征自至，壽考無疆，雍容垂拱，永永萬年。何必偃仰詘信若彭祖，呴噓呼吸如僑、松，眇然絶俗離世哉！」顯寓諷諫帝王之意。

〔一三〕乃竟三句：傷惋王褒受詔往祀、病死道中事。《漢書・王褒傳》：「後方士言益州有金馬碧雞之寶，可祭祀致也，宣帝使褒往祀焉。褒于道病死，上閔惜之。」齎志，懷抱志願。《文選》卷一六江淹《恨賦》：「齎志没地，長懷無已。」婆娑，舞貌。《後漢書・王符傳》：「《詩》刺『不績其麻，市也婆娑』。」李賢注：「《詩・陳風》也。婆娑，舞皃。謂婦人於市中歌舞以事神也。」

〔一四〕《金馬碧雞》：文略見《後漢書・西南夷傳》、《水經・淹水注》及《文選・廣絶交論》注。嚴可均輯入《全漢文》卷四二，題爲《碧雞頌》，張燮命名爲《移金馬碧雞文》，更爲近之。文作：「持節使者王褒謹拜南崖，敬移金精神馬，縹碧之雞。處南之荒，深谿回谷，非土之鄉。歸來歸來，漢德無疆，廉平唐虞，澤配三皇。黄龍見兮白虎仁，歸來可以爲倫。歸來翔兮，何事南荒。」（録自嚴可均《全漢文》卷四二）

〔一五〕天啟：明熹宗年號（一六二一—一六二七）。莫春朔日：指三月初一。莫，暮通。

【總説】

《漢書・藝文志》詩賦略著録「王褒賦十六篇」。《隋書・經籍志》集部别集類著録「漢諫議大夫《王褒集》五卷」，兩《唐志》因之，至《郡齋讀書志》、《直齋書録解題》不復著録，蓋于宋代已亡佚。明人始有輯本。現存王褒集，當以張燮《七十二家集・王諫議集》（二卷）爲最古。今有王洪林《王褒集考譯》，巴蜀書社一九九八年版。

張燮《王諫議集引》旨在評述王褒「遺編」，臚舉其傳世代表作六種，依次爲《九懷》、《甘泉賦》、《洞簫賦》、《僮約》、《聖主賢臣頌》、《移金馬碧雞文》，并對六篇作品逐一評價；無獨有偶，張溥《王諫議集題辭》亦以評述王褒遺作爲宗旨，惟序次略有不同，按序爲《聖主賢臣頌》、《移金馬碧雞文》、《甘泉賦》、《洞簫賦》、《僮約》、《九懷》。其中，二張題辭皆將《甘泉賦》、《洞簫賦》歸并，結合在一起進行論述，一稱「《甘泉》、《洞簫》，後宫咸誦」，一稱「《甘泉》、《洞簫》，後宫傳誦」，蓋二人均以《漢書》本傳爲立足點，知其人而論其世，故英雄所見略同也。

【附録】

張溥《王諫議集題詞》：《漢書》嚴助、朱買臣、吾丘壽王、主父偃、徐樂、嚴安、終軍、王褒、賈捐之九人同傳，令終者鮮。惟子雲棄繻，子淵作頌，名高齊蜀，而夭病隨之。即身非鼎烹，能無惑辨命乎？《聖主賢臣》，文辭采密，其排彭祖，厭喬、松，歸之文王多士，以祝壽考，意主規諷，猶長卿之《子虚》、《上林》，遊戲苑囿，有戒心焉。乃蜻蛉神見，持節南厓，金馬碧雞，光景未來，使者先殞，彼所刺者神僊，而不能抗辭于銜命，烏得云善諫哉？《甘泉》、《洞簫》，後宫誦讀，《僮約》諧放，頗近東方。元帝爲太子時，忽忽不樂，惟子淵奇文，足起體疾，此賢于博弈，信矣。《九懷》之作，追愍屈原，古今才士，其致一也。執握金玉，委之汚瀆，他人有心，誰能不怨？大氐王生俊才，歌詩尤善，奏御天子，不外中和諸體，然辭長于理，聲偶漸諧，固西京之一變也。婁東張溥題。

揚侍郎集題詞〔一〕

子雲賦祖長卿〔二〕，當時稱其文似〔三〕。其曰《子虛》似不從人間來，神化所至〔四〕，蓋自況也。夫《玄》之擬《易》也，《法言》之擬《論語》也，《方言》之擬《爾雅》也〔五〕，古今不無異同〔六〕。至賦手文鋒〔七〕，未有不心折之者。老而自厭，乃更目爲雕蟲〔八〕。譬之懷間盈尺，自以爲非寶，而別求文魮之孕〔九〕，過矣過矣〔一〇〕。子雲當漢之季，《甘泉》、《河東》、《長楊》、《羽獵》，動存規諷，不慮忤時〔一一〕，比在紫色蛙聲之朝〔一二〕，翻傳《美新》〔一三〕，自貽伊哂〔一四〕，豈衆嘲難解〔一五〕，俛托龍蛇時提醒反騷意也〔一六〕？班氏《揚雄傳》是述雄《自序》之文〔一七〕，故後來行徑，尚未終局，班氏於贊補發之〔一八〕。顏師古《漢書注》甚明〔一九〕。後人誤以爲史筆，故集俱不載，今爲拈出〔二〇〕。三復諸篇，而後信動人者終不在禄位容貌也〔二一〕。張燮識。

【校記】

【揚侍郎集題辭】別集本前多「重纂」二字。

【箋注】

〔一〕揚侍郎：揚雄，字子雲，蜀郡成都（今屬四川）人。好學深思，博覽多聞，口吃不能劇談。歷成、哀、平三世，任給事黄門郎，不徙官。王莽時，轉太中大夫，校書天禄閣。撰有《方言》、《訓纂》、《太玄》、《法言》、《蜀王本紀》，集五卷。《漢書》卷八七有傳。楊、揚通。

〔二〕長卿：司馬相如字。《漢書·揚雄傳》：「先是時，蜀有司馬相如，作賦甚弘麗温雅，雄心壯之，每作賦，常擬之以爲式。」

〔三〕當時句：當時人對揚雄所作「文似相如」之評價。《文選》卷七揚雄《甘泉賦序》：「孝成帝時，客有薦雄文似相如者。」李善注引《答劉歆書》：「雄作《成都城四隅銘》，蜀人有楊莊者，爲郎，誦之于成帝，以爲似相如，雄遂以此得見。」

〔四〕其曰二句：揚雄稱道司馬相如語。《西京雜記》卷三：「司馬長卿賦，時人皆稱典而麗，雖詩人之作，不能加也。揚子雲曰：『長卿賦不似從人間來，其神化所至邪？』子雲學相如爲賦而弗逮，故雅服焉。」

〔五〕夫《玄》三句：揚雄不僅賦擬司馬相如，其他著作多爲模擬之作。《漢書·揚雄傳贊》：「實好古而樂道，其意欲求文章成名于後世。以爲經莫大于《易》，故作《太玄》；傳莫大于《論語》，作《法言》；史篇莫善于《倉頡》，作《訓纂》；箴莫善于《虞箴》，作《州箴》；賦莫深于《離騷》，反而廣之；辭莫麗于相如，作四賦：皆斟酌其本，相與放依而馳騁云。」

〔六〕古今句：對揚雄踵武前賢之做法歷來不乏持異議者。如《漢書．揚雄傳贊》稱：「巨鹿侯芭常從雄居，受其《太玄》、《法言》焉。劉歆亦嘗觀之，謂雄曰：『空自苦！今學者有禄利，然尚不能明《易》，又如《玄》何？吾恐後人用覆醬瓿也。』雄笑而不應。」劉歆雖然表達了《太玄》將不被後人所重之憂慮，但對揚雄之成就仍予以充分肯定和尊重。又稱：「用心于内，不求于外，于時人皆曶之；唯劉歆及范逡敬焉，而桓譚以爲絶倫。」唯劉歆、范逡、桓譚贊成揚雄，可知當時非議者必多。「諸儒或譏以爲雄非聖人而作經，猶春秋吴楚之君僭號稱王，蓋誅絶之罪也。」宋世諸儒多訾毁揚雄之學，如程頤評《太玄》、《法言》「蔓衍而無斷，優柔而不決」，蘇軾稱其「以艱深之詞，文淺易之説」等。參見張震澤《揚雄集校注·前言》。

〔七〕賦手：善于作賦之人。《重纂司馬文園集引》：「長卿賦手。」

〔八〕老而二句：揚雄悔其少作，將作賦譬作雕蟲。《法言·吾子》：「或問：『吾子少而好賦？』曰：『然。童子雕蟲篆刻。』俄爾，曰：『壯夫不爲也。』」蟲指蟲書，刻爲刻符，均爲秦書八體之一，西漢時童蒙所習。因以雕蟲篆刻喻詞章小技。

〔九〕文魮之孕：傳説文魮孕而生玉。《文選》卷一二郭璞《江賦》：「文魮磬鳴以孕璆。」李善注引《山海經》：「文魮之魚，其狀如覆銚，鳥首而翼，魚尾，音如磬之聲，是生珠玉。」

〔一〇〕過矣：　揚雄一代賦手，而意貶辭賦，猶如身懷寶玉，而別求他孕，此爲過矣。

〔一一〕子雲四句：《甘泉賦》、《河東賦》、《長楊賦》、《羽獵賦》爲揚雄賦之代表作品。四賦雖誇張渲染，鋪張揚厲，然而又時存規諷，意旨深婉，甚至不無忤逆之辭。如《長楊賦》直言天子大規模的狩獵活動「頗擾于農人」、《羽獵賦》倡言古時天子「不奪百姓膏腴穀土桑柘之地」的行爲等皆是。

〔一二〕紫色蛙聲之朝：　指王莽之世。《漢書·王莽傳》：「紫色蛙聲，餘分閏位。」顔師古注：「應劭曰：『紫，閑色；蛙，邪音也。』蛙者，樂之淫聲，非正曲也。」

〔一三〕《美新》：　指揚雄《劇秦美新》，此文仿司馬相如《封禪文》，上封事于王莽，指斥秦朝，對王莽篡漢自立之新朝，則備極歌頌。載《文選》卷四八，又略見《藝文類聚》卷一〇。

〔一四〕自貽伊哂：　化用「自貽伊戚」之語，謂爲後人譏笑，乃自取之。《詩·小雅·小明》：「心之憂矣，自貽伊戚。」

〔一五〕衆嘲雖解：　外間各種嘲諷雖可得以排解。揚雄有《解嘲》、《解難》、《逐貧賦》，均設爲客主問答，排解各種來自外界之非難。

〔一六〕詭托句：　言揚雄主張隨世浮沉，雖愍屈原之志，却傷其自沉汨羅之行，故摭《離騷》之文而反之；喻指揚雄遇王莽之朝，不得不迎合當世，《劇秦美新》之作，蓋與批評屈原之意正合。《漢書·揚雄傳》：「又怪屈原文過相如，至不容，作《離騷》，自投江而死，悲其文，讀之未嘗不流涕也。以爲君子得時則大興，不得時則龍蛇，遇不遇命也，何必湛身哉！乃作書，往往摭《離騷》文而反之，自岷山投諸江流以吊屈原，名曰《反離騷》。」王念孫云：「衍一『離』字，當作『反騷』。」 龍蛇，言龍蛇蟄居，以屈求伸。典出《易・繫辭下》：「龍蛇之蟄，以存身也。」 按，揚雄稱道莽新之美，蓋非出于本意。《文選》卷四八揚雄《劇秦美新》下李善注稱：「王莽潛移龜鼎，子雲進不能辟戟丹墀，亢辭鯁議，退不能草玄虛室，頤性全真，而反露才以耽寵，詭情以懷禄，『素餐』所刺，何以加焉？」不無苛責之意。李周翰則稱：「王莽篡漢位，自立爲皇帝，國號新室。是時雄仕莽朝，見莽數害正直之臣，恐已見害，故著此文，以秦酷暴之甚，以新室爲美，將悦莽意，求免于禍，非本情也。」其説更爲允通。張燮對揚雄不無同情，并將其撰寫《劇秦美新》置于其一貫行事方式中，以增進讀者對揚雄之理解。

〔一七〕班固于《漢書・揚雄傳贊》首稱：「雄之《自序》云耳。」自稱本傳之文録自揚雄《自序》。劉知幾《史通・雜説》稱：「班氏于司馬遷、揚雄，皆録其《自序》以爲列傳。」

〔一八〕故後三句：《漢書》雄本傳爲《自序》之文，因其撰于作者生前，故其後行迹，則尚未及采入也。班固《揚雄傳贊》爲補充傳文，而實非贊體。《漢書補注》引錢大昕曰：「予謂自『雄之自序云爾』以下至篇終，皆傳文，非贊也。《司馬遷傳》亦稱『遷之自序云爾』，然後别述遷事以終其篇，與此正同。遷有贊而雄無贊者，篇終載桓譚及諸儒之言，褒貶已見，不必别爲贊也。此『贊曰』二字，後人妄增，非班史本文。」其説甚是。

〔一九〕顔師古句：顔師古對此非常明瞭。其注稱：「自《法言》目之前，皆是雄本《自序》之文也。」

〔二〇〕後人三句：後人不知《漢書・揚雄傳》實爲揚雄《自序》，故未嘗將其采入雄集。張燮輯録《揚侍郎集》

始爲采入，命名爲《自序傳》。

〔三二〕三復二句：反復閱讀揚雄各文，可以印證桓譚評價揚雄所謂「動人者不在禄位容貌」之言。《漢書·揚雄傳贊》：「時大司空王邑、納言嚴尤聞雄死，謂桓譚曰：『子嘗稱揚雄書，豈能傳于後世乎？』譚曰：『必傳。顧君與譚不及見也。凡人賤近而貴遠，親見揚子雲禄位容貌不能動人，故輕其書。昔老聃著虚無之言兩篇，薄仁義，非禮學，然後世好之者尚以爲過于《五經》，自漢文、景之君及司馬遷皆有是言。今揚子之書文義至深，而論不詭于聖人，若使遭遇時君，更閱賢知，爲所稱善，則必度越諸子矣。』」

【總説】

張燮《七十二家集·揚侍郎集》（五卷）之前，有宋譚愈輯録《揚子雲集》，經明人補益，後收入《四庫全書·别集類》；又有署名爲汪士賢編刻的《漢魏諸名家集·揚子雲集》。《群玉樓集》題爲「重纂揚侍郎集題辭」，所謂「重纂」，可能即在《漢魏諸名家集》本《揚子雲集》基礎上進行。今有張震澤《揚雄集校注》，上海古籍出版社一九九三年版；又有林貞愛《揚雄集校注》，四川大學二〇〇一年版。

張燮此論揚雄，多發前人所未發，如以揚雄評司馬相如爲自況之辭，晚年悔其少作實則矯枉過正，《劇秦美新》之作有其不得已之苦衷等。張溥《揚侍郎集題辭》則旨在凸顯揚雄所作諸文在文學史上之特殊地位，如以《劇秦美新》爲後世《勸進》、《九錫》等文章之「權輿」，以《逐貧賦》爲後世《釋愁》、《送窮》等文章之「原」，此爲溯流；又以《河東》、《甘泉》、《長楊》、《羽獵》爲「相如不死」，《十二州箴》、《二十五官箴》爲「《虞書》、《魯頌》之遺也」，此爲推源。二張有關揚雄之題辭著眼點不同，各有優勝處，可相互發明也。

【附録】

張溥《揚侍郎集題辭》：《劇秦美新》，諛文也，後世《勸進》、《九錫》，皆權輿焉。《元后誄》哀思文母，盛譽宰衡，猶然美新。豈有周人申后之思乎？予嘗疑子雲耆老清凈，王莽之世，身向日景，何愛一官，自奪玄守？班史作傳，亦未顯訾其符命之作，傳聞真僞，尚在龍蛇間。或者莽善誑耀，頌功德者遍海内，莫不高三皇，巍五帝，子雲美新猶頗藴藉鮮醜，孟堅讀而不怪也。《法言》世貴，《太玄》後顯，并輔六經而行。《河東》、《甘泉》、《長楊》、《羽獵》四賦絶倫，自比諷諫，相如不死。《逐貧賦》長于解嘲，《釋愁》、《送窮》，文士調脱，多原于此。《十二州》、《二十五官箴》，《虞書》、《魯頌》之遺也。《酒箴》滑稽，陳遵見而拊掌，豈讓淳于髡説酒哉！婁東張溥題。

馮曲陽集引〔一〕

才情如敬通，何往不得自奮於功名，況其在風雲之際乎〔二〕！縱乖拊翼以横飛，詎意其沉淪以老〔三〕，真若堂簔之不御也〔四〕？夫其效忠更始，歸命稍遲〔五〕，正是半生義槩〔六〕，不比世人之逐流赴沫者〔七〕，帝何望之深哉〔八〕！毋亦喜事而近迂〔九〕，抗顔而類激，拙於用大，故終成剖瓠之樽耶〔一〇〕？通士合五侯之鯖〔一一〕，而敬通翻以侯門坐累〔一二〕；介士擕鹿門之隱〔一三〕，而敬通翻以闉閣緘愁〔一四〕。如曳碎繒，觸地罣硋〔一五〕，天實爲之〔一六〕，非智巧所得參也。敬通始末，按籍可覆，君子哀屯蹇之窮焉〔一七〕，身雖晦而志乃竟顯矣〔一八〕。乙丑夏五日紹和張燮書於幔亭峰麓〔一九〕。

【箋注】

〔一〕馮曲陽：馮衍，字敬通，京兆杜陵（今陝西西安）人。幼年聰穎，長而博學。王莽時任更始將軍廉丹掾，後從劉玄起兵，玄死，罷兵來降。光武怨不時至，黜而不封，任曲陽令，轉司隸從事。有集五卷。

《後漢書》卷二八有傳。

〔二〕才情三句：馮衍幼有奇才，不仕莽朝，《後漢書·馮衍傳》稱其「幼有奇才，年九歲，能頌詩，至二十而博通群書」，此所謂「才」；又稱其「王莽時，諸公多薦舉之者，衍辭不肯仕」，此所謂「情」。生當西漢之末，年甫弱冠，天下兵起，故稱「其在風雲之際」。

〔三〕沉淪以老：馮衍一生，蹉跎無成。先爲更始將軍廉丹掾，勸廉丹屯兵大郡，以待時變，廉丹不聽，戰死，馮衍亡命河東。後投更始帝部下，更始歿，始降劉秀，故不被重用，出爲曲陽縣令。又由于結交外戚，遷爲司隸從事，然亦由此得罪，免官歸里。建武末曾上疏自陳，猶不被任用。顯宗即位，又多短衍以文過其實，遂廢于家。

〔四〕堂簑之不御：進得屋内，不用簑衣。比喻馮衍不獲重用。《淮南子·齊俗》：「見雨則裘不用，升堂則簑不御。」

〔五〕夫其二句：鮑永行大將軍事，以馮衍爲立漢將軍，與田邑捍衛并土。田邑聞更始敗，加以妻子被擄，因降，并遣使者召鮑永、馮衍，二人拒不肯降。及確知更始已歿，方罷兵降。

〔六〕義槩：同義概，指氣節嚴正。《後漢書·孔融傳論》：「若夫文舉之高志直情，其足以動義概而忤雄心。」

〔七〕逐流赴沫：猶言隨波逐流，喻指無原則、無立場地隨世浮沉。《史記·屈原賈生列傳》：「夫聖人者，不凝滯于物而能與世推移。舉世渾濁，何不隨其流而揚其波？」

〔八〕帝：漢光武帝劉秀。馮衍不肯早降，終不得任用。《後漢書・馮衍傳》：「帝怨衍等不時至，永以立功得贖罪，遂任用之，而衍獨見黜。」

〔九〕毋亦：發語詞，猶言「毋乃」、「豈非」。

〔一〇〕剖瓠之樽：大瓠看似無用，實可製成大樽，浮于江湖，無用之所以爲大用。典出《莊子・逍遥遊》：「惠子謂莊子曰：『魏王貽我大瓠之種，我樹之成而實五石，以盛水漿，其堅不能自舉也。剖之以爲瓢，則瓠落無所容。非不呺然大也，吾爲其無用而掊之。』莊子曰：『夫子固拙于用大矣。……今子有五石之瓠，何不慮以爲大樽而浮于江湖，而憂其瓠落無所容？』」

〔一一〕通士句：指通達之士能遊走于侯門之間，左右逢源。《太平廣記》卷二三四引《西京雜記》：「五侯不相能，賓客不得來往。婁護豐辭，傳食五侯間，各得其心，竟致奇膳。護乃合以爲鯖，世稱五侯鯖，以爲奇味焉。」又引《語林》：「婁護字君卿，歷游五侯之門。每旦，五侯家各遺餉之。君卿口厭滋味，乃試合五侯所餉之鯖而食，甚美。世所謂五侯鯖，君卿所致。」

〔一二〕以侯門坐累：馮衍父馮座襲父爵爲關内侯。《後漢書・馮衍傳》：「祖野王，元帝時爲大鴻臚。」顔師古注引《東觀記》：「野王生座，襲父爵爲關内侯，座生衍。」馮衍篤意效忠更始，未肯歸命光武，源于其生于侯門所秉之儒家信念。《後漢書・馮衍傳》載其遺田邑書稱：「衍聞之：委質爲臣，無有二心；挈瓶之智，守不假器。是以晏嬰臨盟，擬以曲戟，不易其辭；謝息守郕，脅以晉、魯，不喪其邑。由是言之，内無鉤頸之禍，外無桃萊之利，而被畔人之聲，蒙降城之耻，竊爲左右羞之。」

〔一三〕介士句：指耿介之士可隱居于鹿門山，像龐公那樣堅辭不仕。《後漢書·逸民列傳》：「龐公者，南郡襄陽人也。居峴山之南，未嘗入城府。夫妻相敬如賓。荆州刺史劉表數延請，不能屈，乃就候之。謂曰：『夫保全一身，孰若保全天下乎？』龐公笑曰：『鴻鵠巢于高林之上，暮而得所棲；黿鼉穴于深淵之下，夕而得所宿。夫趣舍行止，亦人之巢穴也。且各得其棲宿而已，天下非所保也。』因釋耕于壟上，而妻子耘于前。表指而問曰：『先生苦居畎畝而不肯官禄，後世何以遺子孫乎？』龐公曰：『世人皆遺之以危，今獨遺之以安。雖所遺不同，未爲無所遺也。』表歎息而去。後遂攜其妻子登鹿門山，因采藥不反。」

〔一四〕以閨閤緘愁：馮衍娶悍妒之婦，深以爲苦，故棄家室而不顧，自絶功名之路。《後漢書·馮衍傳》：「衍娶北地任氏女爲妻，悍忌，不得畜媵妾，兒女常自操井臼，老竟逐之，遂坎壈于時。」李賢注引《馮衍集》載其《與婦弟任武達書》更是備言其淒慘之狀，末稱：「不去此婦，則家不寧；不去此婦，則家不清；不去此婦，則福不生；不去此婦，則事不成。自恨以華盛時不早自定，至于垂白家貧身賤之日，養癰長疽，自生禍殃。衍以家室紛然之故，捐棄衣冠，側身山野，絶交遊之路，杜仕宦之門，闔門不出，心專耕耘，以求衣食，何敢有功名之路哉！」　按張燮《馮曲陽集》附録江淹《恨賦》（略）及劉峻《自序》，對理解馮衍不無幫助，故節録于此。江淹《恨賦》：「敬通見抵，罷歸田里。閉關却掃，塞門不仕。左對孺人，顧弄稚子。脱略公卿，跌宕文史。齎志没地，長懷無已。」劉峻《自序》：「余自比馮敬通，而有同之者三、異之者四。何則？敬通雄才冠世，志剛金石；余雖不及之，而節亮慷慨，此一同也。敬通值中興明君，而終不試用；余逢命世英主，亦擯斥當年，此二同也。敬通有忌妻，至于身操井臼；余有悍室，亦令家道坎坷，此三同也。」劉峻所稱「雄才冠世，志剛金石」、「值中興明君，而終不試用」、「有忌妻，至于身操井臼」，張燮《馮曲陽集引》均有論及。江淹《恨賦》載《文選》卷一六，劉峻《自序》載《梁書》本傳。

〔一五〕如曳二句：穿極爲破舊之衣服，却也處處掛礙。《晉書·董京傳》：「時乞于市，得殘碎繒絮，結以自覆，全帛佳綿則不肯受。」

〔一六〕天實爲之：天命如此，非人力所可改變。《詩·邶風·北門》：「王事敦我，政事一埤遺我。我入自外，室人交偏摧我。已焉哉！天實爲之，謂之何哉！」

〔一七〕屯：艱難困頓貌。《易·屯》：「屯如邅如。」《莊子·外物》：「心若縣于天地之間，慰暋沈屯。」陸德明釋文引司馬彪云：「屯，難也。」

〔一八〕身雖句：身雖困頓于一世，而志終白于天下。《後漢書·馮衍傳》言其：「坎壈于時，然有大志，不戚戚于賤貧。居常慷慨歎曰：『衍少事名賢，經歷顯位，懷金垂紫，揭節奉使，不求苟得，常有陵雲之志。三公之貴，千金之富，不得其願，不槩于懷。貧而不衰，賤而不恨，年雖疲曳，猶庶幾名賢之風。修道德于幽冥之路，以終身名，爲後世法。』」又載其《顯志賦》，文繁不録。

〔一九〕乙丑：明天啟五年（一六二五）。幔亭峰麓：指武夷山麓。李商隱《初入武夷》：「幔亭一夜風吹雨，似與遊人洗俗塵。」

【總説】

《後漢書·馮衍傳》稱馮衍有賦、誄、銘、説等五十篇，李賢注稱「見存二十八篇」。《隋書·經籍志》集部别集類著録「後漢司隸從事《馮衍集》五卷」，兩《唐志》因之，然至《郡齋讀書志》、《直齋書録解題》等不復著録，蓋亡于宋代。明人始有輯本。現存馮衍集，當以張燮《七十二家集·馮曲陽集》（二卷）爲最早。張燮録馮衍文十七篇，較嚴可均《全後漢文》所載二十九篇，看似所闕尚多，實則嚴輯逸出者多爲殘句，其中《説廉丹》、《計説鮑永》等，出自史傳，張燮蓋以其爲口語，而不録于集。迄今爲止，未見《馮衍集》新整理本出版問世。

馮衍以命世之才，却坎壈終生，令人怎能不生造化弄人之歎！張燮有感于「通士合五侯之鯖，而敬通翻以侯門坐累」；「介士攜鹿門之隱，而敬通翻以閨閣緘愁」，張溥則致深慨于「顯宗欲用其身，而毀者日至」；「肅宗重其文，而其人已死」，二張均以難解之人生悖論，來彰顯馮衍之不幸身世。相較而言，張燮所論彌深，不僅指出命運之難以掌控，「天實爲之，智巧不得參也」，更點出命運實由性格決定，「喜事而近迂」，「拙于用大」；張溥所論轉廣，在感慨馮衍命運之外，還多處論及其文學，如「敬通諸文，直達所懷，至今讀之，尚想見其揚眉抵几，呼天飲酒」，「孟堅詳雅，平子淵博，高步東漢，若言豁達激昂，鷹揚文囿，則必首敬通云」等。

【附録】

張溥《馮曲陽集題詞》：馮敬通以野王之孫，不仕王莽，天下兵起，説廉丹棄新就漢，懇欵再三，丹不悟而死。後歸更始，與鮑永、田邑拒光武，屢招不下，更始歿，乃降，身亦終廢。其所著賦、誄、銘、説、《問交》、《德誥》、《慎情》、書記、説、自序、官録、説策五十篇，遺逸者多，即今所傳，慷慨論列，可謂長于《春秋》。夫西京之文，降而東京，整齊縟密，生氣漸少。敬通諸文，直達所懷，至今讀之，尚想見其揚眉抵几，呼天飲酒，誠哉馬遷、楊惲之徒也。北地任女，情好不倫，書詞詆訶，如礫狐鼠，彼惟不得志於時，故發憤於中冓，然亦足爲妬婦戒矣。幅巾歸誠，偃蹇郡邑，陰侯之交，亦非得已。復以此獲罪，幾死獄門，窮困無徒，空文自老。回思委贄更始、横刀并土之日，事同隔世。陸機謂之曰怨，江淹名之以恨，其知心乎！建武八事，其書不傳，自陳哀悃，不蒙見答，上慚鮑子，下愧田生，志命興漢之臣，而一生蹈後夫之罰，是真雨而裘、堂而蓑矣。顯宗欲用其身，而毀者日至；肅宗重其文，而其人已死。馮氏多賢，遇者希少，新豐地脉，又安在哉！孟堅詳雅，平子淵博，高步東漢，若言豁達激昂，鷹揚文囿，則必首敬通云。婁東張溥題。

班蘭臺集序〔一〕

孟堅史才追蹤龍門〔二〕，而賦手擬跡長卿〔三〕，他文亦類兩司馬間，乃更出以綿密，至今采彼屑玉皆球琳也〔四〕。曹起詞人如傅武仲、崔亭伯〔五〕，才俱不能無遜公。公與弟書曰：武仲下筆不能自休〔六〕。蓋已心陵之。公身際右文〔七〕，以颺綵得幸〔八〕，顧帝嘗謂竇憲曰：公重班固而薄崔駰，是葉公之好龍〔九〕。然則帝之知公，猶爲未摯乎〔一〇〕？抑見其爲竇氏客焉。譬雞有五德，猶日瀹之，以其近乎〔一一〕？世之訾公者，謂托根熱地，焦爛自貽，彼直自詫其才情，未甘以郎潛終老〔一二〕。又或見仲升策勳絶域〔一三〕，不自覺夫技癢焉〔一四〕。庶幾三寸弱翰，馳驅戎馬之場，足自騁邁。其依竇氏也，如借千尺之梯，冀登懸度之國〔一五〕，不虞其隕墜也〔一六〕，惜哉！其不講於「孔雀愛毛，遇雨高止」也〔一七〕。班史，世人奉之如岱嵩〔一八〕，獨班集中廢，是壇苑缺陷事，因綴其散在他書者，分爲五卷，署曰蘭臺，志始也〔一九〕。昔老僧渡江，出葫蘆中《漢書》，云是孟堅手寫，與世本多異，蕭彦瑜得之〔二〇〕，以獻東宫，於時目爲瓠史，是編令人得無指爲「瓠中集」耶？

乙丑早秋龍涇張燮識於建陽蒲輿。

【箋注】

〔一〕班蘭臺：班固，字孟堅，扶風安陵（今陝西咸陽）人。少有才名，博貫載籍。明帝時除蘭臺令史，遷爲郎。大將軍竇憲出征匈奴，以固爲中護軍，及憲敗，固坐免官，下獄死。撰有《漢書》、《白虎通德論》。生平可參《漢書·敘傳》，《後漢書》卷四〇。

〔二〕龍門：司馬遷，字子長，龍門人，一説夏陽人。漢武帝時爲太史令，因爲李陵辯解，受宫刑，後任中書令。發憤著書，撰成《史記》，成百代史傳之祖。

〔三〕長卿：司馬相如，字長卿，蜀郡人。參見《重纂司馬文園集引》注〔一〕。

〔四〕球琳：美玉。《淮南子·墬形訓》：「西北方之美者，有崑崙之球琳琅玕焉。」高誘注：「球琳、琅玕，皆美玉也。」

〔五〕曹起：明人習語，猶言紛起。《徐僕射集序》：「非曹起者可幾也。」傅武仲：傅毅，字武仲，扶風茂陵人。章帝時，招爲蘭臺令史，拜郎中，與班固、賈逵共典校書。先後被車騎將軍馬防、大將軍竇憲擢爲司馬。傅毅辭賦如《舞賦》、《顯宗頌》、《七激》等，享譽當時。崔亭伯：崔駰，字亭伯，涿郡安平人。少遊太學，與班固、傅毅齊名。常以典籍爲業，未遑仕進之事。上《四巡頌》，爲肅宗所重，薦于竇憲，遂揖入爲上客。及憲爲車騎將軍，辟駰爲掾。出爲長岑長，不之官而歸。崔駰辭賦代表作有《西征賦》、《四巡頌》、《達旨》等。

〔六〕公與弟句：班固與弟超書中提到對傅毅之評價，有貶損之意。《文選》卷五二曹丕《典論·論文》：「傅毅之于班固，伯仲之間耳；而固小之，與弟超書曰：『武仲以能屬文，爲蘭臺令史，下筆不能自休。』」

〔七〕右文：崇尚文治。歐陽修《謝賜〈漢書〉表》：「竊以右文興化，乃致治之所先。」

〔八〕颺彩：文采高揚。《文鏡秘府論》卷一引《四聲論》：「颺彩與錦肆争華，發響共珠林合韻。」

〔九〕顧帝句：肅宗薦崔駰于竇憲前，稱其賞接班固而忽略崔駰，好比是葉公之好龍。《後漢書·崔駰傳》：「元和中，肅宗始修古禮，巡狩方岳。駰上《四巡頌》以稱漢德，辭甚典美，文多故不載。帝雅好文章，自見駰頌後，常嗟歎之，謂侍中竇憲曰：『卿寧知崔駰乎？』對曰：『班固數爲臣説之，然未見也。』帝曰：『公愛班固而忽崔駰，此葉公之好龍也。試請見之。』駰由此候憲。憲屣履迎門，笑謂駰曰：『亭伯，吾受詔交公，公何得薄哉？』遂揖入爲上客。」

〔一〇〕摯：極致。《漢書·韓安國傳贊》：「臨其摯而顛墮。」此謂真正瞭解。

〔一一〕譬雞三句：雞雖有五德，然而人們仍日瀹而食之，蓋以其近在身邊，故不重視。《韓詩外傳》：「君獨不見夫雞乎？頭戴冠者文也，足傅距者武也，敵在前敢鬭者勇也，見食相呼者仁也，守夜不失時信也。雞雖有此五德，君猶日瀹而食之者何也？則以其所從來者近也。」

〔一二〕郎潛終老：老于郎署，久不升遷。《文選》卷一五張衡《思玄賦》：「尉尨眉而郎潛兮，逮三葉而遘武。」李善注引《漢武故事》：「顔駟，不知何許人，漢文帝時爲郎。至武帝，嘗輦過郎署，見駟尨眉皓髮，上問曰：『叟何時爲郎？何其老也？』答曰：『臣文帝時爲郎。文帝好文，而臣好武；至景帝好美，而臣貌醜；陛下即位，好少，而臣已老。是以三世不遇，故老于郎署。』上感其言，擢拜會稽都尉。」

〔一三〕仲升：班超，字仲升，班固弟。爲人有大志，不修細節。不甘于爲官府抄寫文書，投筆從戎，隨竇固出擊北匈奴，又奉命出使西域，使西域五十多個國家歸順漢朝，威震絶域。《後漢書·班超傳》：「超發于闐諸國兵二萬五千人，復擊莎車。而龜兹王遣左將軍發温宿、姑墨、尉頭合五萬人救之。超召將校及于闐王議曰：『今兵少不敵，其計莫若各散去。于闐從是而東，長史亦于此西歸，可須夜鼓聲而發。』陰緩所得生口。龜兹王聞之大喜，自以萬騎于西界遮超，温宿王將八千騎于東界徼于闐。超知二虜已出，密召諸部勒兵，雞鳴馳赴莎車營。胡大驚亂奔走，追斬五千餘級，大獲其馬畜財物。莎車遂降，龜兹等因各退散，自是威震西域。」

〔一四〕技癢：急于逞才表現。《文選》卷九潘岳《射雉賦》：「徒心煩而技癢。」徐爰注：「有技藝欲逞，曰技癢也。」

〔一五〕懸度之國：傳説中國名，需引繩而度。《水經注·河水》：「敦義恭曰：烏秅之西，有懸渡之國，山谿不通，引繩而渡，故國得其名也。其人山居，佃于石壁間，累石爲室，民接手而飲，所謂猨飲也。有白羊、小步馬，有驢無牛，是其懸渡乎？」

〔一六〕隕墜：摔落。此指班固依託于竇憲，最終引禍身亡。《後漢書·班固傳》：「永元初，大將軍竇憲出征匈奴，以固爲中護軍，與參議。北單于聞漢軍出，遣使款居延塞，欲修呼韓邪故事，朝見天子，請大使。憲上遣固行中郎將事，將數百騎與虜使俱出居延塞迎之。會南匈奴掩破北庭，固至私渠海，聞虜中亂，引還。及竇憲敗，固先坐免官。固不教學諸子，諸子多不遵法度，吏人苦之。初，洛陽令种兢嘗行，固奴干其車騎，吏椎呼之，奴醉罵，兢大怒，畏憲不敢發，心銜之。及竇氏賓客皆逮考，兢因此捕繫固，遂死獄中。時年六十一。」

〔一七〕其不句：孔雀愛護羽毛，下雨時則停止不飛。舊題師曠《禽經》：「鴻雁愛力，遇風迅舉；孔雀愛毛，遇雨高止。」

〔一八〕班史二句：班固之《漢書》，無論是在他生前還是身後，都受到世人熱烈贊譽。《後漢書·班固傳》：「固以爲漢紹堯運，以建帝業，至于六世，史臣乃追述功德，私作本紀，編于百王之末，廁于秦、項之列，太初以後，闕而不録，故探撰前記，綴集所聞，以爲《漢書》。起元高祖，終于孝平王莽之誅，十有二世，二百三十年，綜其行事，傍貫《五經》，上下洽通，爲《春秋》考紀、表、志、傳凡百篇。固自永平中始受詔，潛精積思二十餘年，至建初中乃成。當世甚重其書，學者莫不諷誦焉。」

〔一九〕志始：言班固仕途始于蘭臺令史，故以蘭臺命名其集。《後漢書·班固傳》：「固以彪所續前史未詳，乃潛精研思，欲就其業。既而有人上書顯宗，告固私改作國史者，有詔下郡，收固繫京兆獄，盡取其家書。先是扶風人蘇朗僞言圖讖事，下獄死。固弟超恐固爲郡所核考，不能自明，乃馳詣闕上書，得召見，具言固所著述意，而郡亦上其書。顯宗甚奇之，召詣校書部，除蘭臺令史，與前睢陽令陳宗、長陵令尹敏、司隸從事孟異共成《世祖本紀》。」

〔三〇〕蕭彦瑜：蕭琛，字彦瑜，蘭陵人。少而朗悟，有縱横才辯。起家齊太學博士，累遷司徒記室。梁臺建，爲御史中丞。歷任宣城太守、員外散騎常侍、太子中庶子、散騎常侍、寧遠將軍、平西長史、江夏太守等。《梁書·蕭琛傳》：「始琛在宣城，有北僧南度，惟賫一葫蘆，中有《漢書序傳》。僧曰：『三輔舊老相傳，以爲班固真本。』琛固求得之，其書多有異今者，而紙墨亦古，文字多如龍舉之例，非隸非篆，琛甚秘之。及是行也，以書餉鄱陽王範，範乃獻于東宫。」

【總説】

《隋書·經籍志》集部别集類著録《班固集》十七卷，兩《唐志》仍著録是集，卷帙有所闕佚，僅存十卷。《郡齋讀書志》、《直齋書録解題》未著録，蓋宋時已佚。張燮輯録班固詩文，裒爲一集，寔爲首創之舉，以《蘭臺集》名之，并申明「志始也」，其意即在于標明此集爲創始之作，其得意之情，溢于言表。嚴可均《全後漢文》所輯班固文，基本不出張燮《班蘭臺集》之外。今有白静生校注《班蘭臺集》，中州古籍出版社一九九一年版。

班固雖潛精研思，撰成《漢書》，其命世史才，已獲世人賞識，然而官不過蘭臺令史、校書郎，戢翼池中，在政治上一直默默無聞。于是他不安于現狀，渴望建立軍功，遂投附于竇憲麾下，征伐匈奴，然而竇憲晚節不保，鋃鐺入獄，班固也受到了株連，冤死獄中。二張對此皆有同感，認爲班固不當冒進以求顯達，「如借千尺之梯，冀登懸度之國，不虞其隕墮也，惜哉」，「不若望都長優遊以終也」。另外，二張均對班固模仿典型之創作方法有所體認，張溥稱「《兩都》仿《上林》，《賓戲》擬《客難》，《典引》居《封禪》、《美新》之間，大體取象前型，制以心極」，張燮稱「孟堅史才追蹤龍門，而賦手擬跡長卿，他文亦類兩司馬間，乃更出以綿密，至今采彼屑玉皆球琳也」，相較而言，張燮所論似更圓通。

【附録】

張溥《班蘭臺集題詞》：安陵班叔皮清净守道，有二令子，孟堅文章領著作，仲升武節威西域，天下之奇，在其一門，漢世無比。仲升功名拔傅介子、張騫以上，孟堅晚節，竟蹶不起，亡時與蔡中郎同年，又以竇氏賓客，爲洛陽种令所捕繫，頓辱更甚。私心痛其才同厥考，而志耻薄宦，冒進失當，不若望都長優游以終也。叔皮專心史籍，欲撰漢史，孟堅踵就其業，爲人誣訟，陷身獄網。仲升馳闕分明，轉禍爲福，危哉！《漢書》之得成，更兩世，閲變故，如是其不易也。《兩都》仿《上林》，《賓戲》擬《客難》，《典引》居《封禪》、《美新》之間，大體取象前型，制以心極。而師覆徒奔，反在燕然片石。「夫惟大雅，既明且哲」，豈孟堅亦讀而未之詳乎？婁東張溥題。

張河間集引〔一〕

《兩都》盛傳以來〔二〕，《二京》晚出〔三〕，分道揚鑣〔四〕，遞操雙美〔五〕，真漢家之麗矚、藻苑之華暉也〔六〕。談平子者直以比采屬葩，爛焉總至〔七〕；又復胸羅象緯，手模化工〔八〕。以爲慧心淵識乃爾，不知夫棲托澹素，不肯隨世以希功名〔九〕。遂乃詆斥圖書〔一〇〕，緯繣閹宦〔一一〕，神峰匪峻，道性偏悠，偶一試之河間，而治行可觀〔一二〕，其眎金車玉馬〔一三〕，永絶遥途者自别〔一四〕。乞身巖卧〔一五〕，稱是思玄〔一六〕，都晚季大儒所難〔一七〕。然則《七辨》疑通〔一八〕，《應間》似介〔一九〕，歸田可樂〔二〇〕，望遠仍愁〔二一〕。散帙是編者〔二二〕，杼軸之表〔二三〕，可以論世〔二四〕，豈直漱芳緗紈乎哉〔二五〕！霏雲主人張燮撰并書。

【校記】

【散帙是編者】「散帙」，别集本作「讀」。

【箋注】

〔一〕張河間：張衡，字平子，南陽西鄂（今河南南陽）人。少善屬文，精天文曆算。安帝時徵拜郎中，遷尚書郎，轉太史令，永和初出爲河間相。撰有《靈憲》、《渾天儀》，集十四卷。《後漢書》卷五九有傳。

〔二〕《兩都》：指班固《兩都賦》。《後漢書·班固傳》：「自爲郎後，遂見親近。時京師修起宫室，濬繕城隍，而關中耆老猶望朝廷西顧。固感前世相如、壽王、東方之徒，造構文辭，終以諷勸，乃上《兩都賦》，盛稱洛邑制度之美，以折西賓淫侈之論。」

〔三〕《二京》：指張衡《二京賦》。《後漢書·張衡傳》：「時天下承平日久，自王侯以下，莫不逾侈。衡乃擬班固《兩都》，作《二京賦》，因以諷諫。精思傅會，十年乃成。」《藝文類聚》卷六一引《二京賦》有一小序，或爲後人所加，今録于此：「昔班固觀世祖遷都于洛邑，懼將必踰溢制度，不能遵先聖之正法也。故假西都賓盛稱長安舊制，有陋洛邑之議，而爲東都主人折禮衷以答之。張平子薄而陋之，故更造焉。」張衡之《二京》與班固之《兩都》，内容不異，用意亦同，據此序則爲張衡不滿班固賦之陋，故爲重作。

〔四〕分道揚鑣：言才力相當，各有千秋。《南史·裴子野傳》：「蘭陵蕭琛言其評論可與《過秦》、《王命》分路揚鑣。」

〔五〕遞操雙美：猶言并臻盛美，先後輝映。《文選》首列《兩都》，次即《二京》。《文心雕龍·詮賦》：「孟堅《兩都》，明絢以雅贍；張衡《二京》，迅發以宏富。……并辭賦之英傑也。」

〔六〕漢家：漢朝，漢代。杜甫《兵車行》：「君不聞漢家山東二百州。」麗矚：猶言美觀。《宋書·隱逸傳論》：「碧澗清潭，翻成麗矚。」藻苑：猶言文苑。華暉：光華輝煌。《藝文類聚》卷八八王粲《槐賦》：「作階庭之華暉。」

〔七〕談平子二句：凡是談論張衡文章創作的後世讀者，無不爲其奇麗的文辭所傾倒。張燮所編《張河間集》附録崔瑗《河間相張平子碑》：「瓌辭麗説。」禰衡《吊張衡辭》：「下筆繡辭，揚手文飛。」駱賓王《過張平子墓》：「玉巵浮藻麗。」按，崔瑗文載《古文苑》卷一六，禰衡《吊張衡辭》載《太平御覽》卷五九六。

〔八〕又復二句：指張衡精通星象經緯，所製渾天、地動儀巧奪化工。後人的評價以范曄《後漢書·張衡傳論》爲代表：「崔瑗之稱平子曰『數術窮天地，製作侔造化』，斯致可得而言歟！推其圍範兩儀，天地無所蘊其靈；運情機物，有生不能參其智。故知思引淵微，人之上術。記曰：『德成而上，藝成而下。』量斯思也，豈夫藝而已哉？何德之損乎！」象緯：星象經緯。杜甫《遊龍門奉先寺》：「天闕象緯逼。」仇兆鰲注：「象緯，星象經緯也。」此指星象之學。化工：自然造化。《文選》卷一三賈誼《鵩鳥賦》：「且夫天地爲鑪兮，造化爲工。」

〔九〕以爲三句：張衡之學識才華，歷來被認爲是出自天賦和博學，却未認識到實是源自其平静淡薄之心性，從不肯因貪圖功名而隨世浮沉。《後漢書·張衡傳》：「雖才高于世，而無驕尚之情。常從容淡静，不好交接俗人。永元中，舉孝廉不行，連辟公府不就。……大將軍鄧騭奇其才，累召不應。」

〔一〇〕詆斥圖書：指張衡上疏詆斥圖緯事。《後漢書·張衡傳》：「初，光武善讖，及顯宗、肅宗因祖述焉。

自中興以後，儒者爭學圖緯，兼復附以妖言。衡以圖緯虛妄，非聖人之法，乃上疏曰（略）。」

〔一一〕緯繣閹宦：指張衡與宦官集團間之分歧。《後漢書·張衡傳》：「後遷侍中，帝引在帷幄，諷議左右。嘗問衡天下所疾惡者。宦官懼其毁己，皆共目之，衡乃詭對而出。閹豎恐終爲其患，遂共讒之。」緯繣，相異不合。《楚辭·離騷》：「忽緯繣其難遷。」王逸注：「緯繣，乖戾也。」洪興祖補注：「此言隱士忽與我乖剌，其意難移也。」

〔一二〕偶一二句：張衡任河間相期間，頗有治績。《後漢書·張衡傳》：「永和初，出爲河間相。時國王驕奢，不遵典憲；又多豪右，共爲不軌。衡下車，治威嚴，整法度，陰知奸黨名姓，一時收禽，上下肅然，稱爲政理。」

〔一三〕金車玉馬：華車貴馬，喻指上流社會。焦贛《易林·小畜之剝》：「孔鯉伯魚，北至高奴，木馬金車，駕遊大都。」 眎，視通。

〔一四〕遥途：猶遠道。鮑照《紹古辭》其六：「開黛睹容顏，臨鏡訪遥塗。」

〔一五〕乞身：請求辭職。《東觀漢記·張況傳》：「時年八十，不任兵馬，上疏乞身。」 巖卧：猶巖棲，謂隱居山林。杜甫《贈特進汝陽王二十韻》：「瓢飲惟三徑，巖棲在百層。」

〔一六〕思玄：研求妙理。張衡《思玄賦》：「御六藝之珍駕兮，遊道德之平林。結典籍而爲罟兮，歐儒、墨而爲禽。玩陰陽之變化兮，詠《雅》、《頌》之徽音。嘉曾氏之《歸耕》兮，慕歷陵之欽崟。共夙昔而不貳兮，固終始之所服也；夕惕若厲以省諐兮，懼余身之未敕也。苟中情之端直兮，莫吾知而不恧。墨無爲以凝志兮，與仁義乎消搖。」文載《後漢書》本傳，又載《文選》卷一五。

〔一七〕都晚季句：言張衡所作所爲，即便對後世儒者來説亦屬難能。《後漢書·蔡邕傳》：「于是後儒晚學，咸取正焉。」

〔一八〕《七辯》：張衡所作。文中假託無爲先生祖述列仙，背世絶俗，引起七子階而就辯。虚然子勸以處宫室之美，彫華子勸以飲食滋味之美，安存子勸以歌舞音樂之美，闕丘子勸以女色之美，空桐子勸以輿服之美，先生似皆不應；依衛子勸以遊仙之樂，先生乃興，將從之；髣無子則侈言漢之德化，勸以用世之宜，先生乃翻然回面受命。其中塑造的無爲先生的形象實寓作者本人的情志在内，可以窺見張衡積極通達的入世態度。文載《藝文類聚》卷五七。　通：通達情理。

〔一九〕《應間》：張衡所作。文中設爲客言，勸以卑體屈己，立功邀名，衡則應之以「君子不患位之不尊，而患德之不崇；不耻禄之不夥，而耻智之不博」。其中尤以文末一段話，集中反映了作者孤傲特異之個性色彩。「方將師天老而友地典，與之乎高睨而大談，孔甲且不足慕，焉稱殷彭及周聃！與世殊技，固孤是求。子憂朱泙曼之無所用，吾恨輪扁之無所教也。子睹木雕獨飛，湣我垂翅故棲；吾感去蛙附鴟，悲爾先笑而後號也。」文載《後漢書》本傳。　介：孤傲特異。

〔二〇〕歸田可樂：回歸田園，讓人欣喜。《文選》卷一五張衡《歸田賦》：「極般游之至樂，雖日夕而忘劬。感老氏之遺誡，將迴駕乎蓬廬。」

〔二一〕望遠仍愁：眺望遠方，令人生愁。《文選》卷一五張衡《思玄賦》：「悲離居之勞心兮，情悁悁而思歸。

魂眷眷而屢顧兮，馬倚輈而徘徊。雖遊娱以媮樂兮，豈愁慕之可懷？」

〔二二〕散帙：打開書帙。《文選》卷二五謝靈運《酬從弟惠連》：「散帙問所知。」劉良注：「散帙，謂開書帙也。」

〔二三〕杼軸：織布機上兩個部件，即用來持緯梭子和用來承經之筘。比喻詩文之組織、構思。《文選》卷一七陸機《文賦》：「雖杼軸于予懷。」李善注：「杼軸，以織喻也。」

〔二四〕論世：知人論世之省稱，謂欲知作家之爲人，須論其所處身之時勢。《孟子·萬章下》：「頌其詩，讀其書，不知其人可乎？是以論其世也。」

〔二五〕漱芳：吸吮芳華。《文選》卷一五張衡《思玄賦》：「漱飛泉之瀝液兮，咀石菌之流英。」李善注引《説文》：「漱，蕩口也。」王念孫《讀書雜誌餘編·文選》：「李以『漱』爲『蕩口』，非也。此『漱』字當讀爲敕。《説文》：敕，吮也。」緗紈：淺黄色、白色之絹帛，古人多用以書寫或做封套，此代指書籍。《藝文類聚》卷五八載劉孝標《答劉之遴借〈類苑〉書》：「若夫采亹亹于緗紈，閱微言于殘竹。」

【總説】

《隋書·經籍志》集部别集類著録「漢河間相《張衡集》十一卷」，兩《唐志》著録「《張衡集》十卷」，《遂初堂書目》著録「《張衡集》」，不云卷數；《宋史·藝文志》集部别集類著録「《張衡集》六卷」。現存《張衡集》，當以張燮《七十二家集·張河間集》（六卷）爲最早。今有張震澤《張衡詩文集校注》，上海古籍出版社一九八六年版。

張燮對題辭使用「知人論世法」有明確的體認，除本篇題辭稱「散帙是編者，杼軸之表，可以論世，豈直漱芳緗紈乎哉」外，他還在《徐孝穆集序》中明確提到「文士浮薄之態，至孝穆而全消焉。故因論世，拈出之，以告世之讀君集者」，《劉秘書集序》又稱「論世者尚覺康樂終滯豪華，而孝綽惟仗素業」。

二張題辭看似徑庭，實則相通，有異曲同工之妙。在方法論上，二張皆持「文如其人」之説，即將張衡之文學創作與其現實人生緊相聯繫，認爲人生軌迹影響及于文學，而文學又可透視人生遭際，二者可相互映發。「散帙是編者，杼軸之表，可以論世」，「始于《應間》，終于《思玄》，固平子之生平也」。于其文學創作，張燮論及《二京賦》、《思玄賦》、《七辨》、《應間》四篇，張溥未及《七辨》，又益以《同聲歌》、《四愁詩》；于其人生經歷，二張均盛稱張衡之上疏詆斥圖緯虛妄并與宦官集團針鋒相對，一云「都晚季大儒所難」，一云「昔者揚雄所無」，從而顯示張衡之抗議直言與獨特操守。

【附録】

張溥《張河間集題辭》：東漢之有班、張，猶西漢兩司馬也。相如無史，子長無賦，孟堅兼之，豈後來者欲居上乎？抑其文不能齊也？平子官侍中，請專史職，條録三皇，更改僭紀，龍門之志也。上書不聽，典章散略，誰之咎歟？渾儀、《靈憲》，網絡天地，振龍發機，懸驗若神，子雲復生，未容抗迹。《二京》之賦，覃思十年，《長楊》、《羽獵》，風猶可續。崔子玉作碑稱河間制作，譬諸造化，想慕若此，寧異平子耽好玄經，嘆爲漢四百歲書哉？政權下夷，圖讖繁興，發憤陳論，務矯時枉，斯又昔者揚雄所無也。《同聲》麗而不淫，《四愁》遠慕正則，蔡邕《翠鳥》、秦嘉《述婚》，俱出其下，謂之好色，謂之思賢，其曰可矣。時有遇否，性命難求，與世汎汎，曷若歸而諷河洛六藝八十一篇乎？始于《應間》，終于《思玄》，固平子之生平也。婁東張溥題。

重纂蔡中郎集題辭〔一〕

中郎入世，往往受知，翻爲酬知所誤〔二〕，蓋才太高，心太熱，故禍亦太酷也〔三〕。彼夫見甄中主〔四〕，疊備顧問〔五〕，言出而啓阱于宵人〔六〕，逮萬死一生〔七〕；見甄賊相〔八〕，頻效匡扶〔九〕，局捐而受刃於君子〔一〇〕。前後恩遇，盡成摧輪〔一一〕，亦志士之大痛乎〔一二〕！遡彼災異屢對，忠不顧身，豈有末路浮榮〔一三〕，甘同繞指者〔一四〕？觀其自外無計〔一五〕，欲逃不能，若濡有慍〔一六〕，寸心亦多苦焉。孔北海弄孟德如嬰兒〔一七〕，在公卿間絶少推挹，至動「典刑」之嘆于虎賁〔一八〕，則其明姿義槩〔一九〕，亦既大亮于英雄人。余謂邕之值卓，桂可食而伐〔二〇〕，邕之值允，則蘭當門而鋤也〔二一〕。若乃夙著大儒〔二二〕，復推良史〔二三〕，慧心獨悟，道風仍披，真是季世希輩〔二四〕。邕集久多遺失，今其傳者又多訛謬，因而删定。試讀一遍，如吹東亭之笛〔二五〕。昭陽大淵獻之歲朱明月紹和張燮識于桐樹下〔二六〕。

【箋注】

〔一〕蔡中郎：蔡邕，字伯喈，陳留圉（今河南杞縣）人。少博學，好辭章、術數、天文、音律。董卓辟爲侍御史，遷尚書，拜左中郎將。及董卓被誅，邕亦下獄死。撰有《月令章句》、《獨斷》，集二十卷。《後漢書》卷六〇有傳。

〔二〕中郎三句：蔡邕投身社會，往往得權貴知遇，然而却也屢埋禍根。蔡邕一生，知賞其才者有橋玄、漢靈帝、董卓、王允等。如《後漢書》本傳所載：「建寧三年，辟司徒橋玄府，玄甚敬待之」，「（靈）帝嘉其才高」，「卓重邕才學，厚相遇待」等。

〔三〕蓋才三句：才高故爲董卓所任，心熱故董卓被殺而不無惋歎，終爲王允所戮。《後漢書·蔡邕傳》：「及卓被誅，邕在司徒王允坐，殊不意言之而歎，有動于色。允勃然叱之曰：『董卓國之大賊，幾傾漢室。君爲王臣，所宜同忿，而懷其私遇，以忘大節！今天誅有罪，而反相傷痛，豈不共爲逆哉？』即收付廷尉治罪。邕陳辭謝，乞黥首刖足，繼成漢史。士大夫多矜救之，不能得。……邕遂死獄中。」

〔四〕見甄：見用。中主：中等才能的君主，此指漢靈帝。爰延曾稱漢桓帝爲中主。《後漢書·爰延傳》：「帝遊上林苑，從容問延曰：『朕何如主也？』對曰：『陛下爲漢中主。』帝曰：『何以言之？』對曰：『尚書令陳蕃任事則化，中常侍黄門豫政則亂，是以知陛下可與爲善，可與爲非。』」

〔五〕疊備顧問：經常受到帝王垂詢。如光和元年四月，皇宮出現災異，靈帝下詔徵蔡邕等入崇德殿應對。《後漢書·蔡邕傳》：「時妖異數見，人相驚擾。其年七月，詔召邕與光禄大夫楊賜、諫議大夫馬日磾、議郎張華、太史令單颺詣金商門，引入崇德殿，使中常侍曹節、王甫就問災異及消改變故所宜施行。邕悉心以對。」

〔六〕言出句：指因災異事靈帝再讓蔡邕密奏時，不意被中常侍曹節偷看奏章，并將内容散播出去，導致蔡邕被中常侍程璜彈劾。《後漢書・蔡邕傳》：「章奏，帝覽而歎息，因起更衣，曹節于後竊視之，悉宣語左右，事遂漏露。其爲邕所裁黜者，皆側目思報。初，邕與司徒劉郃素不相平，叔父衛尉質又與將作大匠陽球有隙。球即中常侍程璜女夫也，璜遂使人飛章言邕、質數以私事請托于郃，郃不聽，邕含隱切，志欲相中。于是詔下尚書，召邕詰狀。」宵人：宵小，小人。

〔七〕萬死一生：蔡邕被程璜彈劾，被判棄市，後經中常侍吕强、尚書盧植上書解救，改判流放異鄉十餘年。《後漢書・蔡邕傳》：「于是下邕、質于洛陽獄，劾以仇怨奉公，議害大臣，大不敬，棄市。事奏，中常侍吕强愍邕無罪，請之，帝亦更思其章，有詔減死一等，與家屬髡鉗徙朔方，不得以赦令除。」

〔八〕賊相：指董卓。拔擢蔡邕時，董卓任漢司空。

〔九〕頻效匡扶：屢屢匡正扶持。《後漢書・蔡邕傳》：「董卓賓客部典議欲尊卓比太公，稱尚父。卓謀之于邕，邕曰：『太公輔周，受命剪商，故特爲其號。今明公威德，誠爲巍巍，然比之尚父，愚意以爲未可。宜須并東平定，車駕還反舊京，然後議之。』卓從其言。（初平）二年六月，地震，卓以問邕。邕對曰：『地動者，陰盛侵陽，臣下逾制之所致也。前春郊天，公奉引車駕，乘金華青蓋，爪畫兩轓，遠近以爲非宜。』卓于是改乘皂蓋車。卓重邕才學，厚相遇待，每集宴，輒令邕鼓琴贊事，邕亦每存匡益。」

〔一〇〕局捐：與「言出」相對，指放棄職守。《大戴禮記·四代》：「德以監位，位以充局。」君子：指王允。《後漢書·王允傳論》：「士雖以正立，亦以謀濟。若王允之推董卓而引其權，伺其間而斂其罪，當此之時，天下懸解矣。而終不以猜忤爲釁者，知其本于忠義之誠也。故推卓不爲失正，分權不爲苟冒，伺間不爲狙詐。及其謀濟意從，則歸成于正也。」

〔一一〕摧輪：折毁車輪，謂路途遭遇艱險。《劉子新論·薦賢》：「車摧輪，則無以行；舟無檝，則無以濟。」

〔一二〕大痛：言痛苦至深。《文選》卷五二曹丕《典論·論文》：「日月逝于上，體貌衰于下，忽然與萬物遷化，斯志士之大痛也！」

〔一三〕末路：謂衰暮之年。《文選》卷二五謝靈運《酬從弟惠連》：「末路值令弟，開顔披心胸。」李周翰注：「末，衰也。衰老始得逢令弟，開解我心胸也。」

〔一四〕繞指：指百錬鋼成繞指柔，比喻堅强者經過挫折變得隨和軟弱。《文選》卷二五刘琨《重贈盧諶》：「何意百煉剛，化爲繞指柔。」吕延濟注：「百煉之鐵堅剛，而今可繞指。自喻經破敗而至柔弱也。」

〔一五〕自外：自視爲外人，自行疏遠。《史記·刺客列傳》：「光竊不自外，言足下于太子也。」

〔一六〕若濡有愠：因遇雨淋濕而含怨惱恨。《易·夬》：「君子夬夬，獨行，遇雨若濡，有愠，無咎。」

〔一七〕孔北海：孔融，見《孔少府集序》注〔一〕。曹操攻拔鄴城時，孔融曾以「武王伐紂，以妲己賜周公」來戲弄曹操，又于曹操北討烏桓時嘲笑，以悔慢之辭公開反對曹操之禁酒令等。

〔一八〕至動句：以至于在虎賁士面前興起「典刑」之歎。《後漢書·孔融傳》：「與蔡邕素善，邕卒後，有虎賁士貌類于邕，融每酒酣，引與同坐，曰：『雖無老成人，且有典刑。』」孔融語典出《詩經》。《詩·大雅·蕩》：「雖無老成人，尚有典刑。」鄭玄箋：「猶有常事故法可案用也。」

〔一九〕明姿：風姿颯爽。　義槩：氣節嚴正。《後漢書·孔融傳論》：「若夫文舉之高志直情，其足以動義槩而忤雄心。」

〔二〇〕余謂二句：指董卓威逼利用蔡邕，猶如伐樹取桂。《後漢書·蔡邕傳》：「中平六年，靈帝崩，董卓爲司空，聞邕名高，辟之。稱疾不就。卓大怒，詈曰：『我力能族人，蔡邕遂偃蹇者，不旋踵矣。』又切敕州郡舉邕詣府，邕不得已，到，署祭酒，甚見敬重。舉高第，補侍御史，又轉持書御史，遷尚書。三日之間，周歷三台。遷巴郡太守，復留爲侍中。」《莊子·人間世》：「桂可食，故伐之。」

〔二一〕邕之二句：指王允殺害蔡邕，猶如芳蘭當門不得不鋤。《三國志·蜀書·周群傳》：「裕又私語人曰：『歲在庚子，天下當易代，劉氏祚盡矣。主公得益州，九年之後，寅卯之間當失之。』人密白其言。……先主常銜其不遜，加忿其漏言，乃顯裕諫争漢中不驗，下獄，將誅之。諸葛亮表請其罪，先主答曰：『芳蘭生門，不得不鋤。』裕遂棄市。」

〔二二〕夙著大儒：平昔號稱儒學大師。《後漢書·蔡邕傳》：「邕以經籍去聖久遠，文字多謬，俗儒穿鑿，疑誤後學，熹平四年，乃與五官中郎將堂谿典、光禄大夫楊賜、諫議大夫馬日磾、議郎張馴、韓説、太史令單颺等，奏求正定《六經》文字。靈帝許之，邕乃自書丹于碑，使工鐫刻立于太學門外。于是後儒晚學，咸取正焉。及碑始立，其觀視及摹寫者，車乘日千餘兩，填塞街陌。」

〔二三〕復推良史：蔡邕曾立意撰《後漢紀》，未就。及被王允下獄治罪，陳辭乞黥首刖足，繼成漢史，士大夫無不伸手援救。據《後漢書·蔡邕傳》：「太尉馬日磾馳往謂允曰：『伯喈曠世逸才，多識漢事，當續成後史，爲一代大典。』……北海鄭玄聞而歎曰：『漢世之事，誰與正之！』」馬日磾所馳救、鄭玄所惋歎者，皆在于蔡邕良史之才也。良史，指秉筆直書、無徵不信的史官。《左傳》宣公二年：「孔子曰：『董狐，古之良史也，書法不隱。』」

〔二四〕季世：末世。《鹽鐵論·授時》：「夏、商之季世無順民。」

〔二五〕東亭之笛：蔡邕在柯亭所製竹笛。此喻蔡邕抒辭屬藻，如吹東亭之笛一樣清越悠揚，音韻妙絶。《世説新語·輕詆》「蔡伯喈睹睞笛椽」下劉孝標注引伏滔《長笛賦叙》：「余同僚桓子野有故長笛，傳之耆老云『蔡伯喈之所製也』。初，邕避難江南，宿于柯亭之館，以竹爲椽，邕仰眄之，曰：『良竹也。』取以爲笛，音聲獨絶。歷代傳之至于今。」

〔二六〕昭陽大淵獻：癸亥年，指明天啟三年（一六二三）。昭陽是癸的别稱。《淮南子·天文》：「在癸曰昭陽。」高誘注：「在癸，言陽氣始萌，萬物合生，故曰昭陽也。」大淵獻是亥年的别稱。《爾雅·釋天》：「（太歲）在亥曰大淵獻。」朱明月：指五月。立夏節稱朱明，故五月又稱朱明月。

【總説】

張燮題辭稱「邕集久多遺失，今其傳者又多訛謬」，可從《四庫提要》集部别集類一《蔡中郎集提要》以見其略：「《隋志》載『後漢左中郎將《蔡邕集》十二卷』，注曰『梁有二十卷，録一卷』，則其集至隋已非完本。《舊唐志》乃仍作二十卷，當由官書佚脱，而民間傳本未亡，故復出也。《宋志》著録僅十卷，則又經散亡，非其舊本矣。此本爲雍正中陳留所刊，文與詩共得九十四首，證以張溥《百三家集》刻本，多寡增損，互有出入。卷首歐静序論姜伯淮、劉鎮南碑斷非邕作，以年月考之，其説良是。張本删去劉碑，不爲無見。然以伯淮爲邕前輩，宜有邕文，遂改建安二年爲熹平二年，則近于武斷矣。張本又載《薦董卓表》，而陳留本無之。其事范書不載，或疑爲後人贋作。然劉克莊《後村詩話》已排詆此表，與揚雄《劇秦美新》同稱，則宋本實有此文，不自張本始載。後漢諸史，自范、袁二家之外，尚有謝承、薛瑩、張璠、華嶠、謝沈、袁崧、司馬彪諸家，今皆散佚，亦難以史所未載，斷其事之必無。或新本刊于陳留，以桑梓之情，欲爲隱諱，故削之以滅其迹歟？」按，館臣所考《蔡邕集》之著録情況，漏列《郡齋讀書志》、《直齋書録解題》，二目均著録《蔡邕集》十卷，據其提要，又非同一版本。《郡齋讀書志》稱「今録止存九十篇，而銘墓居其半」，《直齋書録解題》則稱「今本闕亡之外，才六十四篇」，更可見《蔡邕集》在宋世「多遺失」之況。

又按，館臣所稱「張本删去劉碑，不爲無見」，實則在張溥之前，張燮《重纂蔡中郎集》已删去此碑文，卷末「糾謬」稱：「郎舊集載劉征南碑，按中郎被誅在初平三年，劉景升以建安十三年方没去，邕没已十三年矣。此碑疑是王仲宣所作，後人錯記姓名。」館臣所稱「張本又載《薦董卓表》」，亦張溥襲自張燮，《重纂蔡中郎集》卷三收録此文，題爲《薦太尉董卓表》。「以伯淮爲邕前輩，宜有邕文，遂改建安二年爲熹平二年」之做法，亦始于張燮。張燮本載録《彭城姜伯淮碑》一文，附識語稱：「舊本《蔡中郎集》載《伯淮碑》，誤書『建安二年卒』，宋人謂邕建安前已先逝，因疑此碑爲僞，不知《後漢書》伯淮之没蓋熹平二年也，在邕爲先輩大儒，此碑實出邕筆，今改正建安二字爲熹平可耳。」張燮《七十二家集·蔡中郎集》之前，蔡邕集版本衆多，有蘭雪堂活字本、宗文堂鄭氏刻本、楊賢刻本、徐子器刻本、茅一相文霞閣刻本、馬維驤刻本、程榮刻本等；張燮之後，舉其要者又有嚴可均輯本、楊氏海源閣刻本等。雖版本衆多，然而前後較之，張燮《重纂蔡中郎集》（十二卷）亦足可自立，在《蔡邕集》之流傳史上據有一席之地，從《四庫提要》對張溥本之引證可概見。今有鄧安生《蔡邕集編年校注》，河北教育出版社二〇〇二年版。

二張題辭主旨大略相同，皆對蔡邕之命隕才銷深相惋歎，然而同中又有微異：張燮之惋嘆，基于同情之理解，故先稱「才太高，心太熱，故禍亦太酷」，再稱「欲逃不能，若濡有愠，寸心亦多苦」；張溥之惋歎，則持嚴苛之批評，故先稱「杜欽、谷永之誚，終不能爲中郎解」，再稱「獨傷其讀《春秋》未盡善」。張燮之題辭，多用駢句，對仗精工，如「言出而啓阱于宵人」對「局捐而受刃於君子」，「桂可食而伐」對「蘭當門而鋤」等，反映了張燮推崇六朝之爲文宗旨，而張溥題辭通篇散句，論旨雖深，辭采却稍遜于張燮。

【附録】

張溥《蔡中郎集題詞》： 董卓狼戾賊臣，折節名士，陳留蔡中郎時已六十許人，令稱疾堅卧，偃蹇遇害，不猶愈昔日死洛陽獄乎？勉强受官，侍中封侯，噫嘆之下，身名并殞，雖王司徒輕戮善人，識者知其不長，然周歷三臺，鼓琴贊事，杜欽、谷永之誚，終不能爲中郎解也。余揣其徙朔方，遯江海，囚形毀貌，不睹天日，幾十五年，驟登大官，隆遇待，非不欲奮其拳拳之忠，補益國家，當日公卿滿朝，栖遲危亂，金章赤芾，豈獨中郎？但識不鑒于比匪，謀不出于討賊，噤口牢獄，愛莫能助。伯喈曠世逸才，余獨傷其讀《春秋》未盡善耳。漢史未成，願就黥刖，子長腐刑之志也。設竟其意，即不如子長，豈出孟堅下哉！若家門清白，三世同居，却五侯之招，陳六事之本，憂心虹霓，抵觸禁近，抱子政之悃愊，蹈京房之禍患，又班生所望景先逝矣。婁東張溥題。

孔少府集序〔一〕

子桓作《典論》〔二〕，偶屈指并世詞壇，首及孔文舉〔三〕，蓋文舉差長曹公二歲矣〔四〕。後人沿之，稱爲「建安七子」〔五〕。楊德祖不在數中者，殆嫌其與子建媟也〔六〕。爾時世間有一合用物，曹公咸收之〔七〕，傾海剖蚌，編爲珠囊〔八〕，故仲宣以下莫不委體爲魏氏賓從〔九〕，獨文舉矯矯霞外〔一〇〕，猶作曩時意相狎〔一一〕。譬之仙壇高開，他人每望塵膜拜〔一二〕，而文舉獨踐踏鑪薰〔一三〕，溺其法筵而奪之氣〔一四〕。又若自處以五世長者知被服〔一五〕，而裁抑相門爲負販袴也〔一六〕。原其初心，但甘作卯金之碩果〔一七〕，而耻預當塗之釘坐梨〔一八〕，即砍頭陷胸，當之無悔耳。彼且四顧宇宙，惟一禰正平堪共侮操，故進之彤庭〔一九〕，不然，夫豈不知正平爲玉巵之無當哉〔二〇〕！吾謂論文者，宜以文舉、正平另爲建安二子〔二一〕，而王粲以下別爲魏氏之多才，庶金剛水柔〔二二〕，各歸其用虖。嗟夫！融不死，操必不敢遽王〔二三〕，故剪之不得不亟〔二四〕，而借郗慮爲釁端〔二五〕，倚路粹爲屠肆〔二六〕。丕性多忮〔二七〕，然尚貪攀附于名流〔二八〕，彼「氣體高妙」〔二九〕，正自不得磨滅之，其云「不善持論」〔三〇〕，則追數其唐突乃公也〔三一〕。融骨已朽〔三二〕，而藻思談鋒，雄情義概，尚奕奕動人，真魯國一男子矣〔三三〕。　昭陽大淵獻首夏晦日紹和張燮識于園垂〔三四〕。

【箋注】

〔一〕孔少府：孔融，字文舉，魯國（今山東曲阜）人。幼有異才，性好學。靈帝時，舉高第，爲侍御史。獻帝時，歷官至將作大匠，遷少府。積怨于曹操，奏誅之，下獄死。撰有《春秋雜議難》，集十卷。《後漢書》卷七〇有傳。

〔二〕子桓：曹丕字，曹操長子。建安十六年爲五官中郎將，二十二年立爲魏太子，二十五年正月嗣魏王位，十一月受漢禪，即帝位，改元黄初。七年卒，謚曰文皇帝。撰有《典論》五卷，集二十三卷。清人嚴可均有《典論》輯本。

〔三〕偶屈二句：曹丕在《典論》中論及當世文壇，孔融居首。《文選》卷五二曹丕《典論·論文》：「今之文人，魯國孔融文舉、廣陵陳琳孔璋、山陽王粲仲宣、北海徐幹偉長、陳留阮瑀元瑜、汝南應瑒德璉、東平劉楨公幹，斯七子者，于學無所遺，于辭無所假，咸以自騁驥騄于千里，仰齊足而并馳。」

〔四〕差長：略長。孔融生于漢桓帝永興元年（一五三），曹操生于桓帝永壽元年（一五五），孔融比曹操年長二歲。《文選》卷四一孔融《論盛孝章書》：「歲月不居，時節如流。五十之年，忽焉已至。公爲始滿，融又過二。」

〔五〕後人二句：曹丕《典論》撰于其任魏太子時期，其稱「今之文人」即指建安時期之文人而言。《文心雕龍·才略》稱王粲爲「七子之冠冕」，應即沿用曹丕之説。清楊逢辰所輯此七人作品，即明確稱爲《建安七子集》。

〔六〕楊德祖：楊修，字德祖，建安年間舉孝廉，除郎中，後任丞相主簿，頗有才學。《文選》卷四二曹植《與楊德祖書》：「然今世作者，可略而言也。昔仲宣獨步于漢南，孔璋鷹揚于河朔，偉長擅名于青土，公幹振藻于海隅，德璉發迹于此魏，足下高視于上京。」則依曹植之説，楊修自當躋身于建安才子之列，曹丕略而不舉，蓋與其政治立場有關。《三國志·魏書·陳思王傳》：「植既以才見異，而丁儀、丁廙、楊修等爲之羽翼。」楊修參與了曹植的奪嫡之争，終被立爲太子的曹丕不可能對楊修有什麽好感。

〔七〕爾時二句：曹操唯才是舉，網盡天下英雄，對于文學方面之人才尤爲重視。誠如曹植《與楊德祖書》所稱：「當此之時，人人自謂握靈蛇之珠，家家自謂抱荆山之玉，吾王于是設天網以該之，頓八紘以掩之，今悉集兹國矣。」

〔八〕傾海二句：將整個大海之蚌各各剖開，編爲珠飾之囊。《文選》卷四張衡《南都賦》：「巨蜯函珠。」李善注：「揚雄《蜀都賦》曰：『蜯函珠而擘裂。』蜯與蚌同，函與含同。」

〔九〕仲宣以下：指建安七子中王粲及陳琳、徐幹、阮瑀、應瑒、劉楨。

〔一〇〕矯矯霞外：高峙于雲霞之外，猶言卓然不群。《漢書・叙傳下》：「賈生矯矯，弱冠登朝。」顔師古注：「矯矯，高舉之貌也。」《文選》卷四三孔稚珪《北山移文》：「亭亭物表，皎皎霞外。」

〔一一〕曩時：往時。　相狎：彼此親昵。《後漢書・孔融傳》：「初，曹操攻屠鄴城，袁氏婦子多見侵略，而操子丕私納袁熙妻甄氏。融乃與操書，稱『武王伐紂，以妲己賜周公』。操不悟，後問出何經典。對曰：『以今度之，想當然耳。』後操討烏桓，又嘲之曰：『大將軍遠征，蕭條海外。昔肅慎不貢楛矢，丁零盗蘇武牛羊，可并案也。』時年饑兵興，操表制酒禁，融頻書争之，多侮慢之辭。」

〔一二〕望塵膜拜：看見車揚起塵土就下拜，比喻卑躬屈膝之神態。《晉書・潘岳傳》：「與石崇等諂事賈謐，每候其出，與崇輒望塵而拜。」

〔一三〕罏薰：即薰爐。《玉臺新詠》卷一徐幹《情詩》：「罏薰闔不用，鏡匣上塵生。」

〔一四〕法筵：佛教語，指講經説法者之座席。《文選》卷四三孔稚珪《北山移文》：「道帙長擯，法筵久埋。」

〔一五〕五世長者：形容世代顯貴。曹丕《與群臣論被服書》：「三世長者知被服，五世長者知飲食。此言被服飲食難曉也。」《後漢書・孔融傳》：「孔融字文舉，魯國人，孔子二十世孫也。七世祖霸，爲元帝師，位至侍中。父宙，太山都尉。」

〔一六〕裁抑：抑損。　負販：擔貨販賣之人。此謂相門與負販之服相差不啻千里，而孔融却等視之。

〔一七〕卯金：指劉漢王朝。《漢書・王莽傳》：「夫『劉』之爲字『卯、金、刀』也。」　碩果：僅存之大果，比喻留存下來稀少而可貴的人物。《後漢書・孔融傳》載路粹奏融稱：「我大聖之後，而見滅于宋，有天下者，何必卯金刀。」《易・剝》：「上九，碩果不食。」

〔一八〕當塗：執政之人。《文選》卷二一郭璞《遊仙詩》之七：「長揖當塗人，去來山林客。」李善注：「當塗，即當仕路也。」釘坐梨：指座席上受人敬慕者。《新唐書・崔遠傳》：「遠有文而風致整峻，世慕其爲，目曰『釘座梨』，言座所珍也。」坐、座通。

〔一九〕正平：禰衡字。衡少有才辯，性格剛毅傲慢，好侮慢權貴。孔融數薦之于曹操，因拒絶曹操召見，操罰作鼓吏，禰衡當衆裸身擊鼓，反辱曹操。曹操怒，欲借人手殺之，因遣送與荆州牧劉表。又因出言不遜，被送至江夏太守黄祖處，終爲黄祖所殺。事載《後漢書・文苑列傳》。

〔二〇〕玉巵無當：玉杯無底，比喻事物華麗而不切實用。《韓非子・外儲説右上》：「堂谿公見昭侯曰：『今有白玉之巵而無當，有瓦巵而有當，君渴，將何以飲？』君曰：『以瓦巵。』堂谿公曰：『白玉之巵美，而君不以飲者，以其無當耶？』君曰：『然。』堂谿公曰：『爲人主而漏泄其群臣之語，譬猶玉巵之無當也。』」《史通・論贊》：「若袁彦伯之務飾玄言，謝靈運之虚張高論，玉巵無當，曾何足云。」

〔二一〕吾謂二句：孔融與禰衡氣類相投，在政治上與當局不合作，才華卓犖，真當并稱。《後漢書・禰衡傳》：「唯善魯國孔融及弘農楊修。常稱曰：『大兒孔文舉，小兒楊德祖。餘子碌碌，莫足數也。』融亦深愛其才。衡始弱冠，而融年四十，遂與爲交友。」按，建安七子之説，自可溯源于曹丕《典論・論文》，然而曹丕僅稱爲「今之文人」、「斯七子者」，并未明確標舉爲「建安七子」。《文心雕龍・才略》稱王粲爲「七子之冠冕」，似沿襲曹丕之説，然而《時序》篇則稱：「自獻帝播遷，文學蓬轉，建安之末，區宇方輯。魏武以相王之尊，雅愛詩章；文帝以副君之重，妙善辭賦；陳思以公子之豪，下筆琳琅；并體貌英逸，故俊才雲蒸。仲宣委質于漢南，孔璋歸命于河北，偉長從宦于青土，公幹徇質于海隅；德璉綜其斐然之思，元瑜展其翩翩之樂。文蔚休伯之儔，于叔德祖之侶，傲雅觴豆之前，雍容衽席之上，灑筆以成酣歌，和墨以藉談笑。」并未及孔融。至于明代楊德周編輯之《匯刻建安七子集》，則將孔融剔除在外，而補之以曹植。張燮此論孔融不當預七子之列，并非著眼于「鄴下」與年輩（孔融年輩迥高于衆人，且并不常居于鄴下），而是從處身與格調入手，將孔融從衆人中拔出，與禰衡相提并論，二人并高潔其行，不屈服于當局，其詩文自然有異于俗世之作。將二人并稱爲「建安二子」，而將王粲、劉楨等人降格爲「魏氏之多才」，可謂慧眼獨具，擲地有聲之論。

〔二二〕金剛水柔：金與水性不相同，比喻孔融與王粲等人絶不相類。《南史·張充傳》載其《與王儉書》：「金剛水柔，性之别也。」

〔二三〕嗟夫三句：孔融卒于建安十三年（二〇八），曹操晉封魏王在建安二十一年（二一六）。

〔二四〕剪：剪除，謂殺害。

〔二五〕釁端：争端，事端。《後漢書·孔融傳》：「時年飢兵興，操表制酒禁，融頻書争之，多侮慢之辭。既見操雄詐漸著，數不能堪，故發辭偏宕，多致乖忤。又嘗奏宜準古王畿之制，千里寰内，不以封建諸侯。操疑其所論建漸廣，益憚之。然以融名重天下，外相容忍，而潛忌正議，慮鯁大業。山陽郗慮承望風旨，以微法奏免融官。」

〔二六〕屠肆：屠場，肉市。《後漢書·孔融傳》：「曹操既積嫌忌，而郗慮復構成其罪，遂令丞相軍謀祭酒路粹枉狀奏融。」奏狀末云「大逆不道，宜極重誅」。書奏，下獄棄市。

〔二七〕忮：猜忌，嫉恨。《詩·邶風·雄雉》：「不忮不求，何用不臧？」毛傳：「忮，害。」

〔二八〕然尚句：指曹丕攀附孔融之盛名，對其極盡贊美。《後漢書·孔融傳》：「魏文帝深好融文辭，每歎曰：『楊、班儔也。』募天下有上融文章者，輒賞以金帛。」

〔二九〕氣體高妙：應作「體氣高妙」，爲曹丕評價孔融語，謂其詩文之格調遠邁常人。《文選》卷五二曹丕《典論·論文》：「孔融體氣高妙，有過人者。」

〔三〇〕不善持論：亦爲曹丕評價孔融語，謂其不善于創作論説文。《典論·論文》：「然不能持論，理不勝辭，以至乎雜以嘲戲。」後劉勰評價孔融之論，與曹丕觀點相仿。《文心雕龍·論説》：「至如張衡《譏世》，韻似俳説；孔融《孝廉》，但談嘲戲；曹植《辨道》，體同書抄：才不持論，論如其已。」

〔三一〕唐突乃公：指孔融抨議時政，言辭激烈，在論文中多有侮慢曹操之處。

〔三二〕骨已朽：謂逝去多年。杜甫《入喬口》：「賈生骨已朽，淒惻近長沙。」

〔三三〕男子：指剛强有作爲之男人。《楚辭·天問》：「吴獲迄古，南嶽是止。孰期去斯，得兩男子。」王逸注：「兩男子，謂太伯、仲雍也。」《後漢書·楊彪傳》：「孔融魯國男子，明日便當拂衣而去，不復朝矣。」

〔三四〕昭陽大淵獻：指癸亥年，即明天啟三年（一六二三）。首夏：指初夏，農曆四月。晦日：指每月最後一天。　園垂：　指園林之畔。《文選》卷二一王粲《詠史》：「妻子當門泣，兄弟哭路垂。」李善注：「垂，邊也。」

【總説】

《隋書·經籍志》集部別集類著録「後漢少府《孔融集》九卷」，兩《唐志》著録「《孔融集》十卷」，《直齋書録解題》別集類《陳孔璋集提要》謂：「今諸家詩文散見于《文選》及諸類書，其以集傳者，仲宣、子建、孔璋三人而已。」可知，至宋時《孔融集》已亡佚。明人始有輯本。與張燮《七十二家集·孔少府集》（二卷）同時或稍後，有汲古閣藏明抄本《孔文舉集》。今有俞紹初輯校《建安七子集·孔融集》，中華書局二〇〇五年版；又有杜志勇《孔融陳琳合集校注》，河北教育出版社二〇一三年版。

張燮此論從《典論·論文》之「七子」談起，「七子」之中，孔融特殊之處不在于輩分高出他人，而在于其僭越常規，强項直行，作者連用絶妙譬喻以形容之，又引出薦禰衡一事，從而水到渠成地托出核心論點，易「建安七子」爲「建安二子」，而別稱王粲等人爲「魏氏之多才」。最後又以「真魯國一男子」作結，通篇一氣呵成，絲嚴縫接。張溥題辭，多能後出轉精，青勝于藍，而《孔少府集題辭》一篇，文離瑣碎，至云「陳留路粹，中郎弟子也。呈身漢賊，奏殺賢者」，離題愈遠，可謂拾人牙慧，無甚發明，與張燮題辭不可同日而語也。

【附録】

張溥《孔少府集題辭》：魯國男子孔文舉，年大于曹操二歲，家世聲華，曹氏不敵，其詩文益非操所敢望也。操殺文舉，在建安十三年，時僭形已彰，文舉既不能誅之，又不能遠之，并立衰朝，戲謔笑傲，激其忌怒，無啻肉餧餒虎，此南陽管樂所深悲也。曹丕論文，首推北海，金帛募録，比于揚、班，脂元升往哭文舉，官以中散，丕好賢知文，十倍于操。然令文舉不死，親見漢帝禪受，當塗盜鼎，亦必舉族沉焚。所恨者，其死先操，狐鼠偃行，攘袂之日，天下遂無孔父仇牧耳！文舉天性樂善，甄臨配食，虎賁同坐，死不相負，何況生存？盛憲困于孫權，葆首急難，禰衡、謝該淪落下士，抗章推舉。今讀其書表，如鮑子復生，禽息不没，彼之大度，豈止六國四公子乎？而道窮命盡，不能庇九歲之男、七歲之女，天道無親，其言不信，猶黨錮餘烈哉！陳留路粹，中郎弟子也。呈身漢賊，奏殺賢者，與馬融役于梁冀等耳。東漢詞章拘密，獨少府詩文豪氣直上，孟子所謂浩然，非耶？琴堂衣冠，客滿酒盈，予尚能想見之。婁東張溥題。

諸葛丞相集序〔一〕

武鄉篤魚水之歡〔二〕，搆釁叢之緒〔三〕，十倍曹丕固也〔四〕。嗣主不才，君可自取，主臣之際，直是全瀝血誠焉〔五〕。余又歎以禪之闇沕，而當武鄉之世，了無失德可猜，似於中有默化處〔六〕。武鄉身在行間〔七〕，君門遠於萬里，而黄皓在側〔八〕，終伏而不敢逞；猶之仲達甘受巾幗〔九〕，直至將星宵殞〔一〇〕，然後得志〔一一〕。此其斡旋，俱非後世人所能得測矣。夫張文成之贊草昧也〔一二〕，鄧高密之毗中興也〔一三〕，武鄉之締末造也〔一四〕，三人俱王佐才，弘振儒效〔一五〕。然文成、高密，翊運方昌，難而易；武鄉維運將墜，難而難。張、鄧於文辭不少槩見〔一六〕，獨武鄉諸作如日月經天〔一七〕，延曜入石〔一八〕，洪灝之氣，依然可掬。微獨《出師》二表〔一九〕，《梁父》一吟〔二〇〕，芬人齒牙，其他條奏教令〔二一〕，語語真至，俱令聞者意醒，即屑玉碎珠，莫非重寶也〔二二〕。按陳壽《上諸葛集表》云：「荀勖、和嶠使臣定蜀相諸葛故事，輒删除複重，隨類相從，爲二十四篇〔二三〕。」然則名雖爲集，實爲事與言兼載〔二四〕，非盡其文筆，而今已無傳矣。郭哲卿中丞在楚嘗刻公集〔二五〕，然多未備。余録其文筆存者，裒成二卷。余兒凱甫時年十二〔二六〕，從旁笑曰：「是固八陣之剩圖，而木牛流馬之遺法也〔二七〕。」歲在辛酉首夏哉生明日紹和張燮識於竹間〔二八〕。

【校記】

【直至將星宵殞】「殞」，別集本作「捐」。

【此其斡旋】「斡旋」，別集本作「斡運」。

【翊運方昌】「翊」，別集本作「翼」。

【然都未備】「都」，別集本作「多」。

【箋注】

〔一〕諸葛丞相：諸葛亮，字孔明，琅琊陽都（今山東臨沂）人。隱居襄陽，號稱卧龍，出佐劉備，定益州、漢中地，建國蜀中，與魏、吴鼎足而立。備即帝位，拜爲丞相。備死，輔劉禪，封武鄉侯，領益州牧，卒謚忠武侯。撰有《論前漢事》、《集誡》、《女誡》，集二十五卷。《三國志》卷三五有傳。

〔二〕武鄉：指諸葛亮，見注〔一〕。篤魚水之歡：比喻劉備、諸葛亮君臣相得。《三國志·蜀書·諸葛亮傳》：「于是與亮情好日密。關羽、張飛等不悦，先主解之曰：『孤之有孔明，猶魚之有水也。願諸君勿復言。』」

〔三〕搆蠶叢之緒：指諸葛亮輔佐劉備建立蜀漢。相傳蠶叢爲蜀王先祖，教人蠶桑。《藝文類聚》卷六揚雄《蜀本紀》：「蜀始王曰蠶叢，次曰伯雍，次曰魚鳧。」李白《蜀道難》：「蠶叢及魚鳧，開國何茫然。」

〔四〕十倍曹丕：借劉備語，言諸葛亮才能遠邁魏文帝曹丕。《三國志·蜀書·諸葛亮傳》：「章武三年春，先主于永安病篤，召亮于成都，屬以後事，謂亮曰：『君才十倍曹丕，必能安國，終定大事。若嗣子可輔，輔之；如其不才，君可自取。』亮涕泣曰：『臣敢竭股肱之力，效忠貞之節，繼之以死！』」

〔五〕嗣主四句：劉備託孤壯語，諸葛亮謹表忠心，君臣之際，如瀝血般竭誠相待。「若嗣子可輔，輔之；如其不才，君可自取。」已見上揭。

〔六〕余又四句：劉禪雖是昏暗之君，然而終其前半生却并不見有任何失德之處，自當是在潛移默化中受到了諸葛亮影響。「宫中府中俱爲一體，陟罰臧否，不宜異同」，「親賢臣，遠小人，此先漢所以興隆也；親小人，遠賢臣，此後漢所以傾頽也」，《出師表》（《文選》卷三七）所諄諄告誡者，其意在防微杜漸也。　闇沕，昏暗不明貌，比喻君主昏庸。

〔七〕行間：行伍之間，指軍中。諸葛亮三出祁山，七擒孟獲，畢生以興復漢室爲己任，故常年處于南征北戰，戎馬倥傯間。

〔八〕黄皓：三國時蜀宦官。其爲人便辟佞慧，甚得劉禪喜愛。諸葛亮、董允在世之日，黄皓位不過黄門丞，不敢爲非。董允卒後，皓從黄門令爲中常侍、奉車都尉，始操弄威柄，獨專國政。

〔九〕猶之句：指五丈原之戰，司馬懿堅兵不出，諸葛亮遣人送婦人服飾以激之，司馬懿默忍之事。《晉書・宣帝紀》：「時朝廷以亮僑軍遠寇，利在急戰，每命帝持重，以候其變。亮數挑戰，帝不出，因遺帝巾幗婦人之飾。帝怒，表請決戰，天子不許。」仲達，司馬懿之字。

〔一〇〕將星宵殞：據説司馬懿曾見長星夜墜于諸葛亮之營壘。《晉書・宣帝紀》：「臨原而戰，亮不得進，還于五丈原。會有長星墜亮之壘，帝知其必敗。」後世文人多附會此事，如庾信《擬詠懷》其四：「直虹朝映壘，長星夜落營。」胡曾《五丈原》：「長星不爲英雄住，夜半流光落九垓。」蔣子奇《五丈原懷古》：「當時不是長星墜，席捲中原未可知。」

〔一一〕得志：謂司馬懿得以實現其志願。諸葛亮生前連年北伐，雖其兵力遠不敵魏，并未取得成功，然而足以抗衡。而待其殁後，司馬懿統魏軍，立中原而虎視，蜀軍已不足相抗矣。

〔一二〕張文成：指張良。張良以其文韜武略，「運籌策帷帳之中，決勝于千里之外」，在楚漢之争中佐助劉邦最終取得天下。死後謚爲文成侯，故稱。贊：佐助。《書・大禹謨》：「益贊于禹曰：『惟德動天，無遠弗屆。』」孔傳：「贊，佐。」草昧：創始。《隋書・高祖紀》：「登庸納揆之時，草昧經綸之日。」

〔一三〕鄧高密：指鄧禹。鄧禹協助劉秀建立東漢，「既定河北，復平關中」，功勞卓著，被封爲大司徒、酇侯，後改封高密侯，進位太傅。毗：輔佐。《書・微子之命》：「永綏厥位，毗予一人。」孔傳：「長安其位，以輔我一人。」中興：指恢復并非由己失去之帝位。陸游《南唐書・蕭儼傳》：「儼獨建言：帝王，己失之，己得之，謂之反正；非己失之，自己復之，謂之中興。」此指劉秀建立東漢。

〔一四〕末造：猶末世，指朝代末期。與上文之草昧、中興相對而言。《儀禮・士冠禮》：「公侯之有冠禮也，夏之末造也。」

〔一五〕儒效：大儒之功。《荀子·儒效》：「因天下之和，遂文、武之業，明枝主之義，抑亦變化矣，天下厭然猶一也。非聖人莫之能爲，夫是之謂大儒之效。」王先謙注：「效，功也。」

〔一六〕不少槩見：指所見只是一個梗概，難以窺見其真貌。《史記·伯夷列傳》：「余以所聞由、光義至高，其文辭不少概見，何哉？」司馬貞索隱：「概是梗概，謂略也。蓋以由、光義至高，而《詩》、《書》之文辭遂不少梗概載見，何以如此哉？」

〔一七〕日月經天：比喻人或作品卓犖奇偉。《後漢書·馮衍傳》：「其事昭昭，日月經天，河海帶地，不足以比。」

〔一八〕延曜入石：指光芒滲入石壁。《水經注·廬水》：「有一圓石，懸崖明淨，照見人形，晨光初散，則延曜入石，豪細必察，故名石鏡焉。」

〔一九〕《出師》二表：指前、後《出師表》。建興五年諸葛亮出師北伐，臨行前上書，勸勉後主嚴明賞罰、親賢遠佞，并表明自己鞠躬盡瘁之忠貞，是爲《前出師表》；建興六年率軍出散關前，又上一表，即《後出師表》。

〔二〇〕《梁甫》一吟：傳爲諸葛亮所作。《三國志》本傳稱：「諸葛亮好爲《梁甫吟》。」杜甫《登樓》云：「可憐後主還祠廟，日暮聊爲《梁甫吟》。」郭茂倩《樂府詩集》收入卷四一《相和歌辭十六》，題諸葛亮爲作者。原文作：「步出齊城門，遥望蕩陰里。里中有三墓，累累正相似。問是誰家墓，田彊古冶子。力能排南山，文能絶地紀。一朝被讒言，二桃殺三士。誰能爲此謀？國相齊晏子。」今人一般認爲非諸葛亮所作。參見余冠英《樂府詩選》。

〔二一〕其他條奏教令：收入《七十二家集·諸葛丞相集》者計有《爲後主伐魏詔》、《群下上漢帝請先主爲漢中王表》、《請宣大行遺詔表》、《薦吕凱表》、《彈李平表》、《彈廖立表》、《臨終遺表》、《街亭自貶疏》、《上事疏》、《與群下教》、《答蔣琬教》、《作斧教》、《黜來敏教》等。

〔二二〕重寶：猶重器。《戰國策·東周策》：「西周者，故天子之國也，多名器重寶。」

〔二三〕《上諸葛集表》：載《三國志·蜀書·諸葛亮傳》。此段原文作：「臣前在著作郎，侍中領中書監濟北侯臣荀勖、中書令關内侯臣和嶠奏，使臣定故蜀丞相諸葛亮故事。亮毗佐危國，負阻不賓，然猶存録其言，耻善有遺，誠是大晉光明至德，澤被無疆，自古以來，未之有倫也。輒删除複重，隨類相從，凡爲二十四篇。」

〔二四〕然則二句：陳壽所編，題爲《諸葛氏集》，然從《目録》來看，頗不合于别集之體。《三國志·蜀書·諸葛亮傳》載陳壽《諸葛氏集目録》：「開府作牧第一，權制第二，南征第三，北出第四，計算第五，訓厲第六，綜覈上第七，綜覈下第八，雜言上第九，雜言下第十，貴和第十一，兵要第十二，傳運第十三，與孫權書第十四，與諸葛謹書第十五，與孟達書第十六，廢李平第十七，法檢上第十八，法檢下第十九，科令上第二十，科令下第二十一，軍令上第二十二，軍令中第二十三，軍令下第二十四。右二十四篇，凡十萬四千一百一十二字。」清張澍《諸葛忠武侯文集序》：「按《蜀志》本傳『諸葛氏集目録二十四篇，凡十萬四千一百一十二字』,《晉書・陳壽傳》『壽撰蜀相諸葛亮集奏之』,即《蜀志》之二十四篇也。非獨哀其文,并其言與事而亦載之。」

〔二五〕郭哲卿:字子惠,號沖庵,南宋理宗時人,儒學名士,官任工部侍郎,創辦沖庵書院。其編《諸葛丞相集》事,待考。

〔二六〕凱甫:張燮子于壘字。《漳州府志・人物二・張燮》:「徵君有子五人,于壇、于壘二人知名。于壇字升甫,于壘字凱甫,俱邑學生。于壘從道周遊,稱爲聖童,著有《麟角》、《舒節》二篇,各二十卷。早卒,諸君爲立祠曰幼清。」張于壘七歲通古文,能詩。著有《麟角集》,又欲纂《山史》,未竟而卒。錢謙益《列朝詩集・張童子于壘傳》:「于壘,字凱甫,龍溪人。友人燮字紹和之子也。紹和舉鄉榜,以方聞受薦舉,號曰徵君。童子年七歲,賦詩有『明月小池平』之句。」于壘年十八而卒,張燮《寄鄭龍嶼運長》(《群玉樓集》卷七三)言之甚詳,「台駕旋時,兒苦不寐,迨嘉平方半,始獲安枕,醫云脉已佳,熟睡後元神自完,可望勿藥,即念六日,且長逝矣。醫尚云脉佳也,食息居起并如常,只神稍憊,忽作長訣,嗟乎傷哉!兒生身十八年,不識男女爲何物,其在卧疴,猶善攝衛,度其行徑,萬不在死法中,如此人竟不得二十耶?生平無他嗜好,只屐癖、書淫兩事,既已病困,乃取古今遊記閱之,以當卧遊。後養生家以爲宜斷翻閱,乃使人誦而聽之,定其去取,以此度日。念六下午,蔡仁夫寄譚友夏遊記至,尚手自聆略,指屈衡山舊選四篇,今得友夏爲五,是其與書訣之候也。姻翁前此不悉始末,謂小兒多鬱,尚誤以擁書爲强制耳。兒之嗜書,譬之世人嗜利,握牙籌而弄子母,擁錢刀而營田宅,直以此爲安身立命之元，舍是無足樂者，非强制所能得耳。……至遺草盈帙，無一字不可藏之名山，阿父即多讀數十年書，欲有其片語不可得，雖謂吾子爲吾師可也。往矣奈何，傷矣奈何！」張燮又有《亡兒茂才凱甫行狀》（《群玉樓集》卷五四），此不贅。陳慶元有《龍溪張于壘年譜》（《閩南師範大學學報》二〇一四年第六期）及《〈列朝詩集·張童子于壘傳〉發微》（《中國典籍與文化》二〇一一年第二期），可參看。

〔二七〕是固二句：贊譽諸葛亮詩文留存至今者，雖殘膏剩馥，却極爲可貴。八陣圖，傳説爲諸葛亮創設之陣法。杜甫《八陣圖》：「功蓋三分國，名成八陣圖。」木牛流馬，諸葛亮所發明之運輸工具，在北伐時經常使用。《三國志·蜀書·諸葛亮傳》：「亮性長于巧思，損益連弩，木牛流馬，皆出其意；推演兵法，作八陣圖，咸得其要云。」

〔二八〕辛酉：明天啟元年（一六二一）。哉生明：農曆每月初三日。

【總説】

陳壽纂輯《諸葛亮集》二十四篇，見于《三國志》、《華陽國志》、《晉書》等，按之陳壽《諸葛氏集目録》，其所輯録頗不合于别集之體。《華陽國志》卷一一《後賢傳·陳壽傳》稱：「華又表令次定《諸葛亮故事集》，爲二十四篇。」蓋其文與事并載，合于「故事集」之體。《隋書·經籍志》集部别集類著録「蜀丞相《諸葛亮集》二十五卷」、「梁二十四卷」，兩《唐志》集部别集類著録「《諸葛亮集》二十四卷」，疑即陳壽所纂「二十四篇」。《崇文總目》、《郡齋讀書志》、《直齋書録解題》皆不著録，當即亡于宋時。明人始有輯本。現存諸葛亮集輯本，當以明正德年間閻欽《蜀丞相諸葛亮文集》刻本爲最古，藏于中國國家圖書館，惜佚其半（共六卷，存四至六卷）。今并行者有李伯勳《諸葛亮集箋論》，陝西人民出版社一九九七年版；張連科、管淑珍《諸葛亮集校注》，天津古籍出版社二〇〇八年版。

二張題辭相同者二，相異者亦有二。張燮言劉禪雖闇沕却了無失德，黄皓常在側但伏不敢逞，全因諸葛亮得以斡旋其間，潛移默化；張溥直稱「後主暗弱，黄皓陰狡，武侯復親督師旅，不居密勿，而君臣魚水，常如先帝時」，可見二人均稱道諸葛亮輔佐後主之居功至偉，一同也。張燮言不僅《出師表》、《梁甫吟》膾炙人口，其他諸葛之作無不爲精品，「語語真至，俱令聞者意醒，即屑玉碎珠，莫非重寶也」，張溥則稱「《出師》二表，遠匹伊訓，《正議》兩篇，亦《湯誓》、《大誥》之遺。餘則赫蹏數字，能使憾夫解讎，壯士刎頸」，可知二人均盛推諸葛亮留存遺作之價值，二同也。張燮將諸葛亮與張良、鄧禹類比，認爲諸葛遠勝前人處在于處境惟艱與文章教化；張溥則引裴度祠堂碑銘序文，正面肯定諸葛亮鞠躬盡瘁之精神與應敵變化之籌略，一異也。張燮于篇末講述重輯《諸葛丞相集》之始末，并以兒凱甫之笑言作結；張溥則以考究《梁甫吟》篇題及内容，指出此詩與諸葛亮彼時思想多有舛互開篇，二異也。

【附録】

張溥《諸葛丞相集題詞》： 諸葛《梁甫吟》，古今諷誦，然遥望蕩陰，懷齊三士，此不過好勇輕死者流，何關管、樂神明，悲吟不止？或云： 梁甫，泰山下小山也，人君有德則封東嶽，諸葛王佐才，思封禪而不得見，躬耕隴畝，歌謡託志，田疆之倫，豈所慕哉！《出師》二表，遠匹伊訓，《正議》兩篇，亦《湯誓》、《大誥》之遺。餘則赫蹏數字，能使憾夫解讎，壯士刎頸。開誠布公，集思廣益，一生靖獻之本，施于僚佐，賢愚悉心，所自然耳。《誡子書》云：「學以廣材，静以成學。」周孔之教也。晉世有寫其詞徧勗諸子者，其理學始基乎！後主暗弱，黄皓陰狡，武侯復親督師旅，不居密勿，而君臣魚水，常如先帝時。東山、金縢，似反遜之，志則同也。郭塢星殞，魚復遺憾，國勢三分，臣心無二，討賊而死，始答顧命，豈自違隆中之言哉？陳壽立評，未極能事，崔浩致詰，無當論功，唐裴晉公蓋非之矣。婁東張溥題。

重纂陳思王集序〔一〕

子建知父欲立己，故縱酒自穢〔二〕，至乘車行馳道中〔三〕，及拜征虜將軍，呼有所勅，竟醉不能受命〔四〕，稍有覺知，豈應背謬至爾？所謂雄雞斷尾而逃犧者爾〔五〕。原其意，非直少長之際，内遜不違〔六〕，彼見夫漢曆將終〔七〕，魏祚行熾〔八〕，脱當事任〔九〕，處分自難〔一〇〕，不若先事解免〔一一〕，其所全于倫常者大也〔一二〕。文中子稱陳思善讓，能迂其迹〔一三〕，豎儒疑信者半〔一四〕。然考《魏志·蘇則傳》，禪代事起，子建發服悲泣〔一五〕；古今骨肉爲帝而戀戀故主、哀不自勝者，惟陳王及司馬孚兩人〔一六〕。吁！赤心揭于日月矣〔一七〕。余謂子建果嗣，必堅守服事之節〔一八〕，而卯金尚延〔一九〕。即子建不嗣，而嗣魏者未遽代漢，子建以貴公子守一官，以彼其才，何地不足自展？勝于豆泣釜中〔二〇〕，救過不贍〔二一〕，遠遊之冠空邑邑而齎志于盛年也〔二二〕。《審舉表》及《諫取諸國士息》等篇〔二三〕，舊集多遺，今觀其言曰：「取齊者田族，非呂宗；分晉者趙魏，非姬姓〔二四〕。」且謂「乞藏書府，不便滅棄，臣死之後，事或可思〔二五〕」，是明知有司馬之變〔二六〕，痛切譚之〔二七〕，惜帝不悟耳。其深心卓識，豈與不自見睫者同乎哉〔二八〕！世但見丁廙輩之擁戴，幾摇上指，因疑其奪嫡而垂涎〔二九〕；又見夫圭社就封，輒覬事任，又以爲慕諠而技癢〔三〇〕。一片丹誠，翻同不韻〔三一〕，因增定陳王集而昭揭之如此〔三二〕。若夫八斗才華〔三三〕，鬱是巨麗，則壇苑間久龜麟宗之〔三四〕，無所俟余言矣。壬戌春暮閩漳張燮識于東阿道中〔三五〕。

【校記】

【審舉表及諫取諸國士息等篇】「諫」，原作「陳」，張燮《七十二家集・陳思王集》目録及正文均作「諫取諸國士息表」，據改。別集本正作「諫」。

【分晉者趙魏非姬姓】「趙」，原作「韓」，《三國志・魏書・陳思王傳》引作「趙」，是。韓亦姬姓，故不當言韓。

【箋注】

〔一〕陳思王：曹植，字子建，沛國譙（今安徽亳州）人。曹操第三子，魏文帝同母弟。建安十六年，封平原侯，後徙封臨淄。文帝即位，貶安鄉侯，改封鄄城王，後歷徙雍丘、浚儀、東阿、陳，死謚曰思，故世稱

「陳思王」。撰有《列女傳頌》，集三十卷。《三國志》卷一九有傳。

〔二〕自穢：因爲某些不爲人知之原因而自我貶低。《文選》卷四〇任昉《奏彈劉整》：「高鳳自穢，争訟寡嫂。」李善注引《東觀漢書》：「高鳳，字文通，南陽人也。鳳年老，聲名著聞，太守連召請，恐不得免。自言鳳本巫家，不應爲吏，又與寡嫂詐訟田，遂不仕。」

〔三〕至乘句：指曹植行馳道、開司馬門事。《三國志·魏書·陳思王傳》：「植嘗乘車行馳道中，開司馬門出。太祖大怒，公車令坐死。由是重諸侯科禁，而植寵日衰。」馳道，天子所行之道。《史記·高祖功臣侯者年表》：「元狩五年，侯昧坐行馳道中更呵馳去罪，國除。」

〔四〕及拜三句：指曹植被任征虜將軍、醉而不能受命事。《三國志·魏書·陳思王傳》：「二十四年，曹仁爲關羽所圍。太祖以植爲南中郎將，行征虜將軍，欲遣救仁。呼有所敕戒，植醉不能受命，于是悔而罷之。」征虜將軍，統兵將領名號，漢時始置，在諸將軍名號中位居三品。

〔五〕所謂句：雄雞因怕做祭祀之犧牲而自殘其身。《左傳》昭公二十二年：「賓孟適郊，見雄雞自斷其尾。問之，侍者曰：『自憚其犧也。』遽歸告王，且曰：『雞其憚爲人用乎？』」

〔六〕原其三句：細繹曹植原意，不僅是因爲曹丕爲其兄長而遜讓不迭。不遑，無暇。《詩·小雅·四牡》：「王事靡盬，不遑啓處。」

〔七〕漢曆：漢家曆數。曆數指帝王代天理民之順序。《論語·堯曰》：「咨，爾舜，天之曆數在爾躬。」何晏集解：「曆數謂列次也。」

〔八〕魏祚：曹魏國統。祚指君位、國統。《史記·燕召公世家》：「成王既幼，周公攝政，當國踐祚。」

熾：昌盛。《詩·魯頌·閟宫》：「俾爾熾而昌。」

〔九〕事任：承擔職務。《三國志·魏書·夏侯玄傳》：「義斷行于鄉黨，豈不堪于事任乎？」

〔一〇〕處分：處置。《玉臺新詠》卷一《古詩爲焦仲卿妻作》：「處分適兄意，那得自任專？」

〔一一〕解免：逃脱，避免。《史記·老子韓非列傳》：「然善屬書離辭，指事類情，用剽剝儒、墨，雖當世宿學不能自解免也。」

〔一二〕倫常：人與人相處之常道，特指封建道德所規範之君臣、父子、夫婦、兄弟、朋友五種關係。

〔一三〕文中子：王通，字仲淹，號文中子，隋代大儒。其殁後由弟子編成的《中説》（又稱《文中子中説》、《文中子》），記載王通講授之内容，及其與弟子、友人間之對話，是研究王通思想之重要文獻。《中説·事君》：「子曰：『陳思王可謂達理者也，以天下讓，時人莫之知也。』」

〔一四〕豎儒：對儒生之鄙稱。《史記·酈生陸賈列傳》：「沛公罵曰：『豎儒！夫天下同苦秦久矣，故諸侯相率而攻秦，何謂助秦攻諸侯乎？』」司馬貞索隱：「豎者，僮僕之稱，沛公輕之，以比奴豎，故曰『豎儒』也。」

〔一五〕然考三句：史家多擅用互見法，曹植聞知曹丕代漢自立，忍不住失聲悲哭，事在《三國志·魏書·蘇則傳》：「初，則及臨菑侯植聞魏氏代漢，皆發服悲哭，文帝聞植如此，而不聞則也。」裴松之注引魚豢《魏略》與此記載稍異，以「發服」、「悲哭」二事分屬蘇則、曹植：「初，則在金城，聞漢帝禪位，以爲崩也，乃發喪。後聞其在，自以不審，意頗默然。臨淄侯植自傷失先帝意，亦怨激而哭。」

〔一六〕司馬孚：字叔達，司馬懿次弟。起家爲曹植文學掾，遷太子中庶子，轉爲中書郎、給事常侍。累遷至太傅，功勞卓著，然而生性謹慎，未參與司馬氏廢立魏帝之事，至死以魏臣自稱。《晉書·司馬孚傳》：「及武帝受禪，陳留王就金墉城，孚拜辭，執王手，流涕歔欷，不能自勝。曰：『臣死之日，固大魏之純臣也。』」骨肉爲帝而悲哭者不止曹植、司馬孚兩人，近即有司馬順「遂悲泣」（《晉書》卷三七《宗室傳》）。顧炎武《日知録》卷一三稱：「陳思王植初封臨淄侯，聞魏氏代漢，發服悲哭，文帝恨之。司馬順，宣王第五弟通之子，初封習陽亭侯。及武帝受禪，歎曰：『事乖唐、虞，而假爲禪名。』遂悲泣。……夫天人革命，而中心弗願者乃在於興代之懿親，其賢於裸將之士、勸進之臣遠矣。」適足與張燮之説相參。

〔一七〕赤心：赤誠之心。《三國志·魏書·董昭傳》：「吾與將軍聞名慕義，便推赤心。」揭于日月：像高舉日月那樣明顯。《莊子·達生》：「今汝飾知以驚愚，修身以明汙，昭昭乎若揭日月而行也。」

〔一八〕服事：謂盡臣道。《論語·泰伯》：「三分天下有其二，以服事殷。周之德，其可謂至德也已矣。」

〔一九〕卯金：指劉漢王朝。參見《孔少府集序》注〔一七〕。

〔二〇〕豆泣釜中：曹植後期飽受其豆相煎之苦，在其兄曹丕、其侄曹叡的防範與壓迫下，過著名爲藩侯、實爲囚徒的生活。《世説新語·文學》：「文帝嘗令東阿王七步中作詩，不成者行大法。應聲便爲詩曰：『煮豆持作羹，漉菽以爲汁。萁在釜下燃，豆在釜中泣。本自同根生，相煎何太急？』帝深有慚色。」

〔二一〕救過不贍：彌補自己的過錯唯恐已來不及，形容法網深密或處境危殆時惴惴不安的惶恐情態。《史記・酷吏列傳》：「(太史公曰)九卿碌碌奉其官，救過不贍，何暇論繩墨之外乎！」

〔二二〕遠遊之冠：諸王所服之冠。《晉書・輿服志》：「遠遊冠，傳玄云秦冠也。似通天而前無山述，有展筩横于冠前。皇太子及王者後、帝之兄弟、帝之子封郡王者服之。」《文選》卷三七曹植《求通親親表》：「若得辭遠遊，戴武弁，解朱組，佩青紱。」邑邑：憂鬱不樂貌。《史記・淮南衡山列傳》：「人生一世間，安能邑邑如此！」齎志：懷抱志願。參見《王諫議集引》注〔一三〕。

〔二三〕《審舉表》：嚴可均《全三國文》輯入，題爲《上疏陳審舉之義》，原文載《三國志・魏書・陳思王傳》。《諫取諸國士息》：嚴可均《全三國文》題爲《上書請免發取諸國士息》，載《魏書・陳思王傳》注引《魏略》。

〔二四〕取齊四句：語出《陳審舉表》，謂齊太公姓呂，其後爲田成子所取，非呂族；晉唐叔姓姬，其後爲趙籍、魏斯等所分，非姬姓。此句乃曹植告誡魏明帝規避大權旁落于異姓大臣之危險。

〔二五〕且謂句：「乞藏」四語出《陳審舉表》，謂確信己言定會驗證。

〔二六〕司馬之變：指高平陵政變後大權歸于司馬氏。

〔二七〕譚：同談。《三國志・魏書・管輅傳》：「此老生之常譚。」別集本作「談」。

〔二八〕不自見睫者：看不見己之睫毛，比喻短視庸瑣之徒。《韓非子・喻老》：「臣患智之如目也，能見百步之外，而不能自見其睫。」

〔二九〕世但三句：世人但見史書載丁廙等人翊戴，曹操幾欲立嗣，就以爲曹植對魏太子之位垂涎三尺。《三國志·魏書·陳思王傳》：「植既以才見異，而丁儀、丁廙、楊修等爲之羽翼。太祖狐疑，幾爲太子者數矣。」

〔三〇〕又見三句：又看到曹植封任藩府，汲汲于追求事功，便以爲他愛慕榮華而躍躍欲試。《文選》卷三七曹植《求自試表》：「竊不自量，志在效命，庶立毛髮之功，以報所受之恩。若使陛下出不世之詔，效臣錐刀之用，使得西屬大將軍，當一校之隊，若東屬大司馬，統偏師之任。必乘危蹈險，騁舟奮驪，突刃觸鋒，爲士卒先。雖未能禽權馘亮，庶將虜其雄率，殲其醜類。必效須臾之捷，以滅終身之愧，使名挂史筆，事列朝榮。雖身分蜀境，首懸吴闕，猶生之年也。」技癢，見《班蘭臺集序》注〔一四〕。

〔三一〕不韻：不合宜。《世說新語·言語》：「支道林常養數匹馬。或言『道人畜馬不韻』，支曰：『貧道重其神駿。』」

〔三二〕昭揭：昭然若揭，此處用爲動詞。

〔三三〕八斗才華：謝靈運評價曹植語。宋無名氏《釋常談》：「謝靈運嘗曰：『天下才有一石，曹子建獨佔八斗，我得一斗，天下共分一斗。』」

〔三四〕則壇苑句：自古文壇奉之爲巨匠。《大戴禮記·易本命》：「有毛之蟲三百六十，而麒麟爲之長；有甲之蟲三百六十，而神龜爲之長。」張燮《宋大夫集序》：「三十六甲，龜爲之長」

〔三五〕壬戌：明天啟二年（一六二二）。暮春：指農曆三月。東阿：山東縣名，三國時爲曹植封地。《三國志·魏書·陳思王傳》：「三年，徙封東阿。」東阿地名，後世相沿而不改，故文人墨客多于此暢思古之幽情，如陳師道《東阿》、文天祥《發東阿》、袁宏道《東阿道中晚望》、汪學金《東阿舊城》等。

【總説】

曹植生前曾自訂作品集，名爲《前録》，其《自序》稱「删定别撰，爲《前録》七十八篇」。曹植卒後，魏明帝曾下令編録其文集，《三國志·魏書·陳思王傳》：「（景初中詔曰）其撰録植前後所著賦、頌、詩、銘、雜論，凡百餘篇。」《隋書·經籍志》集部别集類著録「魏陳思王《曹植集》三十卷」，兩《唐志》除三十卷本外，還著録了二十卷本。《郡齋讀書志》則著録《曹植集》十卷，提要稱「詩文二百篇，反溢于本傳所載」；《直齋書録解題》著録《陳思王集》二十卷，提要稱「其間亦有采取《御覽》、《書鈔》、《類聚》諸書中所有者，意皆後人附益」。《曹植集》尚存南宋孝宗間江西大字刊本《曹子建集》十卷，現藏于上海圖書館。明刻更夥，如銅活字本、舒貞刻本、王淮刻本、郭雲鵬寶善堂刻本、建安書林鄭雲竹輯本等。汪士賢編刻《漢魏諸名家集·曹子建集》未署校者名氏，前冠李夢陽《曹子建集序》，疑即從當時流行之李夢陽、王世貞等評，凌性德刻朱墨套印本而來。今通行本爲趙幼文《曹植集校注》，人民文學出版社一九八四年版。

張溥《陳思王集題辭》稱：「論者又云：禪代事起，子建發憤悲泣，使其嗣爵，必終身臣漢，則王之心其周文王乎！余將登箕山而問許由焉。」所謂「論者」，即指張燮。張燮《重纂陳思王集序》通篇旨在證明曹植深心卓識，忠于漢室，未立爲魏太子，非不能也，實不願也。證據如下：在世子之争的敏感時期，曹植居然做出種種放縱之事，完全悖于情理，應爲曹植故意「縱酒自穢」；當于漢朝日薄西山、魏國如日中天之時，魏世子身處權力中心，即使非出于自願，也可能被裹挾向前，曹植預知「處分自難」，所以「先事解免」：以上爲推理求證。據《魏志·蘇則傳》「禪代事起，曹植發服悲泣」，知曹植「戀戀故主，哀不自勝」；據曹植《審舉表》、《諫取諸國士息》等篇，曹植明知有司馬之變，可謂「深心卓識」：以上爲援文考證。此外，張燮還引文中子「陳思善讓，能迂其迹」之説，進一步增强論證。張燮之論，雖無法成爲定案，然而足破舊説，自成一家。至于張燮題辭稱「若夫八斗才華，鬱是巨麗，則壇苑間久龜麟宗之，無所俟余言矣」，張溥于曹植文學仍喋喋不休，不如張燮題辭爲精粹簡當，其稱「才大思麗」亦乃從張燮所言「巨麗」借鑒而來。

【附録】

張溥《陳思王集題詞》：余讀陳思王《責躬應詔詩》，泫然悲之，以爲伯奇《履霜》、崔子《渡河》之屬。既讀《升天》、《遠遊》、《仙人》、《飛龍》諸篇，又何翩然遐征、覽思方外也。王初蒙寵愛，幾爲太子，任性章釁，中受拘攣，名爲懿親，其朝夕縱適，反不若一匹夫徒步。慷慨請試，求通親戚，賈誼奪節于匈奴，劉勝低首于聞樂，斯人感慨，豈空云爾哉！司馬氏睥睨神器，魏忽不祀，彼所綢繆者藩防，而取代者他族，思王之言不再世而驗，然則《審舉》諸文，固魏宗之磐石也。集備衆體，世稱繡虎，其名不虛。即自然深致，少遜其父，而才大思麗，兄似不如。人但見文帝居高，陳王伏地，遂謂帝王人臣文體有分，恐淮南、中壘不爲武、成受屈也。黄初二令，省愆悔過，詩文怫鬱，音成于心，當此時而猶泣金枕，賦《感甄》，必非人情。論者又云，禪代事起，子建發服悲泣，使其嗣爵，必終身臣漢，則王之心其周文王乎？余將登箕山而問許由焉。婁東張溥題。

王侍中集引〔一〕

仲宣早見重于中郎，其家書籍盡以與之〔二〕，厥後受知時宰〔三〕，殆其衣鉢之遺焉〔四〕。建安諸子都以文采見收〔五〕，不當事任〔六〕，獨仲宣參預謀議，朝夕左右，以備質疑，當塗大典制皆出其手〔七〕，此豈應、劉、陳、阮所可比肩哉〔八〕！魏武多猜〔九〕，而仲宣婉孌神姿〔一〇〕，永消嫌貳〔一一〕。當五官將及臨淄時〔一二〕，諸賢多搆異同〔一三〕，乃仲宣耦俱締好〔一四〕，意無私戴，彼蓋精于弈者〔一五〕，當局商榷〔一六〕，制勝隨緣〔一七〕，白黑主人各各盡歡而散〔一八〕。迨其没也〔一九〕，子建爲搆誄〔二〇〕，而子桓令送葬皆作驢鳴〔二一〕，此善處人骨肉間者之效也。仲宣文凡十卷〔二二〕，今存僅如許〔二三〕，故足「獨步漢南」〔二四〕。

紹和張燮識。

【校記】

【王侍中集引】「侍中」，别集本作「仲宣」。

【子建爲搆誺】「搆」，別集本作「作」。

【紹和張燮識】別集本無此落款，而有自注兩行，迻録于此：「《七釋》載《藝文》，割裂無緒，其碎語載《御覽》頗多，以其零星，置不具録。《鸚鵡賦》及《鶡賦》間有重複，是傳寫成訛耳。」

【箋注】

〔一〕王侍中：王粲，字仲宣，山陽高平（今山東鄒縣）人。少有異才，善屬文。先依劉表，然不甚重。曹操辟爲丞相掾，賜爵關内侯。魏國既建，拜侍中。撰有《去伐論集》、《漢末英雄記》，集十一卷。《三國志》卷二一有傳。

〔二〕仲宣二句：王粲年幼時即爲蔡邕所重，蔡邕允諾將畢生所藏書遺贈之。《三國志·魏書·王粲傳》：「獻帝西遷，粲徙長安，左中郎將蔡邕見而奇之。時邕才學顯著，貴重朝廷，常車騎填巷，賓客盈坐。聞粲在門，倒屣迎之。粲至，年既幼弱，容狀短小，一坐盡驚。邕曰：『此王公孫也，有異才，吾不如也。吾家書籍文章，盡當與之。』」

〔三〕時宰：指時任丞相之曹操。王粲先依劉表，表卒後勸表子琮歸曹操，爲曹操辟爲丞相掾，賜爵關内侯。

〔四〕衣鉢：佛家以衣鉢爲師徒傳授之法器，引申指師傅思想、學問、技能等之真正傳承。

〔五〕建安句：指建安諸子被曹操羅致麾下，均是由于出衆之文學才華。《文選》卷四二曹植《與楊德祖書》：「昔仲宣獨步于漢南，孔璋鷹揚于河朔，偉長擅名于青土，公幹振藻于海隅，德璉發迹于此魏，足下高視于上京。當此之時，人人自謂握靈蛇之珠，家家自謂抱荆山之玉。吾王于是設天網以該之，頓八紘以掩之，今悉集兹國矣。」

〔六〕不當事任：指建安諸子大多不承擔政治職務。如徐幹、應瑒、劉楨任五官將文學，陳琳、阮瑀爲司空軍謀祭酒管記室，均掌管文字方面之職責，而不參與軍國大事。

〔七〕獨仲宣四句：惟獨王粲參預軍國大事，朝夕侍奉左右，以隨時接受咨詢，朝廷詔令文書等重要文章大多出于其手。《三國志・魏書・王粲傳》：「魏國既建，拜侍中。博物多識，問無不對。時舊儀廢弛，興造制度，粲恒典之。」當塗：指魏。《春秋讖》：「代漢者，當塗高也。」

〔八〕應劉陳阮：指應瑒、劉楨、陳琳、阮瑀等人。《三國志・魏書・王粲傳》：「粲與北海徐幹字偉長、廣陵陳琳字孔璋、陳留阮瑀字元瑜、汝南應瑒字德璉、東平劉楨字公幹并見友善。」

〔九〕魏武多猜：指曹操性格猜忌多疑，如《世説新語・假譎》篇所載佯睡殺人事、裴松之注引《世語》殺吕伯奢家人事等足證之。

〔一〇〕婉孌神姿：美好的神態。《詩・齊風・甫田》：「婉兮孌兮，總角丱兮。」鄭玄箋：「婉孌，少好貌。」陳子昂《唐故袁州參軍李府君妻張氏墓誌銘》：「夫其窈窕之秀，婉孌之姿，貞節峻于寒松，韶儀麗于温玉。」

〔一一〕嫌貳：猜忌，嫌疑。《三國志・吴書・諸葛瑾傳》：「姦讒并起，更相陷懟，轉成嫌貳。」

〔一二〕五官將，指曹丕；臨淄，指曹植。曹丕于建安十六年任五官中郎將，曹植于建安十九年被封爲臨淄侯。此句謂當立嗣未定，曹丕、曹植皆有可能被立爲魏太子時。

〔一三〕多搆異同：大多持不同意見。如《晉書·宣帝紀》載陳群、司馬懿、吴質、朱樂爲曹丕「四友」，《三國志·魏書·曹植傳》載丁儀、丁廙、楊修爲曹植「羽翼」等。《宋書·謝靈運傳》：「靈運構扇異同，非毁執政。」

〔一四〕耦：雙方。《左傳》僖公九年：「耦俱無猜，貞也。」杜預注：「耦，兩也。」

〔一五〕彼蓋句：王粲當爲精于弈棋之人。《三國志·魏書·王粲傳》：「觀人圍棋，局壞，粲爲覆之。棋者不信，以帊蓋局，使更以他局爲之。用相比校，不誤一道。其强記默識如此。」本傳載其觀棋事，意在突顯其記憶力之强，于其棋藝如何，實未著評論。張燮以王粲善于弈棋，喻指其揖讓周旋，善于平衡，在曹丕、曹植兄弟間左右逢源，各不得罪。

〔一六〕當局商榷：對局中商討斟酌。《文選》卷五左思《吴都賦》：「剖判庶士，商搉萬俗。」劉逵注：「《廣雅》曰：商，度也；搉，粗略也。言商度其粗略。」

〔一七〕制勝隨緣：取勝要順其自然。

〔一八〕白黑主人：指弈棋之雙方。圍棋用黑白圓形棋子，弈者各執一種，故分别被稱爲白黑主人。

〔一九〕没：通「歿」，去世。《論語·學而》：「父在觀其志，父没觀其行。」

〔二〇〕子建爲搆誄：指曹植所作《王仲宣誄》。《文選》卷五六曹植《王仲宣誄》序稱：「建安二十二年正月二十四日戊申，魏故侍中關内侯王君卒。嗚呼哀哉！皇穹神察，喆人是恃。如何靈祇，殲我吉士。誰謂不痛，早世即冥；誰謂不傷，華繁中零。存亡分流，夭遂同期。朝聞夕没，先民所思。何用誄德？表之素旗。何以贈終？哀以送之。」

〔二一〕而子桓句：王粲卒時，曹丕令送葬者學驢鳴。《世説新語·傷逝》：「王仲宣好驢鳴。既葬，文帝臨其喪，顧語同游曰：『王好驢鳴，可各作一聲以送之。』赴客皆一作驢鳴。」

〔二二〕凡十卷：指王粲集原有十卷之多。《隋書·經籍志》：「後漢侍中《王粲集》十一卷。」兩《唐志》同。張燮稱十卷，蓋舉其成數。

〔二三〕今存僅如許：指王粲作品留存無多。

〔二四〕獨步漢南：文采冠絶漢水之南。《文選》卷四二曹植《與楊德祖書》：「昔仲宣獨步于漢南。」李善注：「仲宣在荆州，故曰漢南。」

【總説】

《隋書·經籍志》集部别集類著録「後漢侍中《王粲集》十一卷」，兩《唐志》著録「《王粲集》十一卷」。《郡齋讀書志》著録《王粲集》八卷，《直齋書録解題·陳孔璋集提要》稱「其以集傳者，仲宣、子建、孔璋三人而已。余家亦未有《仲宣集》」。然而宋本已佚，今存者多爲明人輯本。與張燮《七十二家集·王侍中集》（三卷）同時或稍晚，有明楊德周《彙刻建安七子集·王仲宣集》。今有俞紹初輯校《建安七子集·王粲集》，中華書局二〇〇五年版；又有張蕾《王粲集校注》，河北教育出版社二〇一三年版。

張燮《七十二家集》載《王侍中集》三卷，計賦二十二、樂府四、詩十九、書二、檄一、七一、記一、論五、連珠四、頌四、贊二、銘四、祭文一，共計七十篇。《三國志・魏書・王粲傳》稱：「著詩、賦、論、議垂六十篇。」《郡齋讀書志》著録《王粲集》八卷，提要稱：「今集有八十一首。按《唐藝文志》粲集十卷，今亡兩卷，其詩文反多于史所記二十餘篇，與《曹植集》同。」按晁公武稱《唐藝文志》著録《王粲集》十卷，實則十一卷，蓋屬誤記。與晉、宋所存數量相較，現存王粲作品仍屬可觀。張燮題辭稱「今存僅如許」，蓋指王粲詩文未能完整保存，多爲殘篇而言。

張燮《王侍中集引》首尾可分三段：首論王粲繼承蔡邕衣鉢，次論王粲非僅文學侍臣，再論王粲善處人骨肉間。張溥《王侍中集題辭》亦可分爲三段：首論王粲《爲劉荆州移書》無救袁氏之敗亡，次論王粲能婉孌于曹氏兄弟之間，再論王粲詩出李陵，托物見志。其中，張溥第二論與張燮第三論不惟宗旨相同，遣詞用語亦多所仿效。

【附録】

張溥《王仲宣集題辭》：袁顯思兄弟争國，王仲宣爲劉荆州遺書苦諫，今讀其文，非獨詞章縱横，其言誠仁人也。昔潁考叔一言能感鄭莊，使母子如初。仲宣二書，疾呼泣血，無救鬩墻。袁氏將喪，頑子執兵，即蘇、張復生何益哉！子桓、子建交怨若仇，仲宣婉孌其間，耦俱無猜。身没之後，太子臨喪，陳思作誄，素旗表德，頌言不忘。彼固善處人骨肉，亦繇其天性宿深，長于感激，不但和光宴詠，爲兩公子樓護也。孟德陰賊，喜殺賢士，仲宣《詠史》，託諷黄鳥，披文下涕，幾秦風矣。高平上胄，世爲漢公，遭時流離，依徙荆許。以《七哀》之悲，爲顯廟之頌，擇木而窮，雅誹見志。世謂其詩出李陵，今觀書命，亦相近也。婁東張溥題。

陳記室集小引〔一〕

陳孔璋爲袁氏草檄，詆孟德不直一錢〔二〕，及爲荀令檄吴將校，却盛稱曹氏功德〔三〕。大率才人處亂世，如好鳥投枝〔四〕，美蔭芳蕤〔五〕，於焉拭翮〔六〕。鄰園對峙，固裹足而若染〔七〕；菁華旋竭〔八〕，又掉尾而他歸〔九〕。風起雲飛〔一〇〕，殆其常態〔一一〕。觀琳自致辭曰「犬吠非其主」〔一二〕，悽惋可念。魏祖之收之也，正亦謂「今爲我妻，則欲其詈人」耳〔一三〕。《武軍賦》盛爲葛洪所推許〔一四〕，惜今所傳竟非完製〔一五〕。乃子建又謂孔璋不閑詞賦，至方之畫虎類狗。〔一六〕并時諸公，嚴於持論，雖其親暱，不輕假借〔一七〕，類如此。然以孔璋才詳而能整，辦而有章〔一八〕，真建安藝林之高幟〔一九〕，而當塗法從之先鞭也〔二〇〕。旃蒙赤奮若中秋月紹和張燮識于黄華山麓〔二一〕。

【校記】

【陳記室集小引】「小引」，别集本作「引」。

【如好鳥投枝】「枝」，別集本作「林」。

【箋注】

〔一〕陳記室：陳琳，字孔璋，廣陵射陽（今江蘇淮安）人。初爲大將軍何進府主簿，後依袁紹，典秘事。及紹敗，曹操辟爲軍謀祭酒，管記室，徙門下督。有集十卷。《三國志》卷二一附傳。

〔二〕陳孔璋二句：指陳琳爲袁紹作檄以告劉備，言曹操失德，不堪依附，從而勸其歸順袁紹。《文選》卷四四陳琳《爲袁紹檄豫州》：「身處三公之位，而行桀虜之態，汙國虐民，毒施人鬼。加其細政苛慘，科防互設；罾繳充蹊，坑阱塞路；舉手掛網羅，動足觸機陷：是以兗、豫有無聊之民，帝都有吁嗟之怨。歷觀載籍，無道之臣，貪殘酷烈，于操爲甚。」不直一錢，猶言毫無價值，比喻能力或品格低下。《史記·魏其武安侯列傳》：「（灌夫）乃罵臨汝侯曰：『生平毀程不識不直一錢，今日長者爲壽，乃效女兒呫囁耳語！』」

〔三〕及爲二句：指陳琳爲荀彧作檄以告吳將校部曲，歌頌聖朝權威，聲討孫權罪行，敦促吳將盡快認清形勢，棄吳歸漢。《文選》卷四四陳琳《檄吳將校部曲文》：「丞相銜奉國威，爲民除害，元惡大憝，必當梟夷。至于枝附葉從，皆非詔書所特禽疾，故每破滅强敵，未嘗不務在先降後誅，拔將取才，各盡其用。是以立功之士，莫不翹足引領，望風嚮應。」

〔四〕大率二句：猶言人才處于亂世之中，如良禽擇木而棲。《左傳》哀公十一年：「（孔子）退命駕而行，曰：『鳥則擇木，木豈能擇鳥？』」

〔五〕美蔭：指濃蔭。《莊子・山木》：「覩一蟬，方得美蔭而忘其身。」芳蕤：草木之華因盛開而下垂。《文選》卷一七陸機《文賦》：「播芳蕤之馥馥。」李善注引《說文》曰：「蕤，草木華垂貌。」

〔六〕拭翮：猶言斂翼。陶淵明《飲酒》其四：「因值孤生松，斂翮遥來歸。」

〔七〕裹足：猶疑不前。《戰國策・秦策三》：「是以杜口裹足，莫肯即秦耳。」

〔八〕菁華：精華。《尚書大傳》卷一：「菁華已竭，褰裳去之。」

〔九〕掉尾：摇尾。《淮南子・精神》：「龍乃弭耳掉尾而逃。」

〔一〇〕風起雲飛：猶言風雲變幻，比喻人事變幻不定。《文選》卷四五漢武帝《秋風辭》：「秋風起兮白雲飛。」

〔一一〕常態：通常之狀態。《舊唐書・竇申傳》：「趨勢附權，時俗常態。」

〔一二〕觀琳句：犬吠非其主，言狗朝外人亂叫，比喻各爲其主。典出《戰國策・齊策六》：「跖之狗吠堯，非貴跖而賤堯也，狗固吠非其主也。」《文選》卷四四陳琳《檄吴將校部曲文》：「顧行吠主。」其意在奚落孫權，張燮蓋偶誤記。

〔一三〕魏祖三句：曹操將陳琳納入麾下，正像陳軫所言之誂者那樣宣稱「今爲我妻，則欲其爲我詈人也」。《戰國策・秦策一》：「楚人有兩妻者。人誂其長者，長者詈之；誂其少者，少者許之。居無幾何，有兩妻者死。客謂誂者曰：『汝取長者乎？少者乎？』『取長者。』客曰：『長者詈汝，少者和汝，汝何爲取長者？』曰：『居彼人之所，則欲其許我也。今爲我妻，則欲其爲我詈人也。』」《文選》卷四四陳琳

《爲袁紹檄豫州》題下李善注引《魏志》：「琳避難冀州，袁本初使典文章，作此檄以告劉備，言曹公失德，不堪依附，宜歸本初也。後紹敗，琳歸曹公。曹公曰：『卿昔爲本初移書，但可罪狀孤而已，惡惡止其身，何乃上及父祖邪？』琳謝罪曰：『矢在弦上，不可不發。』曹公愛其才，而不責之。」

〔一四〕《武軍賦》句：陳琳《武軍賦》爲葛洪所推服。葛洪《抱朴子外篇·鈞世》：「等稱征伐，而《出車》、《六月》之作，何如陳琳《武軍》之壯乎？」

〔一五〕惜今句：陳琳《武軍賦》爲《北堂書鈔》、《藝文類聚》、《初學記》、《太平御覽》等類書所節引，現存非全文。

〔一六〕乃子建三句：《文選》卷四二曹植《與楊德祖書》：「以孔璋之才，不閑于辭賦，而多自謂能與司馬長卿同風，譬畫虎不成，反爲狗也。」李善注引《東觀漢記》：「馬援《誡子嚴書》曰：『效杜季良而不成，陷爲天下輕薄子，所謂畫虎不成反類狗也。』」

〔一七〕假借：憑借，借助。《韓非子·定法》：「人主以一國目視，故視莫明焉；以一國耳聽，故聽莫聰焉。今知而弗言，則人主尚安假借矣！」不輕假借，猶言不憑藉他人之譽而邀名，反言之，即持論嚴苛，不輕易夸譽他人，乃或反之提出尖鋭批評，即使是關係親密之好友亦概莫能外。曹植在《與楊德祖書》中提出：「世人之著述，不能無病。僕嘗好人譏彈其文，有不善者，應時改定。」開始倡導一種歡迎批評之新風氣，即藉助批評者之眼光，修改文病，從而推動創作發展。他的好友丁廙也持相同觀點，且更趨于極致，而無所忌憚：「昔丁敬禮嘗做小文，使僕潤飾之，僕自以才不過若人，辭不爲也。敬禮謂僕：卿何所疑難？文之佳惡，吾自得之，後世誰相知定吾文者耶？吾嘗歎此達言，以爲美談。」丁廙態度懇切，令曹植大爲感動，于是他指瑕當時已有定評之建安才士，尤其是陳琳，「譏彈其文」，認爲陳琳「不閑于辭賦」，「畫虎不成反爲狗」。一方面，曹植肯定陳琳之創作才能，認爲他「鷹揚于河朔」；一方面，却對陳琳在辭賦上之才能持相反意見，指出他與司馬相如之差距，希望他能對自己有正確估量。曹丕與曹植同風，也對當時文士提出批評，如《典論・論文》（《文選》卷五二）：「應瑒和而不壯，劉楨壯而不密，孔融體氣高妙，有過人者，然不能持論，理不勝辭，以至乎雜以嘲戲。」但同時曹丕反對「文人相輕」，并從文體論、文氣説等角度建立了更爲系統的理論觀點。曹植等人倡導批評的觀點影響深遠，後人每每對此致敬，如梁簡文帝《與湘東王論文書》：「每欲論之，無可與語，思吾子建，一共商榷。辯茲清濁，使如涇渭；論茲月旦，類彼汝南。」（《梁書・庾肩吾傳》）《顏氏家訓・文章》：「江南文制，欲人彈射，知有病累，隨即改之，陳王得之于丁廙也。」

〔一八〕然以二句：謂陳琳作文既鉅細不遺，又能顧及整體；既鞭辟入裏，又能尋得章法。

〔一九〕建安：漢獻帝年號（一九六—二二〇）。建安時代是文學開始走向自覺之時代，三曹、七子等作家輩出，文風慷慨悲涼，具有鮮明的時代特色。　高幟：猶高標，喻指出類拔萃之人。張九齡《謝工部侍郎集賢院學士狀・御批》：「卿學府高標，士林貞幹。」

〔二〇〕法從：跟隨皇帝車駕，追隨皇帝左右。《漢書・揚雄傳》：「又是時趙昭儀方大幸，每上甘泉，常法從。」顏師古注：「法從者，以言法當從耳，非失禮也。一曰從法駕也。」　先鞭：指率先揚鞭進取。

《晉書・劉琨傳》：「吾枕戈待旦，志梟逆虜，常恐祖生先吾著鞭。」

〔二〕旃蒙赤奮若：指乙丑年，即明天啟五年（一六二五）。旃蒙是乙的别稱。《爾雅・釋天》：「（太歲）在乙曰旃蒙。」赤奮若是丑的别稱。《爾雅・釋天》：「（太歲）在丑曰赤奮若。」黄華山：位于今福建省建甌市境内。據顧祖禹《讀史方輿紀要》，南朝陳刺史駱文廣以黄華山麓爲建安縣治。明代永樂年間于此多建亭臺樓閣，歷來都是遊覽勝地。

【總説】

《直齋書録解題》集部别集類著録《陳孔璋集》十卷，庶幾仍保存唐本之舊貌，却未能留存後世，至于明後期始有學者致力于《陳琳集》之輯佚。張燮《七十二家集・陳記室集》（二卷）同時或稍後，有明楊德周《彙刻建安七子集・陳孔璋集》。今有俞紹初輯校《建安七子集・陳琳集》，中華書局二〇〇五年版；杜志勇《孔融陳琳合集校注》，河北教育出版社二〇一三年版。

陳琳爲袁紹驅使，代之撰檄文，痛詆曹操；及入曹操轂中，移書吴將校，又盛贊曹相。前倨後恭，朝秦暮楚，大抵爲亂世文人之常態。張燮于此多所同情，認爲「才人處亂世，如好鳥投枝」；張溥則持論嚴苛，認爲陳琳之行，「無異《劇秦美新》」。張溥稱「孔璋詩賦，非時所推高，武軍之賦，久乃見許于葛稚川，今亦不全」，似從張燮題辭中襲取而來。又張溥以陳琳「善詈」作結，較張燮稱其爲「建安藝林之高幟，而當塗法從之先鞭」顯得狹小偪促，不可謂爲陳琳之異代知音。

【附録】

張溥《陳孔璋集題辭》：何進謀誅宦官，召兵四方，陳孔璋時爲主簿，讜言禍害，其意智豈讓曹操哉？棲身冀州，爲袁本初草檄，詆操，心誠輕之，奮其怒氣，辭若江河。及窮窘歸操，預管記室，移書吳會，即盛稱北方，無異《劇秦美新》。文人何常，唯所用之，茂惡爾矛，夷懌相醻，固恒態也。孔璋詩賦，非時所推高，《武軍》之賦，久乃見許于葛稚川，今亦不全，他賦絶無空群之名。詩則《飲馬》、《遊覽》諸篇，稍見寄託，然在建安諸子中篇最寥寂。子桓兄弟亦少酬贈，元瑜傷寡婦，仲宣好驢鳴，没而繫思，不可得也。彼所出塵，惟章表書記。孟德善用人長，鼓厲風雲，遂捐宿憾。然魏武奸雄，生死欺人，獨孔璋斥其閹醜，士衡笑其香履，足令垂頭帖耳，後世即有善罵者，俱不及也。婁東張溥題。

增訂阮步兵集序〔一〕

阮嗣宗疏狂絶俗，而顔延年目之曰「識密鑒亦洞」〔二〕，此深知嗣宗者。《大人先生傳》「陋蝨褌中」〔三〕，是其有托以自放焉，未便本趣所都也。愛土風而賦東平〔四〕，不過求出户限外耳。《詠懷》八十二章，拉首陽〔五〕，拍湘纍〔六〕，悲繁華〔七〕，憐夭折〔八〕，深心轆轤〔九〕，而故作求僊語雜之〔一〇〕。蓋身不能維世，故逃爲驚世〔一一〕。廣武之歎〔一二〕，蘇門之嘯〔一三〕，窮途之慟〔一四〕，綜憂樂而横歌哭〔一五〕，夫亦大不得已者乎！論《易》論樂〔一六〕，箇中自有爻象，全具音容，初何至與儒林作鯁〔一七〕？獨見夫禮法之士，都以勸進爲忠，禪讓爲禮，攀鱗附翼爲智，即何曾、王休徵之屬〔一八〕，莫不皆然，故迫而之《達莊》、《通老》〔一九〕，曰「禮非我設也」〔二〇〕。晉世效顰〔二一〕，無端作達，以爲遠希嵇、阮〔二二〕，彼守其驪黄，遺其俊逸，是惡知天馬哉〔二三〕！余曾作《七賢贊》詳言之〔二四〕。兹因增訂《步兵集》而更滴餘論以示世人，幸無多仇步兵也。閩漳張燮識於碩人之園〔二五〕。

【校記】

【增訂阮步兵集序】「序」，別集本作「題辭」。

【兹因增訂步兵集而更滴餘論以示世人】「滴」，別集本作「綴」。

【箋注】

〔一〕阮步兵：阮籍，字嗣宗，陳留尉氏（今屬河南）人。志氣宏放，任性不羈。太尉司馬懿辟爲從事中郎，高貴鄉公即位，封關内侯，徙散騎常侍。司馬昭輔政，拜爲東平相，聞步兵廚營有貯酒，求爲步兵校尉。有集十三卷。《三國志》卷二一、《晉書》卷四九有傳。

〔二〕顏延年：顏延之，字延年，琅琊臨沂（今屬山東）人。博覽群籍，善屬文，與謝靈運、鮑照合稱元嘉三大家。《文選》卷二一顏延之《五君詠·阮步兵》：「阮公雖淪迹，識密鑒亦洞。」李善注引《廣雅》曰：「識，心之別名，湛然不動謂之心，分別是非謂之識。鑒，照也。洞，深也。」

〔三〕陋蝨褌中：指蝨子隱匿于合襠褌中，比喻身處濁世，局促難安。《晉書·阮籍傳》載阮籍《大人先生傳》：「上欲圖三公，下不失九州牧。獨不見羣蝨之處褌中，逃乎深縫，匿乎壞絮，自以爲吉宅也。行不敢離縫際，動不敢出褌襠，自以爲得繩墨也。然炎丘火流，焦邑滅都，羣蝨處于褌中而不能出也。君子之處域内，何異夫蝨之處褌中乎！」

〔四〕賦東平：指阮籍任東平相期間曾撰《東平賦》。《晉書·阮籍傳》：「及文帝輔政，籍嘗從容言于帝曰：『籍平生曾游東平，樂其風土。』帝大悦，即拜東平相。籍乘驢到郡，壞府舍屏鄣，使内外相望，法令清簡，旬日而還。」李白《贈閭丘宿松》：「阮籍爲太守，乘驢上東平。剖竹十日間，一朝風化清。」

〔五〕首陽：首陽山，伯夷、叔齊隱居采薇之地。《史記·伯夷列傳》：「武王已平殷亂，天下宗周，而伯夷、叔齊恥之，義不食周粟，隱于首陽山，采薇而食之。及餓且死，作歌，其辭曰：『登彼西山兮，采其薇矣。以暴易暴兮，不知其非矣。神農、虞、夏忽焉没兮，我安適歸矣？于嗟徂兮，命之衰矣。』遂餓死于首陽山。」《文選》卷二三阮籍《詠懷》其十：「步出上東門，北望首陽岑。下有采薇士，上有嘉樹林。良辰在何許？凝霜霑衣襟。寒風振山岡，玄雲起重陰。鳴雁飛南征，鶗鴂發哀音。素質由商聲，悽愴傷我心。」

〔六〕湘纍：指屈原。《漢書·揚雄傳》：「欽吊楚之湘纍。」注引李奇曰：「諸不以罪死曰纍……屈原赴湘死，故曰湘纍也。」《詠懷》其五十一：「丹心失恩澤，重德喪所宜。善言焉可長，慈惠未易施。不見南飛燕，羽翼正差池。高子怨新詩，三閭悼乖離。何爲混沌氏，倏忽體貌隳。」

〔七〕繁華：繁榮美盛。鮑照《拟古八首》其四：「繁華悉何在，宫闕久崩填。」繁華不常在，故有足悲者。如《文選》卷二三阮籍《詠懷》其三：「嘉樹下成蹊，東園桃與李。秋風吹飛藿，零落從此始。繁華有憔悴，堂上生荆杞。驅馬舍之去，去上西山趾。一身不自保，何況戀妻子。凝霜被野草，歲暮亦云已。」

〔八〕夭折：短命早死。《楚辭·九思》：「愍貞良兮遇害，將夭折兮碎糜。」良士遇害夭折，令人憐憫。如

《文選》卷二三阮籍《詠懷》其六：「登高臨四野，北望青山阿。松柏翳岡岑，飛鳥鳴相過。感慨懷辛酸，怨毒常苦多。李公悲東門，蘇子狹三河。求仁自得仁，豈復歎咨嗟。」

〔九〕深心轆轤：猶言心中如車輪般轉動，愁腸百結。轆轤一指車輪。《樂府詩集》卷六二《雜曲歌詞二》載古辭《悲歌》：「悲歌可以當泣，遠望可以當歸。思念故鄉，鬱鬱纍纍。欲歸家無人，欲渡河無船。心思不能言，腸中車輪轉。」

〔一〇〕而故作句：面對污濁之社會與短暫之人生，阮籍無法找到真正出路，于是通過遊仙以排遣苦悶。《詠懷》詩中頗多遊仙主題，如十九、四十一、五十五、七十八、八十等，兹不備舉。

〔一一〕蓋身二句：值天下多故，阮籍雖頗有濟世之志，却無法扶大廈于將傾；于是只好故作曠達，爲排遣内心苦悶，做出許多驚世駭俗之事。《晉書·阮籍傳》：「籍本有濟世志，屬魏晉之際，天下多故，名士少有全者，籍由是不與世事，遂酣飲爲常。」

〔一二〕廣武之歎：在楚漢相争之古戰場上，阮籍發出「時無英雄，使豎子成名」的沉重喟歎。《晉書·阮籍傳》：「嘗登廣武，觀楚、漢戰處，歎曰：『時無英雄，使豎子成名！』」

〔一三〕蘇門之嘯：在蘇門山上拜别孫登，阮籍長嘯而退。《晉書·阮籍傳》：「籍嘗于蘇門山遇孫登，與商略終古及棲神導氣之術，登皆不應，籍因長嘯而退。至半嶺，聞有聲若鸞鳳之音，響乎巖谷，乃登之嘯也。」

〔一四〕窮途之慟：阮籍駕車率意而行，車終無路可行時便放聲痛哭。《晉書·阮籍傳》：「時率意獨駕，不由徑路，車迹所窮，輒慟哭而反。」

〔一五〕橫歌哭：既歌且哭，可見内心激蕩憤懣。張融《門律自序》：「吾之文章，體亦何異，何嘗顛温涼而錯寒暑，綜哀樂而橫歌哭哉？」

〔一六〕論易論樂：阮籍有《通易論》、《樂論》，見本集，後者又略見《藝文類聚》等類書。

〔一七〕作鯁：猶言作對。

〔一八〕何曾：字穎考。魏初爲平原侯文學，明帝時擢散騎侍郎，典農中郎將。司馬炎襲父爵爲晋王，何曾爲丞相。王休徵：王祥，字休徵。魏初爲温縣令，擢大司農；高貴鄉公時封關内侯，轉司隸校尉。後遷司空，轉太尉，加侍中。二人均在魏晋禪替過程中起到了重要作用。

〔一九〕《達莊》：阮籍有《達莊論》。《通老》：阮籍有《通老論》。

〔二〇〕禮非我設：語出《世説新語·任誕》：「阮籍嫂嘗還家，籍見與别，或譏之。籍曰：『禮豈爲我輩設也？』」按，魯迅《魏晋風度及文章與藥及酒之關係》稱：「魏晋時代，崇奉禮教的看來似乎很不錯，而實在是毁壞禮教，不信禮教的。表面上毁壞禮教者，實則倒是承認禮教，太相信禮教。因爲魏晋時所謂崇奉禮教，是用以自利，那崇奉也不過偶然崇奉，如曹操殺孔融，司馬懿殺嵇康，都是因爲他們和不孝有關，但實在曹操、司馬懿何嘗是著名的孝子，不過將這個名義，加罪于反對自己的人罷了。于是老實人以爲如此利用，褻瀆了禮教，不平之極，無計可施，激而變成不談禮教，不信禮教，甚至于反對禮教。——但其實不過是態度，至于他們的本心，恐怕倒是相信禮教，當作寶貝，比曹操、司馬懿們要迂執得多。」觀此文知魯迅并非孤明先發，張燮所論已著先鞭。

〔二一〕效顰：謂不善模仿，弄巧成拙。《莊子・天運》：「故西施病心而矉其里，其里之醜人見而美之，歸亦捧心而矉其里。其里之富人見之，堅閉門而不出，貧人見之，挈妻子而去之走。彼知美矉而不知矉之所以美。」顰、矉通。

〔二二〕遠希嵇、阮：追溯古時，希慕嵇康、阮籍之爲人。《世説新語・言語》：「周僕射雍容好儀形，詣王公，初下車，隱數人。王公含笑看之。既坐，傲然嘯詠。王公曰：『卿欲希嵇、阮耶？』答曰：『何敢近舍明公，遠希嵇、阮。』」周顗雖斷然否認，而事實上晉時風尚，確多爲嵇、阮等蔑棄禮法之士所遺。誠如裴頠《崇有論》所言：「是以立言藉于虚無，謂之玄妙；處官不親所司，謂之雅遠；奉身散其廉操，謂之曠達。故砥礪之風，彌以陵遲。放者因斯，或悖吉凶之禮，而忽容止之表，瀆棄長幼之序，混漫貴賤之級。其甚者至于裸裎，言笑忘宜，以不惜爲弘，士行又虧矣。」（《晉書・裴頠傳》）

〔二三〕天馬：謂駿馬。《詠懷》其五：「天馬出西北，由來從東道。」《世説新語・輕詆》：「謝安目支道林，如九方皋之相馬，略其玄黄，取其儁逸。」

〔二四〕《七賢論》：指其自撰《竹林七賢贊》，載于《霏雲居集》卷三三，又附録于《增訂阮步兵集》後。前半爲論，後半爲贊。文中直接論及阮籍者稱：「嗣宗言皆玄遠，未嘗臧否人物，然其臨廣武戰場曰：『時無英雄，使竪子成名。』竪子者，蓋指司馬氏君臣，而嘆世無劉項，因借吊古而發，人誤以爲輕卯金耳。《勸進九錫文》酣劇漫應，易代而下，尚想見其中腸焉。醉眠鄰婦，哭吊兵女，皆用自晦，不然，以晉文王之見知，恐不免賈裴王之列也。」「阮公至性，于焉埋照。兵廚醖嘉，東平風邵。蝨陋褌安，鸞聞嶺嘯。《詠懷》旨深，《達莊》理妙。胸塊澆多，眼青逢少。禮豈我設，婚難帝料。」

〔二五〕碩人：賢德之人。《詩·邶風·簡兮》：「碩人俁俁，公庭萬舞。」毛傳：「碩人，大德也。」阮籍有《大人先生傳》，蓋其自喻。「大人」即「碩人」。張燮叙阮籍而落款稱「識于碩人之園」，與叙曹植稱「識于東阿道中」、叙陶淵明稱「書于東籬」同一旨趣。

【總説】

《隋書·經籍志》集部別集類著録「魏步兵校尉《阮籍集》十卷」，兩《唐志》僅著録「《阮籍集》五卷」。《崇文總目》、《郡齋讀書志》、《直齋書録解題》則著録《阮籍集》十卷，較兩《唐志》所録似更爲全面。然而現存《阮籍集》未見宋本，僅有明清本傳世。張燮《七十二家集·增訂阮步兵集》（五卷）之前，有明范欽輯、陳德文校勘《阮嗣宗集》二卷，經汪士賢校訂後收入《漢魏諸名家集》。今通行本爲陳伯君《阮籍集校注》，中華書局二〇一三年修訂版。

張燮文末稱「更滴餘論以示世人，幸無多仇步兵」，其立論前提即世人「多仇步兵」，「仇」之原在于世人見山是山，見水是水，只看到事物之表相，而不能深入事物之本質。表面上看，阮籍蔑視禮教，毁壞禮教，實際上却比世人還崇信禮教，因爲看到那些表面崇信禮教之人實爲利用禮教，于是激而反對之，破壞之。晉時八達之士以希慕嵇、阮爲虎皮，其實質與嵇、阮之精神已漸行漸遠，徒然敗壞先賢聲名。「拉首陽，拍湘纍，悲繁華，憐夭折，深心軆鑪，而故作求僊語雜之」，《詠懷》八十二首主題神態畢現，「百代之下，難以情測」、「志在譏刺，文多隱蔽」之論，戛然作古。「身不能維世，故逃爲驚世」，張燮真堪稱阮籍之知音。張溥《阮步兵集題辭》多拔高之論，如以阮籍《樂論》「史遷不如」，《通易》、《達莊》「則王弼、郭象二注，皆其環内」等，不如張燮之論來得平實深刻。

【附録】

張溥《阮步兵集題辭》：嗣宗論樂，史遷不如，《通易》、《達莊》，則王弼、郭象二註，皆其環内也。以此三論，垂諸藝文，六家指要，網羅精潤。曹氏父子，詞壇虎步，論文有餘，言理不足。嗣宗視之，猶輕塵于泰岱，豈特其人褌蝨哉？諸賦大言小言，清風穆如，閒覽賦苑，長篇争麗，《兩京》、《三都》，讀未終卷，觸屏欲睡。展觀阮作，則一丸消疹，胸懷蕩滌，惡可謂世無萱草也！晉王九錫，公卿勸進，嗣宗製詞，婉而善諷。司馬氏孤雛人主，豺聲震怒，亦無所加。正言感人，尚愈寺人孟子之詩乎？《詠懷》諸篇，文隱指遠，定哀之際多微辭，蓋斯類也。履朝右而談方外，羈仕宦而慕真仙，《大人先生》一傳，寧子虛、亡是公耶？步兵廚人，可以索酒；鄰家當罏，可以醉卧。哭兵家之亡女，慟窮途之車轍，處魏晉如是足矣。叔夜日與酣飲，而文王復稱至慎，人與文皆以天全者哉！婁東張溥題。

重纂嵇中散集序〔一〕

晉人動稱嵇阮〔二〕，然嵇公、阮公標格亦微不同〔三〕。阮公曠，嵇公儁。阮公頽然自放，欲濁其文；嵇公軒然直上，期邁於往。總之魏晉之際，人所難言，故爲是不狂不狷之身〔四〕，以托於不阡不陌之路〔五〕。或醉鄉以送日，或清都以引年〔六〕。然阮尚以司馬氏爲海鷗〔七〕，嵇直自擬鴻鵠，而視炎炎者盡燕雀也〔八〕。《管蔡》之牘〔九〕，《太師》之箴〔一〇〕，不問而知其意之所存焉。巨源絕交，正不屑爲霸朝用〔一一〕。夫其坐與毌丘儉有連者〔一二〕，正中其貳心於我，而太學三千人願請爲師〔一三〕，益疑其爲世歸戴，將導人以非毀維新，而殺機滋決矣。嗟乎！《養生》一論，彼其視大年猶掇之〔一四〕。而鍛竈琴心〔一五〕，皆道場之遊戲〔一六〕；竹間柳下〔一七〕，皆歲星之逆旅〔一八〕。惜乎王烈石髓，交臂頓違〔一九〕；仲悌何親〔二〇〕，士會何仇〔二一〕，運命所遭，不能强也。蘇門先生疑於神者〔二二〕，遇阮僅作鸞鳳嘯，了無言説〔二三〕，於嵇公輒多規諷〔二四〕，正復不能已已于「用光」耳〔二五〕。嵇集具在，所謂龍章鳳姿，天質自然者〔二六〕，其人其言，依稀見之。

【校記】

【然者其人其言依稀見之】此十字，底本原缺，《七十二家集》現存各本《嵇中散集》卷首均脱，據别集本補。核以《群玉樓集》體例，其後或尚有落款，今無從補苴。

【箋注】

〔一〕嵇中散：嵇康，字叔夜，譙國銍（今安徽宿州）人。少有奇才，遠邁不群。與魏宗室婚，拜中散大夫。因聲言「非湯武而薄周孔」忤司馬昭，尋坐吕安事被誅。有集十五卷。《三國志》卷二一、《晉書》卷四九有傳。

〔二〕晉人句：晉人多嵇康、阮籍合稱。如戴逵《竹林七賢論》：「山濤與阮籍、嵇康皆一面而契若金蘭。」又如《世説新語·言語》所載王導與周顗之間問答，王導問：「卿欲希嵇、阮邪？」周顗答曰：「何敢近舍明公，遠希嵇、阮？」

〔三〕標格：風範、風度。楊敬之《贈項斯》：「幾度見詩詩總好，及觀標格過于詩。」

〔四〕不狂不狷：既做不到勇于進取，又未能潔身自好。《論語·子路》：「不得中行而與之，必也狂狷乎！狂者進取，狷者有所不爲也。」朱熹注：「狂者，志極高而行不掩。狷者，知未及而守有餘。」

〔五〕不阡不陌：指無道路、規則可循。《説文新附》：「路南北爲阡，東西爲陌。」

〔六〕清都：傳説中天帝所居。《楚辭·遠遊》：「集重陽入帝宫兮，造旬始而觀清都。」引年：猶言延年。

〔七〕然阮句：指阮籍與司馬氏既從容周旋，又能覺察到對方之警惕與機心。海鷗典出《世説新語·言語》支遁「澄以石虎爲海鷗鳥」，參見《重纂東方大中集引》注〔一七〕。

〔八〕嵇直二句：嵇康以鴻鵠自喻，而視當政者盡爲燕雀。《莊子·逍遥遊》：「窮髮之北有冥海者，天池也。有魚焉，其廣數千里，未有知其修者，其名爲鯤。有鳥焉，其名爲鵬，背若泰山，翼若垂天之雲，摶扶摇羊角而上者九萬里，絶雲氣，負青天，然後圖南，且適南冥也。斥鴳笑之曰：『彼且奚適也？我騰躍而上，不過數仞而下，翱翔蓬蒿之間，此亦飛之至也。而彼且奚適也？』」《史記·陳涉世家》：「嗟乎，燕雀安知鴻鵠之志哉？」嵇康《述志詩》其二：「斥鴳擅蒿林，仰笑神鳳飛。」炎炎，指威勢烜赫。《漢書·揚雄傳下》：「炎炎者滅，隆隆者絶。」　按，阮、嵇之比較，似始于劉勰《文心雕龍》。《明詩》篇稱：「嵇志清峻，阮旨遥深。」《才略》篇稱：「嵇康師心以遣論，阮籍使氣以命詩，殊聲而合響，異翮而同飛。」《體性》篇則稱：「嗣宗俶儻，故響逸而調遠；叔夜儁俠，故興高而采烈。」然劉勰主要從文學創作著眼，而對其人之生平行事未做比較。張燮著眼于二人不同之「標格」，以阮籍映襯嵇康，突出了嵇康「自擬鴻鵠」、「軒然直上」之品格。

〔九〕《管蔡》之牘：指嵇康所作《管蔡論》。管叔、蔡叔當周公執政之際，疑周公不利于成王，乃擕武庚以作亂，歷來被視爲逆亂之臣。嵇康爲其平反，很容易讓人聯想到司馬當政時之淮南叛亂，疑其爲淮南叛亂正名也。如明張采即稱：「周公攝政，管、蔡流言；司馬執權，淮南三叛。其事正對。叔夜盛稱管、蔡，所以譏切司馬也。安得不被禍耶？」見戴明揚《嵇康集校注》篇末引。

〔一〇〕《太師》之箴：指嵇康所作《太師箴》。《晉書·嵇康傳》：「又作《太師箴》，亦足以明帝王之道焉。」戴明揚稱：「箴太師，即以箴天子也，猶後世之《大寶箴》矣。」在箴文中，嵇康雖意存規諷，却難抑憤激之情，抨擊當下政治之鋒芒畢現。如文中稱：「利巧愈競，繁禮屢陳。刑教争施，天性喪真。季世陵遲，繼體承資。憑尊恃勢，不友不師。宰割天下，以奉其私……若乃驕盈肆志，阻兵擅權。矜威縱虐，禍蒙丘山。刑本懲暴，今以脅賢。昔爲天下，今爲一身。下疾其上，君猜其臣。喪亂弘多，國乃隕顛。」

〔一一〕巨源絶交：指嵇康與山濤絶交事。《文選》卷四三嵇康《與山巨源絶交書》文末云：「其意如此，既以解足下，并以爲别。」《晉書·嵇康傳》稱：「此書既行，知其不可羈屈也。」不屑爲霸朝用：言嵇康《與山巨源絶交書》之真實目的并非與山濤決裂，而是不屑于爲司馬氏所利用。

〔一二〕毋丘儉：字仲恭，河東聞喜人。任鎮東將軍期間，與揚州刺史文欽矯太后詔討司馬師，兵敗見殺。《三國志·魏書·王粲傳》注引《世語》：「毋丘儉反，康有力，且欲起兵應之，以問山濤，濤曰：『不可。』儉亦已敗。」

〔一三〕而太學句：嵇康臨刑東市，三千太學生集體請願，希望以他爲師，從而使之得到赦免。《晉書·嵇康傳》：「康臨刑東市，太學生三千人請以爲師，弗許。」

〔一四〕《養生》二句：嵇康于《養生論》一文申其養生之術，延年益壽對作者來説似在指掌之間。《文選》卷五二載《養生論》開篇即稱：「導養得理，以盡性命，上獲千餘歲，下可數百年，可有之耳。」文末又云：「若此以往，恕可與羨門比壽，王喬爭年，何爲其無有哉？」

〔一五〕鍛竈：指嵇康鍛鐵事。《世説新語·簡傲》：「康方大樹下鍛，向子期爲佐鼓排。」劉孝標注引《文士傳》：「康性絶巧，能鍛鐵。家有盛柳樹，乃激水以圜之，夏天甚清涼，恒居其下傲戲，乃身自鍛。家雖貧，有人就鍛者，康不受直。」琴心：指嵇康賦琴事。嵇康《琴賦序》：「余少好音聲，長而翫之。以爲物有盛衰，而此無變，滋味有厭，而此不倦，可以導養神氣，宣和情志，處窮獨而不悶者，莫近于音聲也。是故復之而不足，則吟詠以肆志，吟詠之不足，則寄言以廣意。」

〔一六〕道場：佛、道二教誦經、禮拜、修道之場所。支遁《五月長齋詩》：「騰波濟漂客，玄歸會道場。」

〔一七〕竹間：嵇康與阮籍、山濤等號稱竹林七賢，故當棲逸于竹林之間。然據南京西善橋出土之磚畫《竹林七賢與榮啟期》，畫中有松樹、柳樹、槐樹、銀杏樹，唯獨無竹。柳下：嵇康曾與向秀于柳下鍛鐵，見上文注引《文士傳》。

〔一八〕歲星：木星，此指星精所化之人。《獨異志》卷上：「漢東方朔，歲星精也。自入仕漢武帝，天上歲星不見。至其死後，星乃出。」逆旅：客舍。《莊子·山木》：「宿于逆旅。」陶淵明《自祭文》：「陶子將辭逆旅之館，永歸于本宅。」

〔一九〕王烈：字彦方，平原人，漢魏之際名士，能于亂世之中識機遠害。石髓：石鐘乳，可用以服食。《晉書·嵇康傳》：「康又遇王烈，共入山，烈嘗得石髓如飴，即自服半，餘半與康，皆凝而爲石。又于石室中見一卷素書，遽呼康往取，輒不復見。烈乃歎曰：『叔夜志趣非常而輒不遇，命也！』」

〔二〇〕仲悌：呂安字，山東東平人。嵇康與之友善，每一相思，輒千里命駕。其兄呂巽誣安不孝，嵇康爲辯其誣。嵇康《與呂長悌絶交書》：「足下陰自阻疑，密表繫都，先首服誣都。」

〔二一〕士會：疑當作士季。鍾會，字士季，潁川長社人。世傳鍾會與嵇康有隙，因呂安事，勸大將軍誅之。《三國志・魏書・王粲傳》注引《魏氏春秋》：「大將軍嘗欲辟康。康既有絶世之言，又從子不善，避之河東，或云避世。及山濤爲選曹郎，舉康自代，康答書拒絶，因自説不堪流俗，而非薄湯、武。大將軍聞而怒焉。初，康與東平呂昭子巽及巽弟安善。會巽淫安妻徐氏，而誣安不孝，囚之。安引康爲證，康義不負心，保明其事，安亦至烈，有濟世志力。鍾會勸大將軍因此除之，遂殺安及康。」《三國志・魏書・鍾會傳》：「嵇康等見誅，皆會謀也。」《世説新語・雅量》注引《文士傳》：「鍾會庭論康，曰：『今皇道開明，四海風靡，邊鄙無詭隨之民，街巷無異口之議。而康上不臣天子，下不事王侯，輕時傲世，不爲物用，無益于今，有敗于俗。昔太公誅華士，孔子戮少正卯，以其負才亂群惑衆也。今不誅康，無以清潔王道。』」

〔二二〕蘇門先生：指孫登，字公和，汲郡共人。因魏晉世亂，于蘇門山遁世隱居。疑於神：比擬於神。《莊子・達生》：「用志不分，乃凝于神。」郭慶藩引俞樾曰：「凝當作疑。下文梓慶削木爲鐻，鐻成，見者驚猶鬼神，即此所謂乃疑于神也。《列子・黄帝篇》正作『疑』。」蘇軾《書諸集改字》：「此與《易》『陰疑于陽』、《禮》『使人疑汝于夫子』同。今四方本皆作『凝』。」近人向宗魯《校讎學・正名》：「其論《南華》『疑』字甚是，疑與擬同，謂比擬于神也。」

〔二三〕遇阮二句：典出《世説新語·棲逸》：「阮步兵嘯聞數百步。蘇門山中，忽有真人，樵伐者咸共傳説。阮籍往觀，見其人擁膝巖側。籍登嶺就之，箕踞相對。籍商略終古，上陳黄、農玄寂之道，下考三代盛德之美，以問之，仡然不應。復叙有爲之教、棲神導氣之術以觀之，彼猶如前，凝矚不轉。籍因對之長嘯。良久，乃笑曰：『可更作。』籍復嘯。意盡，退，還半嶺許，聞上㗖然有聲，如數部鼓吹，林谷傳響。顧看，乃向人嘯也。」

〔二四〕於嵇句：典亦出《世説新語·棲逸》：「嵇康游于汲郡山中，遇道士孫登，遂與之游。康臨去，登曰：『君才則高矣，保身之道不足。』」又據《晉書·嵇康傳》：「康嘗采藥遊山澤，會其得意，忽焉忘反。時有樵蘇者遇之，咸謂爲神。至汲郡山中見孫登，康遂從之遊。登沉默自守，無所言説。康臨去，登曰：『君性烈而才雋，其能免乎？』」然據《太平御覽》卷五七九引《晉紀》，孫登于嵇康前并無言説：「孫登，字公和，不知何許人。散髮宛地，行吟樂天，居白鹿、蘇門二山。彈一弦琴，善嘯，每感風雷。嵇康師事之，三年不言。」

〔二五〕用光：此喻指用才。《世説新語·棲逸》注引《文士傳》：「嘉平中，汲縣民共入山中，見一人，所居懸岩百仞，叢林鬱茂，而神明甚察。自云『孫姓，登名，字公和』。康聞，乃從遊三年。問其所圖，終不答。然神謀所存良妙，康每薾然歎息。將别，謂曰：『先生竟無言乎？』登乃曰：『子識火乎？生而有光，而不用其光，果然在于用光。人生有才，而不用其才，果然在于用才。故用光在乎得薪，所以保其曜；用才在乎識物，所以全其年。今子才多識寡，難乎免于今之世矣！子無多求！』康不能用。」

〔二六〕龍章鳳姿：文采如蛟龍，姿容似儀鳳，形容風采出衆。《世説新語·容止》引《康别傳》：「康長七尺八寸，偉容色，土木形骸，不加飾厲，而龍章鳳姿，天質自然。正爾在群形之中，便自知非常之器。」

【總説】

《隋書·經籍志》著録「魏中散大夫《嵇康集》十三卷」，兩《唐志》著録「《嵇康集》十五卷」。《崇文總目》、《郡齋讀書志》、《直齋書録解題》著録《嵇康集》十卷。現存《嵇康集》未見宋本，雖僅明、清本傳世，《嵇康集》却傳歷井井，其詩文多爲完篇，且多有僅見于本集，而未見于總集、類書等來源者，故嚴可均稱：「唐以前舊集見存于今世者，僅阮籍、嵇康、陸雲、陶潛、鮑照、江淹六家。」（《全上古三代秦漢三國六朝文·凡例》）張燮《七十二家集·重纂嵇中散集》（六卷）之前，有明吴寬叢書堂抄校本《嵇康集》十卷，又有明黄省曾校輯本《嵇中散集》十卷。今通行本爲戴明揚《嵇康集校注》，人民文學出版社一九六二年版、中華書局二〇一四年再版。

張燮此論，以比較嵇、阮開篇，阮籍隨世浮沉，韜光養晦，嵇康則峭直激越，與物多忤。將嵇康之死歸爲不可測知之命運，然而在這命運背後，又與嵇康之秉性爲人與處事態度密不可分。二張所論多有相合處，相較而言，張燮所論更顯深刻。如于嵇康《與山巨源絶交書》，張溥僅稱「非惡山公，于當世人事誠不耐也」，張燮則稱「正不屑爲霸朝用」；于三千太學生請願，張溥僅稱「叔夜將刑東市，太學生三千人求爲師，不許」，張燮則稱「益疑其爲世歸戴，將導人以非毁維新，而殺機滋決矣」：孰優孰劣，不難獲知。

【附録】

張溥《嵇中散集題辭》：「嵇辭清峻，阮旨遥深」，兩家詩文定論也。叔夜著文論六七萬言，《唐志》猶有十五卷，今存者僅若此，殆百一耳。然視建安諸子，篇章凋落，斯文又巋然大部矣。《家誡》小心篤誨，酒坐語言，兢兢集木。獨以柳下鋸鍛，傲睨鍾會，竟遭譖死。馬文淵誡其兄子效龍伯高，毋效杜季良，足稱至慎，善保家門；而薏苡一車，妻孥草索，怨謗之來，非人所意。凡性不近物者，勉爲抑損，終與物乖，中散絶交巨源，非惡山公，于當世人事誠不耐也。書中自序蓬首垢面，嬾癖入真，阮嗣宗口不臧否，亦心知師之，卒不能學人，實不宜仕宦，强衣被之，適速死耳。集中大文，諸論爲高，諷養生而達莊老之旨，辨管蔡而知周公之心，其時役役司馬門下者，非惟不能做，亦不能讀也。范升繫獄，楊政肉袒道旁，哀泣請命，明主立釋；叔夜將刑東市，太學生三千人求爲師，不許。抱卧龍之姿，攖譖臣之忌，其死也正以此耳。《贈兄詩》云：「雖曰幽深，豈無顛沛。」《幽憤詩》云：「縶此幽阻，實恥訟冤。」夫人身隱矣，而禍猶隨之，禍至而復不欲與直也，不死安歸乎？廣陵散絶，弊在用光，鍾士季、吕長悌獸睡耳，豈能殺叔夜者哉！婁東張溥題。

傅鶉觚集引〔一〕

傅鶉觚，古之遺直也〔二〕。似乎疾惡太嚴，守官太厲，多峭激而少含弘〔三〕。顧典午之際〔四〕，風靡極矣，脆骨柔腸，望塵自萎。有一人焉，義足以殿氣，氣足以伸理。神崖每峻〔五〕，倍揭日月而行；憲准常騫，時挾風霜之肅。雖汪汪千頃之不足，要以巖巖千仞有餘矣〔六〕。若乃原本儒宗〔七〕，而發皇韻事〔八〕；穿綜經術，而潤飾朝典〔九〕。樂府詩歌，譬之大樹吐花，雖少遠馥，然騰倩自在〔一〇〕。爲文章務取意盡，夷然坦途，趙宋人實薪火傳于此也〔一一〕。上章敦牂至後二日張燮撰于離垢庵〔一二〕。

【箋注】

〔一〕傅鶉觚：傅玄，字休奕，北地泥陽（今陝西銅川）人。博學善屬文，解鍾律。州舉秀才，除郎中。後遷弘農太守，領典農校尉。五等建，封鶉觚男。卒謚剛，追封清泉侯。撰有《傅子》，文集百餘卷。《晉書》卷四七有傳。

〔二〕遺直：指直道而行、有古之遺風的人。《左傳》昭公十四年：「仲尼曰：『叔向，古之遺直也。』」杜預注：「言叔向之直，有古人遺風。」

〔三〕似乎三句：言傅玄剛勁亮直，嫉惡如仇，多峭激之情而少含弘之致。《晉書・傅玄傳》：「玄天性峻急，不能有所容；每有奏劾，或值日暮，捧白簡，整簪帶，竦踊不寐，坐而待旦。于是貴遊懾伏，臺閣生風。」史臣論曰：「傅玄體强直之姿，懷匪躬之操，抗辭正色，補闕弼違，諤諤當朝，不忝其職者矣。及乎位居三獨，彈擊是司，遂能使臺閣生風，貴戚斂手。雖前代鮑、葛，何以加之！然而惟此褊心，乏弘雅之度，驟聞競爽，爲物議所譏，惜哉！」

〔四〕典午：司馬之隱語，晉帝姓司馬氏，因以典午指晉朝。《三國志・蜀書・譙周傳》：「周語次，因書版示立曰：『典午忽兮，月西没兮。』典午者謂司馬也，月酉者謂八月也。至八月而文王果崩。」

〔五〕神崖：神情傲岸。《南史・張充傳》：「獨師懷抱，不見許于俗人；孤秀神崖，每邅回于在世。」

〔六〕雖汪二句：言傅玄爲人寬柔雖不足，嚴峻則有餘。汪汪千頃，狀水之寬廣。陶淵明《感士不遇賦》：「川汪汪而藏聲。」《世説新語》謂黄叔度「汪汪如萬頃之波」。巖巖千仞，狀山之高峻。《詩・魯頌・閟宫》：「泰山巖巖，魯邦所詹。」《世説新語》謂王衍「巖巖清峙，壁立千仞」。

〔七〕儒宗：儒者宗師。《史記・叔孫通傳贊》：「叔孫通希世度務，制禮進退，與時變化，卒爲漢家儒宗。」

〔八〕發皇韻事：指從事文學創作。如《文選》卷二九載傅玄《雜詩》一首，《玉臺新詠》卷二載傅玄《樂府詩》七首、《和班氏詩》一首，卷九載傅玄《擬北樂府》三首、《擬四愁詩》四首等。發皇：闡揚。

〔九〕潤飾朝典：晉武帝時關于禮儀制度之文誥與樂詞多由傅玄執筆。《晉書·樂志》：「及武帝受命之初，百度草創。泰始二年，詔郊祀明堂禮樂權用魏儀，遵周室肇稱殷禮之義，但改樂章而已，使傅玄爲之詞云。」又曰：「及武帝受禪，乃令傅玄製爲二十二篇，亦述以功德代魏。」《南齊書·樂志》：「晉泰始中，傅玄造《廟夕牲昭夏歌》一篇、《迎送神肆夏歌》一篇、登歌七廟七篇。」

〔一〇〕騰蒨：勃發。張燮喜用此語，此外尚有《夏侯常侍集引》：「太初玄悟，騰蒨于魏朝。」《魏特進集引》：「尚足殷賑外區，襞積騰蒨者焉。」《王司空集題辭》：「拾梁人之徂芳，而留爲騰蒨。」

〔一一〕爲文章三句：指傅玄力求意盡于言，爲文章之康莊大道，這種態度與方法影響及于宋人。

〔一二〕上章敦牂：庚午年，即崇禎三年（一六三〇）。　至後：一般指冬至後。如杜甫有《至後》詩，開篇稱：「冬至至後日初長。」　離垢庵：張燮齋號。離垢爲佛教語，謂遠離塵間雜穢。《維摩經·佛國品》：「遠塵離垢，得法眼淨。」

【總説】

《晉書·傅玄傳》稱：「文集百餘卷，行于世。」梁時尚有五十卷，《隋書·經籍志》則僅著録十五卷。《遂初堂書目》著録《傅玄集》，不云卷數。《宋史·藝文志》著録「《傅玄集》一卷」，蓋已是輯本。現存傅玄集輯本，以張燮《七十二家集·傅鶉觚集》六卷爲最早。今有蹇長春等《傅玄陰鏗詩注》，甘肅人民出版社一九八七年版。

二張于傅玄集題辭，其文不同，其揆一致。張燮從論其人到論其文，張溥則從論其文到論其人。張燮開篇稱其爲「古之遺直」，張溥文末歎其「亦汲長孺之微戇」；張溥從傅玄多草創晉代郊祀宗廟樂歌談起，云其詩篇「辛婉温麗，善言兒女」，張燮結尾處談及傅玄政治與文學一身二任，將其樂府詩歌譬喻爲「大樹吐花」、「騰蒨自在」。其人如此，其文如此，其詩却如彼，傅玄爲人與爲文，正不當以常理論也。

【附録】

張溥《傅鶉觚集題詞》：　晉代郊祀宗廟樂歌，多推傅休奕，顧其文采，與荀、張等耳。《苦相篇》與《雜詩》二首，頗有《四愁》、《定情》之風。《歷九秋篇》，讀者疑爲漢古詞，非相如、枚乘不能作。其言文聲永，誠詩家六言之祖也。休奕天性峻急，正色白簡，臺閣生風。獨爲詩篇，辛婉温麗，善言兒女，强直之士懷情正深，賦好色者何必宋玉哉！後人致疑廣平，抑固哉高叟也。晉武受禪，廣納直言，休奕《時務》、《便宜》諸疏，劘切中理。至云：「魏武好法術，天下貴刑名；魏文慕通遠，天下賤守節。」請退虚鄙，如逐鳥雀，晉衰薄俗，先有隱憂。干令升論曰：「覽傅玄、劉毅之言，而得百官之邪；核傅咸之奏，《錢神》之論，而睹寵賂之彰。」悼禍亂而美知幾，清泉藥石，可世守也。争言罵座，兩遭免官，褊心有誚，亦汲長孺之微戇乎？婁東張溥題。

孫馮翊集引〔一〕

孫子荆盛爲王武子所推戴〔二〕，史稱其少乏鄉曲之譽〔三〕，非也。直是蹢躅埃塵〔四〕，多所不屑耳。年少以枕漱自期〔五〕，晚甫解巾〔六〕，神崖倍儁〔七〕，無失雲水間故吾。狎府主爲僚儕〔八〕，淩朝賢如廝隸〔九〕，何其抗也〔一〇〕！然絶影之薦傳咸〔一一〕，白社之載董京〔一二〕，各有欽挹，非徒淩忽自豪者焉。彼蓋尾阮、嵇之後塵〔一三〕，開晉世達伯之首〔一四〕。晨風零雨〔一五〕，殆齊彭殤〔一六〕；體似真聲，驢鳴當哭〔一七〕。咄咄人外，乃伉儷之際翻復，未免有情，當是情緣文生耳〔一八〕。子荆詩文入梁《選》者各一章〔一九〕，今録其諸體，分爲二卷，雖少完製，然磊砢英多〔二〇〕，溢于毫楮，觀《笑賦》及《反金人銘》，亦足徵棲寄所都矣〔二一〕。紹和張燮識。

【箋注】

〔一〕孫馮翊：孫楚，字子荆，太原中都（今山西平遥）人。才藻卓絶，爽邁不群。扶風王駿起爲征西參軍，晉惠帝初爲馮翊太守。有集十二卷。《晉書》卷五六有傳。

〔二〕王武子：王濟，字武子，太原晉陽人。擅清言，深得寵幸，與王恂、楊濟等并爲晉初股肱大臣。《晉書·孫楚傳》：「初，楚與同郡王濟友善，濟爲本州大中正，訪問銓邑人品狀，至楚，濟曰：『此人非卿所能目，吾自爲之。』乃狀楚曰：『天才英博，亮拔不群。』」

〔三〕鄉曲之譽：指在家鄉里曲的聲望。《晉書·孫楚傳》：「楚才藻卓絶，爽邁不群，多所陵傲，缺鄉曲之譽。」

〔四〕蹢躅：徘徊不進貌。《易·姤》：「羸豕孚蹢躅。」《説苑·善説》：「嬰兒竪子樵采薪蕘者，蹢躅其足而歌其上。」

〔五〕枕漱：枕石漱流，謂隱居山林。《晉書·孫楚傳》：「楚少時欲隱居，謂濟曰：『當欲枕石漱流。』誤云『漱石枕流』。濟曰：『流非可枕，石非可漱。』楚曰：『所以枕流，欲洗其耳；所以漱石，欲厲其齒。』」

〔六〕解巾：除去頭巾，謂出任官職。《後漢書·韋著傳》：「詔書逼切，不得已，解巾之郡。」李賢注：「巾，幅巾也。既服冠冕，故解幅巾。」

〔七〕神崖：神情傲岸。見《傅鶉觚集引》注〔五〕。

〔八〕府主：此指石苞。《晉書·孫楚傳》：「楚後遷佐著作郎，復參石苞驃騎軍事。楚既負其材氣，頗侮易于苞，初至，長揖曰：『天子命我參卿軍事。』因此而嫌隙遂構。苞奏楚與吴人孫世山共訕毁時政，楚亦抗表自理，紛紜經年，事未判。」

〔九〕朝賢：朝中賢達之士。《晉書·孫楚傳》：「征西將軍、扶風王駿與楚舊好，起爲參軍。轉梁令，遷衛將軍司馬。時龍見武庫井中，群臣將上賀，楚上言曰：『頃聞武庫井中有二龍，群臣或有謂之禎祥而稱賀者，或有謂之非祥無所賀者，可謂楚既失之，而齊亦未爲得也。夫龍或俯鱗潛于重泉，或仰攀雲漢遊乎蒼昊，而今蟠于坎井，同于蛙蝦者，豈獨管庫之士或有隱伏，厮役之賢没于行伍？故龍見光景，有所感悟。願陛下赦小過，舉賢才，垂夢于傅巖，望想于渭濱，修學官，起淹滯，申命公卿，舉獨行君子可惇風厲俗者，又舉亮拔秀異之才可以撥煩理難矯世抗言者，無繫世族，必先逸賤。夫戰勝攻取之勢，并兼混一之威，五伯之事，韓、白之功耳；至于制禮作樂，闡揚道化，甫是士人出筋力之秋也。伏願陛下擇狂夫之言。』」

〔一〇〕抗：剛直不屈。《北史·柳慶傳》：「天性抗直，無所回避。」

〔一一〕然絶影句：用「絶影」來稱譽、推薦傅咸。《藝文類聚》卷五三載孫楚《薦傅長虞箋》：「楚聞騏驥不遺能于伯樂，良寶不藏耀于卞和。是以輝光夜射，價連秦趙；飛駟絶影，終朝千里。物尚有之，士亦宜然。」

〔一二〕白社句：在白社中與董京共載而歸。《晉書·隱逸·董京傳》：「董京，字威輦，不知何郡人也。初與隴西計吏俱至洛陽，被髮而行，逍遥吟詠，常宿白社中。時乞于市，得殘碎繒絮，結以自覆，全帛佳綿則不肯受。或見推排罵辱，曾無怒色。孫楚時爲著作郎，數就社中與語，遂載與俱歸，京不肯坐。楚乃貽之書，勸以今堯舜之世，胡爲懷道迷邦。京答之以詩曰（略）。」

〔一三〕阮嵇：阮籍、嵇康之合稱。　後塵：行進時揚起之塵土，喻指步他人之後。《文選》卷三五張協《七命》：「余雖不敏，請尋後塵。」

〔一四〕達伯：指晉元康中謝鯤、王澄等放達之士。《世説新語·品藻》注引鄧粲《晉紀》：「鯤與王澄之徒，慕竹林諸人，散首披髮，裸袒箕踞，謂之八達。」

〔一五〕晨風零雨：謂孫楚《征西官屬送於陟陽候作詩》，載《文選》卷二〇。首句云：「晨風飄歧路，零雨被秋草。」《宋書·謝靈運傳論》：「子荆『零雨』之章。」

〔一六〕齊彭殤：生死壽夭歸于一致。《莊子·齊物論》：「莫壽于殤子，而彭祖爲夭。」彭祖爲傳説中人物，以長壽著稱。

〔一七〕體似二句：指孫楚吊王濟事。《世説新語·傷逝》：「孫子荆以有才少所推服，唯雅敬王武子。武子喪時，名士無不至者。子荆後來，臨尸慟哭，賓客莫不垂涕。哭畢，向靈床曰：『卿常好我作驢鳴，今我爲卿作。』體似真聲，賓客皆笑。孫舉頭曰：『使君輩存，令此人死！』」

〔一八〕咄咄四句：言孫楚《除婦服詩》盛爲王濟所推。《世説新語·文學》：「孫子荆除婦服，作詩以示王武子。王曰：『未知文生于情，情生于文？覽之淒然，增伉儷之重。』」劉孝標注引其詩曰：「時邁不停，日月電流。神爽登遐，忽已一周。禮制有叙，告除靈丘。臨祠感痛，中心若抽。」

〔一九〕梁《選》：指《文選》，又稱《昭明文選》，南朝梁昭明太子蕭統主持編選之詩文總集，選録先秦至南朝梁八九百年間、一百多個作者、七百餘篇各種體裁之文學作品。孫楚作品入《文選》者，詩一首，即《征西官屬送於陟陽候作詩》，文一篇，即《爲石仲容與孫皓書》，載《文選》卷四三。

〔二〇〕磊砢：壯大貌。《文選》卷一一王延壽《魯靈光殿賦》：「萬楹叢倚，磊砢相扶。」李善注：「磊砢，壯大之貌。」《世説新語·言語》：「王武子、孫子荆各言其土地人物之美。王云：『其地坦而平，其水淡而清，其人廉且貞。』孫云：『其山嶵巍以嵯峨，其水泙渫而揚波，其人磊砢而英多。』」

〔二一〕《笑賦》《反金人銘》：載《藝文類聚》卷一九，後者又見《太平御覽》卷五九〇。文繁不録。

【總説】

《隋書·經籍志》集部别集類著録「晉馮翊太守《孫楚集》六卷」，兩《唐志》著録「《孫楚集》十卷」，較《隋志》所載反有增益。宋代書目皆不著録，蓋于宋世已經亡佚不傳。明人始有輯本。孫楚集輯本，當以張燮《七十二家集·傅馮翊集》二卷爲最早。迄今爲止，尚未見《孫楚集》新整理本問世。

張燮論人，對史傳多所辯證，不輕信舊説，如本文「史稱其少乏鄉曲之譽，非也」，并自圓其説，證孫楚「非徒凌忽自豪者」；張溥則立足史傳，多遵從舊説，如其《孫子荆集題辭》稱「石驃騎，府主也，郭奕，其同里也，睥睨忿争，遂致沉廢。子荆平日數有傲名，鄉曲缺譽，此亦其見短之一事乎」。張溥于孫楚集題辭，亦多有襲取張燮題辭之處，論其詩擷取「零雨之詩」、《除婦服詩》，猶可説二詩分别爲沈約與王濟所盛推，未必從張燮題辭中來；論其文獨擷取《笑賦》、《反金人銘》，則受自張變題辭影響無疑。

【附録】

張溥《孫子荆集題辭》：子荆「零雨」、正長「朔風」，稱于詩家，今亦未見其絶倫也。《除婦服詩》，王武子歎爲情文相生，然以方嵇君道《伉儷詩》，兄弟間耳。江東未順，司馬文王發使遺書，子荆與荀公曾各奮筆札，孫最傑出，而荀獨見用，謂勝十萬師。文章有神，不在遇合，朝廟之上，賞音尤難。必欲如元瑜、孔璋見知孟德，豈易言哉！石驃騎，府主也，郭奕，其同里也，睥睨忿争，遂致沉廢。子荆平日數有傲名，鄉曲缺譽，此亦其見短之一事乎！然同閈相知，有一武子，生死願足，靈床驢聲，何必非叔夜之琴也！《笑賦》調謔自得，《反金人銘》蚩薄箝口，似狂非狂，言各有寄。若夫長虞勁直，戕頌夜光，威輦被髮，遺書勸仕，知人實長，未聞玩物。太原名士，磊落英多，其爲品狀，寧讓汝潁哉！婁東張溥題。

夏侯常侍集引〔一〕

夏侯將種〔二〕，迨其盛也：太初玄悟〔三〕，騰蒨于魏朝；孝若綺藻，流芬于晉世〔四〕。風儀韶秀〔五〕，迭炳國華〔六〕，所謂芝草越根、澧水踰源者也〔七〕。湛與潘安仁并時連璧〔八〕，湛泰始初即對策爲郎〔九〕，岳亦早辟司空府，以泰始中獻《籍田賦》〔一〇〕，想其解巾登仕〔一一〕，亦同塵接袵〔一二〕。《晉書》二人同傳，而湛爲首〔一三〕，乃鍾仲偉《詩評》稱「孝若晚進，見重安仁」〔一四〕，此誤也。湛文視岳稍遜，然沈至處〔一五〕，正復不近。然則官階微躓，退作《抵疑》〔一六〕，殊勝潘之乾没不休〔一七〕；年壽早凋〔一八〕，遺命薄葬〔一九〕，又勝潘之并命東市，踐季倫「白首同歸」之讖也〔二〇〕。若補亡之詩〔二一〕，友于之誥〔二二〕，天性夙篤，内行聿修〔二三〕，正乃克荷門風〔二四〕，頓超儕伍矣〔二五〕。紹和張燮識。

【箋注】

〔一〕夏侯常侍：夏侯湛，字孝若，譙國人。才華富盛，早有名譽。晉武帝時，舉賢良，對策中第，引爲中書侍郎、南陽相。晉惠帝時，爲散騎常侍。撰有《新論》，集十卷。《晉書》卷五五有傳。

〔二〕將種：謂將門後代。《史記・齊悼惠王世家》：「臣，將種也，請得以軍法行酒。」

〔三〕太初：夏侯玄字，沛國譙人。弱冠即任黄門侍郎，遷散騎常侍、中護軍。曹爽任爲征西將軍，後爲司馬師所殺。

〔四〕流芬：猶言流芳。《藝文類聚》卷八二潘岳《芙蓉賦》：「流芬賦采，風靡雲旋。」

〔五〕韶秀：美好秀麗。《新唐書・光王琚傳》：「夏悼王一，生韶秀，以母寵，故鍾愛，命之曰一。」

〔六〕國華：國家之光榮。《國語・魯語上》：「且吾聞以德榮爲國華，不聞以妾與馬。」韋昭注：「以德榮顯者可以爲國光華也。」

〔七〕芝草：古以爲瑞草，治愈萬症，靈通神效。《文選》卷六左思《魏都賦》：「德連木理，仁挺芝草。皓獸爲之育藪，丹魚爲之生沼。」　澧水：甘美之泉水。澧通醴。《論衡・自紀》：「是則澧泉有故源，而嘉禾有舊根也。」

〔八〕連璧：兩塊璧玉并連，喻指兩人并美。《世説新語・容止》：「潘安仁、夏侯湛并有美容，喜同行，時人謂之『連璧』。」《晉書・夏侯湛傳》：「湛幼有盛才，文章宏富，善構新詞，而美容觀，與潘岳友善，每行止同輿接茵，京都謂之『連璧』。」

〔九〕泰始：晉武帝司馬炎第一個年號。《晉書・夏侯湛傳》：「少爲太尉掾。泰始中，舉賢良，對策中第，拜郎中。」

〔一〇〕岳亦二句：潘岳也早在司空府任職，泰始中曾獻《藉田賦》。《晉書·潘岳傳》：「岳少以才穎見稱，鄉邑號爲奇童，謂終賈之儔也。早辟司空太尉府，舉秀才。泰始中，武帝躬耕藉田，岳作賦以美其事。」

〔一一〕解巾：除去頭巾，謂出任官職。見《孫馮翊集引》注〔六〕。

〔一二〕同塵接裀：同行，連席。《玉臺新詠》卷三楊方《合歡詩五首》其二：「來與子共迹，去與子同塵。」裀同茵。

〔一三〕《晉書》二句：《晉書》卷五五傳主有三人，依次爲夏侯湛、潘岳、張載。

〔一四〕仲偉：鍾嶸字，潁川長社人。好學，有思理。起家爲南康王蕭子琳侍郎，改任撫軍行參軍，出爲安國令。入梁爲中軍臨川王行參軍，衡陽王蕭元簡引爲寧朔記室，專掌文翰。所撰《詩品》爲我國第一部詩論著作，號稱「百代詩話之祖」。《詩品下·晉散騎常侍夏侯湛》：「孝若雖曰後進，見重安仁。」

〔一五〕沈至：又作「沉至」，沉厚深切。

〔一六〕然則二句：夏侯湛仕途蹭蹬，于是退而作《抵疑》一篇。《晉書·夏侯湛傳》：「累年不調，乃作《抵疑》以自廣。……後選補太子舍人，轉尚書郎，出爲野王令。以恤隱爲急，而緩于公調。政清務閑，優遊多暇。……居邑累年，朝野多歎其屈。除中書侍郎，出補南陽相。遷太子僕，未就命，而武帝崩。惠帝即位，以爲散騎常侍。元康初，卒，年四十九。著論三十餘篇，別爲一家之言。」

〔一七〕殊勝句：遠勝于潘岳之急躁競進，至死不休。參見《潘太常集引》注〔一二〕。

〔一八〕年壽早凋：潘岳享壽五十三歲，夏侯玄享壽四十九歲，相較而言，夏侯玄爲「早凋」。凋，凋謝，比喻逝世。

〔一九〕遺命薄葬：夏侯湛臨終，遺命小棺薄斂，不修封樹。《晉書・夏侯湛傳》：「湛族爲盛門，性頗豪侈，侯服玉食，窮滋極珍。及將没，遺命小棺薄斂，不修封樹。論者謂湛雖生不砥礪名節，死則儉約令終，是深達存亡之理。」

〔二〇〕又勝二句：又勝于潘岳與石崇并繫于東市，正印證其「白首同所歸」之讖言。《晉書・潘岳傳》：「初被收，俱不相知，石崇已送在市，岳後至，崇謂之曰：『安仁，卿亦復爾邪！』岳曰：『可謂白首同所歸。』岳《金谷詩》云：『投分寄石友，白首同所歸。』乃成其讖。」

〔二一〕補亡之詩：指夏侯湛所續《周詩》，載《世説新語・文學》劉孝標注引。前有叙稱：「《周詩》者，《南陔》、《白華》、《華黍》、《由庚》、《崇丘》、《由儀》六篇。有其義而亡其辭。湛續其亡，故云《周詩》也。」詩云：「既殷斯虔，仰説洪恩。夕定辰省，奉朝侍昏。宵中告退，雞鳴在門。孳孳恭誨，夙夜是敦。」

〔二二〕友于之誥：指夏侯湛所作《昆弟誥》，載《晉書・夏侯湛傳》，文繁不録。友于：兄弟交好。

〔二三〕聿修：謂繼承發揚先人之德業。《詩・大雅・文王》：「無念爾祖，聿修厥德。」《文選》卷四九干寶《晉紀總論》：「聿修祖宗之志，思輯戰國之苦。」吕向注：「聿，循；修，治也。」

〔二四〕克荷：能夠承當。《陳書・程文季傳》：「故散騎常侍、前重安縣開國公文季，纂承門緒，克荷家聲。」

〔二五〕儕伍：同輩之人。《説文解字・人部》：「儕，等輩也。」《後漢書・黨錮列傳》：「逮桓靈之間，主荒政謬，國命委于閹寺，士子羞與爲伍。」

【總説】

《隋書·經籍志》集部别集類著録「晉散騎常侍《夏侯湛集》十卷」，兩《唐志》沿之。宋代書目皆不著録，知其于宋世已然亡佚。明人始有輯本。《夏侯湛集》之輯本，當以張燮《七十二家集·夏侯常侍集》(二卷)爲最早，具有開創價值。迄今爲止，尚未見《夏侯湛集》新整理本出版問世。

夏侯湛雖爲晚輩，可堪與夏侯玄前後輝映，光耀夏侯一門。《晉書》與潘岳同傳，二人號稱連璧。其文章雖稍遜，而行迹却遠勝安仁。張燮論夏侯湛，擅用比較法。最後摘出《周詩》、《昆弟誥》以見其天性内行，卓犖不群。張溥所論，仍是以作家作品爲主線，夏侯湛《抵疑》、《昆弟誥》、《離親詠》俱爲其論材，涵詠之間，往往感同身受，發前人所未發，并能論及作品在文學史上之地位。二張題辭，正當相互發明。

【附録】

張溥《夏侯常侍集題辭》：潘安仁之誄夏侯孝若也，曰：「執戟疲揚，長沙投賈。」余讀其詞，竊嘆文人相惜，死生尤見。《抵疑》之作，班固《賓戲》、蔡邕《釋誨》流也。高才淹躓，含文寫懷，鋪張問難，聊代萱蘇。縱觀西晉，《玄居》、《榷論》、《釋勸》、《釋時》，文皆近是，追蹤西漢，邈乎後塵矣。《昆弟誥》總訓羣子，紹聞穆侯，人倫長者之書也。但規模帝典，僅能形似，刻鵠畫虎，不無譏焉。《周詩》上續《白華》，志猶束晳《補亡》，安仁誦之，亦賦《家風》，友朋具爾，殆文以情生乎？賈謚二十四友，安仁居首，母氏數誚，不知省改，白首之讖，貽親以僇。孝若連璧，未或同熱，長歸雖先，幸不及禍。其《離親詠》有云：「苟違親以從利兮，匪曾閔之攸寳。」余爲三復泣下。孝弟文雅，盛名得全者此爾。東漢趙威豪猶嘔血未及，況他人乎！婁東張溥題。

傅中丞集序〔一〕

余友周仲先開府吳閶〔二〕，命書傅長虞《御史中丞箴》于廳事之屏〔三〕，蓋用當座右云〔四〕。余又最愛其《答楊濟書》曰：「酒色殺人，甚於作直。坐酒色死，人不爲悔。逆畏以直致禍，由心不直，欲以苟且爲明哲耳。」〔五〕余嘗舉此以質仲先，仲先大爲踴躍。仲先每惡世之俛眉者，托言明哲，却把世間綱常、自身名節，一切掃盡，此意正與長虞合。按長虞曾以違距上旨，受杖貶官，濟遺之酒曰：「受罰太重，以爲怛然，杖痕不禁風寒，當飲酒，令體中常暖爲佳。」〔六〕《晉書》却不載長虞受杖事，大是掛漏。然以長虞之剛腸勁概，身仕亂朝而瘖急無恙，竟以功名終〔七〕，仲先却慘死詔獄〔八〕。士大夫固有幸不幸，長虞正不詫其瓦全〔九〕，仲先亦詎悔其血之化碧也〔一〇〕！長虞小賦偏饒，第乏完製〔一一〕，爲文章，大率自寫意中事，恒使赤心呈于斑管。史謂其綺麗不足，而言成規鑒〔一二〕，亦定論耳。與何邵、王濟詩并入梁《選》〔一三〕，瓜葛故多名流耶〔一四〕。《七經詩》

中《毛詩》一章，後人集句，源本于此，徑自作祖〔一五〕。

【校記】

本篇題辭不見于《七十二家集·傅中丞集》卷首，據《群玉樓集》卷四〇補入。

【箋注】

〔一〕傅中丞：傅咸，字長虞，傅玄子。舉孝廉，拜太子洗馬，累遷尚書右丞、司徒左長史、車騎司馬、尚書左丞、御史中丞。在位多所執正，剛直敢諫。有集三十卷，已佚。《晉書》卷四七有傳。

〔二〕周仲先：周起元，字仲先，號綿貞，福建海澄（今漳州龍海）人。天啟三年入爲太僕少卿，旋擢右僉都御史，巡撫蘇、松十府。六年被誣于魏忠賢前，押解至京，拷掠至死，後人目爲「後七君子」。《明史》卷二三三有傳。又據《漳州府志》卷四八載：「海澄周公仲先，爲應天巡撫，適張紹和遊吴，客其幕，一日偶論次周文襄撫吴狀，仲先曰：『文襄以治行勝，顧人品尚未十分。』紹和問其故，仲先曰：『文襄與王振往還。』紹和笑曰：『文襄不與王振往還，安得撫吴十年乎？』仲先曰：『吾則異于是。』其後仲先以忤璫得禍，有謂紹和曰：『周公起家省元，聯第甲科，致身中丞，當是地靈所鍾，胡一旦缺陷乃爾耶？』紹和叱之曰：『吾漳二百年來金紫相望，獨以身殉國者寥寥，今乃仲先忠臣孝子，天地正氣，此是鍾靈之最者，子反以爲缺陷耶？』」　開府：任督撫。　吴閶：蘇州故城閶門，借指吴地。周起元曾巡撫蘇州，故稱。

〔三〕《御史中丞箴》：傅咸所撰，載《初學記》卷一二，又見《太平御覽》卷二二六。兹據《御覽》所引録于下：「傅咸《御史中丞箴》叙曰：百官之箴，以箴王闕。余承先君之蹤，竊位憲臺，懼有忝累垂翼之責，且造斯箴，以自勖勵。不云自箴，而云御史中丞箴者，凡爲御史中丞，欲通以箴之也。詞曰：煌煌天文，衆星是環。爰立執法，其暉有焕。執憲之綱，秉國之憲。鷹揚虎視，肅清違慢。謇謇匪躬，是曰王臣。既直其道，奚顧其身。身之不顧，孰有弗震？邦國若否，惟仲山甫是明；焉用彼相，莫扶其傾？淮南構逆，實憚汲生。赫赫有國，可無忠貞？憂責有在，繩必以直。良農耘穢，勿使能植。無禮是逐，安惜翅翼？若爾庶寮，各敬乃職！無爲罰先，無怙厥力！怨及朋友，無慚于色。得之天子，内省有恧。是曰作箴，惟以自敕。」

〔四〕座右：座右銘之省稱，指置于座右以自警之銘文。《舊唐書·劉子玄傳》：「居史職者，宜置此書于座右。」

〔五〕《答楊濟書》：見《晉書》本傳。「駿弟濟素與咸善，與咸書曰：『江海之流混混，故能成其深廣也。天下大器，非可稍了，而相觀每事欲了。生子癡，了官事，官事未易了也。了事正作癡，復爲快耳！左丞總司天臺，維正八坐，此未易居。以君盡性而處未易居之任，益不易也。想慮破頭，故具有白。』咸答曰：『衛公云，酒色之殺人，此甚於作直。坐酒色死，人不爲悔。逆畏以直致禍，此由心不直正，欲以苟且爲明哲耳！自古以直致禍者，當自矯枉過直，或不忠允，欲以亢厲爲聲，故致忿耳。安有悾悾爲忠益，而當見疾乎！』」

〔六〕按長虞八句：言傅咸曾因直諫而受杖責，楊濟曾贈酒并書一通，言及受罰甚重，應飲酒取暖云云，載《太平御覽》卷六五〇引《傅集》：「咸爲左丞，楊濟與咸書曰：『昨遣人相視受罰，云大重，以爲怛然。相念杖痕不耐風寒，宜深慎護，不可輕也。當飲酒，令體中常暖爲佳，蘇治瘡上急痛，故寄往之。』咸答：『違距上命，稽停詔罰，退思此罪，在于不測，纔加罰黜，退用戰悸，何復以杖重爲劇？小人不德，所好唯酒，宜于養瘡，可數致也。』」

〔七〕然以三句：傅咸嫉惡如仇，剛直敢諫，然而身仕亂朝却安然無恙，終于官任之上。《晉書·傅咸傳》：「元康四年卒官，時年五十六。詔贈司隸校尉，朝服一具、衣一襲、錢二十萬，謚曰貞。」

〔八〕慘死詔獄：《明史·周起元傳》：「六年二月，忠賢欲殺高攀龍、周順昌、繆昌期、黄尊素、李應昇、周宗建六人，取實空印疏，令其黨李永貞、李朝欽誣起元爲巡撫時乾没帑金十餘萬，日與攀龍輩往來講學，因行居間。矯旨逮起元，至則順昌等已斃獄中。許顯純酷榜掠，竟如實疏，懸贓十萬。罄貲不足，親故多破其家。九月斃之獄中，吴士民及其鄉人無不垂涕者。」詔獄，關押需皇帝下詔始能繫獄的犯人的牢獄。

〔九〕詫：誇耀。《文選》卷七司馬相如《子虛賦》：「子虛過詫烏有先生，亡是公存焉。」瓦全：喻指苟且偷生。《北齊書·元景安傳》：「大丈夫寧可玉碎，不能瓦全。」

〔一〇〕詎：難道。陶淵明《讀山海經》其十：「良晨詎可待？」血之化碧：鮮血化作碧玉，用以稱頌忠臣志士。《莊子·外物》：「萇弘死于蜀，藏其血，三年而化爲碧。」

〔一一〕長虞二句：言傅咸小賦現存甚夥，惜其多非完篇。按咸賦多載于《藝文類聚》、《太平御覽》等類書。《七十二家集・傅中丞集》所録，計賦三十六篇。

〔一二〕史謂二句：見《晉書》本傳：「好屬文論，雖綺麗不足，而言成規鑒。潁川庾純常歎曰：『長虞之文近乎詩人之作矣！』」

〔一三〕與何邵王濟詩：傅咸《贈何邵王濟》，載《文選》卷二五。序稱：「朗陵公何敬祖，咸之從内兄；國子祭酒王武子，咸從姑之外孫也。并以明德見重于世。咸親之重之，情猶同生，義則師友。」梁《選》：梁昭明太子所編《文選》，見《孫馮翊集引》注〔一九〕。

〔一四〕瓜葛：兩種蔓生植物，喻指輾轉相連之親戚關係或社會關係。

〔一五〕《七經詩》四句：言傅咸所撰《七經詩》之《毛詩》一首，堪稱是集句詩之祖。傅咸《七經詩》，現存其六，即《孝經詩》、《論語詩》、《毛詩詩》、《周易詩》、《周官詩》、《左傳詩》。載《藝文類聚》卷五五、《初學記》卷二一。按，集句詩起自傅咸之説，并非張燮首創。楊慎《升庵詩話》卷一稱：「晉傅咸作《七經詩》，其《毛詩》一篇，(略)此乃集句詩之始。」張燮承之，指出傅咸「徑自作祖」。後清袁枚《隨園詩話》卷七亦暢其説：「集句，始傅咸。傅咸有《回文反覆詩》；又作《七經詩》，其《毛詩》一篇，皆集經語。是集句所由始矣。」

【總説】

《隋書・經籍志》集部別集類著録「晉司隷校尉《傅咸集》十七卷」，兩《唐志》著録「《傅咸集》三十卷」，反溢于《隋志》所載。宋代書目皆不著録，蓋于宋世已佚。明人始有輯本。現存《傅咸集》輯本，以《七十二家集・傅中丞集》（四卷）爲最早。迄今爲止，尚未見《傅咸集》新整理本問世。

二張題辭并長于比較之法，張燮《傅中丞集序》以傅咸與周起元比，張溥《傅中丞集題辭》以傅咸與傅玄比。相比而言，張燮以友人作比，更爲精警。張溥以父子相較，「爲彪爲固」，實是拾取張燮《庾度支集題辭》之餘潤。傅咸之風概氣節，爲二張所共推，或稱「剛腸勁概」，或稱「一生骨鯁」，言雖異而旨實同。張燮敷舉《答楊濟書》，張溥則稱道《治獄明意賦》，率至以摘句成篇，足見二張之命意相通處。又張溥「《七經詩》中《毛詩》一首，雖集句託始，無關言志」之論斷，則正似與張燮商榷短長。

【附録】

張溥《傅中丞集題詞》：傅休奕剛峻少容，貴顯當世，老而不折。時晉運方興，天子虛己，老成喉舌，可以無恙。若長虞所處，國艱甫愍，懲楊氏執政之萌，規汝南輔相之失，劾按驚人，榮終司隸，直道而行，若是多福，鮑子都、諸葛少季無其遇也。傅氏諸賦，不尚綺麗，長虞短篇，時見正性。《治獄明意賦》云：「吏砥身以存公，古有死而無柔。」一生骨鯁，風尚顯白。歷官威嚴，條申職掌，御史作箴，汲生共勗，司隸布教，卧虎立名。彼其之子，邦之司直，斯人有焉。休奕四部六録，文集百餘，湮闕者多，長虞著述不富，傳文亦與父埒，爲彪爲固，不能短長其間。《七經詩》中《毛詩》一首，雖集句託始，無關言志。《與尚書同僚詩》則告誡臣僕，有孚盈缶，韋孟在鄒，家風不墜矣。婁東張溥題。

潘太常集引〔一〕

晉世才人，首稱潘陸〔二〕，蓋指安仁與士衡、士龍也〔三〕。正叔是安仁猶子〔四〕，却不在限内〔五〕，而另開一門，亦雅以篇章自顯。蓋安仁爲文囿棟樑，正叔則儒家領袖。《乘輿箴》、《安身論》〔六〕，可覘其人與文之大都矣〔七〕。度不與從父共驂驔〔八〕，而分路揚鑣，各止其所也。正叔于世，既不敢鋭意進趣〔九〕，以競事權，亦不能畢智匡扶，以存義略，其處簪笏平平而已〔一〇〕，似有戒於從父之乾没〔一一〕；而隨資升等〔一二〕，竟致大官。禄命之際，有宰焉者乎？出彼詳緩〔一三〕，陶是郁穆〔一四〕，雖皇路陸沉〔一五〕，然傾輈非其自處〔一六〕，大地盡以鐵鑄錯〔一七〕，君其何尤〔一八〕！

【校記】

本篇題辭不見于《七十二家集·潘太常集》卷首，據《群玉樓集》卷八三補入。

【箋注】

〔一〕潘太常：潘尼，字正叔，滎陽中牟（今屬河南）人。少有清才，以勤學著述爲事。歷太子舍人、宛令、尚書郎、中書郎，轉黄門侍郎、散騎常侍、侍中、秘書監、中書令，官終太常卿。原有集十卷，今佚。《晉書》卷五五有傳。

〔二〕潘陸：潘岳與陸機、陸雲之合稱。《宋書·謝靈運傳論》：「降及元康，潘、陸特秀，律異班、賈，體變曹、王。」

〔三〕安仁：潘岳，字安仁，潘尼之從叔。少以才穎見稱，鄉邑號爲神童。歷洛陽令、著作郎、散騎常侍、給事黄門侍郎等職。諂事貴戚賈謐，預「二十四友」之列。　士衡：陸機，字士衡，吳郡華亭人。祖遜，父抗，皆三國吳重臣。吳亡，退居讀書，後與弟雲同至洛陽，名動一時。歷太子洗馬、著作郎、中書郎、平原内史等職。　士龍：陸雲，字士龍，少與兄齊名，號稱「二陸」。爲吳王郎中令，出宰浚儀，成都王穎表爲清河内史。河橋戰敗，與兄機并被殺。

〔四〕猶子：侄子。《禮記·檀弓上》：「喪服，兄弟之子，猶子也，蓋引而進之也。」《晉書·潘岳傳》：「岳從子尼。」

〔五〕限内：範圍之内。《世説新語·方正》「杜預之荆州」劉孝標注引王隱《晉書》：「預無伎藝之能，身不跨馬，射不穿札，而每有大事，輒在將帥之限。」

〔六〕《乘輿箴》：潘尼所撰重文，爲規箴帝王救過補闕之辭，文載《晉書》本傳。序稱：「尼以爲王者膺受命之期，當神器之運，總萬機而撫四海，簡群才而審所授，孜孜于得人，汲汲于聞過，雖廷争面折，猶將祈請而求焉。至于箴規，諫之順者，曷爲獨闕之哉？是以不量其學陋思淺，因負擔之餘，嘗試撰而述之。不敢斥至尊之號，故以『乘輿』目篇。」《安身論》：潘尼所撰名文，大抵爲闡揚儒家安身立命之思想，文載《晉書》本傳。其核心觀點見于篇首：「蓋崇德莫大乎安身，安身莫尚乎存正，存正莫重乎無私，無私莫深乎寡欲。是以君子安其身而後動，易其心而後語，定其交而後求，篤其志而後行。」

〔七〕大都：猶言要旨。對潘尼之爲人與文章，《晉書》本傳末史臣論云：「正叔含咀藝文，履危居正，安其身而後動，契其心而後言，著論究人道之綱，裁箴懸乘輿之鑒。」

〔八〕騁驥：馬奔跑貌。《樂府詩集》卷二四《横吹曲辭四》載車𢿱《驄馬》：「意欲騁驥走，先作野遊盤。」此指前後相隨。

〔九〕進趣：同進趨、進取，奮發向上，有所作爲。《世説新語·排調》劉孝標注引張敏《頭責子羽文》：「子欲爲進趣也，則當如賈生之求試，終軍之請使，砥礪鋒穎，以幹王事。」

〔一〇〕簪笏：冠簪與手板，大臣奏事之具，喻指官職。杜甫《與李十二白同尋范十隱居》：「不願論簪笏，悠悠滄海情。」

〔一一〕乾没：急躁競進。《晉書·潘岳傳》：「岳性輕躁，趨世利，與石崇等諂事賈謐，每候其出，與崇輒望塵而拜。構愍懷之文，岳之辭也。謐二十四友，岳爲其首。謐《晉書》限斷，亦岳之辭也。其母數誚之曰：『爾當知足，而乾没不已乎？』而岳終不能改。」

〔一二〕隨資升等：猶言在仕途上循序漸進。

〔一三〕詳緩：和緩從容。《宋書·張敷傳》：「善持音儀，盡詳緩之致。」《晉書·潘尼傳》：「時三王戰争，皇家多故，尼職居顯要，從容而已。」

〔一四〕郁穆：雍容和美貌。《文選》卷二五劉琨《答盧諶》：「郁穆舊姻，嬿婉新婚。」吕延濟注：「郁穆、嬿婉，和美貌。」

〔一五〕皇路：國運。《後漢書·崔駰傳》：「四牡横奔，皇路險傾。」陸沉：國土淪陷。《世説新語·輕詆》：「遂使神州陸沉，百年丘墟。」

〔一六〕傾輈：翻倒之車。《後漢書·皇后紀序》：「湮滅連踵，傾輈繼路。」《文選》卷二五劉琨《重贈盧諶》：「狹路傾華蓋，駭駟摧雙輈。」

〔一七〕鐵鑄錯：指鑄成大錯。《資治通鑑》卷二五六：「（羅）紹威悔之，謂人曰：『合六州四十三縣鐵，不能爲此錯也。』」

〔一八〕尤：怪罪。《文選》卷四一司馬遷《報任少卿書》：「顧自以爲身殘處穢，動而見尤。」

【總説】

《隋書·經籍志》集部别集類著録「晉太常卿《潘尼集》十卷」，兩《唐志》沿之。宋代書目皆不著録，知其于宋世已經亡佚。明人始有輯本。現存《潘尼集》之輯本，以張燮《七十二家集·潘太常集》二卷爲最古，具有開創價值。迄今爲止，尚未見《潘尼集》新整理本問世。

張燮往往能體諒古人出處之難，多持「同情」之論，然于潘岳之急躁競進却頗多貶詞，除《潘太常集引》外，《夏侯常侍集引》亦譏其「乾没不休」、「并命東市」。與潘岳同時之陸機、陸雲，張燮均付之闕如，未有題辭之創作。然其未撰《潘黄門集題辭》之故，或即不取于潘岳之品行，亦未知也。張溥《潘黄門集題辭》則盛贊潘岳之才華，而「深爲彼美惜焉」，與張燮所論有異。其《潘太常集題辭》較之張燮此引，亦多有勝義可參。

【附録】

張溥《潘太常集題辭》：史稱潘正叔「著論究人道之綱，裁箴懸乘輿之鑒」，此二文者，非徒龍甲鳳毛，亦其生平所以自立也。元康薦亂，八王鬬争，從父安仁，一門罹酷；正叔知幾，歸掃墳墓，後得封公顯職，壽終塢壁。當安仁初任河陽，贈詩祖道，美其天資；刑僇之後，樹碑紀事，增慟覆醢。其于叔父情篤，猶中郎也。存没異路，榮辱天壤，逃死須臾之間，垂聲三王之際。至今頌《閒居》者，笑黄門之乾没；讀《安身》者，重太常之居正。人物短長，亦懸禍福，泉下嘿嘿，烏誰雌雄，即有不平，能更收召魂魄、抗眉争列哉！傅長虞會定九品，正叔作詩規之，其爲人也無詭隨，其爲文也無戲謔，大致類然。若琴有八分之書，賦著琉璃之盌，適文人餘韻也。婁東張溥題。

孫廷尉集題詞〔一〕

臨川《世説》酷詆興公，謂其負詞藻而多穢行〔二〕。褚季野至欲擲諸水以壓天譴〔三〕，渣滓之累極矣。然其自評曰：「托懷玄勝，高寄蕭條，無所與讓。」〔四〕爾時至與玄度并稱〔五〕，自是清流〔六〕；其諫移都，與桓元子抗同異〔七〕，自是勁骨。生平穢行，了無足據，臨川何所指而目之哉？史又稱：温王郗庾，咸須綽爲碑，然後登石〔八〕。則既爲時所重矣。《世説》又載興公作《庾公誄》，庾道恩曰：「先君與君自不至于此。」〔九〕又王孝伯讀《長史誄》曰：「亡祖何至與此人周旋？」〔一〇〕夫須碑然後登石，豈其作誄詞而横遭抹殺乎？恐出後人輕薄，未可爲準也。《天台》一賦，金石聲傳播至今，范榮期尚有未中宫商之慨〔一一〕，此大言欺人耳。獨惜諸公碑爲唐人割裂幾盡〔一二〕，但存崖略〔一三〕，無復斐然，余于唐人不能無憾云〔一四〕。重光協洽元正下澣張燮撰于石隱書巢〔一五〕。

【箋注】

〔一〕孫廷尉：孫綽，字興公，太原中都（今山西平遥）人。少以文才著稱。初爲章安令，轉永嘉太守，遷散騎常侍，領著作郎，尋轉廷尉卿。撰有《至人高士傳贊》、《列仙傳贊》、《孫子》，集二十五卷。《晉書》卷五六有傳。

〔二〕臨川：劉義慶，字季伯，原籍彭城，世居京口。襲封臨川王，官至尚書左僕射、中書令。其所撰《世説新語》爲一部魏晉風流故事集，記録魏晉名士逸聞軼事與玄虚清談。《世説新語·品藻》：「孫興公、許玄度皆一時名流。或重許高情，則鄙孫穢行；或愛孫才藻，而無取于許。」

〔三〕季野：褚裒，字季野，河南陽翟人。少有簡貴之風，聲名冠于江南。殁後贈侍中、太傅。《世説新語·輕詆》：「褚太傅南下，孫長樂于船中視之。言次及劉真長死，孫流涕，因諷詠曰：『人之云亡，邦國殄瘁。』褚大怒曰：『真長平生，何嘗相比數，而卿今日作此面向人！』孫回泣向褚曰：『卿當念我！』時咸笑其才而性鄙。」然據此，未見有「擲諸水以壓天譴」事。又據《太平御覽》卷六六引《語林》：「褚公遊曲阿後湖，狂風忽起，船傾。褚公已醉，乃曰：『此舫人皆無可以招天譴者，惟有孫興公多塵滓，正當以厭天欲耳。』便欲捉孫擲水中，孫懼無計，惟大呼曰：『季野卿念我。』」程炎震引此稱：「疑即此一事，而此文未全（按指《世説》所載）。褚裒曰『真長』云云，亦是常語，孫何爲便作哀鳴？知必有惡劇也。臨川蓋以捉擲水中非佳事，故節取之。」

〔四〕自評：指孫綽在司馬昱面前所作之自我評價。《世説新語·品藻》：「撫軍問孫興公：『劉真長何如？』曰：『清蔚簡令。』『王仲祖何如？』曰：『温潤活和。』『桓温何如？』曰：『高爽邁出。』『謝仁祖何如？』曰：『清易令達。』『阮思曠何如？』曰：『弘潤通長。』『袁羊何如？』曰：『洮洮清便。』『殷洪遠何如？』曰：『遠有致思。』『卿自謂何如？』曰：『下官才能所經，悉不如諸賢；至于斟酌時宜，籠罩當世，亦多所不及。然以不才，時復托懷玄勝，遠詠老、莊，蕭條高寄，不與時務經懷，自謂此心無所與讓也。』」

〔五〕玄度：許詢字，高陽人。有才藻，善屬文。終身不仕，好游山水。與王羲之、孫綽、支遁等以文義冠世。《世説新語・賞譽》：「孫興公、許玄度共在白樓亭，共商略先往名達。林公既非所關，聽訖，云：『二賢故自有才情。』」

〔六〕清流：德行高潔之人。《三國志・魏書・陳羣傳評》：「陳羣動仗名義，有清流雅望。」

〔七〕元子：桓温字，譙國龍亢人。東晉權臣，威勢極盛，欲行篡位之事而未果。《晉書・孫綽傳》：「時大司馬桓温欲經緯中國，以河南粗平，將移都洛陽。朝廷畏温，不敢爲異，而北土蕭條，人情疑懼，雖并知不可，莫敢先諫。綽乃上疏曰（略）。桓温見綽表，不悦，曰：『致意興公，何不尋君《遂初賦》，知人家國事邪！』」

〔八〕温王郗庾：分别指温嶠、王導、郗鑒、庾亮等東晉重臣。《晉書・孫綽傳》：「綽少以文才垂稱，于時文士，綽爲其冠。温、王、郗、庾諸公之薨，必須綽爲碑文，然後刊石焉。」

〔九〕道恩：庾羲，小字道恩，潁川鄢陵人。少有時譽，初爲吴國内史，後遷建威將軍。《世説新語・方正》："孫興公作《庾公誄》，文多托寄之辭。既成，示庾道恩。庾見，慨然送還之，曰：『先君與君自不至于此。』"

〔一〇〕孝伯：王恭，字孝伯，太原晉陽人。官至前將軍、青兗二州刺史。《世説新語·輕詆》："孫長樂作《王長史誄》云：『余與夫子，交非勢利，心猶澄水，同此玄味。』王孝伯見曰：『才士不遜，亡祖何至與此人周旋！』"

〔一一〕榮期：范啟，字榮期，南陽順陽人。以才義顯于當世。初爲秘書郎，累居顯職，終于黄門侍郎。《世説新語·文學》："孫興公作《天台賦》成，以示范榮期，云：『卿試擲地，要作金石聲。』范曰：『恐子之金石，非宫商中聲。』然每至佳句，輒云應是我輩語。"

〔一二〕獨惜句：唐人編選類書，或録或不録，所録皆爲殘篇，未能完整保存孫綽碑文。《文心雕龍·誄碑》："孫綽爲文，志在碑誄；温王郤庾，辭多枝雜；《桓彝》一篇，最爲辨裁。"《藝文類聚》卷四五有孫綽所撰《丞相王導碑》、《太宰郗鑒碑》，卷四六有《太尉庾亮碑》、《温嶠碑》、《桓彝碑》皆不存于世。

〔一三〕崖略：大略，梗概。《莊子·知北遊》："夫道，窅然難言哉！將爲汝言其崖略。"

〔一四〕余于句：此批評唐人未能保存孫綽碑體諸作，或僅存片段。按，張燮批評唐人，除此篇題辭外，尚有《庾度支集題辭》稱"按《藝文》列簡文此札，題云『答湘東王和受試詩書』，原非爲子慎輩發。中所云『紙札無情，受其揺襞』等語，殆爲疏遠諸人立案，唐人踦蹠前藻，遂謬意移置此間耳"，指出姚察、姚思廉父子誤置梁簡文帝《與湘東王論文書》一文于《梁書·庾肩吾傳》，《重纂庾開府集序》稱"令狐德棻爲子山作傳論，横加詆訶，德棻史筆最下，未中與庾氏作奴」，批評令狐德棻《北周書・庾信傳論》評價不當等。

〔一五〕重光協洽：辛未年，即崇禎四年（一六三一）。元正下澣：正月下旬。楊慎《丹鉛總録・時序》：「俗以上澣、中澣、下澣爲上旬、中旬、下旬，蓋本唐制十日一休沐。」石隱書巢：張燮齋名。因號石隱主人、石隱山人，見《顔光禄集引》、《重纂謝法曹集序》。

【總説】

《隋書・經籍志》集部別集類著録「晉衛尉卿《孫綽集》十五卷」，兩《唐志》沿之。宋代書目皆不著録，知其于宋世已然亡佚。明人始有輯本。《孫綽集》後世輯本，當以張燮《七十二家集・孫廷尉集》二卷爲最早。迄今爲止，尚未見《孫綽集》新整理本出版問世。

張燮此篇題辭重心全在考辨，《世説新語》稱孫綽「負詞藻而多穢行」，褚裒擲水一節出《語林》，《世説》襲之，略有刪節。又《方正》、《輕詆》等篇亦多載其爲時人奚落之語。所謂「穢行」，應作何解？張燮引孫綽自評之語、與許詢并稱及諫移都事，證《世説》所載不足爲據，「恐出後人輕薄，未可爲準也」。然據《晉書・孫綽傳》稱其「性通率，好譏調」，可想見其爲人，必詼諧調笑、放浪不羈之輩，復以才高一世，文名早著，因此時人對其必有兩種截然相反之評價，誇譽者有之，非毁者有之，《世説》所載即兩者并存，未必盡出「後人輕薄」，也必非臨川臆造，與公爲人處世之方式不得不任其責也。張溥《孫廷尉集題辭》屢述孫綽各代表作，且有獨到點評，可資參考。

【附録】

張溥《孫廷尉集題辭》：東晉佛乘文人，孫興公最有名，然《喻道論》云：「佛十二部經，其四部專以勸孝。」《道賢論》以天竺七僧方竹林七賢，指悉近儒，非濡首彼法，長往不返者也。桓大司馬欲移都洛陽，衆莫敢諫，興公抗表論列，文辭甚偉，斯時進言，固難于婁敬之説漢高也。振袖舉笏，郟鄏無恙，一封事足不朽矣。《天台賦》自命金石，抑其佳句，不過赤城瀑布耳。遂初林皐，足薄華幕，蓋遠詠老莊，蕭條高寄，其素志也，賦云乎哉。《表哀詩》哀號罔極，欲繼《蓼莪》，即若祖《除婦服詩》，未若其關道義、繫人倫也。《碧玉》二歌，亦胡姬十五、桃葉渡江之類，「未免有情」，正謂此爾。右軍蘭亭雅集，興公與兄承公各有詩篇，一吟一詠，誠非許掾所及，温、王、郗、庾，穹碑載文，豈好諛墓哉？具體先哲，或中郎之羽翮也。婁東張溥題。

重纂陶彭澤集序〔一〕

古今詞人，貧悴之甚〔二〕，至陶靖節極矣。貧悴，常情所苦，而公於其間別開鴻蒙世界〔三〕，似狂仍狷，似達還迂，則貧悴翻爲公用也。公在大地，不知何者美好，顧獨戀戀種秫〔四〕，彼蓋借醉鄉爲桃花源〔五〕，而因之避世焉〔六〕，以相忘於政物〔七〕。公之屬綴在義熙後者，不署宋曆，但書甲子〔八〕，猶之乎花開爲春，花落爲秋也。然則籬菊夕英〔九〕，足敵西山之薇〔一〇〕；漉酒葛巾〔一一〕，不污洗耳之水〔一二〕！他若五柳以傲三槐〔一三〕，籃輿以傲八騶〔一四〕，又不具論者耳。公集爲後人所宗，天倪自洽〔一五〕，神境自調，都似翰墨間別有鴻蒙世界。焦弱侯太史嘗出所手訂宋本示余〔一六〕，與世本多別〔一七〕，余以方葫蘆中《漢書》〔一八〕，今爲點定，更寫以傳。世本并載《聖賢群輔》〔一九〕，今爲删出，當另置他部。吁！使貧悴而果足限公也，并時貴盛如傅季友諸人〔二〇〕，今得與公争顯晦于千載乎哉？壬戌重九日蓬蒿長張燮書于東籬〔二一〕。

【校記】

【重纂陶彭澤集序】「序」，別集本作「題辭」。

【箋注】

〔一〕陶彭澤：陶淵明，又名潛，字元亮，號五柳先生，尋陽柴桑（今江西九江）人。少有高趣，任真自得。起爲州祭酒，曾入江州刺史桓玄幕，後出任鎮軍將軍劉裕參軍，轉建威參軍劉敬宣參軍。未幾，求爲彭澤令，在縣八十餘日，解歸。入宋不仕。去世後私謚「靖節」。有集九卷。其事迹具顏延之《陶徵士誄》及蕭統《陶淵明傳》，《晉書》卷九四、《宋書》卷九三俱有傳。

〔二〕貧悴：貧窮困苦。《藝文類聚》卷三五應璩《與尚書諸郎書》：「豈久沉滯于下職、契闊于貧悴哉。」

〔三〕鴻蒙：彌漫廣大貌。《漢書·揚雄傳》載雄《羽獵賦》：「外則正南極海，邪界虞淵，鴻濛沆茫，碣以崇山。」顏師古注：「鴻濛沆茫，廣大貌。」

〔四〕秫：粱米、粟米之黏者，多用以釀酒。陶淵明《和郭主簿》其一：「舂秫作美酒，酒熟吾自斟。」蕭統《陶淵明傳》：「公田悉令吏種秫，曰：『吾常得醉于酒，足矣！』妻子固請種秔，乃使二頃五十畝種秫，五十畝種秔。」

〔五〕桃花源：陶淵明作《桃花源記》，謂有漁人從桃花源入一山洞，見秦時避亂者之後裔居其間，「土地平曠，屋舍儼然。有良田、美池、桑竹之屬。阡陌交通，雞犬相聞。其中往來種作，男女衣著悉如外人。黃髮垂髫，并怡然自樂。」漁人出洞歸，後再往尋找，遂迷不復得路。

［六］避世：逃避塵世。《莊子·刻意》：「此江海之士，避世之人，閒暇者之所好也。」

［七］相忘：彼此忘却。《莊子·大宗師》：「泉涸，魚相與處于陸，相呴以濕，相濡以沫，不如相忘于江湖。」

［八］公之三句：陶淵明最後七年，于劉宋時期度過。其入宋後所著文章，不署宋曆，但題甲子，表明其不奉劉宋正朔。《宋書·陶潛傳》：「所著文章，皆題其年月，義熙以前，則書晉氏年號；自永初以來，唯云甲子而已。」　按，宋思悦《甲子辨》首難此説：「考淵明詩有題甲子者，始庚子距丙辰，凡十七年間，只九首耳，皆晉安帝時所作也。……豈容晉未禪宋前二十年，輒耻事二姓，所作詩但題甲子，以自取異哉？」又《隨園詩話》卷一二引宋濂曰：「人皆云：『陶淵明不肯用劉宋年號，故編詩但書甲子。』此誤也。陶詩中凡十題甲子，皆是晉未亡時，最後丙辰，安帝尚存，琅琊王未立；安得棄晉家年號乎？其自題甲子者，猶之今人編年纂詩，初無意見。」則張夑所云，仍援據沈約《宋書》是説，不知早已爲學者所糾駁，然而張夑稱其「花開爲春，花落爲秋」，與陶公之意，似無違忤。

［九］籬菊夕英：指陶詩中之菊花意象。陶詩寫菊共六處，其中《飲酒》其五「采菊東籬下，悠然見南山」最爲著名。張夑在此又化用屈原《離騷》「朝飲木蘭之墜露兮，夕餐秋菊之落英」之句。

［一〇］西山之薇：伯夷、叔齊義不食周粟，隱于首陽山，采西山之薇而食。《史記·伯夷列傳》：「武王已平殷亂，天下宗周，而伯夷、叔齊耻之，義不食周粟，隱于首陽山，采薇而食之。及餓且死，作歌，其辭曰：『登彼西山兮，采其薇矣。以暴易暴兮，不知其非矣。神農、虞、夏忽焉没兮，我安適歸矣？于嗟徂兮，命之衰矣。』遂餓死于首陽山。」

〔一一〕漉酒葛巾：陶淵明好酒，以至用葛布頭巾漉酒，漉後又照常戴上。蕭統《陶淵明傳》：「郡將常候之，值其釀熟，取頭上葛巾漉酒，漉畢，還復著之。」

〔一二〕洗耳之水：許由結志養性，優遊山林，聽到堯説讓位于己而感到受到污染，因而臨水洗耳。《史記·伯夷列傳》張守節正義引皇甫謐《高士傳》：「許由字武仲。堯聞致天下而讓焉，乃退而遁于中嶽潁水之陽，箕山之下隱。堯又召爲九州長，由不欲聞之，洗耳于潁水濱。時有巢父牽犢欲飲之，見由洗耳，問其故。對曰：『堯欲召我爲九州長，惡聞其聲，是故洗耳。』巢父曰：『子若處高岸深谷，人道不通，誰能見子？子故浮游，欲聞求其名譽。污吾犢口。』牽犢上流飲之。」

〔一三〕五柳：陶淵明以門前有五柳樹，故自號五柳先生。陶淵明《五柳先生傳》：「先生不知何許人也，亦不詳其姓字。宅邊有五柳樹，因以爲號焉。」三槐：相傳周代宫廷外種有三棵槐樹，三公朝天子時，面向三槐而立，因以三槐喻三公。《周禮·秋官·朝士》：「面三槐，三公位焉。」

〔一四〕籃輿：供人乘坐的交通工具，一般以人力抬着行走。《宋書·陶潛傳》：「江州刺史王弘欲識之，不能致也。潛嘗往廬山，弘令潛故人龐通之齎酒具于半道栗里要之。潛有脚疾，使一門生二兒舉籃輿，既至，欣然便共飲酌，俄頃弘至，亦無忤也。」八騶：貴官出行時作爲前導的八馬。《南齊書·王融傳》：「車前無八騶卒，何得稱爲丈夫。」

〔一五〕天倪：自然之分際。《莊子·齊物論》：「何謂私之以天倪？」郭象注：「天倪，自然之分也。」

〔一六〕弱侯：焦竑，字弱侯，號漪園、澹園，山東日照人，寓居南京。官翰林院修撰、南京司業。著述宏富，其著者有《國史經籍志》五卷、《國朝獻徵録》一百二十卷、《焦氏類林》八卷等。《明史·焦竑傳》:「竑博極群書,自經史至稗官、雜説,無不淹貫。善爲古文,典正馴雅,卓然名家。集名《澹園》,竑所自號也。講學以汝芳爲宗,而善定向兄弟與李贄,時頗以禪學譏之。萬曆四十八年卒,年八十。」宋本:宋代刻本,歷來被視爲佳善之本。焦竑《陶靖節先生集序》:「靖節先生微哀雅抱,觸而成言,昭明太子手葺爲編,序而傳之,歲久頗爲後人所亂,其改竄者什居二三,竊疑其謬,而絶無善本是正。頃友人偶以宋刻見遺,無《聖賢群輔》之目,篇次正與昭明舊本吻合,與今本異者不啻數十處。凡嚮所疑,焕然冰釋,此藝林之一快也。吴君肅卿語余:陶集得此,幸不爲妄庸所汩没,盍刻而廣之?余乃以授肅卿,而道其始末如此。」

〔一七〕世本:謂通行本。張宗祥《説郛序》:「《説郛》一百卷,明陶宗儀纂。今世通行本一百二十卷,乃清順治丁亥姚安陶珽編次。」陸敕先校宋本《管子跋》:「古今書籍,宋版不必盡是,時版不必盡非。然校是非以爲常,宋刻之非者居二三,時刻之是者無六七,則寧從其舊也。」

〔一八〕方葫蘆中《漢書》:將之譬作真本《漢書》。《梁書·蕭琛傳》:「始琛在宣城,有北僧南度,惟賫一葫蘆,中有《漢書序傳》。僧曰:『三輔舊老相傳,以爲班固真本。』琛固求得之,其書多有異今者,而紙墨亦古,文字多如龍舉之例,非隸非篆,琛甚秘之。及是行也,以書饟鄱陽王範,範乃獻于東宫。」參見《班蘭臺集序》注〔二〇〕。

〔一九〕《聖賢群輔》:即《聖賢群輔録》,一名《四八目》,唐宋以來竄入《陶淵明集》,實非陶淵明所作。《四庫提要》類書類存目著録《聖賢群輔録》，提要稱：「舊附載《陶潛集》中。唐、宋以來相沿引用，承訛踵謬，莫悟其非。邇以編録遺書，始蒙睿鑒高深，斷爲僞託。」「昔宋庠校正斯集，僅知八儒、三墨二條爲後人所竄入，而全書之贋，竟不能明。潛之受誣，已逾千載。今逢右文聖世，得以辨别而表章之，使白璧無瑕，流光奕葉，是亦潛之至幸矣。」

〔二〇〕季友：傅亮字，北地靈州人。東晉時歷任要職，入宋遷太子詹事，中書令如故，封建城縣公，轉尚書僕射。文帝即位，加散騎常侍、左光禄大夫、開府儀同三司，進爵始興郡公。《南史·傅亮傳》：「武帝登庸之始，文筆皆是參軍滕演。北征廣固，悉委長史王誕。自此之後，至于受命，表策文誥，皆亮辭也。」

〔二一〕壬戌：明天啟二年（一六二二）。蓬蒿長：張燮自號。東籬：蓋張燮仰慕淵明之爲人，名自所植菊圃爲東籬。

【總説】

《陶淵明集》初爲昭明太子所輯，後北齊陽休之輯《陶潛集》十卷，《隋書·經籍志》集部别集類著録「宋徵士《陶潛集》九卷」，《舊唐書·經籍志》著録「《陶淵明集》五卷」，《新唐書·藝文志》則著録「《陶潛集》二十卷，又《集》五卷」，其間所著録卷數差異，由于多不存于世，頗難覈討。《郡齋讀書志》著録「《陶潛集》十卷」，據提要知爲陽休之所輯十卷本；《直齋書録解題》著録「《陶靖節集》十卷」。現存陶淵明集宋本有四：汲古閣藏宋刻遞修本、南宋紹興十年覆刻本、南宋紹熙三年曾集刻本、湯漢注本。明代以降，刻本、注本更多，茲不具列。今通行本有逯欽立校注《陶淵明集》，中華書局一九七九年版；龔斌《陶淵明集校箋》，上海古籍出版社一九九六年版；王叔岷《陶淵明詩箋證稿》，中華書局二〇〇七年版；袁行霈《陶淵明詩箋注》，中華書局二〇〇三年版等。

張燮題辭絶少人云亦云之語，其論淵明語無不自出機杼，跳擲窠臼之外。張溥論淵明引顏真卿，引吳澄，又引真德秀，何其不憚煩耶！而自家語言幾喪失殆盡。「籬菊夕英，足敵西山之薇；漉酒葛巾，不污洗耳之水」，此句張溥絶道不出。又張溥好爲讜言高論，倘起陶公于地下，未必喜張溥之夸誕。張燮未滿而立之年，即隱退故鄉龍溪，堅辭不仕，當時號爲徵君，與淵明最相似，其論陶亦最得陶公三昧。張溥《陶彭澤集題辭》末云：「陶刻頗多，而學者多善焦太史所訂宋本，故仍其篇。」張燮本即從焦竑宋刻而來，七十家已盡攘爲己有，獨淵明集捨近求遠，別求焦竑宋刻本，非張溥于《七十二家集》中做賊，又掩耳盜鈴，諱所自來邪？

【附録】

張溥《陶彭澤集題詞》：古來詠陶之作，惟顏清臣稱最相知，謂其「公相子孫，北窗高卧，永初以後，題詩甲子，志猶『張良思報韓，龔勝耻事新』也」，思深哉！非清臣孰能爲此言乎！吳幼清亦云：「元亮《述酒》、《荊軻》等作，欲爲漢相孔明而無其資。」嗚呼！此亦知陶者，其遭時何相似也。君臣大義，蒙難愈明，仕則爲清臣，不仕則爲元亮，舍此則華歆、傅亮攘袂勸進，三尺童子，咸羞稱之。此昔人所以高楊鐵崖而卑許平仲也。《感士》類子長之倜儻，《閒情》同宋玉之好色，告子似康成之誡書，《自祭》若右軍之誓墓，孝贊補經，傳記近史，陶文雅兼衆體，豈獨以詩絶哉！真西山云：「淵明之作，宜自爲一編，附《三百篇》、《楚辭》之後，爲詩根本準則。」是最得之。莫謂宋人無知詩者也。陶刻頗多，而學者多善焦太史所訂宋本，故仍其篇。婁東張溥題。

謝康樂集叙〔一〕

謝康樂才高意爽，自以宋公皆故等夷〔二〕。既際維新〔三〕，耻爲之下，故身雖北面〔四〕，而唐突憲准，決裂朝常，高詫外臣，八紘所不得收也〔五〕。然則鑿山開道〔六〕，蓋欲另闢首陽〔七〕；決湖成田〔八〕，將圖別築薇塢〔九〕。其畣孟顗曰「身自高呼，何預癡人事」〔一〇〕，其一腔熱血，殆難灑以示人者矣。史稱康樂多愆禮度，朝廷不以應實相許，自謂宜參權要，常懷憤憤〔一一〕，何視靈運之薄哉！余謂漢季之有北海〔一二〕，魏季之有中散〔一三〕，晉季之有康樂，其才情風格是不一轍，然邁往驚挺之氣，正復自符。北海、中散，垂革命之際〔一四〕，裂眼呵之〔一五〕，而不肯降心者也〔一六〕。康樂當易社以後，低頭就之，而猶爲强項者也〔一七〕。然則座客常滿，樽中不空，康樂亦可以此自名；而鸞翮時鎩，龍性難馴〔一八〕，世亦可以此而名康樂耳。宋祖始貴，尚能以舊物見容〔一九〕；文帝嗣興，眼界已自不同〔二〇〕。惜乎山居不堅，乃爲敦逼强起〔二一〕，彼此交搆，毒霧晝披，終有舉義之役〔二二〕。觀其詞曰「韓亡子房奮，秦帝魯連耻」〔二三〕，悲乎傷哉！夫豈不知螳臂當車〔二四〕，然勢不得不出於此也。夫鴻鵠摩天，既不靳作藩籠間物，則必矯翼霞外；若參鵷鷺以充庭〔二五〕，群雁鶩以就食〔二六〕，而又高步儻盼，不受羈縻，則網目高張，誰容蹢躅〔二七〕，身非金翅〔二八〕，安能搏擊應龍哉〔二九〕？其供刀俎必也。康樂詩與文爲江左名流第一，無俟更爲標持。予慨世儒不識赤心，每繩其躍冶大鑪〔三〇〕，翻自取戾，故因增定《康樂集》剖出之，以釋世之揶揄康樂者。石户農張燮題〔三一〕。

【校記】

【謝康樂集叙】別集本作「重纂謝康樂集序」。

【樽中不空】「中」，別集本作「酒」。

【乃爲敦逼强起】「逼」，別集本作「迫」。

【夫鴻鵠摩天】「天」，別集本作「宵」。

【剖出之以釋世之揶揄康樂者】「剖」，別集本作「拈」。「釋」，別集本作「告」。

【箋注】

〔一〕謝康樂：謝靈運，小名客兒，襲封康樂公，陳郡陽夏（今河南太康一帶）人。文章之美，江左莫逮。宋武帝時，起爲散騎常侍，轉太子左衛率。少帝即位，出爲永嘉太守。文帝徵爲秘書監，遷侍中，免官後起爲臨川内史。後爲有司所糾，興兵叛，在廣州被殺。撰有《晉書》，集二十卷。《宋書》卷六七、《南史》一九有傳。

〔二〕宋公：指宋武帝劉裕，字德輿，小名寄奴，原籍彭城。平定桓玄之亂後掌握軍權，義熙十四年受封爲相國、宋公。故等夷：舊時平輩之人。《史記・留侯世家》：「今諸將皆陛下故等夷，乃令太子將此屬，無異使羊將狼，莫肯爲用。」集解引徐廣曰：「夷，猶儕也。」索隱引如淳曰：「等夷，言等輩。」

〔三〕維新：謂乃始更新。《詩・大雅・文王》：「周雖舊邦，其命維新。」後用指新建王朝，此即指劉宋之建立。

〔四〕北面：謂臣服于人。《史記・田單列傳》：「王蠋，布衣也，義不北面于燕，況在位食禄者乎！」

〔五〕而唐突四句：謂謝靈運不遵法紀，僭越常規，爲當世所難容。如《宋書・謝靈運傳》載：「少帝即位，權在大臣，靈運構扇異同，非毁執政，司徒徐羡之等患之，出爲永嘉太守。」又如：「王曇首、王華、殷景仁等，名位素不逾之，并見任遇，靈運意不平，多稱疾不朝直。穿池植援，種竹樹堇，驅課公役，無復期度。出郭遊行或一日百六七十里，經旬不歸，既無表聞，又不請急。」八紘：八方極遠之地。《淮南子・地形》：「九州之外乃有八殥，八殥之外而有八紘。」

〔六〕鑿山開道：指謝靈運爲出遊伐木開徑事。《宋書・謝靈運傳》：「尋山陟嶺，必造幽峻，巖嶂千重，莫不備盡。登躡常著木履，上山則去前齒，下山去其後齒。嘗自始寧南山伐木開徑，直至臨海，從者數百人。臨海太守王琇驚駭，謂爲山賊，徐知是靈運乃安。」

〔七〕首陽：伯夷、叔齊隱居之山。見《重纂陶彭澤集序》注〔一〇〕。

〔八〕決湖成田：指謝靈運欲將回踵湖決而爲田事。《宋書・謝靈運傳》：「靈運因父祖之資，生業甚厚。奴僮既衆，義故門生數百，鑿山浚湖，功役無已。」「會稽東郭有回踵湖，靈運求決以爲田，太祖令州郡履行。此湖去郭近，水物所出，百姓惜之，顗堅執不與。」

〔九〕薇塢：食薇之塢。陳寅恪《魏晉南北朝史講演録》引《説文》「塢，小障也。一曰：庳城也」稱：「《説文》所謂小障、庳城，略似歐洲的堡，非城。城講商業交通，塢講自給自保。城大塢小。」魏晉時期，士民據險築堡，聚衆結塢，儲備穀物，同宗共保，如庾袞之禹山塢、郗鑒之嶧山塢等，是當時社會較爲常見之組織形態。

〔一〇〕其畣句：指謝靈運戲答會稽太守孟顗事。《南史・謝靈運傳》：「與王弘之諸人出千秋亭飲酒，裸身大呼，顗深不堪，遣信相聞。靈運大怒曰：『身自大呼，何關癡人事。』」畣，同答。孟顗，孟昶之弟，字彦重，平昌安丘人。時任會稽太守。

〔一一〕史稱句：指《宋書》、《南史》等史書所稱。《宋書・謝靈運傳》：「靈運爲性褊激，多愆禮度，朝廷唯以文義處之，不以應實相許。自謂才能宜參權要，既不見知，常懷憤憤。」《南史・謝靈運傳》：「靈運多愆禮度，朝廷唯以文義處之，不以應實相許。自謂才能宜參權要，既不見知，常懷憤惋。」

〔一二〕漢季：漢末。蔡琰《悲憤詩》：「漢季失權柄，董卓亂天常。」北海：指孔融。見《孔少府集序》注〔一〕。

〔一三〕中散：指嵇康。見《重纂嵇中散集序》注〔一〕。

〔一四〕革命：天命變革，改朝换代。《易·革》：「天地革而四時成，湯武革命，順乎天而應乎人。」

〔一五〕裂眼：猶裂眦，形容激憤之情狀。《世説新語·品藻》：「王右軍問許玄度：『卿自言何如安石？』許未答。王因曰：『安石故相爲雄，阿萬當裂眼争邪！』」

〔一六〕降心：平抑心氣。《魏書·刑罰志》：「而長吏咸降心以待之，苟免而不耻，貪暴猶自若也。」

〔一七〕强項：頸項直硬，不肯低頭，謂剛强不屈。《後漢書·楊震傳》：「帝嘗從容問奇曰：『朕何如桓帝？』對曰：『陛下之于桓帝，亦猶虞舜比德唐堯。』帝不悦曰：『卿强項，真楊震子孫。』」

〔一八〕鸞翮二句：典出顔延之《五君詠·嵇中散》：「中散不偶世，本自餐霞人。形解驗默仙，吐論知凝神。立俗迕流議，尋山洽隱淪。鸞翮有時鎩，龍性誰能馴。」（《文選》卷二一）

〔一九〕宋祖：指宋高祖劉裕。《宋書·謝靈運傳》：「高祖伐長安，驃騎將軍道憐居守，版爲咨議參軍，轉中書侍郎，又爲世子中軍咨議，黄門侍郎。奉使慰勞高祖于彭城，作《撰征賦》。」

〔二〇〕文帝：指宋文帝劉義隆。《宋書·謝靈運傳》：「靈運詩書皆兼獨絶，每文竟，手自寫之，文帝稱爲二寶。既自以名輩，才能應參時政，初被召，便以此自許；既至，文帝唯以文義見接，每侍上宴，談賞而已。」

〔二一〕惜乎二句：言謝靈運隱居之志不夠堅定，在逼誘之下起而爲官。《宋書·謝靈運傳》：「太祖登祚，誅徐羨之等，徵爲秘書監，再召不起，上使光禄大夫范泰與靈運書敦獎之，乃出就職。」其《山居賦》稱：「棟宇居山曰山居。……山居良有異乎市廛。」臨死作詩曰：「恨我君子志，不獲岩上泯。」

〔二二〕彼此三句：言謝靈運爲官既不得志，又縱恣自放，與孟顗等人之間構成嫌隙，各種不利的言論紛起，以至于生出逆亂之心。《宋書·謝靈運傳》：「太祖知其見誣，不罪也。不欲使東歸，以爲臨川内史，加秩中二千石。在郡遊放，不異永嘉，爲有司所糾。司徒遣使隨州從事鄭望生收靈運，靈運執録望生，興兵叛逸，遂有逆志。」

〔二三〕觀其句：指謝靈運舉義前所爲詩句。《宋書·謝靈運傳》：「爲詩曰：『韓亡子房奮，秦帝魯連耻。本自江海人，忠義感君子。』追討禽之，送廷尉治罪。」

〔二四〕螳臂當車：螳螂舉起前肢企圖阻擋車子前進。《莊子·人間世》：「汝不知夫螳螂乎，怒其臂以當車轍，不知其不勝任也。」此喻指謝靈運以卵擊石，必然失敗。

〔二五〕鵷鷺：鵷、鷺飛行有序，比喻班行有序之朝官。《隋書·音樂志》：「懷黄綰白，鵷鷺成行。文贊百揆，武鎮四方。」

〔二六〕雁鶩：鵝、鴨朝夕覓食，比喻爲稻粱謀之世人。《文選》卷五五劉孝標《廣絶交論》：「分雁鶩之稻粱，沾玉斝之餘瀝。」

〔二七〕躑躅：徘徊不進貌。見《孫馮翊集引》注〔四〕。

〔二八〕金翅：佛教傳説中之金翅鳥，又稱妙翅鳥，音譯爲迦樓羅。天龍八部之一。居於四洲大樹上，喜食

「龍」肉。《法苑珠林》卷五引《長阿含》及《增一經》：「金翅鳥有四種：一卵生，二胎生，三濕生，四化生。」「若卵生金翅鳥飛下海中，以翅搏水，水即兩披。深二百由荀，取卵生龍，隨意而食之。胎、濕、化等亦復如是。」

〔二九〕應龍：傳説中善興雲作雨之神。《山海經·大荒東經》：「大荒東北隅中，有山名曰凶犂土丘。應龍處南極，殺蚩尤與夸父，不得復上。故下數旱，旱而爲應龍之狀，乃得大雨。」

〔三〇〕躍冶大鑪：謂急于自見而遭人駭忌。《莊子·大宗師》：「今大冶鑄金，金踴躍曰『我且必爲鏌鎁』，大冶必以爲不祥之金。」

〔三一〕石户農：張燮自號。《群玉樓集》卷二四《買山》：「從此移家去，饒追石户農。」

【總説】

《隋書·經籍志》集部别集類著録「宋臨川内史《謝靈運集》十九卷」，兩《唐志》著録「《謝靈運集》十五卷」，蓋已有所亡佚。宋代書目多不著録，惟《宋史·藝文志》著録「《謝靈運集》九卷」，或即爲輯本。張燮《七十二家集·謝康樂集》（八卷）之前，有宋唐庚輯《宋謝康樂集》二卷，收入《三謝詩》，又有明黄省曾輯《謝靈運詩集》二卷，汪士賢《漢魏諸名家集》蓋據此校刻。今通行本爲顧紹柏《謝靈運集校注》，中州古籍出版社一九八七年版。

張燮對謝靈運命運之反思經歷了一個過程。萬曆年間，他撰寫《書謝靈運傳後》（收入《霏雲居集》卷五二一），認爲謝靈運之覆亡，是因爲「不善用才之過」：「康樂席累世資，承基趾良厚，輿馬服器，迴異常格，爲世所宗。居官則穿池植援，解綬則鑿山浚湖，滅棄朝常，抹殺時輩，備極幽峻，遊放無常期，竟致覆亡，亦不善用才之過也。」其所論説尚停留于表層，未能深入抉發謝靈運的心路歷程。此外，謝靈運詩文成就顯著，張燮認爲可不具論，而在早年撰寫《書謝靈運傳》時，他還是不嫌辭費，對謝靈運文學創作之成就予以闡述，兹録于下，以供參考：「其落筆籠罩百代，成一家言，片紙流播，都門競寫。隱侯作史論，不暇次其生平，直爲述生民以來六義、四始之變，以告來哲。至今讀其染翰，真慧業文人所希。」

張燮題辭精粹簡當，詳人所略，略人所詳；又好駁論，多鋒芒。《謝康樂集叙》糾駁者二：一爲「世儒不識赤心，每繩其躍治大罏，翻自取戾」，一爲「朝廷不以應實相許，自謂宜參權要，常懷憤憤」。高才大德，每不屑喋喋于剖白心迹，其深心卓識，往往掩藏于表象之後，世人不識，原無可怪。文學批評之要務，即在于擦拭蒙蔽歷史之灰塵，還原本真，消除誤解。歷史人物之命運，既受其所處特定時代所操縱，更由人物自身之身份與性格所決定，謝靈運亦莫能外。不駁則不立，張溥娓娓叙理，坦途闊步，固是張燮題辭之後塵。

【附録】

張溥《謝康樂集題詞》：謝玽不慧，乃生客兒，車騎先大笑之。宋公受命，客兒稱臣。夫謝氏在晋，世居公爵，凌忽一代，無其等匹。何知下伾徒步，廼作天子，客兒比肩等夷，低頭執版，形迹外就，中情實乖。文帝繼緒，輕戮大臣，與謝侯無夙昔之知、綢繆之託，重以孟顗扇謗，彭城墜淵，尋山陟嶺，伐木開徑，盡録罪狀。其《自訟表》有云：「未聞俎豆之學，欲爲逆節；山棲之士，而搆陵上。」言最明痛，不免棄市。蓋酷禍造于虚聲，怨毒生于異代，以衣冠世臣，公侯才子，欲倔强新朝，送齒丘壑，勢誠難之。予所惜者，涕泣非徐廣，隱遯非陶潛，而徘徊去就，自殘形骸，孫登所謂抱歎于嵇生也。《山居賦序》廢張、左，尋臺、皓，致在去飾取素。宅心若此，何異《秋水》、《齊物》？詩冠江左，世推富艷，以予觀之，吐言天拔，政繇素心獨絶耳！客好佛經，其《辯宗論》、《曇隆誄》，又皆衹洹奇趣，道門閣筆。彼出處語默，無一近人，予固知其不殺不止。牽犬，聽鶴，追松，鼓棹，均無累其本度也。婁東張溥題。

顔光禄集引〔一〕

顔延年自謂狂不可及〔二〕，然觀其戒子峻曰：平生不喜見要人，不幸見爾〔三〕。規峻治第曰：好爲之，勿令後人笑拙〔四〕。則故非善狂者。至《庭誥》一篇，不惟不狂，且具有壇宇坊表矣〔五〕。《五君詠》斥去山、王〔六〕，非必用五君自儆，殆不喜要人意也。何偃呼公而不受〔七〕，慧琳登坐而變色〔八〕，亦曰是要人耳。其在潯陽，締歡陶居士〔九〕，則幽人者〔一〇〕，要人之反也。古謂顔詩如「鋪錦列繡，雕繢滿眼」〔一一〕，然陶鑄之極，别有寫生手，殆未易言者。他文章，謝康樂不入梁《選》〔一二〕，而延年《赭白馬賦》《上巳詩序》《元后哀策》陽、陶二誄及《祭屈子文》〔一三〕，正如千尺珊瑚，片片在鐵網中〔一四〕。崇禎辛未花朝前二日石隱主人張燮書于清音亭子〔一五〕。

【箋注】

〔一〕顔光禄：顔延之，字延年，琅琊臨沂（今屬山東）人。博覽群籍，善屬文。晉義熙中，吴國内史劉柳以爲行參軍，轉主簿。宋受禪，補太子舍人。元嘉初，徵爲中書侍郎，尋領步兵校尉，出爲永嘉太守。未行，免。元凶弒立，以爲光禄大夫。孝武即位，以爲金紫光禄大夫，領湘東王師。有集三十卷，逸集一卷。《宋書》卷七三、《南史》卷三四有傳。

〔二〕顏延年句：顏延之自稱其狂放無人可及。《南史·顏延之傳》：「帝嘗問以諸子才能，延之曰：『竣得臣筆，測得臣文，㚟得臣義，躍得臣酒。』何尚之嘲曰：『誰得卿狂？』答曰：『其狂不可及。』」

〔三〕然觀三句：顏延之曾對其子顏竣説：「我平生不喜見達官貴人，不幸不得不見你。」《宋書·顏延之傳》：「常語竣曰：『平生不喜見要人，今不幸見汝。』」顏竣，顏延之長子，官至侍中、左衛將軍，封建城縣侯，食邑二千户。

〔四〕規峻三句：在顏竣營建宅邸時規勸其好自爲之，不要讓後人笑話。《宋書·顏延之傳》：「竣起宅，謂曰：『善爲之，無令後人笑汝拙也。』」

〔五〕《庭誥》：家誡、家訓類作品，反映了顏延之中庸雅正之儒家思想。《宋書·顏延之傳》有節引，嚴可均《全宋文》所輯最爲全面。　壇宇：祭祀之場所。　坊表：猶牌坊，指具有表彰、紀念作用之建築物。

〔六〕《五君詠》：顏延之所撰組詩，共五首，分别贊頌魏末竹林七賢之阮籍、嵇康、劉伶、阮咸、向秀。山濤、王戎因貴顯于世，故被黜落。《宋書·顏延之傳》：「湛深恨焉，言于彭城王義康，出爲永嘉太守。延之甚怨憤，乃作《五君詠》以述竹林七賢，山濤、王戎以貴顯被黜。詠嵇康曰：『鸞翮有時鎩，龍性誰能駉。』詠阮籍曰：『物故可不論，途窮能無慟。』詠阮咸曰：『屢薦不入官，一麾乃出守。』詠劉伶曰：『韜精日沉飲，誰知非荒宴。』此四句蓋自序也。」

〔七〕何偃：字仲弘，廬江灊人。元嘉中，爲太子中庶子，歷侍中，掌詔誥。孝武帝時，遷吏部尚書。《南史・顔延之傳》：「嘗與何偃同從上南郊，偃于路中遥呼延之曰：『顔公！』延之以其輕脱，怪之，答曰：『身非三公之公，又非田舍之公，又非君家阿公，何以見呼爲公？』偃羞而退。」

〔八〕慧琳：秦縣人，俗姓劉。學通内外，尤善老莊，好語笑俳諧，長于著作。因得寵于宋文帝而參與機要，權勢極重。《南史・顔延之傳》：「時沙門釋慧琳以才學爲文帝所賞，朝廷政事多與之謀，遂士庶歸仰。上每引見，常升獨榻，延之甚疾焉。因醉白上曰：『昔同子參乘，袁絲正色。此三台之坐，豈可使刑餘居之。』上變色。」

〔九〕陶居士：指陶淵明，參見《重纂陶彭澤集序》注〔一〕。《宋書・陶潛傳》：「先是，顔延之爲劉柳後軍功曹，在尋陽，與潛情款。後爲始安郡，經過，日日造潛，每往必酣飲致醉。臨去，留二萬錢與潛，潛悉送酒家，稍就取酒。」《文選》卷五七顔延年《陶徵士誄并序》李善注引宋何法盛《晉中興書》：「延之爲始安郡，道經尋陽，常飲淵明舍，自晨達昏。及淵明卒，延之爲誄，極其思致。」

〔一〇〕幽人：猶言隱士。《易・履》：「履道坦坦，幽人貞吉。」孔穎達疏：「幽人貞吉者，既無險難，故在幽隱之人守正得吉。」陶淵明《答龐參軍》：「我實幽居士，無復東西緣。」

〔一一〕古謂句：顔延之詩歌被評爲「鋪錦列繡，雕繢滿眼」，言其過分注重修飾，給人以眼花繚亂之感。《南史·顔延之傳》：「延之嘗問鮑照已與靈運優劣，照曰：『謝五言如初發芙蓉，自然可愛。君詩若鋪錦列繡，亦雕繢滿眼。』」《詩品中·宋光禄大夫顔延之詩》：「湯惠休曰：『謝詩如芙蓉出水，顔詩如錯彩鏤金。』顔終身病之。」

〔一二〕梁《選》：指《昭明文選》，參見《孫馮翊集引》注〔一九〕。其中選録謝靈運詩三十八首，文則闕如。

〔一三〕而延年句：顔延之文選入《文選》者共計六篇，分别是卷一四《赭白馬賦》，卷四六《三月三日曲水詩序》，卷五七《陽給事誄》、《陶徵士誄》，卷五八《宋文皇帝元皇后哀策文》，卷六〇《祭屈原文》。

〔一四〕正如二句：言顔延之詩文如千尺珊瑚，被《文選》這鐵網片片搜取。《世説新語·汰侈》劉孝標注引萬震《南州異物志》：「珊瑚生大秦國，有洲在漲海中，距其國七八百里，名珊瑚樹洲。底有盤石，水深二十餘丈，珊瑚生于石上。初生白，軟弱似菌。國人乘大船，載鐵網，先没在水下，一年便生網目中，其色尚黄，枝柯交錯，高三四尺，大者圍尺餘。三年色赤，便以鐵鈔發其根，繫鐵網于船，絞車舉網。還，裁鑿恣意所作。若過時不鑿，便枯索蟲蠹。」

〔一五〕辛未：崇禎四年（一六三一）。花朝：即花朝節，節日期間，人們結伴到郊外遊覽賞花，一般在農曆二月初二舉行。石隱主人：張燮自號。

【總説】

《隋書·經籍志》集部别集類著録「宋特進《顔延之集》二十五卷」，兩《唐志》著録「《顔延之集》三十卷」。《宋史·藝文志》著録「《顔延之集》五卷」，當即輯本。張燮《七十二家集·顔光禄集》

（五卷）之前，有汪士賢《漢魏諸名家集·顔延之集》一卷，然主要收録詩歌，賦僅《赭白馬賦》一篇，其他賦與文并置之不録，掛漏特甚。今有李佳《顔延之詩文選注》，黄山書社二〇一二年版。

張燮此論從顔延之「不喜見要人」著筆，圍繞「要人」、「狂」、「幽人」等關鍵詞展開論述，將顔延之疏狂玩世而又謹慎自持之形象和盤托出。顔延之、謝靈運齊名并稱，然而在後世謝詩之評價遠高于顔詩。張燮認爲作家評價不能僅局限于詩歌等個别文體，而應全面考察作家各體文學之成就。謝靈運入《選》僅詩，而顔延之除詩外，還有賦、序、誄、哀策文、祭文等五體計六篇作品入選。《文選》在中國文學史上地位崇高，多種文體入《選》表明顔延之兼擅各體之全面才華，不應僅因詩作稍劣而爲謝靈運詩名所掩。張溥《顔光禄集題辭》與張燮同一旨趣，而文辭稍顯滯澀，不如張燮題辭爲流暢痛快也。

【附録】

張溥《顔光禄集題詞》：顔延年飲酒袒歌，自云「狂不可及」。元凶肆逆，子竣贊世祖入討，復爲孫辭以免。玩世如阮籍，善對如樂廣，其得功名耆壽，或非無故也。江左詞采，顔謝齊名，延年文莫長于《庭誥》，詩莫長于《五君》。嵇中散任誕魏朝，獨家戒恭謹，教子以禮，顔《誥》立言，意亦類是。名士在世，動得顛挫，俯循人情，以卑致福，雖能言之，不能行之，即不能行之，未嘗不深知之也。竣既貴重，延年輒多謝避，觀其笑第宅之拙，惡雲霞之傲，視謝瞻籬隔謝晦，達尤過之。然彼雖厭見要人，其享榮終也，可不謂要人力哉？惟有子而不受子累，可以不壽而卒壽也，狂不可及，蓋在斯乎！三十不昏，以文出仕，歷四主，陪兩王，浮沉上下，老不改性。詆尚之爲朽木，斥慧琳爲刑餘，顔彪之呼，亦牛馬應之，其閲世久矣。遠吊屈大夫，近友陶徵士，風流固可想見云。婁東張溥題。

鮑參軍集序〔一〕

《宋書》無《文苑》，遂不爲鮑參軍立傳，《南史》因之，俱附見《臨川王傳》中〔二〕，故鮑之閱歷，殊覺草草〔三〕，獨虞散騎所爲集序，論次頗詳，差補史闕〔四〕。按集中有《上始興王白紵歌》，又《蒜山被始興王命作》〔五〕，史不言曾仕始興，或疑其無謂。考虞序云：「臨川薨後，始興王引爲侍郎。」〔六〕正與文字合，可補史之闕者一也。集中有《永安令解禁止啓》〔七〕，梅禹金駁之曰：「史言照爲秣陵令，未嘗爲永安。」〔八〕考虞序云：「秣陵令，又轉永安令。」〔九〕却與文字合，可補史之闕者二也。集中《謝秣陵令表》題下注云：「時爲中書舍人。」〔一〇〕且表有「違離省闥」等語〔一一〕，明是中舍在先，秣陵在後，乃《南史》倒載云：「國侍郎，遷秣陵令，文帝用爲中書。」〔一二〕考虞序：「中書舍人，出爲秣陵。」〔一三〕正與文字合。此可政史之訛者三也。又李周翰注《文選·蕪城賦》引沈約《宋書》云：「臨海王子頊鎮荆州，照爲參軍，隨至廣陵，見故城荒蕪，乃吴王濞所都，照以子頊叛逆事同於濞，爲此賦以諷。」〔一四〕按《宋書》并無此段，不知翰何所據而稱之？豈古今本頓異耶？子頊之荆州〔一五〕，年甫六歲，方在繈緥，安得遽有逆形？鮑安得預料有明帝他日踐祚事？且明帝定亂自立，諸藩拒命，子頊隨人舉義，事敗賜死，年甫十一，亦與吳王濞不同。想鮑賦自是懷古，後人因而傅會耳。誦讀以論其世〔一六〕，不可不知也。鮑官閥甚微〔一七〕，而名與顔延年、謝希逸并〔一八〕，梁、陳壇苑舉爲大家〔一九〕，沿至唐代，見推杜陵〔二〇〕，而品亦貴。崇禎己巳秋日張燮題于離垢庵〔二一〕。

【箋注】

〔一〕鮑參軍：鮑照，字明遠，本上黨（今山西長治）人，居東海（今江蘇漣水北）。元嘉中，臨川王義慶以爲國侍郎。孝武即位，爲太學博士，兼中書舍人，後出爲秣陵令，轉永嘉令，除臨海王子頊參軍。子頊起兵敗，照爲亂兵所殺。有集十卷。《宋書》卷五一、《南史》卷一三有傳。今有繆鉞、吴丕績、錢仲聯所撰《鮑明遠年譜》、《鮑照年表》等三種。

〔二〕《宋書》四句：沈約《宋書》未列《文苑傳》，而鮑照官階甚微，無單獨列傳之可能，僅附見于《臨川王傳》中，《南史》因之。《宋書》卷五一《宗室傳》：「鮑照，字明遠，文辭贍逸，嘗爲古樂府，文甚遒麗。元嘉中，河、濟俱清，當時以爲美瑞，照爲《河清頌》，其序甚工。其辭曰（略）。世祖以照爲中書舍人。上好爲文章，自謂物莫能及，照悟其旨，爲文多鄙言累句，當時咸謂照才盡，實不然也。臨海王子頊爲荆州，照爲前軍參軍，掌書記之任。子頊敗，爲亂兵所殺。」《南史》卷一三《宋宗室及諸王》所載略同，其數句爲《宋書》未載者，云：「照始嘗謁義慶未見知，欲貢詩言志，人止之曰：『卿位尚卑，不可輕忤大王。』照勃然曰：『千載上有英才異士沉没而不聞者，安可數哉。大丈夫豈可遂藴智能，使蘭艾不辨，終日碌碌，與燕雀相隨乎？』于是奏詩，義慶奇之。賜帛二十匹，尋擢爲國侍郎，甚見知賞。遷秣陵令。文帝以爲中書舍人。」

〔三〕故鮑二句：據《宋書》所載，鮑照之官閥與閱歷，令人殊覺簡略。可注意者僅有：世祖以爲中書舍人；爲臨海王劉子頊前軍參軍，掌書記之任。《南史》所載，可補充者有三：爲臨川王劉義慶稱奇；擢爲國侍郎；遷秣陵令。

〔四〕虞散騎：指散騎侍郎虞炎，會稽人。生卒年不詳，約齊武帝永明前後在世。《南齊書·文學傳》：「會稽虞炎，永明中以文學與沈約俱爲文惠太子所遇，意眄殊常，官至驍騎將軍。」虞炎與西邸文士關係密切，有《餞謝文學離夜詩》。《藝文類聚》卷三四沈約《傷虞炎》稱：「東南既擅美，洛陽復稱才。攜手同歡宴，比迹共追陪。事隨短秀落，言歸長夜臺。」虞炎曾奉敕編《鮑照集》，其序稱：「鮑照字明遠，本上黨人，家世貧賤，少有文思。宋臨川王愛其才，以爲國侍郎。王死，始興王濬又引爲侍郎。孝武初，除海虞令，遷太學博士，兼中書舍人。出爲秣陵令，又轉永嘉令。大明五年，除前軍行參軍，侍臨海王鎮荆州，掌知内命，尋遷前軍刑獄參軍事。宋明帝初，江外拒命。及義嘉敗，荆土震擾，江陵人宋景因亂掠城，爲景所殺，時年五十餘。身既遇難，篇章無遺。流遷人間者，往往見在。儲皇博采群言，遊好文藝，片辭隻韻，罔不收集。照所賦述，雖乏精典，而有超麗，爰命陪趨，備加研訪。年代稍遠，零落者多，今所存者，儻能半焉。」

〔五〕按集二句：《鮑參軍集》有《奉始興王白紵舞曲啟》，文稱：「侍郎臣鮑照啟：被教作《白紵舞歌詞》，謹竭庸陋，裁爲四曲，附啟上呈。識方淟悴，思塗猥局，言既無雅，聲未能文，不足以宣贊聖旨，抽拔妙實。謹遣簡餘，慚隨悚盈。謹啟。」據此，則《代白紵舞歌辭四首》乃爲始興王濬作也。又《蒜山被始興王命作》詩一首，十三韻，末稱：「王德愛文雅，飛翰灑鳴球。美哉物會昌，衣道服光猷。」

〔六〕考虞序句：據上引虞炎序，文作：「王死，始興王濬又引爲侍郎。」

〔七〕集中句：《鮑參軍集》有《謝永安令解禁止啟》，文稱：「臣田茅下第，質非謝品。志終四民，希絕三仕。邀世逢辰，謬及推擇，恩成曲積，榮秩兼過。雖誓投纖生，昊天罔極，迄無犬馬，孤慚星歲。加以淪節雪飆，沈誠款晦，值天光燭幽，神照廣察，澡釁從宥，與物更稟，遂晞曬陽春，湔汰秋水，綴翼雲條，葺鮮決沼，洗膽明目，抃手太平，重甄再造，含氣孰比？不悟乾陶彌運，復垂埏飾，矯迹升等，改觀非服，振纓珥筆，聯承貴寵。豈臣浮朽，所可恭從，實非愚瞢，所宜循踐。瑣族易灰，脆漏已迫，空荷載幬，終責仰復，飲冰肅事，懷火畢命。不勝屏營之情。謹啟事以聞。」

〔八〕梅禹金：梅鼎祚，字禹金，號勝樂道人，宣城人。與焦竑、張燮等同時。一生以讀書、藏書、著書爲樂。撰有《歷代文紀》、《八代史乘》、《唐樂苑》、《古樂苑》等。

〔九〕考虞序句：據上引虞炎序，文作：「出爲秣陵令，又轉永嘉令。」永嘉、永安，不知孰是。

〔一〇〕集中句：《鮑參軍集》有《謝秣陵令表》，文稱：「臣照言：即日被尚書召，以臣爲秣陵令。臣負鍤下農，執羈末皁，情有局塗，志無遠立，遘命逢天，得汙官牒，不悟恩澤無窮，謬當獎試。用謝刀筆，猥承宰職，豈是暗懦，所能克任。今便抵召，違離省闥，係戀罔極，不勝下情。謹拜表以聞。」宋本有注曰：「時爲中書舍人。」

〔一一〕省闥：指中書省。《文選》卷五六曹植《王仲宣誄》：「秉機省闥。」

〔一二〕乃《南史》句：《南史》載鮑照簡歷將此二官階顛倒。文作：「賜帛二十匹，尋擢爲國侍郎，甚見知賞。遷秣陵令。文帝以爲中書舍人。」

〔一三〕考虞句：據上引虞炎序，文稱：「遷太學博士，兼中書舍人。出爲秣陵令，又轉永嘉令。」

〔一四〕李周翰：唐玄宗開元年間繼李善之後注釋《文選》的學者之一。工部侍郎吕延祚以李善注止引録詞語典故出處，不注意疏通文義，又嫌其繁縟，所以召集吕延濟、劉良、張銑、吕向、李周翰五位文臣對《文選》重新作注，史稱五臣注。日本足利學校藏宋刊明州本六臣注《文選》卷一一鮑照《蕪城賦》題下注：翰曰：沈約《宋書》云：「鮑昭，東海人也。至宋孝武帝時，臨海王子頊鎮荆州，明遠爲其下參軍，隨至廣陵。子頊叛逆，昭見廣陵故城荒蕪，乃漢吴王濞所都。濞亦叛逆，爲漢所滅。昭以子頊事同于濞，遂感爲此賦以諷。」今本《宋書》中并無此記載。

〔一五〕子頊：字孝列，宋孝武帝劉駿第七子。封歷陽王，加號冠軍將軍，領吴興太守。次年改封臨海王，後任荆州刺史。泰始元年，進號平西將軍，不受命，偕同劉子綏、劉子房舉兵叛亂。旋被平定，賜死。

〔一六〕論其世：研究其時世。《孟子·萬章下》：「頌其詩，讀其書，不知其人，可乎？是以論其世也。」

〔一七〕鮑官閥句：謂鮑照始終未擔任過高官。《詩品中·宋參軍鮑照詩》：「嗟其才秀人微，故取湮當代。」官閥，官階，門第。《後漢書·鄭玄傳》：「仲尼之門考以四科，回、賜之徒不稱官閥。」

〔一八〕顔延年：顔延之，字延年。見《顔光禄集引》注〔一〕。謝希逸：謝莊，字希逸。見《謝光禄集序》注〔一〕。衆所周知，謝靈運與顔延之并稱，如沈約《宋書·謝靈運傳論》：「爰逮宋氏，顔、謝騰聲。靈運之興會標舉，延年之體裁明密，并方軌前秀，垂範後昆。」劉勰《文心雕龍·時序》：「顔謝重葉以鳳采。」鍾嶸《詩品序》：「謝客爲元嘉之雄，顔延年爲輔。」然而謝靈運卒于元嘉十年，此時距宋亡還有四十七年，因此，元嘉後期及大明、泰始時期之文壇，連壁耀輝者則是鮑照、謝莊、湯惠休以及後期之顔延之等人。《詩品》將謝莊與顔延之并稱，作爲大明、泰始詩人之代表。《詩品中·序》：「顔延、謝莊，尤爲繁密，于時化之。故在大明、泰始中，文章殆同書鈔。」鮑照在當時雖然官階甚低，影響却很大，甚至還招致了顔延之忌恨。《詩品下·齊惠休上人》：「羊曜璠云：『是顔公忌照之文，故立休、鮑之論。』」

〔一九〕梁陳句：指至于梁陳時期，文壇奉鮑照爲卓然大家。如蕭子顯《南齊書·文學傳論》將鮑照體視爲三體之一：「次則發唱驚挺，操調險急，雕藻淫艷，傾炫心魂，亦猶五色之有紅紫，八音之有鄭、衛，斯鮑照之遺烈也。」

〔二〇〕杜陵：杜甫之别稱。杜甫，字子美，自號少陵野老，河南鞏縣人。被尊爲詩聖，其詩被推爲詩史。杜甫《春日憶李白》：「清新庾開府，俊逸鮑參軍。」又《薛端薛復筵簡薛華醉歌》：「何劉沈謝力未工，才兼鮑照愁絶倒。」

〔一二〕己巳：崇禎二年（一六二九）。離垢庵：張燮齋號。參見《傅鶉觚集引》注〔一二〕

【總説】

《隋書·經籍志》集部别集類著録「宋征虜記室參軍《鮑照集》十卷」，兩《唐志》沿之。《郡齋讀書志》著録「《鮑照集》十卷」，《直齋書録解題》著録「《鮑參軍集》十卷」。張燮《七十二家集·鮑參軍集》（六卷）之前，有明朱應登刊《鮑參軍集》十卷，汪士賢編刻《漢魏諸名家集·鮑明遠集》應即據朱本重刊，此外又有汲古閣影宋本《鮑氏集》十卷。今有錢仲聯增補集説校《鮑參軍集注》，上海古籍出版社一九八〇年版；丁福林《鮑照集校注》，中華書局二〇一二年版。

張燮本篇題辭多所駁正。李周翰注《文選》稱引沈約《宋書》，謂鮑照《蕪城賦》爲規諷臨海王劉子頊而作，今人多有駁之者，而不知明人張燮已率先駁正之，其不僅指出鮑照爲臨海王參軍時，劉子頊并未現反形，鮑照不可能孤明先發，因諷諫而作此賦，且指出沈約《宋書》原無此文，實乃李周翰誤引，無異于釜底抽薪。張燮還指認鮑照《蕪城賦》「自是懷古」，可謂卓有見地。又此論盛推虞炎《鮑照集序》之史料價值，任始興王侍郎、永安令，史傳失載，任中書侍郎、秣陵令，史傳倒置，惟賴虞炎序得以訂正與還原。張溥《鮑參軍集題辭》開篇稱「鮑明遠才秀人微，史不立傳，服官年月，考論鮮據，差可憑者，虞散騎奉敕一序耳」，即顧而言他，其論説依據出于張燮題辭無疑也。

【附録】

張溥《鮑參軍集題詞》：鮑明遠才秀人微，史不立傳，服官年月，考論鮮據，差可憑者，虞散騎奉敕一序耳。明遠《松柏篇》，自叙危病中讀《傅休奕集》，見長逝辭，惻然酸懷。草豐人滅，憂生良深。後掌臨海書記，竟死亂兵。謝康樂云「天枉兼常」，其斯人乎！臨川好文，明遠自耻燕雀，貢詩言志；文帝矜才，又自貶下就之。相時投主，善用其長，非禰正平、楊德祖流也。集中文章，實無鄙言累句，不知當時何以相加？江文通遭逢梁武，年華望暮，不敢以文陵主，意同明遠，而蒙譏才盡，史臣無表而出之者，沈休文竊笑後人矣。鮑文最有名者，《蕪城賦》、《河清頌》及《登大雷書》。《南齊·文學傳》所謂「發唱驚挺，操調險急，雕藻淫艷，傾炫心魂」，殆指是耶？詩篇創絶，樂府五言，李、杜之高曾也。顔延年與康樂齊名，私問優劣于明遠，誠心折之。士顧才何如耳，寧論官閥哉！婁東張溥題。

重纂謝法曹集序〔一〕

謝方明是世法人〔二〕，詞藻乃其所略，故家有兼金，棄爲躍冶〔三〕。康樂絶世才，自顧少雙，忽得阿弟，種種韻秀，不覺傾倒〔四〕，而名行又其所略，故情款逾摯也〔五〕。史謂惠連輕薄，多尤悔〔六〕，然希見其事實，獨有杜德靈一節〔七〕，竟亦何至久錮，王僧達不以斷袖坑姪乎〔八〕？不礙華眷又何也？六代於倫常不甚敦切，獨居大喪，往往淒斷欲絶，以棘人而有「乘流遵渚」等詩，爲時流大垢耳〔九〕。考其在大將軍府，有作長區惠恭能詩，爲借姓名以進，仍白大將軍移賜給之〔一〇〕，自其獎善，一片熱心，意德靈亦有少才技，故暱之耶？大率惠連深情使氣〔一一〕，不耐檢押〔一二〕，與康樂之裸體高呼也〔一三〕，長瑜之劇言苦句遍嘲諸僚佐也〔一四〕，風格自符，恰好相收而成四友者也〔一五〕。康樂語方明曰：阿連才悟若此〔一六〕。才悟二字，足盡惠連，宜其每見輒得佳句〔一七〕。王介甫乃謂「池塘生春草」是借言王澤已竭，自懼得罪，托爲夢惠連所成，此真夢中説夢矣〔一八〕。石隱山人張燮識。

【校記】

【故家有兼金棄爲躍冶】「冶」，原作「治」，據別集本改。

【王介甫乃謂池塘生春草是借言】「草」，原作「早」，蓋形近而訛。

【箋注】

〔一〕謝法曹：謝惠連，靈運族弟。州辟主簿，不就。宋元嘉中，爲司徒彭城王義康法曹參軍。有集六卷。《宋書》卷五三、《南史》卷一九附傳。

〔二〕謝方明：陳郡陽夏人。官歷從事中郎、中軍將軍長史、晉陵太守、侍中、丹陽尹、會稽太守等。爲孫恩所殺，追贈散騎常侍。有二子：惠連、惠宣。世法人：指代代相傳、墨守常規之人。

〔三〕兼金：好金。躍冶：雖踴躍却視爲不良之金。《莊子·大宗師》：「今之大冶鑄金，金踴躍曰：『我且必爲鏌鋣。』大冶必以爲不祥之金。」成玄英疏：「夫洪鑪大冶，鎔鑄金鐵，隨器大小，悉皆爲之。而鑪中之金，忽然跳躑，殷勤致請，願爲良劍，匠者驚嗟，用爲不善。」此指謝惠連不爲其父謝方明所賞知。《宋書·謝靈運傳》：「惠連幼有才悟，而輕薄不爲父方明所知。」

〔四〕康樂五句：言謝靈運才高和寡，與謝惠連一見傾心。《宋書·謝靈運傳》：「靈運去永嘉還始寧，時方明爲會稽郡。靈運嘗自始寧至會稽造方明，過視惠連，大相知賞。」《南史·謝惠連傳》：「靈運見其新文，每曰：『張華重生，不能易也。』」

〔五〕情款：情感。《玉臺新詠》卷一枚乘《雜詩九首》其六：「願言追昔愛，情款感四時。」《宋書·謝靈運傳》：「廬陵王義真少好文籍，與靈運情款異常。」　摯：懇切。《詩·周南·關雎》：「關關雎鳩。」毛傳：「鳥，摯而有別。」鄭箋：「摯之言至也。謂王雎之鳥，雌雄情義至然而有別。」

〔六〕史謂二句：史傳言謝惠連爲人輕薄，多過失與悔恨。《宋書·謝惠連傳》：「既早亡，且輕薄多尤累，故官位不顯。」《南史》所載略同。尤悔，過失與悔恨。《論語·爲政》：「言寡尤，行寡悔，禄在其中矣。」

〔七〕杜德靈：宗室劉義宗門生，曾爲會稽郡吏，與劉義宗、謝惠連關係曖昧。《宋書·謝惠連傳》：「惠連先愛會稽郡吏杜德靈，及居父憂，贈以五言詩十餘首，文行于世。坐被徙廢塞，不豫榮伍。尚書僕射殷景仁愛其才，因言次白太祖：『臣小兒時，便見世中有此文，而論者云是謝惠連，其實非也。』太祖曰：『若如此，便應通之。』」《宋書·宗室傳》：「元嘉八年，坐門生杜德靈放横打人，還第内藏，義宗隱蔽之，免官。德靈雅有姿色，爲義宗所愛寵，本會稽郡吏。謝方明爲郡，方明子惠連愛幸之，爲之賦詩十餘首，『乘流遵歸渚』篇是也。」

〔八〕王僧達：琅邪臨沂人。早慧，爲宋文帝所稱賞，曾爲宣城太守，政事荒怠，惟以遊獵爲務。孝武帝即位，遷征虜將軍、護軍將軍、吳郡太守。好男色，與族侄王確有私情。《宋書·王僧達傳》：「僧達族子確年少，美姿容，僧達與之私款。確叔父休爲永嘉太守，當將確之郡，僧達欲逼留之，確知其意，避不復往。僧達大怒，潛于所住屋後作大坑，欲誘確來別，因殺而埋之。從弟僧虔知其謀，禁呵乃止。」斷袖：男性同性戀的代稱。《漢書・董賢傳》：「爲人美麗自喜，哀帝望見，説其儀貌。」「賢寵愛日甚。」「出則參乘，入御左右。」「常與上卧起。嘗晝寢，偏藉上袖，上欲起，賢未覺，不欲動賢，乃斷袖而起，其恩愛至此。」

〔九〕六代五句：釋謝惠連遭受時人詬病的原因。六代，猶言六朝，泛指魏晉南北朝。大喪，指父母之喪。《國語・晉語二》：「父母死爲大喪。」棘人，居喪之人。《詩・檜風・素冠》：「庶見素冠兮，棘人欒欒兮，勞心慱慱兮。」鄭玄箋：「急于哀戚之人。」乘流遵渚之詩：見注釋〔七〕。

〔一〇〕區惠恭：南朝宋人，生平事迹不詳，作品無存，與謝惠連交好。《詩品下・宋監典事區惠恭》：「惠恭本胡人，爲顏師伯幹。顏爲詩筆，輒偷定之。後造《獨樂賦》，語侵給主，被斥。及大將軍修北第，差充作長。時謝惠連兼記室參軍，惠恭時往共安陵嘲調。末作《雙枕詩》以示謝。謝曰：『君誠能，恐人未重，且可以爲謝法曹造，遺大將軍。』見之賞歎，以錦二端賜謝，謝辭曰：『此詩，公作長所製，請以錦賜之。』」

〔一一〕深情：猶言鍾情。《世説新語・傷逝》：「聖人忘情，最下不及情，情之所鍾，正在我輩。」使氣：發抒才氣。《文心雕龍・才略》：「阮籍使氣以命詩。」

〔一二〕檢狎：又作「檢押」，指規矩，法度。

〔一三〕裸體高呼：指謝靈運與王弘之等人于千秋亭縱酒事。見《謝康樂集序》注〔一〇〕。

〔一四〕長瑜句：何長瑜，東海人。初爲臨川王國侍郎、平西記室參軍。後貶爲曾城令。元嘉間，爲廬陵王南中郎行參軍，掌書記之任。《宋書·謝靈運傳》：「長瑜文才之美，亞于惠連，雍、璿之不及也。臨川王義慶招集文士，長瑜自國侍郎至平西記室參軍。嘗于江陵寄書與宗人何勖，以韻語序義慶州府僚佐云：『陸展染鬢髮，欲以媚側室。青青不解久，星星行復出。』如此者五六句，而輕薄少年遂演而廣之，凡厥人士，并爲題目，皆加劇言苦句，其文流行。義慶大怒，白太祖除爲廣州所統曾城令。」

〔一五〕四友：此指與謝靈運交好之四位文人：何長瑜、謝惠連、荀雍、羊璿之。《詩品》之中，謝惠連入中品，何長瑜、羊璿之入下品，荀雍無與。《宋書·謝靈運傳》：「靈運既東還，與族弟惠連、東海何長瑜、潁川荀雍、泰山羊璿之，以文章賞會，共爲山澤之遊，時人謂之四友。」按，謝靈運與山澤四友相交事，張燮屢言之，其《書謝靈運傳後》從謝靈運的角度進行發揮，與此題辭不同。見《謝康樂集》附録：「惠連幼不受知于方明，何長瑜教惠連讀書，并在郡内。康樂一見，大加欣賞。」「靈運遂載而去，此其識鑒氣誼，豈薄俗所能仿佛哉！」

〔一六〕康樂句：言謝靈運在謝方明前稱道惠連，且拈出才悟二字。《宋書·謝靈運傳》：「時長瑜教惠連讀書，亦在郡内，靈運又以爲絶倫，謂方明曰：『阿連才悟如此，而尊作常兒遇之；何長瑜當今仲宣，而飴以下客之食。尊既不能禮賢，宜以長瑜還靈運。』靈運載之而去。」

〔一七〕宜其句：言謝靈運每與謝惠連相晤，輒得佳句。《詩品中·宋法曹參軍謝惠連詩》引《謝氏家録》云：「康樂每對惠連，輒得佳語。後在永嘉西堂，思詩竟日不就，寤寐間，忽見惠連，即成『池塘生春草』。

故常云：『此語有神助，非吾語也。』」《南史·謝惠連傳》：「子惠連，年十歲能屬文，族兄靈運嘉賞之，云『每有篇章，對惠連輒得佳語』。嘗于永嘉西堂思詩，竟日不就，忽夢見惠連，即得『池塘生春草』，大以爲工。常云『此語有神功，非吾語也』。」

〔一八〕王介甫：王安石，字介甫，號半山，人稱半山居士。臨川鹽埠嶺人。北宋著名政治家、思想家、文學家。官至丞相，新黨領袖，徽宗年間追封舒王。有《王臨川集》、《臨川集拾遺》、《臨川先生文集》等。《柳亭詩話》引《吟窗雜録》云：「靈運坐此詩得罪，遂托以阿連夢中授之。有客以請舒王，舒王曰：『權德輿已嘗評之：池塘者，泉洲瀦溉之地，今曰生春草，是王澤竭也；《豳風》所紀一蟲鳴則一候變，今曰變鳴禽者，候將變也。』」

【總説】

《隋書·經籍志》集部別集類著録「宋司徒府參軍《謝惠連集》六卷」，《新唐書·藝文志》著録「《謝惠連集》五卷」。《郡齋讀書志》集部別集類著録「《謝惠連集》五卷」，蓋猶是《新唐志》所録舊本；《直齋書録解題》集部詩集類著録「《謝惠連集》一卷」，當已爲輯本，或即宋唐庚輯《三謝詩·宋謝惠連集》一卷本。張燮《七十二家集·謝法曹集》二卷本之前，尚有汪士賢校刻《漢魏諸名家集·謝惠連集》。迄今爲止，尚未見謝惠連集新整理本問世。

不因言舉人，不因人廢言，名行雖有闕，而才悟絶倫，謝惠連詩文存世者少，却饒多英華。張燮此論體現了其通達寬容的歷史批評態度，并由表及裏，揭示了謝惠連遭受時流惡評的真正原因。張溥《謝法曹集題詞》稱道惠連《祭古冢文》、《雪賦》、《秋懷》、《搗衣》、《西陵遇風獻康樂》等篇，雅人深致，可資參證。

【附録】

張溥《謝法曹集題詞》：《謝法曹集》文字頗少，惟《祭古冢文》簡而有意，曹子建伏軾而問骷髏，辭不逮也。《雪賦》雖名高麗，與希逸《月賦》，僅雁序耳。詩則《秋懷》、《搗衣》二篇居最。《詩品》云「康樂鋭思，無以復加」，若《西陵遇風》則非敵矣。「乘流遵歸路」諸篇，一生坎壈所繇，今逸不存，豈自悔失言，先絶其傳哉？謝客四友，尤莫逆者，東海何長瑜與從弟阿連。長瑜輕唰僚佐，黜作流人，後殞暴風；阿連愛幸小吏，淪廢下位，命亦不長。蓋自康樂失志，知己寂寞，廷尉論刑，目爲反叛，一二親厚，寧免輕薄之誚？連即才悟無雙，而榮華路絶，同時憔悴，亦物各以類乎！然芝蘭階庭，不爲父知，而賞音慕悦，出于昆從，歎張華之重生，惜海嶠之初別，小謝雖才，得兄益顯。莊、惠濠梁，鍾、牙流水，朋友間事，又烏足云。婁東張溥題。

謝光禄集序〔一〕

諸謝群翔〔二〕，希逸稍晚出，而折衷諸父〔三〕，據地絶勝。觀其咄嗟吐納〔四〕，俱成令音〔五〕；國體朝常〔六〕，多所匡贊〔七〕。儁雅之際，别有沖融〔八〕；和平之中〔九〕，時存耿介〔一〇〕。名播北土〔一一〕，豈偶然哉！吏部尚書〔一二〕，總統群彙〔一三〕。顔峻之嗔而與人官也，賄故也；希逸笑而不與人官〔一四〕，蓋本來既清，干請道隔，自不妨以温然接物耳。遊畋拒門，須墨勅乃開〔一五〕，又何倜儻也〔一六〕！希逸文章四百餘篇〔一七〕，余輯而存之，僅得四卷，《明月賦》以梁《選》傳〔一八〕，《舞馬賦》以國史傳〔一九〕，《赤鸚鵡》盛爲袁淑所推〔二〇〕，今才數語〔二一〕，可爲歎息。表奏諸體〔二二〕，蔚矣其文；哀輓等篇〔二三〕，泫然淒婉。《殷貴妃誄》幾以賈禍〔二四〕，然文字之美，横絶古今矣。《殷淑儀傳》又稱「莊作哀策文，都下傳寫，紙墨爲貴〔二五〕」。今所存謚策寥寥斷簡〔二六〕，不聞哀策，豈即誄之訛耶？抑别有哀策，今湮没耶？作述之際，人所難言，而希逸以弘微爲之父〔二七〕，以風、月、景、山、水爲之子〔二八〕，前後輝映，源廻緒長。希逸諸詠，不甚爲梁人推戴，然齊武問王僕射：「當今誰能爲五言詩？」王曰：「謝朏得父膏腴。」〔二九〕夫得父膏腴，便可屈指帝側〔三〇〕，則阿父詩亦齊世所重矣。庚午早秋張燮識〔三一〕。

【箋注】

〔一〕謝光禄：謝莊，字希逸，靈運從子。文帝時，爲始興王睿後軍法曹參軍，轉太子舍人、廬陵王文學、太子洗馬。孝武即位，除侍中，遷左衛將軍，拜吏部尚書。明帝時，爲散騎常侍，光禄大夫，轉中書令，加金紫光禄大夫。有集十九卷。《宋書》卷八五、《南史》卷二〇有傳。

〔二〕諸謝：指謝氏群英。以烏衣之遊而論，即有謝混、謝靈運、謝瞻、謝晦、謝曜、謝弘微等；靈運四友中，又有謝惠連。　群翔：群集而飛。《文選》卷九班彪《北征賦》：「雁邕邕以羣翔兮，鶤雞鳴以嚌嚌。」

〔三〕折衷：又作「折中」，取正于中，作爲判斷之準則。《楚辭·九章·惜誦》：「令五帝以折中兮，戒六神與嚮服。」朱熹注：「折中，謂事理有不同者，執其兩端而折其中也。」

〔四〕咄嗟：猶言呼吸。《文選》卷二一左思《詠史》：「俛仰生榮華，咄嗟復彫枯。」　吐納：言談，談吐。《高僧傳》卷七《宋京師龍光寺竺道生》：「吐納問辯，辭清珠玉。」

〔五〕令音：言辭之美。《世説新語·賞譽》：「謝公云：『長史語甚不多，可謂有令音。』」

〔六〕國體：國家典章制度。《漢書·成帝紀》：「温故知新，通達國體，故謂之博士。」　朝常：朝廷之常規。《國語・楚語上》：「官不易朝常。」

〔七〕匡贊：匡正輔佐。《文選》卷五八王儉《褚淵碑文》：「深達先天之運，匡贊奉時之業。」

〔八〕沖融：沖和，恬適。杜甫《寄司馬山人十二韻》：「畢景羡沖融。」楊倫箋注：「言以年暮，故羡山人顔色沖和。」

〔九〕和平：温和，和順。韓愈《與祠部陸員外書》：「强志而婉容，和平而有立。」

〔一〇〕耿介：正直不阿。《楚辭・九辯》：「獨耿介而不隨兮。」王逸注：「執節守度，不枉傾也。」

〔一一〕名播北土：言謝莊聲名遠被北朝。《宋書・謝莊傳》：「元嘉二十七年，索虜寇彭城，虜遣尚書李孝伯來使，與鎮軍長史張暢共語，孝伯訪問莊及王徽，其名聲遠布如此。」

〔一二〕吏部尚書：吏部最高長官，掌管官員之任免、考課等事務。《宋書・謝莊傳》：「于是置吏部尚書二人，省五兵尚書，莊及度支尚書顧顗之并補選職。」

〔一三〕總統：總攬。《漢書・百官公卿表》：「太師、太傅、太保，是爲三公，蓋参天子，坐而議政，無不總統，故不以一職爲官名。」群彙：猶言「群僚」。

〔一四〕顔竣三句：言顔竣與謝莊任吏部尚書時，對待選舉的態度截然不同。《宋書・顔竣傳》：「孝建元年，轉吏部尚書，領驍騎將軍。留心選舉，自强不息，任遇既隆，奏無不可。其後謝莊代竣領選，意多不行。竣容貌嚴毅，莊風姿甚美，賓客喧訴，常歡笑答之。時人爲之語曰：『顔竣嗔而與人官，謝莊笑而不與人官。』」

〔一五〕遊畋二句：言謝莊任前軍將軍時拒爲世祖啟關門，須墨詔乃開。《宋書・謝莊傳》：「五年，又爲侍中，領前軍將軍。于時世祖出行，夜還，敕開門。莊居守，以棨信或虚，執不奉旨，須墨詔乃開。上後因酒宴從容曰：『卿欲效郅君章邪？』對曰：『臣聞蒐巡有度，郊祀有節，盤于遊田，著之前誡。陛下今蒙犯塵露，晨往宵歸，容恐不逞之徒，妄生矯詐。臣是以伏須神筆，乃敢開門耳。』」

〔一六〕倜儻：卓越不凡。《文選》卷四一司馬遷《報任少卿書》：「古者富貴而名摩滅，不可勝記，唯倜儻非常之人稱焉。」

〔一七〕希逸句：言謝莊所著詩文有四百多篇。《南史・謝莊傳》：「卒，贈右光禄大夫，謚憲子。所著文章四百餘首行于世。」

〔一八〕梁《選》：謂《昭明文選》，見《孫馮翊集引》注〔十九〕。《文選》卷一三載謝希逸《月賦》，即此所稱《明月賦》。

〔一九〕國史：朝代實録或史書，此指沈約《宋書》。《宋書・謝莊傳》：「時河南獻舞馬，詔群臣爲賦，莊所上其詞曰（略）。」

〔二〇〕袁淑：字陽源，陳郡陽夏人。好屬文，辭采遒麗，縱横有才辯。彭城王義康命爲軍司祭酒；臨川王義慶雅好文學，請爲咨議參軍。元嘉二十六年，爲尚書吏部郎。累遷太子左衛率。《宋書・謝莊傳》：「時南平王鑠獻赤鸚鵡，普詔群臣爲賦。太子左衛率袁淑文冠當時，作賦畢，齎以示莊；莊賦亦竟，淑見而歎曰：『江東無我，卿當獨秀。我若無卿，亦一時之傑也。』遂隱其賦。」

〔二一〕今才數語：指《赤鸚鵡賦》全文不存，僅存片段，殘文載《藝文類聚》卷九一。迻録于下：「徒觀其柔儀所踐，楨藻所挺；華景夕映，容光晦鮮；惠性生昭，和機自曉。審國音于寰中，達方聲于裔表。及其雲移霞峙，霰委雪翻，陸離翬漸，容裔鴻軒，躍林飛岫，焕若輕電。溢烟門，集場圃，曄若夭桃被玉園。至于氣淳體淨，霧下崖沉，月圖光于緑水，雲寫影于青林。遡還風而聳翮，霑清露而調音。」

〔二二〕表奏諸體：指表、奏類文章。《宋書》本傳載其《上搜才表》、《奏改定刑獄》、《與江夏王義恭箋》均屬此類。此外，還有《廢皇太子元服上至尊表》、《皇太子元服上皇太后表》、《爲東海王讓司空表》、《讓吏部尚書表》、《讓中書令表》、《謝賜貂裘表》等。

〔二三〕哀輓等篇：指哀策文、誄等文章。除下文提及之《殷貴妃誄》、《殷貴妃謚策文》外，謝莊還有《黄門侍郎劉琨之誄》、《孝武帝哀策文》、《皇太子妃哀策文》等篇。

〔二四〕殷貴妃：南郡王劉義宣之女，爲孝武帝召幸，册封爲殷淑儀，死後被追封爲宣貴妃。謝莊所作《宋孝武宣貴妃誄》，載《文選》卷五七。《宋書·謝莊傳》：「前廢帝即位，以爲金紫光禄大夫。初，世祖寵姬殷貴妃薨，莊爲誄云『贊軌堯門』，引漢昭帝母趙婕妤堯母門事。廢帝在東宫，銜之。至是遣人詰責莊曰：『卿昔作《殷貴妃誄》，頗知有東宫不？』將誅之。或説帝曰：『死是人之所同，政復一往之苦，不足爲深困。莊少長富貴，今且繫之尚方，使知天下苦劇，然後殺之未晚也。』帝然其言，繫于左尚方。太宗定亂，得出。」

〔二五〕《殷淑儀傳》句：見《南史·殷淑儀傳》，文稱：「謝莊作哀策文奏之，帝卧覽讀，起坐流涕曰：『不謂當今復有此才。』都下傳寫，紙墨爲之貴。」

〔二六〕謚策：指《殷貴妃謚策文》，殘文載《藝文類聚》卷一五，又略見《初學記》卷一〇。

〔二七〕弘微：謝密，字弘微，以字行。謝莊之父。義熙初，襲爵建昌縣侯。文帝即位，爲黄門侍郎，後遷尚書吏部郎，參機密。尋轉右衛將軍，歷位中庶子，加侍中。《宋書·謝莊傳》：「謝莊，字希逸，陳郡陽夏人，太常弘微子也。」

〔二八〕以風句：言謝莊爲五子命名，各以風、月、景、山、水爲偏旁，傳爲其酷愛山水之證。《南史·謝莊傳》：「五子：颺、朏、顥、嵸、瀹，世謂莊名子以風、月、景、山、水。」

〔二九〕然齊武四句：原文載《南齊書·謝瀹傳》，文稱：「世祖嘗問王儉：『當今誰能爲五言詩？』儉對曰：『謝朏得父膏腴，江淹有意。』」

〔三〇〕屈指：猶言首屈一指。孟元老《東京夢華録·馬行街鋪席》：「南食則寺橋金家、九曲子周家，最爲屈指。」

〔三一〕庚午：崇禎三年（一六三〇）。

【總説】

《隋書·經籍志》集部别集類著録「宋金紫光禄大夫《謝莊集》十九卷」，兩《唐志》著録「《謝莊集》十五卷」。宋代書目多不著録，知《謝莊集》至遲于宋世已然亡佚。《遂初堂書目》著録《謝莊集》，不云卷數；《宋史·藝文志》著録「《謝莊集》一卷」，蓋已是輯本。現存《謝莊集》輯本，當以張燮《七十二家集·謝光禄集》四卷爲最早。張燮題辭歷叙其編輯過程，指點文獻出處，并致歎息于詩文之殘缺，其爲張燮所始輯，無藍本可參無疑也。迄今爲止，尚未見《謝莊集》新整理本出版問世。

謝莊出身名門，英才俊偉，治績與文學俱有可觀。張燮共列舉三事，一是身爲吏部尚書，笑而不與人官；二是拒爲世祖啟關門，須墨詔乃開；三是謝朏得其膏腴，便可屈指帝側。尤其是第三事，非細心決不能發掘，張燮真可謂善讀史傳者！漢魏六朝作家詩文，存世寥寥，即以謝莊而論，史稱其文章四百餘篇，今存者不足十分之一。張燮慨其《赤鸚鵡賦》「今才數語」，張溥恨其《左氏經傳》「竟滅不傳」，研治六朝文學者無不同此浩歎。

【附録】

張溥《謝光禄集題詞》：謝希逸爲《殷淑儀哀文》，孝武流涕，都下傳寫；及廢帝即位，則銜恨堯門，幾犯芒刃。一文之出，禍福懸途，即作者詎能先覺乎！明帝定亂，命作赦詔，酌酒立成，云子業「事穢東陵，行汙飛走」，雖鍾鼓討伐之辭，殆直自快胸懷矣。文章四百餘卷，今僅存此。《封禪儀註奏》，藻麗雲漢，欲摹長卿。《搜才》、《定刑》二表與《索虜互市議》，雅人之章，無忝國器。耳食者徒稱陳王之「明月」、河南之《舞馬》，欲以兩賦概其群長，不幾采春華、忘秋實哉！典任銓衡，不干喧訴，居守禁門，嚴待墨詔。遂令顏瞋讓清，郅章比節，居風貌之中，獲高明之福，有微子遺則焉。《左氏經傳》分國立篇，征南以後，世稱奇書，竟滅不傳。此余所尤抱恨于謝巖也。婁東張溥題。

昭明太子集序〔一〕

嘗客廣陵〔二〕，與謝曰可覓文選樓故基〔三〕，作詩曰：「瀝液群言古〔四〕，雌黃此道尊〔五〕。遠雲連册府〔六〕，四海逝崑崙〔七〕。」既而悔之。昭明故居東宫，何從越江築樓？以覈量前籍，而王觀《揚州賦》「帝子久去兮，空文選之樓」〔八〕，輒似據以爲真者。及考吴楚間多有昭明讀書臺〔九〕，蓋地以人重，故每借之以爲名，後人亦相沿不忍削去耳。因嘆臺城宫殿烟消多時〔一〇〕，獨銅龍片席〔一一〕，尚爾不踁而走，使遠道好事，佹襲而成芳塵。陵谷雖遷，流芬尚曲播也。從古選集希傳，獨昭明三十卷，詞人奉爲金櫃〔一二〕。片簡見録，便如名在丹臺石室中〔一三〕。古今有一佳文字見遺，必求所以不入《選》之故，而遞相揣摩。爾日殿最〔一四〕，頓貽壇苑許大事。宋蘇子瞻酷詆之〔一五〕，譬如漆園之毁尼丘〔一六〕，道固不同，逾見昭明之大也。昭明所自爲撰著，情韻諧秀，體骨高邁。較之諸弟：昭明類松院儁流〔一七〕，隱囊斜映；簡文類蘭閨艷姬〔一八〕，粉帛顧影；孝元類槐市少年〔一九〕，鞍韉高步〔二〇〕。并擅門風〔二一〕，就中微覺小異者如此。太子至性絶人，弘慈救世，不待深稽史籍，閲集中亦依稀見之。若乃慧岸寶航〔二二〕，即高僧同所稟仰；而重昏獨曉〔二三〕，妙義徐傳〔二四〕。凡在布衣，猶難兼長；矧乃元良〔二五〕，都臻具美。驅策群彦〔二六〕，衣被來兹，詎偶然哉？近世梓昭明集既多混收，更饒漏目，余爲駁出而增入之，差得五卷。讀《文選》而遡是編，取人以身之義，亦略可睹矣。重光作噩之歲南吕月逸史張燮識於半規嶼〔二七〕。

【校記】

【四海逝崑崙】「四」，别集本作「少」。

【箋注】

〔一〕昭明太子：蕭統，字德施，梁武帝長子，南蘭陵（今江蘇常州西北）人。天監元年立爲皇太子，未及即位而卒，謚昭明，世稱昭明太子。撰有《正序》、《文章英華》、《文選》，集二十卷。《梁書》卷八、《南史》卷五三有傳。

〔二〕廣陵：揚州舊稱。曹丕《至廣陵于馬上作》、李白《送孟浩然之廣陵》、秦觀《還自廣陵》皆爲同指。

〔三〕文選樓：位于江蘇揚州市内，其故基尚存。關于文選樓之來源有二説，一説爲昭明太子蕭統讀書處，一説爲隋曹憲故居。曹憲爲揚州人，嘗以《文選》教授，撰有《文選音義》。

〔四〕瀝液：水滴。《文選》卷一七陸機《文賦》：「傾群言之瀝液，漱六藝之芳潤。」李周翰注：「群言，群書也；瀝液，涓滴也。且群書浩汗，如海之波瀾不竭，人爲文章，但傾寫其涓滴而已。」

〔五〕雌黄：一種礦物，古人用以塗抹修改文字，後遂代指校改。《顔氏家訓·勉學》：「觀天下書未遍，不得妄下雌黄。」

〔六〕册府：帝王藏書之所。《晉書·葛洪傳論》：「紬奇册府，總百代之遺編。」

〔七〕崑崙：廣大無垠貌。揚雄《太玄·中》：「崑崙旁薄，思之貞也。」

〔八〕王觀：字通叟，北宋如皋人。宋仁宗嘉佑二年進士，歷任大理寺丞、江都知縣等。任江都知縣期間作《揚州賦》，宋神宗閲後大喜，大加褒賞。

〔九〕及考句：吴楚之地，如鎮江南郊讀書臺、常熟虞山讀書臺、桐鄉烏鎮讀書臺、天目山太子庵讀書臺及湖熟梁臺，傳説均與昭明太子有關。

〔一〇〕臺城：故址在南京市玄武湖旁，六朝禁城所在。劉禹錫《金陵五題·臺城》：「臺城六代競豪華，結綺臨春事最奢。」韋莊《臺城》：「無情最是臺城柳，依舊烟籠十里堤。」

〔一一〕銅龍：猶銅輦，此指太子。李賀《還自會稽歌》：「臺城應教人，秋衾夢銅輦。」

〔一二〕金櫃：同金匱，文獻庋藏之所。《漢書·晁錯傳》：「陛下之德厚而得賢佐，皆有司之所覽，刻于玉版，藏于金匱，歷之春秋，紀之後世，爲帝者祖宗。」

〔一三〕丹臺：道教指神仙之居所。《藝文類聚》卷七八引《真人周君傳》：「子名在丹臺玉室之中，何憂不仙？」石室：神仙洞府。

〔一四〕殿最：等級高低。《文選》卷一七陸機《文賦》：「考殿最于錙銖，定去留于毫芒。」

〔一五〕蘇子瞻：蘇軾，字子瞻，號東坡居士，眉州眉山人。嘉祐年間進士。一生宦海浮沉，奔走四方。其文汪洋恣肆，豪邁奔放；其詩題材廣闊，清新雄健；詞開豪放一派；又工書畫：堪稱文學史上之多面巨子。然而蘇軾對《文選》評價不高，認爲它「編次無法，去取失當」，而編《文選》之蕭統「尤爲卑弱」，「小兒强作解事者」，見其《題文選》一文。

〔一六〕漆園：莊子，名周，字子休，宋國蒙人。與梁惠王、齊宣王同時，曾任漆園小吏。一生淡泊名利，主張修身養性，清静無爲。　尼丘：孔子，名丘，字仲尼，春秋末年魯國人。儒家學派創始人，修《詩》、《書》，定《禮》、《樂》，序《周易》，作《春秋》。他好學深思，謙虚謹慎，博學多能，親切温厚，心繫天下家國。《史記·老子韓非列傳》：「世之學老子者則絀儒學，儒學亦絀老子。道不同不相爲謀，豈謂是邪？」又《莊子傳》：「作《漁夫》、《盗跖》、《胠篋》，以詆訾孔子之徒，以明老子之術。」

〔一七〕松院：植松之庭院。王勃《七夕賦》：「視蓮潭之變彩，睨松院之生凉。」

〔一八〕蘭闈：閨閣之美稱。《藝文類聚》卷九三梁簡文帝《鴛鴦賦》：「既是金闈新入寵，復是蘭房得意人。」

〔一九〕槐市：讀書人聚會之所。《藝文類聚》卷五五梁元帝《皇太子講學碑》：「轉金路而下壁雍，睟王裕而經槐市。」

〔二〇〕鞍韉：泛指馬鞍。《樂府詩集》卷二五《梁鼓角横吹曲》載古辭《木蘭詩》：「東市買駿馬，西市買鞍韉。」高步：闊步。《文選》卷二一左思《詠史》其五：「被褐出閶闔，高步追許由。」

〔二一〕門風：猶家風。《晉書·陸曄傳》：「憂國如家，歲寒不凋，體自門風。」

〔二二〕慧岸：彼岸。寶航：慈航。俱爲佛教語。

〔二三〕重昏：昏暗，愚昧。《文選》卷五九王中《頭陀寺碑文》：「曜慧日于康衢，則重昏夜曉。」李周翰注：「言一比丘演説佛化，萬物見明，如日照于道，重深昏暗之處，夜中亦曉。」

〔二四〕妙義：微妙之義理。《廣弘明集》卷一九梁簡文帝《請幸同泰寺開講》：「被微言于王舍，集妙義于寶坊。」

〔二五〕矧：況且。元良：太子。《禮記·文王世子》：「一有元良，萬國以貞，世子之謂也。」

〔二六〕驅策群彦：蕭統招聚文學詞章之士，其著者有劉孝綽、王筠、陸倕、到洽、明山賓、劉勰、徐勉等，一時彬彬之盛。《梁書·昭明太子傳》：「性寬和容衆，喜愠不形于色。引納才學之士，賞愛無倦。恒自討論篇籍，或與學士商榷古今；閑則繼以文章著述，率以爲常。于時東宫有書幾三萬卷，名才并集，文學之盛，晉、宋以來未之有也。」《梁書·劉孝綽傳》：「時昭明太子好士愛文，孝綽與陳郡殷芸、吴郡陸倕、琅邪王筠、彭城到洽等，同見賓禮。」

〔二七〕重光作噩之歲：辛酉年，即天啟元年（一六二一）。重光爲辛之代稱。《爾雅·釋天》：「（太歲）在辛曰重光。」作噩爲酉之代稱。《爾雅·釋天》：「（太歲）在酉曰作噩。」南吕月：農曆八月。逸史：

張燮自號。約于是年，何喬遠薦張燮編修《神宗實録》，張燮力辭不就。自號「逸史」，蓋以此事耶？

【總説】

《隋書·經籍志》集部别集類著録「梁《昭明太子集》二十卷」，兩《唐志》沿之。《郡齋讀書志》未見著録，《直齋書録解題》集部别集類著録「《昭明太子集》五卷」，卷數鋭減，顯示昭明詩文已大量散佚。明人輯本，似從宋本而來，非盡從總集、類書中輯出者。張燮《七十二家集·昭明太子集》（五卷）之前，已有明周滿輯《梁昭明太子集》五卷本、明楊慎輯《梁昭明太子集》五卷本及明閻光世《梁昭明太子集》六卷本，題辭謂「近世梓《昭明集》」，應即指以上諸本而言。今有俞紹初《昭明太子集校注》，中州古籍出版社二〇〇一年版。

張燮此論共有五義：一辨揚州文選樓非必昭明故地，二贊《昭明文選》爲詞人之金匱，三譬昭明自撰詩文爲松院俊流，四評昭明性情仁厚至善至美，五述本集編纂始末。張溥《梁昭明集題詞》補苴二義：一叙蠟鵝原非昭明所埋，二論昭明編陶集之功，兼及《閒情賦》之評價。其中關于第一義，張燮撰有《蠟鵝辨》專論此事，以《南史·昭明傳》爲「謗書」，張溥所稱「于是論昭明者，斷以姚書爲質」，蓋即指稱張燮而言。

【附録】

張溥《梁昭明集題詞》：梁武八男，唯豫章性殊，餘各有文武才略。昭明、簡文同母令德，文學友于，曹子桓兄弟弗如也。昭明夭薨，簡文叙其遺集，頌德十四，合之史傳，俱非虛美。《南史》所云埋鵝啟釁，蕩舟寢疾，世疑其誣。于是論昭明者，斷以姚書爲質矣。昭明述作，《文選》最有名，後人見其選，即可以知其志。集中諸篇，范金合土，雖天趣微損，而章程頗密，亦文家之善慮彼已者也。潯陽陶潛，宋之逸民，昭明既爲立傳，又特序之。以萬乘元良，恣論山澤，唐堯汾陽，子晉洛濱，若有同心。擿譏《閑情》，示戒麗淫，用申繩墨，游于方内，不得不然。然《洛神》放蕩，未嘗删之而偏訿此賦，于孔子存鄭衛，豈有當焉？二諦法身，解義詳折，即弘宣未及厥考，而清淨實出胸懷，識者以爲則賢乎爾。婁東張溥題。

重纂沈隱侯集序〔一〕

休文八病四聲〔二〕，墨莊同所稟仰〔三〕，千載下不得越隴而飛；乃天子聖哲，帝竟不遵用，人故有遇而不遇耶〔四〕？郊廟樂章，後來以其不純用典誥，命蕭子雲易之〔五〕。今二家作具在，未見蕭之便奪沈幟而踞其上也〔六〕。《郊居》一賦〔七〕，擷芬揚蕤，字無虛設；「玄暘」八首，則詩也，而進於賦焉〔八〕。外此衆製，武庫森羅〔九〕，以乃公才頓堪陵厲一世，顧其津梁晚彦〔一〇〕，虚往實歸，此文爛之滙而成谷王也〔一一〕。褚彦回翊齊〔一二〕，閱盡彈射，幾無完膚；乃休文并世多歸戴而少同異，則固獎掖名下之報。然佐命一局〔一三〕，竟自拚乾淨土〔一四〕，即自心有不能釋然者，《懺悔文》歷叙生平小過〔一五〕，纖曲靡遺，獨不敢略及此事，直至和帝入夢，赤章自明〔一六〕，何嗟及哉！《桐柏山碑》云：「高宗時，固乞還山，權憩汝南縣境，復蒙縶維，永泰元年，方遂初願，遠出天台，定居桐柏。」〔一七〕按史絶不載休文還山事，豈旋出旋召而史不書耶？公與徐修仁椷云：「昏猜之始，因此求退，托卿致言于徐令。」〔一八〕然則東昏嗣位，尚稱永泰〔一九〕，曾一放歸，史偶不及耳。權憩汝南，又在何年耶？嗟乎！令休文而齊季終老也，梁籙既躡，應與謝朓、何胤分路揚鑣〔二〇〕，而文采百倍之矣。彥回瑣瑣，曷足以云？壬戌夏五閩漳張燮識于金華道中〔二一〕。南海朱光夜書〔二二〕。

【校記】

【永泰元年】「永泰」，別集本作「永太」。下同。

【因此求退】「求」，別集本作「謀」。

【箋注】

〔一〕沈隱侯：沈約，字休文，吴興武康（今屬浙江德清）人。歷仕宋、齊，梁武受禪，除僕射、尚書令，封建昌縣侯。卒謚隱，後世稱隱侯。撰有《謚法》、《四聲》、《晉書》、《宋書》、《齊紀》、《宋世文章志》、《俗説》、《集鈔》，集一百一卷。《梁書》卷一三、《南史》卷五七有傳。

〔二〕八病四聲：八病謂作詩在聲律上應當避忌之八種弊病，四聲指平、上、去、入四種聲調。沈約首倡聲病説，至唐始有完整八病名目。《南史·陸厥傳》：「汝南周顒善識聲韻。約等文皆用宫商，將平上去入四聲，以此製韻，有平頭、上尾、蜂腰、鶴膝。」平頭等四病之外，還有大韻、小韻、旁紐、正紐。

〔三〕墨莊：指藏書。宋張邦基著有《墨莊漫録》十卷，自序稱性喜藏書，因將己之寓所取名墨莊，并以爲書名。此用指文壇。

〔四〕乃天子三句：謂梁武帝不遵用四聲，沈約亦不遇于時。《梁書·沈約傳》：「又撰《四聲譜》，以爲在昔詞人，累千載而不寤，而獨得胸衿，窮其妙旨，自謂入神之作，高祖雅不好焉。帝問周捨曰：『何謂四聲？』捨曰：『「天子聖哲」是也。』然帝竟不遵用。」又載：「初，約久處端揆，有志台司，論者咸謂爲宜，而帝終不用，乃求外出，又不見許。」

〔五〕郊廟三句：指梁初郊廟樂章皆爲沈約所撰辭，後以其不夠雅潤，命蕭子雲改易重撰。《梁書·蕭子雲傳》：「梁初，郊廟未革牲牷，樂辭皆沈約撰，至是承用，子雲始建言宜改。」「仍使子雲撰定。敕曰：『郊廟歌辭，應須典誥大語，不得雜用子史文章淺言；而沈約所撰，亦多舛謬。……敕并施用。』」

〔六〕今二家二句：《樂府詩集》卷一四《燕射歌辭二》載《梁三朝雅樂歌》「俊雅三首」、「胤雅」、「寅雅」、「介雅三首」、「需雅八首」、「雍雅三首」有沈約、蕭子雲分别撰辭，讀之未見蕭作便超越于沈作之上。

〔七〕《郊居》：指沈約《郊居賦》，載《梁書·沈約傳》。

〔八〕玄暘三句：指沈約《八詠詩》，載《玉臺新詠》卷九、《文苑英華》卷一五一，又略見《藝文類聚》卷一。題爲詩，而與賦體胎息相通。

〔九〕武庫：稱譽人學識淵博。《晉書·杜預傳》：「預在内七年，損益萬機，不可勝數，朝野稱美，號曰『杜武庫』，言其無所不有也。」　森羅：同「森著」，紛然排列。陶淵明《形影神》：「大鈞無私力，萬物自森著。」

〔一〇〕津梁：引導，濟渡。《世説新語·言語》：「庾公嘗入佛圖，見卧佛，曰：『此子疲于津梁。』」　晚彦：

後輩俊彦。

〔一一〕谷王：江海以其能容百谷之水，故别稱谷王。《老子》六十六章：「江海所以能爲百谷王，以其善下之，故能爲百谷王。」

〔一二〕褚彦回：褚淵字彦回，宋末與袁粲同爲顧命大臣，袁粲戰死，褚淵心歸齊高帝。《南史·褚淵傳》載齊建以後，「然世頗以名節譏之，于時百姓語曰：『可憐石頭城，寧爲袁粲死，不作彦回生。』」

〔一三〕佐命一局：指沈約翊戴、輔助蕭衍登基。《梁書·沈約傳》：「時高祖勳業既就，天人允屬，約嘗扣其端，高祖默而不應。佗日又進曰：『今與古異，不可以淳風期萬物。士大夫攀龍附鳳者，皆望有尺寸之功，以保其福禄。今童兒牧豎，悉知齊祚已終，莫不云明公其人也。天文人事，表革運之徵，永元以來，尤爲彰著。讖云「行中水，作天子」，此又歷然在記。天心不可違，人情不可失，苟是曆數所至，雖欲謙光，亦不可得已。』高祖曰：『吾方思之。』對曰：『公初杖兵樊、沔，此時應思，今王業已就，何所復思？昔武王伐紂，始入，民便曰吾君，武王不違民意，亦無所思。公自至京邑，已移氣序，比于周武，遲速不同。若不早定大業，稽天人之望，脱有一人立異，便損威德。且人非金石，時事難保。豈可以建安之封，遺之子孫？若天子還都，公卿在位，則君臣分定，無復異心。君明于上，臣忠于下，豈復有人方更同公作賊。』高祖然之。約出，高祖召范雲告之，雲對略同約旨。高祖曰：『智者乃爾暗同，卿明早將休文更來。』雲出語約，約曰：『卿必待我。』雲許諾，而約先期入，高祖命草其事。約乃出懷中詔書并諸選置，高祖初無所改。俄而雲自外來，至殿門不得入，徘徊壽光閣外，但云『咄咄』。約出，問曰：『何以見處？』約舉手向左，雲笑曰：『不乖所望。』有頃，高祖召范雲謂曰：『生平與沈休文群居，不覺有異人處；今日才智縱横，可謂明識。』雲曰：『公今知約，不異約今知公。』高祖曰：『我起兵于今三年矣，功臣諸將，實有其勞，然成帝業者，乃卿二人也。』」

〔一四〕拚：捨棄不顧。章甫《寄荆南友人》：「餘生自拚一虚舟，未害尋詩慰客愁。」乾淨土：即淨土，佛教謂清淨自然、没有污穢的莊嚴世界。徐陵《東陽雙林寺傅大士碑》：「淨土無壞。」吴兆宜注引《法苑珠林》云：「西方常清淨自然，無一切雜穢，故云淨土。」

〔一五〕《懺悔文》：載《廣弘明集》卷二八，篇首稱：「弟子沈約稽首上白諸佛衆聖：約自今生以前，至于無始，罪業參差，固非辭象所算，識昧往録，莫由證舉。」又稱：「綺語者衆，源條繁廣，假妄之愆，雖免大過，微獨細犯，亦難備陳。」

〔一六〕和帝：齊和帝蕭寶融，字智昭，任荆州刺史，駐守江陵。蕭衍攻滅蕭寶卷，立蕭寶融爲皇帝。後禪位于蕭衍。《梁書·沈約傳》：「初，高祖有憾于張稷，及稷卒，因與約言之。約曰：『尚書左僕射出作邊州刺史，已往之事，何足復論。』帝以爲婚家相爲，大怒曰：『卿言如此，是忠臣邪！』乃輦歸内殿。約懼，不覺高祖起，猶坐如初。及還，未至床，而憑空頓于户下。因病，夢齊和帝以劍斷其舌。召巫視之，巫言如夢。乃呼道士奏赤章于天，稱禪代之事，不由己出。高祖遣上省醫徐奘視約疾，還具以狀聞。」

〔一七〕《桐柏山碑》：全稱爲《桐柏山金庭館碑》，《藝文類聚》卷七八節引，全文載高似孫《剡録》卷五（嚴可均《全梁文》卷三一漏標此出處），題爲《金庭館碑》。中云：「高宗明皇帝以上聖之德，結宗元之念，忘其菲薄，曲賜提引。末自夏汭，固乞還山，權憩汝南縣境，固非息心之地。聖王纘歷，復蒙縶維，永泰元年，方遂初願，遂遠出天台，定居茲嶺。」張燮所引有刪節。

〔一八〕徐修仁：徐勉，字修仁，東海郯人。少孤貧，早勵清節。起家國子生，官至吏部尚書。《梁書·沈約傳》：「與徐勉素善，遂以書陳情于勉。」中云：「及昏猜之始，王政多門，因此謀退，庶幾可果，托卿布懷于徐令，想記未忘。」椷同箋。

〔一九〕東昏：即蕭寶卷，齊明帝蕭鸞第二子，于危局登基，然屢殺輔政大臣，政由己出，後爲近臣所害。蕭衍將其貶爲東昏侯，謚爲煬。蕭寶卷于永泰元年七月即位，改年號爲永元。

〔二〇〕謝朏：字敬沖，陳郡陽夏人。幼聰慧，能文章。起家爲撫軍法曹參軍，歷任太子舍人、中書郎、臨川内史。及齊高帝輔政，引爲左長史，進侍中，進領秘書監。何胤：字子季，廬江灊人。起家齊秘書郎，出爲建安太守。後入爲太子中庶子，撰新禮。明帝時，入山隱居以終。

〔二一〕壬戌：天啟二年（一六二二）。金華：金華山，高士棲隱之所。李白《對酒行》：「松子棲金華。」元張可久《滿庭芳·金華道中》其二：「營營苟苟，紛紛擾擾，莫莫休休。厭紅塵拂斷歸山袖，明月扁舟。留幾册梅詩占手，蓋三間茅屋遮頭。還能夠，牧羊兒肯留，相伴赤松遊。」

〔二二〕朱光夜：字未央，南海人。弱冠即究心于六書，工書法，尤精篆刻，有《印略》傳世。

【總説】

《隋書·經籍志》集部別集類著録「梁特進《沈約集》一百一卷」，兩《唐志》著録「《沈約集》一百卷」。《郡齋讀書志》不予著録，《直齋書録解題》著録「《沈約集》十五卷」，提要稱「今所存唯此而已」，蓋已是輯本。張燮《七十二家集·沈隱侯集》（十六卷）之前，有明沈啟源輯《沈隱侯集》四卷本、明岳遠聲輯《沈休文集》六卷本、明楊鶴輯《沈休文集》四卷本、明張時震輯《沈休文集》四卷本等。今有陳慶元《沈約集校箋》，浙江古籍出版社一九九五年版。

張燮稱揚沈約開創聲律之功，然于梁武帝拒不遵用一事百思不得其解，嘆曰「人固有遇而不遇耶」；張溥也道及此事，認爲「聲病牽拘，固非英雄所喜也」。沈約翊戴梁武，佐命新朝，《懺悔文》却不敢述及此事，二張均注意及此。張溥盛贊沈約史才，于其文集，僅稱「適助南董之美觀」，「逢時之意多，覺性之辭少」；張燮未論及《宋書》，却稱道沈約詩文如《郊居賦》、《登玄暘樓詩》等，「此外衆製，武庫森羅」，沈約當之無愧也。

【附録】

張溥《沈隱侯集題詞》：梁武篡齊，決策于沈休文、范彦龍，時休文年已六十餘矣。抵掌革運，鼓舞作賊，惟恐人非金玉，時失河清，舉手之間，大事已定，竟忘身爲齊文惠家令也。佛前懺悔，省訟小過，戒及綺語，獨諱言佐命，不敢播騰。及齊和入夢，赤章奏天，中使譴責，趣其病殞。回思妓師識面，君臣罷酒，又成往事。然攀附功烈于生前，龍鳳猜積于身後，易名一字，猶遭奪改，若重泉有知，能無抱恨于壽光閣外哉？休文大手，史書居長，傳者獨《宋書》，文集百卷，亦僅存十三，取其得意之篇，比諸傳論，膏沐餘潤，光輝蔽體，馬書班賦，別集偏行，適助南董之美觀耳。《四聲譜》自謂入神，後代遵奉，而不獲邀賞于武帝，聲病牽拘，固非英雄所喜也。禪筆紛作，于樹園訬吼，諦乘正説，遠遜乃公。意者逢時之意多，則覺性之辭少矣。婁東張溥題。

重纂陶隱居集序〔一〕

《梁書》稱：「陶隱居獻二刀于高祖，一名善勝，一名威勝。」〔二〕李延壽訛爲「二丹」〔三〕。此以天監中陶嘗獻丹于帝〔四〕，遂并誤「刀」爲「丹」也。簡文有《謝賚善勝威勝刀啓》，中引「五寶新成，曹丕先佩其一」〔五〕，則非丹無疑，惜延壽不及考耳。世傳桓闓爲隱居執役，一旦雙鶴來下，青童覓桓先生，陶心計門人無姓桓者，頃得執役桓君，遂仙去〔六〕。按桓法闓爲隱居高弟〔七〕，原非執役，况陶没後，邵陵王爲作碑曰：「門人桓法闓等勒玄碑而相質」〔八〕，則法闓未嘗先時上昇，此其左驗。豈桓法闓之外，别有桓闓耶？顧云門人無姓桓，則何説也？世又傳陶以己不得仙爲疑，闓還報云：「公條《本草》，多害物命，以此遲仙。」〔九〕余謂《本草》興自前世〔一〇〕，物命之傷已非一日，陶慮世之誤用，而剖别之〔一一〕，爲濟人津梁，安得坐此見譴？按賈嵩《内傳》：「隱居嘗自嘆『仙障有九，名居其一。吾之不仙，直三朝有浮名耳。』」〔一二〕大都名爲艷埸，享取太多，能使入世者鈍其芳因〔一三〕，修真者紓其道業〔一四〕，此於事理爲准。然天上饒有至尊相奉事〔一五〕，更倍人間。以華陽三層樓上〔一六〕，天子不得傲之以翠華〔一七〕，不倍愈于都水監之適乎〔一八〕？仙佛往往分途，隱居乃兼受菩薩戒〔一九〕，則調停而就世法，大道委蛇，猶之獻刀意耳〔二〇〕。仙人在世稱文士者，惟葛稚川〔二一〕、陶都水。葛僅《抱朴》行世，他文希傳；陶自《真誥》外〔二二〕，諸篇存者尚得若干帙〔二三〕。如灑墨水，盡成桃花；又如山半吹笙，洛濱受瑞。長言短語，俱有驂鸞駕螭之勢。公不云乎：雖有頑仙，不如才鬼〔二四〕。此自冷眼笑世之言。仙才如公，豈數數哉！令天上而衡文也，香案前珮聲琅琅，故應讓席〔二五〕。丁卯首夏汰沃子張爕識于蒔藥蹊〔二六〕。

【校記】

【按桓法闓爲隱居高弟】「弟」，別集本作「第」。

【箋注】

〔一〕陶隱居：陶弘景，字通明，丹陽秣陵（今江蘇南京）人。宋末爲諸王侍讀，入齊除奉朝請，永明十年拜表解職，栖止于句曲山，自號華陽隱居。梁武帝時屢加禮聘，不就。大同二年卒，謚曰貞白先生。撰有《本草經集注》、《藥總訣》、《補闕肘後百一方》、《真誥》、《登真隱訣》、《真靈位業圖》、《周氏冥通記》、

《養性延命録》、《古今刀劍録》，集三十卷，内集十五卷。《梁書》卷五一、《南史》卷七六有傳。今人所撰年譜，有羅國威《華陽隱居陶弘景年譜》（載劉躍進、范子燁編《六朝作家年譜輯要》）及王家葵《新訂華陽陶隱居年譜》（載氏著《陶弘景叢考》）。

〔二〕《梁書》二句：見《梁書・陶弘景傳》，原文稱：「大通初，令獻二刀于高祖，其一名善勝，一名威勝，并爲佳寶。」

〔三〕李延壽：唐初史學家，曾參與《隋書》、《晉書》等史書之修纂，又獨立撰成《南史》、《北史》。今中華書局標點本《南史・陶弘景傳》改作「中大通初，又獻二刀，其一名善勝，一名威勝，并爲佳寶」，校勘記稱：「『二刀』、『威勝』，各本作『二丹』、『成勝』。」

〔四〕天監：梁武帝第一個年號。《南史・陶弘景傳》：「天監中，獻丹于武帝。」此「天監中獻丹于武帝」句與「中大通初，又獻二刀」句上下聯屬，疑李延壽雖排比成文，實無干係，後世鈔刻《南史》者因上句云「獻丹」，又「刀」、「丹」形近，遂訛下句「二刀」爲「二丹」。

〔五〕簡文：梁簡文帝蕭綱，字世纘，南蘭陵人。昭明太子亡後被立爲太子，侯景之亂中即位，後爲侯景所害。《藝文類聚》卷六〇載梁簡文帝《謝敕賚善勝威勝刀啟》：「冰鍔含采，雕琰表飾，名均素質，神號脱光。五寶初成，曹丕先荷其一；二勝今造，愚臣總被其恩。錫韓非之書，未足爲比；給博山之筆，方此更輕。」

〔六〕世傳六句：當出《指桓記》。《茅山志》卷一五云：「世有《指桓記》，云闓爲隱居執爨者，宋道士賈善翔集《高道傳》，謬用其說。」明史臣紀抄《貞白先生陶隱居文集》載宋傳霄《指桓記後題》：「世傳《指桓記》云桓乃隱居執爨者，觀此書殊非事實，中有默朝上帝之法，出《旌陽三景集》，餘皆浮誕，無足取信。」

〔七〕桓法闓：字彦舒，東海丹徒人，陶弘景弟子，爲梁南平王清遠館主。《太平廣記》卷一五《神仙感遇傳・貞白先生》：「弟子數百人。有先得道者，唯王遠知、陸逸沖、桓清遠，嗣先生之德焉。」

〔八〕邵陵王：蕭綸，梁武帝第六子，天監十三年受封爲邵陵王。《文苑英華》卷八七三載蕭綸《隱居貞白先生陶君碑》云：「門人桓法闓等，慕遥風于緱氏，繪遺像于橋陽，勒玄碑而相質，騰絳霄之流芳。」

〔九〕世又傳三句：與上文言桓闓爲隱居執役同爲妄談。《道藏》洞真部記傳類《桓真人升仙記》稱「陶有三是四非，天之罪也」，「一曰注藥餌方書，殺禽魚蟲獸救治病苦。雖有救人之心，實負殺禽之罪。」

〔一〇〕《本草》：《神農本草經》之省稱，古代著名藥書。因所記各藥以草類爲多，故稱《本草》。《漢書・藝文志》未載，梁阮孝緒《七録》始著録。陶弘景《本草經集注序》：「舊説皆稱《神農本草經》，余以爲信然。」

〔一一〕陶慮二句：陶弘景增補集注《本草經》之動機見于其《藥總訣序》，「但《本草》之書，歷代久遠，既靡師受，又無注訓，傳寫之人，遺誤相繫，字義殘闕，莫之是正。方用有驗，布舒合和。」

〔一二〕《内傳》：此爲《華陽陶隱居内傳》之省稱。《道藏》洞真部記傳類《華陽陶隱居内傳》卷首賈嵩序稱：「嗚呼，前二傳既太簡（謂《梁書》及謝詹事所作傳），門人編録，復無條貫，俾君子辟世之道、清真養翮之迹，其幾乎磨滅歟！乃于《登真隱訣》及《真誥》、《泰清經》、先生文集揣摩事迹作三卷焉。」中云：「至是乃歎曰：昔聞幽説，云仙障有九，名居其一，使吾不白日登辰者，蓋三朝有浮名乎？」

〔一三〕芳因：指悟道之因緣。

〔一四〕道業：佛道之修煉課程。《大唐西域記》卷九《摩揭陀國下》：「吾比修道業，入定怡神，凌虚往來，略無暇景。」

〔一五〕至尊：帝王。杜甫《石笋行》：「惜哉俗態好蒙蔽，亦如小臣媚至尊。」此用指天帝。

〔一六〕華陽三層樓：傳爲陶弘景在茅山所建。《梁書·陶弘景傳》：「永元初，更築三層樓，弘景處其上，弟子居其中，賓客至其下，與物遂絶，唯一家僮得侍其旁。」《南史》本傳同。

〔一七〕翠華：天子儀仗中以翠羽爲飾之旗幟或車蓋。《文選》卷八司馬相如《上林賦》：「建翠華之旗，樹靈鼉之鼓。」李善注：「翠華，以翠羽爲葆也。」

〔一八〕都水監：掌管舟船及水運事務之官職，此指陶弘景所受仙官之尊號。最早見于陶弘景天監十六年所作《周氏冥通記》（《道藏》洞真部記傳類）卷三：「子良問：『召爲何職，仙官，鬼官？』丞答：『蓬萊都水監高光坐治水事被責，似欲以陶代之。既且停召，當更選耳。此是仙官，隸司陰府，掌水事，以陶有勞，故得補之。』」

〔一九〕仙佛二句：陶弘景佛道兼修，還曾受命爲勝力菩薩。《梁書·陶弘景傳》：「曾夢佛授其菩提記，名爲勝力菩薩。乃詣鄮縣阿育王塔自誓，受五大戒。」

〔二〇〕大道二句：委蛇，隨順、順應貌。《莊子·應帝王》：「吾與之虚而委蛇。」成玄英疏：「委蛇，隨順之貌也。」作爲道教領袖之陶弘景，曾奉旨剋定梁武帝登基時日，援引圖讖獻議梁國號，預言梁武享祚幾何，甚至還曾數次爲梁武帝煉丹。經張燮考訂《南史》所稱「獻丹」實爲「獻刀」，其意味實爲不同，陶弘景雖然精通刀劍，撰有《古今刀劍録》，但與前列行爲不同，獻刀終究不是一個道士對新王朝應盡之「義務」，而更像是陶弘景主動討好梁武帝之做法。爲了茅山道衆之生存，捨道入佛，禮塔受戒，也未嘗不是陶弘景向佞佛的梁武帝妥協之結果，有其不得已之苦衷在。王家葵《陶弘景與梁武帝——陶弘景交游叢考之一》（《宗教學研究》二〇〇二年第二期）有説，可參。

〔二一〕葛稚川：葛洪，字稚川，自号抱朴子，丹陽郡人。著名道教學者、煉丹家、醫藥學家。陶弘景慕道，即受到葛洪《神仙傳》之啟發和引導。《梁書·陶弘景傳》：「年十歲，得葛洪《神仙傳》，晝夜研尋，便有養生之志。謂人曰：『仰青雲，睹白日，不覺爲遠矣。』」

〔二二〕《真誥》：陶弘景編撰完成之上清派經典，「真誥者，真人口授之誥也」。相傳東晉興寧年間以南嶽夫人爲首之道教諸神，以楊羲爲靈媒，向許謐、許翽父子誥授。誥授記録陸續散佚，顧歡曾動手搜集，編纂成《真迹》，陶弘景在顧歡《真迹》基礎上，進一步搜集誥授記録，編成《真誥》一書。由《運題象》、《甄命授》、《協昌期》、《稽神樞》、《闡幽微》、《握真符》和《翼真檢》等七篇構成，書凡二十卷。

〔二三〕諸篇句：現存陶弘景著作除《真誥》外，還有《登真隱訣》、《真靈位業圖》、《本草經集注》、《肘後百一方》、《養性延命録》、《古今刀劍録》、《周氏冥通記》、《上清握中訣》、《太上赤文洞神三籙》等。單篇尚存賦三、詩二十一、文三十五篇。

〔二四〕公不三句：出自陶弘景《上梁武帝論書啟》其三，原文作：「常言人生數紀之内，識解不能周流天壤，區區惟充恣五欲，實可耻愧。每以爲得作才鬼，亦當勝于頑仙。」

〔二五〕讓席：典出《世説新語·德行》：「王恭從會稽還，王大看之。見其坐六尺簟，因語恭：『卿東來，故應有此物，可以一領及我。』恭無言。大去後，既舉所坐者送之。既無餘席，便坐薦上。後大聞之，甚驚，曰：『吾本謂卿多，故求耳。』對曰：『丈人不悉恭，恭作人無長物。』」此指陶弘景應踞上座。

〔二六〕丁卯：明天啟七年（一六二七）。首夏：初夏，指農曆四月。汰沃子：張燮自號。蒔藥蹊：或即訪藥蹊，張燮有詩詠之。

【總説】

《隋書·經籍志》著録「梁隱居先生《陶弘景集》三十卷」、「《陶弘景内集》十五卷」，至于兩《唐志》，只存《陶弘景集》三十卷而不見《内集》，可知唐代《内集》已亡。至宋代，重要目録書如《崇文總目》、《郡齋讀書志》、《直齋書録解題》等，連《陶弘景集》也不再著録，蓋當亡于此時。南宋初始有《陶弘景集》輯佚本。現存早于張燮《七十二家集·陶隱居集》之輯本有：明史臣紀抄本《貞白先生陶隱居集》一卷本、明黄注序刻本《梁陶貞白先生文集》二卷本、《道藏》太玄部尊字號《華陽陶隱居集》二卷本及馮彦淵家藏本《貞白先生陶隱居集》一卷本等。汪士賢校刻《漢魏諸名家集·陶貞白集》署「明吴郡黄省曾編」，卷首附黄注《陶貞白集序》，當即從黄注序刻本《梁陶貞白先生文集》而來。今有王京州《陶弘景集校注》，上海古籍出版社二〇〇九年版。

張燮《昭明太子集序》考文選樓，《重纂沈隱侯集序》考《桐柏山碑》，此篇又辨《南史》「刀」誤爲「丹」、《指桓記》無足取信等，此公蓋有考據之癖。世人但知陶弘景依違道佛，調停三教，不知其兼修佛法實出于不得已，「爲了茅山道衆的生存，陶弘景能做的只有兩事，一是逢迎；如果這還不夠的話，那就只有屈從」(王家葵《陶弘景叢考》，第四一頁)。「調停而就世法，大道委蛇，猶之獻刀意耳」，張燮此論似已有見在先。「如灑墨水，盡成桃花」，可稱爲陶弘景文學創作之絶妙譬喻；而「雖有頑仙，不如才鬼」，又確然是解讀陶弘景思想之隱秘關鑰。

【附録】

張溥《陶隱居集題詞》：陶通明幼時戲弄，即好筆硯，既讀書萬餘卷，一事不知，深以爲耻。隱侯博聞，其朋輩也。家貧求仕，忽脱朝服，立館華陽，吹笙聽松。天下豈真有神僊乎？秦皇、漢武，窮山討海，耄期不遇，通明何人，遂能飛舉？然丹鼎七營，登辰尚隔，咸陽剡白，未易言也。世疑隱居棄劍，人外悠邈，不宜獻誠革命，遥參國典，抑知少君堪羞，子房可慕，山中宰相，大度素存。或者藥物取資人帝，圖籙當顯興朝，清都前覺，無貴卷舌耶？《真誥》以外，遺墨不少：《論書》五啟，鍾、王若生；《本草》諸序，彭、扁未死。邵陵表碑，推兼數賢；令君撰序，云備六藝，良有由乎！魏晉以來，置君如奕，志士高尚，流涕無從，不得不託志僊靈，遺世獨玅，中散之于孫登猶是也。而婚宦累形，蟬蛻寡術，通明乃後出而居上矣。婁東張溥題。

重纂任中丞集引〔一〕

任彦昇衿契龍潛提挈之旨〔二〕，善謔不渝風雲之感〔三〕，幸矣！翊戴興運禪讓文多出其手〔四〕，而半生勳舊〔五〕，靡列要津〔六〕，豈素淡榮利，樂爲親臣，而不覬爲重臣，故帝亦不復以肩鉅相苦耶〔七〕？觀其典郡清貧，兒僅食麥，身不能具裙衫〔八〕，帝詎不堪以尚方餘瀝稍爲濡沫〔九〕，則猶之山巨源「欲者無多，與者忘少」耳〔一〇〕。龍門書啟〔一一〕，饒所獎拔〔一二〕，至今憶蘭臺聚〔一三〕，尚令人神骨奮飛焉。一片素心，元匪責報于後嗣之津梁〔一四〕。自孝標著論悼世〔一五〕，王河汾反歸罪任君之不知人〔一六〕，此中較量不幾於市心哉〔一七〕！彦昇文三十三卷〔一八〕，今存者無多，滿覺流暉蔭宇，較世本微有增益云耳。

甲子暮春下弦日紹和張燮書于舫齋〔一九〕。

【箋注】

〔一〕任中丞：任昉，字彦昇，樂安博昌（今山東壽光）人。雅善屬文，尤長載筆。歷仕宋、齊，梁武受禪，拜黄門侍郎，遷吏部郎中，掌著作。出爲義興太守，重除吏部郎中。轉御史左丞、秘書監，出爲新安太守。撰有《述異記》、《雜傳》、《地理書鈔》、《地記》、《文章始》，集三十四卷。《梁書》卷一四、《南史》卷五九有傳。

〔二〕矜契：情投意合之好友。《世説新語·方正》：「周得之欣然，遂爲矜契。」　龍潛：指陽氣潛藏，龍蛇蟄伏，以喻尚未即位之帝王，此指梁武帝蕭衍。　提挈之旨：語出任昉任驃騎記室參軍時奉蕭衍箋。《梁書·任昉傳》：「高祖克京邑，霸府初開，以昉爲驃騎記室參軍。始高祖與昉遇竟陵王西邸，從容謂昉曰：『我登三府，當以卿爲記室。』昉亦戲高祖曰：『我若登三事，當以卿爲騎兵。』謂高祖善騎也。至是，故引昉符昔言焉。昉奉箋曰（略）。」其中有句：「昔承清宴，屬有緒言，提挈之旨，形乎善謔，豈謂多幸，斯言不渝。」謂二人間互相關照之戲言，居然成真。

〔三〕善謔不渝：見上引任昉奉梁武帝箋。　風雲：同類相互感應，比喻遇合、相從。《易·乾》：「雲從龍，風從虎，聖人作而萬物睹。」

〔四〕翊戴二句：齊梁之際輔佐擁戴蕭衍登基，所擬之禪讓文誥多出于任昉之手。《梁書·任昉傳》：「梁臺建，禪讓文誥，多昉所具。」今存者有《禪位詔》、《策梁公九錫文》、《禪位梁王策》、《禪位梁王璽書》，俱載《梁書·武帝紀》。

〔五〕勳舊：有功勳之舊臣。《晉書·陳騫傳》：「帝以其勳舊耆老，禮之甚重。」任昉預竟陵八友之列，在齊世號爲重臣，與蕭衍情款甚密。

〔六〕靡列要津：任昉于梁建後，歷官黄門侍郎、吏部郎中、義興太守、御史中丞、秘書監、前軍將軍、寧朔將軍、新安太守等，俱非要職。

〔七〕豈素四句：謂任昉淡薄名利，雖與梁武帝親近，却不圖高官顯職，所以武帝也不使他受國家重臣肩負鉅擔之苦。

〔八〕觀其典郡三句：指任昉任義興太守時清貧自守。《梁書・任昉傳》：「天監二年，出爲義興太守。在任清潔，兒妾食麥而已。友人彭城到溉，溉弟洽，從昉共爲山澤遊。及被代登舟，止有米五斛。既至無衣，鎮軍將軍沈約遣裙衫迎之。」

〔九〕尚方：宫廷製辦與掌管飲食器物之官署。餘瀝：剩酒。陶淵明《詠貧士》其二：「傾壺絶餘瀝，闚竈不見烟。」濡沫：用唾沫來濕潤，以喻困境中相互救助。《莊子・天運》：「泉涸，魚相與處于陸，相呴以濕，相濡以沫。」

〔一〇〕山巨源：山濤，字巨源，河内郡懷縣人。正始中隱退不問世事，司馬師執政後，傾心依附，官至吏部尚書、尚書右僕射，領吏部十餘年。《世説新語・言語》：「晋武帝每餉山濤恒少，謝太傅以問子弟，車騎答曰：『當由欲者不多，而使與者忘少。』」

〔一一〕龍門：名門府邸，衆望所歸。語出《世説新語・德行》：「李元禮風格秀整，高自標持，欲以天下名教是非爲己任。後進之士，有升其堂者，皆以爲登龍門。」此喻任昉府第。《南史・陸倕傳》：「及昉爲中丞，簪裾輻輳，預其宴者，殷芸、到溉、劉苞、劉孺、劉顯、劉孝綽及倕而已，號曰『龍門』之遊，雖貴公子孫不得預也。」任昉書啟今存者有《求爲劉瓛立館啟》、《與江革書》、《與沈約書》、《爲昭明太子答何胤書》、《爲庾杲之與劉居士虯書》等。

〔一二〕饒所句：任昉之樂于奬掖後進，見《梁書·任昉傳》：「昉好交結，奬進士友，得其延譽者，率多升擢，故衣冠貴遊，莫不争與交好，坐上賓客，恒有數十。時人慕之，號曰任君，言如漢之三君也。陳郡殷芸與建安太守到溉書曰：『哲人云亡，儀表長謝。元龜何寄？指南誰托？』其爲士友所推如此。」

〔一三〕蘭臺聚：以時任御史大夫的任昉爲中心所形成之著名交遊群體。《南史·到溉傳》：「梁天監初，昉出守義興，到溉、洽之郡，爲山澤之遊。昉還爲御史中丞，後進皆宗之。時有彭城劉孝綽、劉苞、劉孺，吴郡陸倕、張率，陳郡殷芸，沛國劉顯及溉、洽，車軌日至，號曰蘭臺聚。」

〔一四〕一片二句：言任昉本無私心，并非期望他所提攜之文士們，再回饋、報答其子孫。津梁，橋梁，便途。《魏書·封軌傳》：「吾平生不妄進舉，而每薦此二公，非直爲國進賢，亦爲汝等將來之津梁也。」

〔一五〕孝標：劉峻，字孝標，以字行，平原人。參見《劉户曹集小引》注〔一〕。《梁書·任昉傳》：「初，昉立于士大夫間，多所汲引，有善己者則厚其聲名。及卒，諸子皆幼，人罕贍恤之。平原劉孝標爲著論曰（略）。」又載《文選》卷五五，李善題注引劉璠《梁典》曰：「劉峻見任昉諸子西華兄弟等，流離不能自振，生平舊交，莫有收恤。西華冬月著葛布帔，練裙。路逢峻，峻泫然矜之。乃廣朱公叔《絶交論》。到溉見其論，抵幾于地，終身恨之。」

〔一六〕王河汾：王通，字仲淹，號文中子，河東龍門人。曾于黄河、汾水之間設館教學，遠近來此求學者達一千餘人，包括房玄齡、杜如晦、魏徵、李靖等唐初功臣，當時號稱「河汾門下」。王通死後，衆弟子爲紀念他，弘揚其在儒學發展中所作之貢獻，仿孔子門徒作《論語》而編《中説》一書。《中説·王道》：「子見劉孝標《絶交論》，曰：『惜乎，舉任公而毁也。任公于是乎不可謂知人矣。』」

〔一七〕市心：猶誅心，謂揭露、指責他人之用心。

〔一八〕彦昇句：據《隋志》著録，「梁太常卿《任昉集》三十四卷」；兩《唐志》亦著録爲「《任昉集》三十四卷」，蓋張燮一時誤記。

〔一九〕甲子：天啟四年（一六二四）。暮春：農曆三月。下弦：農曆二十二日或二十三日。舫齋：張燮霏雲居齋名，《霏雲居集》卷五有詩詠之。

【總説】

《隋書·經籍志》集部别集類著録「梁太常卿《任昉集》三十四卷」，兩《唐志》沿之。宋代書目皆不著録，知《任昉集》至遲于宋世已經亡佚。明人始有輯本。張燮《七十二家集·重纂任中丞集》（六卷）之前，有吕兆禧輯《任彦昇集》六卷，後收入汪士賢《漢魏諸名家集》。題辭所云「世本」，當即指此而言。迄今爲止，尚未見《任昉集》新整理本出版。

梁臺初建，任昉僅授官黄門侍郎，與其功勛與地位殊覺不稱；後出任義興太守，居官清儉，與當時勛舊僚佐格調不類。張燮分析稱「樂爲親臣，而不覬爲重臣」，「欲者無多，與者忘少」，令人耳目一新。張溥《任彦昇集題辭》開篇稱引王僧孺《太常敬子任府君傳》，認爲此作「貶前修而昂任君，其東海之溢美乎」，欲揚先抑，構思巧妙。

【附録】

張溥《任彦昇集題詞》：王僧孺之傳任敬子也，曰：「少孺速而未工，長卿工而未速，孟堅辭不逮理，平子意不及文，孔璋傷于健，仲宣病于弱。集論尚書，窮文質之敏；駐馬停信，極亹亹之功。莫尚斯焉！」異哉！貶前修而昂任君，其東海之溢美乎？江南文勝，古學日微，方軌詞苑，代有名人。大抵采死翟之毛，抉焚象之齒，生意盡矣。居今之世，爲今之言，違時抗往，則聲華不立，投俗取妍，則爾雅中絶，求其儷體行文、無傷逸氣者，江文通、任彦昇，庶幾近之。然後知僧孺所稱，非盡謬也。彦昇在齊朝，紆意梅蟲兒，捷入中書。既委誠梁武，專典禪讓文誥，諤諤之節，豈彼任哉？然服官清儉，兒妾食麥，卒于新安，浣衣歛體，有足多者。齊臺初建，褚彦回、王仲寶首稱翊運，身没皆無餘財。論人當日，其大者生死去就爾，廉名非所難也。《昭明文選》載彦昇令、表、序、狀、彈文，生平筆長，可悉推見。輜軿擊轊，坐客恒滿，有以夫！婁東張溥題。

王左丞集引〔一〕

王僧孺作南海，曰遺子孫者不在越裝〔二〕，而平生聚書與任、沈埒〔三〕，且多異本。廼知宦況自廉，則吴祐青簡寫書之慮〔四〕，都爲過計耳。齊梁之際，鍥事未興〔五〕，畜書俱寫本，而能積至萬餘卷，是以難也。史謂其爲文好用新事，人所未見〔六〕，余獨愛其胸之所駐，筆無遺旨；綵之所舒，文無滯情。屢昂首而崢嶸，乍拊心而淒絶。展讀數過，使人叫跳不能休，豈待螭腸滴而化石〔七〕，蜃脂燃以作燈〔八〕，然後爲奇哉！因慨僧孺幼孤，其母攜之入市，值中丞鹵簿，驅迫溝中，厥後自爲中丞，引騶清道，悲不自禁〔九〕，人生虎鼠推遷〔一〇〕，難料如此。若至性所鍾，亦由五六歲時讀《孝經》轉熟也〔一一〕。張燮識。

【箋注】

〔一〕王左丞：王僧孺，東海郯（今山東郯城）人。年少家貧，傭書養母。仕齊爲錢唐令，入梁除後軍臨川王記室參軍，出爲南海太守，徵拜中書郎，領著作，遷尚書左丞。撰有《總集十八州譜》、《百家譜》、《百家譜集鈔》、《兩臺彈事》，集三十卷。《梁書》卷三三、《南史》卷五九有傳。

〔二〕王僧孺二句：語本《梁書·王僧孺傳》：「尋出爲南海太守。郡常有高涼生口及海舶每歲數至，外國賈人以通貨易。舊時州郡以半價就市，又買而即賣，其利數倍，歷政以爲常。僧孺乃歎曰：『昔人爲蜀部長史，終身無蜀物，吾欲遺子孫者，不在越裝。』并無所取。」

〔三〕而平生句：謂王僧孺富于藏書，與任昉、沈約差可比肩。《梁書·王僧孺傳》：「僧孺好墳籍，聚書至萬餘卷，率多異本，與沈約、任昉家書相埒。」

〔四〕吴祐二句：吴祐，字季英，陳留長垣人。東漢名臣。少時隨父恢之南海太守任，恢欲殺青簡以寫經書，吴祐勸諫乃止。《後漢書·吴祐傳》：「吴祐字季英，陳留長垣人也。父恢，爲南海太守。祐年十二，隨從到官。恢欲殺青簡以寫經書，祐諫曰：『今大人逾越五嶺，遠在海濱，其俗誠陋，然舊多珍怪，上爲國家所疑，下爲權戚所望。此書若成，則載之兼兩。昔馬援以薏苡興謗，王陽以衣囊徼名。嫌疑之間，誠先賢所慎也。』恢乃止。」

〔五〕鍥事：指版刻事業。刻書起于唐，興于宋，齊梁之際，未有此事。

〔六〕史謂二句：言王僧孺爲文好用僻典，人未嘗見。《梁書·王僧孺傳》：「少篤志精力，于書無所不睹。其文麗逸，多用新事，人所未見者，世重其富。」

〔七〕螭腸：龍螭之腸。《拾遺記》卷一〇「崑崙山」：「西有螭潭，多龍螭，皆白色，千歲一蜕其五臟。此潭左側有五色石，皆云是白螭腸化成此石。」

〔八〕蜃脂：蛤之膏脂。《太平廣記》卷二三七「同昌公主」：「出其燭，方二寸，長尺餘，其上施五彩。爇之竟夕不盡，郁烈之氣可聞于百步餘。烟出于上，即成樓閣臺殿之狀。或云，燭中有蜃脂也。」

〔九〕因慨七句：言王僧孺年幼時被中丞所侮，如今自爲中丞，世事變幻，令人唏嘘。《梁書·王僧孺傳》：「僧孺幼貧，其母鬻紗布以自業，嘗攜僧孺至市，道遇中丞鹵簿，驅迫溝中。及是拜日，引騶清道，悲感不自勝。」

〔一〇〕虎鼠推遷：比喻勢有得失，高位與低位終會變換。《文選》卷四五東方朔《答客難》：「用之則爲虎，不用則爲鼠。」李白《遠别離》：「權歸臣兮鼠變虎。」

〔一一〕若至二句：言王僧孺至性過人，由其年幼時熟讀《孝經》所成。《梁書·王僧孺傳》：「僧孺年五歲，讀《孝經》，問授者此書所載述，曰：『論忠孝二事。』僧孺曰：『若爾，常願讀之。』」

【總説】

《隋書·經籍志》集部别集類著録「梁中軍府咨議《王僧孺集》三十卷」，兩《唐志》沿之。宋代書目皆不著録，知《王僧孺集》于宋世已然亡佚。明人始有輯本。《王僧孺集》後世輯本，當以張燮《七十二家集·王左丞集》爲最早，具有開創價值。迄今爲止，尚未見《王僧孺集》新整理本出版問世。

王僧孺生平軼事無多，二張題辭又皆取材史傳，用事難免雷同。如張溥題辭稱「出守南海，不取越裝」,「書藏異本,富埒沈、任,文用新事,人所未見」,張燮題辭亦用此數事,二者取材相似,原無可怪。至稱「江侍中少孤貧,采薪而得貂蟬,竟成休徵;王中丞幼避鹵簿墮溝,後乃鳴騶清道」,援引江淹事,與王僧孺事堪稱絶對,較張燮羅列史傳用語更爲簡當,更饒新意。然又稱「二事相類,虎鼠須臾」,則徑自襲取張燮題辭「人生虎鼠推遷」,正無容辯駁。張溥受張燮題辭之沾溉,又添一證。

【附録】

張溥《王左丞集題詞》:《南史》言王僧孺中年遭躓,有桑濮之疑,而《梁書》顧稱南康王典籤湯道愍怨僧孺裁抑彼寵,遂行謗訟。余以其生平攷之,出守南海,不取越裝;入參大選,杜絶請謁。節槩如此,豈不堪託色者哉?《南史》言非也。致書何烱,自明己意,憂患之餘,文辭危惻。子長流連于少卿,文通叫號于建平,有同情乎?僧孺書藏異本,富埒沈、任,文用新事,人多未見。今集中諸篇,杼軸雲霞,激越鐘管,新聲代變,于此稱極。文人不博,不能致奇,碩學之効,其班班者。訪砭石,譔譜事,特豹半耳。江侍中少孤貧,采薪而得貂蟬,竟成休徵;王中丞幼避鹵簿墜溝,後乃鳴騶清道。二事相類,虎鼠須臾,誠達觀者。可付之東暾西崦秉電畫水乎?婁東張溥題。

陸太常集引〔一〕

梁氏多才〔二〕，自任、沈外，陸佐公爲之冠。驂軌竟陵，平分八友〔三〕，非若晚彦之攀鱗也。《石闕》、《漏刻》二銘〔四〕，東序摛芬〔五〕，高壇藻景。其他短篇，都復爛然總至〔六〕。《感知己賦》世鮮知者〔七〕，余嘗舉以敵彦昇答賦〔八〕，殆欲勝之。夫其締交父行〔九〕，翻承翊戴〔一〇〕，正不虚耳。憶佐公阿父德明，時人謂水可當醴泉，而樹可當交讓〔一一〕。佐公年少精勤，却於宅内起兩間茅屋，謝絶往來，晝夜擁書〔一二〕，是又樹且蓂三珠而泉乃飛百脉耶〔一三〕。余屢過吴，求陸氏故居，不可得。考《吴志》佐公墓在綏山，詢之故老，亦了不知處〔一四〕，即從子襄之立石〔一五〕，竟復雨滅烟沉；獨是翡林勝綵，流播中區，陵谷不能載之而去者也。公賴此永矣。旃蒙赤奮若早春日張燮識于吴舫〔一六〕。

【箋注】

〔一〕陸太常：陸倕，字佐公，吴郡（今江蘇蘇州）人。少篤學，善屬文。梁天監初，爲安成王外兵參軍、臨川王東曹掾，遷太子庶子、國子博士、中書侍郎。後擢爲吏部郎，參選事，出爲尋陽太守。復除國子博士，守太常卿。有集二十卷。《梁書》卷二七、《南史》卷四八有傳。

〔二〕梁氏：指蕭梁時代。　多才：謂人才繁盛。《文心雕龍・辨騷》：「豈去聖之未遠，而楚人之多才乎？」

〔三〕驂軏二句：齊竟陵王蕭子良于西邸招文學之士，一時彬彬之盛，陸倕預其流，爲竟陵八友之一。《梁書・武帝紀》：「竟陵王子良開西邸，招文學，高祖與沈約、謝朓、王融、蕭琛、范雲、任昉、陸倕等并遊焉，號曰『八友』。」同書《陸倕傳》稱：「刺史竟陵王子良開西邸延英俊，倕亦預焉。」驂軏，參乘，陪駕。《藝文類聚》卷五三庾闡《薦唐歲箋》：「驂軏鸞衡。」

〔四〕二銘：《石闕銘》、《新漏刻銘》，陸倕撰成後，深受梁武所賞。《梁書・陸倕傳》：「是時禮樂制度，多所創革，高祖雅愛倕才，乃敕撰《新漏刻銘》，其文甚美。遷太子中舍人，管東宫書記。又詔爲《石闕銘記》。奏之。敕曰：『太子中舍人陸倕所製《石闕銘》，辭義典雅，足爲佳作。昔虞丘辨物，邯鄲獻賦，賞以金帛，前史美談，可賜絹三十匹。』」

〔五〕東序：國學之通稱。《隋書・音樂志》載沈約《俊雅詩》其二：「義兼東序，事美西雍。」

〔六〕其他短篇：《石闕銘》、《新漏刻銘》外，陸倕其他短文今存者尚有《思田賦》、《除詹事讓表》、《爲張侍中謝敵》、《誌法師墓誌銘》、《天光寺碑》等。

〔七〕《感知己賦》：《藝文類聚》卷三一載梁陸倕《感知己賦贈任昉》，雖非完幅，然一篇精華略具于此。

〔八〕彦昇答賦：陸倕贈任昉《感知己賦》，任昉酬答，亦題爲《感知己賦》。《梁書·陸倕傳》：「倕與樂安任昉友善，爲《感知己賦》以贈昉，昉因此名以報之曰(略)。」

〔九〕締：結合。父行：父親之德行。陸倕父陸慧曉清介正立，不雜交遊，在當時邀獲盛譽。《南史·陸慧曉傳》：「後爲司徒右長史。時陳郡謝朏爲左長史，府公竟陵王子良謂王融曰：『我府前世誰比？』融曰：『明公二上佐，天下英奇，古來少見其比。』」

〔一〇〕翻承翊戴：指陸倕值齊梁之際，有機會輔佐擁戴梁武帝登基。

〔一一〕憶佐公三句：阿父，父親，此指陸慧曉。《太平御覽》卷九五七引《齊書》：「何點性好事，聞陸惠曉與張融并宅，其間有池，池上有二柳樹，點歎曰：『此池便是醴泉，此樹便是交讓。』」醴泉，甜美之泉。《禮記·禮運》：「故天降膏露，地出醴泉。」交讓，木名，即交讓木。《文選》卷四左思《蜀都賦》：「交讓所植。」劉逵注：「交讓，木名也。兩樹對生，一樹枯則一樹生，如是歲更，終不俱生俱枯也。」

〔一二〕佐公四句：典出《梁書》本傳：「倕少勤學，善屬文。於宅内起兩間茅屋，杜絶往來，晝夜讀書，如此者數載。所讀一遍，必誦于口。嘗借人《漢書》，失《五行志》四卷，乃暗寫還之，略無遺脱。」

〔一三〕三珠：三珠樹，傳説中的珍木。《山海經·海外南經》：「三株樹在厭火北，生赤水上。其爲樹如柏，葉皆爲珠。」百脉：百脉泉，號爲名泉。《水經注·濟水二》：「水出土鼓縣故城西，水源方百步，百泉俱出，故謂之百脉水。」

〔一四〕故老：蓋指文震孟等友人而言。張燮考見《姑蘇志》中記載，陸倕墓在吴縣綏山，雖多方打聽，仍杳無音迹。張燮《群玉樓集》卷七〇《答文文起》：「按《姑蘇志》陸倕墓在吴縣綬山鄉，墓石從子襄爲序，湘東王爲銘，普通二年立，今銘尚傳而序久湮，此墓既載郡乘，想其遺碑必有存者，抑陸氏子孫家乘容或載之，幸掌記留心代覓，便時得一擲寄，感倍于瓊瑤矣。」同卷附文震孟答書：「陸倕墓湘東銘，殘碑斷碣，竟無從討訊，文亡獻杳，可勝歎哉。」

〔一五〕從子襄：陸襄，字師卿，原名衰，字趙卿，父陸閑，兄陸厥。起著作佐郎，歷太子洗馬、中舍人、太子家令、鄱陽内史、度支尚書。侯景亂中憂憤而死。陸襄爲陸倕侄，據傳其爲陸倕墓碑撰序，故稱。

〔一六〕旃蒙赤奮若：指乙丑年，即明天啟五年（一六二五）。參見《陳記室集小引》注〔二一〕。

【總説】

《隋書·經籍志》集部别集類著録「梁太常卿《陸倕集》十四卷」，兩《唐志》著録「《陸倕集》二十卷」，與《梁書》本傳所云「陸倕有文集二十卷，行于世」合，蓋猶是舊本。宋代書目皆不著録，知其至遲于宋世已經亡佚。明人始有輯本。《陸倕集》後世輯本，當以張燮《七十二家集·陸太常集》（二卷）爲最早，具有開創價值。迄今爲止，尚未見《陸倕集》新整理本問世。

張燮題辭多正面評價，如稱「自任、沈外，陸佐公爲之冠」，又《感知己賦》可「敵彦昇答賦，殆欲勝之」等。張溥題辭多移花接木，借他人之評以當之，如稱「《漏刻》、《石闕》二銘，見美高祖，敕稱佳作」，又引昭明《宴闌思舊詩》、元帝墓銘等。張燮稱「屢過吴，求陸氏故居」，是真篤好六朝人物者。張溥稱「陸集二十卷，不能盡見，兹所輯録」，敢問天如公，誰所輯録耶？

【附録】

張溥《陸太常集題詞》：陸佐公爲任樂安小友，聲譽日進，因作《感知己賦》，投贈序懷；後奉命出淮泗，以詩代書，寄京邑僚友。劉兄殷弟，諸子戚戚，濯然于李、郭同舟，潘、夏方駕。余每讀之，未嘗不重其篤友生、厚朋亞也。《漏刻》、《石闕》二銘，見美高祖，敕稱佳作。昭明《宴闌思舊詩》云：「佐公持文介，才學罕爲儔。」既没，元帝爲其墓銘曰：「詞峰飈豎，逸氣雲浮。」一人之身，榮知三祖，亦云遇矣。南國興運，敦尚詩書，梁武起自文人，尤勤氣類，曲水清漳，同遊并唱，當時作者，但患無才爾。長卿「凌雲」，孟陽《劍閣》，寧多慕哉！陸集二十卷，不能盡見，兹所輯録，皆麗而能則。斯人也，斯文也，生有蘭臺之聚，死傳青鏤之管，即謂至今存可也。婁東張溥題。

劉户曹集小引〔一〕

從古兩書淫〔二〕，一皇甫玄晏〔三〕，一劉玄靖〔四〕。玄晏高尚其事，超然冥鴻，非若玄靖文禽顧影〔五〕，翻鏟彩于太液池邊也〔六〕。玄靖身際右文之朝〔七〕，并世儁流，盡被隆遇，而峻獨坎壈以終〔八〕。申公叔之指歸〔九〕，托敬通之同異〔一〇〕，至今掩卷有餘恫焉〔一一〕。如謂率性而動，不共浮沉，則爾時之負遺俗者〔一二〕，豈直一峻哉！何加膝墮淵之異效也〔一三〕！卞士蔚有言，擲五木子輒韃，豈復是擲子之拙〔一四〕，此足破遇合之界耳〔一五〕。昭明《文選》，梁人自任、沈外見收者寥寥，而玄靖采取者三〔一六〕，然則聲價故重于華林一二三子〔一七〕，正不得以《遍略》高之矣〔一八〕。甲子暮春望日紹和張燮書于覓蠹軒〔一九〕。

【校記】

【劉户曹集小引】「小」，别集本無。

【申公叔之指歸】「公叔」，原誤作「公明」，據文意改。

【箋注】

〔一〕劉户曹：劉峻，字孝標，平原（今屬山東）人。家貧，好讀書。齊永明中南奔，建武中爲豫州府刑獄。入梁，安成王引爲荆州户曹參軍，以疾去職。撰有《類苑》、《世説注》，集六卷。《梁書》卷五〇、《南史》卷四九有傳。

〔二〕書淫：嗜書成癖之人。

〔三〕皇甫玄晏：皇甫謐，字士安，自號玄晏先生。沉静寡欲，手不輟卷，不樂交遊，終身不仕。《北堂書鈔》卷九七引其《玄晏春秋》：「余學或兼夜不寐，或臨食忘餐，或不覺日夕，方之好色，號余曰書淫。」

〔四〕劉玄靖：劉峻殁後，門人私謚曰玄靖先生。《梁書·刘峻傳》：「峻好學，家貧，寄人廡下，自課讀書，常燎麻炬，從夕達旦，時或昏睡，爇其髮，既覺復讀，終夜不寐，其精力如此。齊永明中，從桑乾得還，自謂所見不博，更求異書，聞京師有者，必往祈借，清河崔慰祖謂之『書淫』。」

〔五〕文禽：鴛鴦、孔雀之類羽毛有文彩之鳥。《文選》卷四二應璩《與滿公琰書》：「文禽蔽绿水。」顧影：猶言顧影自憐，有自矜、自負之意。《後漢書·南匈奴傳》：「昭君豐容靚飾，光明漢宫，顧景裴回，竦動左右。」

〔六〕鏟彩：猶言「鎩羽」。鏟，削平。《文選》卷一一鮑照《蕪城賦》「鏟利銅山」句下李善注引《倉頡篇》曰：「鏟，削平也。」此句言孝標之才能不獲賞識和任用。《梁書·劉峻傳》：「高祖招文學之士，有高才者，多被引進，擢以不次。峻率性而動，不能隨衆沉浮，高祖頗嫌之，故不任用。」太液池：漢、唐皇家池苑，此代指皇室。

〔七〕右文之朝：此指蕭梁王朝。右文，崇尚文治。

〔八〕并世三句：與之同時之才士，多受到梁武隆遇，而孝標却不被擢用，坎壈一生。《南史》本傳載：「初，梁武帝招文學之士，有高才者多被引進，擢以不次。峻率性而動，不能隨衆沉浮。武帝每集文士策經史事，時范雲、沈約之徒皆引短推長，帝乃悦，加其賞賚。曾策錦被事，咸言已罄，帝試呼問峻，峻時貧悴冗散，忽請紙筆，疏十餘事，坐客皆驚，帝不覺失色。自是惡之，不復引見。」坎壈，困頓。杜甫《丹青引贈曹將軍霸》：「但看古來盛名下，終日坎壈纏其身。」

〔九〕公叔：朱穆，字公叔，一字文元，南陽宛人。感時俗澆薄，作《崇厚論》、《絶交論》。劉峻《廣絶交論》（載《文選》卷五五）即爲廣朱穆《絶交論》之作。篇首稱：「客問主人曰：『朱公叔《絶交論》，爲是乎？爲非乎？』主人曰：『客奚此之問？』」

〔一〇〕敬通：馮衍，字敬通，京兆杜陵人。建武末年曾上疏自陳，猶不被任用，作《顯志賦》以自勵。劉峻撰《自序》，自比馮衍，相同者三，相異者四。《梁書·劉峻傳》：「峻又嘗爲《自序》，其略曰：『余自比馮敬通，而有同之者三，異之者四。何則？敬通雄才冠世，志剛金石；余雖不及之，而節亮慷慨，此一同也。敬通值中興明君，而終不試用；余逢命世英主，亦擯斥當年，此二同也。敬通有忌妻，至于身操井臼；余有悍室，亦令家道轗軻，此三同也。敬通當更始之世，手握兵符，躍馬食肉；余自少迄長，戚戚無歡，此一異也。敬通有一子仲文，官成名立；余禍同伯道，永無血胤，此二異也。敬通膂力方剛，老而益壯；余有犬馬之疾，溘死無時，此三異也。敬通雖芝殘蕙焚，終填溝壑，而爲名賢所慕，其風流鬱烈芬芳，久而彌盛；余聲塵寂漠，世不吾知，魂魄一去，將同秋草，此四異也。』」

〔一一〕恫：哀痛。《文選》卷一五張衡《思玄賦》：「尚前良之遺風兮，恫後辰而無及。」

〔一二〕負遺俗：遭受世俗指責。《戰國策·趙策二》：「夫有高世之功者，必負遺俗之累。」

〔一三〕加膝墜淵：形容人愛憎無常，歡喜即抱于膝上，厭惡則推向深淵。《禮記·檀弓下》：「今之君子，進人若將加諸膝，退人若將墜諸淵。」

〔一四〕卞士蔚：卞彬，字士蔚，濟陰冤句人。險拔有才，與物多忤。《南史·卞彬傳》：「彬性好飲酒，以瓠壺瓢勺杬皮爲具，著帛冠，十二年不改易。以大瓠爲火籠，什物多諸詭異。自稱卞田居，婦爲傅蠶室。或謂曰：『卿都不持操，名器何由得升？』彬曰：『擲五木子，十擲輒鞬，豈復是擲子之拙？吾好擲，政極此耳。』」

〔一五〕遇合：多用指君臣相遇而彼此投合。《史記·佞幸列傳》：「諺曰『力田不如逢年，善仕不如遇合』，固無虛言。」

〔一六〕昭明三句：劉孝標詩文入《文選》者，計有《重答劉秣陵沼書》（卷四三）、《辨命論》（卷五四）、《廣絶交論》（卷五五）三篇。

〔一七〕華林：華林園，南朝宮苑名。　二三子：指受敕命纂修《華林遍略》諸學士。

〔一八〕《遍略》：指《華林遍略》，梁武帝與劉峻《類苑》争勝，敕命衆學士纂修之類書。《南史·劉峻傳》：「安成王秀雅重峻，及安成王遷荆州，引爲户曹參軍，給其書籍，使撰《類苑》。……及峻《類苑》成，凡一百二十卷，帝即命諸學士撰《華林遍略》以高之，竟不見用。」

〔一九〕甲子：明天啟四年（一六二四）。　暮春：農曆三月。　望日：農曆每月十五日。

【總説】

《隋書·經籍志》集部别集類著録「梁平西刑獄參軍《劉孝標集》六卷」，兩《唐志》未見，宋代書目亦不著録，蓋于唐世已經亡佚。明人始有輯本。《劉孝標集》後世輯本，當以張燮《七十二家集·劉户曹集》（二卷）爲最早，具有開創價值。今有羅國威《劉孝標集校注》，上海古籍出版社一九九八年版，學苑出版社二〇〇三年再版。

劉孝標節亮慷慨，率性而行，不肯隨世浮沉，觸忤梁武，困厄終生，山棲竟老，于是將滿腔感慨，傾瀉而成《辨命論》；又見任昉殁後諸子流離，舊交莫恤，憤而著《廣絶交論》；劉沼致書難之，未見後報書而卒，劉孝標再報書而序之。三文并見諸《昭明文選》，在任昉、沈約之外，巋然而成蕭梁文學之一大家。劉孝標《辨命論》自比馮衍，張燮題辭又將其比作皇甫謐，張溥題辭更將其與郈成子、季札、韓非、李陵、楊修等相比況，濃墨重彩，變本加厲，古今讀書人同此歎息也。

【附録】

張溥《劉户曹集題詞》：劉孝標見任彦昇諸子流離行路，舊交莫恤，則著《廣絶交論》。與中山劉明信友善，書命往返，明信没，復爲報章追答之。念其殷勤死友，寄懷寂寞，一篇之中，郈成、季札，遺風在焉。孝標淄右名種，期月孤露，魏師南侵，陷身奴虜。既知書學，播遷緇素。韓非入秦，李陵去漢，豈若是困厄哉！多聞不達，逃還江南，亦爰適樂土，不欲累北人豢養也。魏佛助作《魏書》好詆南士，妄謂孝標兄弟疎薄遭棄，殆越人之笑章甫乎！棲學東陽，享年六十，玄靖先生，寧云天折？獨其一世書淫，南北并躓，上有好文之君，朝多同學之彦，而引見無階，山棲竟老，德祖見忌于曹操，敬通觖望于光武，豈非命耶！《辯論》六蔽，善言天人；《自序》三同四異，悲憤交集。遇主若此，而又重以悍室司晨，若敖將餒，詩窮而工，其然乎？婁東張溥題。

王詹事集題詞〔一〕

王元禮自述家世，謂七葉重光，人人有集〔二〕，兹存爲余所品定者僅二人，齊則元長〔三〕，梁則元禮。元長，僧達之胤〔四〕；元禮，僧虔之孫也〔五〕。琅邪之有僧虔，譬在繁蕤密艷中，别有疏籬桐竹之況〔六〕。子志等遞守家法〔七〕，故馬糞諸王，單著長者之目〔八〕。元禮弘厚，聿追祖風，彼貴遊之習爲豪華〔九〕，才士之沿爲傲侮〔一〇〕，元禮無一焉。門標龍鳳〔一一〕，此其最優矣。生平嗜書，垂老彌篤，手自抄録，不覺筆倦〔一二〕，是真不以天地易蜩者〔一三〕。至今誦《行路難》詩及《東宫哀策文》〔一四〕，抹彼勝馥，饒芬舌端，他亦琅琅成響。余嘗語客曰：得盡發王公百許卷讀之，一官自爲一集〔一五〕，不案間非常巨麗乎〔一六〕？客曰：子願太奢，更得《郊居》十贊〔一七〕，所謂「指物呈形，無假題署」者，是亦足矣。柔兆攝提格律在應鍾月紹和張燮書于群玉樓〔一八〕。

【箋注】

〔一〕王詹事：王筠，字元禮，一字德柔，琅邪臨沂（今屬山東）人。清静好學，能屬文。起家中軍臨川王行軍，遷太子舍人，出爲臨海太守。還京，任秘書監、太府卿、度支尚書、太子詹事。《隋志》著録其集十一卷，又《中書集》、《臨海集》、《東佐集》各十一卷，《尚書集》九卷。《梁書》卷三三、《南史》卷二二有傳。

〔二〕王元禮三句：見諸王筠自述。《梁書·王筠傳》：「與諸兒書論家世集云：『史傳稱安平崔氏及汝南應氏，并累世有文才，所以范蔚宗云崔氏「世擅雕龍」，然不過父子兩三世耳；非有七葉之中，名德重光，爵位相繼，人人有集，如吾門世者也。』」

〔三〕元長：王融，字元長，琅邪臨沂人。自幼聰慧過人，年少舉秀才，入竟陵王蕭子良幕，舉爲寧朔將軍。《七十二家集》收録《王寧朔集》，惜無題辭。

〔四〕僧達：王僧達，王導五世孫，王弘子。少時爲宋文帝劉義隆所賞，任爲宣城太守。孝武帝劉駿即位，遷征虜將軍、護軍將軍、吴郡太守。《南齊書·王融傳》：「王融字元長，琅邪臨沂人也。祖僧達，中書令。」胤：後嗣。

〔五〕僧虔：王僧虔，字簡穆，王導五世孫，王羲之四世族孫。歷任御史中丞、會稽太守、吏部尚書、侍中等職。《梁書·王筠傳》：「王筠字元禮，一字德柔，琅邪臨沂人。祖僧虔，齊司空簡穆公。」

〔六〕琅邪三句：言王僧達在王氏家族中高風獨標，超邁不群。《南齊書·王僧虔傳》：「父曇首，右光禄大夫。曇首兄弟集會諸子孫，弘子僧達下地跳戲，僧虔年數歲，獨正坐采蠟燭珠爲鳳凰。弘曰：『此兒終當爲長者。』」王僧虔工書法，好文史，通音律，解星文，不喜交遊，爲政寬惠，在諸王中確能獨具一格。

〔七〕子志：王僧虔長子慈、慈弟志、志弟揖、揖弟寂等，并能維持家風于不墜。《南史·王僧虔傳》：「寂字子玄，性迅動，好文章，讀《范滂傳》，未嘗不歎挹。王融敗後，賓客多歸之。齊建武初，欲獻《中興頌》，兄志謂曰：『汝膏粱年少，何患不達？不鎮之以静，將恐貽譏。』寂乃止。」

〔八〕故馬糞二句：言居于馬糞巷之王氏諸子弟中，獨王志被標舉爲「長者」。《南史·王志傳》：「志家居建康禁中里馬糞巷。父僧虔門風寬恕，志尤惇厚，所歷不以罪咎劾人。門下客嘗盜脱志車幰賣之，志知而不問，待之如初。賓客遊其門者，專蓋其過而稱其善。兄弟子侄皆篤實謙和，時人號馬糞諸王爲長者。」朱弁《曲洧舊聞》卷五：「東坡因數過讀《南史》，卧而聽之，語過曰：『王僧虔居建康禁中里馬糞巷，子孫賢實謙和，時人稱爲「馬糞諸王爲長者」。東漢贊論李固，云視胡廣、趙戒如糞土，糞之穢也，一經僧虔，便爲佳號，而以比胡、趙，則糞有時而不幸，汝可不知乎！』」

〔九〕豪華：鋪張奢侈。《南史·鮑泉傳》：「常乘高幰車，從數十左右，繖蓋服玩甚精。……都下少年遂爲口實，見尚豪華人，相戲曰：『鮑通直復是何許人，而得如此。』」

〔一〇〕傲侮：傲慢輕侮。《齊東野語》卷四：「殿試第三人，跌宕不羈，傲侮一世。」

〔一一〕門標龍鳳：言家族中不乏才能優異之人。《南齊書·王僧虔傳》：「舍中亦有少負令譽、弱冠越超清級者，于時王家門中，優者則龍鳳，劣者猶虎豹。」

〔一二〕生平四句：出自王筠自述。《梁書・王筠傳》：「其自序曰：『余少好書，老而彌篤。雖偶見瞥觀，皆即疏記，後重省覽，歡興彌深，習與性成，不覺筆倦。』」

〔一三〕不以天地易蜩：言不因外物影響對蟬翼之關注。《莊子・達生》：「仲尼適楚，出于林中，見痀僂者承蜩，猶掇之也。仲尼曰：『子巧乎！有道邪？』曰：『我有道也。五六月累丸二而不墜，則失者錙銖；累三而不墜，則失者十一；累五而不墜，猶掇之也。吾處身也，若厥株拘；吾執臂也，若槁木之枝；雖天地之大，萬物之多，而唯蜩翼之知。吾不反不側，不以萬物易蜩之翼，何爲而不得！』孔子顧謂弟子曰：『用志不分，乃凝于神，其痀僂丈人之謂乎！』」

〔一四〕《行路難》：王筠所撰樂府七言詩題，載《玉臺新詠》卷九：「千門皆閉夜何央，百憂俱集斷人腸。探揣箱中取刀尺，拂拭機上斷流黃。情人逐情雖可恨，復畏邊遠乏衣裳。已繅一繭催衣縷，復擣百和裛衣香。猶憶去時腰大小，不知今日身短長。裲襠雙心共一袜，衵複兩邊作八襊。襻帶雖安不忍縫，開孔裁穿猶未達。胸前却月兩相連，本照君心不照天。願君分明得此意，勿復流蕩不如先。含悲含怨判不死，封情忍思待明年。」《東宮哀策文》：即《昭明太子哀册文》，載《梁書・昭明太子傳》，又見《藝文類聚》卷一六，文繁不録。

〔一五〕一官自爲一集：言王筠每任一官職，則編成一集行世。《梁書・王筠傳》：「筠自撰其文章，以一官爲一集，自洗馬、中書、中庶子、吏部、東佐、臨海、太府各十卷，《尚書》三十卷，凡一百卷，行于世。」《隋志》著録：「梁太子洗馬《王筠集》十一卷。王筠《中書集》十一卷。王筠《臨海集》十一卷。王筠《東佐集》十一卷。王筠《尚書集》九卷。」除去目録外，共計四十八卷，蓋已有佚失。

〔一六〕巨麗：極美好。吴質《答東阿王書》：「發函伸紙，是何文采之巨麗，而慰喻之綢繆乎！」

〔一七〕《郊居》十贊：王筠所撰十首郊居草木贊詠，深爲沈約所賞。《梁書·王筠傳》：「約于郊居宅造閣齋，筠爲草木十詠，書之于壁，皆直寫文詞，不加篇題。約謂人云：『此詩指物呈形，無假題署。』約制《郊居賦》，構思積時，猶未都畢，乃要筠示其草，筠讀至『雌霓連蜷』，約撫掌欣抃曰：『僕嘗恐人呼爲霓。』次至『墜石磓星』及『冰懸坎而帶坻』，筠皆擊節稱贊。約曰：『知音者希，真賞殆絶，所以相要，政在此數句耳。』」

〔一八〕柔兆攝提格：丙寅年，指明天啟八年（一六二八）。柔兆爲丙之別稱。《淮南子·天文》：「在丙曰柔兆。」高誘注：「在丙，言萬物皆生枝布葉，故曰柔兆也。」攝提格爲寅之別稱。《爾雅·釋天》：「（太歲）在寅曰攝提格。」應鍾：十月。《禮記·月令》：「（孟冬之月）其音羽，律中應鍾。」《漢書·律曆志上》：「應鐘，言陰氣應亡射，該臧萬物而雜陽閡種也。位于亥，在十月。」群玉樓：張燮藏書讀書之所，并以之命名己集。張燮《群玉樓集自序》：「草廬深處，舊有小樓，圮而更築之，貯所緒群籍其上。曹氏之倉，陸公之廚，庶幾貼宅焉。當窗散帙，雅多善本，如探群玉之山，此樓所由名也。」

【總説】

王筠自撰其文章，以一官爲一集，史傳載其集多種，合一百卷之多，《隋書·經籍志》集部別集類著録《王筠集》、《中書集》、《臨海集》、《左佐集》、《尚書集》，共計四十八卷。兩《唐志》又多《洗馬集》、《中庶子集》兩種。宋代書目皆不著録，知其于宋世已然亡佚。明人始有輯本。《王筠集》後世輯本，當以張燮《七十二家集·王詹事集》（二卷）爲最早，具有開創價值。今有黄大宏《王筠集校注》，中華書局二〇一三年版。

王筠一官自爲一集，合之則有百餘卷，而今存者寥寥。張燮言苟得《郊居》十贊，于願已足；張溥歎《芍藥賦》與草木十詠，俱歸烏有。可謂千載之下，感慨無不同也。張燮評作品，多籠統贊辭；張溥評作品，則批評嚴苛。如言《昭明太子哀册文》「辭麗寡哀，風人致短」，《楚妃吟》「句法雖異，未備古體」，即《行路難》「抑《詩》所謂『摻摻女手』也」之評，亦不無輕薄之意，蓋張溥有對「東漢以後，文尚聲華，漸爽情實」之整體認知，故對六朝諸作家作品多帶挑剔之眼光，形之于筆下，便多貶損之辭也。

【附録】

張溥《王詹事集題詞》：沈隱侯之知王元禮，猶蔡伯喈之知王仲宣，當日兩人情好相得，詩文互賞，《郊居》佳句，惟元禮能讀，好詩彈丸，非隱侯莫爲知音也。隱侯遺文頗廣，元禮則寥寥鮮存，無論《洗馬》以來諸集斷闕，即傳中所稱《芍藥賦》與《草木十詠》，俱歸烏有。因歎治亂異數，彼此一時，國門洛下之書，空井寒灰之泣，其文傳不傳，亦各有命也。《昭明哀策》，中朝嗟賞，然辭麗寡哀，風人致短。東漢以後，文尚聲華，漸爽情實，誄死之篇，應詔公庭，尤矜組練。即顏延年哀宋元后，謝玄暉哀齊敬后，一代名作，皆文過其質，何怪後生學步者哉！《楚妃吟》句法雖異，未備古體；《行路難》善叙縫婦，抑《詩》所謂「摻摻女手」也。元禮筆法似詩優于文，七葉重光，人人有集，若此者，誠足爲世家標凖矣。婁東張溥題。

劉秘書集序〔一〕

謝康樂每一詩貴賤競寫，宿昔士庶皆遍，名動京師〔二〕；劉孝綽每作一篇，好事咸共傳寫，流聞絶域〔三〕：其爲藻苑所欽略同。平居儕輩多所凌忽〔四〕，而謝既負釁〔五〕，劉亦摧輪〔六〕：其爲朱紱所挫略同〔七〕。彼蓋儁才成其褊衷，孤神紓其凋步，斯往彦之恒癖也〔八〕。孝綽於武帝不可謂不知遇，第一等官以待第一等人〔九〕，非如宋武之羈縻而累起累躓，在職輒爲法官所彈〔一〇〕。夫到溉不平者十事〔一一〕，猶謂彼已猜嫌，譬彼孟顗〔一二〕，若吏部時爲從弟覽所糾，至云「犬噬行路，覽喫家人」〔一三〕，視池塘春草〔一四〕，風味長隔矣。嗟乎！康樂藉其先資，服御多創，爲世所宗，亦爲世所駭〔一五〕。而孝綽單提寸管，使范雲命拜於孝才〔一六〕，王融歸鉢于阿士〔一七〕。東宫契洽，先圖樂賢之堂〔一八〕；藩王嘆睽，彌敦布衣之好〔一九〕。則論世者尚覺康樂終滯豪華〔二〇〕，而孝綽惟仗素業〔二一〕。史又稱孝綽在公簡重無語，反呼騶卒問道途雜事〔二二〕，然則昭明所謂「右拍洪崖肩」者〔二三〕，得非陰指其不與世人作緣乎〔二四〕？視康樂三人提裾，四人曳席〔二五〕，又覺康樂道廣而孝綽性狷也〔二六〕。旃蒙赤奮若林鍾月張燮識於風雅堂〔二七〕。

【校記】

【其爲朱紱所挫略同】「爲」字原脱，據別集本補。

【爲世所宗】「世」字原脱，據別集本補。

【箋注】

〔一〕劉秘書：劉孝綽，字孝綽，本名冉，小字阿士，彭城（今江蘇徐州）人。幼有奇才，號爲神童。天監初，起爲著作佐郎。遷太子舍人、尚書水部郎，出爲平南安成王記室，補太子洗馬。遷尚書金部郎，出爲上虞令。累遷司徒右長史、太府卿、太子僕、廷尉卿，除安西湘東王咨議參軍，遷尚書吏部郎，除秘書監。有集十四卷。《梁書》卷三三、《南史》卷三九有傳。

〔二〕謝康樂三句：謝靈運，小名客兒，襲封康樂公，參見《謝康樂集叙》注〔一〕。《宋書·謝靈運傳》：「靈運父祖并葬始寧縣，并有故宅及墅，遂移籍會稽，修營別業，傍山帶江，盡幽居之美。與隱士王弘之、孔淳之等縱放爲娛，有終焉之志。每有一詩至都邑，貴賤莫不競寫，宿昔之間，士庶皆遍，遠近欽慕，名動京師。」

〔三〕劉孝綽三句：劉孝綽每篇寫畢，爲好事者競相傳寫，甚至流傳至極邊遠之地區。《梁書·劉孝綽傳》：「孝綽辭藻爲後進所宗，世重其文，每作一篇，朝成暮遍，好事者咸諷誦傳寫，流聞絶域。」《南史·劉孝綽傳》文辭稍異：「孝綽辭藻爲後進所宗，時重其文，每作一篇，朝成暮遍，好事者咸誦傳寫，流聞河朔，亭苑柱壁莫不題之。」

〔四〕平居句：謝靈運、劉孝綽皆對平時同僚士友多所輕慢。《宋書·謝靈運傳》：「太守孟顗事佛精懇，而爲靈運所輕，嘗謂顗曰：『得道應須慧業文人，生天當在靈運前，成佛必在靈運後。』顗深恨此言。」《梁書·劉孝綽傳》：「孝綽少有盛名，而仗氣負才，多所陵忽，有不合意，極言詆訾。領軍臧盾、太府卿沈僧杲等，并被時遇，孝綽尤輕之。」

〔五〕負釁：猶獲罪。謝靈運侮慢會稽太守孟顗，後孟顗誣告靈運有異志，爲有司所糾，遂生叛心，廷尉依法收治，于廣州行棄市刑。

〔六〕摧輪：折毀車輪，謂世路險巇，行路坎坷。《劉子新論·薦賢》：「國之需賢，譬車之恃輪，猶舟之倚檝也。車摧輪，則無以行；舟無檝，則無以濟；國之乏賢，則無以理。」劉孝綽爲到洽所銜恨，任廷尉卿時遭到洽彈劾而免職；後任黄門侍郎時坐受人絹一束，爲餉者所訟而左遷。

〔七〕朱紱：佩玉或印章之紅色絲帶，亦代指官印，此指貴官。

〔八〕蓋儁才三句：才能優儁反而讓他們内心褊狹，風神超邁却羈絆了他們闊步向前，這是以前文士們不變之痼疾。

〔九〕孝綽二句：梁武帝深愛孝綽之才，賞遇極隆。《梁書·劉孝綽傳》：「出爲上虞令，還除秘書丞。高祖謂舍人周捨曰：『第一官當用第一人。』故以孝綽居此職。」

〔一〇〕非如二句：不像謝靈運那樣受到宋武帝刁難而或浮或沉、大起大落，每一任上都會遭受有司之糾彈。查《宋書》本傳，謝靈運凡降爵者一、出守者二、免官者四，誠所謂「累起累躓」者也。

〔一一〕夫到溉句：劉孝綽與到氏兄弟有嫌隙，劉氏兄弟與書論到洽不平者十事。《南史·劉孝綽傳》：「初，孝綽與到溉兄弟甚狎，溉少孤，宅近僧寺，孝綽往溉許，適見黄卧具，孝綽謂僧物色也，撫手笑。溉知其旨，奮拳擊之，傷口而去。又與洽同遊東宫，孝綽自以才優于洽，每于宴坐嗤鄙其文，洽深銜之。及孝綽爲廷尉，攜妾入廷尉，其母猶停私宅。洽尋爲御史中丞，遣令史劾奏之，云『攜少妹于華省，棄老母于下宅』。武帝爲隱其惡，改『妹』字爲『姝』。孝綽坐免官。諸弟時隨藩皆在荆、雍，乃與書論共洽不平者十事，其辭皆訴到氏。又寫别本封至東宫，昭明太子命焚之，不開視。」

〔一二〕譬彼句：孟顗任會稽太守時潛心事佛，却受到謝靈運嘲弄，遂懷恨在心，與到溉兄弟受到劉孝綽侮慢事正復相同。

〔一三〕從弟覽：劉覽，字孝智，劉孺弟，彭城安上里人。除尚書左丞，爲官清正。《南史·劉覽傳》：「從兄吏部郎孝綽，在職頗通贓貨，覽劾奏免官。孝綽怨之，常謂人曰：『犬噬行路，覽噬家人。』」

〔一四〕池塘春草：典出謝靈運《登池上樓》詩「池塘生春草，園柳變鳴禽」，謝靈運謂夢見族弟謝惠連而得佳句。此借喻本家兄弟情好。

〔一五〕康樂四句：謝靈運引領上層社會之時尚潮流，在服御車玩等各方面多所創製，因其地位尊貴，所以爲世俗所宗，同時又爲世俗所驚。《宋書·謝靈運傳》：「性奢豪，車服鮮麗，衣裳器物，多改舊制，世共宗之，咸稱謝康樂也。」又：「登躡常著木履，上山則去前齒，下山去其後齒。」

〔一六〕使范雲句：范雲一見，便命己子孝才拜孝綽，以孝綽爲長。《梁書·劉孝綽傳》：「繪，齊世掌詔誥。孝綽年未志學，繪常使代草之。父黨沈約、任昉、范雲等聞其名，并命駕先造焉，昉尤相賞好。范雲年長繪十餘歲，其子孝才與孝綽年并十四五，及雲遇孝綽，便申伯季，乃命孝才拜之。」

〔一七〕王融句：王融歎賞孝綽之才，以爲天下文采，應己與孝綽共之。《梁書·劉孝綽傳》：「舅齊中書郎王融深賞異之，常與同載適親友，號曰神童。融每言曰：『天下文章，若無我當歸阿士。』阿士，孝綽小字也。」鉢，指衣鉢。

〔一八〕東宮二句：劉孝綽與東宮太子交好，昭明樂賢堂才士圖，孝綽居首。《梁書·劉孝綽傳》：「遷太府卿、太子僕，復掌東宮管記。時昭明太子好士愛文，孝綽與陳郡殷芸、吴郡陸倕、琅邪王筠、彭城到洽等，同見賓禮。太子起樂賢堂，乃使畫工先圖孝綽焉。」

〔一九〕藩王句：劉孝綽任湘東王咨議參軍時，深受湘東王蕭繹賞識，申爲布衣之交。《梁書·元帝紀》：「世祖性不好聲色，頗有高名，與裴子野、劉顯、蕭子雲、張纘及當時才秀爲布衣之交，著述辭章，多行于世。」劉孝綽應位列「當時才秀」之中，惜史未及其名。

〔二〇〕論世：知人論世之省稱，謂欲知作家之爲人，須論其所處身之時勢。參見《張河間集引》注〔二四〕。
豪華：富貴之家。《廣弘明集》卷二五謝靈運《曇隆法師誄》：「慧心朗識，發于髫辮，生自豪華，家羸金帛。」

〔二一〕素業：家世儒業。《文選》卷三八任昉《爲范尚書讓吏部封侯第一表》：「臣本自諸生，家承素業，門無富貴，易農而仕。」

〔二二〕史又稱二句：史書又稱劉孝綽于集會時與公卿嚴肅寡言，卻向車夫訪問路途見聞。《梁書・劉孝綽傳》：「每于朝集會同處，公卿間無所與語，反呼騶卒訪道途間事，由此多忤于物。」

〔二三〕然則句：事見《梁書・王筠傳》：「昭明太子愛文學士，常與筠及劉孝綽、陸倕、到洽、殷芸等遊宴玄圃，太子獨執筠袖撫孝綽肩而言曰：『所謂左把浮丘袖，右拍洪崖肩。』其見重如此。」洪崖，相傳爲黄帝臣子伶倫之仙號。《文選》卷二一郭璞《遊仙詩》之三：「左挹浮丘袖，右拍洪崖肩。」

〔二四〕得非句：謂其既譬之爲仙人，故不與世俗同一旨趣。

〔二五〕視康樂二句：言謝靈運多隨從、陪侍人員。《南史・謝靈運傳》：「靈運既東，與族弟惠連、東海何長瑜、潁川荀雍、泰山羊璿之以文章賞會，共爲山澤之遊，時人謂之四友。」又：「嘗自始寧南山伐木開徑，直至臨海，從者數百。」

〔二六〕狷：孤潔。《論語・子路》：「不得中行而與之，必也狂狷乎！狂者進取，狷者有所不爲也。」

〔二七〕旃蒙赤奮若：指乙丑年，即明天啟五年（一六二五）。參見《陳記室集小引》注〔二一〕。林鍾月：六月之别稱。

【總説】

《隋書·經籍志》集部别集類著録「梁廷尉卿《劉孝綽集》十四卷」,《舊唐書·經籍志》著録「《劉孝綽集》十一卷」,《新唐書·藝文志》著録「《劉孝綽集》十二卷」,較《南史》本傳所稱「有文集二十卷」均有佚失。《直齋書録解題》集部詩集類著録「《劉孝綽集》一卷」,蓋已是輯本。張燮《七十二家集·劉秘書集》(二卷)之前,有《六朝詩集·劉孝綽集》一卷,止録詩。迄今爲止,尚未見《劉孝綽集》新整理本出版問世。

張燮此論,通篇以劉孝綽與謝靈運相比較,「謝既負釁,劉亦摧輪」,「視『池塘春草』風味長隔」,「康樂終滯豪華,孝綽惟仗素業」,「康樂道廣而孝綽性狷」。縱論古今,獨具隻眼。張溥論孝綽之坎壈經歷,如「以詩失黄門,復以詩得黄門」,論孝綽與王筠個性不同,如「一者性多可,一者性多怪」,亦多能鞭辟入裏,令人信服。惟覺張溥以王筠與孝綽相比況,不如張燮拈出謝靈運爲更發人深省也。

【附録】

張溥《劉秘書集題詞》: 王元禮七葉之中,爵位文才,蟬聯不絶;劉孝綽一家子姓,能文者七十人。門世之盛,足稱安平無崔,汝南無應。當日昭明太子愛重文學,元禮、孝綽同被賓遇,執袖撫肩,方之浮丘洪崖,兩賢何相若也!元禮通顯,竟至白首,遭亂墜井,非云不壽;孝綽一官屢蹶,少妹貽糾，束絹開訟，秘書長逝，不滿六十。原其著作齊騁，禄位中隔，一者性多可，一者性多怪也。孝綽文集數十萬言，存者無幾，零落之歎，無異元禮。書、啟、表、序，文采較優，詩乃兄弟爾。元帝爲《孝綽墓銘》云：「鶴開阮瑀，鵬翥楊脩，身兹惟屈，扶摇未申。」夫秘書摧輪，未若阮、楊，而當時見屈者，亦悲其樂賢圖像，絶域聞名，有公輔之資，而抱箕斗之怨。到洽凶終，劉覽内噬，朋友兄弟，寧無一可乎？而偏扼其吭，則胡爲也？孝綽以詩失黄門，復以詩得黄門，風開風落，應遇皆然，知無恤于人之多言矣。婁東張溥題。

劉豫章集引〔一〕

劉士章與張思光、周彦倫齊名〔二〕，時爲之語曰：三人共宅夾清漳，張南周北劉中央〔三〕。或曰：劉繪貼宅，别開一門〔四〕，殆諸兒繼起，乃遂大啓興門，而旁無貼宅矣。并世唯孝儀與兄孝綽，弟孝勝、孝威、孝先俱同生，而瑶林競秀，無墮腰鼓之目者〔五〕。并臻文蕭子顯、子雲兄弟，差足比方〔六〕。若乃群從及子侄名文章者七十人，却至諸妹，并臻文囿，則亘古無匹矣〔七〕。孝儀長者，内行尤敦〔八〕，剖符所之，俱著聲績〔九〕。不若孝綽之寡諧〔一〇〕，殆古文行君子與〔一一〕！試取《豫章集》與《秘書》并陳，是猶陸家之在東西屋也〔一二〕。張燮識。

【箋注】

〔一〕劉豫章：劉潛，字孝儀，孝綽三弟。初爲始興王行參軍，出鎮益州，兼記室。後隨晉安王出鎮襄陽。累遷尚書左丞，兼御史中丞。歷任臨海太守、豫章内史。有集二十卷。《梁書》卷四一、《南史》卷三九有傳。

〔二〕劉士章：劉繪，字士章，彭城人。孝綽、孝儀父。性通悟，起爲南康相。後歷位中書郎、太子中庶子、長沙内史、南東海太守等。張思光：張融，字思光，吴郡人。工書法。初仕宋爲封溪令，後官至黄門郎、太子中庶子、司徒左長史等。周彦倫：周顒，字彦倫，汝南安城人。工隸書。歷任海陵王國侍郎、厲鋒將軍、剡令、長沙王後軍參軍、山陰令等。

〔三〕時爲句：典出《南史・劉繪傳》：「時張融以言辭辯捷，周顒彌爲清綺，而繪音采不贍麗，雅有風則。時人爲之語曰：『三人共宅夾清漳，張南周北劉中央。』言其處二人間也。」

〔四〕或曰三句：典出《南齊書・劉繪傳》：「時張融、周顒并有言工，融音旨緩韻，顒辭致綺捷，繪之言吐，又頓挫有風氣。時人爲之語曰：『劉繪貼宅，别開一門。』言在二家之中也。」

〔五〕孝儀三句：言劉孝儀兄弟連采比美，齊頭并進。腰鼓兩頭大而腰細小，故以喻兄弟中有人相形見絀。《南齊書・沈沖傳》：「沖與兄淡、淵名譽有優劣，世號爲『腰鼓兄弟』。」

〔六〕并世二句：劉孝儀兄弟之文采競秀，在齊梁之世，惟有蕭子顯、子雲兄弟堪共比方。《梁書・蕭子恪傳》：「子恪兄弟十六人，并仕梁。有文學者，子恪、子質、子顯、子雲、子暉五人。子恪嘗謂所親曰：『文史之事，諸弟備之矣，不煩吾復牽率，但退食自公，無過足矣。』」

〔七〕若乃四句：劉氏家族包括孝儀、孝綽兄弟及其子侄輩，計七十餘人，并善于文章創作，連家族女性亦不例外，此非蕭子顯兄弟可以比方者，可以説是舉世無匹。《梁書・劉孝綽傳》：「孝綽兄弟及群從諸子侄，當時有七十人，并能屬文，近古未之有也。其三妹適琅邪王叔英、吴郡張嵊、東海徐悱，并有才學；悱妻文尤清拔。」

〔八〕孝儀二句：典出《梁書・劉潛傳》：「孝儀爲人寬厚，内行尤篤。第二兄孝能早卒，孝儀事寡嫂甚謹，家内巨細，必先咨決。與妻子朝夕供事，未嘗失禮。世以此稱之。」内行：操行。《史記・五帝本紀》：「舜居嬀汭，内行彌謹。」

〔九〕剖符：猶言分封、授官。《梁書・劉潛傳》：「出爲戎昭將軍、陽羨令，甚有稱績。」又：「累遷尚書左丞，兼御史中丞。在職彈糾無所顧望，當時稱之。」「十年，出爲伏波將軍、臨海太守。是時政網疏闊，百姓多不遵禁。孝儀下車，宣示條制，勵精綏撫，境内翕然，風俗大革。」

〔一〇〕寡諧：特立獨行，與世俗不諧和。《宋史・楊徽之傳》：「徽之寡諧于俗，唯李昉、王祐深所推服。」

〔一一〕文行君子：言君子學問、品行俱佳。《論語・述而》：「子以四教，文、行、忠、信。」

〔一二〕陸家之在東西屋：疑指陸機、陸雲兄弟齊足并馳。

【總説】

《隋書・經籍志》集部别集類著録「梁都官尚書《劉孝儀集》二十卷」，兩《唐志》沿之。宋代書目皆不著録，知其于宋世已然亡佚。明人始有輯本。《劉孝儀集》後世輯本，當以張燮《七十二家集・劉豫章集》(一卷)爲最早，具有開創價值。迄今爲止，尚未見《劉孝儀集》新整理本出版問世。

張燮爲劉孝儀、孝威分别編集，各撰題辭；張溥則將二人合一題辭，此例《漢魏六朝百三家集題辭》凡三見，另有《應德璉休璉集題詞》、《張孟陽張景陽集題詞》。張燮此論，以其父劉繪軼事開篇，又補叙劉氏家族文學彬彬之盛。真正論及孝儀者僅四句，當與下篇《劉庶子集引》并觀。

【附録】

張溥《劉孝儀孝威集題詞》：劉士章文章談義，領袖後進，七子三女，多擅才學。孝綽品藻群弟，嘗云「三筆六詩」，三謂孝儀，六謂孝威也，第五弟孝勝、第七弟孝先無預焉。侯景寇亂，孝儀遣子入援，身受賊逼，失郡病亡；孝威困躓危城，自拔得出，崎嶇西上，亦抱疾不起。假使時清國晏，兄弟連騎，續玄圃之舊遊，領高齋之述作，扶風世業，鄴苑清吟，重篇大帙，必偉觀聽；而長鯨疾驅，逃死不暇，林焚池竭，遺章淵如。就所披涉，則孝儀筆勝，孝威詩勝，伯兄之言，良不謬也。士章掌齊詔誥，孝綽年十四，輒使代草，父子相知，異于謝方明之有謝惠連。然士章知子、孝綽知弟，二者固并美天倫焉。婁東張溥題。

劉庶子集引〔一〕

余既定孝綽及孝儀集，而繼以孝威。夫孝綽嘗言「三筆六詩」〔二〕，至孝勝、孝先無預焉〔三〕。今蜀郡、侍中存者寥寥〔四〕，乃豫章、庶子遺編尚富，《庶子集》又吟詠爲多〔五〕，殆其語讖也〔六〕。庶子以《白雀頌》有聲，今不可得睹〔七〕。藉令終老清朝，雍容文諷，潤色鴻業，必多可觀。顧墨汁未乾，而戰血濺人，鐵衣先潰。庶子雖于圍城自拔得出，然西上崎嶇，竟以不起〔八〕。豫章亦爲他寇所逼，失郡而殞〔九〕。所謂野火焚林，蕭艾與芝蘭同盡乎〔一〇〕！追數百六〔一一〕，如何可言！張燮識。

【箋注】

〔一〕劉庶子：劉孝威，名不詳，字孝威，孝綽六弟。氣調爽逸，風儀俊舉。初爲晉安王法曹，除太子洗馬，累遷中舍人、庶子率更令。太清中，遷中庶子，兼通事舍人。有集十卷。《梁書》卷四一、《南史》卷三九有傳。

〔二〕三筆六詩：謂三弟劉孝儀長于文，六弟劉孝威工于詩。《梁書·劉潛傳》：「幼孤，與兄弟相勵勤學，并工屬文。孝綽常曰『三筆六詩』，三即孝儀，六孝威也。」

〔三〕孝勝：劉孝綽第五弟，歷官邵陵王法曹、湘東王安西主簿記室、尚書左丞。聘魏還，爲安西武陵王紀長史、蜀郡太守。侯景陷京師，以孝勝爲尚書僕射。孝先：劉孝綽第七弟，武陵王法曹、主簿。王遷益州，隨府轉安西記室。至江陵，世祖以爲黄門侍郎，遷侍中。

〔四〕今蜀郡句：指蜀郡太守劉孝勝、侍中劉孝先作品存者無多。

〔五〕吟詠：指詩歌。劉禹錫《董氏武陵集記》：「寓其性懷，播爲吟詠，時復發笥，紛然盈前。」劉孝威今存殘文僅十餘篇，多爲書啟之作；詩則五十八首，且多爲完篇。

〔六〕語讖：一言成讖，在中國傳統文化語境中，又往往與詩歌聯繫在一起。《南史·侯景傳》：「初，簡文《寒夕詩》云：『雪花無有蔕，冰鏡不安臺。』又《詠月》云：『飛輪了無轍，明鏡不安臺。』後人以爲詩讖，謂無蔕者，是無帝。不安臺者，臺城不安。輪無轍者，以邵陵名綸，空有赴援名也。」此借言劉孝綽「三筆六詩」之評爲「語讖」。

〔七〕庶子二句：劉孝威以《白雀頌》獲譽于時，然其文今已不存。《梁書·劉孝威傳》：「大同九年，白雀集東宫，孝威上頌，其辭甚美。」

〔八〕庶子三句：劉孝威雖然突圍，然而在西上途中，染疾而死。《梁書·劉孝威傳》：「及侯景寇亂，孝威于圍城得出，隨司州刺史柳仲禮西上，至安陸，遇疾卒。」

〔九〕豫章二句：劉孝儀爲歷陽太守莊鐵所逼，豫章郡失守，尋病卒。《梁書·劉潛傳》：「二年，侯景寇京邑，孝儀遣子勵帥郡兵三千人，隨前衡州刺史韋粲入援。三年，宮城不守，孝儀爲前歷陽太守莊鐵所逼，失郡。大寶元年，病卒，時年六十七。」

〔一〇〕蕭艾，臭草；蘭芝，香草。《文選》卷五四劉峻《辨命論》：「嚴霜夜零，蕭艾與芝蘭共盡。」

〔一一〕百六：厄運。《漢書·谷永傳》：「遭無妄之卦運，直百六之災阸。」《文選》卷四七袁宏《三國名臣序贊》：「百六道喪，干戈迭用。」《魏書·温子昇傳》：「蕭衍使張皋寫子昇文筆，傳于江外。衍稱之曰：『曹植、陸機復生于北土。恨我辭人，數窮百六。』」

【總説】

《隋書·經籍志》集部别集類著録「梁太子庶子《劉孝威集》十卷」，兩《唐志》則著録「《劉孝威前集》十卷，《劉孝威後集》十卷」，較《隋志》所録反而增多。《崇文總目》著録「《劉孝威詩》一卷」，《宋史·藝文志》著録「《劉孝威集》一卷」，或即同一版本。張燮《七十二家集·劉庶子集》（二卷）之前，有《六朝詩集·劉孝威集》一卷。迄今爲止，尚未見《劉孝威集》新整理本出版問世。

張溥《劉孝儀孝威集題詞》多襲張燮此引之説，如「孝綽品藻群弟，嘗云三筆六詩，三謂孝儀，六謂孝威也，第五弟孝勝、第七弟孝先無預焉」，「侯景寇亂，孝儀遣子入援，身受賊逼，失郡病亡」，「孝威困躓危城，自拔得出，崎嶇西上，亦抱疾不起」，張燮皆言之在先。又「崎嶇西上」、「必偉觀聽」、「林焚池竭」等語蓋亦從張燮題辭「西上崎嶇」、「必多可觀」、「野火焚林」借鑒化用而來。

庾度支集題詞〔一〕

彪、固世業〔二〕，而彪集希傳〔三〕，綺組既豐〔四〕，屈指述作間事，未有不首徐、庾者〔五〕。徐叟遺編，久復湮沉，惟子慎諸體獨著耳〔六〕。沿子慎於子山〔七〕，如靧面桃花，與兒倍爲光悦〔八〕；遡子山於子慎，即青青于藍〔九〕，不可謂非出藍也。窮河源而尋靈潤所自，則崑崙之墟濺沫〔一〇〕，固已遠已。爾時肴核日滋，宫商彌調，帝子唱吁，諸臣應喁，故宫體出焉〔一一〕。乃《肩吾傳》載簡文與湘東書論之〔一二〕，疑與子慎輩互有牴牾〔一三〕，斯不然矣。按《藝文》列簡文此札，題云「答湘東王和受試詩書」〔一四〕，原非爲子慎輩發。中所云「紙札無情，受其摇襞」等語，殆爲疏遠諸人立案〔一五〕，唐人踦蹠前藻，遂謬意移置此間耳〔一六〕。夫子慎群賢，正同被賞遇者，豈容無端毁之，不直一錢哉！《書品》自有單行〔一七〕，然曰序曰論，故是集中體〔一八〕，輒并列之，合詩若文凡四卷。是編行，試持以問子山，爲人作父如此，定何如〔一九〕？張燮識。

【箋注】

〔一〕庾度支：庾肩吾，字子慎，南陽新野（今屬河南）人。初爲晉安王國常侍，轉東宮通事舍人，除安西湘東王録事參軍，領荆州大中正，遷中録事參軍、太子率更令、中庶子。簡文即位，進度支尚書。撰有《書品》，集十卷。《梁書》卷四九、《南史》卷五〇有傳。

〔二〕彪固句：彪、固，班彪、班固。世業，世代相傳之事業。班彪專攻史學，尤好漢史，欲踵繼司馬遷之書，采集西漢遺事，旁貫異聞，作《後傳》數十篇，惜未竟而卒。班固子承父業，在班彪《後傳》基礎上，編撰而成《漢書》。《後漢書・班固傳》：「固以彪所續前史未詳，乃潛精研思，欲就其業。」

〔三〕彪集希傳：《隋書・經籍志》别集類著録：「後漢徐令《班彪集》二卷。」注：「梁五卷。」《舊唐書・藝文志》著録：「《班彪集》二卷。」《新唐書・藝文志》著録：「《班彪集》三卷。」《崇文總目》、《郡齋讀書志》、《直齋書録解題》等未予著録，蓋亡于唐末五代之亂。

〔四〕綺組：絲綢之綬帶，比喻文辭華美。温庭筠《謝紇干丞相表》：「某材謝楩柟，文非綺組。」

〔五〕屈指二句：徐、庾并稱，蜚聲文壇，此指徐摛、徐陵父子及庾肩吾、庾信父子。《周書・庾信傳》：「時肩吾爲梁太子中庶子，掌管記。東海徐摛爲左衛率。摛子陵及信，并爲抄撰學士。父子在東宮，出入禁闥，恩禮莫與比隆。既有盛才，文并綺艷，故世號爲『徐庾體』焉。當時後進，競相模範。每有一文，京都莫不傳誦。」

〔六〕徐叟三句：謂徐摛别集散佚已久，而庾肩吾作品各體均有流傳。《隋志》著録「梁度支尚書《庾肩吾集》十卷」，《徐摛集》未見，兩《唐志》同。《宋志》著録「《庾肩吾集》二卷」。據嚴可均《全梁文》及逯欽立《梁詩》，庾肩吾存世者有章表啟銘各體文計三十篇，詩近百首；徐摛詩僅五首，文則無存。

〔七〕子山：庾信，字子山，庾肩吾子。見《重纂庾開府集序》注〔一〕。

〔八〕靧面桃花：謂于春日取花和雪水滌面，可使面生華容。《太平御覽》卷二〇引虞世南《史略》：「北齊盧士深妻，崔林義之女，有才學。春日以桃花靧兒面，呪曰：『取紅花，取白雪，與兒洗面作光悦。取白雪，取紅花，與兒洗面作光澤。取雪白，取花紅，與兒洗面作華容。』」

〔九〕青青于藍：比喻後出轉精。《荀子·勸學》：「青，取之于藍，而青于藍。」

〔一〇〕河源：又作「河原」，指黄河之源，相傳出自崑崙山。《史記·大宛列傳》：「而漢使窮河源，河源出于窴，其山多玉石，采來，天子案古圖書，名河所出山曰昆侖云。」

〔一一〕爾時五句：當時人們創作詩歌時，日益講求對偶、聲律等形式技巧，以簡文帝蕭綱爲中心之文學集團，互相推波助瀾，最終形成了「宫體」。《隋書·經籍志》：「梁簡文之在東宫，亦好篇什。清辭巧制，止乎衽席之間；雕琢蔓藻，思極閨闈之内。後生好事，遞相放習，朝野紛紛，號爲『宫體』。」《梁書·簡文帝紀》：「雅好題詩。其序云：『余七歲有詩癖，長而不倦。』然傷于輕艷，當時號曰『宫體』。」《梁書·庾肩吾傳》：「初太宗在藩，雅好文章士，時肩吾與東海徐摛，吴郡陸杲，彭城劉遵、劉孝儀、儀弟孝威，同被賞接。及居東宫，又開文德省，置學士，肩吾子信、摛子陵、吴郡張長公、北地傅弘、東海鮑至等充其選。」宫體在創立之初，指有新變文體特征之公文寫作。《梁書·徐摛傳》：「摛幼而好學，及長，遍覽經史。屬文好爲新變，不拘舊體。」「摘之文體既別，春坊盡學之。宫體之號，自斯而起。」看核，喻指文章精華。王元禮《昭明太子哀册文》：「含咀肴核，括囊流略。」

不録。

〔一二〕乃《肩吾傳》句：《梁書・庾肩吾傳》載簡文帝與湘東王書，對當時文學創作多所評價，文繁

〔一三〕疑與句：意疑文中「昔賢可稱，則今體宜棄」、「文之横流，一至于此」等批評是針對徐庾體、宫體而發。

〔一四〕《藝文》：即《藝文類聚》，該類書在輯存漢魏六朝集部文獻上居功至偉。明高儒《百川書志》評曰：「載引諸集，今世罕傳。漢魏六朝之文，獨賴《文選》、此書之存；不然，幾至泯没無聞矣。」《藝文類聚》卷七七引梁簡文帝《答湘東王和受試詩書》曰：「時有效謝康樂、裴鴻臚文者，亦頗有惑焉，謝故巧不可階，裴亦質不宜慕。玉暉金銑，及爲拙目所蚩；巴人下俚，更合郢中之聽。陽春高而不和，妙聲絶而不尋。竟不精討錙銖，校量文質；有異巧拙，終愧醜妍。是以握瑜懷玉之士，入鄭邦而知退；章甫翠履之人，望閩鄉而歎息。」較之《庾肩吾傳》所載，雖爲節略之篇，然同出一文無疑，則篇題當以《藝文類聚》所引爲正。

〔一五〕疏遠諸人：指與當時其他創作流派分道揚鑣。諸人殆指《與湘東王書》中所言「又時有效謝康樂、裴鴻臚文者」。

〔一六〕唐人二句：指唐初人對齊梁文風尤其是宫體詩批評不遺餘力，姚察、姚思廉父子受此影響，誤置此文于《庾肩吾傳》，致使此派詩人自相牴牾。踦蹠，又作「掎摭」，指摘得失。《梁書・庾肩吾傳》載梁簡文

帝《與湘東王論文書》：「吾既拙于爲文，不敢輕有掎摭。」

〔一七〕《書品》：庾肩吾將漢至梁六七百年間之一百二十八位書法家分爲九品，論其師承，品其優劣，名爲《書品》。《書品序》末稱：「余自少迄長，留心兹藝，敏手謝于臨池，鋭意同于削板。而蕺山之扇，競未增錢；淩雲之臺，無因誡子。求諸古迹，或有淺深。輒删善草隸者一百二十八人，伯英以稱聖居首，法高以追駿處末，推能相越，小例而九，引類相附，大等而三，復爲略論，總名《書品》。」

〔一八〕曰序曰論：序指《書品序》、《書品後序》，論指《書品》九品各論。序、論均可單篇摘列，從專書中闌入集部，如《文選》列序、論二體，分别收録《毛詩序》、《尚書序》等序九篇，《過秦論》、《典論·論文》等論十三篇。

〔一九〕爲人二句：言外之意爲，有此等父親，應當值得驕傲。《晉書·伏滔傳》：「孝武帝嘗會于西堂，滔豫坐。還，下車先呼子系之謂曰：『百人高會，天子先問伏滔在坐不，此故未易得。爲人作父如此，定何如也？』」

【總説】

《隋書·經籍志》集部别集類著録「梁度支尚書《庾肩吾集》十卷」，兩《唐志》沿之。宋代書目皆不著録，知其于宋世已然亡佚。明人始有輯本。《庾肩吾集》後世輯本，當以張燮《七十二家集·庾度支集》(三卷)爲最早，具有開創價值。迄今爲止，尚未見《庾肩吾集》新整理本出版問世。

父子聯袂，陪侍帝子，出入禁闈，子山晚出，文采尤高。庾信未成名時，人必稱其爲肩吾之子，及其蜚聲以後，人必稱肩吾爲庾信之父。聲名可相互稱揚，也可能爲彼此所掩。「沿子慎於子山，如靧面桃花，與兒倍爲光悦」，遡子山於子慎，即青青于藍，不可謂非出藍也」「是編行，試持以問子山，爲人作父如此，定何如」，張燮既論子慎，又時時不忘稱道子山，父子聲名相連，未可截然區分，徐摛、徐陵亦猶是也。張溥《庾度支集題詞》謂「論文一書，謂有掎摭，必不然矣」，此確爲附和張燮之説無疑也。

【附録】

張溥《庾度支集題詞》：　庾幼簡志性恬静，風齊臺尚，長子子貞，孝感北辰，次子「子」介，清重洗馬，一家行義，誠足與劉子珪、明休烈同傳。子慎後出，文采尤高，子山繼之，宫體競貴。余每讀《八關齋夜賦詩》，深羡少庶府君，能陪帝子。又怪一時彦聚，城門高唱，何偏以「病老死沙門」爲題，臺城不祥，若有先讖焉。子慎避難入東，後始還家，遺文鮮少，唐李長吉所爲作《還自會稽歌》，以補其悲也。《南史》又云：「宋子仙破會稽，購得子慎，欲殺之，賴作詩以免。」夫高齋鈔撰，龍樓應教，學士職也。亡命江海，文焉有罪，猶借資七步，幸脱劍鋋，盗亦能憐才士哉！東宫賞遇，時共聯詠，湘東誌墓，稱爲瑚璉，其知子慎實深。論文一書，謂有掎摭，必不然矣。《書品》序論，王光禄答齊太祖類也。若在梁時，則與鍾仲偉《詩評》同行天壤乎！婁東張溥題。

何記室集序〔一〕

杜子美與裴迪詩云：「東閣官梅動詩興，還如何遜在揚州。」〔二〕宋人撰杜注，謂遜作揚州法曹，廨舍有梅一株，吟詠其下，後居洛思之，請再任揚州，值梅花盛開，相對終日〔三〕。楊用修駁之曰：遜時南北分裂，洛陽魏地，安得居洛，又請再任〔四〕？此足破宋注之訛。但據本傳不載法曹事，便斥遜非揚州法曹，則子美去梁未遠，「在揚州」三字不應都無着落〔五〕。蓋據非要津，治乏聲績，本傳偶爾見遺，諸史中往往有之。《齊書·謝玄暉傳》亦不載謝作宣城守，千世之下未嘗并抹謝宣城也〔六〕。獨遜在當時，人多稱何記室〔七〕，其在來禊，人多稱何水部〔八〕。直法曹之名不甚著，遂啓文士辨端耳。《韻語陽秋》謂遜集只有梅花詩，未嘗指揚州〔九〕。考維揚舊志題云《揚州法曹廨舍見梅花》〔一〇〕，則與子美「官梅」二字正自合節，必非無據。且風臺、月觀，明屬揚州事，奈何欲離之揚州哉〔一一〕！余故折衷諸家語而詳論若此。仲言没後，王僧孺集其文爲八卷〔一二〕，今詩存者頗多，獨他文殊落落，僅賦一篇、七一篇、箋及書數行耳〔一三〕。仲言對策，范彦龍見之便結忘年交〔一四〕，惜本傳不載其全文〔一五〕，今遂湮没。余於本傳不能無遺憾焉。癸丑嘉平紹和張燮識于梅島〔一六〕。

《梁書·何遜傳》：起家奉朝請，遷建安王水曹行參軍，兼記室，還爲安成王參軍，兼尚書水部郎，終廬陵王記室〔一七〕。《南史·何遜傳》但稱天監中兼尚書水部郎，南平王引爲賓客，掌記室事，卒于廬陵王記室〔一八〕。按，建安王即南平王也。遜爲奉朝請及安成王參軍，《南史》中已不載矣。乃知作史者原有約略，不得太泥。燮又識。

【校記】

【僅賦一篇、七一篇、箋及書數行耳】此句别集本作「僅賦一、七一及《衡山侯與婦書》數行耳」。

【箋注】

〔一〕何記室：何遜，字仲言，東海郯（今山東郯城）人。天監中，起家奉朝請，遷建安王水曹參軍。轉安成王安西參軍，兼尚書水部郎。後除廬陵王記室。有集七卷。《梁書》卷四九、《南史》卷三三有傳。

〔二〕杜子美句：杜甫有詩《和裴迪登蜀州東亭送客逢早梅相憶見寄》，開篇即稱：「東閣官梅動詩興，還如何遜在揚州。」

〔三〕宋人八句：宋人假託蘇軾注杜詩，稱何遜曾任揚州法曹，廨舍有梅花一株云云。葛立方《韻語陽秋》卷一六：「近時有妄人假東坡名，作《老杜事實》一編，無一事有據，至謂遜作揚州法曹，廨舍有梅一株，遜吟詠其下，豈不誤學者？」祝穆沿襲此說，《方輿勝覽》卷四四淮東路揚州名宦條稱：「(何遜)爲揚州法曹。廨舍有梅花盛開，遜吟詠其下。後居洛思梅，因請曹職。至，適梅花方盛，遜對之，彷徨終日。」

〔四〕楊用修：楊慎，字用修。《升庵詩話》卷八稱：「按何遜未嘗爲揚州法曹。是時南北分裂，遜爲梁臣，何得復居洛陽？洛陽，乃魏地也，既居魏，何得又請再任？請于梁乎？請于魏乎？其說之脱空無稽如此。略曉史册者，知其僞矣。」

〔五〕但據四句：杜甫一生服膺何遜，「官梅」、「揚州」等必非無據。按，程章燦師引張邦基《墨莊漫録》之說，認爲此揚州非舊稱廣陵之揚州，實爲舊稱揚州之建業，《詠早梅詩》爲何遜任建安王偉法曹參軍時所作，并聯繫「居洛思梅」、「却月觀」、「淩風臺」等記載進行了鞭辟入裏的考證，足破包括張燮在内的舊說。參見《何遜〈早梅詩〉考論》(《文學遺産》一九九五年第五期)。

〔六〕《齊書》二句：查《南齊書》及《南史》謝朓本傳，皆未載謝朓曾任宣城太守一事，而「謝宣城」之名于千載之下未曾抹煞。

〔七〕何記室：何遜最後一任官職爲廬陵王記室，時人習稱之爲何記室。

〔八〕何水部：何遜曾任安成王安西參軍，兼尚書水部郎，故後人多稱何水部。

〔九〕《韻語陽秋》二句：出自宋葛立方《韻語陽秋》卷一六：「老杜詩云：『東閣官梅動詩興，還如何遜在揚州。』按遜傳無揚州事，而遜集亦無揚州梅花詩，但有《早梅詩》。」

〔一〇〕考維揚句：維揚爲揚州舊稱，舊志稱引何遜此詩，詩題爲《揚州法曹廨舍見梅花》。其實不獨維揚舊志，明清之際通行本《何記室集》即題此名。錢謙益注稱：「今本《何記室集》作《揚州法曹梅花盛開》詩，乃後人未辨蘇注之僞，遂取爲題耳。」

〔一一〕風臺月觀：指何遜《詠早梅詩》一詩中出現的「却月觀、淩風臺」，在張燮之前，《韻語陽秋》、《方輿勝覽》皆認爲二者是揚州臺觀名。張燮之後，清人朱鶴齡注杜詩，更引《宋書·徐湛之傳》「廣陵城舊有高樓，湛之更加修整，南望鍾山。城北有陂澤，水物豐盛。湛之更起風亭、月觀、吹臺、琴室，果竹繁茂，花藥成行，召集文士，盡遊玩之適，一時之盛也」，以坐實之。

〔一二〕仲言二句：何遜去世後，王僧孺編定其文集爲八卷。《梁書·何遜傳》：「東海王僧孺集其文爲八卷。」王僧孺，參見《王左丞集引》注〔一〕。没，同歿。

〔一三〕獨他文二句：何遜文存于今者無多，僅《窮鳥賦》、《七召》、《爲衡山侯與婦書》、《與建安王謝秀才箋》、《爲孔導辭建安王箋》共五篇而已。張燮將《七召》輯入《何記室集》，嚴可均《全梁文·何遜文》未采輯，按語稱：「《七召》出《文苑英華》三百五十二，在簡文帝《七勵》之後，無名氏前，不言何遜作，葉紹泰又編入《昭明集》，皆無所據也，今入梁闕名類。」

〔一四〕仲言二句：因稱賞其對策，范雲與何遜結爲忘年交。《梁書·何遜傳》：「南鄉范雲見其對策，大相稱賞，因結忘年交好。自是一文一詠，雲輒嗟賞，謂所親曰：『頃觀文人，質則過儒，麗則傷俗；其能含清濁，中今古，見之何生矣。』」彦龍，范雲字。

〔一五〕惜本傳句：《梁書》、《南史》本傳闕略，僅述及何遜生平仕履及他人評價數語，其詩文則隻字未載。

〔一六〕癸丑：明萬曆四十一年（一六一三）。　嘉平：十二月之别稱。《史記·秦始皇本紀》：「三十一年十二月，更名臘曰嘉平。」　按，張燮本篇題辭撰于萬曆四十一年，是有落款知其撰年之題辭中最早者。題辭大多撰于天啟年間，其中尤以天啟四年、五年最爲集中，這兩年恰正是《七十二家集》漢魏、陳隋及北朝諸集付諸刊刻之時。另外，《何記室集序》分兩部分，前文爲主體，後張燮又補一短文，落款稱「燮又識」，此在六十篇題辭中亦屬特例。

〔一七〕《梁書》句：《梁書》本傳原文作：「天監中，起家奉朝請，遷中衛建安王水曹行參軍，兼記室。王愛文學之士，日與遊宴，及遷江州，遜猶掌書記。還爲安西安成王參軍事，兼尚書水部郎，母憂去職。服闋，除仁威廬陵王記室，復隨府江州，未幾卒。」

〔一八〕《南史》句：《南史》本傳原文作：「梁天監中，兼尚書水部郎，南平王引爲賓客，掌記室事，後薦之武帝，與吴均俱進幸。後稍失意，帝曰：『吴均不均，何遜不遜。未若吾有朱异，信則異矣。』自是疏隔，希復得見。卒于仁威廬陵王記室。」

【總説】

《隋書·經籍志》集部别集類著録「梁仁威記室參軍《何遜集》七卷」，兩《唐志》著録「《何遜集》

八卷」。黄伯思《東觀餘論》卷下《跋何水曹集後》稱引有「晉天福本」、「春明宋氏舊本」兩種，前者但有詩兩卷，後者爲全本八卷。《郡齋讀書志》著録「《何遜集》二卷」，《直齋書録解題》著録「《何仲言集》三卷」，則均非完本。張燮《七十二家集·何記室集》（三卷）之前，有明張紘《何水部集》刻本一卷、洪瞻祖《何水部詩集》刊本一卷及《六朝詩集·何水部集》二卷等。今通行本爲李伯齊《何遜集校注》，齊魯書社一九八九年版、中華書局二〇一〇年再版。

張溥《何記室集題詞》仍循慣例，認爲何遜文不如詩，其詩多佳句，又見推杜陵，「後世詩人，知慕少陵，即慕仲言」，「古人詩名有因後人而益貴者，陰、何其類也」。張燮雅好考證，甚至可稱有考據癖，前文已言之，但通篇考證如此文者，《七十二家集題辭》中却絶無僅有。此文旨在考證杜甫「何遜在揚州」、「官梅」及宋人「遜作揚州法曹」等説法必有依據，不應遽然否定。限于時代與文獻原因，張燮未能破獲正解，但畢竟有所推進，其思考值得珍視。

【附録】

張溥《何記室集題詞》：何仲言文名齊劉孝綽，詩名齊陰子堅。今集中文頗少，《爲衡山侯與婦》一書，詞林見賞，亦閨房語耳，未可方阿士也。子堅長于近體，《安樂宫詩》尤稱除八病，協五音，然風格遠不逮仲言《銅雀妓》、《宿南洲浦》諸詩，又不知何以比肩同聲也。秀才對策，南鄉所重；既恨未見「昏雅接翅歸，金粟裹搔頭」等語，集亦無有。今所傳者，隱侯讀詩，一日三復，文集入洛，諸賢并贊，以此名高耳。少陵佳句，多從仲言脱出，是以有「能詩何水曹」之句。後世詩人，知慕少陵，即慕仲言，雖顏黄門致譏貧寒，無貶聲價。蓋古人詩名有因後人而益貴者，陰、何其類也。婁東張溥題。

吴朝請集引〔一〕

叔庠作小賦及與人書談山水間事，如列畫圖〔二〕；至乃寄英特于俳諧〔三〕，則子羽頭責之變聲〔四〕，而廣微《餅賦》之後勁〔五〕。《文中子》謂其文怪以怒〔六〕，殆指是乎？若夫以詩名世，世人標爲吴均體〔七〕，清拔之氣，按節可覆也。昔班孟堅以私史見譴，翻以史見收〔八〕。叔庠《齊春秋》一蹶，竟不復振，通史未就，賫志入冥〔九〕，惜矣！他作如《續齊諧》尚存來祀〔一〇〕，《隋·經籍志》亦稱爲均筆〔一一〕，然本傳序均撰述却不列此書〔一二〕。又《酉陽雜俎》稱庾信云《西京雜記》是吴均語，不足效〔一三〕。段成式去古匪遠，未應誤傳。然《雜記》故葛洪所牽綴於劉歆也〔一四〕，移之吴均亦無的據。此俱不可解者，聊識以質于通人。張燮識。陳正學書〔一五〕。

【箋注】

〔一〕吴朝請：吴均，字叔庠，吴興故鄣（今浙江安吉）人。家世寒賤，好學有俊才。天監初，起家爲郡主簿。

遷建安王記室，掌文翰。王遷江州，補國侍郎，兼府城局。還除奉朝請。撰有《後漢書注》、《齊春秋》、《廟記》、《十二州記》、《錢唐先賢傳》、《續文釋》，集二十卷。《梁書》卷四九、《南史》卷七二有傳。

〔二〕叔庠二句：此指吳均《八公山賦》、《吳城賦》，《與朱元思書》、《與顧章書》、《與施從事書》等，從内容與風格言屬山水小品文，描繪細緻，令人如睹山水圖畫。

〔三〕俳諧：指詼諧諷喻之文。吳均有《檄江神責周穆王璧》、《食移》、《餅説》三篇，屬俳諧體。

〔四〕則子羽句：此指吳均《檄江神責周穆王璧》受到晉張敏《頭責子羽文》之影響。《頭責子羽文》見《世説新語·排調》劉孝標注引《張敏集》，又載《藝文類聚》卷一七。

〔五〕而廣微句：此指吳均《餅説》從束晳《餅賦》演變而來。《餅賦》載《藝文類聚》卷七二。

〔六〕《文中子》：隋代大儒王通弟子記師弟子間問答，仿《論語》而成是書，又稱《中説》。《中説·事君》：「吳筠、孔珪，古之狂者也，其文怪以怒。」吳筠，當指吳均；孔珪，當指孔稚珪。孔稚珪有《北山移文》，與吳均《檄江神責周穆王璧》同一旨趣。

〔七〕吳均體：吳均五言詩清拔有古氣，人稱吳均體。《梁書·吳均傳》：「均文體清拔有古氣，好事者或斅之，謂爲『吳均體』。」

〔八〕昔班句：班固因私撰國史而被繫于獄，後經班超詣闕上書，又因撰史而受漢帝重用，使其終于完成《漢書》。《後漢書·班固傳》：「固以彪所續前史未詳，乃潛精研思，欲就其業。既而有人上書顯宗，告固私改作國史者，有詔下郡，收固繫京兆獄，盡取其家書。先是扶風人蘇朗僞言圖讖事，下獄死。

固弟超恐固爲郡所核考，不能自明，乃馳詣闕上書，得召見，具言固所著述意，而郡亦上其書。顯宗甚奇之，召詣校書部，除蘭臺令史，與前睢陽令陳宗、長陵令尹敏、司隸從事孟異共成《世祖本紀》。遷爲郎，曲校秘書。固又撰功臣、平林、新市、公孫述事，作列傳、載記二十八篇，奏之。帝乃復使終成前所著書。」

〔九〕叔庠四句：與班固之史學生涯不同，吴均因撰《齊春秋》而受譴，一蹶不振，後撰寫《通史》未竟，賫志而殁。《梁書·吴均傳》：「先是，均表求撰《齊春秋》。書成奏之，高祖以其書不實，使中書舍人劉之遴詰問數條，竟支離無對，敕付省焚之，坐免職。尋有敕召見，使撰《通史》，起三皇，訖齊代，均草本紀、世家功已畢，唯列傳未就。普通元年，卒，時年五十二。」賫志，懷抱志願。參見《王諫議集引》注〔一三〕。

〔一〇〕《續齊諧》：即《續齊諧記》，志怪小説集，吴均撰。南朝宋東陽無疑有《齊諧記》七卷，已佚。吴均續作一卷，《隋書·經籍志》著録。現存十七條，多記怪異事，文辭優美，有《顧氏文房小説》本。

〔一一〕《隋·經籍志》句：《隋書·經籍志》史部雜傳類著録：「《續齊諧記》一卷，吴均撰。」

〔一二〕然本傳句：《梁書》本傳列吴均著述甚詳，然未及《續齊諧記》。《梁書·吴均傳》：「均注范曄《後漢書》九十卷，著《齊春秋》三十卷、《廟記》十卷、《十二州記》十六卷、《錢唐先賢傳》五卷、《續文釋》五卷，文集二十卷。」

〔一三〕《酉陽雜俎》：唐代筆記小説集，段成式撰。《酉陽雜俎·語資》：「庾信作詩，用《西京雜記》事，旋自追改，曰：『此吴均語，恐不足用也。』」

〔一四〕《雜記》：即《西京雜記》，主要記載西漢逸聞軼事，《隋書·經籍志》史部舊事類著録「《西京雜記》二卷」，未署作者。兩《唐志》著録爲「東晉葛洪撰」，陳振孫《直齋書録解題》始著録六卷本，葛洪跋稱爲劉歆所撰，實乃葛洪托劉歆以自重之書。

〔一五〕陳正學：明末龍溪縣名士，曾作《石晶泉歌》，爲世人所稱道。此人蓋爲書法士，《漢魏六朝二十一名家集》中亦有多種集末有「陳正學書」字樣。

【總説】

《隋書·經籍志》集部別集類著録「梁奉朝請《吴均集》二十卷」，《新唐書·藝文志》沿之，《舊唐書·經籍志》未見著録。《郡齋讀書志》集部別集類著録「《吴均集》三卷」，蓋已是輯本。《吴均集》現存輯本，當以張燮《七十二家集·吴朝請集》(四卷)爲最早，具有開創價值。今有林家驪《吴均集校注》，浙江古籍出版社二〇〇五年版。

張燮此篇有三贊賞、一惋惜、二不可解。一贊賞《吴城賦》、《與朱元思書》等山水小品文「如列圖畫」，二贊賞《檄江神責周穆王璧》、《餅説》等文「寄英特于俳諧」，三贊賞吴均體「清拔之氣，按節可覆」；一惋惜《齊春秋》未竟而卒；二不可解《續齊諧記》、《西京雜記》究竟是否爲吴均所作。二張俱引文中子「其文怪以怒」之説，以《餅説》、《檄江神責周穆王璧》二文當之，未見異旨。張溥文末稱：「《續齊諧》、《西京記》，則《洞冥》、《述異》之流，無問真僞矣。」非回答張燮「此俱不可解者，聊識以質于通人」之語而何？

【附録】

張溥《吴朝請集題詞》：《文中子》云：「吴均孔珪，古之狂者也，其文怪以怒。」今叔庠集文鮮絶奇者，獨《餅説》、《責壁》二文，頗詭博不經，似得之枚叔《七發》，行以排調。《與朱元思書》盛稱富陽、桐廬山水，微矜摹擬，則士龍《鄮縣》、明遠《大雷》，波瀾尚存，謂之怪怒，殆以此哉！蕭梁之世，史學蔚興，隱侯既撰《宋書》，叔庠追轡，綜成齊代，志慕甚廣，乃借書不得，私撰被訶，雖幸免伯深之誅，已書焚身廢，本願乖塞。史又云：叔庠與何仲言同事梁武，賦詩失旨。詔曰：「吴均不均，何遜不遜。」遂永疎隔。文人一身，吐詞輒病，仰觀長卿凌雲，何獨無天子緣也？詩什纍纍，樂府尤高，《續齊諧》、《西京記》，則《洞冥》、《述異》之流，無問真僞矣。婁東張溥題。

陳後主集題辭〔一〕

陳後主才士也〔二〕，彼欲使粉黛盡爲丹鉛〔三〕，紳綖都成麗藻〔四〕，宫中府中化作隃糜地界〔五〕，而間出聲酒點綴之〔六〕，非如他亡國之主，黷貨淫刑〔七〕，使民不堪命也〔八〕。即以隋煬帝論：煬帝文情自超，然鳳舸迷樓〔九〕，禍沿沃土〔一〇〕，而陳僅高拱于帝閽〔一一〕；單于呼韓，威殫絶塞〔一二〕，而陳僅摩挲于筆陣〔一三〕。摧輪等耳〔一四〕，顧就中相去何可數層？余悲煬帝之戮張麗華以謝吴民〔一五〕，而到頭抑又甚也〔一六〕。嗟乎！臧、穀亡羊，均之悼喪，顧挾書之與徒博，終是不侔〔一七〕，懷古者那得不憑而吊之乎？厥後李煜之在江南〔一八〕，亦稱後主，風流罪過，兩後主正復相當。李煜降宋，宋祖目送之曰「好一個翰林學士」〔一九〕，余於陳後主亦云。然「轉換月在手，動摇風滿懷」〔二〇〕，視「日月光天德，山河壯帝居」〔二一〕，又何如乎？故當以陳後主爲勝。岐海逸民張燮識于金陵。

【校記】

【顧就中相去何可數層】「何」，別集本作「容」。

【箋注】

〔一〕陳後主：陳叔寶，字元秀，吴興長城（今浙江長興東）人。天嘉三年，爲安成王世子。太建元年，立爲皇太子。十四年正月即位，在位七年，滅于隋。隋仁壽四年，薨于洛陽。有集三十九卷。《陳書》卷六、《南史》卷一〇有傳。

〔二〕才士：才華之士。《陳書·陳後主紀》魏徵曰：「古人有言，亡國之主，多有才藝，考之梁、陳及隋，信非虚論。」

〔三〕粉黛：敷面之白粉與畫眉之黛墨。丹鉛：點勘書籍所用之硃砂與鉛粉。

〔四〕紳緌：衣帶、冠冕上之裝飾。麗藻：華麗之辭藻。

〔五〕宫中句：言陳後主公然要將整個皇宫府邸都變成潑墨吟詩之場所。隃麋，陝西漢陽古稱「隃麋」，爲漢墨重要産地。《南史·陳後主紀》：「後主愈驕，不虞外難，荒于酒色，不恤政事。左右嬖佞珥貂者五十人，婦人美貌麗服巧態以從者千餘人。常使張貴妃、孔貴人等八人夾坐，江總、孔範等十人預宴，號曰『狎客』。先令八婦人襞采箋，製五言詩，十客一時繼和，遲則罰酒。君臣酣飲，從夕達旦，以此爲常。」

〔六〕聲酒：音樂與美酒。《南史·陳後主紀》：「及聞隋軍臨江，後主曰：『王氣在此，齊兵三度來，周兵再度至，無不摧没。虜今來者必自敗。』孔範亦言無渡江理，但奏伎縱酒，作詩不輟。」《陳書・陳後主紀》魏徵曰：「賓禮諸公，唯寄情于文酒，昵近群小，皆委之以衡軸。」

〔七〕黷貨：貪污納賄。　淫刑：濫用刑罰。

〔八〕民不堪命：人民疲于奔命，不堪忍受。《國語・周語上》：「厲王虐，國人謗王。邵公告曰：『民不堪命矣！』」《隋書・煬帝紀》：「頻出朔方，三駕遼左，旌旗萬里，徵税百端，猾吏侵漁，人不堪命。」人，同「民」，避唐太宗諱改。

〔九〕鳳舸：雕繪華美之大船。　迷樓：使人迷失之宫殿，傳爲隋煬帝敕命所造。佚名《迷樓記》：「煬帝晚年，尤沉迷女色。他日，顧詔近侍曰：『人主享天下之富，亦欲極當年之樂，自快其意。今天下安富，外内無事，此吾得以遂其樂也。今宫殿雖壯麗顯敞，苦無曲房小室，幽軒短檻。若得此，則吾期老于其中也。』近侍高昌奏曰：『臣有友項昇，浙人也，自言能構宫室。』翌日，詔而問之。昇曰：『臣乞先進圖本。』後數日，進圖，帝覽大悦。即日詔有司，供具材木。凡役夫數萬，經歲而成。樓閣高下，軒窗掩映。幽房曲室，玉欄朱楯，互相連屬，回環四合，曲屋自通。千門萬牖，上下金碧。金虬伏于棟下，玉獸蹲于户傍，壁砌生光，瑣窗射日。工巧之極，自古無有也。費用金玉，帑庫爲之一虚。人誤入者，雖終日不能出。帝幸之，大喜，顧左右曰：『使真仙遊其中，亦當自迷也。可目之曰迷樓。』詔以五品官賜昇，仍給内庫帛千疋賞之。詔選後宫良家女數千，以居樓中。每一幸，有經月不出。」

〔一〇〕沃土：肥美之土。《國語・魯語下》：「沃土之民不材，逸也。」《文選》卷二張衡《西京賦》：「處沃土則逸，處瘠土則勞。」

〔一一〕高拱：安然拱坐。林㮚《周易經傳集解》：「人君雖高拱無爲，委任臣下，終不能如上九之不事事也。」
帝閽：宫門。《舊唐書·韓思復傳》：「夫帝閽九重，塗遠千里。」

〔一二〕單于呼韓：呼韓邪單于，西漢後期匈奴單于，與漢族和親，娶王昭君爲妻。此借指與隋朝對峙之匈奴將帥。《隋書·煬帝紀》：「史臣曰：……俄而玄感肇黎陽之亂，匈奴有雁門之圍，天子方棄中土，遠之揚、越。姦宄乘釁，强弱相陵，關梁閉而不通，皇輿往而不反。加之以師旅，因之以饑饉，流離道路，轉死溝壑，十八九焉。于是相聚萑蒲，蝟毛而起，大則跨州連郡，稱帝稱王，小則千百爲群，攻城剽邑。」

〔一三〕摩挲：消磨。王九思《曲江春》：「青山止許巢由采，黄金休把相如買，摩挲了壯懷。」筆陣：謂詩文謀篇佈局擘畫如軍陣。蕭統《正月啟》：「談叢發流水之源，筆陣引崩雲之勢。」

〔一四〕摧輪：折毁車輪，謂路有艱險。參見《重纂蔡中郎集題辭》注〔一一〕。

〔一五〕張麗華：陳後主妃，聰明靈慧，有辯才，深受寵幸，育有二子。陳亡，爲楊廣所殺。《南史·張貴妃傳》：「及隋軍克臺城，貴妃與後主俱入井。隋軍出之，晉王廣命斬之于青溪中橋。」一説張麗華爲隋將高熲所殺。《隋書·高熲傳》：「及陳平，晉王欲納陳主寵姬張麗華。熲曰：『武王滅殷，戮妲己。今平陳國，不宜取麗華。』乃命斬之，王甚不悦。」

〔一六〕而到頭句：言隋煬帝不免於亡國，與寵幸張麗華之陳後主相比，猶過之而無不及。

〔一七〕臧穀四句：臧因讀書而亡羊，穀因博弈而亡羊，原因雖不同，結果則相似。《莊子·駢拇》：「臧與穀，二人相與牧羊而俱亡其羊。問臧奚事，則挾筴讀書；問穀奚事，則博塞以遊。二人者，事業不同，其于亡羊均也。」

〔一八〕李煜：初名從嘉，字重光，彭城人。南唐最後一位帝王。雖不精于政治，但其藝術才華非凡，尤以詞之成就爲最高，被譽爲「千古詞帝」。

〔一九〕李煜二句：事見葉夢得《石林燕語》卷四：「江南李煜既降，太祖嘗因曲燕問：『聞卿在國中好作詩。』因使舉其得意者一聯，煜沉吟久之，誦其《詠扇》云：『揖讓月在手，動摇風滿懷。』上曰：『滿懷之風，却有多少？』他日復燕煜，顧近臣曰：『好一個翰林學士。』」

〔二〇〕轉换二句：李煜《詠扇》詩句，見上注。按「轉换」當作「揖讓」。

〔二一〕日月二句：陳後主入隋以後所作詩。《南史·陳後主紀》：「及從東巡，登芒山，侍飲，賦詩曰：『日月光天德，山川壯帝居。太平無以報，願上東封書。』并表請封禪，隋文帝優詔謙讓不許。」

【總説】

《隋書·經籍志》集部别集類著録「《陳後主集》三十九卷」，《舊唐書·經籍志》著録「《陳後主集》五十卷」，《新唐書·藝文志》著録「《陳後主集》五十五卷」，卷帙反有所增溢。至《崇文總目》著録「《陳後主集》十卷」，《宋史·藝文志》著録「《陳後主集》一卷」，可知亡佚者多。明人始有輯本。

張燮《七十二家集·陳後主集》(三卷)之前，有《六朝詩集·陳後主集》一卷。今有中國文史出版社二〇一四年版《唐前帝王詩文校注·陳後主集校注》。

陳國亡于後主，後主固當擔其責也，然而陳後主却與那些禍國殃民的亡國之君不同。張燮將其與隋煬帝、李後主進行比較，認爲隋煬帝文情不輸于陳後主，然而「黷貨淫刑」、「禍沿沃土」，與陳後主相去不可以道里計。李後主與陳後主俱是「風流罪過」，然而其《詠扇詩》之格調又不及陳後主《東巡侍飲詩》，「故當以陳後主爲勝」。張溥則將比較範圍擴大，不僅不限于亡國之君，甚至不限于帝王，如齊竟陵王、鬱林王、東昏侯，梁羊侃、魚弘，宋臨川王等，而與張燮一致者，仍是憑吊陳後主之身世，惋惜其才情。造化弄人，「好一個翰林學士」，却終成亡國之君。

【附録】

張溥《陳後主集題詞》：世言陳後主輕薄最甚者，莫如《黄鸝留》、《玉樹後庭花》、《金釵兩鬢垂》等曲，今曲不盡傳，惟見《玉樹》一篇，寥落寡致，不堪男女唱和，即歌之，亦未極哀也。史稱後主標德儲宫，繼業允望，遵故典，弘六藝，金馬石渠，稽古雲集，梯山航海，朝貢歲至，辭雖誇詡，審其平日，固與鬱林、東昏殊趨矣。臨春三閣，遍居麗人，奇樹天花，往來相望，學士狎客，主盟文壇，新詩方奏，千女學歌，辭采風流，官家未有。梁朝羊祖忻豪侈善音，姬妾數百，窮紗歌舞，終日賓遊，同其醉醒，初不聞以此貶德。使後主生當太平，次爲諸王，步竟陵之文藻，賤臨川之黷貨，開館讀書，不失令譽。即假列通侯世閥，魚弘、羊侃數輩，亦掃門不及。乃繫以大寶，困之萬幾，豈所堪乎？鶴不能亡國，而國君不可好鶴，後主蓋與衛懿公同類而悲矣。漢武《李夫人歌》與《落葉哀蟬曲》，憂傷過于後代，而四夷威服。陳主詞非絶淫，亡且忽焉，哀而不起者，在聲音之間乎？非獨篇章已也。詔命書銘，秋冬氣多，即作者亦不自知日暮矣。婁東張溥題。

徐僕射集序〔一〕

徐孝穆麟來天上〔二〕，鳳集左肩〔三〕。方其在梁，既著國華〔四〕，爰標宮體〔五〕；迨夫紆廻戎馬，竟佐陳氏維新之朝〔六〕，秉憲凛彼國章〔七〕，典銓綜其名實〔八〕。委玉而齊聲禮，咸歸詳定〔九〕；授鉞而烹掠寇，亦預知人〔一〇〕。匪惟宗工〔一一〕，實乎元老〔一二〕。回視剖符望縣，彈文修郤于孝儀〔一三〕；奉使間關，上書見羈于遵彦〔一四〕。何虞晚暮，遂際風雲；自致勳名，竟騰霄漢哉〔一五〕！陳氏有大手筆〔一六〕，皆孝穆起草，且前後撰述，最推雄富。史稱其每一文出，傳寫成誦，遂被華夷，其後喪亂耗失，存者尚三十卷〔一七〕。明興以來，世無《孝穆集》。余爲采取，合爲一編，較史所載僅三之一耳〔一八〕。每見夫摛皮成潤，徹骨皆靈，婉語欲飛，悲語欲絶，峻處則千尋青壁，變處則百脉奔流。蓋梅香桃艷，競載毫端，日朗霞明，均呈眉際，此孝穆之自爲高壇，非曹起者可幾也〔一九〕。嘗聞藏珠之鳥，身紺翼丹，每翔舞吐珠累斛，仙人拾以飾裳〔二〇〕。世有得孝穆碎珠用以自飾者，雖不能仙，亦足以豪矣。若乃御物不矜，遷官善讓〔二一〕。後進賴其借羽，每獎颺流〔二二〕；親黨仗以救饑，時傾月俸〔二三〕。文士浮薄之態，至孝穆而全消焉。故因論世〔二四〕，拈出之以告世之讀君集者。天啟元年中秋日紹和張燮書于麟角堂。

【箋注】

〔一〕徐僕射：徐陵，字孝穆，東海郯（今山東郯城）人。博涉載籍，縱橫有口辯。仕梁歷尚書度支郎、上虞令、通直散騎侍郎、鎮西記室參軍、尚書左丞秘書監。仕陳歷太府卿、五兵尚書、御史中丞、吏部尚書。宣帝即位，封建昌縣侯。太建元年，除尚書右僕射。三年，遷尚書左僕射。撰有《玉臺新詠序》，或言是書即陵所編有集三十卷。《陳書》卷二六、《南史》卷六二有傳。

〔二〕麟來天上：徐陵曾被人稱譽爲天上石麒麟。《陳書·徐陵傳》：「時寶誌上人者，世稱其有道，陵年數歲，家人攜以候之，寶誌手摩其頂，曰：『天上石麒麟也。』」

〔三〕鳳集左肩：徐母誕育徐陵時曾夢見鳳凰集于左肩之上。《陳書·徐陵傳》：「母臧氏，嘗夢五色雲化而爲鳳，集左肩上，已而誕陵焉。」

〔四〕國華：國家之光榮。《國語·魯語上》：「且吾聞以德榮爲國華，不聞以妾與馬。」韋昭注：「以德榮顯者可以爲國光華也。」

〔五〕宮體：以梁簡文帝爲中心所形成描寫宮廷生活之詩體。宮體最早緣于對徐摛詩體之稱呼。《梁書·

徐摛傳》：「摛文體既別，春坊盡學之，『宮體』之號，自斯而起。」父子同供職于東宮，習氣相染，故徐陵也往往被視爲宮體詩的代表作家。

〔六〕陳氏維新之朝：指陳霸先取代蕭梁所建立之陳朝。維新，乃始更新。《詩·大雅·文王》：「周雖舊邦，其命維新。」《後漢書·楊彪傳》：「耄年被病，豈可贊惟新之朝？」惟、維通。

〔七〕秉憲：執掌法令。凜：嚴肅而可敬畏。《陳書·徐陵傳》：「六年，除散騎常侍、御史中丞。時安成王頊爲司空，以帝弟之尊，勢傾朝野。直兵鮑僧叡假王威權，抑塞辭訟，大臣莫敢言者。陵聞之，乃爲奏彈，導從南臺官屬，引奏案而入。世祖見陵服章嚴肅，若不可犯，爲斂容正坐。陵進讀奏版時，安成王殿上侍立，仰視世祖，流汗失色。陵遣殿中御史引王下殿，遂劾免侍中、中書監。自此朝廷肅然。」

〔八〕典銓：謂選拔人才。《陳書·徐陵傳》：「天康元年，遷吏部尚書，領大著作。陵以梁末以來，選授多失其所，于是提舉綱維，綜核名實。時有冒進求官、喧競不已者，陵乃爲書宣示曰(略)。自是衆咸服焉。時論比之毛玠。」

〔九〕委玉二句：典出《宋書·周朗傳》載其《報羊希書》：「委玉入而齊聲禮，揭金出而烹勍寇。」

〔一〇〕授鉞二句：指徐陵于北伐前推舉元帥，堪稱知人。《陳書·徐陵傳》：「及朝議北伐，高宗曰：『朕意已決，卿可舉元帥。』衆議咸以中權將軍淳于量位重，共署推之。陵獨曰：『不然。吴明徹家在淮左，悉彼風俗，將略人才，當今亦無過者。』于是争論累日不能決。都官尚書裴忌曰：『臣同徐僕射。』陵應聲曰：『非但明徹良將，裴忌即良副也。』是日，詔明徹爲大都督，令忌監軍事，遂克淮南數十州之地。

高宗因置酒，舉杯屬陵曰：『賞卿知人。』陵避席對曰：『定策出自聖衷，非臣之力也。』」

〔一一〕宗工：猶尊官。《書·酒誥》：「惟服宗工。」孔傳：「服事尊官。」

〔一二〕元老：國之重臣。《詩·小雅·采芑》：「方叔元老，克壯其猶。」毛傳：「元，大也。五官之長，出于諸侯，曰天子之老。」

〔一三〕回視二句：言徐陵與劉孝儀之間有隙。《陳書·徐陵傳》：「出爲上虞令，御史中丞劉孝儀與陵先有隙，風聞劾陵在縣贓污，因坐免。」

〔一四〕奉使二句：言徐陵致書受阻于楊遵彦。《陳書·徐陵傳》：「及侯景寇京師，陵父摛先在圍城之内，陵不奉家信，便蔬食布衣，若居憂恤。會齊受魏禪，梁元帝承制于江陵，復通使于齊。陵累求復命，終拘留不遣，陵乃致書于僕射楊遵彦曰（略）。遵彦竟不報書。」

〔一五〕霄漢：喻高位。徐陵入陳後，屢任高官，倍受賞遇。《陳書·徐陵傳》：「高祖受禪，加散騎常侍，左丞如故。天嘉初，除太府卿。四年，遷五兵尚書，領大著作。六年，除散騎常侍、御史中丞。」「天康元年，遷吏部尚書，領大著作。」「十年，重爲領軍將軍。尋遷安右將軍、丹陽尹。十三年，爲中書監，領太子詹事，給鼓吹一部，侍中、將軍、右光禄、中正如故。」「後主即位，遷左光禄大夫、太子少傅，餘如故。」

〔一六〕大手筆：指朝廷詔令文書等重要文章。《陳書·徐陵傳》：「世祖、高宗之世，國家有大手筆，皆陵草之。」

〔一七〕史稱五句：出自《陳書·徐陵傳》：「其文頗變舊體，緝裁巧密，多有新意。每一文出手，好事者已傳寫成誦，遂被之華夷，家藏其本。後逢喪亂，多散失，存者三十卷。」《隋志》著録：「陳尚書左僕射《徐陵集》三十卷。」兩《唐志》同。

〔一八〕三之一：張燮所輯《徐僕射集》十卷，較傳、志著録三十卷，僅合三分之一。

〔一九〕曹起：結伴吹捧而起。宋佚名《釣磯立談》：「新用事者，爪距銛鋭，方曹起而朋擠之。」

〔二〇〕嘗聞四句：典出《拾遺記》卷一〇「瀛洲」：「有鳥如鳳，身紺翼丹，名曰『藏珠』，每鳴翔而吐珠累斛。仙人常以其珠飾仙裳，蓋輕而耀于日月也。」

〔二一〕若乃二句：言徐陵雖高居人上，却毫無矜持之態；每遇賞拔，又善于謙讓他人。《陳書·徐陵傳》：「三年，遷尚書左僕射，陵抗表推周弘正、王勱等，高宗召陵入内殿，曰：『卿何爲固辭此職而舉人乎？』陵曰：『周弘正從陛下西還，舊藩長史，王勱太平相府長史，張種帝鄉賢戚，若選賢與舊，臣宜居後。』固辭累日，高宗苦屬之，陵乃奉詔。」

〔二二〕後進二句：言徐陵孜孜不倦于獎掖、提攜後輩。《陳書·徐陵傳》：「爲一代文宗，亦不以此矜物，未嘗詆訶作者。其于後進之徒，接引無倦。」

〔二三〕親黨二句：言徐陵常周濟有困難之親戚，甚至花光己之俸禄。《陳書·徐陵傳》：「陵器局深遠，容止可觀，性又清簡，無所營樹，禄俸與親族共之。太建中，食建昌邑，邑户送米至于水次，陵親戚有貧匱者，皆令取之，數日便盡，陵家尋致乏絶。府僚怪而問其故，陵云：『我有車牛衣裳可賣，餘家有可賣不？』其周給如此。」

〔二四〕論世：知人論世之省稱，謂欲知作家之爲人，須論其所處身之時勢。參見《張河間集引》注〔二四〕。

【總說】

《隋志》、兩《唐志》之外，明前著録《徐陵集》者有：《崇文總目》著録《徐陵文集》二卷；《遂初堂書目》著録《徐陵集》，不云卷數；《直齋書録解題》集部詩集類著録《徐孝穆集》一卷，實爲詩集。迨于明季，在張燮《七十二家集·徐僕射集》（十卷）之前，有屠隆輯評《徐孝穆集》十卷，收入《徐庾集》，後爲閣光世翻録收入《文選遺集》。張燮題辭稱「明興以來，世無《孝穆集》」，蓋《徐庾集》、《文選遺集》流傳不廣，張燮未及獲見。今通行本爲許逸民《徐陵集校箋》，中華書局二〇〇八年版。

張燮題辭開篇所稱，與張溥題辭收尾所云，有異曲同工之趣。「徐孝穆麟來天上，鳳集左肩」，此爲張燮題辭開篇；「天上石麟，青睛慧相，亦何所不可哉」，此爲張溥題辭收尾。或爲涓涓源水，或爲裊裊尾音，俱臻工妙。徐陵文稱大手筆，其詩則變化多端，儀態萬方，有婉語，有悲語，有峻處，有變處，「梅香桃艷」，「日朗霞明」，無不見于集中。「明興以來，世無孝穆集」，雖不合史實，然正可見張燮創始之衷心。張溥沾其餘潤，無甚發明。

【附録】

張溥《徐僕射集題詞》：陳世祖時，安成王任威福，徐孝穆爲御史中丞，彈之下殿。高宗議北伐，孝穆舉吴明徹大將，裴忌副之，克淮南數十州地。周昌强諫，張華知人，殆有兼稱，非徒以太史之辭、干將之筆，豪詡東海也。評徐詩者云，如魚油龍罽，列堞明霞，比擬文字，形象亦然。迺余讀其《勸進元帝表》與《代貞陽侯》數書，感慨興亡，聲淚并發，至羈旅篇牘，親朋報章，蘇李悲歌，猶見遺則，代馬越鳥，能不凄然？夫三代以前，文無聲偶，八音自諧，司馬子長所謂鏗鏘鼓舞也。浸淫六季，製句切響，千英萬傑，莫能跳脱，所可自異者，死生氣别耳。歷觀駢體，前有江、任，後有徐、庾，皆以生氣見高，遂稱俊物，他家學步壽陵，菁華先竭，猶責細腰以善舞，余竊憂其餓死也。《玉臺》一序，與《九錫》并美，天上石麟，青睛慧相，亦何所不可哉！婁東張溥題。

沈侍中集引〔一〕

沈初明勸進三表〔二〕，足使越石却步〔三〕，孝穆齊鑣〔四〕，何其壯也！梁祚既傾，播遷北指，文靡留草，慮才見羈〔五〕。《通天臺上章漢武帝》，可謂精誠之感〔六〕，視陸士龍《上漢高頌表》〔七〕，蓋情殊而文匹焉〔八〕。《還魂》之賦〔九〕，悲喜駢集〔一〇〕，幸而不作「哀江南」也〔一一〕。古人以陳情請歸養者，世但知李令伯之事祖母劉〔一二〕，而不知有初明之事母劉及叔母江〔一三〕，辭旨懇到，差足連類。至天子優詔褒答，遂使「馮親入舍，荀母從官」〔一四〕，家典朝榮，咸躋異數，則遭逢又過令伯矣〔一五〕。傳謂恭子有集二十卷〔一六〕，及考劉師知爲恭子作序，却是西還所著，名爲後集〔一七〕。今存者如許，大較從前之作爲多。丹穴一毛〔一八〕，何適其非異綵乎！

【箋注】

〔一〕沈侍中：沈炯，字初明，一作禮明，吴興武康（今浙江德清）人。仕梁爲吴令，爲侯景將宋子仙所獲。

子仙敗，歸王僧辯，封原鄉縣侯。元帝徵爲給事黄門侍郎。江陵陷，入西魏，爲儀同三司。紹泰中歸國，除司農卿，遷御史中丞。陳受禪，加通直散騎常侍。文帝即位，解中丞，加明威將軍。卒贈侍中，謚曰恭子。有前集七卷，後集十三卷。《陳書》卷一九、《南史》卷六九有傳。

〔二〕勸進三表：沈炯奉王僧辯之命所撰勸進梁元帝三表。《陳書・沈炯傳》：「及簡文遇害，四方岳牧皆上表于江陵勸進，僧辯令炯製表，其文甚工，當時莫有逮者。」三表載《梁書・元帝紀》，又略見《藝文類聚》卷一四。

〔三〕越石：劉琨，字越石，中山魏昌人。累遷至并州刺史，永嘉亂後，據守晉陽禦敵。晉湣帝辟爲司空，都督并冀幽諸軍事。後與段匹磾結盟，共討石勒，被段匹磾下獄死。西晉亡後，劉琨曾集合一百八十人聯名上表向司馬睿勸進。《晉書・劉琨傳》：「是時西都不守，元帝稱制江左，琨乃令長史温嶠勸進，于是河朔征鎮夷夏一百八十人連名上表，語在《元紀》。」劉琨《勸進表》載《晉書・元帝紀》及《文選》卷三七。

〔四〕孝穆：徐陵，字孝穆。參見《徐僕射集序》注〔二〕。《陳書・徐陵傳》：「自有陳創業，文檄軍書及禪授詔策，皆陵所製，而《九錫》尤美。」齊鑣：并駕。《文選》卷四張衡《南都賦》：「騄驥齊鑣。」吕延濟注：「齊鑣，齊轡也。」

〔五〕梁祚四句：言沈炯于梁亡後被虜入魏，故意藏拙，不令人知己才，以免被長期羈留北方。《陳書・沈炯傳》：「荆州陷，爲西魏所虜，魏人甚禮之，授炯儀同三司。炯以母老在東，恒思歸國，恐魏人愛其文才而留之，恒閉門却掃，無所交遊。時有文章，隨即棄毁，不令流布。」

〔六〕通天臺二句：言沈炯行經通天臺時上表漢武帝，備陳思念故國之情，一片精誠感動上天，不久即得以解駕東歸。《陳書·沈炯傳》：「嘗獨行經漢武通天臺，爲表奏之，陳己思歸之意。其辭曰：『臣聞喬山雖掩，鼎湖之靈可祠；有魯既荒，大庭之迹無泯。伏惟陛下降德猗蘭，纂靈豐谷，漢道既登，神仙可望。射之罘于海浦，禮日觀而稱功，横中流于汾河，指柏梁而高宴，何其樂也，豈不然歟！既而運屬上仙，道窮晏駕，甲帳珠簾，一朝零落，茂陵玉椀，宛出人間。陵雲故基，共原田而膴膴；别風餘址，對陵阜而茫茫。羈旅縲臣，能不落淚？昔承明既厭，嚴助東歸；駟馬可乘，長卿西返。恭聞故實，竊有愚心，黍稷非馨，敢忘徼福。』奏訖，其夜炯夢見有宫禁之所，兵衛甚嚴，炯便以情事陳訴，聞有人言：『甚不惜放卿還，幾時可至。』少日，便與王克等并獲東歸。」按此文于集中名《經通天臺奏漢武帝表》。

〔七〕陸士龍：陸雲，字士龍，陸機弟。武帝末，與兄機攜手入洛。辟公府掾，爲太子舍人。成都王穎表爲清河内史，轉大將軍右司馬，又表爲使持節大都督前鋒將軍，兵敗被殺。有《陸子新書》十卷，集十二卷。《陸清河集》傳歷井井，嚴可均重之爲「唐以前舊集見存于今世者」僅存六家之一，集中詩文多未見于類書等其他出處。中有《盛德頌》一篇，序稱：「今行經泗水，高帝昔爲亭長于此。瞻望山川，意有恨然，遂奏章以通情焉，并爲之頌云爾。」

〔八〕情殊而文匹：指陸雲、沈炯二人情感基調不同，然而發爲文辭，却有異曲同工之妙，其文學價值難分伯仲。《文心雕龍·情采》：「昔詩人什篇，爲情而造文；辭人賦頌，爲文而造情。」援舍人之論，沈炯文堪稱是「爲情而造文」，陸雲文可謂是「爲文而造情」。

〔九〕還魂之賦：指沈炯所作《歸魂賦》，全文載《藝文類聚》卷七九，卷二七作《魂歸賦》，删節較多。《歸魂賦》序稱：「古語稱『收魂升極』，《周易》有《歸魂卦》，屈原著《招魂篇》，故知魂之可歸，其日已久。余自長安返，乃作《魂歸賦》，其辭曰（略）。」

〔一〇〕駢集：交集。沈炯結合時代風雲變幻，自述生平經歷，或樂極生悲，或否極泰來，與屈原《離騷》千迴百折之抒情方式一脉相承。

〔一一〕哀江南：典出屈原《招魂》「魂兮歸來哀江南」句，庾信有《哀江南賦》，稍爲晚出，與沈炯《歸魂賦》相比情感更爲沉痛。按，沈炯《歸魂賦》與庾信《哀江南賦》主題相同，均爲叙亂亡、述身世，在結構上也多有相似之處。張燮指出二賦之聯繫，然而并未深入揭示。陳寅恪孤明先發，認爲《歸魂賦》創作在前，對《哀江南賦》具有深刻影響，解讀《哀江南賦》必須參照《歸魂賦》。《讀〈哀江南賦〉》：「今觀《歸魂賦》，其體制結構固與《哀江南賦》相類，其内容次第亦少差異。至其詞句如『而大盜之移國』，『斬蚩尤之旗』，『去莫敖之所縊』，『但望斗而觀牛』等，則更符同矣。頗疑南北通使，江左文章本可以流傳關右，何況初明失喜南歸之作，尤爲子山思歸北客所亟欲一觀者耶？子山殆因緣際會，得見初明此賦。其作《哀江南賦》之直接動機，實在于是。注《哀江南賦》者，以《楚辭·招魂》之『魂兮歸來哀江南』一語，以釋其命名之旨。雖能舉其遺詞之所本，尚未盡其用意之相關。是知古典矣，猶未知『今典』也。故讀子山之《哀江南賦》者，不可不并讀初明之《歸魂賦》。深惜前人未嘗論及，遂表而出之，以爲讀

《哀江南賦》者進一解焉。」（載《金明館叢稿初編》）

〔一二〕李令伯：李密，字令伯，犍爲武陽人。幼年喪父，母何氏改嫁，由祖母劉撫養成人。初仕蜀漢爲尚書郎。蜀漢亡，晉武帝召爲太子洗馬，李密上《陳情表》，以祖母年老多病、無人供養而力辭。《陳情表》載于《三國志》裴松之注，又見《晉書》本傳及《文選》卷三七。開篇稱：「臣以險釁，夙遭閔凶。生孩六月，慈父見背；行年四歲，舅奪母志。祖母劉愍臣孤弱，躬親撫養。」末稱：「臣密今年四十有四，祖母今年九十有六，是臣盡節于陛下之日長，報養劉之日短也。烏鳥私情，願乞終養。臣之辛苦，非獨蜀之人士及二州牧伯所見明知，皇天后土，實所共鑒。願陛下矜愍愚誠，聽臣微志，庶劉僥倖，保卒餘年。臣生當隕首，死當結草。」

〔一三〕而不知句：謂世人不知沈炯之服侍母劉及叔母江。《陳書·沈炯傳》：「高祖受禪，加通直散騎常侍，中丞如故。以母老表請歸養，詔不許。文帝嗣位，又表曰：『臣嬰生不幸，弱冠而孤，母子零丁，兄弟相長。謹身爲養，仕不擇官，宦成梁朝，命存亂世，冒危履險，百死輕生，妻息誅夷，昆季冥滅，餘臣母子，得逢興運。臣母妾劉，今年八十有一，臣叔母妾丘，七十有五，臣門弟姪故自無人，妾丘兒孫又久亡泯，兩家侍養，餘臣一人。前帝知臣之孤煢，養臣以州里，不欲使頓居草萊，又復矜臣温凊，所以一年之内，再三休沐。』」據《沈炯傳》所載沈炯《請歸養表》，沈炯叔母爲丘氏，非江氏，蓋張燮偶或筆誤。按，沈炯《請歸養表》，張燮此集稱之爲《陳情表》。

〔一四〕至天子三句：指在沈炯上表辭請後，天子詔答優厚，得遂其孝養母及叔母之願。《陳書·沈炯傳》：

「詔答曰：『省表具懷。卿譽馳咸、雒，情深宛、沛。日者理切倚門，言歸異域，復牽時役，遂乖侍養。雖周生之思，每欲棄官，《戴禮》垂文，得遺從政，前朝光宅四海，劬勞萬機，以卿才爲獨步，職居專席，方深委任，屢屈情禮。朕嗣奉洪基，思弘景業，顧兹寡薄，兼纏哀疚，實賴賢哲，同致雍熙，豈便釋簡南闈，解紱東路。當令馮親入舍，荀母從官，用睹朝榮，不虧家禮。尋敕所由，相迎尊累，使卿公私得所，并無廢也。』」

〔一五〕家典三句：言沈炯忠孝兩全，名騰朝野，在政治遭際上又超過了李密。《陳書·沈炯傳》：「初，高祖嘗稱炯宜居王佐，軍國大政，多預謀謨，文帝又重其才用，欲寵貴之。」

〔一六〕傳謂句：本傳稱沈炯有集二十卷。《陳書·沈炯傳》：「以疾卒于吴中，時年五十九。文帝聞之，即日舉哀，并遣吊祭，贈侍中，謚曰恭子。有集二十卷行于世。」《隋書·經籍志》著録「陳侍中《沈炯前集》七卷、陳《沈炯後集》十三卷」，合之正是本傳著録之卷數。兩《唐志》所載僅《沈炯前集》六卷爲異。

〔一七〕劉師知：沛國相人。梁世歷王府參軍，高祖入輔，爲中書舍人，掌詔誥。高祖受命，仍爲舍人。《藝文類聚》卷五五載劉師知《侍中沈府君集序》云：「今乃撰西還所著文章，名爲後集。」

〔一八〕丹穴：鳳凰所集之山。《山海經·南山經》：「又東五百里，曰丹穴之山，其上多金玉。丹水出焉，而南流注于渤海。有鳥焉，其狀如雞，五采而文，名曰鳳皇。」此指代鳳凰。

【總説】

《隋書·經籍志》集部别集類著録「陳侍中《沈炯前集》七卷、陳《沈炯後集》十三卷」，兩《唐志》與之基本相同，唯《沈炯前集》闕佚一卷。宋代書目多不著録，蓋其于宋世已經亡佚。明人始有輯本。《沈炯集》後世輯本，當以張燮《七十二家集·沈侍中集》三卷爲最早，具有開創價值。迄今爲止，尚未見《沈炯集》新整理本出版問世。

張溥《沈侍中集題詞》開首一節，歷叙沈炯生平，蓋據其《歸魂賦》而敷衍成篇。沈炯詩文名作，俱可方軌前賢，「《勸進》三表」與劉琨《勸進表》、《陳情歸養表》與李密《陳情表》，二張并論之。張溥稱「《勸進》三表，長聲慷慨，絶近劉越石」；《陳情》辛宛，又有李令伯風」，不可謂未受張燮沾溉。而張燮所論尚不囿于此，又將《經通天臺奏漢武帝表》與陸雲《盛德頌》、《歸魂賦》與庾信《哀江南賦》連類比較，可謂精熟文囿、自具隻眼者也。沈炯影響及于後世，如《長安少年行》與劉希夷《代悲白頭翁》、《獨酌謡》與李白《月下獨酌》、詠馬詩與杜甫《瘦馬行》等，俱有迹可循，惜二張尚未論及，拈出之以公諸同好。

【附録】

張溥《沈侍中集題詞》：文人顛沛，若沈初明者，其真窮乎！年齒知命，位僅邑長，遭亂執節，瀕死幸生。梁元進討，賊景東奔，可冀苟安，猶不免殺妻子、屠昆季。非張儉之亡命，類李陵之無家，悲哉一身，不復望振。播竄西魏，再入新朝。高文寵貴，寄以干城，遲頓五十，而收榮晚路。窮而變，變而通，即功名猶然哉。《勸進》三表，長聲慷慨，絶近劉越石；《陳情》辛宛，又有李令伯風。至《爲陳太傅讓表》，義正辭壯，即阮嗣宗《上晉王箋》曷加焉？恭子雋才，雅慕忠孝，冒危履險，情深指哀。過殷墟而箕子涕，睹風木而吾丘泣，所處然也。行經通天臺，上表漢武，亦雀臺雍丘，憑吊常事，何至發夢帝宫，還身故壤？鄧晨有云：「忠信感靈。」其事異，其志悲矣。存詩頗少，《詠十二神》尤驚創體，亦戲謔類耳。江南文體入陳更衰，非徐僕射、沈侍中，代無作者。乃故崎嶇其遇，俾光詞苑，斯文之際，天豈無意乎！婁東張溥題。

江令君集序〔一〕

江總持父紑，爲梁代純孝〔二〕；總持躬歷數朝，與波下上〔三〕。求忠臣於孝子之門〔四〕，豈其然乎〔五〕？杜子美詩云：「遠媿梁江總，還家尚黑頭。」〔六〕世儒謂子美豈不知江之閱陳及隋，乃系之爲梁，謂是一字之誅〔七〕。余謂子美亂離未歸，偶借總持避亂還家而發，事屬梁季〔八〕，故系之梁江總耳。總持在梁，原非要地〔九〕，國破崎嶇，幸不爲北人所擒〔一〇〕。久而入陳，不足多過。凡陳之累累進賢，誰非梁彦？子美單以爲總訾耶？獨總於後主，身都輔弼，歡騰魚水〔一一〕；而隋師之入，無能捐軀爲殉，係籍開府，至開皇十四年乃殂〔一二〕。脆漏幾何〔一三〕，不能爲總持解耳。史又稱君臣混亂，目爲總罪〔一四〕，余意猶復未爾。彼以麗冶之才，事婉戀之主〔一五〕，聲韻所鍾，因相契洽，尚未至魏收之狗鬭、柳䛒之造像〔一六〕，而長日精神，盡耗之文義，又非若他細人之招權而納賄也〔一七〕。國小時危，不能匡救，諾諾因人〔一八〕，敗乃公事，則誠有之。大率總持經濟既非所長〔一九〕，道誼雅無足采〔二〇〕，惟是秉性和柔，自媚於上。至乃文心妍秀，蔚彼墨莊〔二一〕，未宜以輕艷二字概相抹殺，輕艷不猶愈於陳腐哉？旃蒙赤奮若紹和張燮識于金陵〔二二〕。

【箋注】

〔一〕江令君：江總，字總持，濟陽考城（今河南蘭考）人。仕梁歷丹陽佐史、尚書殿中郎、太子洗馬、臨安令、太子中舍人。仕陳歷中書侍郎、司徒右長史、太子中庶子、通直散騎侍郎、太子詹事、太常卿。後主即位，歷祠部尚書、尚書僕射，授尚書令。不持政務，隨宴後庭。陳亡入隋，爲上開府。有集三十卷，後集二卷。《陳書》卷二七、《南史》卷三六有傳。

〔二〕江總二句：江總父江紑，在梁代號稱至孝之人。《陳書・江總傳》：「父紑，本州迎主簿，少居父憂，以毁卒，在《梁書・孝行傳》。」《梁書》卷四七《孝行傳》：「紑幼有孝性，年十三，父患眼，紑侍疾將期月，衣不解帶。……及父卒，紑廬于墓，終日號慟不絶聲，月餘卒。」純孝，猶言至孝。《左傳》隱公元年：「穎考叔，純孝也。愛其母，施及莊公。」

〔三〕與波下上：猶言隨世浮沉。屈原《卜居》：「將氾氾若水中之鳧，與波上下，偷以全吾軀乎？」江總歷經梁、陳、隋三代，迭事梁武帝、元帝，陳武帝、後主，隋文帝等多位帝王。

〔四〕求忠臣句：忠臣往往出于孝子之門，言孝爲百德之首，其人孝于父則必忠于君。《後漢書・韋彪傳》

載彪上議引孔子曰：「事親孝故忠可移于君，是以求忠臣必于孝子之門。」

〔五〕豈其然乎：難道是這樣嗎？表示疑惑不定。《論語·憲問》：「其然，豈其然乎？」

〔六〕杜子美句：二句出自杜甫《晚行口號》：「三川不可到，歸路晚山稠。落雁浮寒水，饑烏集戍樓。市朝今日異，喪亂幾時休？遠媿梁江總，還家尚黑頭。」

〔七〕世儒三句：俗儒在解杜詩時，以爲杜甫明知江總躬歷數朝，故意將其稱爲「梁」人，實爲誅心之句眼。如劉辰翁評點此詩即稱：「人知江令自陳入隋，不知其自梁時已達官矣。自梁入陳，自陳入隋，歸尚黑頭，其人物心事可知。著一『梁』字而不勝其愧矣。詩之妙如此，豈待罵哉！」

〔八〕事屬梁季：指江總避亂歸國，事屬梁代，與陳、隋無涉。顧炎武《日知録》卷二七稱「子美遭亂崎嶇，略與總同，而自傷其年已老，故發此歎爾」，又稱「其臺城陷而避亂本在梁時，自不得蒙以陳氏」，與張燮此論略同，或受其影響亦未可知。

〔九〕要地：顯要地位。《新唐書·房玄齡傳贊》：「玄齡身處要地，不吝權，善始以終。」

〔一〇〕國破二句：言江總在侯景亂中處境艱難，不爲北人所擒已屬萬幸。《陳書·江總傳》：「侯景寇京都，詔以總權兼太常卿，守小廟。臺城陷，總避難崎嶇，累年至會稽郡，憩于龍華寺，乃製《修心賦》，略序時事。」

〔一一〕獨總三句：江總在陳後主時身爲輔弼之臣，君臣相得有如魚水之歡。《陳書·江總傳》：「尋授尚書令，給鼓吹一部，加扶，餘并如故。」陳後主策稱尚書令一職「同冢宰之司，專臺閣之任」。又：「總篤行義，寬和温裕。好學，能屬文，于五言七言尤善，然傷于浮艷，故爲後主所愛幸。」

〔一二〕而隋師四句：當陳隋之際，江總不能捐軀赴國難，反而仕隋爲上開府，享壽以終。《陳書·江總傳》：「禎明二年，進號中權將軍。京城陷，入隋，爲上開府。開皇十四年，卒于江都，時年七十六。」

〔一三〕脆漏：猶言脆弱。鮑照《謝永安令解禁止啟》：「瑣族易灰，脆漏已迫。」

〔一四〕史又稱二句：史傳又稱君臣昏亂，至于亡國，將其罪歸于江總。《陳書·江總傳》：「後主之世，總當權宰，不持政務，但日與後主遊宴後庭，共陳暄、孔範、王瑳等十餘人，當時謂之狎客。由是國政日頹，綱紀不立，有言之者，輒以罪斥之，君臣昏亂，以至于滅。」

〔一五〕婉戀：亦作婉孌，柔順貌。

〔一六〕魏收：字伯起，鉅鹿下曲陽人。參見《魏特進集引》注〔一〕。《北齊書·魏收傳》：「收既輕疾，好聲樂，善胡舞。文宣末，數于東山與諸優爲獼猴與狗鬭，帝寵狎之。」柳䛒：字顧言，少聰敏，解屬文，爲隋煬帝寵臣。《隋書·柳䛒傳》：「煬帝嗣位，拜秘書監，封漢南縣公。帝退朝之後，便命入閤，言宴諷讀，終日而罷。帝每與嬪后對酒，時逢興會，輒遣命之至，與同榻共席，恩若友朋。帝猶恨不能夜召，于是命匠刻木偶人，施機關，能坐起拜伏，以像于䛒。帝每在月下對酒，輒令宮人置之于座，與相酬酢，而爲歡笑。」

〔一七〕細人：小人。《禮記·檀弓上》：「細人之愛人也以姑息。」招權：弄權。《漢書·刑法志》：「則廷平將招權而爲亂首矣。」

〔一八〕諾諾：連聲應諾，表示不加任何違逆地順從。《韓非子·八姦》：「優笑侏儒，左右近習，此人主未命而唯唯，未使而諾諾，先意承旨，觀貌察色，以先主心者也。」

〔一九〕經濟：經世濟民。《晉書·殷浩傳》：「足下沉識淹長，思綜通練，起而明之，足以經濟。」

〔二〇〕道誼：道義。虞集《牟先生墓誌銘》：「父子之間，討論經學，以忠孝道誼相切劘。」

〔二一〕墨莊：指文壇。參見《重纂沈隱侯集序》注〔三〕。

〔二二〕旃蒙赤奮若：指乙丑年，即明天啟五年（一六二五）。參見《陳記室集小引》注〔二一〕。

【總説】

《隋書·經籍志》集部别集類著録「開府《江總集》三十卷、《江總後集》二卷」，兩《唐志》著録「《江總集》二十卷」。《直齋書録解題》集部詩集類著録「《江總集》一卷」，蓋已是輯本。《江總集》現存輯本，當以張燮《七十二家集·江令君集》五卷爲最早，具有開創價值。迄今爲止，尚未見《江總集》新整理本問世。

張燮審視六朝文苑，不是用政治家的眼光，更不是以道德家的眼光來評判，故其所持評價標準較爲寬容，不似張溥那般嚴苛。從「與波下上」、「麗冶之才」、「諾諾因人」、「經濟既非所長，道誼雅無足采」等評價可以概見。而張溥則不然，其《江令君集題辭》通篇貶損之辭，而且異常尖鋭，從「罪薄五鬼」、「亡國有餘」、「醮婦所羞」等用語可以概見。君子不因人而廢言，張燮評價江總之文學：「文心妍秀，蔚彼墨莊，未宜以輕艷二字概相抹殺，輕艷不猶愈於陳腐哉？」堪稱公平持中之論。

【附録】

張溥《江令君集題詞》：後主狎客，江總持居首，國亡主辱，竟逃明刑，開府隋朝，眉壽無恙，《春秋》惡佞人，有厚福若是者哉？自叙官陳以來，流俗怨憎，群小威福，摧黜繇命，識者笑其言迹乖謬。及考之史書，後庭荒宴，罪薄五鬼，自矜淡漠，豈猶任質之談耶？六宫謝章，美人應令，艷歌側篇，傳誦禁庭。餘則山寺穹碑，法師龕石，標記禪悦，寂不聞有廟堂典議，闕其筆札。所謂韋彪樞機，李固斗極，其晏居則何如也？序云：「未嘗逢迎一物，干預一事。」又云：「暮齒官陳，與攝山布上人遊款，深悟苦空，更復練戒。」文人高致，或是貶俗，其如社稷何？後主即不道，非有商辛之惡也；總持即不肖，不若飛廉、惡來也。文昌政本，與時低昂，朝宴夜遊，太康無儆，即其恬淡，亡國有餘矣。齊梁以來，華虚成風，士大夫輕君臣而工文墨，高談法王，脱略名節，雞足鷲頭，適爲朝秦暮楚者地耳。梁有江總，隋有裴矩，後唐有馮道，三人皆醮婦所羞也。婁東張溥題。

張散騎集引〔一〕

張見賾家世北土，其父歸梁，遂爲南人〔二〕。見賾童牙獻頌，受知簡文〔三〕，吐納講筵，朝彦瞻矚〔四〕。元帝時爲彭澤令。梁社既屋，遯迹匡谷山，寇攘薰灼，用禮度自全，脱然網國〔五〕。陳祚既建，應召還都〔六〕，逮事高宗〔七〕，未艾而逝。原其本末，殆不作率爾人〔八〕，視喪亂諸賢，饑就猛虎食〔九〕，熱息惡木陰〔一〇〕，大有間矣。令天假之年，獲值後主〔一一〕，其荷甄飾正〔一二〕，應非次然已。闌入淫媚之藉，身世缺陷，又不可言齎志早終〔一三〕，未必非福也。見賾詩爲律祖〔一四〕，泛瀾持比初唐，較爲諧暢，每覺匠心，徐爲湊手〔一五〕。嚴滄浪詆其「雖多亦奚以爲」〔一六〕，吁其甚矣！史稱有集十四卷，五言詩尤善〔一七〕，今文存者只小賦數首〔一八〕、《謝錢啟》一章〔一九〕，而詩猶大行〔二〇〕。

【校記】

本篇題辭不見于《七十二家集·張散騎集》卷首，據《群玉樓集》卷八四補入。

【箋注】

〔一〕張散騎：張正見，字見賾，清河東武城（今河北故城縣南）人。幼好學，有清才。梁元帝立，拜通直散騎侍郎，遷彭澤令。入陳除鎮東鄱陽王府墨曹行參軍，兼衡陽王府長史，歷宜都王限外記室、撰史著士，帶尋陽郡丞，累遷尚書度支郎、通直散騎常侍。有集十四卷。《陳書》卷三四、《南史》卷七二有傳。

〔二〕張見賾三句：言張正見本世居北方，其父張修禮投效梁朝，才成爲南人。《陳書·張正見傳》：「張正見字見賾，清河東武城人也。祖蓋之，魏散騎常侍、勃海長樂二郡太守。父修禮，魏散騎侍郎，歸梁，仍拜本職，遷懷方太守。」

〔三〕見賾二句：言梁簡文帝爲太子時，少年張正見獻頌，深受簡文賞識。《陳書·張正見傳》：「正見幼好學，有清才。梁簡文在東宮，正見年十三，獻頌，簡文深贊賞之。」童牙，指年齡幼小。《後漢書·崔駰傳》：「甘羅童牙而報趙。」李賢注：「童牙，謂幼小也。」

〔四〕吐納二句：言張正見講學時談吐不凡，爲朝士所矚目。《陳書·張正見傳》：「簡文雅尚學業，每自昇座説經，正見嘗預講筵，請決疑義，吐納和順，進退詳雅，四座咸屬目焉。」吐納，言談。講筵，講經、講學之所。矚矚，注視。

〔五〕梁社五句：言張正見當梁末時，隱居山林，盜匪四起，能以禮法自持，保全于亂世。《陳書·張正見傳》：「屬梁季喪亂，避地于匡俗山，時焦僧度擁衆自保，遣使請交，正見懼之，遜辭延納，然以禮法自持，僧度亦雅相敬憚。」屋，猶言滅亡。《禮記·郊特牲》：「喪國之社屋之。」

〔六〕應召還都：謂張正見復仕陳朝。《陳書·張正見傳》：「高祖受禪，詔正見還都，除鎮東鄱陽王府墨曹行參軍，兼衡陽王府長史。」

〔七〕高宗：宣帝陳頊，年號太建（五六九—五八二）。張正見卒于太建年間，故下文稱「未艾而逝」。《陳書·張正見傳》：「太建中卒，時年四十九。」

〔八〕率爾人：輕率冒進之人。《南史·王僧祐傳》：「幼聰悟，叔父微撫其首曰：『兒神明意用，當不作率爾人。』」

〔九〕饑就猛虎食：飢餓時隨從猛虎覓食，比喻隨世浮沉，喪失操守。《文選》卷二八陸機《猛虎行》李善注引《古猛虎行》：「饑不從猛虎食，暮不從野雀棲。」

〔一〇〕熱息惡木陰：謂炎熱時納涼于惡木之蔭。《文選》卷二八陸機《猛虎行》：「渴不飲盜泉水，熱不息惡木陰。惡木豈無枝，志士多苦心。」

〔一一〕後主：指陳後主叔寶，見《陳後主集題辭》注〔一〕。

〔一二〕甄：彰明。《文選》卷五七顏延之《陽給事誄》：「貞不常祐，義有必甄。」

〔一三〕齎志早終：猶壯志未酬身先死。參見《王諫議集引》注〔一三〕。

〔一四〕律祖：律詩之祖。楊慎撰有《五言律祖》，胡應麟《少室山房筆叢·藝林學山八·五言律祖》：「此編輯六朝近律者，以明唐體所自出，入門士熟習下手，足可盡湔晚近塵陋。」所評當即楊慎之作。按，方回在《瀛奎律髓》中將陳子昂、杜審言、宋之問、沈佺期定爲律詩之祖。唐初律詩體制已臻成熟，然其源應追溯至永明體。胡應麟《詩藪》即力主「五言律體兆自梁陳」，列舉陳後主、張正見、沈炯、江總、何處士及庾信等人所作之合「唐律」者共十六首。張燮所論，實襲自胡應麟，下文駁嚴羽之評，亦早見于《詩藪》，非張燮之創見明矣。

〔一五〕匠心：心思工巧。　湊手：順手爲之。

〔一六〕雖多亦奚以爲：言雖然量多亦無甚價值。《論語·子路》：「誦詩三百，授之以政，不達。使于四方，不能專對。雖多，亦奚以爲？」嚴羽《滄浪詩話·考證》：「南北朝人，惟張正見詩最多，而最無足省發，所謂『雖多亦奚以爲』。」胡應麟《詩藪·外編二》：「張正見詩，華藻不下徐陵、江總，聲骨雄整乃過之。唐律實濫觴此，而資望不甚表表。嚴氏誚其『雖多亦奚以爲』，得無以名取人耶？」

〔一七〕史稱二句：出自《陳書》本傳：「有集十四卷，其五言詩尤善，大行于世。」

〔一八〕小賦數首：張正見賦存世者僅《山賦》、《石賦》、《衰桃賦》，三文見載于《藝文類聚》，均是詠物賦。現存皆是殘篇，無由斷定其體制大小。張燮所言，蓋據梁陳時抒情小賦盛行于時而推論。

〔一九〕《謝錢啟》：張正見所撰，殘文存于《初學記》卷二七，全名《謝賜錢啟》。

〔二〇〕詩猶大行：言張正見詩歌大行于世，即現存數量亦頗爲巨大。據《七十二家集·張散騎集目録》，計樂府四十三首，詩四十四首，共計八十七首。

【總説】

《隋書·經籍志》集部別集類著録「陳尚書度支郎《張正見集》十四卷」，兩《唐志》僅著録「《張正見集》四卷」，蓋已多有散失。宋代書目均不著録，蓋其于宋世已經亡佚。明人始有輯本。《張正見集》後世輯本，當以張燮《七十二家集・張散騎集》二卷爲最早，具有開創價值。迄今爲止，尚未見《張正見集》新整理本問世。

張燮此篇題辭以知人論世始，以評騭詩文終，正合題辭之義；張溥《張散騎集題辭》則不言其人其事，蓋張燮已窮盡之，了無剩義。至于張正見現存作品，二張均指出其詩作尚多，而賦文寥寥，「詩猶大行」，「得稱集者，恃有詩耳」。張溥評詩，亦未度越前人，其持論不外「善五言」、「風氣開唐」兩點，至于摘「蜀郡隨金馬，天津應玉衡」、「天路横秋水，星橋轉夜流」兩句，亦非孤明先發，兩聯始見稱于楊慎、陸時雍，張溥不過撮合一處而已。

【附録】

張溥《張散騎集題詞》：東海徐隱忍在陳太建時，與名士十餘人遊宴賦詩，動成卷軸，集而叙之，至今稱文會者輒頌侯司空諸記室云。隱忍詩不多見，惟《日出東南隅行》與《游鍾山開善寺》二詩盛行世間。餘客詩文少傳，其最多者，則推清河張見賾，然本集十四卷，詩賦間存，賦三首，又語致蕭條，則散騎著作得稱集者，恃有詩耳。史云見賾詩尤善五言，篇中「蜀郡隨金馬，天津應玉衡」、「天路横秋水，星橋轉夜流」，其著者也。夫陳隋詩格，風氣開唐，五言聲響，尤爲近之，祖孫登《蓮調》、劉删《泛宫亭湖》，全首唐律，固不足道。即陰、徐、江、沈，陳朝大手，其詩亦有類唐者。見賾年才適相兄弟，堯風鼓吹，或假途轍，憎者病其雖多奚爲，喜者謂其聲骨雄整，女以悦容，豈能自言美惡哉！梁陳顯晦，隨俗善持，當時文士能若此者，即云寡過矣。

婁東張溥題。

高令公集題辭〔一〕

蓋讀史至高令公，而歎巧詐之不如樸誠〔二〕，競躁之不如恬愉也〔三〕。境有所必避而慨慷以臨之〔四〕，事有所必趨而静默以鎮之〔五〕。貞不絶俗〔六〕，忠不近名〔七〕。卒使威主可以理奪〔八〕，澆暮因之化乎〔九〕；耻辱何加〔一〇〕，尤悔雙遣〔一一〕。儷景臺鉉，九霄之欒棟自高〔一二〕；閲祚頤期〔一三〕，一世之津梁未已〔一四〕。微似義俠〔一五〕，全抽道心〔一六〕；時近通人〔一七〕，終呈拙效。蓋坤厚以載物〔一八〕，乾愓以自强〔一九〕，孔所謂言忠信，行篤敬，蠻貊可行〔二〇〕，庶幾近之；老所謂雄守雌，白守黑，谿谷自如〔二一〕，殆有進乎！公學靡所不淹，識無所不透，翰墨而成勳績，雖非所期；華實而兼春秋，乃其餘事。惜《方山》之頌既闕〔二二〕，而《代都》之賦亦湮〔二三〕。今此逸函，還綜大雅〔二四〕，三復《徵士頌》〔二五〕，怳挹延陵墓中之劍焉〔二六〕。卒業《酒訓》〔二七〕，差勝揚子井湄之瓶焉〔二八〕。天啟甲子嘉平月朔日龍溪張燮書于姑蘇之蔚霞館〔二九〕。

【箋注】

〔一〕高令公：高允，字伯恭，渤海蓨（今河北景縣）人。少爲沙門，名法静，尋還俗。起家爲郡功曹，後徵南大將軍以爲從事中郎。太安四年，任中書令，領著作郎。皇興三年，遷中書監，加散騎常侍。太和二年，拜鎮軍大將軍，領中書監。太和十年，加光禄大夫。太和十一年卒，年九十八。孝文帝重允，常不名之，恒呼爲「令公」。有集二十一卷。《魏書》卷四八、《北史》卷三一有傳。

〔二〕巧詐：機巧詐僞。樸誠：樸實忠誠。《韓非子·説林上》：「巧詐不如拙誠。」

〔三〕競躁：輕率急躁。恬愉：恬静愉悦。《老子》第二十六章：「重爲輕根，静爲躁君。」

〔四〕境有句：言遇到常人本能逃避之困境，高允却勇于直面。高允因國史案被牽涉，受到世祖詰責，恭宗力勸高允敷衍塞責，高允却以實相對，最後幸而得免于嚴懲。《魏書·高允傳》：「初，浩之被收也，允直中書省。恭宗使東宫侍郎吴延召允，仍留宿宫内。翌日，恭宗入奏世祖，命允驂乘。至宫門，謂曰：『入當見至尊，吾自導卿。脱至尊有問，但依吾語。』允請曰：『爲何等事也？』恭宗曰：『入自知之。』既入見帝。恭宗曰：『中書侍郎高允自在臣宫，同處累年，小心密慎，臣所委悉。雖與浩同事，然允微賤，制由于浩。請赦其命。』世祖召允，謂曰：『《國書》皆崔浩作不？』允對曰：『《太祖記》，前著作郎鄧淵所撰。《先帝記》及《今記》，臣與浩同作。然浩綜務處多，總裁而已。至于注疏，臣多于浩。』世祖大怒曰：『此甚于浩，安有生路！』恭宗曰：『天威嚴重，允是小臣，迷亂失次耳。臣向備問，皆云浩作。』世祖問：『如東宫言不？』允曰：『臣以下才，謬參著作，犯逆天威，罪應滅族，今已分死，不敢虛妄。殿下以臣侍講日久，哀臣乞命耳。實不問臣，臣無此言。臣以實對，不敢迷亂。』世祖謂恭宗曰：『直哉！此亦人情所難，而能臨死不移，不亦難乎！且對君以實，貞臣也。如此言，寧失一有罪，宜宥之。』允竟得免。」

〔五〕事有句：言在常人趨之若鶩之利益面前，高允却能静默自守。《魏書·高允傳》：「及高宗即位，允頗有謀焉。司徒陸麗等皆受重賞，允既不蒙褒異，又終身不言。其忠而不伐，皆此類也。」

〔六〕貞不絶俗：謂品性高潔但不與世俗隔絶。《後漢書·郭太傳》：「或問汝南范滂曰：『郭林宗何如人？』滂曰：『隱不違親，貞不絶俗，天子不得臣，諸侯不得友，吾不知其它。』」

〔七〕忠不近名：謂忠于國家却不追求名譽。《莊子·養生主》：「爲善無近名，爲惡無近刑。」張燮此語從《莊子》變化而來。

〔八〕威主：此指高宗文成帝拓跋濬、顯宗獻文帝拓跋弘等。高允諫起宫室、敦復禮教，事在高宗時期；崇儒勸學、皇儲立嫡，事在顯宗時期。高允之建議均被一一采納。《魏書·高允傳》：「允言如此非一，高宗從容聽之。或有觸迕，帝所不忍聞者，命左右扶出。事有不便，允輒求見，高宗知允意，逆屏左右以待之。禮敬甚重，晨入暮出，或積日居中，朝臣莫知所論。」

〔九〕澆暮：謂世道浮薄衰暮。《梁書·何胤傳》：「兼以世道澆暮，争詐繁起，改俗遷風，良有未易。」化孚：謂教化使之信從。

〔一〇〕耻辱：侮辱。《後漢書·秦彭傳》：「吏有過咎，罷遣而已，不加耻辱。」

〔一一〕尤悔：因過失而悔恨。《論語・爲政》：「言寡尤，行寡悔，禄在其中矣。」

〔一二〕樑棟：即棟樑，比喻擔任國家重任之人。杜甫《承沈八丈東美除膳部員外郎阻雨未遂馳賀奉寄此詩》：「天路牽騏驥，雲臺引棟樑。」

〔一三〕頤期：即期頤，一百歲。《禮記・曲禮上》：「百年曰期頤。」鄭玄注：「期，猶要也；頤，養也。不知衣服食味，孝子要盡養道而已。」《魏書・高允傳》：「十一年正月卒，年九十八。」又史臣曰：「宜其光寵四世，終享百齡，有魏以來，斯人而已。」

〔一四〕津梁：引導。《宋書・禮志一》：「先王所以陶鑄天下，津梁萬物，閑邪納善，潛被于日用者也。」

〔一五〕義俠：仗義助人之豪俠。洪邁《容齋隨筆》卷八：「至行過人曰義，義士、義俠、義姑、義夫、義婦之類是也。」

〔一六〕抽：展示。　道心：義理。《書・大禹謨》：「人心惟危，道心惟微。」

〔一七〕通人：學識淵博通達之人。《論衡・超奇》：「博覽古今者爲通人。」

〔一八〕坤厚以載物：言地勢寬厚，容載萬物。《周易・坤》：「地勢坤，君子以厚德載物。」

〔一九〕乾惕以自强：言天道惕厲，自强不息。《周易・乾》：「天行健，君子以自强不息。」又：「君子終日乾乾，夕惕若厲，無咎。」

〔二〇〕孔所謂三句：語出《論語・衛靈公》：「子張問行。子曰：『言忠信，行篤敬，雖蠻貊之邦行矣。』」

〔二一〕老所謂三句：語出《老子》第二十八章：「知其雄，守其雌，爲天下谿。爲天下谿，常德不離，復歸于嬰兒。知其白，守其黑，爲天下式。常德不忒，復歸于無極。」

〔二二〕《方山》之頌：高允晚年所作，已佚。《魏書・高允傳》：「先是，允被召在方山作頌，志氣猶不多損，談說舊事，了無所遺。」

〔二三〕《代都》之賦：魏高宗時所作，已佚。《魏書・高允傳》：「允上《代都賦》，因以規諷，亦《二京》之流也。」

〔二四〕大雅：喻指高允閎雅純正的作品。《徵士頌》：高允所撰懷念逝者之作，共追懷盧玄、崔綽等三十四人。《魏書・高允傳》：「又以昔歲同徵，零落將盡，感逝懷人，作《徵士頌》，蓋止于應命者，其有命而不至，則闕焉。群賢之行，舉其梗概矣。」

〔二五〕三復：多次誦讀。《論語・先進》：「南容三復《白圭》。」朱熹注：「《詩・大雅・抑》之篇曰：『白圭之玷，尚可磨也；斯言之玷，不可爲也。』南容一日三復此言。」

〔二六〕延陵墓中之劍：季札掛劍于徐君墓樹之上，喻指篤于友情，生死不渝。《史記・吴太伯世家》：「季札之初使，北過徐君。徐君好季札劍，口弗敢言。季札心知之，爲使上國，未獻。還至徐，徐君已死，于是乃解其寶劍，繫之徐君冢樹而去。從者曰：『徐君已死，尚誰予乎？』季子曰：『不然。始吾心已許之，豈以死倍吾心哉！』」

〔二七〕《酒訓》：顯宗時高允所上，奉敕言飲酒敗德之作。《魏書・高允傳》：「允上《酒訓》曰：臣被敕論集往世酒之敗德，以爲《酒訓》。臣以朽邁，人倫所棄，而殊恩過隆，録臣于將殁之年，勖臣于已墜之地。

奉命驚惶，喜懼兼甚，不知何事可以上答。伏惟陛下以睿哲之姿，撫臨萬國，太皇太后以聖德之廣，濟育群生。普天之下，罔不稱賴。然日昃憂勤，虛求不已，思監往事，以爲警戒。此之至誠，悟通百靈，而況于百官士民。不勝踴躍，謹竭其所見，作《酒訓》一篇。」

〔二八〕揚子井湄之瓶：揚雄《舊箴》所言雖質樸有用，然易招毀壞的井邊水瓶。《漢書·陳遵傳》引揚雄《酒箴》：「子猶瓶矣。觀瓶之居，居井之眉，處高臨深，動常近危。」

〔二九〕天啟甲子：天啟四年（一六二四）。嘉平月：十二月之別稱。朔日：初一。

【總説】

《隋書·經籍志》集部別集類著録「後魏司空《高允集》二十一卷」，兩《唐志》著録爲二十卷。宋代書目皆不著録，知其至遲于宋世已然亡佚。明人始有輯本。《高允集》後世輯本，當以張燮《七十二家集·高令公集》（二卷）爲最早，具有開創價值。迄今爲止，尚未見《高允集》新整理本出版問世。

張燮此論，深合知人論世之宗旨。其論詩文，止于《徵士頌》、《酒訓》兩篇及有目無文之《方山頌》、《代都賦》。張溥所論，則益以《答宗欽詩》及《上書東宮》、《諫起宮室》、《矯頹俗五異》及《樂平王著論》等篇，知人論世之文字，自然不如張燮題辭爲多。張燮此文，通篇用駢體寫成，起承轉合，輾轉騰挪，佳句多有，而無一累句，在辭采上勝于張溥《高令公集題辭》遠矣。

【附録】

張溥《高令公集題詞》：　游廣平論高伯恭寬中似卓公，洪量似文饒，風節似汲長孺，予心韙之。國史刊石，司徒獄興，劍芒在前，龍蛇莫避，惟有悟主以誠，勿欺可免。伯恭引罪在身，殆得樽酒納約之義。加以儲宫請命，嚴君改顔，應對獲全，非無故也。崔公注《詩》、《論語》、《尚書》、《易》，閔湛、郗㯹稱其精微過于馬、鄭、王、賈。伯恭有《左氏公羊釋》、《毛詩拾遺》、《論雜解》、《議何鄭膏肓事》百餘篇，今俱不傳。崔族銷滅，言論宜廢。高令公寵周五帝，年享百齡，而談經之書，不與墓石同永，子孫典守，聿修安在？《徵士頌》感逝懷人，三十有四，紵縞弦韋，紛集於懷。《答宗著作詩》，表丹歲寒，能言其志。觀彼生平，求友分深，愛敬終始，不獨於君臣有情也。集中文字如《上書東宫》、《諫起宫室》、《矯頽俗五異》及《樂平王蓍論》，皆耿介有聲，餘亦整而不污。漢初，張丞相者壽吉祥，事略仿佛。惜年代久遠，筆札絶少，有愧伯恭。試列之北朝文苑，雖遜步崔公，而開疆邢、魏，固當日之先正也。婁東張溥題。

温侍讀集引〔一〕

温子昇起家廣陽王客，在馬坊教諸奴子耳〔二〕。一旦登壇，當之者靡旗亂轍〔三〕。徐黄門答廣陽表啓，獨沉思曰：「彼有温郎中，才藻可畏。」〔四〕今所爲廣陽起草，猶有傳者〔五〕，斐然可念也。他如《閶闔赦詔》〔六〕，及《天平答齊神武敕》〔七〕，千載動人。而寺碑多非完製〔八〕，庾子山所推挹「寒陵片石，差堪共語」〔九〕，今其略節存焉。余嘗位置子昇才藻，儘堪與梁氏諸賢分道揚鑣〔一〇〕，濟陰、遵彦固應内遜〔一一〕，若所云梁帝嘆曹、陸復生，自恨詞人數窮百六〔一二〕，此北人自張大其事，吾未敢據以爲信也。吐谷渾元不稱解事之國，乃其國主能致子昇數卷于床頭〔一三〕，此國主故倍勝鼂兹矣〔一四〕。天啟甲子秋日龍溪張燮書于錢塘舟中。

【校記】

【温侍讀集引】「侍讀」，别集本作「子昇」。

【如所云梁帝嘆曹陸復生】「如」，別集本作「若」。

【箋注】

〔一〕温侍讀：温子昇，字鵬舉，濟陰寃句（今山東菏澤）人。幼精勤，好學不倦。熙平初，補御史。正光末，爲廣陽王郎中。永安元年，爲南主客郎中。元顥入洛，以爲中書舍人。孝莊還宮，復爲舍人。遷散騎常侍、中軍大將軍。齊文襄引爲大將軍咨議參軍，見疑，下獄死。有集三十九卷。《魏書》卷八五、《北史》卷八三有傳。

〔二〕温子昇二句：言子昇起家爲廣陽王賤客，曾于馬坊中教習諸僮僕。《魏書·温子昇傳》：「爲廣陽王淵賤客，在馬坊教諸奴子書。」

〔三〕一旦二句：言子昇在射策中脱穎而出，其他競争者無不黯然失色。《魏書·温子昇傳》：「熙平初，中尉、東平王匡博召辭人，以充御史，同時射策者八百餘人，子昇與盧仲宣、孫搴等二十四人爲高第。于時預選者争相引決，匡使子昇當之，皆受屈而去。搴謂人曰：『朝來靡旗亂轍者，皆子昇逐北。』遂補御史。」

〔四〕徐黄門二句：言黄門郎徐紇答廣陽王啟，因其門下有温子昇才華出衆，故不敢輕易命筆。《魏書·温子昇傳》：「黄門郎徐紇受四方表啟，答之敏速，于淵獨沉思曰：『彼有温郎中，才藻可畏。』」

〔五〕今所爲二句：言温子昇爲廣陽王起草之文翰，今仍有殘存者。《魏書·温子昇傳》：「正光末，廣陽王淵爲東北道行臺，召爲郎中，軍國文翰皆出其手。于是才名轉盛。」載《藝文類聚》者有卷四八《爲廣陽王淵讓吏部尚書表》、卷五九《爲廣陽王淵北征請大將表》，載《魏書・廣陽王傳》者有《爲廣陽王淵上書言邊事》、《爲廣陽王淵具言城陽王徽搆隙意狀》。

〔六〕閶闔赦詔：指温子昇所撰爲孝莊皇帝殺爾朱榮大赦詔。《魏書・温子昇傳》：「及帝殺尒朱榮也，子昇預謀，當時赦詔，子昇詞也。」《魏書・孝莊紀》：「戊戌，帝殺榮、天穆于明光殿，及榮子儀同三司菩提。乃升閶闔門，詔曰（略）。」《藝文類聚》卷五二載之，題名《孝莊帝殺爾朱榮詔》。

〔七〕天平答齊神武敕：指温子昇所撰爲孝武帝答齊神武帝高歡敕。《北齊書・神武帝紀》：「辛未，帝復録在京文武議意以答神武，使舍人温子昇草敕，子昇逡巡未敢作。帝據胡牀，拔劍作色。子昇乃爲敕曰（略）。」天平，東魏孝静帝年號（五三四—五三八）。

〔八〕而寺碑句：指温子昇現存碑文多爲殘篇。如《魏書》本傳所載《舜廟碑》、《常山公主碑》，《藝文類聚》卷七七所載《寒陵山寺碑》、《印山寺碑》、《大覺寺碑》、《定國寺碑》等。

〔九〕庾子山：庾信，字子山。參見《重纂庾開府集序》注〔一〕。張鷟《朝野僉載》卷六：「梁庾信從南朝初至北方，文士多輕之。信將《枯樹賦》以示之，于後無敢言者。時温子昇作《韓陵山寺碑》，信讀而寫其本，南人問信曰：『北方文士何如？』信曰：『唯有韓陵山一片石堪共語。薛道衡、盧思道少解把筆，自餘驢鳴狗吠，聒耳而已。』」寒陵：當作「韓陵」，在今河南安陽。

〔一〇〕梁氏諸賢：此指沈約、任昉、范雲等梁代才士。

〔一一〕濟陰：元暉業，字紹遠，魏景穆皇帝之玄孫。歷位司空、太尉，加特進，領中書監，録尚書事，封濟陰王。遵彦：楊愔，字遵彦，弘農華陰人。投奔高歡，深受重用，升至吏部尚書，封華陰縣侯。北齊建，歷任尚書右僕射、左僕射、尚書令。此二人并盛贊温子昇之才。《魏書・温子昇傳》：「濟陰王暉業嘗云：『江左文人，宋有顏延之、謝靈運，梁有沈約、任昉，我子昇足以陵顏轢謝，含任吐沈。』楊遵彦作《文德論》，以爲古今辭人皆負才遺行，澆薄險忌，唯邢子才、王元景、温子昇彬彬有德素。」

〔一二〕如所云二句：又言梁武帝蕭衍曾盛稱温子昇之才，與曹植、陸機等魏晉才士相提并論。《魏書・温子昇傳》：「蕭衍使張皋寫子昇文筆，傳于江外。衍稱之曰：『曹植、陸機復生于北土。恨我辭人，數窮百六。』」

〔一三〕吐谷渾二句：吐谷渾原本是缺少文化之民族，而其國主居然置温子昇文數卷于床頭。《魏書・温子昇傳》：「陽夏太守傅標使吐谷渾，見其國主牀頭有書數卷，乃是子昇文也。」吐谷渾，遼東鮮卑慕容氏單于慕容涉歸之庶長子，後率所部西遷，建國以己名爲號。北魏時遣使朝貢。見《魏書》卷一〇一。

〔一四〕龜兹：梵語KUCINA，爲西域大國之一。《隋書・西域傳下》：「龜兹國，都白山之南百七十里，漢時舊國也。其王姓白，字蘇尼咥。都城方六里。勝兵者數千。……東去焉耆九百里，南去于闐千四百里，西去疏勒千五百里，西北去突厥牙六百餘里，東南去瓜州三千一百里。」北魏時曾遣使朝貢。

〔一五〕天啟甲子：天啟四年（一六二四）。

【總説】

《隋書・經籍志》集部别集類著録「後魏散騎常侍《温子昇集》三十九卷」，《舊唐書・經籍志》

著録爲二十五卷，《新唐書·藝文志》著録爲三十五卷，蓋均有所亡佚。宋元書目皆不著録，知其于宋世已然亡佚。明人始有輯本。《温子昇集》後世輯本，當以張燮《七十二家集·温侍讀集》爲最早。今有牟華林《温子昇集校注》，新疆人民出版社二〇〇三年版。

二張題辭，或知人論世，或評點詩文，篇幅彼此消長，原無一律。此篇題辭即與上篇迥異，張燮題辭評點詩文多，而張溥題辭知人論世長。温子昇在當時評價極高，以至于有梁武帝嘆「曹植、陸機生于北土，恨我辭人數窮百六」之説，張燮對此不予采信，稱此爲「北人自張大其事」，張溥甚至連吐谷渾元國主置子昇數卷于牀頭一事也予以否認，認爲也是北人自我誇大之辭。要當以張燮「堪與梁氏諸賢分道揚鑣，濟陰、遵彦固應内遜」爲中肯得當之評。

【附録】

張溥《温侍讀集題詞》：史言温鵬舉外静内險，好預事故，終致禍敗。今據史魏莊帝殺尒朱榮、元瑾等，背齊文襄作亂，鵬舉皆預謀。此二事者，柔順文明，志存討賊，設令功成無患，不庶幾其先大將軍之誅王敦乎？《魏書》目爲深險，佛助何無識也！鵬舉初困馬坊，常公拂拭，始稱才士；縛于葛榮，和督脱之，逃死入京，貧薄狼顧，時恐不及。上黨善怒，幾遭鞭撻，後復賞愛，捐其前忿；徐紇小人，亦畏才藻，不輕下筆。温生雖窮，天下豈少知己哉！元顥之變，策復京師，計之上也。上黨即不能爲桓、文，鵬舉之言，管、狐許之矣。北人不稱其多智，而徒矜斬將搴旗于文墨之間，猶皮相也。吐谷小國，蓄書牀頭；梁武知文，嘆窮百六；濟陰寒士，何以得此？表碑具在，頗少絶作，「陵顔轢謝，含任吐沈」，亦磽确自雄，北方語耳。「桐華引偎露，槐影麗卿煙」，鵬舉逸句尚佳，世以其詩少，即云不長于詩，寒山片石，當不其然！婁東張溥題。

邢特進集引[一]

邢子才以文人而弘經術[二]，以才士而振治聲[三]，以老宿而獎飈流[四]，以儁氣而修內行[五]。北土强陽之習[六]，至子才全銷之矣。軺車所屆，山水自娱[七]，公事歸休，必須賓客自伴[八]，大是清遠。魏人欲令使梁，以其不持威儀，故罷遣[九]。不知子才標格[一〇]，恰具江左頭面也[一一]。子才初與子昇并起，世稱温邢[一二]，温没而伯起晚出，又稱邢魏[一三]。魏主彦昇，邢主休文[一四]，各有分曹，未辨等級。邢有書甚多，略不讎校，曰「誤書思之，翻是一適」[一五]。考任彦昇自永明以來，祕閣四部，手自讎校，所藏率多異本[一六]，然則子才所謂「何愚之甚」者，蓋陰指彦昇，情趣到底不叶也。子才遺文無多，彙合而披展之，猶如見解衣覓蝨[一七]，與共酣暢時耳。紹和張燮題。

【校記】

【邢特進集引】「引」，别集本作「題辭」。

【箋注】

〔一〕邢特進：邢卲，字子才，河間鄚（今河北任丘東北）人。聰明强記，雅有才思。仕魏歷奉朝請、著作佐郎、中書侍郎、散騎常侍、國子祭酒、尚書令侍中、黄門侍郎。仕齊爲驃騎將軍、西兗州刺史、中書令、太常卿，授特進。撰有《山河别記》，集三十卷。《北齊書》卷三六、《北史》卷四三有傳。

〔二〕經術：猶經學。《北齊書·邢卲傳》：「博覽墳籍，無不通曉，晚年尤以《五經》章句爲意，窮其指要。吉凶禮儀，公私咨稟，質疑去惑，爲世指南。每公卿會議，事關典故，卲援筆立成，證引該洽。」

〔三〕治聲：因治績而獲譽。《北史·邢卲傳》：「其後除驃騎、西兗州刺史。在州有善政，桴鼓不鳴，吏人奸伏，守令長短，無不知之。」又：「吏民爲立生祠，并勒碑頌德。及代，吏人父老及媪嫗皆遠相攀追，號泣不絶。至都，除中書令。」

〔四〕飈流：猶風流。《宋書·謝靈運傳論》：「是以一世之士，各相慕習，原其飈流所始，莫不同祖風、騷。」《北齊書·邢卲傳》：「自孝明之後，文雅大盛，卲雕蟲之美，獨步當時，每一文初出，京師爲之紙貴，讀誦俄徧遠近。」

〔五〕内行：猶操行。《北齊書·邢卲傳》：「卲率情簡素，内行修謹，兄弟親姻之間，稱爲雍睦。」又：「事寡嫂甚謹，養孤子恕，慈愛特深。在兗州，有都信云恕疾，便憂之，廢寢食，顔色貶損。」

〔六〕强陽：剛暴之氣。蘇軾《上神宗皇帝書》：「不善養生者，薄節慎之功，遲吐納之效，厭上藥而用下品，伐真氣而助强陽，根本已空，僵仆無日。」

〔七〕軺車二句：言邢邵輕車簡從，登臨山水，以遊賞爲樂。《北齊書・邢邵傳》：「少在洛陽，會天下無事，與時名勝專以山水遊宴爲娱，不暇勤業。」又：「屬尚書令元羅出鎮青州，啟爲府司馬。遂在青土，終日酣賞，盡山泉之致。」

〔八〕公事二句：言邢邵賦閑在家時，長招賓客陪伴左右。《北齊書・邢邵傳》：「性好談賞，不能閑獨，公事歸休，恒須賓客自伴。」

〔九〕不持威儀：儀容舉止不夠莊重。《隋書・侯白傳》：「通侻不恃威儀，好爲俳諧雜説。」恃、持通。《北史・邢邵傳》：「于時與梁和，妙簡聘使，邵與魏收及從子子明被徵入朝。當時文人，皆邵之下，但以不持威儀，名高難副，朝廷不令出境。南人曾問賓司：『邢子才故應是北間第一才士，何爲不作聘使？』答云：『子才文辭實無所愧，但官位已高，恐非復行限。』南人曰：『鄭伯猷，護軍猶得將命，國子祭酒何爲不可？』邵既不行，復請還故郡。」

〔一〇〕標格：風度。《藝文類聚》卷七七温子昇《寒陵山寺碑序》：「大丞相渤海王，命世作宰，惟機成務。標格千刃，崖岸萬里。」

〔一一〕頭面：面貌。與上「標格」互文。

〔一二〕温邢：温子昇、邢邵并稱。《北齊書・邢邵傳》：「每公卿會議，事關典故，邵援筆立成，證引該洽，帝命朝章，取定俄頃，詞致宏遠，獨步當時，與濟陰温子昇爲文士之冠，世論謂之温、邢。」

〔一三〕邢魏：邢邵、魏收并稱。《北齊書・邢邵傳》：「鉅鹿魏收，雖天才艷發，而年事在二人之後，故子昇死後，方稱邢魏焉。」

〔一四〕魏主二句：　言魏收效仿任昉，邢卲模擬沈約。《北齊書·魏收傳》：「始收比溫子昇、邢卲稍爲後進，卲既被疏出，子昇以罪幽死，收遂大被任用，獨步一時，議論更相訾毁，各有朋黨，收每議陋邢卲文。卲又云：『江南任昉，文體本疏，魏收非止摸擬，亦大偷竊。』收聞乃曰：『伊常于沈約集中作賊，何意道我偷任昉。』任、沈俱有重名，邢、魏各有所好。　武平中，黄門郎顔之推以二公意問僕射祖珽，珽答曰：『見邢、魏之臧否，即是任、沈之優劣。』」

〔一五〕邢有三句：　邢卲富于收藏，然而不好校書，與世儒汲汲于讎校不同，他認爲思量訛脱之誤，也是一種快意之事。《北齊書·邢卲傳》：「有書甚多，而不甚讎校，見人校書，常笑曰：『何愚之甚！天下書至死讀不可遍，焉能始復校此？且誤書思之，更是一適。』妻弟李季節才學之士，謂子才曰：『世間人多不聰明，思誤書何由能得？』子才曰：『若思不能得，便不勞讀書。』」按，邢卲「誤書思之，更是一適」，本是不重視校勘之表現，至于清代却被標舉爲一種新的校勘態度與方法。　如顧千里《思適寓齋圖自記》稱：「子才誠僅曰不校乎哉？則烏由思其誤，又烏由而有所適也！故子才之不校，乃其思。不校之誤，使人思。誤于校者，使人不能思。去誤于校者而存不校之誤，于是日思之，遂以與天下後世樂思者共思之。此不校校之者之所以有取于子才也。」

〔一六〕考任彦昇四句：　任昉是喜好校書者之代表，他于祕閣四部之書無所不窺，私藏也多有異本，正可供校勘。《梁書·任昉傳》：「自齊永元以來，祕閣四部，篇卷紛雜，昉手自讎校，由是篇目定焉。」又：「昉墳籍無所不見，家雖貧，聚書至萬餘卷，率多異本。」任昉撰有《梁天監五年祕閣四部書目録》，今佚。

〔一七〕解衣覓蝨：喻指恣意、通脱。《北史·邢卲傳》：「天姿素質，特安異同，士無賢愚，皆能傾接，對客或解衣覓蝨，且與劇談。」

【總説】

《隋書·經籍志》集部别集類著録「北齊特進《邢子才集》三十一卷」，兩《唐志》著録爲三十卷。宋代書目皆不著録，知其至遲于宋世已經亡佚。明人始有輯本。《邢卲集》後世輯本，當以張燮《七十二家集·邢特進集》二卷爲最早。今有康金聲《邢卲集箋校全譯》，山西古籍出版社二〇〇六年版。

《史記·留侯世家》：「太史公曰：余以爲其人計魁梧奇偉，至見其圖，狀貌如婦人好女。」史傳稱邢卲「不持威儀」，張燮度其「恰具江左頭面」，蓋其與留侯「標格」有相似處。邢卲博覽文籍，聰明强記，有書甚多，而不事校讎，張燮以其所稱「何愚之甚」陰指任昉，甚或陰指魏收，也不無可能；張溥認爲其「言頗疏率」，天下書固然讀不可遍，正當以從事校讎爲取徑也。

【附録】

張溥《邢特進集題詞》：濟陰温鵬舉、鉅鹿魏伯起、河間邢子才，爲北朝文人稱首。楊遵彦《文德論》云：「古今詞人皆負才遺行，唯邢子才、王元景、温子昇彬彬有德素。」然則温、邢在當日，兼以行顯，非伯起「驚蛺蝶」比也。子才讀書，五行俱下，獨不善讎校，曰：「天下書至死讀不可遍，焉能始復校此？」言頗疏率，而後世才士間宗其説。余度隋唐以來至今日，書籍多子才時更數倍，苟欲遍識，塗必出此，所謂漢高取天下，得意者關中耳。《置學》一奏，事關典校，餘文無絶殊者。漢賈生、公孫臣等言正朔服色事，君相莫能遵用，太史公三致慨焉。以元魏靈后之時，子才欲伸其志，予竊難之。異同交安，賢愚并接，抱此天資，與物無忤。然在坐作表，袁翻怒爲小兒；言論相輕，崔暹奪其帝聽。甚哉，入世之不易也！婁東張溥題。

魏特進集引〔一〕

魏佛助以史致艷，亦以史貽譏〔二〕，然考其文筆，不可謂非北士之宏麗也〔三〕。武定以後，朝典皆其代言，軍書咸其倚馬〔四〕。今其存者，尚足殷賑外區〔五〕，襞積騰蒨者焉〔六〕。楊遵彦雖山立不動，翩翩遂逝，而文采蔑如，豈得與當塗争千載乎〔七〕！佛助之言曰：「會須作賦，始成大才。」〔八〕似是生平賦手獨多者〔九〕，歷世既遐，碎金永絶〔一〇〕，即史亦稱《新殿賦》以叙皇居〔一一〕，《南狩賦》以諷佃獵〔一二〕，《庭竹賦》以致己意〔一三〕，《離懷賦》以愴嫵婉〔一四〕，《聘遊賦》以誌皇華〔一五〕，今僅載其目，文都不傳，豈徐孝穆濟江沉之〔一六〕，故流播遂寡耶？吾慨夫「爲魏公藏拙」者〔一七〕。甲子秋日龍溪張燮書於芋原舟中〔一八〕。

【箋注】

〔一〕魏特進：魏收，字伯起，小字佛助，鉅鹿下曲陽（今河北晉縣西）人。初仕北魏，爲太學博士，後遷散騎侍郎，兼修國史。東魏時，爲中書侍郎，轉秘書監。北齊天保初，除中書令，兼著作郎。後除光禄大夫、尚書右僕射，授特進。撰有《魏書》，集七十卷。《北齊書》卷三七、《北史》卷五六有傳。

〔二〕魏佛助二句：言魏收因《魏書》獲譽當時，也因之流謗後世。《北齊書·魏收傳》：「以群口沸騰，敕魏史且勿施行，令群官博議，聽有家事者入署，不實者陳牒。于是衆口喧然，號爲『穢史』，投牒者相次，收無以抗之。時左僕射楊愔、右僕射高德正二人勢傾朝野，與收皆親，收遂爲其家并作傳。二人不欲言史不實，抑塞訴辭，終文宣世更不重論。又尚書陸操嘗謂愔曰：『魏收《魏書》可謂博物宏才，有大功于魏室。』愔謂收曰：『此謂不刊之書，傳之萬古。但恨論及諸家枝葉親姻，過爲繁碎，與舊史體例不同耳。』收曰：『往因中原喪亂，人士譜牒，遺逸略盡，是以具書其支流。望公觀過知仁，以免尤責。』」

〔三〕宏麗：指文辭宏偉壯麗。《顔氏家訓·文章》：「自古執筆爲文者，何可勝言。然至于宏麗精華，不過數十篇耳。」

〔四〕武定三句：自武定二年以後，凡國家詔命、軍國文詞，均爲魏收所作。《北齊書·魏收傳》：「自武定二年已後，國家大事詔命，軍國文詞，皆收所作。每有警急，受詔立成，或時中使催促，收筆下有同宿構，敏速之工，邢、温所不逮，其參議典禮與邢相埒。」倚馬，謂迅速寫成文章。《世説新語·文學》：「桓宣武北征，袁虎時從，被責免官。會須露布文，唤袁倚馬前，令作。手不輟筆，俄得七紙，殊可觀。」後因以倚馬喻下筆千言，文思敏捷。

〔五〕殷賑：豐饒，富足。《宋大夫集序》：「欲苞荀之槩而殷賑其上。」外區：外域。《晉書·成公綏傳》載其《天地賦》：「遐方外區。」殷賑外區，見《文選》卷四六顏延之《三月三日曲水詩序》。

〔六〕襞積：重疊，堆積。《梁書·張緬傳》：「蘊芳華以襞積。」騰蒨：勃發。

〔七〕楊遵彦：楊愔，字遵彦。參見《温侍讀集引》注〔一一〕。此句言楊愔之才遠不如魏收。《北齊書·魏收傳》：「收昔在洛京，輕薄尤甚，人號云『魏收驚蛺蝶』。文襄曾遊東山，令給事黄門侍郎顥等宴。文襄曰：『魏收恃才使氣，卿須出其短。』往復數番，收忽大唱曰：『楊遵彦理屈已倒。』愔從容曰：『我綽有餘暇，山立不動，若遇當塗，恐翩翩遂逝。』當塗者魏，翩翩者蛺蝶也。文襄先知之，大笑稱善。文襄又曰：『向語猶微，宜更指斥。』愔應聲曰：『魏收在并作一篇詩，對衆讀訖，云：「打從叔季景出六百斛米，亦不辨此。」遠近所知，非敢妄語。』文襄喜曰：『我亦先聞。』衆人皆笑。收雖自申雪，不復抗拒，終身病之。」

〔八〕佛助句：典出《北齊書·魏收傳》：「收以温子昇全不作賦，邢雖有一兩首，又非所長，常云：『會須作賦，始成大才士。唯以章表碑誌自許，此外更同兒戲。』」

〔九〕賦手：此指傑出賦作。

〔一〇〕遐：久遠。碎金：比喻精美簡短之詩文。《世説新語·文學》：「桓公見謝安石作簡文謚議，看竟，擲與坐上諸客，曰：『此是安石碎金。』」

〔一一〕《新殿賦》：魏收所撰描繪皇居新殿臺之賦作。《北齊書·魏收傳》：「八年夏，除太子少傅、監國史，復參議律令。三臺成，文宣曰：『臺成須有賦。』愔先以告收，收上《皇居新殿臺賦》，其文甚壯麗。時所作者，自邢邵已下咸不逮焉。」

〔一二〕《南狩賦》：魏收所撰諷諫孝武南狩之賦作。《北史·魏收傳》：「孝武嘗大發士卒，狩于嵩山之南，旬有六日。時寒，朝野嗟怨。帝與從官及諸妃主，奇伎異飾，多非禮度。收欲言則懼，欲默不能已，乃上《南狩賦》以諷焉，年二十七。雖富言淫麗，而終歸雅正。帝手詔報焉，甚見褒美。」

〔一三〕《庭竹賦》：魏收所撰托物言志之賦作。《北史·魏收傳》：「初，神武固讓天柱大將軍，魏帝敕收爲詔，令遂所請。欲加相國，問收相國品秩，收以實對，帝遂止。收既未測主、相之意，以前事不安，求解，詔許焉。久之，除帝兄子廣平王贊開府從事中郎，收不敢辭，乃爲《庭竹賦》以致己意。尋兼中書舍人。」

〔一四〕《離懷賦》：當即《懷離賦》，魏收所撰懷念離人之賦作。《北齊書·魏收傳》：「收娶其舅女，崔昂之妹，産一女，無子。魏太常劉芳孫女、中書郎崔啟師女，夫家坐事，帝并賜收爲妻，時人比之賈充置左右夫人。然無子。後病甚，恐身後嫡媵不平，乃放二姬。及疾瘳追憶，作《懷離賦》以申意。」

〔一五〕《聘遊賦》：魏收所撰記載南下見聞之賦作。《北史·魏收傳》：「收兼通直散騎常侍，副王昕聘梁。昕風流文辯，收辭藻富逸，梁主及其群臣咸加敬異。先是，南北初和，李諧、盧元明首通使命，二人才器，并爲鄰國所重。至此，梁主稱曰：『盧、李命世，王、魏中興，未知後來，復何如耳。』收在館，遂買吴婢入館；其部下有買婢者，收亦唤取，遍行奸穢。梁朝館司，皆爲之獲罪。人稱其才，而鄙其行。在途作《聘遊賦》，辭甚美盛。」

〔一六〕徐孝穆：徐陵，字孝穆。見《徐僕射集序》注〔一〕。《隋唐嘉話》下：「梁常侍徐陵聘于齊，時魏收文學北朝之秀，收録其文集以遺陵，令傳之江左。陵還，濟江而沉之，從者以問，陵曰：『吾爲魏公藏拙。』」

〔一七〕爲魏公藏拙者：指像徐陵那樣將魏收文集置之不傳之人。藏拙，掩藏拙劣，不以示人。

〔一八〕甲子：天啟四年（一六二四）。

【總説】

《隋書·經籍志》集部別集類著録「北齊尚書僕射《魏收集》六十八卷」，兩《唐志》著録爲七十卷。宋代書目皆不著録，知其于宋世已然亡佚。明人始有輯本。《魏收集》後世輯本，當以張燮《七十二家集·魏特進集》三卷爲最早。今有康金聲等《魏收集箋校全譯》，山西古籍出版社二〇〇五年版。

二張題辭多意同旨合，如張燮稱「魏佛助以史致艷，亦以史貽譏，然考其文筆，不可謂非北土之宏麗也」，張溥亦稱「《魏書》失實，穢史流謗，然捃摭宏博，實當時偉作」；張燮稱「佛助之言曰：『會須作賦，始成大才。』似是生平賦手獨多者，歷世既遐，碎金永絶，即史亦稱《新殿賦》以叙皇居，《南狩賦》以諷佃獵，《庭竹賦》以致己意，《離懷賦》以愴嫵婉，《聘遊賦》以誌皇華，今僅載其目，文都不傳」，張溥則稱「作賦大才，雅自期許，乃《新殿》、《南狩》、《庭竹》、《離懷》諸篇，亦未得見」。文辭詳略容或不同，内容主旨一無差異。又張溥以魏收史才可比美沈約，質疑魏主任昉、邢主沈約之舊説，發人深省。

【附録】

張溥《魏特進集題詞》：魏伯起少慚弄戟，終免逐兔，文章大手，激成于調笑一言，鄭伯誠有功哉！《魏書》失實，穢史流謗，然捃摭宏博，實當時偉作。論邢、魏者，以魏仿任樂安，邢仿沈隱侯；余謂伯起生平文體，得之樂安固多，若問史才，隱侯《宋書》亦其兄事也。魏帝大射，令群臣賦詩，伯起有「尺書徵建鄴，折簡召長安」之句，高文襄壯之，稱國光彩。侯景寇叛，伯起草檄，氣雄萬夫，至言「景竦悖棄若孤雛，毋戀戀亂臣，勤勤賊子」，直南朝藥石，豈止騰聲北土哉！魏齊文誥，典司最久，世罕流傳。作賦大才，雅自期許，乃《新殿》、《南狩》、《庭竹》、《離懷》諸篇，亦未得見，使無《魏書》，幾無以表著後代矣。且謗深陳壽，而福踰崔浩，尤從來史官之極幸者也。婁東張溥題。

重纂庾開府集序[一]

庾子山蜚英梁世[二]，爲高髻大袖於四方[三]。既入周[四]，如雞群之鶴[五]，渚霧沉峰，時聞孤唳[六]。并時才士，均茵憑而趨者[七]；南惟孝穆[八]，北則子淵[九]，差堪顔行[一〇]，實還流亞耳[一一]。蓋當下上六朝人，芊眠綺合[一二]，子山晚出，而極變以測景[一三]，探賾以啓疆[一四]，陶鑄往彦[一五]，集其大成[一六]，郁郁文哉[一七]，於斯觀止[一八]。令狐德棻爲子山作傳論，横加詆訶[一九]，德棻史筆最下，未中與庾氏作奴，所謂局促窮簷而薄建章之千門萬户也[二〇]。子山寵遇日隆，與滕、趙諸王申布衣之雅[二一]。乃鄉關之思[二二]，頻騰浩慨[二三]。讀《哀江南賦》，有足悲者。視彼市朝曉更[二四]，頓忘身事之易位，而踰淮遽化[二五]，登枝乍捐[二六]，相去顧不遠哉！舊刻《開府集》十卷，亥豕特甚[二七]，諸體多闕，因爲參錯諸選本，細校之而補其未備，用成全豹[二八]。舊刻彭城夫人及伯母東平郡夫人二墓文，蓋楊盈川筆也[二九]。癡人誤收而淺人沿之，冒署子山名入選，大誤觀者，今爲删去。贗鼎既刷〔三〇〕，真幟乃益珍夫高壇矣。天啟元年重九日霏雲主人張燮書于群玉樓〔三一〕。

【校記】

【實還流亞耳】「還」，别集本作「惟」。

【而極變以測景】「測景」，别集本作「植表」。

【德棻史筆最下】「下」，别集本作「陋」。

【登枝乍捐】「乍」，别集本作「遂」。

【舊刻開府集十卷】「十卷」二字原缺，據别集本補。

【諸體多闕】「諸體」，别集本作「群製」。

【舊刻彭城夫人及伯母東平郡夫人二墓文】「郡」字原脱，據别集本補。

【癡人誤收而淺人沿之】「淺人」，别集本作「文儷」。

【贗鼎既刷】「刷」，别集本作「斥」。

【箋注】

〔一〕庾開府：庾信，字子山，庾肩吾子，南陽新野(今屬河南)人。仕梁歷湘東國常侍、尚書度支郎中、郢州别駕、東宫學士、建康令。中以度支郎中聘東魏，文章辭令，盛爲鄴下所稱。元帝時爲御史中丞，封武康縣侯，復聘西魏，遂留長安。江陵平，歷右金紫光禄大夫、車騎大將軍儀同三司。仕周歷司水下大夫、弘農郡守、司憲中大夫、洛州刺史、司宗中大夫。隋開皇元年卒，年六十九。《周書》卷四一、《北史》卷八三有傳。

〔二〕蜚英：揚名，猶「蜚聲」。

〔三〕高髻，高綰之髮髻；大袖，寬袍之長袖。《後漢書・馬廖傳》：「長安語曰：『城中好高髻，四方高一尺；城中好廣眉，四方且半額；城中好大袖，四方全匹帛。』」此喻指庾信在士林是焦點人物，引領一時潮流。《周書・庾信傳》：「身長八尺，腰帶十圍，容止頹然，有過人者。」

〔四〕入周：指庾信于梁元帝承聖三年（五五四）奉命出使西魏，從此流寓不返。

〔五〕雞群之鶴：形容庾信在士林中卓越突出。《藝文類聚》卷九〇引晉戴逵《竹林七賢論》：「嵇紹入洛，或謂王戎曰：『昨于稠人中始見嵇紹，昂昂然若野鶴之在雞群。』」

〔六〕孤唳：謂一鶴獨鳴。宋米芾《題蘇中令家故物薛稷鶴》：「遼海來稀顧螻蟻，仰霄孤唳留清耳。」

〔七〕茵憑：指車蓐與車軾，又作「茵馮」。《漢書・周陽由傳》：「汲黯爲忮，司馬安之文惡，俱在二千石列，同車未嘗敢均茵馮。」顔師古注：「茵，車中蓐也；馮，車中所馮者也。」

〔八〕孝穆：徐陵，字孝穆。參見《徐僕射集序》注〔一〕。《周書・庾信傳》：「摛子陵及信，并爲抄撰學士。父子在東宮，出入禁闥，恩禮莫與比隆。既有盛才，文并綺艶，故世號爲『徐庾體』焉。當時後進，競相模範。每有一文，京都莫不傳誦。」

〔九〕子淵：王褒，字子淵。參見《王司空集題辭》注〔一〕。《周書·庾信傳》：「唯王褒頗與信相埒，自餘文人，莫有逮者。」

〔一〇〕顔行：前行。《管子·輕重甲》：「若此，則士爭前戰爲顔行。」《漢書·嚴助傳》：「以逆執事之顔行。」顔師古注引文穎曰：「顔行猶雁行，在前行，故曰顔也。」

〔一一〕流亞：同一類人。《三國志·蜀書·吕乂傳論》：「吕乂臨郡則垂稱，處朝則被損，亦黄、薛之流亞矣。」

〔一二〕芊眠，光色盛貌，比喻文采華美；綺合：各色錦綺會合在一起，比喻文采燦爛。《文選》卷一七陸機《文賦》：「或藻思綺合，清麗千眠。」李善注：「千眠，光色盛貌。」千、芊通。

〔一三〕極變：極盡變化之能事。郭璞《注〈山海經〉叙》：「是故聖皇原化以極變，象物以應怪，鑒無滯賾，曲盡幽情，神焉廋哉？」　測景：測量日影，以推算歲時節候，又作「測影」。

〔一四〕探賾：探索奥秘。《文選》卷四七袁宏《三國名臣序贊》：「應變知微，探賾賞要。」　啓疆：開拓疆域。賈誼《新書·審微》：「啟彊，辟彊，天子之號也，諸侯弗得用。」彊、疆通。

〔一五〕陶鑄：熔化，融合。《隋書·高祖紀上》：「五氣陶鑄，萬物流形。」

〔一六〕集其大成：謂融匯各家風格而自成一派。陳師道《後山詩話》：「子瞻謂杜詩、韓文、顔書、左史，皆集大成者也。」

〔一七〕郁郁：文采盛貌。《論語·八佾》：「周監于二代，郁郁乎文哉！吾從周。」

〔一八〕觀止：好到極致。《左傳》襄公二十九年：「（季札見舞《韶箾》者）曰：『觀止矣！若有他樂，吾不敢請已。』」

〔一九〕令狐德棻二句：言初唐史臣令狐德棻在撰寫傳論時對庾信提出嚴苛批評。《周書·庾信傳論》：「然則子山之文，發源于宋末，盛行于梁季。其體以淫放爲本，其詞以輕險爲宗。故能誇目侈于紅紫，蕩心逾于鄭、衛。昔楊子雲有言：『詩人之賦麗以則，詞人之賦麗以淫。』若以庾氏方之，斯又詞賦之罪人也。」

〔二〇〕局促窮簷：形容屋狹小而拘束。庾信《小園賦》：「鼓嗝兮狹室，穿漏兮茅茨。簷直倚而妨帽，户平行而礙眉。」建章：漢宫殿名。《三輔黄圖·漢宫》：「帝于是作建章宫，度爲千門萬户。宫在未央宫西、長安城外。」

〔二一〕滕、趙諸王：指北周滕王宇文逌、趙王宇文招等王公貴族。《周書·庾信傳》：「世宗、高祖并雅好文學，信特蒙恩禮。至于趙、滕諸王，周旋款至，有若布衣之交。群公碑誌，多相請托。」《文苑英華》卷六九九宇文逌《庾信集序》：「余與子山風期款密，情均縞紵，契比金蘭。」

〔二二〕鄉關之思：思鄉之情。《周書·庾信傳》：「信雖位望通顯，常有鄉關之思。乃作《哀江南賦》以致其意云。」

〔二三〕浩慨：浩歎，感慨。

〔二四〕市朝：偏指朝，謂朝廷、官府。庾信《擬詠懷二十七首》其二十一：「倏忽市朝變，蒼茫人事非。」倪璠注引《古詩・出夏北門》：「市朝易人，千載墓平。」

〔二五〕踰淮遽化：比喻事物易地則變質。《晏子春秋・内篇雜下》：「晏子避席對曰：『嬰聞之，橘生淮南則爲橘，生于淮北則爲枳，葉徒相似，其實味不同。所以然者何？水土異也。』」

〔二六〕登枝乍捐：言攀上高枝，拋棄樹幹。《世説新語・德行》：「（殷仲堪）每語子弟云：『勿以我受任方州，云我豁平昔時意，今吾處之不易。貧者，士之常，焉得登枝而捐其本！爾曹其存之。』」

〔二七〕亥豕：二字篆文字形相似，易于混淆，後用指書籍傳寫或刊印中文字因形近而誤。《吕氏春秋・察傳》：「子夏之晉，過衛，有讀史記者曰：『晉師三豕涉河。』子夏曰：『非也，是己亥也。夫『己』與『三』相近，『豕』與『亥』相似。』至于晉而問之，則曰『晉師己亥涉河』也。」

〔二八〕全豹：喻指事物之全體。《世説新語・方正》：「此郎亦管中窺豹，時見一斑。」

〔二九〕楊盈川：楊炯，弘農華陰人。初唐四傑之一，卒于盈川縣令任上，人稱「楊盈川」。張燮所稱二文指《彭城公夫人爾朱氏墓誌銘》、《伯母東平郡夫人李氏墓誌銘》，原載《文苑英華》卷九六三，舊本一失作者名，一題「前人」，采擇《文苑英華》編《庾信集》者遂誤爲庾信佚文收入，殊不知實爲楊炯之文。張燮《重纂庾開府集・糾繆》稱：「二作載《文苑英華》，列在庾信諸編之後，而不署姓名，世遂誤沿爲庾集。余初竊疑之，及閲彭城夫人祖父俱仕隋，伯母東平夫人稱祖仕後周，父仕皇朝，則又屬周以後人矣，然尚未知出阿誰手也。細閲《伯母志》後云：『炯忝爲太子司直，不獲就展。』乃悟爲初唐楊炯之作，千載蒙昧，一朝大明，不覺啞然而笑。」　按，倪璠《庾子山集注》附録此二文于集末，《彭城公夫人爾朱氏墓誌銘》題下按稱：「近本皆出《文苑英華》。《英華》列此二篇于諸誌之後，此篇失名，次篇稱『前人』。後人采《英華》成集，誤爲庾作。又篇内『上元元年』及下篇『永淳二年』，皆唐高宗年號。下篇『炯忝爲詹事司直』，明是楊炯之作也。」倪璠所辨實承襲張燮而來，張燮已辨其非，確然鐵案。四庫館臣稱道倪璠《庾子山集注》「辯證亦頗精審」，即舉此爲例，不知其實有所承襲。

〔三〇〕贋鼎：喻指贋品。《韓非子·説林下》：「齊伐魯，索讒鼎，魯以其贋往，齊人曰：『贋也。』魯人曰：『真也。』」

〔三一〕群玉樓：張燮藏書讀書之所，并以之命名其集，參見《王詹事集題詞》注〔一八〕。

【總説】

《隋書·經籍志》集部别集類著録「後周開府儀同《庾信集》三十一卷」，兩《唐志》著録「《庾信集》二十卷」，或即宇文逌《庾信集序》所稱「凡所著述，合二十卷」。《郡齋讀書志》著録「《庾信集》二十卷」，《直齋書録解題》著録「《庾開府集》二十卷」，然此二十卷本至明時已佚。張燮《七十二家集·重纂庾開府集》十六卷之前，有明屠隆輯評《庾子山集》十六卷，收入《徐庾集》，另有朱子儋刻《庾開府詩集》四卷、《六朝詩集·庾開府集》二卷及汪士賢校刻《漢魏諸名家集·庾開府集》十二卷等。今通行本爲清倪璠注、許逸民點校《庾子山集注》，中華書局一九八〇年版。

庾信對前代文學遺産多所繼承，張溥開篇引宇文逌《庾開府集序》，稱「誅潘安而碑蔡邕，箴揚雄而書阮籍」，極盡褒美之辭，却未必準確，不如張燮「陶鑄往彦，集其大成」之總結爲更宏觀亦更客觀。「鄉關之思，頻騰浩慨」，也遠比張溥所稱「鄉關之思，僅寄于《哀江南》一賦」爲更全面亦更準確。張燮細校衆本，補闕刊謬，無愧爲庾開府之功臣。

【附録】

張溥《庾開府集題詞》：周滕王逌序庾開府集，云：「子山妙擅文辭，尤工詩賦，誄潘安而碑蔡邕，箴揚雄而書阮籍也。」稱重至矣。庾氏家世南陽，聲譽獨步，子山父子出入禁闥，爲梁文人。雀航之戰，倒屣先奔，違才易務，任非其器。後覊長安，臣于宇文，陳帝通好請還，終留不遣。雖周宗好士，滕趙賞音，築宫虚館，交齊布素，而南冠、西河，旅人發嘆，鄉關之思，僅寄于《哀江南》一賦，其視徐孝穆之得返舊都，奚啻李都尉之望蘇屬國哉！子山在梁，每一文出，京師傳誦。初使北方，人頗輕之，讀《枯樹賦》始知敬重。盛名易地，橘枳改觀，難爲淺見寡聞者道也。史評庾詩綺艷，杜工部又稱其清新老成，此六字者，詩家難兼，子山備之，玉臺瓊樓，未易幾及。文與孝穆敵體，辭生于情，氣餘于彩，乃其獨優。令狐譔史，詆爲淫放輕險，詞賦罪人。夫唐人文章，去徐庾最近，窮形盡態，模範是出，而敢于毁侮，殆將諱所自來，先縱尋斧歟？婁東張溥題。

王司空集題辭〔一〕

古今有三王褒，漢諫議子淵〔二〕，晉名流偉元〔三〕，今所稱王司空者，梁僕射入周者也〔四〕。亦字子淵，當是心企昔彦〔五〕，故名與字俱襲耳。《梁書》褒字子漢，《北史》褒字子深，此以避唐人諱〔六〕，故而後世訛爲真字子漢，此誤也〔七〕。北朝自魏而齊，藻苑間出，獨周産希聞，今最著者惟庾、王雙峙，皆拾梁人之徂芳〔八〕，而留爲騰蒨〔九〕，蔚作上林〔一〇〕，彼謂楚才晉用〔一一〕，吾笑夫蝦之爲水母目也〔一二〕。梁元帝於子淵備極知遇〔一三〕，獨諫移都金陵，竟不得請〔一四〕，天固畀之以爲周人矣〔一五〕。《燕歌行》一出，元帝與名士并和〔一六〕，殆不減漢宫之讀《洞簫》〔一七〕，而竟成詩讖〔一八〕，安得如諫議歸骨蠶叢哉〔一九〕！司空文垂後者，搜僅三卷，而才情正爾不滅〔二〇〕，《寄周處士書》〔二一〕，君子哀其志已。甲子天中節日張燮書於留霞洞〔二二〕。

【箋注】

〔一〕王司空：王褒，字子淵，琅琊臨沂（今屬山東）人。仕梁歷吏部尚書、右僕射。荆州破，入周，授車騎大將軍。明帝即位，篤好文學，與庾信才名最高，特被親侍，加開府儀同三司。武帝時，爲太子少保，遷小司空，出爲宣州刺史。建德中卒，年六十四。有集二十一卷。《北齊書》卷三二、《周書》卷四一、《北史》卷八三俱有傳。

〔二〕漢諫議：王褒，字子淵，蜀郡資中人。漢宣帝時待詔，擢爲諫大夫。參見《王諫議集引》注〔一〕。

〔三〕晉名流：王褒，字偉元，城陽營陵人。《太平御覽》卷六〇九引王隱《晉書》：「王褒字偉元。性好讀《詩》，至于『哀哀父母，生我劬勞』，未嘗不三復流涕。門人弟子受業者皆廢《蓼莪》之篇。」

〔四〕入周：指王褒于江陵淪陷後入西魏，被扣留不復南返。按，唐前有三王褒，明人于此津津樂道，如姜南明《投甕隨筆》稱「漢王褒字子淵，晉王褒字偉元，周王褒字子深，右三人皆有文學」，即有見于此。然姜氏稱「周王褒字子深」，未明子深爲唐人避「李淵」諱而改。

〔五〕心企昔彥：謂仰慕往彥之爲人而改名。《漢書·司馬相如傳》：「相如既學，慕藺相如之爲人也，更名相如。」

〔六〕避唐人諱：指避唐高祖李淵諱。初盛唐人稱陶淵明爲深明或泉明，與此同，如李白《送韓侍御之廣德》：「暫就東山賒月色，酣歌一夜送泉明。」

〔七〕故而二句：指後人不明避諱而當真以爲王褒字子漢或子深。

〔八〕徂芳：猶「落英」。《藝文類聚》卷一六王筠《昭明太子哀策文》：「痛嗣德之徂芳。」

〔九〕騰蒨：勃發。見《傳鶉觚集引》注〔一〇〕。

〔一〇〕上林：漢上林苑，司馬相如有《上林賦》，極言其盛美。

〔一一〕楚才晉用：比喻一國之人才爲另一國所用。《左傳》襄公二十六年：「晉卿不如楚，其大夫則賢，皆卿材也。如杞、梓、皮革，自楚往也。雖楚有材，晉實用之。」《藝文類聚》卷三六王褒《贈周處士詩》：「猶持漢節使，尚服楚臣冠。」

〔一二〕蝦之爲水母目：比喻北方無才而借南方才華之士以充之。《文選》卷一二郭璞《江賦》：「璅蛣腹蟹，水母目蝦。」李善注引《東南越志》：「生物有智識，無耳目，故不知避人。常有蝦依隨之。蝦見人則驚，此物亦隨之而没。」

〔一三〕梁元帝句：言梁元帝于王褒極爲推崇，寵遇甚隆。《周書·王褒傳》：「元帝與褒有舊，相得甚歡。拜侍中，累遷吏部尚書、左僕射。褒既世冑名家，文學優贍，當時咸相推挹，故旬月之間，位升端右。寵遇日隆，而褒愈自謙虚，不以位地矜人，時論稱之。」

〔一四〕獨諫二句：言王褒曾勸諫梁元帝遷都金陵，而未獲采納。《周書·王褒傳》：「初，元帝平侯景及擒武陵王紀之後，以建業雕殘，方須修復，江陵殷盛，便欲安之。又其故府臣寮，皆楚人也，并願即都荆郢。嘗召群臣議之。領軍將軍胡僧祐、吏部尚書宗懍、太府卿黄羅漢、御史中丞劉瑴等曰：『建業雖是舊都，王氣已盡。且與北寇鄰接，止隔一江。若有不虞，悔無及矣。臣等又嘗聞之，荆南之地，有天子氣。今陛下龍飛纘業，其應斯乎。天時人事，徵祥如此。臣等所見，遷徙非宜。』元帝深以爲然。時褒及尚書周弘正咸侍座。乃顧謂褒等曰：『卿意以爲何如？』褒性謹慎，知元帝多猜忌，弗敢公言其非。當時唯唯而已。後因清閒密諫，言辭甚切。元帝頗納之。然其意好荆、楚，已從僧祐等策。明日，乃于衆中謂褒曰：『卿昨日勸還建業，不爲無理。』褒以宣室之言，豈宜顯之于衆。知其計之不用也，于是止不復言。」

〔一五〕畀：送給。《左傳》僖公二十八年：「分曹衛之田以畀宋人。」

〔一六〕《燕歌行》二句：王褒作《燕歌行》，梁元帝與衆文士并有唱和。《周書·王褒傳》：「褒曾作《燕歌行》，妙盡關塞寒苦之狀，元帝及諸文士并和之，而競爲淒切之詞。至此方驗焉。」

〔一七〕《洞簫》：漢王褒《洞簫賦》。《漢書·王褒傳》：「太子喜褒所爲《甘泉》及《洞簫頌》，令後宫貴人左右皆誦讀之。」

〔一八〕詩讖：謂作詩無意中預見後來發生之事。參見《劉庶子集引》注〔六〕。

〔一九〕諫議：漢王褒，見上注〔二〕。蠶叢：借指蜀地。《漢書·王褒傳》：「後方士言益州有金馬碧雞之寶，可祭祀致也，宣帝使褒往祀焉。褒于道病死，上閔惜之。」此句言漢王褒得歸骨鄉土，而周王褒魂飛域外，故不如也。

〔二〇〕正爾：正是如此，魏晉人常語。陸雲《與兄平原書》：「作文正爾自復佳。」陶淵明《雜詩十二首》其八：「正爾不能得。」

〔二一〕周處士：周弘讓，汝南安城人。性簡素，博學多通。梁時隱于句容之茅山，屢徵不就。元帝時，爲國子監酒，遷仁威將軍。陳文帝初，以白衣領太常卿、光禄大夫，加金章紫綬。《周書·王褒傳》：「初，褒與梁處士汝南周弘讓相善。及弘讓兄弘正自陳來聘，高祖許褒等通親知音問。褒贈弘讓詩，并致書。」中云：「頃年事遒盡，容髮衰謝，芸其黄矣，零落無時。還念生涯，繁憂總集。視陰愒日，猶趙孟之徂年；負杖行吟，同劉琨之積慘。河陽北臨，空思鞏縣；霸陵南望，還見長安。所冀書生之魂，來依舊壤；射聲之鬼，無恨他鄉。白雲在天，長離别矣，會見之期，邈無日矣。」

〔二二〕甲子：明天啟四年（一六二四）。天中節：端午節之别稱。

【總説】

《隋書·經籍志》集部别集類著録「後周小司空《王褒集》二十一卷」，《舊唐書·經籍志》著録爲三十卷，《新唐書·藝文志》與《隋志》同。宋代書目皆不著録，知其至遲于宋世已經亡佚。明人始有輯本。張燮《七十二家集·王司空集》之前，有《六朝詩集·王子淵集》一卷。今有牛貴琥《王褒集校注》，新華出版社一九九三年版。

張燮此論從古今三王褒談起，周王褒與漢王褒名、字均同，唐人避諱改子淵爲子漢或子深，後世讀者不當再以訛傳訛。北周無才士，庾信、王褒均是南人入北者。張燮題辭稱「庾、王雙峙」，張溥題辭則稱「王、庾齊稱」，其稱「子淵微弱」，固是的論，而張燮所言二人均「拾梁人之徂芳」，亦謂卓識。二張均矚目于《燕歌行》「竟成詩讖」之事，張溥更引申其説，以爲王褒詩文「多《燕歌》類」，「情切土風，流離寄歎」，與庾信同一鄉關之思，較張燮所論更啟人深思。

【附録】

張溥《後周王司空集題詞》：王子淵羈迹宇文，寵班朝右，及周汝南自陳來聘，贈詩致書，漢節楚冠，淒涼在念。又言覽九仙、懷五岳，有飄遥遺世之感。蓋外縻周爵，而情切土風，流離寄歎，亦徐孝穆之《報尹義尚》、庾子山之《哀江南》也。瑯琊世胄，文學名位照耀江左，子淵又以蕭祭酒姻戚，聲華蕚跗，遂至王女下降，國嫡用賓。梁元削亂，召列台端，遭逢人地，莫居其前。然荆郢定都，匡諫不力，圍城督戎，敗北隨降。總文武之任，蹈臣虜之譏，末流不振，賢者猶然。昔曾祖仲寶，劉宋國戚，販附蕭齊，士林交貶，子淵委蛇，乃其門風，幸不至賣國耳。周朝著作，王、庾齊稱，其麗密相近，而子淵微弱，平日作《燕歌行》能盡塞北苦寒，梁朝君臣競和其詞，竟成符讖。今觀子淵詩文，多《燕歌》類也。「建章樓閣」，「長安陵樹」，傷心久矣。婁東張溥題。

隋煬帝集題辭〔一〕

隋煬帝在藩〔二〕，武足戡亂〔三〕，文足摛暉〔四〕，令終守磐石〔五〕，不當是令王耶〔六〕？迨夫量盈鼫鼠〔七〕，位極亢龍〔八〕，憑混一之基〔九〕，騁輈張之勢〔一〇〕，鞭笞叱彼雷霆〔一一〕，動摇遍於岳瀆〔一二〕。雲鈴組甲〔一三〕，既黷外夷〔一四〕；秘宇行宫〔一五〕，仍奢内嬖〔一六〕。殿已多脚〔一七〕，樓亦自迷〔一八〕，誰是流盼之咄嗟〔一九〕，即是萬方之彫耗〔二〇〕，卒使烽埋塞外，刃起帳中〔二一〕，穆滿之七萃不歸〔二二〕，嬴亥之二世頓盡〔二三〕，彼方嘆「何如漢天子空上單于臺」〔二四〕，詎意頭顱至此哉〔二五〕！大抵聰明慧巧，矯轡用之〔二六〕，儘堪馳陌越阡；弛轡隨之〔二七〕，便是墜坑落塹。然而文筆尚傳，非關社滅，言泉猶涌，未宜人廢也〔二八〕。若夫「總持」等篇雅深佞佛〔二九〕，東海二札間托求仙〔三〇〕，亦或情興之偶鍾，非其攟摭之獨注〔三一〕。《望江南》及《贈張麗華》諸曲，容出後人添入，聊并存之〔三二〕。壬戌清和月張燮書於邗溝道中〔三三〕。

【箋注】

〔一〕隋煬帝：姓楊名廣，隋文帝第二子，華陰（今屬陝西）人。開皇元年，封爲晉王，後又擢遷武衛大將軍、上柱國、太尉。以陰謀奪太子位，弑父自立。荒淫暴虐，下不堪命。大業十四年，爲宇文化及部下所殺。《隋書》卷三至四、《北史》卷一二有傳。

〔二〕藩：封地。楊廣被封爲晉王，藩地在今山西地區。

〔三〕戡亂：平定戰亂。開皇八年平陳，楊廣爲統帥；十年，又與楊素一起戡定高智慧之亂；二十年，率軍北上擊破突厥攻勢。《隋書·煬帝紀》：「史臣曰：煬帝爰在弱齡，早有令聞，南平吴、會，北却匈奴，昆弟之中，獨著聲績。」

〔四〕摛暉：散發光華。《陳書·蔡景歷傳》：「文人則通儒博識，英才偉器，雕麗暉焕，摛掞絢藻。」

〔五〕磐石：喻指分封之宗室。《史記·孝文本紀》：「高帝封王子弟，地犬牙相制，此所謂磐石之宗也。」

〔六〕令王：對有王爵者之美稱。《隋書·崔賾傳》：「伏惟令王殿下，稟潤天潢，承輝日觀，雅道貴于東平，文藝高于北海。」

〔七〕鼯鼠：鼯鼠，五技鼠。《易·晉》：「九四，晉如鼫鼠，貞厲。」《説文解字·鼠部》：「鼫，五技鼠也。能飛不能過屋，能緣不能窮木，能游不能渡谷，能穴不能掩身，能走不能先人。」《大戴禮記·勸學》：「鼫鼠五伎而窮。」

〔八〕亢龍：高飛之龍。《易·乾》：「上九，亢龍有悔。」孔穎達正義：「上九，亢陽之至大而極盛，故曰亢龍，此自然之象。以人事言之，似聖人有龍德，上居天位，久而亢極，物極必反，故有悔也。」

〔九〕混一：猶「統一」。《戰國策·楚策一》：「夫以一詐偽反覆之蘇秦，而欲經營天下，混一諸侯，其不可成也亦明矣。」

〔一〇〕鞅張：囂張。《晉書·張華傳》：「（鍾會）鞅張跋扈，遂搆凶逆耳。」

〔一一〕鞭笞：以暴力征服。《文選》卷五一賈誼《過秦論》：「執敲扑以鞭笞天下，威振四海。」

〔一二〕岳瀆：五岳與四瀆之并稱。《史記·孝武本紀》：「今上封禪，其後十二歲而還，遍於五岳、四瀆矣。」

〔一三〕雲鈴組甲：兵器、甲衣，借指軍隊。《陳書·陳寶應傳》：「（昭達）率緹騎五千，組甲二萬，直渡邵武，仍頓晉安。」

〔一四〕黷，黷武之省稱；外夷，外族。《漢書·叙傳下》：「西南外夷，種別域殊。」隋煬帝即位後，于大業五年親征吐谷渾，又征天下兵三度攻伐高句麗。

〔一五〕秘宇，秘密建造之殿宇；行宫，皇帝出行時臨時寓居之宫室。此句言隋煬帝大興土木，縱意享樂。《隋書·煬帝紀》：「以天下承平日久，士馬全盛，慨然慕秦皇、漢武之事，乃盛治宫室，窮極侈靡，召募行人，分使絶域。」又：「帝性多詭譎，所幸之處，不欲人知。每之一所，輒數道置頓，四海珍羞殊味，水陸必備焉，求市者無遠不至。」

〔一六〕内變：猶「内寵」。《隋書·煬帝紀》：「所至唯與後宫流連耽湎，惟日不足，招迎姥媪，朝夕共肆醜言，又引少年，令與宫人穢亂，不軌不遜，以爲娱樂。」

〔一七〕殿巳多脚：指隋煬帝蓄養成千女子，號爲殿脚女。舊題顔師古《隋遺録》卷上：「至汴，帝御龍舟，蕭妃乘鳳舸，錦帆彩纜，窮極侈靡。舟前爲舞臺，臺上垂蔽日簾，簾即蒲澤國所進，以負山蛟睫、紉蓮根絲貫小珠間睫編成，雖曉日激射，而光不能透。每舟擇妙麗長白女子千人執雕板縷金楫，號爲『殿脚女』。」

〔一八〕樓亦自迷：指迷樓，傳爲隋煬帝敕命所造，見于宋無名氏《迷樓記》。參見《陳後主集題辭》注〔九〕。

〔一九〕流盼，轉眼；咄嗟，吐納。言瞬息之間。王勃《上劉右相書》：「顧盼可以蕩川岳，咄嗟可以降雷雨。」

〔二〇〕雕耗：凋殘。《晉書·地理志上》：「光武投戈之歲，在雕耗之辰。」

〔二一〕刃起帳中：指内亂。《隋書·煬帝紀》：「（義寧）二年三月，右屯衛將軍宇文化及，武賁郎將司馬德戡，元禮，監門直閣裴虔通，將作少監宇文智及，武勇郎將趙行樞，鷹揚郎將孟景，内史舍人元敏，符璽郎李覆，牛方裕，千牛左右李孝本、弟孝質，直長許弘仁、薛世良，城門郎唐奉義，醫正張愷等，以驍果作亂，入犯宫闈。」又：「（大業）九年春正月丁丑，徵天下兵，募民爲驍果，集于涿郡。」

〔二二〕穆滿：周穆王名滿，後人稱爲「穆滿」。《穆天子傳》載周穆王率七萃之士，駕八駿之乘，絶流沙，到昆侖，與西王母宴樂之事。

〔二三〕嬴亥：指秦始皇嬴政與秦二世胡亥。秦朝二世而亡，二世歿後，子嬰被立爲秦王，并未稱帝。《史記·始皇本紀》：「閻樂歸報趙高，趙高乃悉召諸大臣公子，告以誅二世之狀。曰：『秦故王國，始皇君天下，故稱帝。今六國復自立，秦地益小，乃以空名爲帝，不可。宜爲王如故，便。』立二世之兄子公子嬰爲秦王。」

〔二四〕彼方歎句：爲隋煬帝北巡時所賦詩中二句。《資治通鑑》卷一八〇《隋紀四》載隋煬帝大業三年（六〇七）于北巡之際曾親履雲中郡地，其間賦詩曰：「呼韓頓顙至，屠者接踵來；何如漢天子，空上單于臺。」

〔二五〕頭顱至此：猶言命運至此。陶弘景《與從兄書》：「夙昔之志，謂言指掌。今年三十六矣，方作奉朝請。此頭顱可知矣。」

〔二六〕矯轡：比喻約束管制。《雲笈七籤》卷九七《太微玄清左夫人歌》：「矯轡登晨巘。」

〔二七〕弛轡：比喻放任自流。《初學記》卷一二沈約《奉和竟陵王抄書詩》：「教微因弛轡。」

〔二八〕未宜人廢：言不當因荒淫以至滅國而否定隋煬帝之文學成就。《論語·衛靈公》：「君子不以言舉人，不以人廢言。」

〔二九〕總持等篇：指煬帝以「弟子總持」之稱謂與語氣寫給釋智顗之三十五通書信。佞佛：篤信佛教。

〔三〇〕東海二札：指煬帝爲晉王鎮揚州時寫給道士徐則之召書、下書二篇。中云：「欽承素道，久積虛襟，側席幽人，夢想巖穴。」求仙之意甚爲顯豁。東海：徐則爲東海郯人，故稱。參見《隋書·隱逸·徐則傳》。

〔三一〕攟摭：搜集，一作「攈摭」。《漢書·刑法志》：「三章之法，不足以禦奸，相國蕭何攈摭秦法，取其宜于時者，作律九章。」

〔三二〕《望江南》：共八首，傳爲隋煬帝所撰。佚名《海山記》：「又鑿北海，周環四十里。中有三山，效蓬萊、方丈、瀛洲，上皆臺榭回廊。水深數丈，開溝通五湖北海。溝盡通行龍鳳舸。帝多泛東湖，因製《湖上曲·望江南》八闋。」《贈張麗華》：托爲隋煬帝所撰。舊題顔師古《隋遺録》卷上：「帝昏湎滋深，往往爲妖祟所惑。嘗遊吴公宅雞臺，恍惚間與陳後主相遇，尚唤帝爲殿下。……麗華拜帝求一章，帝辭以不能。麗華笑曰：『嘗聞「此處不留儂，會有留儂處」，安可言不能？』帝强爲之操觚曰：『見面無多事，聞名爾許時。坐來生百媚，實箇好相知。』」按：張燮輯録漢魏六朝詩文甚爲嚴格，他致力于辯僞存真，却有時不免沿襲文集舊貌，未遽然將僞作剔除集外，其所秉持之態度雖看似矛盾，細繹之知其于決然無疑者剔除，而對無確證之詩文一仍其舊。如他決然將《聖賢群輔録》删出《陶彭澤集》之外，却對「必出僞手無疑」而「或別有據」之《報卓文君書》《卓文君與相如書》仍保存于《司馬文園集》中。對「《望江南》及《贈張麗華》諸曲」雖以爲或出自後人添入，仍姑且存之，便顯示了他秉持之原則，既無確鑿證據，不妨存疑。

〔三三〕壬戌：明天啓二年（一六二二）。清和月：農曆四月之別稱。

【總説】

《隋書·經籍志》集部別集類著録「《煬帝集》五十五卷」，兩《唐志》著録「《隋煬帝集》三十卷」，蓋已佚失近半。宋代書目皆不著録，知其至遲于宋世已經亡佚。明人始有輯本。張燮《七十二家集·隋煬帝集》三卷之前，有《六朝詩集·隋煬帝集》一卷。今有中國文史出版社二〇一四年版

《唐前帝王詩文校注·隋煬帝詩文校注》。

張溥論陳後主與張燮論隋煬帝頗有相似處，如張溥《陳後主集題辭》稱「使後主生當太平，次爲諸王，步竟陵之文藻，賤臨川之黷貨，開館讀書，不失令譽」，與張燮此言「隋煬帝在藩，武足戡亂，文足摛暉，令終守磐石，不當是令王耶」可謂曲異工同；張溥稱「繫以大寶，困之萬幾」，與張燮此言「量盈鼫鼠，位極亢龍」亦似異實同。張燮貫徹其不因人廢言之一貫宗旨，評價較爲客觀；而張溥則言因人廢，從「雖有文，不善也」、「矯飾」、「矜束」、「心蕩」等評價中可以概見。

【附録】

張溥《隋煬帝集題詞》：隋煬帝志慕秦皇、漢武，而内行則劉聰、石虎，雖有文，不善也。迷樓鳳艒，歌聲兆亡，其亦漢成時「燕燕」諸謡乎？《隋書·文苑傳》稱：「帝意在驕淫，詞無浮蕩，綴文之士得依取正。」余疑其諛，比觀全集，多莊言，簡戲謔，似史評非誣也。帝在藩時，謀奪儲位，朽絃老婢，矯飾悦親，文辭矜束，尚其餘智。及突厥既來，江都往幸，飛帛戲題，持櫬成詠，則檣木心蕩、沙丘命盡之日矣。帝朝京師還，作《歸藩賦》，命柳䛒序之，今集無有，知傳者多缺。他文自詔書外，雅深佞佛，昆曇學聖，黎耶悟真，自謂顔淵值宣尼、尹喜逢老氏也。身受法戒，而烝弒無慚，開士之談，豈足信哉！陳隋文哀，帝王有作，與衆同波。抑煬帝云：「多彈曲者如人多讀書，讀書多則能撰書，彈曲多即能造曲。」以論文學，殆庶乎而。婁東張溥題。

盧武陽集引〔一〕

盧子行高步文壇〔二〕，其在齊季，便欲倒曳鶩蛺蝶于花心之上〔三〕。李公輔與俱歷三朝〔四〕，即七寶莊嚴〔五〕，渠不肯從林下立也〔六〕。史謂子行多所淩轢，故官塗淪滯〔七〕，然與其縱誕自豪〔八〕，玩世取蹶〔九〕，不猶愈于伊優自畜、諧世致飈乎〔一〇〕！托根亂朝〔一一〕，播遷云屢〔一二〕，而孤詣不衰；《聽鳴蟬》之詩〔一三〕、《孤鴻》之賦〔一四〕，彌覺其淒切焉。叙述興亡〔一五〕，固《過秦》之留蹤〔一六〕；　牽率勞生〔一七〕，乃《樂志》之對境〔一八〕。筆鋒芒寒〔一九〕，所遭激之也。唐張燕公作碑曰：「臨難無懾，在黜無慍，國華人望，照映鄰邦。」〔二〇〕是善貌子行者。其叙銜稱齊黄門侍郎，而不及隋官，殆推本所始耶？紹和張燮撰并書。

【校記】

【牽率勞生】「牽」，别集本作「綴」。

【所遭激之也】「激」，别集本作「格」。

【箋注】

〔一〕盧武陽：盧思道，字子行，范陽（今河北涿州）人。師事邢卲，以才學重于當時。仕齊爲司空行參軍，兼員外散騎侍郎。天保中，直中書省，待詔文林館。齊亡入周，授儀同三司。楊堅爲丞相，遷武陽太守。隋開皇元年爲散騎侍郎。有集三十卷。《隋書》卷五七、《北史》卷三〇有傳。

〔二〕高步：闊步。參見《昭明太子集序》注〔二〇〕。

〔三〕驚蛺蝶：魏收别號。《北齊書·魏收傳》：「收昔在洛京，輕薄尤甚，人號云『魏收驚蛺蝶』。」倒曳：倒拽，猶言遠遠超過。《隋書·盧思道傳》：「文宣帝崩，當朝文士各作挽歌十首，擇其善者而用之。魏收、陽休之、祖孝徵等不過得一二首，唯思道獨得八首。故時人稱爲『八米盧郎』。」

〔四〕李公輔：李德林，字公輔。參見《李懷州集題辭》注〔一〕。

〔五〕七寶莊嚴：富麗堂皇，氣象尊嚴，多用于形容佛教建築。《隋書·李德林傳》：「後從駕還，在途中，高祖以馬鞭南指云：『待平陳訖，會以七寶裝嚴公，使自山東無及之者。』」

〔六〕林下立：樹下立。語帶雙關，暗指立于李德林之下。《太平廣記》卷二五三引《啟顔録》：「思道嘗在賓門日中立，德林謂之曰：『何不就樹蔭？』思道曰：『熱則熱矣，不能林下立。』」

〔七〕史謂二句：言盧思道恃才傲物，多所得罪，故仕途坎坷。《隋書·盧思道傳》：「不持操行，好輕侮人。齊天保中，《魏史》未出，思道先已誦之，由是大被笞辱。前後屢犯，因而不調。」「漏泄省中語，出爲丞相西閤祭酒，歷太子舍人、司徒録事參軍。每居官，多被譴辱。」又：「思道自恃才地，多所陵轢，由是官途淪滯。」淩轢，謂淩駕于人。鍾嶸《詩品序》：「固已含跨劉、郭，淩轢潘、左。」淪滯，謂仕途阻塞。

〔八〕縱誕：恣肆放誕。《後漢書·竇融傳》：「融在宿衛十餘年，年老，子孫縱誕，多不法。」

〔九〕玩世：玩世不恭。《漢書·東方朔傳》載其《戒子》：「依隱玩世，詭時不逢。」蹶：顛僕，跌倒。《鹽鐵論·非鞅》：「善基者致高而不蹶。」

〔一〇〕伊優：形容爲人諂媚逢迎。《後漢書·趙壹傳》載其《刺世疾邪賦》：「伊優北堂上。」李賢注：「伊優，屈曲佞媚之貌。……佞媚者見親，故昇堂。」諧世：取容當世。致颺：向上攀爬。

〔一一〕托根：猶言寄身。亂朝：昏亂之朝。《世説新語·品藻》：「亡伯雅正，恥處亂朝，遂至仰藥，恐難以相比。」

〔一二〕播遷：顛沛流離。曹操《薤露行》：「播越西遷移，號泣而且行。」《文選》卷二五盧諶《贈劉琨》：「王室喪師，私門播遷。」李善注引《聲類》曰：「播，散也。」

〔一三〕《聽鳴蟬》：盧思道所作七言詩，爲時人推重，見存于《藝文類聚》卷九七。《隋書·盧思道傳》：「周武帝平齊，授儀同三司，追赴長安，與同輩陽休之等數人作《聽蟬鳴篇》。思道所爲，詞意清切，爲時人所重。新野庾信遍覽諸同作者，而深歎美之。」

〔一四〕《孤鴻》：盧思道所作《孤鴻賦》，載《隋書》本傳。序稱：「若其雅步清音，遠心高韻，鵷鸞以降，罕見其儔；而鎩翮牆陰，偶影獨立，唼喋秕粺，雞鶩爲伍，不亦傷乎！余五十之年，忽焉已至，永言身事，慨然多緒，乃爲之賦，聊以自慰云。」

〔一五〕敘述興亡：指盧思道所作《北齊興亡論》、《後周興亡論》，二文并載《文苑英華》卷七五一。

〔一六〕《過秦》：賈誼《過秦論》，論體首倡之作，影響深遠。如駱鴻凱《文選學》稱：「《過秦》三篇爲論文之宗，覆燾無窮。文士著論則效最工者，有士衡《辯亡》與曹冏《六代論》、干寶《晉紀總論》諸篇。《辯亡》命意用筆遣辭，全規《過秦》，模擬之迹尤顯然明白。」盧思道二論亦受《過秦論》影響，因不入《文選》，故爲駱先生所忽略也。

〔一七〕牽率勞生：指盧思道所作《勞生論》，載《隋書》本傳，又見《文苑英華》卷七五八。

〔一八〕《樂志》：仲長統《樂志論》。《後漢書·仲長統傳》：「常以爲凡遊帝王者，欲以立身揚名耳，而名不常存，人生易滅，優遊偃仰，可以自娱，欲卜居清曠，以樂其志，論之曰：『使居有良田廣宅，背山臨流，溝池環帀，竹木周布，場圃築前，果園樹後。舟車足以代步涉之艱，使令足以息四體之役。養親有兼珍之膳，妻孥無苦身之勞。良朋萃止，則陳酒肴以娱之；嘉時吉日，則亨羔豚以奉之。躕躇畦苑，遊戲平林，濯清水，追涼風，釣遊鯉，弋高鴻。諷于舞雩之下，詠歸高堂之上。安神閨房，思老氏之玄虚；呼吸精和，求至人之仿佛。與達者數子，論道講書，俯仰二儀，錯綜人物。彈《南風》之雅操，發清商之妙曲。消摇一世之上，睥睨天地之間。不受當時之責，永保性命之期。如是，則可以陵霄漢，出宇宙之外矣。豈羡夫入帝王之門哉！』」對境：猶言鄰國。

〔一九〕芒寒：星光清冷，藉以稱頌人品高潔。劉禹錫《唐故尚書禮部員外郎柳君集紀》：「粲焉如繁星麗天，而芒寒色正。」此指筆調冷峻。

〔二〇〕張燕公：張說，字道濟，一字說之，洛陽人。累遷工部侍郎、兵部侍郎、中書侍郎，加弘文館學士。後拜中書令，封燕國公。爲開元前期一代文宗，與許國公蘇頲齊名，號稱「燕許大手筆」。《文苑英華》卷八九三載張説《齊黄門侍郎盧思道碑》中稱：「臨難無懾，在黜無慍，危不去主，仕不違親。」又：「才蓋一世，榮聞四國。文王既没，文在人弘。公爲宗匠，當朝與能。」

【總説】

《隋書·經籍志》集部别集類著録「武陽太守《盧思道集》三十卷」，兩《唐志》著録爲二十卷，蓋已有所亡佚。宋代書目皆不著録，知其至遲于宋世已然亡佚。明人始有輯本。《盧思道集》現存輯本，當以張燮《七十二家集·盧武陽集》（三卷）爲最早。今有祝尚書《盧思道集校注》，巴蜀書社二〇〇一年版。

張燮此論平平，無論知人論世抑或品評作品，均未見發明。張溥所評，除引玄宗歌盧思道《從軍行》爲新出機杼外，其他所評作品，亦不外乎《聽蟬鳴詩》、《孤鴻賦》、《勞生論》及《北齊興亡論》、《後周興亡論》等已見于張燮題辭之篇。但張溥將論述重心置于盧思道論説文上，尤其是對二篇興亡論「暴揚淫昏，發露諂惡」之作法給予了指責與批評。與張燮推美思道二論，并將其比作賈誼《過秦論》不同，張溥并不一味褒揚，而是予以深入解析，并明確指出「異乎賈生《過秦》、陸機『吴』

矣」，與張燮之論可謂針鋒相對。

【附録】

張溥《盧武陽集題詞》：盧子行自齊入周，作《聽蟬詩》；遷武陽太守，作《孤鴻賦》；淪滯官途，作《勞生論》：憂愁所寄，并爲時稱。然譚世變，刺炎涼，論乃獨出矣。劉孝標傷任昉諸子流離，著《廣絶交論》，痛言五交三釁，世路險巇，過于太行孟門。子行自慨蹇產，詆斥物情，榮瘁冰炭，足使五侯喪魂，六貴飲泣，文人之筆，鬼魅牛馬皆可畫也。論北齊，毀武成，論後周，毀天元，暴揚淫昏，發露諂惡，君百桀紂，臣百廉虎，陽秋直筆，殆云無隱；然生官其朝，没揚其醜，搜床席以快見聞，貶朽骨以恣河漢，良史雖傳，臣心未順。異乎賈生《過秦》、陸機「辯吴」矣。子行詩兼工七言，唐玄宗自蜀回，登勤政樓，歌曰：「庭前琪樹已堪攀，塞北征人去未還。」即盧薊北歌詞也。唐風近隋，盧、薛諸體，世尤宗尚，含蓄意寡，而音響無滯，自以爲昆吾莫邪爾。婁東張溥題。

李懷州集題辭〔一〕

李公輔拔迹齊世〔二〕，爲河朔之英靈〔三〕。弛負入周，得其驅使，詫勝麟鳳〔四〕。隋氏霸朝初建，久預權輿，鼎革之秋，勳參佐命〔五〕，可謂儷景同翻者焉〔六〕。乃以勸勿盡誅宇文，殊忤帝意，恩寵頓出諸人下〔七〕，然正無失其爲長者也〔八〕。平陳之役，長鞭南指，會以七寶莊嚴公，竟爲高熲所尼〔九〕，旋坐阿那肱一片地〔一〇〕，釀成隙末〔一一〕，終是諍誅宇文一事，追訝其有故主之思耳。要以求田問舍，元龍所諱〔一二〕，視鍾離委珠〔一三〕，不啻遠矣。李集八十卷，喪失以後，尚五十卷〔一四〕。今存者，在齊僅答魏收二書〔一五〕，周則武帝諸詔〔一六〕，隋禪受等篇〔一七〕，以載在史籍獨傳，而《霸朝雜録序》及《天命論》尤著人口〔一八〕，此外竟復寥寥，即《懷春賦》、《武成頌》〔一九〕，史所艷推〔二〇〕，今都付斷烟銷没也〔二一〕。百藥而下〔二二〕，世標令才〔二三〕，正貽厥之力爲多〔二四〕。甲子首夏日龍溪張燮書于覓蠹軒〔二五〕。

【箋注】

〔一〕李懷州：李德林，字公輔，博陵安平（今屬河北）人。齊天保中，舉秀才，策上第，授殿中將軍。承光中，授儀同三司。入周爲内史上士。大象初，賜爵安成縣男，爲丞相府屬，加儀同大將軍，進從事中郎。入隋受柱郡公，以忤旨出爲湖州刺史，轉懷州刺史。開皇十九年卒，謚曰文。有《霸朝集》五卷，集五十卷。《隋書》卷四二、《北史》卷七二有傳。

〔二〕拔迹：謂躍居顯位。《文選》卷三七陸機《謝平原内史表》：「振景拔迹。」吕延濟注：「言振其光景，拔迹越衆。」

〔三〕河朔：黄河以北地區。英靈：傑出人才。《隋書·李德林傳》：「德林美容儀，善談吐，齊天統中，兼中書侍郎，于賓館受國書。陳使江總目送之曰：『此即河朔之英靈也。』器量沉深，時人未能測，唯任城王湝、趙彦深、魏收、陸卬大相欽重，延譽之言，無所不及。」

〔四〕弛負三句：言德林入周後，周武帝嘆美其才，以能驅使德林爲得意事。《隋書·李德林傳》：「及周武帝克齊，入鄴之日，敕小司馬唐道和就宅宣旨慰喻，云：『平齊之利，唯在于爾。朕本畏爾逐齊王東走，今聞猶在，大以慰懷，宜即入相見。』道和引之入内，遣内史宇文昂訪問齊朝風俗政教、人物善惡，即留内省，三宿乃歸。仍遣從駕至長安，授内史上士。自此以後，詔誥格式，及用山東人物，一以委之。武帝嘗于雲陽宫作鮮卑語謂群臣云：『我常日唯聞李德林名，及見其與齊朝作詔書移檄，我正謂其是天上人。豈言今日得其驅使，復爲我作文書，極爲大異。』神武公紇豆陵毅答曰：『臣聞明王聖主，得騏驎鳳凰爲瑞，是聖德所感，非力能致之。瑞物雖來，不堪使用。如李德林來受驅策，亦陛下聖德感致，有大才用，無所不堪，勝于騏驎鳳凰遠矣。』武帝大笑曰：『誠如公言。』宣政末，授御正下大夫。大象初，賜爵成安縣男。」

〔五〕隋氏四句：言周、隋鼎革之際，李德林參與輔佐其事。敦勸楊廣自作大丞相，假黄鉞，都督内外諸軍事；諫止臨敵换將，遣腹心爲諸將節度，卒成大功。又《隋書·李德林傳》：「禪代之際，其相國總百揆、九錫殊禮詔策箋表璽書，皆德林之辭也。」

〔六〕儷景同翻：猶言直飛沖天。《後漢書·朱景王杜馬劉傅堅馬列傳贊》：「婉孌龍姿，儷景同翻。」章懷太子注：「儷，齊也，偶也。」言諸將齊景翻飛而舉大功也。」

〔七〕乃以三句：言李德林諫諍勿盡滅宇文氏，忤怒隋帝，自此品秩遂低于高熲、虞慶等人。《隋書·李德林傳》：「初，將受禪，虞慶則勸高祖盡滅宇文氏，高熲、楊惠亦依違從之。唯德林固争，以爲不可。高祖作色怒云：『君讀書人，不足平章此事。』于是遂盡誅之。自是品位不加，出于高、虞之下，唯依班例授上儀同，進爵爲子。」

〔八〕長者：德高望重之人。《韓非子·詭使》：「重厚自尊謂之長者。」《文選》卷五二班彪《王命論》：「漢王長者，必得天下。」

〔九〕平陳四句：言平陳之役，隋帝用德林方略，馬鞭南指，稱功成後爲德林建七寶莊嚴，終爲高熲阻止。《隋書·李德林傳》：「德林自隋有天下，每贊平陳之計。八年，車駕幸同州，德林以疾不從。敕書追之，書後御筆注云：『伐陳事意，宜自隨也。』時高熲因使入京，上語熲曰：『德林若患未堪行，宜自至宅取其方略。』高祖以之付晉王廣。後從駕還，在途中，高祖以馬鞭南指云：『待平陳訖，會以七寶裝嚴公，使自山東無及之者。』及陳平，授柱國、郡公，實封八百户，賞物三千段。晉王廣已宣敕訖，有人説高熲曰：『天子畫策，晉王及諸將戮力之所致也。今乃歸功于李德林，諸將必當憤惋，且後世觀公有若虚行。』熲入言之，高祖乃止。」尼，阻攔。

〔一〇〕阿那肱：高阿那肱，善無人。北齊後主高緯幸臣，曾任大丞相。後降北周，最終在蜀中隨從王謙起兵，被誅殺。《隋書·李德林傳》：「初，大象末，高祖以逆人王謙宅賜之，文書已出，至地官府，忽復改賜崔謙。上語德林曰：『夫人欲得，將與其舅。于公無形迹，不須争之，可自選一好宅。若不稱意，當爲營造，并覓莊店作替。』德林乃奏取逆人高阿那肱衛國縣市店八十墟爲王謙宅替。」

〔一一〕隙末：最終構成嫌隙。德林取高阿那肱宅邸後，遭人誣奏，遂爲上所銜恨。加之德林直陳己意，觸怒高祖，積怨爆發，被貶爲湖州刺史。

〔一二〕要以二句：求田問舍：購置田宅，指貪享逸樂，不思進取。陳登，字元龍，下邳淮浦人。博覽群書，有扶世濟民之志。《三國志·魏書·陳登傳》：「後許汜與劉備并在荆州牧劉表坐，表與備共論天下人，汜曰：『陳元龍湖海之士，豪氣不除。』備謂表曰：『許君論是非？』表曰：『欲言非，此君爲善士，不宜虚言；欲言是，元龍名重天下。』備問汜：『君言豪，寧有事邪？』汜曰：『昔遭亂過下邳，見元龍。元龍無客主之意，久不相與語，自上大床卧，使客卧下床。』備曰：『君有國士之名，今天下大亂，帝主失所，望君憂國忘家，有救世之意，而君求田問舍，言無可采，是元龍所諱也，何緣當與君語？如小人，欲卧百尺樓上，卧君于地，何但上下床之間邪？』表大笑。」

〔一三〕鍾離委珠：鍾離意拒絶接受不正當財物。《後漢書·鍾離意傳》：「徵還伏法，以資物簿入大司農，詔班賜群臣。意得珠璣，悉以委地而不拜賜。」

〔一四〕李集三句：李德林所撰文集，原有八十卷，亂世中有所遺失，仍有五十卷之多。《隋書·李德林傳》：「所撰文集，勒成八十卷，遭亂亡失，見五十卷行于世。」

〔一五〕魏收：小字佛助，钜鹿下曲陽人。參見《魏特進集引》注〔一〕。魏收與李德林之間曾就《齊書》起元事往復商討。二書載《隋書·李德林傳》。

〔一六〕周則武帝諸詔：疑武帝應作静帝。末代皇帝周静帝詔册，可以肯定爲李德林所撰，如大赦詔、改元詔、求賢才詔，以及以隋公爲大丞相、隋公進爵爲王詔等。嚴可均《全隋文》卷一七按語：「《霸朝集序》、静帝詔册，皆德林作，今據之編入《德林集》中。其餘齊天統初至武平初詔誥，入周以後詔誥，開皇初詔誥，未必出一人手，未敢編入。」

〔一七〕隋禪受等篇：指載于《隋書·武帝紀》之《策隋公九錫文》、《禪位册》等篇。

〔一八〕《霸朝雜録序》及《天命論》：二文俱載《隋書》本傳。《隋書·李德林傳》：「五年，敕令撰録作相時文翰，勒成五卷，謂之《霸朝雜集》。序其事曰（略）。」又：「德林以梁士彦及元諧之徒頻有逆意，大江之南，抗衡上國。乃著《天命論》上之，其辭曰（略）。」

〔一九〕《懷春賦》、《武成頌》：二文今佚。《隋書·李德林傳》：「乾明初，遵彦奏追德林入議曹。皇建初，下詔搜揚人物，復追赴晉陽。撰《春思賦》一篇，代稱典麗。」又：「是時中書侍郎杜臺卿上《世祖武成皇帝頌》，齊主以爲未盡善，令和士開以頌示德林。宣旨云：『臺卿此文，未當朕意。以卿有大才，須叙盛德，即宜速作，急進本也。』德林乃上頌十六章并序，文多不載。武成覽頌善之，賜名馬一匹。」

〔二〇〕史所艷推：爲史書稱道、推重。

〔二一〕斷烟銷没：猶言灰飛烟滅。章碣《焚書坑》：「竹帛烟銷帝業虚。」斷烟，孤烟。

〔二二〕百藥：李百藥，字重規，李德林子。隋唐之際重臣，史學家。撰定《北齊書》五十卷。《隋書·李德林傳》：「有子曰百藥，博涉多才，詞藻清贍。釋巾太子通事舍人，後遷太子舍人、尚書禮部員外郎，襲爵安平縣公，桂州司馬。」

〔二三〕令才：傑出人才。元稹《李光顔加階》：「蓋文武之令才，真古今之良將。」

〔二四〕貽厥：遺傳。《書·五子之歌》：「明明我祖，萬邦之君，有典有則，貽厥子孫。」孔傳：「貽，遺也，言仁及後世。」

〔二五〕甲子：明天啟四年（一六二四）。首夏：初夏，農曆四月。《文選》卷二二謝靈運《遊赤石進帆海》：「首夏猶清和，芳草亦未歇。」

【總説】

《隋書·經籍志》集部别集類著録「懷州刺史《李德林集》十卷」，兩《唐志》沿之。宋代書目皆不著録，知其至遲于宋世已經亡佚。明人始有輯本。《李德林集》後世輯本，當以張燮《七十二家集·李懷州集》（二卷）爲最早。迄今爲止，尚未見《李德林集》新整理本問世。

張燮品評歷史人物相對温和寬容，于浮華之士、忤時之臣、失節之徒乃至亡國之君，并不口誅筆伐。六朝置君如弈，臣節所虧，比比皆是，正所謂「凡陳之累累進賢，誰非梁彦」（張燮《江令君集序》），張燮置評較爲客觀。而張溥則旨在砥礪品行，持論相對嚴苛，其題辭對貳臣極責罵之能事。如《李懷州集題詞》即批其「反顔事讎，何如鼠也」、「操、懿之惡」、「羽檄絲綸，皆訣筆耳」、「雖理覈詞暢，亦奚取焉」，人既不堪，言亦隨人而廢。

【附録】

張溥《李懷州集題詞》：北方大臣享重名、無持操者，余最薄楊遵彦、李公輔。遵彦世受魏恩，僭尚静后，金紫衣帶，羞見李庶；二王之變，命盡捉酒，死不足憐。公輔在齊，結知帝王，機密文雅，禮均師友；遽臣周室，寵絶僚右；及宣帝大漸，又託身隋公，願以死奉。嗚呼！鄭譯、劉昉，楊堅私人，朝受顧命，夕假黄鉞，猶未敢訟言也。獨公輔先發之，策定三方，贊成九錫，禪代功高，自矜佐命，此非周武帝所稱天上人乎？反顔事讎，何如鼠也！楊堅欲族滅宇文，公輔深執不可，一言忤意，終身疎外，物論原之。然身既佐篡，大業已成，僅欲保全陳留、山陽，少蓋操、懿之惡，吁嗟已晚。荀文若飲藥壽春，世尚譏其失節，况隋初李内史哉！公輔高名，少著鄴京，南北文士如魏常侍、江令君皆稱之，河朔英靈，史云無二，究其羽檄絲綸，皆諛筆耳。服官慕孔光之秘温樹，修文學潘勗之册魏王，雖理覈詞暢，亦奚取焉？婁東張溥題。

牛奇章集引〔一〕

玉山慳于北土〔二〕，牛里仁請開獻書之路〔三〕，遂乃逸函暴富〔四〕，東觀啓暉〔五〕，今取其表讀之，尚有生氣，則爾日之棟樑文囿〔六〕，豈待言也？從來躡籙都屬偏安〔七〕，隋氏苑五岳而池四海〔八〕，其禮弊更縫〔九〕，樂頽重緝者〔一〇〕，正惟里仁是賴。使家識裳衣之盛〔一一〕，人閑舞蹈之遺〔一二〕，殆亦季世夔、龍〔一三〕，單門名碩〔一四〕，史氏僅以方叔孫生〔一五〕，過矣過矣！若夫緩步朗盼，夷外宏中〔一六〕，居身在不夷不惠之間〔一七〕，處交在不諂不瀆之外〔一八〕。允兹朝望〔一九〕，備是儒宗〔二〇〕。時主多猜，重臣半成隙末〔二一〕，而公恩禮始終，尤悔雙遣〔二二〕，詎偶然哉！公集三卷，大率郊廟間條奏爲多〔二三〕。張燮識。

【箋注】

〔一〕牛奇章：牛弘，字里仁，安定鶉觚（今陝西長武）人。性寬裕，篤好墳籍。仕周爲中外府記室内史上士，累進位使持節大將軍儀同三司。隋開皇初，授秘書監，封奇章公。後進位上大將軍，改右光禄大夫。卒謚憲。《隋書》卷四九、《北史》卷七二有傳。

〔二〕玉山：用玉堆成山。皮日休《憂賦》：「西漢則王根爲玉山。」此喻指富有藏書。　慳：慳嗇。　北土：北方地區。

〔三〕牛里仁句：牛弘上書，請廣開獻書之路。《隋書・牛弘傳》：「弘以典籍遺逸，上表請開獻書之路，曰（略）。上納之，于是下詔：獻書一卷，賚縑一匹。一二年間，篇籍稍備。」

〔四〕逸函：逸書。函，裝書的封套、匣子，此代指書籍。

〔五〕東觀：國家藏書之所。《隋書・音樂志》載庾信《周祀宗廟歌》：「南宮學已開，東觀書還聚。」

〔六〕棟樑文囿：猶言爲文囿之棟樑。棟樑，比喻擔負重任之人。《後漢書・陳球傳》：「公爲國棟梁，傾危不持，焉用彼相邪？」文囿，文苑，文壇。蕭統《文選序》：「歷觀文囿，泛覽辭林。」

〔七〕躡：繼承。　籙：符命文書。　偏安：苟安一方，不能統治全國的政權。《三國志・蜀書・諸葛亮傳》注引《漢晉春秋》：「先帝慮漢、賊不兩立，王業不偏安，故託臣以討賊也。」

〔八〕苑五岳而池四海：猶言以五岳爲苑，以四海爲池。喻指國家一統，疆域遼闊。《北齊書・文襄帝紀》：「方欲苑五岳而池四海，掃氛穢以拯黎元。」

〔九〕禮弊更縫：言北朝戰亂頻仍，禮崩樂壞，牛弘于隋建後致力于恢復禮制。《隋書・牛弘傳》：「三年，拜禮部尚書，奉敕修撰《五禮》，勒成百卷，行于當世。弘請依古制修立明堂。」又：「時高祖又令弘與楊素、蘇威、薛道衡、許善心、虞世基、崔子發等并召諸儒，論新禮降殺輕重。弘所立議，衆咸推服之。仁壽二年，獻皇后崩，三公已下不能定其儀注。楊素謂弘曰：『公舊學，時賢所仰，今日之事，決在于公。』弘了不辭讓，斯須之間，儀注悉備，皆有故實。素歎曰：『衣冠禮樂盡在此矣，非吾所及也！』弘以三年之喪，祥禫具有降殺，期服十一月而練者，無所象法，以聞于高祖，高祖納焉。下詔除期練之禮，自弘始也。」

〔一〇〕樂頹重緝：言牛弘致力于恢復樂教。《隋書·牛弘傳》：「九年，詔改定雅樂，又作樂府歌詞，撰定圓丘五帝凱樂，并議樂事。」又：「上甚善其議，詔弘與姚察、許善心、何妥、虞世基等正定新樂，事在《音律志》。」

〔一一〕裳衣：禮服。《禮記·中庸》：「春秋脩其祖廟，陳其宗器，設其裳衣，薦其時食。」鄭玄注：「裳衣，先祖之遺衣服也。」

〔一二〕舞蹈：此指臣下朝見君主之禮節。《大唐新語·諛佞》：「初，煬帝之被戮也，隋官賀化及。善心獨不至，化及以其人望而釋之，善心又不舞蹈，由是見害。」

〔一三〕夔龍：相傳舜之二臣名。夔爲樂官，龍爲諫官。《書·舜典》：「伯拜稽首，讓于夔、龍。」孔傳：「夔、龍，二臣名。」喻指輔弼良臣。

〔一四〕單門：寒門。《文選》卷四六任昉《王文憲集序》：「雖單門後進，必加善誘。」名碩：著名博學之士。

〔一五〕叔孫生：叔孫通，薛人。秦時以文學徵，待詔博士。先後歸附項梁、楚懷王，終投漢王。拜爲博士，號稷嗣君。高祖九年，爲太子太傅。叔孫通爲漢初儒宗，朝廷、宗廟儀法多出其手。《史記・叔孫通傳》：「（太史公曰）叔孫通死希世度務，制禮進退，與時變化，卒爲漢家儒宗。」唐初史臣將牛弘與叔孫通相提并論。《隋書・牛弘傳》：「史臣曰：牛弘篤好墳籍，學優而仕，有淡雅之風，懷曠遠之度，采百王之損益，成一代之典章，漢之叔孫，不能尚也。」

〔一六〕夷外宏中：外表平和，而内心宏闊。

〔一七〕不夷不惠：不學伯夷也不學柳下惠，比喻折衷而不偏激。揚雄《法言・淵騫》：「不夷不惠，可否之間也。」

〔一八〕不諂不瀆：不諂媚也不倨傲。《易・系辭下》：「君子上交不諂，下交不瀆。」

〔一九〕朝望：朝廷中有威望之大臣。《晉書・裴頠傳》：「倫又憯懷篡逆，欲先除朝望。」

〔二〇〕儒宗：儒者之宗師。《史記・叔孫通傳》：「（太史公曰）叔孫通希世度務，制禮進退，與時變化，卒爲漢家儒宗。」

〔二一〕隙末：凶終隙末之省稱。言當時大臣多無善終。《後漢書・王丹傳》：「張、陳凶其終，蕭、朱隙其末，故知全之者鮮矣。」

〔二二〕尤悔：因過失而悔恨。張燮《高令公集題辭》：「耻辱何加，尤悔雙遣。」

〔二三〕公集二句：張燮《七十二家集・牛奇章集》輯爲三卷，首《郊廟歌辭》、《圜丘歌》、《五郊歌》、《太廟樂歌》等樂府歌辭，次則《請開獻書表》、《樂定奏》、《定典禮奏》、《明堂議》等章表奏議。

【總説】

《隋書》本傳稱：「有文集十三卷行于世。」《隋書・經籍志》集部别集類著録「吏部尚書《牛弘集》十二卷」，兩《唐志》沿之。宋代書目皆不著録，知其至遲于宋世已經亡佚。明人始有輯本。《牛弘集》後世輯本，當以張燮《七十二家集・牛奇章集》（三卷）爲最早。迄今爲止，尚未見《牛弘集》新整理本問世。

張燮此論，共抉發三義：一請開獻書之路，棟樑文囿，有功藝文；二損益典章，重訂禮樂，其功在叔孫通之上；三學優德茂，無咎無譽，能依違于亂世之中。張溥所論，與張燮題辭略同，而稍有增益。如謂「張蒼壽考，公孫晚貴，里仁似之，此楊素所謂『愚不可及』也」，即獨具隻眼，文婉而意深。

【附録】

張溥《牛奇章集題詞》：隋楊二帝，猜忌好殺，動伐舊臣，動遭誅廢，獨牛里仁始終恩任，悔吝不及，賜詩贊揚，内帳飲食，禮愛尤殊。竊怪彼挾持何術，能當人主？生平文字，議禮居優，史臣遂謂其損益典章，漢叔孫通無以尚。然叔孫希世度務，委蛇儒宗，里仁得無有其遺意邪？非獨于明堂郊廟能也，南北用兵，典籍淪喪，里仁詳陳五厄，請開購賞，篇章稍備，其有功藝文，豈讓王儉《七志》、阮孝緒《七録》哉！文皇鋭精作樂，何栖鳳規時獻議，里仁學疎量寛，依違其間，無所駁正，無咎無譽，其在坤之四爻乎？張蒼壽考，公孫晚貴，里仁似之，此楊素所謂「愚不可及」也。婁東張溥題。

薛司隸集題詞〔一〕

薛玄卿無奇行〔二〕，亦無遺行〔三〕，無傲骨，亦無媚骨，蓋藻林而存方軌者〔四〕。獨懸車之請不力〔五〕，既拚方鎮〔六〕，尚挂朝簪〔七〕，黄髮皤皤〔八〕，惜哉其不鑒于流潦也〔九〕。當煬帝時，鵷鷺班頭〔一〇〕，誰非私昵〔一一〕，豈容一老成鈍人，昂首其間，口角雌黄〔一二〕，殊妨人歡趣？譬之群英吐艷，争態負妍，特一老幹亭亭〔一三〕，中央濺翠，其遭斫伐必也。是故獻頌先朝，縱不爲後王所獎賞，何至負舋〔一四〕？若「空梁燕泥」〔一五〕，非止嫉人勝己，夫亦疑其語有隱刺焉。總非意中人，則事事曲生眉目耳〔一六〕。或以藩府之招〔一七〕，間道他往，爲不善攀鱗；余謂玄卿即赴召，而局面自殊，亦竟睽投契，不若孤守介性爲高。令玄卿毁方瓦合〔一八〕，護厥身，名君子，豈爲玄卿願之哉！玄卿見河汾之可師〔一九〕，而遣子收從之〔二〇〕，其在法壇，雅非牆外漢〔二一〕，視虞世基輩〔二二〕，便隔霄壤矣。張燮識。

【箋注】

〔一〕薛司隸：薛道衡，字玄卿，河東汾陰人。仕齊歷司州兵曹從事、太尉主簿、中書侍郎。入周爲御史二命士，歷陵州、邛州刺史。隋初爲内事舍人，遷吏部侍郎。後徵授内史侍郎，加上儀同三司，進位上開府。煬帝即位，轉播州刺史，入拜司隸大夫。大業三年被害。有集三十卷。《隋書》卷五七、《北史》卷三六有傳。

〔二〕奇行：不合法度之行爲。《管子·任法》：「無偉服，無奇行，皆囊于法，以事其主。」尹知章注：「偉服奇行，皆過越法制者。」

〔三〕遺行：失檢之行爲。《文選》卷四五宋玉《對楚王問》：「楚襄王問于宋玉曰：『先生其有遺行與？何士民衆庶不譽之甚也？』」李善注：「遺行，可遺棄之行也。」

〔四〕方軌：品行端正。《南史·劉瓛傳》：「瓛弟璡字子瑜，方軌正直，儒雅不及瓛而文采過之。」

〔五〕懸車：致仕。《梁書·沈約傳》：「懸車之請，事由恩奪。」《隋書·薛道衡傳》：「煬帝嗣位，轉番州刺史。歲餘，上表求致仕。帝謂内史侍郎虞世基曰：『道衡將至，當以秘書監待之。』」後因上書頌美先朝而搆禍。

〔六〕拚：捨棄。方鎮：此指番州刺史之任。

〔七〕朝簪：朝廷官員之冠飾。此指煬帝尚以秘書監待薛道衡。

〔八〕黄髮：老人頭髮由白漸黄，喻指高壽。《文選》卷二四曹植《贈白馬王彪》：「王其愛玉體，俱享黄髮期。」皤皤：頭髮白貌。《史記·秦本紀》：「古之人謀黄髮番番，則無所過。」張守節正義：「字當作皤。皤，白頭貌。言髮白而更黄，故云黄髮番番，謂蹇叔、百里奚也。」

〔九〕流潦：地面流動之積水，喻指大勢所趨。《韓詩外傳》卷二：「高牆豐上激下，未必崩也，降雨興，流潦至，則崩必先矣。」

〔一〇〕鵷鷺：鵷與鷺飛行有序，比喻班行有序之朝官。《隋書·音樂志中》：「懷黄綰白，鵷鷺成行。文贊百揆，武鎮四方。」

〔一一〕私昵：私下親近，此指嬖幸之臣。《書·説命上》：「官不及私昵，惟其能；爵罔及惡德，惟其賢。」孔穎達正義：「私昵，謂知其不可而用之。」《國語·晉語六》：「吾君將伐智而多力，怠教而重斂，大其私暱而益婦人田。」韋昭注：「暱，近也。私近，謂嬖臣。」

〔一二〕口角雌黄：猶言信口雌黄。古人用黄紙寫字，一旦寫錯，用雌黄塗抹後改寫。比喻臧否人物，口無遮攔。

〔一三〕亭亭：獨立貌。《文選》卷二三劉楨《贈從弟》：「亭亭山上松，瑟瑟谷中風。」

〔一四〕是故三句：薛道衡頌美隋文帝，即使不爲煬帝所賞接，也不至于因此而獲罪。《隋書·薛道衡傳》：「煬帝嗣位，轉番州刺史。歲餘，上表求致仕。帝謂内史侍郎虞世基曰：『道衡將至，當以秘書監待之。』道衡既至，上《高祖文皇帝頌》，其詞曰（略）。帝覽之不悦，顧謂蘇威曰：『道衡致美先朝，此《魚藻》之義也。』于是拜司隸大夫，將置之罪。道衡不悟。司隸刺史房彦謙素相善，知必及禍，勸之杜絶賓客，卑辭下氣，而道衡不能用。會議新令，久不能決，道衡謂朝士曰：『向使高熲不死，令決當久行。』有人奏之，帝怒曰：『汝憶高熲邪？』付執法者勘之。道衡自以非大過，促憲司早斷。暨于奏日，冀帝赦之，敕家人具饌，以備賓客來候者。及奏，帝令自盡。道衡殊不意，未能引訣。憲司重奏，縊而殺之。妻子徙且末。時年七十。天下冤之。」

〔一五〕空梁燕泥：薛道衡《昔昔鹽》中最負盛名之詩句，傳説爲隋煬帝所嫉。劉餗《隋唐嘉話》：「煬帝善屬文，而不欲人出其右。司隸薛道衡由是得罪，後因事誅之，曰：更能作『空梁落燕泥』否？」

〔一六〕曲生眉目：妄構事端。《北史·齊馮翊王潤傳》：「馮翊王少小謹慎，在州不爲非法，朕信之熟矣。登高遠望，人之常情，鼠輩欲輕相間構，曲生眉目。」

〔一七〕藩府之招：指煬帝爲晉王時曾招納道衡，被道衡拒絶而銜恨。《隋書·薛道衡傳》：「後坐抽擢人物，有言其黨蘇威，任人有意故者，除名，配防嶺表。晉王廣時在揚州，陰令人諷道衡從揚州路，將奏留之。道衡不樂王府，用漢王諒之計，遂出江陵道而去。尋有詔征還，直内史省。晉王由是銜之，然愛其才，猶頗見禮。」

〔一八〕毀方瓦合：毀去棱角，與瓦礫相合，比喻屈己從衆，迎合世俗。《禮記·儒行》：「舉賢而容衆，毀方而瓦合，其寬裕有如此者。」鄭玄注：「毀方而瓦合，去己之大圭角，下與衆人小合也。」

〔一九〕河汾：此指隋儒王通。王通設教于河汾間，有弟子千餘人。房玄齡、魏徵、李靖、程元、竇威、薛收等皆從其門受業，時稱「河汾門下」。

〔二〇〕子收：薛道衡之子薛收，曾師從王通。《隋書·薛道衡傳》：「有子五人，收最知名，出繼族父孺。」又《四庫提要》史部編年類《玄經提要》：「《玄經》十卷，舊本題隋王通撰，唐薛收續并作傳。」又言「末一卷自隋開皇十年迄唐武德元年，稱收所續」，此薛收當即薛道衡子，由此知其不僅師從王通，且是重要弟子之一。

〔二一〕牆外漢：猶言門外漢。《樂府詩集》卷二五《横吹曲辭五》載《慕容垂歌辭》：「我身分自當，枉殺牆外漢。」

〔二二〕虞世基：字茂世，一作懋世，會稽餘姚人。仕陳，任建安王法曹參軍事，歷祠部殿中二曹郎、太子中舍人、尚書左丞等職。陳滅入隋，貧無産業，每傭書養親。煬帝時爲内史侍郎，專典機密，參掌朝政。又進位金紫光禄大夫。隋末大亂，世基唯諾取容，不以實聞。又縱妻、子驕淫，鬻官賣獄，故爲時所譏。後爲宇文化及殺于江都。

【總説】

《隋書·經籍志》集部别集類著録「司隸大夫《薛道衡集》三十卷」，兩《唐志》沿之。《直齋書録解題》集部詩集類著録「《薛道衡集》一卷」，蓋已是輯本。《薛道衡集》現存輯本，當以張燮《七十二家集·薛司隸集》(二卷)爲最早。迄今爲止，尚未見《薛道衡集》新整理本問世。

隋煬帝時，薛道衡上《高祖皇帝頌》，竟因此忤怒煬帝，終至沉淪不起。二張對此俱感費解，張夔稱「獻頌先朝，縱不爲後王所獎賞，何至負釁」，張溥稱「今觀其文，鋪叙前徽，頌禱爲忠，何故召怒」。張夔的回答較籠統，「總非意中人，則事事曲生眉目」；張溥則更直接，「蓋事非其主，言違其時，對子誅父，猶有罪焉」。張夔此論，道衡詩文僅涉及《高祖皇帝頌》、《昔昔鹽》，張溥則益以「湘浦吊賦」、「漢川沉碑」、「江淮祭文」、「詩篇英麗」等，直可謂後出轉廣，青勝于藍。

【附録】

張溥《薛司隸集題詞》：張曲江登薛公逍遥堂，感歎言詩，懷湘浦吊賦，漢川沉碑，此豈無意其人哉？玄卿才名蚤盛，官于齊、周，不免仕隋，無特爾之操。然時主遷易，年更代促，南北俯仰，士人盡然，不足云怪。高祖革命，久典文書，儲君國相，争交引重，乃嶺表配防，襄州出鎮，謝山濤之啟事，嗟汲黯之淮陽，仕路風雲，豈能盡如人意？煬帝宿郤，成于江陵，年老入内，夜行宜止，而文皇一頌，致殞厥軀。今觀其文，鋪叙前徽，頌禱爲忠，何故召怒？蓋事非其主，言違其時，對子誅父，猶有罪焉。伐陳四克，籌略分明，悉窅子房前箸？獨江淮祭文，才思少進，無論遠不逮古，即比杜弼檄梁，曾幾何時，風已下矣。詩篇英麗，名下無虚，得之躡壁，失之馬足，遺亡如《國僑贊》、《辭磐石》諸製者，又不知幾何也。婁東張溥題。

附録一　張燮傳記資料彙編

張燮僻居嶺左，不求宦達，《明史》無傳，記載其生平事迹者寥寥，僅蒐得黄道周《張汰沃哀詞》及《漳州府志》、《龍溪縣志》所載小傳，并迻録于左。薛澄清《明張燮及其著述考》（《嶺南學報》第四卷第二期）、陳慶元《張燮年表》（《南京師範大學文學院學報》二〇一三年第一期）、《張燮著述考》（《漳州師範學院學報》二〇一〇年第四期）及《張燮年譜》（未刊稿），可資參考，文繁不録。

黄石齋先生文集·張汰沃哀詞

崇禎庚辰祓禊之月，紹和張先生考終于正寢。粤月朔日壬子，其友黄道周乃來自梁山，拊棺慟哭，爲哀辭以告于先生。曰：嗚呼！罕虎逝而國子悲，郢人徂而牙音絶，信道契之難符，故神理之同結，況先生而棄予，譬心舌之分裂。當夫定交杵臼，推分僑札，吕安耦灌于山陽，嵇康共鍛于洛邑。差肩十年之會，遜志千秋之業，蓋無言而不酬，時去梯而獨接。迨于衣共京塵，舟齊李郭，出處異尚，淵田殊躍，趙子高之抗揖離群，田革子之鐘鼓不樂，梁鴻發噫于北邙，盧敖謝肩于蒙轂，未嘗不瞠焉後塵，睠焉空谷。又至文酒肆會，川巖喻適，投閒而作百家，披襟而湛白石，得鄙趣者晤之濠上，寄真韻者賞其傲逸，雖有二則不可，亦何遽遂無一。乃若萬里刳麟，長宵解素，高擬昔賢，遐選近步，名苑之味列芥薑，藝囿之霜殺狐兔，雖久在則壓儕輩，又何遽改于此度也。嗚呼！有四海之譽者，求退良難；綜百代之榮者，享年蓋少。劉士光之獲麟，不半古稀；阮孝緒之神明，初登耆老。蓋皆已指牖下爲仙都，望林園爲蓬島，豈必張忠之朽落乞歸，陶潛之期頤孤掉！況彼羈紲，去恐不遠；既息劓黥，又何足願？李弘酣飲，以謝鄉人；叔度棲遲，而慰親串。逸少東游，有撫掌之資；孝孫覽書，無降璧之歎。詎一芥之相存，足千載之興勸。嗟乎，先生高蹈遠引，至今信矣。顧彼後死，問難析疑，誰爲□者？松枝半折，知麈尾之就彫；高臺就傾，誦山丘之零落。繫青雲者益稀，和白雪者彌寡。值龍蛇之當歲，宜兕虎之號野。木葉下而霜鐘鳴，嶧桐枯而石鼓啞。已矣哉！尚友三千年，著書四百卷。今也則未聞，古人恨不見。張堪有子，已託朱暉；盧生之情，見許王衍。豈必待夢而竚素車，感書而抵几案者哉！（録自《黄石齋先生文集》卷一二，《續修四庫全書》集部别集類，第一三八四册）

漳州府志・人物二・張燮

燮字紹和，幼穎敏絶人，父廷榜甚愛之。比長，博極群書。萬曆甲午，舉于鄉，與蔣夢育、鄭懷魁等號漳七子，文名大噪。顧紹和性灑落，不急宦達，歸而侍其父，構廬錦江之上，怡然也。天啟間，何喬遠疏薦預修實録，辭不赴，諸名士多以書勸駕，然終莫可奪，遠近舉稱曰徵君。既而黨禍大作，徵君獨飄然幾先，衆比之申屠蟠、郭林宗云。所結納遍海内，郡中最善黄道周，道周所謂「雅尚高致，博學多通，不如張燮」是也。有手定《漢魏七十二家》、《東西洋考》、《閩中記》、《群玉》、《霏雲》二集行于世。徵君有子五人，于壇、于壘二人知名。于壇字升甫，于壘字凱甫，俱邑學生。于壘從道周遊，稱爲聖童，著有《麟角》、《舒節》二篇，各二十卷。早卒，諸公爲立祠曰幼清。

論曰：燮美秀，變而文勝，然爲石齋所傾洽，稱其人在申、郭之間，則賁極而反本，非務華以絶根也。善夫！（録自《光緒漳州府志》，《中國地方志集成·福建府縣志輯》二九）

龍溪縣志·人物·文苑傳·張燮

張燮字紹和，廷榜子，萬曆甲午舉人。性聰敏，博極群書。結社芝山之麓，與蔣孟育、高克正、林茂桂、王志遠、鄭懷魁、陳翼飛稱七才子。黄道周雅重之，嘗云「文章不如張燮」。一時遠近鉅公，咸造廬式訪。校書萬石山中，著有《霏雲居集》及所刻《七十二家文選》行世。（録自《（福建省）龍溪縣志》，《中國方志叢書》第九十號）

附録二 《七十二家集》卷首與卷末

張燮《七十二家集》較張溥《漢魏六朝百三家集》雖屬草創，然體例精嚴，有過于張溥書者。今迻録其卷首之凡例、七十二家總目，卷末附録之張燮自撰詩文與「糾謬」，以饗讀者，并可與題辭文字相互發明。

凡例

編者按：鴻篇巨製，豈能不先發凡起例？然張溥一書，竟無凡例。張燮此著，體例井然，卷首十條凡例俱在，觀作者之用心，知其絶非率爾操觚者可比。

一

先代鴻編，歲久彫耗，一家之言，傳播者寡。近所刻漢魏文集，各具一臠，然掛漏特甚。即耳目數習慣者，尚多見遺，因爲采取而補之。又念代興作者，豈惟數公，不宜録此棄彼，乃推廣他氏，自宋玉而下訖薛道衡，大地精華、先輩典刑，盡于此矣。

二

集中所載，皆詩賦文章，若經翼史裁、子書稗説，其別爲單行，不敢混收。蓋四部元自分途，不宜以經史子而入集也。如賈之《新書》，董之《繁露》，揚之《太玄》、《法言》，班之《漢書》、《白虎通》，蔡之《獨斷》，諸葛之《新書》，魏武之《軍令》，嵇之《高士傳》，陶之《群輔録》，梁元之《金樓子》，沈之《宋書》，任之《述異記》，隱居之《冥通記》、《位業圖》，吴之《續齊諧》，魏之《魏書》，俱置不録，録其似集中體者。

三

完製無多，碎金仍瑣，每翻《藝文》、《御覽》諸書，割截太過，不無遺恨。然苟非割截之遺，則并此零墨亦歸烏有矣。吉光片羽，足占五德，死馬之骨，臺上亟收。或同此題目，而他書所載一二語爲彼書所無，則尋其脉絡所通，爲之增入，上下不接，則題一又字，另附于後。若稗乘山經，間偶披剔而得全文，則又何啻蒼淵虬子乎！家乏班嗣之賜，手疏麟士之抄，歷載所收，斬斬若爾。凡厥同志，行當佐我不逮也。

四

古詩文散見諸處，苦無善本，即諸史所載，已覺魯魚間出，況其他乎？傳訛者殆不勝指矣！余每參合數本而裁定之，或形聲可尋，則以己意更決之，其無可參訂者，不得不仍其舊，以俟後來。持視世本，亦已正得數分矣。邢子才有言：誤書思之，更是一適。若思不能得，便不煩讀書。余以自勗，且以自愧。

五

集中首賦，次詩，次文，其同時贈答諸語，即附于是篇之後。蓋氣誼之酬酢，音旨之往還，開卷可悉也。間或彼此雙收，不妨疊見耳。獨魏氏、梁氏兄弟父子間相關者甚夥，且卷帙接連，不需更贅，聊用省煩。

六

綴屬既已竟篇，別爲附録，壓以本傳，而他籙記及後人追頌等篇，以次具焉。同時贈答諸草，有集中本文已失，而他人語獨存者，亦載附録中。事有本傳不載，而雜見他書者，別爲遺事，口頌一遍，可當肉譜也。高壇之月旦屢更，隻字之雌黄未泯，故以集評終焉。

七

縹緗既紛，甲乙易淆，或岐鳧以稱梟，或蒙鼠而作璞。然事各有始末，人各有主名，曲爲披尋，本色自露。欲自削去之，恐耳食者謂其人尚有某篇，集中何以不載，翻滋噂沓，故另立糾謬一門，詳列所以駁出之故。唤是迷津，齊編覺路，保無礙眼，且博解頤。

八

集以六朝爲界。唐後雄文蔚起，然篇帙既廣，殆不勝收，體格漸離，宜從姑舍。猶蓄古器者，出彼土中之埋，奉作櫝中之寶；若爾時近玩，冶鑄尚新，即縷飾熳然，終殊法物。具鑒別者，自當另置耳。註解出六朝以上者，附載篇中，降是以還，我則不暇。

九

帝王卿士，并藻坫以千春；隱顯榮枯，皆墨林之一瞬。遞以年代相次，架累高塵，或撰述成自先朝，乃身名容參後祀。如江淹入梁，盧思道入隋，咸以所届爲其駐足之鄉，大較以史書署在何代爲準。惟忠武仍殿卯金，不宜更標閏位；靖節還麗典午，不必溷以維新。薄從精華，少伸義槩。

十

諸家最少，亦以二卷爲率。其不能足二卷者，隔林窺管，僅存豹之一斑；寸腋殘裘，詎參狐之全體？存而不論，徐俟廣收，彩既綴彼晨星，珠從韜夫夜月云耳。

七十二家總目

編者按：《七十二家集》卷首復有總目，以時代爲序，標明各代人數，每條依序爲集名、作者、卷數。以作者最著之官職爲别集之名，帝王集則標著其廟號。

周　一人

宋大夫集，楚宋玉著，三卷。

漢　十二人

賈長沙集，洛陽賈誼著，三卷。

司馬文園集，蜀郡司馬相如著，二卷。

董膠西集，廣川董仲舒著，二卷。

東方大中集，平原東方朔著，二卷。

王諫議集，蜀郡王褒著，二卷。

揚侍郎集，蜀郡揚雄著，五卷。

馮曲陽集，京兆馮衍著，二卷。

班蘭臺集，北地班固著，四卷。

張河間集，南陽張衡著，六卷。

蔡中郎集，陳留蔡邕著，十二卷。

孔少府集，魯國孔融著，二卷。
諸葛丞相集，瑯琊諸葛亮著，二卷。

魏　七人

魏武帝集，武帝曹操著，五卷。
魏文帝集，文帝曹丕著，十卷。
陳思王集，陳王曹植著，十卷。
王侍中集，山陽王粲著，三卷。
陳記室集，廣陵陳琳著，二卷。
阮步兵集，陳留阮籍著，五卷。
嵇中散集，譙國嵇康著，六卷。

晉　十一人

傅鶉觚集，北地傅玄著，六卷。
孫馮翊集，太原孫楚著，二卷。

夏侯常侍集，譙國夏侯湛著，二卷。
潘黄門集，滎陽潘岳著，六卷。
傅中丞集，北地傅咸著，四卷。
潘太常集，滎陽潘尼著，二卷。
陸平原集，吴郡陸機著，八卷。
陸清河集，吴郡陸雲著，八卷。
郭弘農集，河東郭璞著，六卷。
孫廷尉集，太原孫綽著，二卷。
陶彭澤集，潯陽陶淵明著，五卷。

宋　五人

謝康樂集，陳郡謝靈運著，八卷。
顔光禄集，瑯琊顔延之著，五卷。
鮑參軍集，東海鮑照著，六卷。
謝法曹集，陳郡謝惠連著，二卷。

謝光禄集，陳郡謝莊著，四卷。

齊　二人

謝宣城集，陳郡謝朓著，六卷。
王寧朔集，瑯琊王融著，四卷。

梁　十八人

梁武帝集，武帝蕭衍著，十二卷。
梁昭明太子集，太子蕭統著，五卷。
梁簡文帝集，簡文帝蕭綱著，十六卷。
梁元帝集，元帝蕭繹著，十卷。
江醴陵集，濟南江淹著，十四卷。
沈隱侯集，吳興沈約著，十六卷。
陶隱居集，秣陵陶弘景著，四卷。
任中丞集，樂安任昉著，六卷。

王左丞集，東海王僧孺著，三卷。
陸太常集，吴郡陸倕著，一卷。
劉户曹集，平原劉孝標著，一卷。
王詹事集，瑯琊王筠著，一卷。
劉秘書集，彭城劉孝綽著，一卷。
劉豫章集，彭城劉潛著，一卷。
劉中庶集，彭城劉孝威著，一卷。
庾度支集，新野庾肩吾著，三卷。
何記室集，東海何遜著，三卷。
吴朝請集，吴興吴均著，四卷。

陳　五人

陳後主集，後主陳叔寶著，三卷。
徐僕射集，東海徐陵著，十卷。
沈侍中集，吴興沈炯著，三卷。

江令君集，濟陽江總著，五卷。
張散騎集，清河張正見著，二卷。

北魏　二人

高令公集，渤海高允著，二卷。
溫侍讀集，濟陰溫子昇著，二卷。

北齊　二人

邢特進集，河間邢卲著，二卷。
魏特進集，巨鹿魏收著，三卷。

北周　二人

庾開府集，新野庾信著，十六卷。
王司空集，瑯琊王襃著，三卷。

隋 五人

隋煬帝集，煬帝楊廣著，八卷。
盧武陽集，范陽盧思道著，三卷。
李懷州集，博陵李德林著，二卷。
牛奇章集，安定牛弘著，三卷。
薛司隸集，河東薛道衡著，二卷。

詩文

編者按：《七十二家集》各集附録先列史傳，次列後世讀者憑吊文字，間有附列張燮自撰詩文者，于讀題辭者大有資于參證。其無題辭而有自撰詩文者，價值更高，如《書郭璞傳後》足可當一篇《郭弘農集題辭》，而《書梁本紀後》又無異于《梁武帝集題辭》。

賈長沙

洛陽儁神鋒，時清乃痛哭。忤絳氣全舒，吊屈道仍淑。宣室謂過之，席前長歎伏。帝豈老長沙，千秋悲賦鵩。

司馬長卿

長卿既玩世，隨緣不肯駐。文園聊暫棲，梁苑豈永慕。犢鼻一朝伸，諭蜀騫皇路。歎彼滌器人，而有淩雲賦。

東方曼倩

曼倩浣紫水，薄言戾漢庭。嘲笑狎萬乘，何況公與卿。懷肉希嬿婉，射覆類縱横。侏儒那得知，質濁文逾清。

揚子雲

揚子探微言，甘心棲寂寞。時出解嘲篇，任多問奇酌。雕蟲薄不爲，吐鳳雅有作。未藉來祀傳，

吾玄亮可托。（編者按，以上四篇既見于《七十二家集》四家附録，又初載于《霏雲居集》卷二，總題爲《懷古四首》）

竹林七賢贊

夫自竹下諸賢入林把臂，以虚玄爲堂奥，以瑰奇爲門墻，彼土石侯卿，羶溴名器，縋提經曲，嘲笑清寧，至使禮法之士嫉之如仇，頓開一代清言之祖。然吾謂諸賢道術所鍾，故欲自超于方外，而身世所托，雅不得不自離于方中也。方夫當塗弛轡，典午豐基，于時稍附才技，咸莫不儷日争曜，鼓海憑瀾，間抗異同，頭顱被地，嵇阮劉向，能無反顧而却走乎？彼故一世之傑也！欲低頭就之，贊人成如許，事不可；欲爲聾瘖之徒，隱麟戢羽，與山烟露草俱没，又非心所甘。况乎神姿難匿，道耀難埋，勢必他啟途路，以其道自尊，而因以自全。使朝貴指而名之，曰：是傲世也，而無詟于世，不能爲世害也。又使有識者憑而吊之，曰：是絶世也，而無偶于世，應能爲世移也。庶身世道術可以俱永，非苟焉曳尾于途中耳。蓋至叔夜之遊山采藥，彈琴詠詩，彼直以安期、彭祖可及，竟爲士季所阱，有毌丘儉之疑，太學三千人，求請爲師，弗得。則中散所未料而孫登之幸而中也。嗣宗言皆玄遠，未嘗臧否人物，然其臨廣武戰場曰：「時無英雄，使豎子成名。」豎子者，蓋指司馬氏君臣，而嘆世無劉、項，因借吊古而發，人誤以爲輕卯金耳。《勸進九錫文》酣劇漫應，易代而下，尚想見其中腸焉。醉眠鄰婦，哭吊兵女，皆用自晦，不然，以晉文王之見知，恐不免賈、裴、王之列也。他如伯倫之荷鍤而酩酊，子期之聞笛而淒切，仲容之冢飲而絶倒，濁文清質，風範未頹，君子哀其志矣。若乃巨源以識度見收，濬冲以清賞邁倫，後并婆娑台輔，爲詠五君者所擯。然巨源夙具公才，四十始仕，爲晉功臣，乞身表凡數十上，雖不果所請，其貞慎有足嘉者。延祖不孤，久要可念，濬冲晚去，牙籌李核，非與却賻時頓異，直是穢迹自免耳。出遊經黄公壚畔，歎「視此雖近，邈若山河」，畢竟非敗人意者也。先輩未嘗臧減七賢，有旨哉！緬想高蹤，附異代之知己，舐毫而爲之贊。

贊曰：藏史猶龍，漆園曳蝶。理源澄淵，義峰嶕嶫。遠性風踈，逸氣雲接。道以世喪，流以末涉。機權互傾，繁縟竞貼。肺腑戈矛，鬚眉婢妾。瑣族易灰，摧輪盈跕。魏晉知己，作者七人。去琢去雕，還返其真。詎節渾沌，娥眉就顰。詎驂麏麚，驥蹄驚塵。托契牙絃，興戀郢斤。得意忘言，茹朴含醇。阮公至性，于焉埋照。兵廚醖嘉，東平風邵。蝨陋褌安，鸞聞嶺嘯。《詠懷》旨深，《達莊》理妙。胸塊澆多，眼青逢少。禮豈我設，婚難帝料。中散天質，龍章鳳姿。籠罩臺向，屣脱周伊。鍛竈依柳，石髓疑飴。《高士》作贊，廣陵彈絲。《養生》著論，《絶交》陳詞。仙去不歸，言解其尸。伯倫淡默，交無妄友。雞肋尊拳，鹿車壺酒。頌叱二豪，誓解五斗。天地棟宇，褌中客走。生以酒名，死便埋否。對策不調，竟以終壽。小阮道南，預此林麓。馬上胡人，竿頭布犢。琵琶屢彈，觴罍頻覆。酣宴浩歌，清真寡欲。心醉郭奕，論折荀勖。始平非遥，歡隨意足。向秀釋經，比河上公。雅諧素托，大暢玄風。探討秘林，往復談叢。激水既欣，灌園亦同。山陽可續，箕潁將終。西邁援翰，感舊何窮。巨源早晦，蔚爲時雋。晚事馬蹄，釋蘿襲衮。啟事夜披，梁絲朝遺。欲者不多，與者忘鮮。奉母抽簪，乞身徙跣。渾金璞玉，人欽其選。濬沖簡要，攀阮後行。電光巖下，苦李道傍。卷舒伯玉，玄著子房。總轡鼎司，混俗膏肓。小馬便門，出遊徜徉。鋒刃交加，談笑未央。矯矯群賢，飈流狎主。絶俗易超，孤音寡伍。世界鷗群，糟丘樂土。妙門載闢，玄標永竪。碧波長鱗，紫霄殊羽。蕭蕭竹間，照映今古。（按，此篇既載于《阮步兵集》附録，又初載于《霏雲居集》卷三三）

書郭璞傳後

郭景純受青囊書，按策徵變，探幽導微，語殊左驗，觀其言曰「器以數臻，事以實應，天人之際」，可謂非影響矣。當年以才學見重當宁，埒于嶠、亮，然竟以卜筮故，縉紳多笑之。史譏其官微于世，禮薄于時，《客傲》申懷，爲伎成之累，不知景純偶以占驗自著耳。觀其屢諫繁刑，用答玄象，疏逐妖異，虞褻紫闈，聯絡累紙，蹇諤自標，至于王敦圖逆，威靈薰灼，而景純據事書凶，初無隱避，日中命盡柏樹下之鵲巢，彼血濺岡頭，足愧爲人臣觀望兩端、延性命于亂世者矣。或謂景純既哀嗣祖之死，爲福何不早去？然運命有盡，景純久先覺之。厠上祈禳，偶欲争奇于造物，袴褶之遺，已明燭于事先也。若乃詞賦爲中興之冠，古文奇字，悉注成書，足稱一世大儒，此可盡以技終掩哉！管公明前知，與景純異世同揆，其無威儀而嗜酒，亦與景純同過，彼面刺何鄧，語殊切至，絶似景純之在處仲，而背無三甲，腹無三壬，亦自知不壽之徵，幸而得終牖下耳。精深玄理如公明，陳壽氏竟列之于方技，不預通人之目，顧不冤耶？古稱王太保以德掩言，王右軍以書掩德，若少府弘農以技見掩也，亦多哉！（按，此篇既見于《郭弘農集》附録，又初載于《霏雲居集》卷五二）

過陶靖節故里

彭澤遥驅棹，潯陽近泊松。徑荒移菊處，秫換種秔田。駕竹籃猶可，無弦琴自傳。書成滿人口，甲子幾何年。（按，此篇既見于《陶彭澤集》附録，又載《群玉樓集》卷一一）

書謝靈運傳後

康樂席累世資，承基趾良厚，輿馬服器，迥異常格，爲世所宗。居官則穿池植援，解綬則鑿山浚湖，滅棄朝常，抹殺時輩，備極幽峻，遊放無常期，竟致覆亡，亦不善用才之過也。其落筆籠罩百代，成一家言，片紙流播，都門競寫。隱侯作史論，不暇次其生平，直爲述生民以來六義、四始之變，以告來哲。至今讀其染翰，真慧業文人所希。惠連幼不受知于方明，何長瑜教惠連讀書，并在郡内。康樂一見，大加欣賞，所稱「阿連才悟，尊作常兒遇之；長瑜當今仲宣，飴以下客之食。尊既不能禮賢，以客還」，靈運遂載而去，此其識鑒氣誼，豈薄俗所能仿佛哉！然則靈運非惟蕭散直上，以四友視之，當不至凜凜如籠日之霜臺矣。（按，此篇不見于《謝康樂集》附録，唯見存于《霏雲居集》卷五二，録之以供參考）

書梁本紀後

梁武少而好學，洞達儒玄，萬機多務，卷不輟手，天情睿敏，超邁古今。諸子連翩，抽芳芬而振金石。昭明早世，少海淪波，懋軌元良，流徽翰墨。簡文擅宫體之號，元帝結才秀之交。史并稱其讀書數行俱下，過目輒憶，操筆立成。合所編撰，各數百十卷，爲世所欽。述作之功，可謂盛矣。夫帝王之代名能詩歌及修辭，一門相望者，古惟曹氏父子，而蕭氏父子繼之。魏武稱長大而能好學，獨余與袁伯業，歌詠諸篇，遂爲騷壇宗祖。子桓伯仲狎主，建安之盟，不朽大業，經國盛事，此語大堪氣色。若古今一石才，子建真得其八斗者。余嘗戲謂，三國鼎列，曹氏無論，身受漢禪，盤據正統，即文采照映，亦是大家婢，應作夫人，壓倒田舍嫗耳。令簡文、元帝運際隆平，故當作守文令主。又令蓬樞藿食之士，有如許手筆，亦不失一慧業文人。惟夫遭世倥偬，都下狄場，躡籙贊圖，旋斃虎狼之口，黄纛既折，緑筆亦湮，非才人之大痛哉！抑余猶有慨焉。霸朝帝子，生長戎馬間，無復整軍經武之圖，靳靳焉結篆素之緣，以思見後世，乃唐宋承平之主，反有目不知書，手不辨翰，將使鼓吹休明，從誰而托？士大夫因以不復稽古矣。故陳後主雖亡國，尚倍勝于椎魯者也。（按，此篇既見載于《梁武帝集》附録，又初載于《霏雲居集》卷五一）

蠟鵝辯

昭明父子間，備極慈孝，何容有纖芥猜嫌？帝舍其子而立簡文也，夫亦謂天下初定，宜須長君耳。延壽乃妄稱丁貴嬪葬地不利，長子昭明用道士厭伏爲蠟鵝埋墓側，宫監鮑邈之密啟武帝，將窮其事，徐勉固諫得止，太子訖終，用此慚慨，帝以宿銜，故胤嗣不立。嗟乎，貴嬪之薨，以普通七年，距中大通三年已六載矣。太子日剖萬機，多所斷割，減膳救飢，徹衣炊凍，種種佳事。又諫止三郡民丁就役，豈負大慚者能作此舉止哉？且帝既晚年多忌，業有宿物在胸不化，安得都無片語譙讓？又那堪以事權頓委東朝，全無防閑之意，直待薨後建儲，纔洩此忿耶？則延壽之妄甚明也。且云昭明薨後，邈之坐事牒官，簡文追感太子寃，揮涙誅之；邈之兄子僧隆爲宫直，即日驅出。此皆誤。以貴嬪無禄，昭明繼逝，即在轉盼，故有此點綴，若相隔六載，僧隆豈能蒙面許久，與昭明歲歲相安，至是始知爲邈之侄耶？《南史》較諸史雅多逸聞，然但一二碎事，本史失載，而《南史》發之，若厭伏果真父子間許大猜釁，姚察作傳，豈容全不照管？恐姚無此缺漏也。至于昭明，性不好弄，屏絶聲伎，屢有明徵，延壽又誣其乘雕文舸摘芙蓉，姬人蕩舟湮没，爲其致疾之由。果爾則昭明故一少年浮蕩者，殊與半生行徑不類。姚察之贊昭明也，曰「雞鳴而起，孳孳爲善」，此是何等人品？一經延壽蛇足，便使存没銜疚，然則《南史·昭明傳》爲有梁東朝謗書可也。

書陶弘景傳後

陶通明年少薄遊，閉影朱門，不交外物。已而裂組還山，尋仙訪藥，層樓徙倚，幽谷盤桓。迨乎齊社既湮，梁籙初躡，楓宸篤布衣之好，松風曳綸綍之輝，薄玄感之帝師，甘山中之宰相，書問還往，冠蓋相望，而雲霞總轡，竟遂閒身。余又歎其雖交外物，而不掛朱門，有足儀羽者焉。《尋山志》之言曰：「輕死重氣，名貴于身，迷真晦道，余不敢承；傳氏百王，流芳世緒，負德叨榮，吾未敢許。」此其自命，果度越于時流，而仰青雲，睹白日，果無負于香爐之雙導也。嘗論通明僊人，謫籍爲天子外臣，似東方曼倩；然曼倩頡頏傲世，詼諧取容，而貞白先生圓通謙謹，出處明會，則持躬甚平。僊靈屢接，仍閑經世具，似李長源；然山人衣白，竟與人事，位列通侯，而華陽隱居席月澗門，横琴雲際，懸纓終老，則處世甚高。或謂其禪代之際，援引圖讖，遥贊革命，視大澤羊裘，狂奴故態，不無稍點。然天命所值，通明似已先得之，聊復爲爾。彼非覬商山之侍，而流涎洗耳之波也。憑星夕息，望日朝餐，豈遽遜客星于干座哉？同時何子晳兄弟亦以梁皇舊恩，屢愆朝命，號稱通隱，别標大小之山，入

夢青龍，依堂紅鶴，季世故多異人。（按，此篇既見載于《陶隱居集》附録，又見存于《霏雲居集》卷五二）

書沈約傳後

魏晉以後，禪代之世屢矣。其間贊逆諸臣，必早出霸府僚屬，委身既久，馳驅萬端，天子附贅，都不相涉者耳。若沈休文當齊强盛，受知文惠太子最深，陟歷中外；時移勢改，一旦投梁，首辭勸進，共湮齊社，曾無犬馬故主之思焉。且于齊既不得爲忠臣，而于梁亦不得爲功臣。蓋是時梁武大勢已成，約非有入籌帷幄、出効劻勷如賈、裴、王之振紀綱也，直以片辭擁戴，儷景同翻，後復昧于榮利，乘時藉勢，用事多年，未聞薦達，政之得失，唯唯而已。故帝亦中厭之。觀其求臺司不許，求補外不許，雍容端揆，便了一生，豈更有優異元勳意者？而休文亦跼天蹐地，似難自容。《徐勉》之書、《郊居》之賦，恐未必便欺三尺之豎子耳。殿庭讌賞，遇故文惠宫伎，尚識沈家令，因而涕泗横流，余謂涕非生于感而生于愧。迨和帝見夢，斷舌證巫，乃奏赤章，明禪代事之不由己，不千古笑殺哉！張稷之對，偶干帝怒，至不覺帝起，猶坐如初，還未及床，憑空頓于户下，吾不意休文别識四聲，爲韻士宗族，且其博通群籍，勒成前史數部，而成敗生死間，竟舛錯至爾也。范彦龍與休文同功，然其後盡誠翊亮，知無不爲，帝亦推分終始，至二王下拜，同車還第，于其没也，車駕臨擯，種種非休文敢望。禮官謚雲曰宣，帝易之以文；謚約曰文，帝易之以隱。蓋帝今知約，異于約之知帝矣。（按，此篇不見于《沈隱侯集》附録，唯見存于《霏雲居集》卷五二，録之以供參考）

讀史考誤

《魏書》凡南人歸北者，備極推許，若到底還南者，輒横加詆訶。如劉孝標早孤，初名法武，與母兄俱陷魏，雖貧不能自立，然精勤嗜學，燎炬達旦，至永明中得還。儻以其未經位宦，史氏置之補載，足矣。乃《魏書》附列于劉休賓後，妄謂其兄弟疏薄不倫，爲時所棄，又謂高祖選盡物望，才學之徒，咸見申擢，而法鳳兄弟，無可收用，不蒙還受。夫其不蒙還受也，自是魏不知人，乃謂劉了無可取乎？然則孝標後爲一代名流，法鳳改名孝慶，有幹略，爲齊兗州刺史，入梁封餘干男，豈真疏薄不倫，無可收用乎？如佛助者，可謂大言不慚矣。

賦得庾子慎

子慎起梁季，鏗然振縶響。擢穎父子間，樹幟宫闈上。織路絳霞明，華林芳草長。繢水源何深，至今迴漭沆。

糾謬

編者按：《七十二家集》各集附録專列「糾謬」一門，考辨真僞，糾駁舊説。文獻訛傳，冒尸他名之著作，雖未能汰净，然正可見張燮致力于考證之苦心。《嵇中散集》、《陶靖節集》目録有糾謬，而正文付之闕如，惜哉！

宋大夫集

【微詠賦】按此南宋時王微所爲《詠賦》也。劉節《廣文選》不識有王微姓名，遂以王字加點爲玉，讀曰宋玉而署賦爲《微詠賦》，不知微詠二字原無所本，而賦多俳語，必非周秦以上人。其出王微語無疑耳。按《宋書》王微字景文，即與江湛辭吏部郎書者。弟僧謙遇疾，微躬自處治，僧謙既以不救，微深自咎，發疾不治，裁書告靈，後四旬而終。今閲篇中有「楹華開表，穸壇横蕪」、「閟陰槨兮空長居」及「致命遂志，竇中阿兮」等語，想亦病困自遣之辭。博古者當自得之。近世楊用修已駁宋玉之訛，第世儒守舊，尚疑賦屬王微未必有據，故爲詳論若此。

董膠西集

【越有三仁對】對問始自宋玉，是借問答以發本懷，董生《郊祀》等對，亦牽綴義旨，組而成篇。乃董集舊本并載《三仁對》，則明是口語，不宜入集矣，今駁歸本傳。

東方大中集

近刻《東方集》，歷載諫止董偃、入宣室劾董偃罪狀、臨終諫天子及侏儒對、化民有道對、劇武帝對、劇群臣對、伯夷叔齊對、善哉瞿所對、上天子壽、上壽謝過割肉自責，皆出當時口語，原非筆録，今具删，歸本傳及遺事。

王諫議集

【吊萇弘賦】近來蜀中刻續藝文志，誤載此賦爲王褒作，按此劉子厚筆也。柳集稱《吊萇弘文》，判與子淵無涉。

揚侍郎集

《太玄經》之末有玄衝、玄錯、玄攡、玄瑩、玄數、玄文、玄倪、玄圖、玄告等篇，蓋擬《易》之繫詞也。俗儒不識《太玄》，偶見《廣文選》曾列《玄攡》一篇，遂謂子雲秘作，混載集中，殊覺非類。若經可入集，又豈獨收一《玄攡》也，今删去。

蔡中郎集

【劉鎮南碑】中郎舊集載劉征南碑，按中郎被誅在初平三年，劉景升以建安十三年方没，去邕没已十三年矣。此碑疑是王仲宣所作，後人錯記姓名，姑載于後，以俟君子。

嵇中散集（目録有糾謬，正文闕）

潘黄門集

【思遊賦】此篇係摯虞作，載在《晉書》，而劉梅圖《廣文選》誤稱潘岳，今删出。

陸平原集

【晉劉處士參妻王氏夫人誄】此誄載《藝文》，云晉處士劉參妻王氏夫誄，蓋王氏誄，其夫劉處士作也。因列在陸機之後，人遂誤爲機作，改其題曰晉劉處士參妻王氏夫人誄。今爲駁出，聊發一笑。

陶靖節集（目録有糾謬，正文闕）

梁昭明太子集

世人見梁太子，輒指爲昭明，不知昭明没後，簡文亦爲皇太子也。以故二太子多混雜，未易可辨。如《林下作妓》詩，昭明筆也，《玉臺》乃誤標爲簡文；《和林下妓應令》，即簡文應昭明令也，《初學》乃誤標爲昭明，夫昭明將應誰令乎？今兩正之。他如《和名士悦傾城》、《同庚肩吾四詠》，俱簡文筆，而《藝文》誤書爲昭明。又如《江南弄》及《新燕》俱簡文筆而《英華》誤書爲昭明；如《曉春》詩，諸本并稱簡文，乃近代綜《昭明集》亦冒載，可恨。今悉正之。

王威明卒，太子出臨，與湘東王令，乃《尺牘清裁》及《世説新語補》遂誤指太子爲昭明。昭明以中大通三年薨，至六年始改元大同，而王規以大同二年卒，則太子者，正簡文也。是時昭明薨凡六年矣。今正之。

陶華陽墓誌，《藝文》明載爲簡文作，近乃誤列于昭明集，即焦太史所刻陶隱居附録亦不及駁正，殆相沿之過也。按，弘景亦大同二年始卒，其非昭明手無疑。且中稱：昔在枌壤，今造元良。則簡文始在南徐州，後爲太子也。今正之。（近刻小本《昭明集》，并簡文所爲《何徵墓誌》亦復混收，今俱駁歸《簡文集》。）《文苑英華》有《七召》一篇，是梁人語，然不載作者姓名，而列在昭明《七契》之後，《文儷》遂并《七召》冒爲昭明作，今駁出。

梁簡文帝集

【原宥北人詔】按侯景矯詔，赦北人爲奴婢者，冀收其力用，而是詔乃載簡文帝本紀，恐誤觀者，故爲標出。

陶隱居集

焦弱侯所定陶隱居集，較世本稍爲完備，然附録悉依《茅山志》抄謄，不及詳核。如沈約「生平愛嗜，不在人中」，此沈與劉杳書也，而誤云《上陶隱居謝朮煎啟》；「味重金漿」一首，亦庾肩吾筆也，而誤署沈約。今悉正之。墓碑銘是簡文爲太子時作，誤稱昭明，已詳駁昭明集中。

吴朝請集

【巖棲賦、竹賦】梁吴均名均，唐吴筠名筠，自《藝文》誤書梁人爲吴筠，世間讀史者少，遂混雜不可辨。近來賦苑文儷，輒收唐人賦爲梁人賦，兹爲摘出，明載備考，澠池可以永分耳。

徐僕射集

按史江陵陷，齊送貞陽侯淵明爲梁嗣，遣陵隨還。初王僧辯拒境不納，淵明往復致書，皆陵詞也。所謂往復者，蓋指淵明前後諸書言之耳。《文苑英華》誤載僧辯等復書，皆稱陵筆，此謬甚矣。陵身在北軍，安能分身飛渡，爲僧辯作奏哉？僧辯復書，蓋沈炯之作，今入沈集。

庾開府集

【彭成公夫人爾朱氏墓志銘、伯母東平郡夫人李氏墓志銘】二作載《文苑英華》，列在庾信諸編之後，而不署姓名，世遂誤沿爲庾集。余初竊疑之，及閲彭城夫人祖父俱仕隋，伯母東平夫人稱祖仕後周，父仕皇朝，則又屬周以後人矣，然尚未知出阿誰手也。細閲《伯母志》後云：『炯忝爲太子司直，不獲就展。』乃悟爲初唐楊炯之作，千載蒙昧，一朝大明，不覺啞然而笑。

附録三　張溥《漢魏六朝百三家集題辭》

張溥《漢魏六朝百三家集題辭》踵繼前修，既有承襲，亦有新創，既游刃有餘，又力不從心。平心而論，張溥題辭與張燮相重之五十八篇，自有後出轉精者，却大多未能青勝于藍，然正可與張燮題辭相互發明。今以明婁東張氏刻本《漢魏六朝百三家集》各集卷首所録爲底本，參校清刻諸本，酌參殷孟倫《漢魏六朝百三家集題辭注》，并采用新式標點斷句，附録于此。其已作爲附録列于張燮題辭篇後者，則不再附列全文，僅載其目，以示各篇次序。

漢魏六朝百名家集叙

文集之名，始于阮孝緒《七録》，後代因之，遂列史志。馬貴與《經籍考》詳載集名，人物爵里、著作源流，備具左方，覽者開卷，大意已顯，然李唐以上，放軼多矣。周惟屈原、宋玉，漢惟枚乘、董仲舒、劉向、揚雄、蔡邕，魏惟曹植、陳琳、王粲、阮籍、嵇康，晉惟張華、陸機、陸雲、劉琨、陶潛，宋惟鮑照、謝惠連，齊惟謝朓、孔珪，梁惟沈約、吴均、江淹、何遜，周惟庾信，陳惟陰鏗。千餘年間，文士輩出，彬彬極盛，而卷帙所存，不滿三十餘家。藏書五厄，古今同慨。晉摯仲洽總鈔群集，分爲流别；梁昭明特標選目，舉世稱工。澄汰之餘，遺亡彌衆。至逸書編于豫章，古文鈔自會稽，巨源竇經龕之帙，容齋發故簏之藏，趙宋諸賢，戮力稽古，不能追續墜簡，鋪揚詞苑，亦惟委之時運，抱痛河海而已。余少嗜秦漢文字，苦不能解，既略上口，遍求義類，斷自唐前，目成掌録，編次爲集，可得百四五十種。近見閩刻《七十二家》，更服其搜揚苦心，有功作者。兩京風雅，光并日月，一字獲留，壽且億萬；魏雖改元，承流未遠；晉尚清微，宋矜新巧，南齊雅麗擅長，蕭梁英華邁俗。總言其概：椎輪大路，不廢雕幾；月露風雲，無傷氣骨。江左名流，得與漢朝大手同立天地者，未有不先質後文，吐華含實者也。人但厭陳季之浮薄而毁顔謝，惡周隋之駢衍而罪徐庾，此數家者，斯文具在，豈肯爲後人受過哉！余自賈長沙以下，迄隋薛河東，隨手次第，先授剞劂，凡百三家，卷帙重大，餘謀踵行。古人詩文，不容加點，隨俗爲之，聊便流涉，無當有亡。評騭之言，懼累前人，何敢復贅？每集叙首本末，微見送疑取難，冀代筳叩爾。别集之外，諸家著書，非文體者，概不編入。其他斷篇逸句，雖少亦貴，期于畢收，但家無乘書，妄譚遠古，幐囊漏挂，寧免訕笑？倘世有蓄文德之别部，大思光之玉海者，則願負擔以從矣。婁東張溥題。

賈長沙集題詞

司馬文園集題辭

董膠西集題詞

東方大中集題辭

褚先生集題詞

張晏云：「褚先生，潁川人，仕元成間。」韋稜云：「《褚顗家傳》：褚少孫，梁相褚大弟之孫，宣帝時，爲博士，寓居于沛，事大儒王式，故號爲先生，續《太史公書》。」而先生自述亦云：「幸得以經術爲郎。」其記外戚，問之鍾離生；記梁孝王，問之宫殿中老郎吏；編列三王對策，取之長老好故事者：慎哉所聞！與子長稱董生、壺大夫何以異？《史記》中《孝武本紀》、《禮》、《樂》二書，皆傳爲褚生所補。論者謂武帝好功利，多製作，史臣備集行事，其可觀感，必有大于秦皇諸紀者，乃僅以《封禪書》充之，闕如自在。《禮書》本荀卿，《樂書》本《樂記》，載太史公語無多，本朝有司，何遽失傳，盡由褚生才薄，折足匪任。然讀其所記景帝王后，武帝尹、邢兩夫人與梁王、田仁、任安諸逸事，及《滑稽》六章，《日者》、《龜策》二傳，錯綜爾雅，狀形貌，綴古語，竟有似太史公者。設令兩人生同時，官同舍，子長主書，褚生爲副，紬閱金匱，成就必廣。又令各譔一史，如淮南八公之徒，聞見角立，相視而笑，未必不爲莊周之許惠施也。予爲采列獨出，使世知龍門而下，扶風而上，尚有褚生，以當史家小山云。婁東張溥題。

王諫議集題詞

劉中壘集題詞

漢膠侯劉路叔，長者也，頗修黄老術。治淮南獄時，得其枕中鴻寶苑秘書，子子政因而誦讀，獻之人主。鑄金不成，繫獄當死。路叔上書頌罪，亦遭吏劾。好奇賈禍，誦白圭者，且爲父咎云。元帝初立，忠直輔政，寺人譖愬，復困犴獄，至今讀其封事，忠愛憯怛，義兼《詩》、《書》。成帝尚文，心嚮子政，阨于王氏，不能大用，連章讜言，謹告無罪而已。夫屈原放廢，始作《離騷》；子政疾讒，八篇乃顯。同姓忠精，感慨相類。左徒當日，諫書不傳，彼蓋争之口舌，其著者，張儀一事耳。子政苦口，終身不倦，年七十餘，惓惓漢宗，感災異而論《洪範》，戒趙衛而傳《列女》，鑒往古而著《新序》、《説苑》，其書皆非無爲而作者也。雖《九嘆》深雅，微謝《騷經》，其他文詞宏博，足相當矣。太史公《屈原傳》云：「原死後，楚日以削，竟爲秦滅。」孟堅亦云：「子政卒後十三歲，王氏代漢。」此兩人係社稷輕重爲何如哉！婁東張溥題。

揚侍郎集題辭

劉子駿集題詞

王莽篡漢，甄豐、劉歆、王舜爲其腹心，豐、舜不足道，歆宗室宿儒，胡爲僕僕符命同賣餅兒也？甄尋之變，劉棻兄弟三人皆死，歆始怨懼，後與王涉、董忠謀誅莽，徬徨太白，漏言婦人，遂自殺也。班史謂歆初心輔莽圖富貴，謀至加號安漢宰衡而止，事不出于居攝，即真以後，内畏不安，懷變有日，此固寬爲之辭。然論歆罪，幽州羽山流殛猶小矣。子政三子，皆好學：長子伋以《易》教授，官至郡守；中子賜，九卿丞，早卒；而少子歆，最知名。令歆繼父業，校秘書，領五經，死于哀帝之世，官以都尉終，其名豈不出兩兄上？而冒榮國師，投迹亂逆，悲乎其壽也！《左傳》未立，移書責讓。子雲爲友，求索《方言》。至《洪範傳》著天人，《七略》綜百家，《三統曆譜》考步日月五星，此非古鉅儒耶？讀其書益傷其人，則有掩卷爾。婁東張溥題。

馮曲陽集題詞

班蘭臺集題詞

崔亭伯集題辭

漢肅宗好崔亭伯文章，稱于竇憲，有真龍之目，憲遂揖爲上客。自古文人遭時遇主，未或無因而前，趙良嬖人，長卿狗監，作合之始，不辭汙泥。亭伯以四頌結知天子，躬親薦達，貴臣曳履迎門，其榮重亦百世一時也。竇氏驕恣，屢獻規戒，忤意見疏，樂浪小邑，竟長甘肥遯。披其文詞，十過杜欽之説王鳳矣。亭伯少與班、傅齊名，未遑仕進，時或譏其玄静，乃作《達旨》以匹《解嘲》，立言之致，初若符節。及其終也，子雲抱恨于投閣，亭伯成名于遼陰，文之爲文，非言之難，行之難也。崔氏顯人，西漢代有，崔發讒事王莽，官至司空，崔篆羞之，閉門（滎）［榮］陽，重自傷悼而賦《慰志》，言及建新，其耻同于《氓》詩之垝垣復關也。亭伯處士年少，箴刺貴戚，翻然高蹈，無忝先子，此之謂乎！何必銘昆吾之鼎，勒景襄之鐘，然後名得意哉！婁東張溥題。

張河間集題辭

李伯仁集題詞

《後漢書·文苑》二十人，李伯仁與其選，亦蘭臺文章之傑也。傳云：著詩、賦、銘、誄、頌、《七歎》、《哀典》，凡二十八篇。今誄、頌、《哀典》俱不見，《七歎》無傳，惟有《七欵》，其歎字之訛耶？其文寂寥，非枚叔比也。詩有《九曲歌》，間屬闕文，賦五首，微質雅，擬之《上林》、《長楊》，則泰山丘垤也。當時薦者稱其文有相如、揚雄風，何哉？銘八十餘，多體要之作，及所匠意，于子雲《百官箴》得其深矣。摯仲洽譏以穢病，屈諸王莽鼎銘之下，抑文家以少言爲貴，而多者難于見工也。婁東張溥題。

馬季長集題詞

漢世通儒，并推季長，盧涿郡、鄭北海咸出其門。家世貴戚，居養豐澤，即坐高堂，施絳帳，著書授生徒以老，亦足以傳，何汲汲榮仕也？《廣成》一頌，雕鏤萬物，名雖諷諫鄧氏，意在炫才感衆，寧知適逢彼怒乎？《東巡頌》質古簡言，似季長韜光之作，安帝見而奇之，召拜郎中，文之遇不遇，豈人意所及哉？西羌反叛，馬賢胡疇留兵不進，季長懷河上之憂，上書求効，又陳星孛參畢，戎狄將起，觀其撫時奮發，誠耻儒冠同腐草木；乃心懲鄧氏，恐怖梁冀，既頌將軍西第，又誣奏李太尉于死，代人匠斲，點染名賢，斯文墜地，百身莫贖矣。季長注《孝經》云忠猶有闕，述仲尼之説而作《忠經》，其文常人耳，及讀本傳，并未云季長作《忠經》，然則《忠經》果馬氏之書歟？予不敢信也。范史譏融慮深垂堂，不及胥靡，予亦哀其儒者風流，自隕漢陽之節，重負南山摯季直矣。婁東張溥題。

東漢荀侍中集題詞

西豪荀氏，楚蘭陵令後裔也，季和八龍，名稱極盛，諸孫若仲豫、文若，并爲時所知。然文若娶婦中官，依身逆賊，壽春飲藥，進退觸藩，雖何顒目以王佐，曹操詡爲子房，徒虚聲耳。豈及仲豫周旋故君，志存獻替哉？文若佐操舉事，擒吕布，破袁紹，奉迎車駕，徙都許昌，咸出其謀。以彼英材，説《詩》、《書》，論《禮》、《樂》，言堂滿堂，寧遜北海？而掌握從横，疲精軍旅，鴻毛一死，銅雀先驅，萬世而下，竟無一卷足傳者。仲豫性沉静，好著述，隱居託疾，不入閹官羅網。及事獻帝，談論禁省，憤曹氏之執政，哀天子之恭己，既作《申鑒》，復撰《漢紀》。余觀立典五志，知其永懷西京，悁悁不寐也。諸論上仿《過秦》，下擬《驃騎》，較班、馬抱諱其辭直矣。高陽才子，德業濟世，能立言者，慈明、仲豫耳。余于此益悲敬侯之無年也。婁東張溥題。

蔡中郎集題詞

王叔師集題詞

屈原在楚平王時，以忠被疏，作《離騷經》，頃襄王時，放之江南，作《九歌》、《天問》、《九章》、《遠遊》、《卜居》、《漁父》、《大招》，自沉汨羅。其後楚宋玉作《九辯》、《招魂》，漢賈誼作《惜誓》，淮南小山作《招隱士》，東方朔作《七諫》，嚴忌作《哀時命》，王褒作《九懷》，劉向作《九歎》，皆擬其文。漢武時，淮南王安始作《離騷傳》，向典校經書，分爲十六卷，東京班固、賈逵各作《離騷章句》，餘十五卷，闕而不説。至王逸復作十六篇章句，又續爲《九思》，取班固二序附之，爲十七篇，今世所行《離騷》，皆王本也。東漢文苑，王叔師父子皆有文名，考《靈光殿賦》與《夢賦》二篇，世共傳頌，叔師文少有習者，讀《離騷》乃見之矣。文字存亡，常有時命，或存己集，或附他書，俱可不敝天壤。叔師《騷注》，即不能割本書獨行，然自以爲與原同産南陽，土風哀思，有足親者。章句諸篇與遺文并録，不類巨山《詩序》、康成《詩譜》哉？婁東張溥題。

孔少府集題辭

諸葛丞相集題詞

魏武帝集題詞

孟德瑞應黄星，志窺漢鼎，世遂謂梁沛真人，天下莫敵，究其初，一名孝廉也。曹嵩爲長秋養子，生出莫審，官登太尉。經董卓之亂，避難瑯琊，陶徐州戮之，直撲殺常侍兒耳。孟德奮跳當塗，大振易漢，而魏雖附會曹參，難洗宗恥。間讀本集，《苦寒》、《猛虎》、《短歌》、《對酒》，樂府稱絶，又助以子桓、子建，帝王之家，文章瑰瑋，前有曹魏，後有蕭梁，然曹氏居最矣。孟德御軍三十餘年，手不捨書，兼草書亞崔、張，音樂比桓、蔡，圍棋埒王、郭，復好養性，解方藥，周公所謂多才多藝，孟德誠有之。使彼不稱王謀篡，獲與周旋，晝講武策，夜論經傳，或登高賦詩，被之弦管；又觀其射飛鳥，擒猛獸，殆可終身忘老。乃甘心作賊者，謂時不我容耳。漢末名人，文有孔融，武有吕布，孟德實兼其長。此兩人不死，殺孟德有餘。《述志》一令，似乎欺人，未嘗不抽序心腹，「慨當以慷」也。婁東張溥題。

魏文帝集題詞

曹子桓生長戎旅之間，善騎馬左右射，又工擊劍彈棋，伎能戲弄，不減若父。其詩歌文辭仿佛上下，即不堪弟蓄陳思，爲孟德大兒，固有餘也。魏王帝業無足稱，惟令宦人爲官不得過諸署令，詔群臣家不得奏事太后，后族家不得當輔政任，石室金策，可寶萬世。彼親見漢室炎隆，女主中人手撲滅之，麥秀黍離，恫傷心目。霸朝初創，力更舊轍，至待山陽公以不死，禮遇漢老臣楊彪不奪其志，盛德之事，非孟德可及。當日符命獻諛，璽綬被躬，群衆推奉，時與勢迫。倘建安君臣有能爲武庚比干者，或觀望却步，竟保常節，未可知也。《典論·自序》，善述生平，《論文》一篇，直自言所得。《與王朗書》，務立不朽于著述間，不肯以七尺一棺畢其生死。雅慕漢文，没而得謚，良云厚幸。占其志趣，亦古諸侯之博聞者也。甄后塘上，陳王豆歌，損德非一，崇華首陽，有餘恨焉。婁東張溥題。

陳思王集題詞

陳孔璋集題辭

王仲宣集題辭

阮元瑜集題詞

阮掾爲曹操遺書孫權，文詞英拔，見重魏朝。文帝云：「書記翩翩，致足樂也。」元瑜没，王傑誄之，曰：「簡書如雨，强力敏成。」若是乎行人有詞，國家光輝，以之折衝禦侮，其鄭子産乎？予觀彼書，潤澤發揚，善辨若轂。獨叙赤壁之敗，流汗發慚，口重語塞，固知無情之言，即懸幡擊鼓，無能助其威靈也。《文質論》雅有勁思，若得優游述作，勒成一家，亦足與偉長《中論》翩翻上下。迺諸子長逝，元瑜最先，遺文鬼名，撫手痛悒。至今傳其焚山應詔，鼓琴奏曲，事亦在有無之間，安得起彼中原，更談文墨乎？悲風涼日，明月三星，讀其諸詩，每使人愁。然則元瑜俯首曹氏，嗣宗盤桓司馬，父子酒歌，各有不得已也。婁東張溥題。

劉公幹集題詞

魯國孔文舉、廣陵陳孔璋、山陽王仲宣、北海徐偉長、陳留阮元瑜、汝南應德璉、東平劉公幹，魏文帝所稱文人七子也。文帝云劉楨章表書記，壯而不密，又稱其五言詩妙絶當時。今公幹書記傳者甚少，知其物化以後，遺失多矣。集詩大悉五言，《詩品》亦云：「其源出古詩，思王而下，楨稱獨步。」豈緣本魏文爲之申譽乎？近日詩選，痛貶建安，亦度己迹削他人足耳。未若南皮觴酌，公讌贈答，當時得失，相知者深也。劉公幹《贈五官中郎將詩》有云：「昔我從元后，整駕至南鄉。過彼豐沛郡，與君共翱翔。」王仲宣《從軍詩》亦云：「籌策運帷幄，一由我聖君。」嚴滄浪黜之，謂「元后」、「聖君」并指曹操，心敢無漢，大義批引，二子固當叩頭伏罪。然詩頌鋪張，詞每過實，文人之言，豈必盡由中情哉？公幹平視甄夫人，操收治罪，文帝獨不見怒。死後致思，悲傷絶弦，中心好之，弗聞其過也。其知公幹，誠猶鍾期、伯牙云。婁東張溥題。

應德璉休璉集題詞

《德璉集》鮮書記，世所傳者，止《報龐公》一牘耳。休璉書最多，俱秀絶時表。列諸辭令之科，陳孟公、王景興其人也。德璉善賦，篇目頗多，取方弟書，文藻不敵。詩雖比肩，亦覺《百一》爲長，休璉火攻，良可畏也。魏祖二十二年，徐、陳、應、劉，一時俱逝，曹子桓輒申痛惜。德璉周旋時主，年位較遠，規諷曹爽，殷勤指諭，憂患存焉。汝南應氏，世濟文雅，德璉幸遇子桓，時可著書，忽化蒿萊，美志不遂。休璉歷事二主，喉舌可舒，而世無賞音，義存優孟，嗟乎命也！機、雲著聲入洛，載、協齊名王府，原其風流，二應爲始。低回建章，仰送朝雁，予尤善其足傳爾。婁東張溥題。

阮步兵集題辭

嵇中散集題辭

魏鍾司徒集題詞

鍾士季弱冠與王輔嗣并知名，其論《易》無互體、才性同異，厥旨不殊。然山陽《易注》，光列學宮，而潁川玄辨，寂爾不顯。豈才地經營，方期功業，無暇立言？或者身族糜覆，策書烟銷，微言妙義，莫得而聞也？志云《道論》二十篇，係士季文筆，今不獲見，其他亡軼，可以類推。《命婦傳》善言母德，宗述教訓，在齊女傅母、魯季敬姜之間，乃鳴鶴白茅，樞機慎密，母誨至勤，胡爲破蜀以後，頓忘執手之戒，自取滅門？夫司馬專國，睥睨魏鼎，奄有西土，勢必自帝。魏亡于司馬，與亡于士季，等亡耳。使反謀果成，步騎并發，縛文王父子，告廟釁鼓，奠安大魏，功豈在閎散以下？即不然，同爲篡臣，割地而守，未知誰雌雄也。時違其才，傾跌須臾，亂兵登城，英雄駢死，天相司馬，非盡士季之失。抑覽其遺篇，彬彬儒雅，則猶魏文七子餘澤矣。婁東張溥題。

晉杜征南集題詞

《左傳》之有杜元凱，六經之孔孟也。當時論者猶以質直見輕，豈真貴古而賤今乎！子雲《太玄》，不遇桓譚，幾覆醬瓿；元凱《釋左》，非摯虞亦莫知其孤行天地也。杜集絶無詩賦，意者其雕蟲邪？彼惟彌綸經傳，自託獲麟，下者則薄之，誠不欲以此有名也。元凱嘗言三不朽，庶幾立功、立言，其事皆踐。漢興，佐命如酇侯刀筆，高密書生，不免望塵而拜。章奏爾雅，悉西京風制，經術既深，凡文皆餘耳。不期工而工，此學者糞本之説也。武庫平吴，功堪廟食，《釋左》一書，復懸日月之間，爲世傳習，其于聖經，爲後先疏附也，(成)〔誠〕勞過揚《玄》矣。儲君降服，議禮興譏，是將通世變以就古人。檀弓變禮，不辭作俑，未可與《素冠》之詩同相笑也。婁東張溥題。

晉荀公曾集題詞

荀成侯，學古而佞者也。史責其援朱均而貳極，煽褒閻而偶震，至于斗粟興謡，踰里成詠，階禍已甚，誠無辭焉。勗博聞明識，牛鐸諧樂，勞薪炊飯，咸能辨之，茂先倫匹也。顧其文采，則謝弗如。泰始中，與傅、張同造歌詩，荀尤少味，始嘆班固《明堂》、《寶鼎》，不可復作。獨其條問列和，表正笛聲，樂家之論，盡稱爲優。其他簡牘，亦云清令。蓋晉初之文，龔玄尚存，雕幾未極，名人吐詞，簡直近理。江左文士盛談茂先散珠，太沖横錦，若二荀者流，忽而不言，不幾乘大輅笑椎輪乎？無惑乎六朝體製，追時爲工，登高望之，旗靡轍亂也。東漢荀氏，後多顯人，景倩既讓文若，公曾尤媿慈明，何其子孫位通而德儉也。以是名克家，然乎？婁東張溥題。

傅鶉觚集題詞

張茂先集題詞

張壯武博物君子，晉室老臣，彌縫暗主虐后之間，足稱補衮。竟以猶豫族誅，横尸前殿，悲哉！壯武初未知名，作《鷦鷯賦》以寄意，感其不才善全，有莊周木雁之思。既賦《相風》、《朽社》，亦躊躇于在高戒險，盛衰交心。及陟台司，不祥數見，中台星圻，少子韙勸其遜位，猶戀弗忍決。漢王京兆不念牛衣，遂沉牢獄，然死以直諫，誠重泰山，壯武豈忘牧羊時乎？名位已極，篤于守經，徒爲賈氏而死，適資人口耳。晁氏書目云：「《張司空集》有詩一百二十，哀詞、册文二十一，賦三。」今余所輯綴，賦數過之，文不及全，詩歌八十餘，中間《拂舞》、《白紵舞》、《杯盤舞》諸篇，晉代無名氏之作，藏書家本亦有繫之張司空者。然觀其壯健頓挫，類非司空温麗之素。餘詩平雅，近代詩家，深貶其博學爲累，豈所謂聽古樂而卧乎？壯武文章，賦最蒼深，文次之，詩又次之。大抵去漢不遠，猶存張、蔡之遺。《詩藪》論詩：「晉以下，若茂先《勵志》、廣微《補亡》、季倫『吟歎』等曲，尚有前代典型。」余于司空諸文亦云。婁東張溥題。

孫子荆集題辭

摯太常集題詞

摯仲洽爲玄晏高弟，知名當世，遭亂餒死，傷哉貧也！張茂先聚書三十乘，仲洽撰定官書，皆資以取正。茂先冤死，仲洽致牋齊王，事漸表白，可云不負知己。集詩甚少，賦亦遠遜茂先，議禮諸文，最稱宏辨，與杜元凱、束廣微并生一時，勢猶鼎足，二荀弗如也。東堂策對，其生平致身之文，中少壯氣，沿爲卑響，靡靡之句，効者益貧，當日作者得無自恨其率爾乎？茂先博極群書，先辨鳧毛龍肉，而不知察變桑柏；仲洽善觀玄象，知涼州可以避難，而流離京洛，竟同餓隸。予輒怪儒者有博物之長，無謀身之斷，此趙壹所以悲窮鳥也。《流別》曠論，窮神盡理，劉勰《雕龍》、鍾嶸《詩品》，緣此起議，評論日多矣。婁東張溥題。

束陽平集題辭

晉世笑束先生《勸農》及《餅》諸賦，文辭鄙俗，今雜置賦苑，反覺其質致近古，繇彼雕繢少也。廣微沉退，作《玄居釋》以擬《客難》，張茂先見而奇之，顧其文，曼倩醨也，此粕也。獨痛言周漢衰時，禍福無轍，朝卿相，夕鼎烹，功名之士可爲嚙指出血。當塗典午，牝鳴狼噬，衣冠達人，誅無遺種。中散《幽憤》之詩、逸民《崇有》之論，俱無救于溘死。始知太虛玄鑪，嚴叟鄭老，投足天地，不如一卷，豈虛談乎！集中數議，爾雅之文，不愧典册。《補亡詩》志高而辭淺，欲以續經，罷不勝任也。《三百》風微，古詩終絶，韋孟《諷諫》，傅毅《迪志》，俱非昔響，降而西晉，誰爲朱弦哉？汲墓竹簡，嵩高科斗，自博學者觀之，直其户牖書也。曲水之對，見榮人主，何異東方名藻神、中壘辨貳負乎！婁東張溥題。

夏侯常侍集題辭

潘黄門集題詞

余讀安仁《馬汧督誄》，惻然思古義士，猶班孟堅之傳蘇子卿也。及《悼亡詩》、賦，《哀永逝文》，則又傷其閨房辛苦，有古落葉哀蟬之嘆。史云「善爲哀誄」，誠然哉！《籍田賦》、《客舍議》并以典則見稱，陸海潘江，無不善也。獨惜其愍懷詐書，呈身牝后，屈長卿之典册，行江充之告變，重汙泥以自辱耳。《閒居》一賦，板輿輕軒，浮杯高歌，天倫樂事，足起愛慕。孰知其仕宦情重，方思熱客，慈母拳拳，非所念也。楊駿被誅，綱紀當坐，安仁賴河陽舊客得脱軀命，而好進不休，舉家糜滅，害由小史，生之者公孫宏，殺之者孫秀，禍福何常，古人所以畏蜂蠆也。二陸屠門，戎毒相類，天下哀之，遂騰討檄。安仁東市，獨無憐者，士之賢愚，至死益見，余深爲彼美惜焉。

傅中丞集題詞

潘太常集題辭

陸平原集題詞

陸氏爲吴世臣，士衡才冠當世，國亡主辱，顛沛圖濟，成則張子房，敗則姜伯約，斯其人也。俯首入洛，竟縻晉爵，身事仇讐，而欲高語英雄，難矣。太康末年，釁亂日作，士衡豫誅賈謐，俛得通侯，俗人謂福，君子謂禍。趙王誅死，羈囚廷尉，秋風蓴鱸，可早決幾，復戀成都活命之恩，遭孟玖青蠅之譖，黑幰告夢，白帢受刑，畫獄自投，其誰戚哉？張茂先博物君子，昧于知止，身族分滅，前車不遠，同堪痛哭。然寃結亂朝，文懸萬載，吊魏武而老奸掩袂，賦豪士而驕王喪魄，《辨亡》懷宗國之憂，《五等》陳建侯之利，北海以後，一人而已。排沙簡金，興公造喻，子患才多，司空歎美，尚屬輕今賤目，非深知平原者也。婁東張溥題。

陸清河集題詞

士龍與兄書，稱論文章，頗貴「清省」，妙若《文賦》，尚嫌「綺語」未盡。又云：「作文尚多，譬家豬羊耳。」其數四推兄，或云「瑰鑠」，或云「高遠絶異」，或云「新聲絶曲」，要所得意，惟「清新相接」。士衡文成，輒使弟定之，不假他人。二陸用心，先質後文，重規沓矩，亦不得已而後見耳。哲昆詩匹，人稱如陳思、白馬。士龍所傳，四言偏多，《有皇》、《思文》諸篇，誦美祁陽，式模大雅，類以卑頌尊，非朋舊之體。餘篇一致，間有至極，使盡其才，即不得爲韋侯《諷諫》、仲宣《思親》，顧高出《補亡》六首，則有餘矣。宰治浚儀，善察疑獄，佐相吳王，屢陳讜論，神明之長，諫諍之臣，有兼能焉。士衡枉死，遂同殞墜，聞河橋之鼓聲，哀華亭之鶴唳，巢覆卵破，宜相及也。集中大文雖少，而江漢同名，劉彥和謂其「布采鮮净，敏于短篇」，殆質論歟！婁東張溥題。

成公子安集題詞

東郡成公子安賦心不若左太沖，史才不若袁彦伯，其在晉文苑，與庾仲初、曹輔佐，兄弟也。《嘯賦》見貴于時，梁昭明登之《文選》，激揚嘽緩，仿佛有聲，然列于馬融《長笛》、嵇康《琴賦》，亦彈而不成矣。賦少深致，而序各有思，讀諸賦不如讀其序也。樂歌施于廊廟，揆之雅頌，不知其中何篇也。晉世郊廟、燕射、鼓吹舞曲皆有詞，其篇章見名者，傅玄、張華、荀勖、成公綏、曹毗、王珣耳。辭每雷同，傅稍出群，子安得與茂先接塵，其人幸甚。欲如漢郊祀歌之《練時日》、鼓吹鐃歌之《朱鷺》，則真曠代矣。《隸釋》善于説字，若有宫商纂組，亦陸機《文賦》之流乎！婁東張溥題。

張孟陽張景陽集題詞

晉代文人，有二陸、三張之稱，三張者，孟陽載、景陽協、季陽亢也。季陽才藻不逮二昆，文不甚顯。孟陽《濛汜》，司隸延譽；景陽《七命》，舉世稱工。安平棣華，名豈虚得？然揆其旨趣，語亦猶人，不能不遠慚枚叔，近媿平原也。《劍閣》一銘，文章典則，礱石蜀山，古今榮遇。景陽文稍讓兄，而詩獨勁出，蓋二張齊驅，詩文之間，互有短長。若論才家庭，則伯難爲兄，仲難爲弟矣。二子守道，嫉衆貪位，高尚之懷，每形詩詠，時或疵其玄之尚白。及觀二鳳齊傾，金谷并殞，華亭上蔡，嗟乎歎晚，然後知達人蚤識長謡，二疏高歌招隱，所以能自脱于巫山之火也。婁東張溥題。

劉中山集題詞

晉《劉司空集》十卷，在宋時已多缺誤，今日欲覩全書，未可得也。越石兄弟與石崇、賈謐友善，金谷文詠，秘書唱和，詩賦豈盡無傳？顧迺奔走亂離，僅存書表。想起當日執槊倚盾，筆不得止，勁氣直辭，迴薄霄漢，推此志也，屈平沅湘、荆卿易水，其同聲耶？晉元渡江，無心北伐，越石再三上表，辭雖勁進，義切復讐，讀者苟有胸腹，能無慷慨？以彼雄才，結盟戎狄，揚旌幽并，身死而復生，國危而復安，間患差跌，不病驅馳。及同盟見疑，命窮幽縶，子諒文懦，坐觀其斃。爲之君者，孝非子胥，爲之友者，仁非魯連，慇勤贈詩，送哀而已。夫漢賊不滅，諸葛出師，二聖未還，武穆鞠旅，二臣忠貞，表懸天壤，上下其間，中有越石。追鞭祖生，投書盧子，英雄失援，西狩興悲。予嘗感中夜荒雞，月明清嘯，抑覽是集，仿佛其如有聞乎！婁東張溥題。

郭弘農集題辭

《神仙傳》言：「郭河東得兵解之道，今爲水僊伯。」其然與否，吾不敢知，亦足見烈士殉義，雖死可生，亂臣賊子不能殺也。景純才學，見重明帝，埒于温嶠、庾亮。余謂其抗節王敦，贊成大事，匡國之志，嶠可庶幾，亮安敢班哉！雙柏鵲巢，越城伍伯，絶命之期，先知之矣。猶然解髪銜刀，祈祥幽穢，非苟求活，欲觀須臾，得一當以報國家耳。陳述夆亡，呼之爲福，景純亦縱酒色，自滅精神，李陵惜死，若所耻也。負豫讓之志，蹈嵇生之禍，豈非天乎？阮嗣宗厭苦司馬，以狂自晦，彼亦無可如何，不得已而逃爲酒人；景純則非無術以處敦者也。令桓彝不窺裸袒，生命不盡日中，勤王之師，義當先驅，其取敦也，猶廬江主人家婢爾。南岡斷頭，遺文彌烈，今讀其集，直臣諫諍，神靈博物，無不有也。如斯人，而不謂之仙乎？不可得已。婁東張溥題。

王右軍集題詞

殷深源與桓温不協，王逸少移書苦諫，欲晝廉、藺于屏風，又曲止北伐，皆不見聽，果敗于姚襄。謝豫州邁枉不屑，才非將帥，違逸少之言，後亦狼狽。世謂其形神在名山滄海之間，于天下事，抑何觀火也。瑯琊南渡，江左粗安，王謝雖賢，未敢以區區吴越，經緯天下。褚裒、殷浩志奢才短，動而輒蹶。若復不守江東，遠慕諸葛，伍員之憂，爲期彌促。卒觀喪晉，釁發强臣，非繇外寇。逸少早識，善察百年。此數札者，誠東晉君臣之良藥，非同平原《辯亡》，令升論晉，追覽既往，奮其縱横也。蘭亭詠詩，韻勝金谷，誓墓不出，義取老氏。《與謝萬書》言山水弋釣，拊掌開懷。又教子孫退讓，仿佛萬石。絲竹陶寫，恐爲兒輩覺，即樂而能節矣。史云逸少與藍田牴牾，愧歎謝病，猶逐翰音而未覩登天者也。書法冠古今，飄雲矯龍，亦藝成之一。後人寳其筆勢，聚字成帖，間有斷缺，尚圖球奉之，誤正可思，蓋在是乎？婁東張溥題。

王大令集題詞

右軍七子，五人知名，子猷、子敬，尤稱不羈。子敬先亡，子猷直上靈床，悲歎人琴，亦頓絶徂化。友于情深，攜手地下，鶺鴒之詩，于此增重。子敬生平少過，其臨没自懺者，惟與郗道茂離婚耳。别妻一帖，俯仰嗚咽，既篤伉儷，何不爲宋大夫之却湖陽乎？身尚公主，女爲帝后，烏衣貴遊，寵榮過盛。獨惜年命不長，門無男子，五福在天，文人當之，固難有全理也。《桃葉歌詞》，江南盛傳，其答歌則緑珠《懊儂》、翾風《怨詩》之類也。子敬通昏帝胄，豪貴自喜，復纏綿妾侍，發其謳吟，中書風流，上掩季倫，但無顔對郗姊耳。法書簡帖，間有僞書，翰墨足傳，字貴尺璧。大文絶少，獨表明安石，言得其平，較之摯虞理茂先、盧諶訟越石，并晉室陽秋矣。婁東張溥題。

孫廷尉集題辭

陶彭澤集題詞

何衡陽集題詞

謝晦起兵拒宋文，東海何承天爲晝計謀，造表檄。晦敗自歸，微恩全宥。復賦性剛褊，侮慢同列。天子咨訪疑義，輒戒使者善候顔色，恐逢彼怒。斯人竟得老壽，亦幸耳。《禮論》三百卷，久亡不傳。今所存者，僅有《安邊論》，《宋書》稱爲博而且篤。晉世郭欽、江統疏論徙戎，顯名方策，此亦其支流也。曆數最精，大略微見于表奏，猶恨未全。雜義出刑入禮，原諸忠恕，爲漢廷平，或所優乎！《達性論》中權教，析報應，與顔光禄、宗居士反覆送難，皆儒者中正之言。王道蕩蕩，姬、釋無殊，何必别門建旗，劉、項搏戰也！《鼓吹鐃歌》十五篇造于晉義熙時，家居私撰，上升樂志，遂能前抗韋昭。《木瓜》賦心澹薄，則郭璞《蚍蜉》類耳。仰思周天，旁辨威斗，當日閎覽博物，卒未或先東海云。婁東張溥題。

傅光禄集題辭

晉宋禪受，成于傅季友，表策文誥，誦言滿堂，潘元茂册魏公，不如其多也。武帝不豫，升牀受詔，營陽廬陵忽焉翦没，奉迎文帝，入繼大統。徐、謝群公，慶同絳侯，季友憂色，里克是懼，善讀書者尚少知禍福耶？《演慎》（著）［諸］論，竊慕括囊；感物作賦，起于夜蛾；道路詠詩，撫躬三省。彼方欲爲長風之鳥，而不免見笑于雕陵之鵲人也，非天也？王師出征，宣明抗表，言及虚館三月，恪遵下武，臣雖不順，辭則可悲。季友博經史，長文筆，倉皇廣莫門上，竟不得慷慨一言，畢命殿陛。《九錫》諸篇，固傅氏之丹書帶礪也。無能救死，何哉！廟墓二教，并録《文選》，懷舊崇德，意近《甘棠》。入洛陽謁五陵，宋公百世一日也。表文無痛哭之談，識者先知其非心王室矣。婁東張溥題。

謝康樂集題詞

顔光禄集題詞

鮑參軍集題詞

袁忠憲集題詞

史載袁氏世多忠烈，若陽源死于元凶，名爲風霜松筠，不虚也。或責彼既志不從亂，曷不疾驅告變，出君險阸。然事發倉猝，身閉宫省，翹首君門，叫呼莫屬。儒者雍容，亦莫可如何耳。陽源《排諧集》，文皆調笑，其于藝苑，亦博簺之類也。《禦虜議》世譏其誕，然文采遒艷，才辯鮮及，即不得爲儀、秦縱横，方諸燕然勒銘，廣成作頌，意似欲無多讓。詩章雖寡，其摹古之篇，風氣竟逼建安。此人不死，顔謝未必能出其上也。彭城少文，情好不接，劉湛貴盛，未輕襒裾，文人寡合，其落拓之性固然。婁東張溥題。

謝法曹集題詞

謝光禄集題詞

蕭竟陵集題詞

蕭雲英著《内外文筆》數十卷，史謂其無文采，多勸誡。及讀任昉《行狀》，則云：「天才博贍，學綜該明，沛獻、東平、淮南、陳思，方斯蔑如。」予折衷群論，未得其平。比覽遺文，斥臺使，憂旱沴，獄囹，泉鑄，動見規啟，仁哉言乎，何其痌瘝乃心也！雲英敬信釋氏，撰《淨住子》，淨行法門三十一條，苦言勸諷，愍泣如雨。射雉二啟，奏告君父，不離福業。觀其惻隱懇誠，身行津渡，斷欲，以王公努力，建道場之幡，擊甘露之鼓，爲黔首先倡。而浮魚兆殃，外寢大震，天年不永，其誰爲乎！齊武二十三男，中多賢令，文惠、竟陵，居長表帥，皆病短折。晉安諸王，安能復存？父夢曇華，子罹刀酖，未知西昌毒因，在報應何等也。王融見殺，魏準破膽，實竟陵速殞之繇。而涅盤寂滅，以死爲樂，雲龍憂懼，得無猶有未化者乎！婁東張溥題。

王文憲集題詞

王仲寶年六歲，拜受茅土，未三十，即位令僕，身尚公主，爵享元侯，佩刀淮水，徵祥已極。然早痛死父，中厄天年，福造不完，非人力也。宋齊議禮，家各爲説，吉凶參會，咸稟仲寶，即史書所傳，可謂非《七志》之膏腴乎？齊臺佐命，褚、王并推。彦回風則，同朝欽賞；若援論古今，宣明朝典，必仲寶居前。彼雖風流自命，欲比安石，時論未許。抑觀自古宰相，議禮通達，漢韋玄成、匡衡以後，不多見也。褚公貴而善藝，徒以别鶴琴曲，銀柱琵琶，稱説名士，其能則樂官伎弄耳，寧望王僕射乎？且二子皆齊貴戚，逢迎興運，不臣迹同，而世尤惡褚者，豈非以羅襦負約，石頭偷生，直犬豕目之。于仲寶則猶憐其父死非命，或有伍胥乞食之志，而不難以國販也。婁東張溥題。

王寧朔集題詞

齊世祖禊宴芳林，使王元長爲《曲水詩序》，有名當世，北使欽矚，擬于相如《封禪》。梁昭明登之《文選》，玄黄金石，斐然盈篇，即詞涉比偶，而壯氣不没，其焜燿一時，亦有繇也。竟陵王宗子長賢，元長投許情分，法門贊頌，如塤如篪。彼此之交，謂以净照相得。而傖楚入幕，戎服災身，蘭室梅崖，豈宜若是？夫南齊王業，太孫壞之；孝武多男，西昌賊之。設元長志遂，竟陵當陽，蕭氏福祚可世世也。謀敗獄死，天即惡搥車之躁，其不祐齊則久矣。但見王郎年未三十，心熱公輔，并笑其斷仗一舉，儥取瓦裂，猶然成敗之見乎！元長獄中據答，自云：「上《甘露頌》、《銀甕啟》及《三日詩序》、《接虜使語辭》，竭思稱揚，得非誹謗？」夫穰侯相印，不可遽得，終子雲、賈長沙才則我自有也，又曷不少從容引分，資成不朽哉！婁東張溥題。

謝宣城集題詞

李青蓮論詩，目無往古，惟于謝玄暉三四稱服，泛舟登樓，篇詠數見，至欲攜之上華山，問青天。余讀青蓮五言詩，情文駿發，亦有似玄暉者，知其興歎難再，誠心儀之，非臨風空憶也。梁武帝絕重謝詩，云「三日不讀，即覺口臭」；簡文《與湘東書》，推爲「文章冠冕，述作楷模」；劉孝綽日置几案，沈休文每稱未有：其見貴當時，又復如是。今反覆誦之，益信古人知言。雖漸啟唐風，微遜康樂，要已高步諸謝矣。隋王賞愛，晤對不舍，長史間之，殊痛離割。集中文字，亦惟「文學辭箋」、「西府贈詩」兩篇獨絕，蓋中情深者，爲言益工也。會稽孔覬粗有才筆，未立聲名，元暉愛其讓表，不難折簡手寫，齒牙獎成。寧忍重背婦翁，生懟寡妻？然王公甫誅，二江搆害，出反之譏，頗掛時論。嗚呼！康樂、宣城，其死等爾！康樂死于玩世，憐之者猶比于孔北海、嵇中散。宣城死于畏禍，天下疑其反覆，即與吕布、許攸同類而共笑也。一死輕重，尤貴所得哉！婁東張溥題。

張長史集題詞

吴郡張氏之盛，前有敷、演、鏡、暢，後有充、融、卷、稷。融字思光，孔德璋所謂外兄張長史也。張氏世理音辭，修儀範，思光獨佹越驚人，似一狂士。然孝親敬嫂，感德重義，人倫之際，何亹亹也。自序文章云：「不阡不陌，非途非路。」後有狀者，不如其善自狀也。《海賦》文辭詭激，欲前無木華，雖體致未諧，藩籬已判。傳詩絶少，落落如之，白雲清風，孤臺明月，想見其人。通源定本，直謂百聖同投，本末無異，周子長辨，倒兵乃已。彼生平談論，總無師法，白日發歌，鴻飛起悟，孤神獨逸。窺其意好，似慕北海，與之同名，然謂天下有兩融，又掉頭不受也。獠賊厲刃，高詠洛生，浮海大風，乾魚寄傲，天子賜衣，尚書趨敗，曾何足慕？具此天性，固思光文字所由出乎？婁東張溥題。

孔詹事集題詞

孔靈産立館禹井山，事道精篤，而齊高輔政，竟以術數登榮位，來羽扇素几之贈。子珪宅營山水，草萊不翦，而彈文表奏，盛行朝廷。父子出處間，何相似也！汝南周顒結舍鍾嶺，後出爲山陰令，秩滿入京，復經此山，珪代山移文絶之，昭明取入《選》中。比考孔、周二傳，俱不載此事，豈調笑之言，無關紀録，如嵇康于山濤，徒有其書，交未嘗絶也。末世綱密，刑罰無章，再三申論，求定一律。魏虜連侵，國疲征討，表請通和。孔公之言，無非近仁者，大致捄民息物而已。周妻何肉，精進未逮，豈僅譏草堂之衣裳，傲僕射之鼓吹，自命清踈哉！張融令終，凌雲一笑，孔珪卧疾，不免舉床，瞑含之際，遇或嗛嗛，其爲無累則同也。婁東張溥題。

梁武帝集題詞

梁武帝《淨業賦序》，即曹孟德之《述志令》也。孟德奸雄善文，自許西伯；梁帝亦謬比湯武，大言不怍。夫長沙酷害，樊鄧興兵，勢成騎虎，延頸爲難。獨無道既誅，鼎新有主，忽焉狐盜，覆齊宗祀。猶總師稱朕，妄擬南巢白旗，則石勒胡人，且笑曹、馬矣。帝負龍虎之相，兼文武之才，史贊其恭儉莊敬，藝能博學，人君罕有。惜羯寇滔天，臺城煨燼，《制旨》二百餘卷、《五禮》一千餘卷、《通史》六百卷，後世無繇誦讀。今得其詔令書敕諸篇，置帝王集中，則魏晉風烈，間有存者。雕蟲小伎，壯夫不爲，尚幸見之朝廷，未容以《河中之水》、《東飛伯勞》數詩，定帝高下也。捨道歸佛，躬爲教宗，顧白衣所急，首唱斷肉耳。據帝自序，絶魚肉，斷房室，欲天下知其不貪，其責賀散騎又云「腰瘦二尺，救物故也」。神器至重，逆取順守，僅欲以黄羸菜味，自救不臣，爲計短矣。至今愚夫愚婦身盜賊而口素食，即云消孽滅過，率祖帝術也。婁東張溥題。

梁昭明集題詞

梁簡文帝集題詞

史言簡文帝文集一百卷、雜著六百餘卷，自古皇家撰論，未有若是其多者。蓋朱邸日久，會逢清晏，兼以昭明爲兄，湘東爲弟，文辭競美，增榮棠棣。儲極既正，宮體盛行，但務綺博，不避輕華，人挾曹丕之資，而風非黄初之舊，亦時世使然乎！賊景犯闕，强登帝座，吞土不祥，終于協夢。至今讀其《題壁序》自云「蘭陵正士，弗欺暗屋」，輒爲泣數行下。武帝開門揖盜，自戕血胤，簡文立顛沛之中，罹懷、愍之酷，跋胡疐尾，孽非己作。後代諱其閔凶，并其文字指爲無福，不得擬《秋風》，步《短歌》，亦足悲也。帝《答湘東書》頗厭時人效謝康樂、裴鴻臚，余謂帝詩文適在謝後裴前耳。昭明稱帝佳作，止云「首尾裁淨」，一字之評，從來論六朝者所未逮。《誡當陽書》「立身須謹重，文章須放蕩」，是則其生平所處也。婁東張溥題。

梁元帝集題詞

間讀梁元帝《與武陵王書》，言：「兄肥弟瘦，讓棗推梨，上林聞鳥，宣室披圖。」友于之情，三復流涕。漢明東海，詞無以加，乃縱兵六門，參夷流血，同室之鬭，甚于寇讎。外爲可憐之言，内無急難之痛，狡人好語，固難以嘗測也。荆南定蹕，强虜叩城，地非王氣，自速其災。然召師覆國，禍發岳陽，帝好殺家人，卒殺之者家人也。驪山之火，君子緩誅申戎而先咎幽王，有以哉！帝不好聲色，頗有高名，獨爲詩賦，婉麗多情，「妾怨迴文，君思出塞」，非好色者不能言。而徐娘角枕，垂刺《金樓》，内教之闕，不能謂當壁無過也。釋典諸文，雕鏤匠意，威鳳紺馬，增其爛熳。顧涅槃德宗，讓悟父兄，道心三降，其風薄矣。詔令書表，咄咄火攻，挾陳思之才，攘子桓之坐，眇僧化身，固一神物哉！婁東張溥題。

江醴陵集題詞

《南史》江文通、任彦昇、王僧孺同傳，三人俱有長者行，詩文清麗頓挫，并一時之傑也。文通《雜體三十首》，體貌前哲，欲兼關西、鄴下、河外、江南，總製群善，興會高遠，而深厚不如，非其才絀，世限之也。謝客兒《擬魏太子鄴中集》詩八首，評者謂其氣象不類，下逐文通，亦意爲輕重，非謝所服。江詩《擬臨川遊山》，又似深知謝者。蓋文通之學，少華于宋，壯盛于齊，及梁則爲老成人矣。身歷三朝，辭該衆體，《恨》、《别》二賦，音制一變。長短篇章，能寫胸臆，即爲文字，亦《詩》、《騷》之意居多。余每私論江、任二子，縱横駢偶，不受羈靮。若使生逢漢代，奮其才果，上可爲枚叔、谷雲，次亦不失馮敬通、孔北海，而晚際江左，馳逐華采，卓爾不群，誠有未盡。世猶傳文通暮年才退，張載問錦，郭璞索筆，則幾妬口矣。婁東張溥題。

沈隱侯集題詞

陶隱居集題詞

丘中郎集題詞

《南史·文學傳》首吴興丘氏，靈鞠在宋孝武時，獻《殷貴妃挽歌》，特蒙嗟賞。希範于梁王踐祚之日，勸進殊禮，專典文字。父子曲筆，非東南之蹇蹇者也。然靈鞠面折褚彦回，語頗强切。東觀祭酒，自謂終身不恨。仕宦情淺，蓬髮遲鈍，無媿名士。希範少挫抑，即獻《責躬詩》，志在求進。出守永嘉，負乘騰刺，令非武帝憐才，爲寢白簡，維鵜濡翼，能長有鞶帶乎？革命諸文，連珠唱和，世不多見。其最有聲者，《與陳將軍伯之》一書耳。隗囂反背，安豐責讓，楊廣附逆，伏波曉勸，咸出腹心之言，示涕泣之意，不能發其順心，使之回首。獨希範片紙，强將投戈，松柏墳墓，池臺愛妾，彼雖有情，不可謂文章無與其英靈也。鍾仲偉《詩評》云：「希範取賤文通，秀于敬子。」余未唯唯，或其時尚循沈詩任筆之稱，遂輕高下耳。婁東張溥題。

任彦昇集題詞

王左丞集題詞

陸太常集題詞

劉户曹集題詞

王詹事集題詞

劉秘書集題詞

劉孝儀孝威集題詞

庾度支集題詞

何記室集題詞

吴朝請集題詞

陳後主集題詞

徐僕射集題詞

沈侍中集題詞

張散騎集題詞

江令君集題詞

高令公集題詞

温侍讀集題詞

邢特進集題詞

魏特進集題詞

庾開府集題詞

後周王司空集題詞

隋煬帝集題詞

盧武陽集題詞

李懷州集題詞

牛奇章集題詞

薛司隸集題詞

徵引書目

《十三經注疏》，阮元編，上海古籍出版社一九九七年版。
《周易正義》，王弼等注，孔穎達等正義。
《尚書正義》，孔安國傳，孔穎達等正義。
《毛詩正義》，鄭玄箋，孔穎達等正義。
《禮記正義》，鄭玄注，孔穎達等正義。
《春秋左傳正義》，杜預注，孔穎達等正義。
《論語注疏》，何晏等注，邢昺疏。
《爾雅注疏》，郭璞注，邢昺疏。
《詩集傳》，朱熹集注，中華書局一九五八年版。
《大戴禮記解詁》，王聘珍撰，王文錦點校，中華書局一九八三年版。
《論語集注》，《四書章句集注》，朱熹撰，中華書局二〇一三年版。

《孟子正義》，焦循撰，沈文倬點校，中華書局一九八七年版。
《韓詩外傳集釋》，韓嬰撰，許維遹校釋，中華書局一九八〇年版。
《説文解字注》，許慎撰，段玉裁注，上海古籍出版社一九八八年版。
《讀書雜志》，王念孫撰，江蘇古籍出版社一九八五年版。

《國語》，上海師範大學古籍整理組校點，上海古籍出版社一九七八年版。
《戰國策》，劉向集録，上海古籍出版社一九八五年第二版。
《東觀漢記》，劉珍等撰，吴樹平校注，中華書局二〇〇八年版。
《史記》，司馬遷撰，裴駰集解，司馬貞索隱，張守節正義，中華書局一九八二年版。
《漢書》，班固撰，顔師古注，中華書局一九六二年版。
《漢書補注》，王先謙撰，中華書局一九八三年版。
《後漢書》，范曄撰，李賢注，中華書局一九六五年版。
《三國志》，陳壽撰，裴松之注，中華書局一九六二年版。
《晉書》，房玄齡等撰，中華書局一九七四年版。
《宋書》，沈約撰，中華書局一九七四年版。

《隋書》，魏徵等撰，中華書局一九七三年版。
《舊唐書》，劉昫等撰，中華書局一九七五年版。
《新唐書》，歐陽修、宋祁撰，中華書局一九七五年版。
《宋史》，脱脱等撰，中華書局一九七六年版。
《明史》，張廷玉等撰，中華書局一九七四年版。
《資治通鑑》，司馬光撰，胡三省音注，中華書局一九五五年版。
《通鑑答問》，王應麟撰，王京州、魏曉艷點校，中華書局二〇一二年版。
《西京雜記全譯》，葛洪集，成林、程章燦譯注，貴州人民出版社一九九三年版。
《唐摭言》，王定保撰，中華書局一九五九年版。
《南唐書注》，陸游撰，周在浚注，吴興劉氏嘉業堂刊本。
《山海經校注》，袁珂校注，上海古籍出版社一九八〇年版。
《水經注校》，王國維校，袁英光、劉寅生整理校點，上海人民出版社一九八四年版。
《大唐西域記校注》，唐玄奘、辯機原著，季羨林等校注，中華書局二〇〇〇年版。
《方輿勝覽》，祝穆撰，祝洙增訂，施和金點校，中華書局二〇〇三年版。
《史通通釋》，劉知幾撰，浦起龍釋，上海古籍出版社一九八二年版。

《郡齋讀書志校證》，晁公武撰，孫猛校證，上海古籍出版社一九九〇年版。
《直齋書録解題》，陳振孫撰，徐小鸞、顧美華點校，上海古籍出版社一九八七年版。
《百川書志　古今書刻》，高儒等撰，古典文學出版社一九五七年版。
《四庫全書總目》，永瑢等撰，中華書局一九八三年版。
《雙鑑樓善本書目　雙鑑樓藏書續記》，傅增湘撰，廣文書局一九六九年版。
《(福建省)龍溪縣志》，《中國方志叢書》，成文出版社一九六七年版。
《光緒漳州府志》，《中國地方志集成·福建府縣志輯》二九，上海書店出版社二〇〇〇年版。

《老子校釋》，朱謙之撰，中華書局二〇〇〇年版。
《管子校注》，黎翔鳳撰，梁運華整理，中華書局二〇〇四年版。
《晏子春秋集釋》，吴則虞撰，中華書局一九六二年版。
《莊子集釋》，郭慶藩撰，王孝魚點校，中華書局一九六一年版。
《韓非子集解》，王先慎撰，鍾哲點校，中華書局一九九八年版。
《孫子今譯》，孫武撰，郭化若譯，上海古籍出版社一九七八年版。
《吕氏春秋新校釋》，陳奇猷校釋，上海古籍出版社二〇〇二年版。

《新書校注》，賈誼撰，閻振宜、鍾夏校注，中華書局二〇〇〇年版。
《淮南子集釋》，何寧撰，中華書局一九九八年版。
《鹽鐵論校注》，王利器撰，中華書局一九九二年版。
《易林注》，焦贛撰，佚名注，《四部叢刊初編》本。
《説苑校證》，劉向撰，向宗魯校證，中華書局一九八七年版。
《法言義疏》，揚雄撰，汪榮寶義疏，陳仲夫點校，中華書局一九八七年版。
《太玄集注》，揚雄撰，司馬光集注，劉韶軍點校，中華書局一九九八年版。
《拾遺記》，王嘉撰，蕭綺録，齊治平校注，中華書局一九八一年版。
《世説新語箋疏》，余嘉錫箋疏，上海古籍出版社一九九三年版。
《增訂劉子校注》，楊明照校注，陳應鸞增訂，巴蜀書社二〇〇八年版。
《顔氏家訓集解》，王利器集解，中華書局一九九三年版。
《中説譯註》，王通撰，張沛注，上海古籍出版社二〇一一年版。
《朱子語類》，黎靖德編，王星賢點校，中華書局一九八六年版。
《述異記》，任昉撰，《列異傳等五種》，鄭學弢校注，文化藝術出版社一九八八年版。
《隋唐嘉話　朝野僉載》，劉餗撰，張鷟撰，中華書局一九七九年版。

《大唐新語》，劉肅撰，許德楠、李鼎霞點校，中華書局一九八四年版。
《獨異志》，李亢撰，中華書局一九八三年版。
《酉陽雜俎》，段成式撰，方南生點校，中華書局一九八一年版。
《容齋隨筆》，洪邁撰，孔凡禮點校，中華書局二〇〇五年版。
《齊東野語》，周密撰，中華書局一九八三年版。
《日知録》，顧炎武撰，黄珅、嚴佐之、劉永翔主編《顧炎武全集》第十八册，上海古籍出版社二〇一一年版。
《石林燕語》，葉夢得撰，宇文紹奕考異，中華書局一九八四年版。
《全宋筆記》，朱易安、傅璇琮主編，大象出版社二〇〇八年版。
《蛾術編》，王鳴盛撰，商務印書館一九五八年版。
《北堂書鈔》，虞世南編纂，學苑出版社一九九八年版。
《藝文類聚》，歐陽詢撰，汪紹楹校，上海古籍出版社一九九九年新二版。
《初學記》，徐堅等撰，中華書局一九六二年版。
《太平御覽》，李昉等編，中華書局一九六〇年版。
《太平廣記》，李昉等編，中華書局一九六一年版。

《迷樓記》，唐闕名，《説郛　續説郛》，陶宗儀編，陶珽重編，宛委山堂本。
《海山記》，唐闕名，《説郛　續説郛》，陶宗儀編，陶珽重編，宛委山堂本。
《桓真人升仙記》，《正統道藏》洞真部記傳類。
《華陽陶隱居傳》，賈嵩撰，《正統道藏》洞真部記傳類。
《周氏冥通記》，周子良、陶弘景撰，《正統道藏》洞真部記傳類。
《茅山志》，劉大彬編，《正統道藏》洞真部記傳類。
《廣弘明集》，釋道宣撰，上海書店一九八九年版。
《高僧傳》，釋慧皎撰，朱恒夫等注譯，陝西人民出版社二〇一〇年版。
《釋常談》，無名氏撰，《續修四庫全書》本。
《楚辭集注》，朱熹撰，上海古籍出版社一九七九年版。
《楚辭補注》，洪興祖撰，白化文等點校，中華書局一九八三年版。
《諸葛亮集》，中華書局一九七五年版。
《曹丕集校注》，魏宏燦校注，安徽大學出版社二〇〇九年版。
《曹植集校注》，趙幼文校注，人民文學出版社一九八四年版。

《阮籍集校注》，陳伯君校注，中華書局一九八七年版。
《嵇康集校注》，戴明揚校注，中華書局二〇一四年版。
《陸雲集》，黄葵點校，中華書局一九八八年版。
《支遁集校注》，張富春校注，巴蜀書社二〇一四年版。
《陶淵明集》，逯欽立校注，中華書局一九七九年版。
《鮑參軍集注》，錢仲聯增補集説校，上海古籍出版社一九八〇年版。
《昭明太子集校注》，俞紹初校注，中州古籍出版社二〇〇一年版。
《陶弘景集校注》，王京州校注，上海古籍出版社二〇〇九年版。
《庾子山集注》，倪璠注，中華書局一九八〇年版。
《王子安集注》，蔣青翊注，上海古籍出版社一九九五年版。
《李太白全集》，王琦注，中華書局一九七七年版。
《杜詩詳注》，仇兆鰲注，中華書局一九七九年版。
《杜詩鏡銓》，楊倫箋注，上海古籍出版社一九九八年版。
《韓昌黎文集校注》，馬其昶校注，馬茂元整理，上海古籍出版社一九八六年版。
《劉禹錫集》，《劉禹錫集》整理組點校，卞孝萱校訂，中華書局一九九〇年版。

《元稹集》，冀勤點校，中華書局一九八二年版。
《李賀詩歌集注》，王琦等注，上海人民出版社一九七七年版。
《李商隱詩集集解》，劉學鍇、余恕誠撰，中華書局一九八八年版。
《皮子文藪》，皮日休著，蕭滌非、鄭慶篤整理，上海古籍出版社一九八四年版。
《蘇軾文集》，孔凡禮點校，中華書局二〇〇八年版。
《鹿裘石室集》，梅鼎祚撰，《四庫禁毀書叢刊》本。
《焦氏澹園集》，焦竑撰，《續修四庫全書》本。
《黄石齋先生文集》，黄道周撰，《續修四庫全書》本。
《霏雲居集》，張燮撰，《四庫禁毀書叢刊補編》本。
《霏雲居續集》，張燮撰，中國國家圖書館藏明萬曆間刻本。
《群玉樓集》，張燮撰，臺北「國家圖書館」藏明崇禎間刻本。
《張燮集》，陳正統主編，中華書局二〇一五年版。
《文選》，蕭統編，李善注，中華書局一九七七年版。
《日本足利學校藏宋明州本六臣注文選》，人民文學出版社二〇〇八年版。
《玉臺新詠》，徐陵編，吴兆宜注，程琰删補，穆克宏點校，中華書局一九八五年版。

《文苑英華》，李昉等編，中華書局一九六六年版。

《古文苑》，《四部叢刊初編》本。

《樂府詩集》，郭茂倩編，中華書局一九七九年版。

《漢魏六朝二十一家集》，汪士賢編，《四庫全書存目叢書補編》本。

《七十二家集》，張燮編，《續修四庫全書》集部總集類據國家圖書館藏明天啟間刻本影印。

《漢魏六朝百三家集》，張溥編，中國國家圖書館藏明末刻本。

《全上古三代秦漢三國六朝文》，嚴可均輯校，中華書局一九五八年版。

《先秦漢魏晉南北朝詩》，逯欽立輯校，中華書局一九八三年版。

《全唐詩》（增訂本），中華書局編輯部點校，中華書局一九九九年版。

《全唐文》，董誥等編，中華書局一九八三年版。

《全宋詩》，傅璇琮主編，北京大學出版社一九九一年版。

《全宋文》，曾棗莊、劉琳主編，巴蜀書社一九九三年版。

《全宋詞》，唐圭璋編，中華書局一九六五年版。

《全元曲》，徐徵等主編，河北教育出版社一九九八年版。

《文心雕龍注》，劉勰撰，范文瀾注，人民文學出版社一九五八年版。

《文心雕龍札記》，黄侃著，上海古籍出版社二〇〇六年版。
《增訂文心雕龍校注》，黄叔琳注，李詳補注，楊明照校注拾遺，中華書局二〇〇〇年版。
《詩品集注》（增訂本），鍾嶸著，曹旭集注，上海古籍出版社二〇一一年第二版。
《文鏡秘府論校注》，弘法大師撰，王利器校注，中國社會科學出版社一九八三年版。
《詩藪》，胡應麟撰，上海古籍出版社一九七九年版。
《韻語陽秋》，葛立方撰，上海古籍出版社一九八四年版。
《六藝流别》，黄佐撰，《歷代文話》，王水照主編，復旦大學出版社二〇〇七年版。
《升庵詩話箋證》，楊慎著，王仲鏞箋證，上海古籍出版社一九八七年版。
《漢魏六朝百三家集題辭注》，張溥撰，殷孟倫注，人民文學出版社一九六〇年版。
《列朝詩集小傳》，錢謙益撰，上海古籍出版社一九八三年版。
《隨園詩話》，袁枚著，顧學頡校點，人民文學出版社一九八二年版。
《而已集》，《魯迅全集》第三卷，人民文學出版社一九八一年版。
《魏晉南北朝史講演録》，陳寅恪撰，萬繩楠整理，黄山書社一九八七年版。
《文選學》，駱鴻凱著，中華書局一九三七年版。

《中國善本書提要》，王重民著，上海古籍出版社一九八三年版。

《明代文學復古運動研究》，廖可斌著，商務印書館二〇〇八年版。

《明代文學思想研究》，左東嶺著，商務印書館二〇一三年版。

《讀〈哀江南賦〉》，陳寅恪著，《金明館叢稿初編》，生活·讀書·新知三聯書店二〇〇一年版。

《明張燮及其著述考》，薛澄清著，《嶺南學報》第四卷第二期。

《華陽隱居陶弘景年譜》，羅國威著，劉躍進、范子燁編《六朝作家年譜輯要》，黑龍江教育出版社一九九九年版。

《評曹植、曹丕的文藝批評論》，梅運生著，《文史哲》一九九四年第六期。

《何遜〈早梅詩〉考論》，程章燦著，《文學遺産》一九九五年第五期。

《陶弘景與梁武帝——陶弘景交游叢考之一》，王家葵著，《宗教學研究》二〇〇二年第二期。

《明人漢魏六朝文學文獻整理研究——以汪士賢、張燮、張溥三書爲中心》，李芳著，南京大學博士學位論文，二〇〇七年。

《論宋玉賦的創作特點與其對漢散體賦的影響》，劉剛著，《古籍整理研究學刊》二〇〇九年第一期。

《張燮著述考》，陳慶元著，《漳州師範學院學報（哲學社會科學版）》二〇一〇年第四期。

《〈列朝詩集·張童子于壘傳〉發微——兼談張燮難以承受之痛》，陳慶元著，《中國典籍與文化》二〇一一年第二期。

《張燮年表》，陳慶元著，《南京師範大學文學院學報》二〇一三年第一期。

《龍溪張于壘年譜》，陳慶元著，《閩南師範大學學報（哲學社會科學版）》二〇一四年第四期。

《張溥〈漢魏六朝百三家集題辭〉「論者」考釋》，王京州著，《中國典籍與文化》二〇一五年第二期。

後記

二〇〇一年歲末，我隻身前往國家圖書館訪書，在善本書室第一次與張燮題辭邂逅。幾種陶弘景集善本當中，我對張燮本印象平平，却對其卷首題辭獨有興致，但目光僅限于這一篇。多年以後，我指導研究生整理沈炯集、高允集，又陸續接觸到幾種張燮題辭，形成較爲連貫的印象，但仍缺乏深入瞭解。直至二〇一〇年秋，在國圖北海館機緣湊巧，我按耐不住通讀張燮題辭的衝動，遂遍翻《續修四庫全書·七十二家集》，對凡例、集評、糾謬的學術價值有了更爲切膚的體認。

大約就在接下來《中古文學文獻學》的課堂上，我穿插講到對張燮題辭的看法。王史心同學恰好選修了這一課程，可能受我影響，她決心以張燮《七十二家集題辭》作爲畢業論文的研究對象。通過近一年努力，她的選題贏得了所有師長的肯定。她不時和我交换看法，匡我不逮。她的研究重燃起我對張燮題辭的熱情，開始計劃將題辭全面整理，供所有研治漢魏六朝文學的學者參考，但這一想法雖已萌生，却一直未能付諸實踐。

我固執地以爲，無論才情，還是思想，張燮即使未能遠邁張溥，至少也是平分秋色，不遑多讓。然而張溥《漢魏六朝百三家集題辭》門庭若市，張燮《七十二家集題辭》却乏人問津。我決心深入整理張燮題辭，以備批評史之闕，是在二〇一三年炎暑將逝的時候。那時我剛將《魏晉南北朝論説文研究》交稿，渾身充滿了餘勇可賈的蠻力。

我先是將卷首五十七篇題辭文字一一辨識、録入、標點，由于題辭是手寫上版，多爲行草，個别文字識讀困難，其間頗多考驗。接下來，利用各種工具書，又解決了所有作者小傳的問題。二〇一三年冬季，我開始逐篇進行注釋，到年末已積累至十六篇。臨近甲午新年，母親突然病倒，我不得不停下手頭的工作。在病情穩定之後，又忍不住重拾舊業。以前覺得古籍整理是餖飣之學，心猶未甘，現在却慶幸此業可以零敲碎打，然後再化零爲整，讓我在困苦之中轉移注意力，又不間斷地有所收穫。

注釋工作進入下半程時，我欣然接受上海古籍出版社奚彤雲副總編的建議，針對每一篇題辭列「總説」，與張溥題辭進行比較，旨在爲學界提供借鑒。又在中國社會科學院張國星先生「灌頂」下，不滿足于字句、典故的訓釋，以深度整理爲己任，故題名爲「箋注」。那時我却一直心懷憂慮，以爲張燮題辭無他版本，無法進行校勘，另外還有十數字未能識讀，貿然臆測，難免貽笑大方。

二〇一五年元旦，我作爲帶隊教師之一，有幸參加了在臺灣師範大學召開的研究生學術交流會。會議結束後第二天，我便直奔臺北「國家圖書館」，尋覓期待已久的《群玉樓集》，意外地發現張燮所有題辭，都再次刊印在《群玉樓集》當中。

《群玉樓集》的發現對我而言意義重大：所有難識之字，可以通過她一一辨識；「別集本」的出現，大有資于校勘；較《七十二家集》卷首所載，此集竟又溢出三篇，極大豐富了我對張燮題辭的認識和理解，然而也因此本闕第四十一卷而稍有遺憾。後來查得臺北所藏《群玉樓集》并非孤本，河南省圖書館藏有殘本一部，其存卷正好可補臺北所藏之不足。經過不懈努力，終于訪得此殘卷，除二本并闕第四〇卷之《魏武帝集序》外，再無遺憾。

本書榮獲國家古籍整理出版專項經費資助，特别要感謝程章燦、羅國威兩位恩師的推薦。我還曾以此課題爲基礎，申報國家青年拔尖人才支持計劃，期間曾獲王長華、閆東利、胡景敏等諸位師長之提攜，我將銘刻在心。張國星、奚彤雲以及郭時羽等先生對拙稿體例提出很多精彩建議，尤其是郭時羽女史在擔任本書責編過程中，提出很多切實的修改意見，使本書避免了多處失誤，漳州市圖書館謝茹芃兄惠賜各種資料，予我助益實多，謹此一并致以最衷心的感謝！

壬辰年末，此稿甫始，便接到母親罹患惡疾之訊，如今兩年倏忽而逝，母親仍不省人事，卧病在床。或侍親在側，或擲思遠途，我盡力轉捩思緒，時刻不忘此業。然而霾失樓臺，南窗長閉，我的任何成績，再抵不上母親的一絲微笑和贊許了！

王京州乙未歲末識于河北師範大學

修訂附記

這是《陶弘景集校注》之後我從事古籍深度整理的再次嘗試，幸爲上海古籍出版社列入《中國古代文學批評要籍叢書》出版，那一年我三十九歲，剛好還是「青年」學者，故有幸於二〇一九年榮膺「宋雲彬古籍整理青年獎·圖書獎」，不能不感激命運女神的眷顧。轉眼已不再是「青年」，但對所鍾愛的古籍整理事業而言，仿佛才剛剛啟航。

借此次精裝重印的機會，對本書稍加修訂。恩師羅國威先生在收到我寄來的小書後，當即指出《重纂任中丞集引》篇首的標點失誤。去年歲末又在我的央求下，以該篇及《劉户曹集小引》爲例，傳授了他的校讎和注釋心得。徐行恬女史碩士畢業後遠赴杭州，應我之請趁疫情期間通讀一過，提供了十幾條頗具價值的修訂建議。

從去年歲末收到上海古籍出版社的重印動議，到年初如期提交修訂意見，經歷整整四十天，恰好度越了整個寒假，跨過了一個非同尋常的新年。暨南園的木棉花再次盛開，而那些正當花季的學子們仍未返校。期待早日與他們在綫下相遇！

二〇二〇年三月十六日於暨南園

圖書在版編目(CIP)數據

七十二家集題辭箋注 / (明) 張燮著;王京州箋注.
—上海: 上海古籍出版社, 2020.5
(中國古代文學批評要籍叢書)
ISBN 978-7-5325-9592-1

Ⅰ.①七… Ⅱ.①張… ②王… Ⅲ.①古典詩歌—詩集—中國—明代②古典散文—散文集—中國—明代 Ⅳ.①I214.82

中國版本圖書館 CIP 數據核字(2020)第 064279 號

中國古代文學批評要籍叢書
七十二家集題辭箋注
[明] 張 燮 著
王京州 箋注
上海古籍出版社出版發行
(上海瑞金二路 272 號 郵政編碼 200020)
(1) 網址: www.guji.com.cn
(2) E-mail: guji1@guji.com.cn
(3) 易文網網址: www.ewen.co
常熟人民印刷厂印刷
開本 850×1168 1/32 印張 16.75 插頁 7 字數 350,000
2020 年 5 月第 1 版 2020 年 5 月第 1 次印刷
印數: 1—1,300
ISBN 978-7-5325-9592-1
I·3478 定價: 88.00 元
如有質量問題,請與承印公司聯繫